劉永濟手批《文心雕龍》

劉永濟 著
徐正榜 李中華 熊禮匯 整理

武漢大學出版社
WUHAN UNIVERSITY PRESS

圖書在版編目(CIP)數據

劉永濟手批《文心雕龍》/劉永濟著;徐正榜,李中華,熊禮匯整理.
—武漢:武漢大學出版社,2020.6
　　ISBN 978-7-307-21191-9

　　Ⅰ.劉…　Ⅱ.①劉…　②徐…　③李…　④熊…　Ⅲ.《文心雕龍》—古典文學研究　Ⅳ.I206.2

中國版本圖書館 CIP 數據核字(2019)第 219590 號

責任編輯:朱凌雲　　責任校對:汪欣怡　　版式設計:韓聞錦

出版發行:武漢大學出版社　(430072　武昌　珞珈山)
　　　　　(電子郵箱:cbs22@whu.edu.cn　網址:www.wdp.com.cn)
印刷:湖北恒泰印務有限公司
開本:720×1000　1/16　印張:40.75　字數:606 千字　插頁:3
版次:2020 年 6 月第 1 版　　2020 年 6 月第 1 次印刷
ISBN 978-7-307-21191-9　　定價:166.00 元

版權所有,不得翻印;凡購我社的圖書,如有質量問題,請與當地圖書銷售部門聯繫調換。

劉永濟的"龍學"研究及其手批《文心雕龍》
——劉永濟手批《文心雕龍》代序

熊禮匯

劉永濟(1887—1966)先生是20世紀的國學大師，是國内杰出的古代文學專家。他的研究對象，涉及屈賦、龍學、樂府、詩學、詞學、曲學和文學史、古代文論、宋代歌舞劇曲等諸多領域，相關著述，多爲精品，具有很强的學術生命力。而其終身喜愛創作，寫詩填詞，早年還翻譯過小説。所作詩詞，尤其是詞，更是譽滿學林，受到許多大家名家的點贊。研讀先生著述、論文，衡鑒其詩其詞，既仰慕其天縱之才，又爲其勤奮多思而驚嘆。先生治學、創作，卓爾不群，而能别開生面，影響深遠，較之一般學者，優長之處甚多，最突出者莫過於古代文學理論修養之深厚。而修養之深厚，其得益最多者莫過於《文心雕龍》(以下簡稱《文心》)。

一

先生研究古代文學，幾乎所有著述都有一理論框架，而其理論支撑點和具體説法則多取自《文心雕龍》。如初版於1922年之《文學論》，説文學基本原理，扉頁題詞即用《文心雕龍·總術》贊語①，説明文學原理的重要和如何運用文學原理。《自序》道其論述方法，亦引劉勰"不述先哲之誥，無益後生之慮"，謂"今兹所述，竊取斯義。其有參稽外籍、

---

① 《文心雕龍·總術》"贊"曰："文場筆苑，有術有門。務先大體，鑒必窮源。乘一總萬，舉要治繁。思無定契，理有恒存。"

比附舊說者，以見翰藻之事，時地雖囿，心理玄同，未可是彼非此也。間亦自忘謭陋，妄下己意。以期引申哲誥，黜其曲解，免夫士衡之譏，而遠師彥和之意云爾"。① 而書中列舉古代文學研究專書特點，徑謂"總論文體之源流，及古今文人之優劣，成一家之言者，則惟劉勰之《文心雕龍》最佳"。② 故其闡述古代文學概念，特引《文心》所言作論，謂"彥和論文，重於情感，工於圖寫，明於內外，文質並稱，聲形俱要，文學之大概已是。其形文、聲文、情文之說，則頗與黑吉爾（hegel）目藝、耳藝、心藝之論暗合。蓋文學與繪畫、雕刻、音樂初實同源，後乃分立，故皆屬於藝（art）"。③ 又如說文學之美，謂"內美必借外美而彰，外美必資內美而成。兩者不容偏廢，亦不能偏廢"。"所謂文者，內外同符，表裏相發者也。劉彥和《文心雕龍·情采篇》，論此理最佳。彼所謂'情'，即屬于內者；彼所謂'采'，即屬于外者"。且由此生發，指出"凡最美而可貴之文學，必具下列之四種工夫：一、道德與智慧……二、情感……三、表現之法……四、精神……然而缺一，則其美不全"。④

又如寫成于1928年之《十四朝文學要略》（以下簡稱《要略》），其《叙論》開篇即謂"文學之有專史……其近似者……其僅存者，厥惟彥和舍人《文心雕龍》，都五十篇，如精金美玉，稱文苑之鴻寶焉"。⑤ 其概論文學原理，謂"恢之以四綱（名義、體類、斷限、宗派），以統其紀；錯之以經緯（賦、比、興乃經，真、美、善乃緯），以究其變；建之以三準（即《文心雕龍·鎔裁》所謂'草創鴻筆，先標三準'之'三準'），以立其極；約之以三訓（詁'詩'者'承''志''持''之'三說），以總其要；輔之以二義（一乃'作者本事雖不可知，文中公情自不難見'，二乃'多聞闕疑，慎言其餘'），以釋其惑。文學之道，不中不遠矣"。⑥ 所言基

---

① 劉永濟：《文學論·自序》，《文學論·默識錄》，中華書局2010年版，第3頁。
② 劉永濟：《文學論》，中華書局2010年版，第15頁。
③ 劉永濟：《文學論》，中華書局2010年版，第19頁。
④ 劉永濟：《文學論》，中華書局2010年版，第62、63頁。
⑤ 劉永濟：《十四朝文學要略》，中華書局2010年版，第1頁。
⑥ 劉永濟：《十四朝文學要略》，中華書局2010年版，第40頁。

本觀點,即多數出自劉勰《文心雕龍》之文學本原論、創作論、文體論、鑒賞論等。由于是書專論先唐文學,而與《文心》所論文學時段相差不遠,故《要略》論述十四朝文學重要現象的特點、成因、利弊,持論多參照劉勰之言而發。如說上古論著文之肇興,言"本斯五義(論者,綸也,輪也,理也,次也,撰也),論箸之用,廣博可知。是以彦和衡其條流,乃著八品(指議、説、傳、注、贊、評、序、引八類)……識鑒之精,後來鮮及"。① 言魏晉以降,論辯作者取法諸子,謂"彦和所謂覽華而食實,棄邪而採正,極睇參差,亦學家之壯觀者,不其然乎"。② 言"漢代辭賦蔚蒸之因緣",謂"彦和所謂循流而作,勢固宜矣"。③ 言"兩京之彦",謂"玄晏序列者七子","舍人揚榷者八家,可謂斯體之典型,才人之軌範,合以皋文之所評騭,亦可以得其要略也"。④ 言"漢代賦家之旁衍",謂"兹三體(對問、七發、連珠)者,舍人目爲雜文,繫諸儷辭之末。以爲文章之支派、暇豫之末造也。然核其託體之初,固皆賦家之所洋溢。又其作者盪起,轉輾因襲,遂亦盛極一時。《文心》所評,最爲允當"。⑤ 且謂"彦和核論文體正變,最有分際。故於弔文,則曰:弔雖古義,而華辭未造。華過韻緩,則化而爲賦。於頌文,則曰:馬融之《廣成》《東巡》(原作《上林》,誤),雅而似賦。何弄文而失質乎?"⑥ 言漢世文章"體制遂繁",言"建安文學之殊尚",言"魏晉之際論著文之盛況",言"六朝詩學之流變",或以《文心》所言立論,或借《文心》所言以佐其論,或救《文心》之偏、拾《文心》之遺以申其説。總之,凡論梁以前之作者、流派及各種文學思潮、獨特文學現象,必引《文心》言之;凡《文心》之重要見解,《要略》必靈活用之。

又如初版于1935年之《屈賦通箋》,其卷首《叙論·屈賦論文第五》

---

① 劉永濟:《十四朝文學要略》,中華書局2010年版,第62頁。
② 劉永濟:《十四朝文學要略》,中華書局2010年版,第67頁。
③ 劉永濟:《十四朝文學要略》,中華書局2010年版,第87頁。
④ 劉永濟:《十四朝文學要略》,中華書局2010年版,第98頁。
⑤ 劉永濟:《十四朝文學要略》,中華書局2010年版,第101頁。
⑥ 劉永濟:《十四朝文學要略》,中華書局2010年版,第104頁。

有謂："千古以來，論屈子之文章者，無出劉勰《辨騷》一篇。《辨騷》於貞、奇、華、實之間，致意彌切。而'取鎔經旨，自鑄偉辭'二語，於屈賦文章之美，尤能標舉靡遺。蓋貞實者，屈子之情思也；奇華者，屈賦之姿製也。而奇不失其貞，華不墜其實者，又即'取鎔經旨，自鑄偉辭'之訓釋也。奇華爲屈賦獨擅之美，貞實則古詩同然之善。"①而先生研究屈賦，爲求識鑒之精，"因創立二義，以自繩檢"，其一"必明三難而去三蔽"②，所指"三難"（指"文""辭""志"之"難通"），即從《文心》"極論鎔裁，始標三準"發論。而説《招魂》非屈子所作，理由有四，其三即以《文心》所言爲証，謂"篇中盛陳宫室飲撰女樂等節，正劉勰《辨騷》所謂'荒淫之意'，尤與屈子思想不侔"。③

至于《詞論》通論詞學，"事實上是一部詞話選，前人的精論要語，都在其中"。④而説後世五、七言古詩，其初蓋出于民間；説聲韻相間、相重之美；説填詞之術謂"劉君虚静之論（劉勰'陶鈞文思，貴在虚静'）最爲扼要"；⑤説詞境之生，"大抵人心與物境相接，而後文生焉。此理彦和舍人之論神思盡之矣"；⑥説文藝條貫、錯綜之美的關係乃彦和所謂"體勢相偶合"也；⑦説填詞用字、造句和用典，無不於詞話外，引《文心》以助其言。其《微睇室説詞·小引》概論詞學要義，行文亦復如是。

其《唐人絶句精華》説絶句藝術特點，亦借《文心》現成用語加以説明，謂"絶句正以一爪一鱗爲佳，不必全身畢露而全身具在，方爲合作。劉勰《文心雕龍·物色》論文人摹繪物色，有'以少總多，情貌無

---

① 劉永濟：《屈賦通箋》，中華書局 2010 年版，第 24 頁。
② 劉永濟：《屈賦通箋》，中華書局 2010 年版，第 25 頁。
③ 劉永濟：《辯〈招魂〉〈大招〉二篇作者》，《屈賦通箋，中華書局 2010 年版，第 240 頁。
④ 程千帆：《憶劉永濟先生》引劉永濟語，《桑榆憶往》，北京大學出版社 2015 年版，第 85 頁。
⑤ 劉永濟：《詞論》，中華書局 2010 年版，第 55 頁。
⑥ 劉永濟：《詞論》，中華書局 2010 年版，第 63 頁。
⑦ 劉永濟：《詞論》，中華書局 2010 年版，第 91 頁。

遺'八字，今用以説明絶句的特色性，至爲恰當。'以少'則一爪一鱗也，'無遺'則全身具在矣"。①

總之，劉先生治古代文學，無論研究何種對象，分析哪類問題，總會顯出他理論思維的長處。而一旦理論思維尤其是創新意識很强的理論思維進入古代文學研究領域，必將打破舊有研究套數和顛覆其傳統觀念，故其著述、論文，就是簡析詩詞，也自有卓見新意。顯然，其思維方式、文學觀念、諸多見解，皆出自《文心雕龍》和先生長年研習《文心雕龍》的自得之見。令人驚訝的是，他的以理論事，運用自如，是如此靈活、自然，又言之精準，切中肯綮。之所以如此，大抵有兩個原因，一是先生於《文心雕龍》，一字一句深明其義，且字字句句爛熟於心；二是能將《文心雕龍》要義與古代文學傳統觀念、重要命題打成一片，經過整合、提煉，形成自具特色的古代文學思想理論體系。如果説前者還停留在練基本功的階段，那後者則進入到了理論升華的境地。而後者得以成立，與先生研究古代文學，慣於從文學内部入手，打通墻壁説話，對諸多因素或各種特色作統一、系統、整體考量的思維方式，與思辨入微、鈎沉致遠，於細微處洞察精義的本事，是分不開的。因此我們關注先生研治"龍學"對其古代文學研究所起的引導作用，就不能只看到他在著述、論文中如何得心應手地引《文心》以立論或助言其説，更應注意他治"龍學"新穎、獨特、深刻而又契合劉勰本意的見解。

二

先生研究《文心雕龍》既作文字校勘，又作義理探討，而重在領會和闡釋《文心》的理論觀念。劉先生曾對程千帆先生説過："季剛的《札記》，《章句》篇寫得最詳；我的《校釋》，《論説》篇寫得最詳。"②黄侃《札記》中的《章句》篇寫有兩萬多字，劉先生《校釋》中的《論説》篇寫有

---

① 劉永濟：《唐人絶句精華》，中華書局2010年版，第6頁。
② 程千帆：《劉永濟先生傳略》，《晉陽學刊》1982年第2期。

一萬多字，有人説劉先生的話是"以精于小學推黄侃，而以長于評議自許"，未必確實。若説先生長于論理，却符合事實。其説發明劉勰要旨，對陳見舊説多有突破，而於"龍學"發展有開創性的作用，故其《文心雕龍校釋》（初版于1935年，簡稱《校釋》）能成爲20世紀"龍學"研究的四大基石之一。劉先生治《文心》，往往獨具只眼，見人之所未見。所撰50篇《釋義》及相關論文，卓識勝義，不勝枚舉，現就其大者要者略陳於後。

（一）對劉勰《文心》一書性質、寫作動機及全書結構、内在聯繋的看法。

一般學者多從文學批評和寫作學的角度，確認《文心雕龍》的性質和劉勰撰寫書的動機，而對全書思想結構、内在理論聯繋作縝密思考者鮮有其人。但劉先生却從《文心雕龍·序志》和各篇文論傾向看出劉勰著書用意，並肯定其書的子書性質，確認其人欲通過論文以救世衰國亡之弊的動機。《校釋·前言》云："歷代目録學家皆將其書列入詩文評類。但彦和《序志》，則其自許將羽翼經典，於經注家外，别立一幟，專論文章，其意義殆已超出詩文評之上而成爲一家之言，與諸子著書之意相同矣。""彦和之作此書，既以子書自許，凡子書皆有其對於時政、世風之批評，皆可見作者本人之學術思想（參看《諸子》篇），故彦和此書亦有匡救時弊之意。吾人讀之，不但可覘知齊、梁文弊之全貌，而且可以推見彦和之學術思想。蓋我國文學傳至齊、梁，浮靡特甚，當時執政者類皆苟安江左，不但不思恢復中原，而且務爲淫靡奢汰，其政治之腐敗，實已有致亡之勢；彦和從文學之浮靡推及當時士大夫風尚之頽廢與時政之窳弛，實懷亡國之懼，故其論文必注重作者品格之高下與政治之得失（參看《時序》《才略》《程器》等篇）。按其實質，名爲一子，允無愧色。"《序志釋義》不但確認《文心》之子書性質，還特別指出其于子書"依採舊文，雷同一響"風氣之外，"脱去恒蹊，别啓户牖，專論文章，羽翼經典"的創新意義。所謂"此風（子書寫作"理重事復，遞相模效，猶屋下架屋，床上施床"之風）之成，不自魏晉矣（漢代劉向、桓譚已開此風）。詳觀舍人此篇，蓋亦有慨夫性靈不居，思製作以垂世，乃脱去恒蹊，別啓户牖，專論文章，羽翼經典，其自許之高如此"。而《校釋·前言》説："全書于有韻、無韻兩類之文，各還其本來面目，予以應有之位置及作用，既不同於當時文士尊駢體而抑散文，亦不同於後世文人崇古文而輕駢儷。雖其自著書仍用駢體，而能運用自如，條達通明，能以瑰麗之詞，發抒深湛之理。蓋論文之作，究與論政、叙事之文有異，必措詞典麗，始能相稱。然則《文心》一書，即彦和之文學作品矣。"此亦爲深見卓識，不但肯定劉勰於有韻之文、無韻之文不分軒輊的正確態度，還揭示出《文心》作爲駢體子書"能以瑰麗之詞，發抒深湛之理"的特點，更重要的是説《文心》一書即彦和之文學作品"。這一看法，不單表明《文心》本身具有文學性，可稱爲文學作品，還啓發學者應該從文學角度研究子書(無論駢散)的文學特色。

　　先生細讀《文心》，體察劉勰用意，對全書内容安排、層次結構、内在聯繫，亦有深刻認識。《校釋·前言》云："校釋之作，原爲大學諸生講習漢、魏、六朝文學而設。在講習時，不得不對彦和原書次第有所改易。所以校釋首《序志》者，作者自序其著書之緣起與體例，學者所當先知也。次及上編前五篇者，彦和自序所謂'文之樞紐'也。其所謂'樞紐'，實乃其全書之綱領，故亦學者所應首先瞭解者。再次爲下編，再次則上編者，下編統論文理，上編分論文體，學者先明其理論，然後以其理論與上編所舉各體文印證，則全部瞭然矣。"此説學者研讀《文心》應有的學習程序，實已道出全書内容的層次安排和結構特點。難得者，先生並不盲從以《辨騷》與《明詩》等同爲文體論之看法，深入體認劉勰"文之樞紐"之意，而謂"奇華貞實二語，即屈子與後代辭人分疆之故"。"《辨騷》者，騷辭接軌風雅，追迹經典，則亦師聖宗經之文也。然而後世浮詭之作，常託依之矣。浮詭足以違道，故必嚴辨其同異；同異辨，則屈賦之長與後世文家之短，不難自明。然則此篇之作，實有正本清源之功。其於翼聖尊經之旨，仍成一貫。而與《明詩》以下各篇，立意迥别。"①

　　再者，先生釋義，非常注意各篇之間内容上的聯繫。此不但見於對

---

① 劉永濟：《文心雕龍校釋·辨騷》，武漢大學出版社2013年版，第8~9頁。

前五篇"文之樞紐"的解説，還表現在對下編若干篇章的釋義中。如《情采釋義》説："文家用采，雖以狀物寫象爲職，而采之爲物，實以明情表思爲用。蓋情物交會而後文生，《神思》一篇所論詳矣。然其交會成文之際，亦自有別。或物來動情，或情往感物，情物之間，交互相加。及其至也，即物即情，融合無間，然後敷采設藻以出之。故采之本在情，而其用亦在述情。"説明爲文情采關係，實本于《神思》所説"作者内心（情）與外境（物）交融而後文生之理"。《養氣釋義》説："本篇申《神思》未竟之旨，以明文非可強作而能也。《神思》篇云：'神居胸臆，而志氣統其關鍵。'……彼篇以虛靜爲主，務令慮明氣静，自然神王而思敏。本篇'率志委和'……及'清和其心，調暢其氣'，亦即求令虛静之旨。"《附會釋義》説："夫辭附義會，文成統緒者，司契在心，故文識尚焉。識以明理，理得則文無舛節，故曰'懸識湊理，節文自會'。其義與《神思》篇尤相關切。《神思》所論，即《附會》之前因，此篇所言，則前因既具之結果也。合而參之，爲文之能事畢矣。"《物色釋義》説："本篇申論《神思》篇第二段論心境交融之理。《神思》舉其大綱，本篇乃其條目。蓋神物交融，亦有分別，有物來動情者焉，有情往感物者焉：物來動情者，情隨物遷，彼物象之慘舒，即吾心之憂虞也，故曰'隨物宛轉'；情往感物者，物因情變，以内心之悲樂，爲外境之歡戚也，故曰'與心徘徊'。"又説："本篇與《情采》篇雖同而實異。同者，二篇所論，皆内心與外境之關係也；異者，《情采》論敷采必準的於情，所重仍在養情，本篇論體物必妙得其要，所重乃在摛藻。"又《物色釋義》前注云："按此篇宜在《練字》篇後，皆論修辭之事也。今本乃淺人改編，蓋誤認《時序》爲時令，故以《物色》相次。"他如《麗辭釋義》説："蓋駢文行氣，貴在疏密相間也。舍人別有《事類》一篇，詳論用事之法。兹篇所重，在明字句奇偶之用，所以申前篇未盡之意也。"《練字釋義》説："北朝顏氏之推尚論文章，亦及文字。……至此篇所舉'四忌'，雖似無關大體，然在詩家亦爲要務。特其所論乃在形體之間，初無關於意義，當合《章句》《麗辭》《指瑕》《物色》等篇觀之，而後文家字句之精蘊始得也。"《時序釋義》説："本篇前有'雖世漸百齡，辭人久變'之句，後贊復有'蔚映十代,辭采九變'之文,讀者每易迷罔。……本書《通變》篇、《才略》篇,皆有都舉歷代文變之詞。《通變》篇有九代六變之説……與本篇所論,正可參看。《才略》篇歷舉……九代文人之辭令華采以衡論,而篇末又曰……其分畫止四,似與六變、九變之旨不合。蓋本篇與《通變》論其異,《才略》則標其同,言各有當也。"《才略釋義》説:"本篇與《時序》篇相輔。《時序》所論,屬文學風尚之高下流變,論世之事也。本篇所重,在比較作品之長短,作家之同異,知人之事也。"由于深知篇章之間的内在聯繫,自易準確把握各篇要義、重點。顯然,釐清各章之間内容上的聯繫、見出其同異,既是研讀《文心》的重要方法,也是《文心》研究應該達到的一種境界。

(二)深入闡釋《文心雕龍》以"爲文之用心"原于"自然之道"的基本觀念。

《原道》有謂"……故兩儀既生矣,惟人參之,性靈所鍾,是爲三才。爲五行之秀,實天地之心。心生而言立,言立而文明,自然之道也";《序志》有謂"夫文心者,言爲文之用心也"。又謂"蓋《文心》之作也,本乎道,師乎聖,體乎經,酌乎緯,變乎騷,文之樞紐,亦云極矣"。當爲劉勰論文之關鍵語。劉永濟先生深悟其義而有獨到體會。《原道釋義》云:"此篇分三段。初段明文心原道,蓋出自然。中分三節:首標文德侔天地之義,是文之原夫道也。次論人心參兩儀之理,是亦心之原夫道也。夫推闡無心之物,聲采並茂者,莫非自然,以見文心原道,亦自然之符也。"劉先生的闡釋,有三個要點,一即文原于道,而道乃"自然之道"。所謂"舍人論文,首重自然。二字含義,貴能剖析,與近人所謂自然主義,未可混同。此所謂自然者,即道之異名。道無不被,大而天地山川,小而禽魚草木,精而人紀物序,粗而花落鳥啼,各有節文,不相凌雜,皆自然之文也。文家或寫人情,或模物態,或析義理,或記古今,凡具倫次,或加藻飾,閱之動情,誦之益智,亦皆自然之文也"。① 其《文學通變論》亦云:"劉彥和《文心》首篇,論文原於道之義,

---

① 劉永濟:《文心雕龍校釋·原道》,武漢大學出版社2013年版,第1~2頁。

既以日月山川爲道之文，復以雲霞草木爲自然之文。是其所謂道，亦自然也。"尤爲突出者，先生能在《論劉勰的本體論及文學觀》指明："（周敦頤《通書》）'文以載道'的比喻未嚴，其弊必至將道與文分爲兩事，如車之載物然。劉勰以文原於道，則是文乃道所發生的作用，道與文惟有體用之分而非截然兩事。"此說實已觸及如何理解韓柳"文以明道"要義的問題。（其《文學通變論》謂"嘗考文家揭櫫明道以爲世倡，而其力足以轉移時尚者"注云："劉勰著《文心》，已唱原道之論，但轉移時尚之力未著，故不數之。"）其說發人深省處多，於此可見一斑。

二即"爲文之用心"的"文心"原于"自然之道"。即《原道釋義》說的"（舍人）論人心參兩儀之理，是亦心之原夫道也"。《神思釋義》說的"舍人論文，輒先論心。故《序志》篇曰：'夫文心者，言爲文之用心也。'蓋文以心爲主，無文心即無文學。"而心之功用多多："善感善覺者，此心也；模物寫象者，亦此心也；繼往哲之遺緒者，此心也；開未來之先路者，亦此心也。"（《神思釋義》）鑒于《文心雕龍·情采》有謂"情者，文之經；辭者，理之緯。經正而後緯成，理定而後辭暢，此立文之本源也"，《文心雕龍·聲律》有謂"聲含宮商，肇自血氣……故知器寫人聲，聲非效器者也。……標情務遠，比音則近。吹律胸臆，調鐘脣吻"，劉先生《哀弔釋義》即云："舍人論文，以情性爲本柢，以理道爲準則。"《情采釋義》云："采之爲物，實以明情表思爲用。蓋情物交會而後文生。""采之本在情，而其用亦在述情。""敷采設藻者，但寫吾情域所包之物，狀吾情識所變之物。"《聲律釋義》云："言爲心聲，言之疾徐高下，一準乎心。文以代言，文之抑揚頓挫，一依乎情。"總之，文之聲采一依乎情（或謂一準乎心），而情生于心，心又本乎自然之道，故爲文敷采選聲，皆應合于道之自然屬性。

三即依文原于道的本體論，合理解說道、聖、文的關係。先生《論劉勰的本體論及文學觀》說："'爰自風姓，暨於孔氏，玄聖創典，素王垂訓，莫不原道心以敷章，研神理而設教。'這段話是說道是典訓之原，聖人乃是能研精神理者。所以他又說：'道沿聖以垂文，聖因文以明道。'這就將聖與道、道與文、聖與文三層關係都說明了。原道之根本意義,論文的思想基礎,即在于此。且由此可知道與文的樞紐皆在聖,聖人的絕大本領,即在'研神理而設教'。所謂'研神理而設教'就是'體道以爲用','法道以施政'。……彥和所謂聖,並非什麼全知全能的神秘人物,只不過是萬物之靈中最優越的人,只不過在一般人中是先知先覺者,是人類的導師,對一切事物,他又是善感善覺者,所以他能作爲經典,垂訓後世。從前一點説,他是政治思想家;從後一點説,他又是文學創作者。這就是彥和《原道》之後,繼以《徵聖》《宗經》的根本思想。"而《征聖釋義》云:"蓋徵者,驗也,證也。聖人之心,合乎自然,聖心之文,明夫大道。事本同條,不容疑似。然則聖心之道雖不可見,而聖人之文尚可得聞。《徵聖》者,由文以見道可也,故次于《原道》。"又云:"文之爲術,廣有多途,約而數之,隱、顯、繁、簡四者而已。四者各有其至當,一皆準之自然。故《春秋》《喪服》之文,不嫌其簡。……《春秋》之作,以微婉起例,當隱者也。然苟非聖心深體自然之道,安能立言有則若此……至其言外之意,亦以箴文家之弊也。……故特舉此四者,以爲法式。"而《宗經釋義》,説經文即自然之文,特別指出宗經二義,一緣文體生于五經,一爲經文之作"體有六義"。《徵聖》《宗經》,皆從正面言説爲文如何原道。《辨騷釋義》即謂"五篇之中,前三篇(《原道》《徵聖》《宗經》)揭示論文要旨,於義屬正。後二篇(《正緯》《辨騷》)抉擇真僞同異,於義屬負。負者箴砭時俗,是曰破他;正者建立自説,是曰立己"。如此揭示《文心》"爲文之樞紐"的奧秘和陳述方式,劉勰地下有知,亦當領首稱是。

(三)以劉勰"三準"説爲綱,系統歸納、整合古代文學思想理論體系。

劉勰《文心雕龍·鎔裁》,提出作者創作有鎔、裁二法。而説"規範本體謂之鎔(將文章全篇鎔範爲'首尾圓合,條貫統序'的整體)"的鎔法,有謂"草創鴻筆,先標三準:履端於始,則設情以位體;舉正於中,則酌事以取類;歸餘於終,則撮辭以舉要"。劉先生《釋義》謂"'鎔'者,'酌事''撮辭',以明所設之'情'之謂也"。又謂"三準","是指從作者内心形成作品的全部過程中所必然有的三個步驟。這三個步驟都各有其適當的、一定的準則,所以謂之爲三準。……他所謂'位體',是説作者內心懷抱着的某種思想感情的整個體系,首先,要將它建立起來,作爲全篇的骨幹,然後'酌事'方有所依據,所以説'設情以位體'。其次,作品中所用的事或理又必須與他的思想感情極其相類,非常切合,也就是必須與形成他的思想感情的客觀事物一致,所以説'酌事以取類'。再次,有了與'情'相類的'事',然後方能依據這些'事'的內容和性質來'屬采附聲'。這裏説的'采'與'聲',就是作品中的詞藻。凡是美的文學作品必然具有采色與音聲之美。而這種'屬采附聲'的工拙,是關於作者的藝術手段的高下。作者的藝術手段高,則他的作品中的'事'與'物',就能光輝燦爛,發生搖蕩人們心靈的力量。……這樣,必然是作品中所敷設的詞句都最精煉,都是'事'與'物'的最主要的部分。所以説'撮辭以舉要'"(劉永濟《釋劉勰的三準論》)。先生認爲此爲劉勰文學創作理論的核心觀點,概括出了所有文學作品創作的特點。所以畢生將其作爲研治龍學的重點,並由此出發對中國古代文學思想理論體系的整合作出了重大貢獻。

　　劉永濟先生研究劉勰的創作論,既注意到"三準"論係對文學創作過程而言,劉勰講的"情""事""辭"都是臨文時的事。三者看似平列,實則"情"乃"事""辭"之根本。還注意到臨文之先,作者的思想感情("情")是從觀察物之萬象而興起的,而與作者所處時代環境分不開。而最有意義的,是對兩類論述作了歸納和整合,建構起包括文學本體論、創作論、鑒賞論在內的中國古代文學思想理論體系。"三準"論既爲劉勰創作理論的核心觀點,《文心》各篇作論必然會常常加以運用,由于所論對象不同,往往所用術語有異。先生由表入裏,厘清其內涵實質及彼此內在聯繫,然後歸類整合,將其納入"情""事""辭"的"三準"體系。《附會》有謂"夫才量學文,宜正體制。必以情志爲神明,事義爲骨髓,辭采爲肌膚,宮商爲聲氣"。先生即謂"這裏是用人身來作比擬,顯然'情志'是最重要的,這裏所説的'事義',即是事實與事理的總稱。但加上'宮商'一項,實即'辭'中的'采'與'聲'的分説"。《情采》有謂"文采所以釋言,而辯麗本于情性"。先生即謂"這裏的'文采''言''情性'顯然就是'三準'中的'辭''事''情'"。又謂"《宗經》篇説宗經的'六義(情深而不詭、風清而不雜等六種風範)',即可用'三準'的'情''事''辭'概括它。……《風骨》篇用了許多名詞,歸納起來,則'風''氣''情''意''義''力',屬于'情';'骸''體''骨''言''辭',屬于'事';'采''藻''字''響''聲''色',屬于'辭'"(劉永濟《釋劉勰的三準論》)。如果説整合《文心》各篇術語而將其納入一定的話語體系,有利於廓清因頻繁使用其他術語而産生的誤會或迷惘,有利於一目了然地準確掌握各篇要義,那對另一類術語或觀念的整合、歸納,則帶有理論創新的意義。

所謂另一類術語或觀念,指孔、孟、莊、揚諸子論文的經典言論,劉先生看出了劉勰文學創作論核心觀點和它們之間的同一性,經過整合,從各家義同而用字不同的術語中選擇一最具表現力的關鍵詞,來構建一個表述方式有別於諸家而具有同一理論内核的"新"思想體系。劉先生在多種學術著作或論文中論述過這一新思想體系的由來,表述過這一新思想的基本觀點。如《鎔裁釋義》云:"舍人所謂'三準',即孔子所謂'志''言''文',孟子所謂'志''辭''文',已略説於《宗經》篇中。兹更詳釋之如次:昔孔子贊《易》曰:'書不盡言,言不盡意。'其美子産也,曰:'言以足志,文以足言。不言,誰知其志?言之無文,行而不遠。'孟子論《詩》曰:'不以文害辭,不以辭害志。'其稱《春秋》也,曰:'其事則齊桓、晉文,其文則史,其義則丘竊取之矣。'莊子《天道》篇,有'貴書''貴語''貴意'之文。揚雄《法言》,又有'言不能達其心,書不能達其言'之語。合以舍人'設情''酌事''撮辭'之説,雖同舉三項,而名義紛如。蓋訓詞之例有通别,用字之式有單復。……明夫此,則孔子之'意'與'志',孟子之'志'與'義'也。孔子之'書'與'文',孟子之'文'也。孟子之'辭'與'事',孔子之'言'也。莊子之'意''語''書',揚雄之'心''言''書',舍人之'情''事''辭',亦即孔子之'志''言''文',孟子之'志''辭''文'也。辭或變而稱事者,辭乃説事之言。"在將孔、孟、莊、揚論文關鍵詞整合爲劉勰"三準"之"情""事""辭"範疇的基礎上,劉先生進一步指出:"綜而論之,書不盡言,言不盡意，文理之當然也。言以足志，文以足言，作者之良法也。不以文害辭，不以辭害志，讀者之要術也。所言同而所以言者異也，情感思想，志之屬也。志託於事物而言爲辭，辭寄於筆墨而見爲文。"①"文理之當然"，是説文學創作規律；"作者之良法"，是説創作方法；"讀者之要術"，是説鑒賞方法。所言已超出創作論的範圍。而先生説："蓋凡一作品之成，不出'文''辭''志'三部分。'文'者，作品之篇章字句也，謀篇，造句，用字，修辭之事屬之。'志'者，作者之思想感情也，作者内心所蓄積、所激發者屬之。'辭'則作者思想感情所附託，而以篇章字句表達之者也。"②《十四朝文學要略·叙論》謂"辭乃説事之言"。《孟子論讀者意逆之法》謂"志者，作者之思想感情也。以常語釋之，則爲什麽要説也。辭者，思想感情托之以見之事、義也，亦即作品之内容。以常語釋之，則説些什麽也。文者，篇章字句也，而修辭語法屬之。以常語釋之，則怎麽説法也"。《論文學中相反相成之義》謂"志者，其思想情感也。辭者，其志所附麗以見之事物也。文者，此事物由之以表現之字句篇章也。""三者之中，'辭'爲'文'與'志'之中介。'文'必準'辭'以敷設，'志'亦藉'辭'而顯示。再通俗言之，'志'者，爲什麽要説（Why），'辭'者，説些什麽（What），'文'者，怎麽説法（How）也。就作者言之，必先有'志'而後有'辭'，有'辭'而後有'文'，'志'其内，'文'其外也，其勢順。就研究作品者言之，必先通其'文'以求通其'辭'，次通其'辭'以求通其'志'，'文'其末，'志'其本也，其勢逆，此孟子所謂'以意逆志'也。"③凡文學作品皆由志、辭、文三者構成，而在創作中，對三者的處置有一定的步驟，每一步驟各有其應該堅持的準則。而讀者鑒賞其文，爲先通其文以求通去辭，通其辭以求通其

---

① 劉永濟：《十四朝文學要略·叙論》，武漢大學出版社 2013 年版，第 25 頁。

② 劉永濟：《屈賦研究法之商榷》，《屈賦通箋》，中華書局 2010 年版，第 294 頁。

③ 劉永濟：《屈賦研究法之商榷》，《屈賦通箋》，中華書局 2010 年版，第 294 頁。

志。此乃劉先生藉助整合、歸納孔、孟、莊、揚經典論述所構建的中國古代文學思想體系，而其思路却來自劉勰"三準"論。只是用孔、孟所說之"志"取代劉勰所說之"情"，用孟子所說之"辭"取代劉勰所說之"事"，用孔、孟所說之"文"取代劉勰所說之"辭"。而論創作之三步驟即各步驟之準則，皆依劉勰所言。說孔子"言以足志，文以足言，不言，誰知其志"之創作論，釋其"言""文""志"，即取劉勰"三準"所用之"事""辭""情"義。說孟子"不以文害辭，不以辭害志，以意逆志，是爲得之"之鑒賞論，釋其"文""辭""志"，亦取劉勰"三準"所用之"辭""事""情"義。于是先生自得地說："余于孔門論文之語，而得一樞要焉！孔門論文，精義至夥，而以三事爲最要。三事維何？曰志也，辭也，文也。三事之相關，見於孔子之言者二，見於孟子之言者一。"①實則先生對孔門論文之語"樞要（核心內容）"的把握，出于對劉勰"三準"論要義的領悟。先生於此顯現出的會通意識、系統思維、整體觀念，和打通牆壁說話、透過現象看本質、提煉歸納以作形上之論的做法，不單爲今人治龍學開一法門，亦可爲所有研究古代文學（包括古代文論）的學者所用。

（四）對《文心》重要術語、概念、原理內涵的揭示和闡釋，往往是對大家名家說法的訂正。

如《總術釋義》說"術有二義：一爲道理，一指技藝。本篇之術屬前一義，猶今言文學之原理也"。"'多欲練辭，莫肯研術'云云，則斥但講枝末，而忽視本原者之辭也。講枝末者，但求敷藻設色之法，諧聲協律之功，若今傳四聲八病之說，繁苛枝碎，殆其遺矣。""舍人論文，每以文與心對舉，而側重在心。本篇所謂總者，即以心術總攝文術而言也。""夫心識洞理者，取舍從違，咸皆得當，是爲通才之鑒；理具於心者，義味辭氣，悉入機巧，是爲善弈之文。然則文體雖衆，文術雖廣，一理足以貫通，故曰'乘一總萬，舉要治繁'也。"其說即針對紀昀"既以文章技藝視此術字，又於所謂總者，未能致思"，和黃侃"說猶未瑩"而

---

① 劉永濟：《文鑒篇》，《文學論》，中華書局 2010 年版，第 437 頁。

發。《定勢釋義》説"統觀此篇，論勢必因體而异，勢備剛柔奇正，又須悦澤，是則所謂勢者，姿也，姿勢爲聯語，或稱姿態；體勢，猶言體態也……蓋文章體態雖多，大別之，富才氣者，其勢卓犖而奔縱，陽剛之美也；崇情韻者，其勢舒徐而妍婉，陰柔之美也"。"此篇首曰：'因情立體，即體成勢。'今析其義：情者，作者之情思；體者，作品之篇體；勢者，篇體之姿態，三者事如連環，故曰'因'、曰'即'，明其出於自然，未容假借也"。其説即針對黄侃"説'勢'爲法度，雖合雅詁，非舍人之旨也"。《通變釋義》説："蓋此篇本旨，在明窮變通久之理。所謂變者，非一切舍舊，亦非一切從古之謂也，其中必有可變與不可變者焉；變其可變者，而後不可變者得通。可變者何？舍人所謂文辭氣力無方者是也。不可變者何？舍人所謂詩賦書記有常者是也。""可知齊梁文學，已至窮極當變之會……舍人《通變》之作，蓋欲通此窮途，變其末俗耳。然欲變末俗之弊，則當上法不弊之文，欲通文運之窮，則當明辨常變之理。……其非泥古，顯然可知。"其説即針對"紀（昀）黄（侃）所論，尚未的當"。《程器釋義》説："（本篇）二義：一者，嘆息於無所憑藉者之易招譏謗；二者，譏諷位高任重者，怠其職責，而以文采邀譽。於前義可見爾時之人，其文名藉甚者，多出于華宗貴冑，布衣之士，不易見重於世……此舍人所以興嘆也。於後義可見爾時顯貴，但以辭賦爲勳績，致國事廢弛。蓋道文既離，浮華無實，乃舍人之所深憂，亦《文心》之所由作也……舍人曰：'文武之術……豈以習武而不曉文也。'……亦深中時弊之論也。……此論，不特有斯文將喪之懼，實懷神州陸沉之憂矣，安可謂之不爲典要哉？"其説亦針對紀昀"此篇亦有激而談，不爲典要"，先生甚至稱紀説"真所謂俗鑒之迷者"。他如《宗經釋義》《史傳釋義》《論説釋義》《書記釋義》等，皆有明言紀説之非而自作新論者。由於有針對性，其説自有脱俗超群之處，而言之深刻穩當，切合實際，令人信服。像《神思釋義》説："此篇最要者二義：一論内心與外境交融而後文生之理，二論修養心神乃爲文要術之故。總此二義，而後知舍人論文之精微。……内心外境之表見，其隱顯深淺，咸視志氣、辭令爲權衡：志氣清明，則感應靈速；辭令巧妙，則興象昭晰。二者之于文事，若兩輪之于車焉。千古才士，未有舍是而能成佳文者。然而能言其理者，獨於此篇見之。此舍人之所以卓絕也。……其論修養心神乃爲文之首術者。舍人論文，輒先論心。……蓋文以心爲主，無文心即無文學……然而心忌在俗，惟俗難醫。俗者，留情於庸鄙，攝志於物慾，靈機室而不通，天君昏而無見，以此爲文，安從窺天巧而盡物情哉？故必資修養。舍人虛、靜二義……養心若此，湛然空靈。及其爲文也，行乎其所當行，止乎其所當止，不待規矩繩墨，而有妙造自然之樂，尚何難達之辭，不盡之意哉？"《聲律釋義》説："舍人'內聽'之說最精。蓋言爲心聲，言之疾徐高下，一準乎心。文以代言，文之抑揚頓挫，一依乎情……作者用得其宜，則聲與情符，情以聲顯。文章感物之力，亦因而更大。然其本要在乎澄神養氣，不可外求。"《隱秀釋義》除于"紀黃二氏所未及舉者"之外，"復得一证"以言其文"爲明人僞託"，亦不乏精當之見。如説："《隱秀》之義，張戒《歲寒堂詩話》所引二語，最爲明晰。'情在詞外曰隱，狀溢目前曰秀'。與梅聖俞所謂'含不盡之意見於言外，狀難寫之景如在目前'，語意相合。然言外之意，必由言得，目前之景，乃憑情顯；言失其當，則意浮漂而不定，情喪其用，則景虛設而無功。""言外之旨云者，豈故作隱複之詞，如射覆然邪？蓋言不盡意，理所當然，一也。文章之美，貴有含蓄，二也。復以作者之情，或不敢直抒，則委曲之；不忍明言，則婉約之；不欲正言，則恢奇之；不可盡言，則蘊借之；不能顯言，則假託之；又或無心於言，而自然流露之。於是言外之旨，遂爲文家所不能闕，賞會之士，亦以得其幽旨爲可樂，故意逆之功，以求志爲極則也。""文家言外之旨，往往即在文中警策處，讀者逆志，亦即從此處而入。蓋隱處即秀處也。"其説將隱秀應有之意，隱與秀的連帶關係，文中言外之旨的成因，其在文中所在，及文學鑒賞當"從此處而入"的特點，方方面面都説得十分明白、透徹。恐怕劉勰原稿所言，要義亦在先生所言之中。

三

"龍學"專家羅立乾教授論及劉先生對"龍學"發展的貢獻，曾説：

"在《文心雕龍校釋》中,劉永濟創設了一種新的校釋方法,即把對《文心雕龍》的版本校勘,對每篇主旨與各段旨意的闡釋,對每篇要義的闡發,這四項內容都合而爲一於每篇的校釋之作中,且以理論闡發的文字爲多。"論及先生研究"龍學"獲得獨特學術成就、能促進"龍學"發展的主要原因之一,則説:"他在治'龍學'中,既牢固地把握住了中國古代文學重在表現情感的民族特色,也牢固地把握住了劉勰總結這種文學創作經驗的文學理論所具有的民族特色,同時還充分注意到了劉勰文論所受中國特有的哲學思想及外來佛典思維方式的深刻影響,故其研究成果不是用西方叙事文學的理論框架及其概念或範疇,去分析或比附《文心雕龍》的理論內容及理論體系而得出的結論。"①羅老師的話是對劉先生《文心雕龍校釋》特點的概括,也是對先生學養豐厚(同文還説到先生深厚的小學功底)和治學有方的介紹。先生治學是很講究方法的,他曾以謙遜的態度寫詩慨嘆自己研治"龍學"方法不濟而少有收穫,説:"譬彼捕鳥人,布網彌山岑。巨耐網目疏,向晚無隻禽。"②關於先生研治"龍學"的方法,筆者撰有《劉永濟"龍學"研究法初探》一文③。嘗謂先生方法運用,靈活多樣(歸納爲十種),得心應手,事半功倍,之所以如此,除與其深厚的小學、史學、哲學功底有關外,還與他四方面(古代文學理論研究、古代文學史研究、古代文學作品鑒賞和詩詞創作)的經驗積累分不開。而在研習《文心雕龍》的過程中,不斷優化研究方法,也起了很大作用。事實上,先生研習"龍學",運用《文心》理論研究古代文學,經歷了一個漫長的過程。其對《文心》諸多要義的深入理解,自有所見,並非一步到位。而是年復一年地反復琢磨,仔細推敲,終至由點到面、由淺到深、由粗到精,有了對《文心》要義深入、精準的把握。能充分説明這一點的,是他留下來的衆多研治《文心雕龍》的資料。

---

① 羅立乾:《鈎深致遠 歷久彌光——論析劉永濟對"龍學"發展的貢獻》,《長江學術》2004年第6輯。
② 劉永濟:《論劉勰的本體論及文學觀》,《文心雕龍校釋》,武漢大學出版社2013年版,第155頁。
③ 熊禮匯:《劉永濟"龍學"研究法初探》,《人文論叢》2017年第1輯。

先生研治《文心雕龍》最成熟、最完整、傳播最廣的，當然是他的《文心雕龍校釋》，其次是已發表的論文，再次是散見于其他著述中的相關論述。此外，還有若干讀書時的眉批和手記。相比之下，這些眉批和手記，顯得尤爲珍貴，一則内容豐富，具有學術價值；二則從未面世，且存世者極少，不易得到。先生從20世紀20年代開始研究《文心雕龍》，曾用國人從海外鈔録的唐寫本殘卷校勘《太平御覽》（一爲商務印書館《四部叢刊》影印宋本，一爲清代鮑崇城校刻小字本）引文，發現同者十之七八。所讀明刻本《文心雕龍》，主要有嘉靖庚子汪一元本、天啓壬戌梅子庚本及合刻五家言本。先生研習《文心》，用得最多、思考最深的應該是黄叔琳的輯注（主要輯明代梅慶生、王惟儉兩家之注）、紀昀的評點和黄侃的《文心雕龍札記》。而讀各種版本的《文心雕龍》，都愛作眉批手記，或過録相關資料，或記録讀書心得。它們大多是先生長期研習《文心》積累的零星材料，但也有論析縝密、類似學術論文的短篇文字。作爲研究《文心雕龍》的階段性成果，不少内容後來成了《文心雕龍校釋》的一部分，有的雖未寫進《文心雕龍校釋》，却爲《文心雕龍校釋》立論提供了論証的依據或思維方法。這裏不妨看一些例子。

先看校字部分。《文心雕龍校釋》中的校字對象和内容，不少出自黄叔琳輯注、紀昀評點本《文心雕龍》和涵芬樓本《文心雕龍》的批語。如"章表校字"10處就有7處出自涵芬樓本批語，"議對校字"7處就各有2處出自黄注紀評本和涵芬樓本批語。"聲律校字"5處即1處出自黄注紀評本批語，4處出自涵芬樓本批語，"麗辭校字"3處即全部出自黄注紀評本批語，"比興校字"5處即有4處出自涵芬樓本批語，"事類校字"3處和"指瑕校字"2處即全出涵芬樓本批語，"養氣校字"2處即各有一處出自黄注紀評本批語和涵芬樓本批語，"附會校字"3處即有2處出自黄注紀評本批語。拿讀本校改處與《文心雕龍校釋》校字處對比，讀本校改處明顯多於《文心雕龍校釋》校字處。如《書記》篇，先生讀黄注紀評本校改即有26處，讀涵芬樓本校改21處；《事類》篇，黄注紀評本校改23處，涵芬樓本校改13處；《指瑕》篇，黄注紀評本校改19處，涵芬樓本校改8處；《神思》篇，黄注紀評本校改17處，涵芬樓本校改 6 處；《附會》篇，黃注紀評本校改 15 處，涵芬樓本校改 5 處；《風骨》篇黃注紀評本校改 14 處，涵芬樓本校改 19 處；《練字》篇，黃注紀評本校改 14 處，涵芬樓本校改 15 處；《奏啓》篇，黃注紀評本校改 15 處，涵芬樓本校改 23 處；《議對》篇，黃注紀評本校改 13 處，涵芬樓本校改 20 處；《章表》篇，涵芬樓本校改即有 22 處。讀本校改處多，而《文心雕龍校釋》校字處少，充分説明先生校字堅持的是少而精的原則。讀本校字多，是因爲要讀懂《文心》，要正確理解《文心》本義，必須校勘原文，訂正訛誤，先生有校即録，故校字者多。而作《文心雕龍校釋》，校字從嚴，僅就極其重要的字詞或他人誤校者加以勘正，凡有校勘且合原文文義者即省而不録，故校字者少。

　　再看釋義部分。《校釋》釋義、觀念乃至文字取用黃注紀評本批語甚多，取用方法大抵有三：一是原文過録。如《奏啓釋義》，全文二百餘字，即全用黃注紀評本"啓者開也，高宗云"上一段批語。《書記釋義》駁紀昀持論之非，首段文字即出自黃注紀評本《書記》"書記廣大，衣被事體"上批語。《定勢釋義》"復次"以下二段文字，即取自黃注紀評本批語中有綜合意味的"一""二"兩段（從"情、體、勢三者"至"即諧和之謂"）。《情采釋義》四段文字，除首段另寫外，其餘三大段幾乎全部取用黃注紀評批語，只是偶有增減（如發揮説："採之爲物，雖以狀物寫象爲職，而其用乃在明情表思。""故文藝之事，自古有難言之妙，論文之理，從來鮮圓到之言。""黃氏《札記》指爲矯枉過直，豈知言哉。"而末段舉例省去《孔雀東南飛》）。《鎔裁釋義》除一、二部分外，後面三部分基本上都是取用黃注紀評本中的批語。只是第三部分將"今取江淹《別賦》爲例"，改爲"今取宋玉《風賦》爲例"。且總結説："由上例觀之，撮辭必切所酌之事，酌事必類所設之情。辭切事要而事明，事與情類而情顯。三者相得而成一體，如鎔金之製器，故曰鎔也。"在第四部分"翦截浮辭之法……斯爲至妙"後，加上"舍人專重裁辭，蓋此篇之作，在針砭時人篇章繁縟冗長之弊"云云一節。而在説《屈賈列傳》前，加言："鎔裁之法，凡文皆宜有之，不但駢體爲然也。《史記·屈賈列傳》頗具鎔裁之妙，今試取以爲記事文之例。"又在盡言其"鎔裁之妙"

後，總結説："故'鎔'者，'酌事''撮辭'，以明所設之'情'之謂也。'裁'者，刪落枝節，去其繁濫，使所設之情易明之謂也。"

二是基本文學觀念和思想體系的取用。從《原道》《宗經》《神思》《體性》《情采》《鎔裁》《風骨》《隱秀》《知音》等篇釋義，可以看出劉先生理解的《文心雕龍》，是一部包含文學本體論、文體論、創作論、鑒賞論在内的、用諸多特有的術語、範疇、觀念表達其思想體系的著作。而上述各篇釋義的基本觀念和思想體系，大多能在黄注紀評本的批語中找得到。《釋義》言及劉勰"三準"和古代創作通論思想的關係，數《鎔裁》次段"詳釋"和《宗經》次段"略說"最爲系統，而《神思》《風骨》《情采》等皆靈活運用其説以言之。所用術語、範疇、觀念及文學思想體系，亦皆見於黄注紀評本《神思》(論及"心""神""思""情""志""氣")、《體性》(論及"體""性""情""氣")、《風骨》(論及"風，文意，心；骨，文體，文"。"風、氣皆運行流盪之物，以喻文意；骨、骸皆樹立結構之物，以喻文辭。文意根于人情。意氣，人情也。在人爲情，在文爲風。文體由于文辭而結言文辭也，屬口爲辭，屬文爲體")、《隱秀》(論及"隱屬志而關係在辭，秀屬文而樞紐亦在辭。此論言外之意，文資言外有意。言外之意，隱也。言外之意，又資于言内得之，能見言外之意者則秀。非言内有秀，不能見言外之隱。隱秀相資而成，不可分論")等篇批語。

三是將黄注紀評本批語提供的文獻資料和論述的觀點、想法，加以選擇、提煉、歸納，寫進釋義之中。如《議對釋義》謂"議對者……其必深明治體，務切時用，言無虚設，義準經訓，瞭然於一代政治之得失，坐言者可以起而行，然後文非妄作。觀彦和所舉漢、魏臣工，其所獻替，無不如是"，即出自對黄注紀評本批語所列衆多漢、魏臣工議政、對策之文特點的概括。《體性釋義》謂"舍人此篇雖標八體，非謂能此者必不能彼也。今任舉其書評文之語如下，以見其變之繁"。所舉《文心》評語，即選自黄注紀評本"若夫八體屢遷"上的批語。《練字釋義》謂"兩漢賦家類精字學，故其綴文用字繁富。然聚集偏旁相同之字於數句之内，殆同字林，亦文章之疵疣也。六朝以降，修辭日工，此習遂廢"。

所舉相如《上林賦》共十八山旁字，孟堅《西都賦》共十三鳥旁字，平子《南都賦》共二十七水旁字，休文《郊居賦》共六鳥旁字，即選自黃注紀評本"綴字屬篇，必須練擇"上批語所列例證。又《章表釋義》兩段文字，立意及主要內容的表述，皆出自對黃注紀評本批語的揀擇和提煉。《神思釋義》要義則散見于黃注紀評本批語，而行文前作了理論上的歸納，故批語多而言之瑣碎，正文精而條理清楚。而《隱秀釋義》則改黃注紀評本批語"言外之意爲隱，言內可得之處即爲秀。秀者，即透漏言外之意之處，亦即透漏消息之謂。讀者由秀處尋求消息，即可得其意"，爲"文家言外之旨，往往即在文中警策處，讀者逆志，亦即從此處而入。蓋隱處即秀處也"。

　　應該說明，劉先生利用黃注紀評本上的批語撰寫《文心雕龍校釋》一書的例證，遠不至于此。比如批語點示《文心》各篇主題的話：說"通變""此總論古今文學流別也，中含數意：1. 文有古今之變，2. 模擬，3. 復古"。說《定勢》"此總論文心與體勢之關係"，"此體制之宜擇也"，"勢有姿態之義"。說《鎔裁》"此論辭與文之關係，而重在繁簡得宜，而推本於情理"。說《附會》"此專論辭與文之關係"。"衆辭相附會於一義，爲文必有可會之一義，而後設辭雖衆，而群言有宗。"說《養氣》"此專論養氣自守"，"志、情與氣互文，志動情發，則爲氣也"。又如批語揭示各篇內容聯繫的話：說《神思》"此總論心與文之關係一，而重在修養"。說《體性》"此總論心與文之關係二，而重在練才定習"。說《風骨》"此總論心與文之關係三，重在守氣以御文"。說《比興》"此論修辭之法一"。說《夸飾》"此亦辭之事也，此論修辭之法二"。說《事類》"此亦辭之事也，此論修辭之法三"。說《練字》"此亦爲駢體用字立篇也，此論修辭之法四，字形之事也"。其實這些見解都十分深刻、精到，對全面瞭解《文心》要義很有幫助。此外，先生手批涵芬樓本《文心雕龍》，還摘鈔全書各篇的重要詞語。這些詞語多是各篇明理達意的專用術語或關鍵詞，能否準確理解此類詞語，關係到能否讀懂或深入領會《文心》要義的大問題。先生深知界定其義的重要性，一方面在批語中考釋尋繹其義，另一方面搜羅材料，準備編一本《文心雕龍辭典》。可惜先生此願未遂，即歸道山，許多嘔心所得的珍貴文獻連同諸多積學所得的真知灼見，或即淪爲滄海遺珠。

爲了搶救先生留下的文學遺産，也爲了生動展現先生研治"龍學"的歷程，更爲了給後來者提供研究《文心雕龍》的經驗，和搜尋資料的方便，我們特將先生研治"龍學"的成果和他參閱的相關文獻、讀書筆記組合在一起，命名曰"劉永濟手批《文心雕龍》"。具體名目有劉永濟的《文心雕龍校釋》、黄叔琳的《文心雕龍輯注》、紀昀的《文心雕龍評語》。還有劉永濟的"龍學"論文和部分著作論及"龍學"的文字，以及劉先生在黄注紀評本（下册）和涵芬樓影印本《文心雕龍》上的所有批語。此外，還選有少數學者論述劉先生研治"龍學"的成就及其特點的論文，以作附録。書由李中華、熊禮匯、徐正榜三人編成，序言由熊禮匯執筆。工作中，自始至終都曾得到劉先生次女茂新女士及其夫君曾祖新先生的大力支持，没有他們的幫助，本書是不可能問世的。

2018 年 10 月 9 日於武昌南湖山莊梅荷苑

凡　例

　　《劉永濟手批〈文心雕龍〉》，收錄劉永濟教授研究《文心雕龍》已經刊印和未曾刊印的部分學術成果。已經刊印者，主要取自先生《文心雕龍校釋》中的"校字""釋義"部分；未曾刊印者，主要取自先生研讀《劉舍人〈文心雕龍〉十卷本》和涵芬樓影印《四部叢刊》本《文心雕龍》於書上所作的批語。後者部分內容、見解，有的已經原封不動或以其他表述形式成爲前者的重要成分，有的則以學術研究半產品或素材積累的形式存在於《文心雕龍》讀本中。讀者有機會結合先生已刊印的著述，研讀此類未刊印的批語，對全面、深入認識先生"龍學"研究的特點和從中得到啓發，無疑大有裨益。故本書內容安排，以先生研讀《文心雕龍》的批語爲主，而顧及相關學術資料。

　　一、全書分爲正文和附錄兩部分，采用新式標點、繁體橫排方式刊印。

　　二、正文按《文心雕龍》五十篇順序排列，每篇分設七項內容，依次爲《文心雕龍》原文、黃叔琳注（部分篇章有"題注"）、紀昀評語、劉永濟校字、劉永濟釋義、劉永濟批語和劉永濟本篇摘錄語詞。附錄材料則有兩類，一爲劉永濟先生研究"龍學"的論文和相關論述，二爲學界評介劉永濟"龍學"研究的文章。

　　三、本書過錄《文心雕龍》所有原文及黃叔琳所有注文，均以人民文學出版社2006年版《文心雕龍注》爲本。紀昀評語則錄自江蘇廣陵古籍刻印社據翰墨園藏板刊印之《紀曉嵐評文心雕龍》（1997年版）。黃注亦稱"黃叔琳輯注"，主要輯錄明代梅慶生（字子庚）、王惟儉的注，係其門客某甲所爲（依紀昀説）。雖然"黃氏所待勘者，尚不可悉舉"（李詳

《文心雕龍黃注補正序》），但自姚平山乾隆六年（1741）刻印（養素堂本）發行以來，黃注即爲"龍學"研究者的必備知識，影響較大，故本書悉數照錄。

四、本書所錄劉永濟校字、劉永濟釋義，均錄自劉永濟著《文心雕龍校釋　附徵引文錄》（中華書局2010年版）。

五、劉永濟批語，過錄的全是劉永濟先生研讀《文心雕龍》時在書上所作的批語。劉先生研讀且作有批語的《文心雕龍》版本較多，不少散存于湖北以外的圖書館和私人手中，編者能見到的僅有《劉舍人〈文心雕龍〉十卷》（下冊），和涵芬樓影印《四部叢刊》本《文心雕龍》兩種（準確地說只有一種半）。故本書自《原道》至《檄移》二十篇，僅錄有先生研讀涵芬樓影印本《文心雕龍》所作的全部批語；自《封禪》至《序志》三十篇，則錄有先生研讀"劉舍人本""涵芬樓本"兩種版本《文心雕龍》所作的全部批語。

六、劉永濟本篇摘錄語詞，專錄劉永濟先生研讀涵芬樓影印本《文心雕龍》于各篇摘錄（寫在書頁上面）的重要語詞。劉先生研究《文心雕龍》，本欲編撰《文心雕龍辭典》一書，因故未果。各篇摘錄的語詞，實爲《文心雕龍辭典》所選條目之素材，故悉數錄入本書。

七、除《文心雕龍校釋》外，劉先生研究"龍學"的論文及相關論述不在少數，本書僅取内容與"批語"密切相關者。同樣，學界評介先生"龍學"研究成就文章甚多，本書亦僅取有助于認識"批語"之學術價值者。

目　次

卷一

原道第一……………………………………………	1
徵聖第二……………………………………………	6
宗經第三……………………………………………	11
正緯第四……………………………………………	18
辨騷第五……………………………………………	24

卷二

明詩第六……………………………………………	32
樂府第七……………………………………………	45
詮賦第八……………………………………………	55
頌讚第九……………………………………………	65
祝盟第十……………………………………………	73

卷三

銘箴第十一…………………………………………	82
誄碑第十二…………………………………………	90
哀弔第十三…………………………………………	97
雜文第十四…………………………………………	104
諧讔第十五…………………………………………	111

卷四

史傳第十六 …………………………………… 118

諸子第十七 …………………………………… 137

論說第十八 …………………………………… 146

詔策第十九 …………………………………… 166

檄移第二十 …………………………………… 175

卷五

封禪第二十一 ………………………………… 183

章表第二十二 ………………………………… 190

奏啟第二十三 ………………………………… 198

議對第二十四 ………………………………… 207

書記第二十五 ………………………………… 217

卷六

神思第二十六 ………………………………… 232

體性第二十七 ………………………………… 240

風骨第二十八 ………………………………… 246

通變第二十九 ………………………………… 253

定勢第三十 …………………………………… 259

卷七

情采第三十一 ………………………………… 267

鎔裁第三十二 ………………………………… 274

聲律第三十三 …… 281
章句第三十四 …… 293
麗辭第三十五 …… 300

卷八

比興第三十六 …… 307
夸飾第三十七 …… 313
事類第三十八 …… 318
練字第三十九 …… 329
隱秀第四十 …… 337

卷九

指瑕第四十一 …… 344
養氣第四十二 …… 351
附會第四十三 …… 356
總術第四十四 …… 361
時序第四十五 …… 367

卷十

物色第四十六 …… 394
才略第四十七 …… 399
知音第四十八 …… 410
程器第四十九 …… 417
序志第五十 …… 424

附錄一 劉永濟"龍學"論文及相關論述

《文心雕龙校释》例言 …………………………………… 434
《文心雕龙校释》前言 …………………………………… 435
《文心雕龍徵引文錄》小引 ……………………………… 438
《文心雕龍徵引文錄》凡例 ……………………………… 439
論劉勰的本體論及文學觀 ………………………………… 441
釋劉勰的"三準"論 ……………………………………… 452
論"風骨"答某君 ………………………………………… 460
《十四朝文學要略》(摘錄) ……………………………… 463
文學論(摘錄) …………………………………………… 489

附錄二 學界對劉永濟"龍學"研究的評介

劉永濟的《文心雕龍校釋》
………………… 張少康 汪春泓 陳允鋒 陶禮天 498
劉永濟《文心雕龍校釋》……………………………… 張文勛 506
評劉永濟《文心雕龍校釋》…………………………… 牟世金 509
鉤沉致遠 歷久彌光
——論析劉永濟對"龍學"發展的貢獻 ………… 羅立乾 512
劉永濟"龍學"研究法初探
——紀念劉永濟先生逝世五十周年 ……………… 熊禮匯 529
劉永濟《文心雕龍校釋》的學術貢獻 ………………… 陳允鋒 552
劉永濟與珞珈龍學 ……………………………… 李建中 李 鋒 557
從《文心雕龍校釋》看劉永濟先生的學術風範 ……… 何念龍 568
淺析劉永濟《論劉勰的本體論及文學觀》…………… 朱燕玲 571
劉永濟《文心雕龍校釋》辭采論 ……………………… 王鳳英 580
《文心雕龍校釋》構思論 ……………………………… 王鳳英 589

劉永濟《詞論》與《文心雕龍》之相關性考辨（節錄）…… 陳水雲 599
劉永濟《文心雕龍校釋》評介 ………………………… 張清河 602
大師的風範
　——劉永濟先生的學術與人格 ………………… 吳志達 607

後記……………………………………………………………… 614

卷一

原道第一

　　文之爲德也大矣，與天地並生者何哉？夫玄黃色雜，方圓體分，日月疊璧，以垂麗天之象；山川煥綺，以鋪理地之形；此蓋道之文也。仰觀吐曜，俯察含章，高卑定位，故兩儀既生矣。惟人參之，性靈所鍾，是謂三才。爲五行之秀，實天地之心。心生而言立，言立而文明，自然之道也。傍及萬品，動植皆文：龍鳳以藻繪呈瑞，虎豹以炳蔚凝姿。雲霞雕色，有踰畫工之妙；草木賁華，無待錦匠之奇。夫豈外飾，蓋自然耳。至於林籟結響，調如竽瑟；泉石激韻，和若球鍠。故形立則章成矣，聲發則文生矣。夫以無識之物，鬱然有彩，有心之器，其無文歟！

　　人文之元，肇自太極，幽贊神明，易象惟先。庖犧畫其始，仲尼翼其終。而乾坤兩位，獨制文言。言之文也，天地之心哉！若迺河圖孕乎八卦，洛書韞乎九疇，玉版金鏤之實，丹文綠牒之華，誰其尸之，亦神理而已。自鳥跡代繩，文字始炳。炎皞遺事，紀在三墳。而年世渺邈，聲采靡追。唐虞文章，則煥乎始盛。元首載歌，既發吟詠之志；益稷陳謨，亦垂敷奏之風。夏后氏興，業峻鴻績，九序惟歌，勳德彌縟。逮及商周，文勝其質，雅頌所被，英華日新。文王患憂，繇辭炳曜，符采複隱，精義堅深。重以公旦多材，振其徽烈。剬詩緝頌，斧藻羣言。至夫子繼聖，獨秀前哲。鎔鈞六經，必金聲而玉振。雕琢情性，組織辭令。木鐸起而千里應，席珍流而萬世響。寫天地之輝光，曉生民之耳目矣。

爰自風姓，暨於孔氏，玄聖創典，素王述訓，莫不原道心以敷章，研神理而設教，取象乎河洛，問數乎蓍龜。觀天文以極變，察人文以成化；然後能經緯區宇，彌綸彝憲，發揮事業，彪炳辭義。故知道沿聖以垂文，聖因文而明道，旁通而無涯，日用而不匱。《易》曰："鼓天下之動者，存乎辭。"辭之所以能鼓天下者，迺道之文也。

贊曰：道心惟微，神理設教。光采玄聖，炳耀仁孝。龍圖獻體，龜書呈貌。天文斯觀，民胥以傚。

【黄叔琳注】

玄黃：［易］夫玄黃者，天地之雜也，天玄而地黃。

方圓：［大戴禮記］天道曰圓，地道曰方。

日月疊璧：［易坤靈圖］至德之萌，日月若聯璧。

炳蔚：［易］大人虎變，其文炳也。又曰君子豹變，其文蔚也。

庖犧畫其始：［易繫辭］庖犧氏之王天下也，仰則觀象於天，俯則觀法於地，觀鳥獸之文與地之宜，近取諸身，遠取諸物，於是始作八卦，以通神明之德，以類萬物之情。

仲尼翼其終：［易通卦驗］孔子作上彖、下彖、上象、下象、上繫、下繫、文言、說卦、序卦、雜卦爲十翼。

河圖：［易正義］伏羲氏有天下，龍馬負圖以出於河，遂法之畫八卦。

洛書：［周書洪範］天乃錫禹洪範九疇。［注］易言河出圖，洛出書，聖人則之，蓋治水功成，洛龜呈瑞。

玉版：［王子年拾遺記］帝堯在位，聖德光洽，河洛之濱得玉版，方尺，圖天地之形。

丹文緑牒：[宋書志序]握河括地緑文赤字之書，言之詳矣。

鳥迹：[許氏説文序]黃帝之史蒼頡，見鳥獸蹄迒之迹，知分理之可相別異也。初作書契。

代繩：見徵聖篇象夬注。

三墳：書久亡。[元吳萊三墳辨]三墳書，近出僞書也。世或傳，大抵言伏羲本山墳而作連山，神農本氣墳而作歸藏，黃帝本形墳而作乾坤。無卦爻，有卦象文鄙而義陋，與周官太卜所掌異焉。

元首載歌：見章句篇。

陳謨：書有益稷篇。

九序惟歌：書大禹謨篇文。

彌縟：[王充論衡]德彌盛者文彌縟。

文王憂患：[易傳]夏商之末，易道中微，文王拘於羑里，係以彖辭，易道復興。

繇辭：繇音宙。[杜預左傳注]繇，卜兆辭也。[續文章緣起]繇，夏后作鑄鼎繇。繇，卜辭也。

剬詩緝頌：剬，[韻會]多官切，整飭貌。[書]周公居東二年，乃爲詩以貽王，名之曰鴟鴞，王亦未敢誚公。[國語]周公之爲頌曰，思文后稷，克配彼天。

斧藻：[揚子法言]吾未見好斧藻其德，若斧藻其楶者。

鎔鈞：[董仲舒傳]猶泥之在鈞，唯甄者之所爲，猶金之在鎔，唯冶者之所鑄。顏師古曰：鈞，造瓦之法，其中旋轉者，鎔，謂鑄器之模範也。

千里應：[易繫辭]君子居其室，出其言善，則千里之外應之。

席珍：[禮記]儒有席上之珍以待聘。

風姓：[史記]伏羲氏以風爲姓。

玄聖：[班固典引]縣象闇而恒文乖，彝倫斁而舊章闕，故先命玄聖，使綴學立制。[注]玄聖，孔子也。

素王：[拾遺記]夫子未生時，有麟吐玉書於闕里，文云：水精之子，繼衰周而爲素王。

【紀昀評語】

在卷首紀氏題曰："據《時序篇》，此書實成於齊代，今題曰梁，蓋後人所追題。猶《玉臺新詠》成於梁，而今本題陳徐陵耳。"

在開篇"文之爲德也大矣"之上，紀氏題曰："自漢以來，論文者罕能及此。彥和以此發端，所見在六朝文士之上。"又題曰："文以載道，明其當然。文原於道，明其本然。識其本乃不逐其末。首揭文體之尊，所以截斷眾流。"

在"夫豈外飾，蓋自然耳"句上，紀氏題曰："齊梁文藻，日競雕華。標自然以爲宗，是彥和喫緊爲人處。"

在"乾坤兩位，獨制文言"數句上，題曰："此解文言，不免附會。"又題曰："解《易》者未發此義。"

在"河圖孕乎八卦"數句上，又題曰："何晏《論語注》引孔安國之説，謂河圖即八卦，與此'孕乎八卦'語相合。知五十五點之僞圖，彥和未見也。洛書配九官，北齊盧辨注《大戴禮》已有是語。則其説起於南北朝，故彥和亦云然。"

原本"振其徽烈"句"振"下注云："元作'褥'。"紀氏於其上題曰："'褥'疑作'縟'。《説文》：縟，繁采色也。《玉篇》：縟，飾也。"

在"劀詩緝頌"句上，題曰："'劀'即'劃'字。《説文》訓爲齊，言切割而使之齊，與詩義無涉。古帖'制'字多書爲'劀'。此'劀'字疑爲'制'字之訛。《史記·五帝本紀》'依鬼神以劀義'注曰：'劀有制義。'是三字相亂已久，不必定用本訓也。此即載道之説。"

在黃叔琳輯注"元黃"等條目上，紀氏題曰："此等皆童而習之之典，能讀《文心雕龍》者，不患其不知。此數條不免於贅設。"在"河圖"條目上題曰："河圖，不應以《正義》爲根柢。"在"玉版"等條目上題曰："玉版、丹文、綠字，散見緯書。《拾遺記》《宋書》，皆非根柢。"在"三墳"條目上題曰："此宜先注'三墳'，而以書亡、僞託之説附於後。且書出毛漸，宋人已言之，不得引元人之説。"在"劀詩緝頌"條目上題曰：

"此言緝頌，不言作頌。引《國語》非是。"在"元聖"條目上又題曰："此元聖當指伏羲諸聖。若指孔子，於下句爲複。孔子亦非僻典也。"

【劉永濟校字】

玉版金鏤之實。

《御覽》五八五"實"作"寶"。

【劉永濟釋義】

此篇分三段。初段明文心原道，蓋出自然。中分三節：首標文德侔天地之義，是文之原夫道也。次論人心參兩儀之理，是亦心之原夫道也。夫推闡無心之物，聲采並茂者，莫非自然，以見文心原道，亦自然之符也。次段敘上古至孔子之文。中分三節：初總贊聖哲制文，實本天道。獨稱《易》象者，群經以《易》爲最古，文字始創由畫卦也。次言《河圖》《洛書》與上古符命，乃道之所顯著，故曰"誰其尸之，亦神理而已。"神理，即道也。末述上古迄孔子之文，而專重唐虞以後，亦孔子刪書斷自唐虞之遺意也。三段明道與文相關之理。中涵二義：一，道沿聖以垂文；二，聖因文以明道。蓋自然妙道，非聖不彰，聖哲鴻文，非道不立，此舍人以《原道》冠冕全書之故也。紀昀謂："文以載道，明其當然；文原於道，明其本然。"語至明確。學者所當深思明辨者也。

舍人論文，首重自然。二字含義，貴能剖析，與近人所謂"自然主義"，未可混同。此所謂自然者，即道之異名。道無不被，大而天地山川，小而禽魚草木，精而人紀物序，粗而花落鳥啼，各有節文，不相淩雜，皆自然之文也。文家或寫人情，或模物態，或析義理，或記古今，凡具倫次，或加藻飾，閱之動情，誦之益智，亦皆自然之文也。文學封域，此爲最大。故舍人上篇舉一切文體而並論之。此亦其識度通圓，無畸輕畸重之失，與後世駢文家輕古文、散文家詆駢體者異矣。

【劉永濟批語】

在涵芬樓本《文心雕龍·原道篇》上的題語：

在全書之首題曰："據唐寫本、《御覽》及諸家所校本與永濟所定增刪、改正。一九六一年夏永濟記。"

在"是謂三才，爲五行之秀"上題曰："'五行之秀'出《禮運》：'故人者，其天地之德，陰陽之交，鬼神之會，五行之秀氣也。'"又題曰："人實天地之心。《禮運》：'故人者，天地之心也。'"

在"玉版金鏤之實"句"實"字旁題曰"寶"。

在"煥乎始盛"句"始"字旁題曰"爲"。

在"褥其徽烈"句"褥"字旁題曰"振"。

在"剬詩緝頌"句"剬"字旁題曰"制"。

在原本"原道心裁文章"句"裁文"二字旁題曰"以敷"。

在"發輝事業"句"輝"字旁題曰"揮"。

在"鼓天下之動"句下增一"者"字。

【劉永濟本篇摘錄語詞】

道之文　性靈　自然之道　含章　性靈　天地之心　心　言　文藻繪　炳蔚　自然　人文　太極　神明　天地之心　神理　聲采　文章　文質　炳曜　英華　符采　複隱　徽烈　鎔鈞　雕琢　墜深　辭令　組織　斧藻　神理　道心　輝光　人文　經緯　彌綸　發揮　彪炳　明道　道之文　神理　光采

徵聖第二

夫作者曰聖，述者曰明。陶鑄性情，功在上哲。夫子文章，可得而聞。則聖人之情，見乎文辭矣。先王聖化，布在方冊。夫子風采，溢於格言。是以遠稱唐世，則煥乎爲盛；近褒周代，則鬱哉可從。此政化貴文之徵也。鄭伯入陳，以文辭爲功；宋置折俎，以多文舉禮。此事蹟貴文之徵也。褒美子產，則云言以足志，文以足言。泛論君子，則云情欲信，辭欲巧。此修身貴文之徵也。然則志足而言文，情信而辭巧，迺含章之玉牒，秉文之金科矣。

夫鑒周日月，妙極機神；文成規矩，思合符契。或簡言以達旨，或博文以該情，或明理以立體，或隱義以藏用。故《春秋》一字以褒貶，喪服舉輕以包重。此簡言以達旨也。邠詩聯章以積句，儒行縟説以繁辭。此博文以該情也。書契斷決以象夬，文章昭晰以象離。此明理以立體也。四象精義以曲隱，五例微辭以婉晦。此隱義以藏用也。故知繁略殊形，隱顯異術，抑引隨時，變通會適。徵之周孔，則文有師矣。

是以子政論文，必徵於聖，稚圭勸学，必宗於經。《易》稱"辨物正言，斷辭則備"；《書》云"辭尚體要，弗惟好異"。故知正言所以立辯，體要所以成辭。辭成無好異之尤，辯立有斷辭之義。雖精義曲隱，無傷其正言；微辭婉晦，不害其體要。體要與微辭偕通，正言共精義並用。聖人之文章，亦可見也。顔闔以爲仲尼飾羽而畫，徒事華辭。雖欲訾聖，弗可得已。然則聖文之雅麗，固銜華而佩實者也。天道難聞，猶或鑽仰；文章可見，胡寧勿思！若徵聖立言，則文其庶矣。

贊曰：妙極生知，睿哲惟宰。精理爲文，秀氣成采。鑒懸日月，辭富山海。百齡影徂，千載心在。

【黃叔琳題注】

在"四象精義以曲隱"數句上，黃氏題曰："繁簡隱顯，皆本乎經。後來文家，偏有所尚，互相排擊。殆未尋其源。"

【黃叔琳注】

文辭爲功：[左傳]鄭子產獻捷於晉，晉人問陳之罪，子產對之，仲尼曰，志有之，言以足志，文以足言。晉爲伯，鄭入陳，非文辭不爲功，慎辭哉。

多文舉禮：［左傳］宋人享趙文子，司馬置折俎，禮也，仲尼使舉是禮也，以爲多文辭。［注］舉，謂記錄之也。

情欲信，辭欲巧：［禮記表記篇］文。

玉牒：［左思吳都賦］玉牒石記。［注］玉牒石記皆典策類也。

金科：［揚雄劇秦美新］金科玉條。[注]謂法令也，言金玉，侫辭也。

幾神：［易］惟幾也故能成天下之務，惟神也故不疾而速，不行而至。

褒貶：［杜預春秋序］春秋以一字爲褒貶。

喪服舉輕包重：如舉緦不祭，則重於緦之服，其不祭不言可知，舉小功不稅，則重於小功者，其稅可知，皆語約而義該也。

邠詩：［詩傳］周成王立，年幼不能蒞阼，周公以冢宰攝政，乃述后稷公劉之化，作詩以戒，謂之豳風。

儒行：［禮記儒行篇］哀公問曰，敢問儒行，孔子曰，遽數之不能終其物，悉數之乃留，更僕未可終也。

象夬：［易繫辭］上古結繩而治，後世聖人易之以書契，百官以治，萬民以察，蓋取諸夬。

象離：［易］離，麗也，日月麗乎天，百穀草木麗乎土，重明以麗乎正，乃化成天下。項安世曰，日月麗乎天而成明，百穀草木麗乎土而成文，故離爲文又爲明。

四象：［易繫辭］易有四象，所以示也。［朱子本義］四象，謂陰陽老少。

五例：［春秋序］爲例之情有五，一曰微而顯，二曰志而晦，三曰婉而成章，四曰盡而不污，五曰懲惡而勸善。

子政：［漢書］劉向字子政。

稚圭：［漢書］匡衡字稚圭，成帝即位，上疏勸經學。

顏闔：［莊子］哀公問於顏闔曰，吾以仲尼爲貞幹，國其有瘳乎。

曰，仲尼方且飾羽而畫，從事華辭，夫何足以上民。

【紀昀評語】

在"夫作者曰聖"上方，紀氏題曰："此篇卻是裝點門面，推到究極，仍是宗經。"

在"此政化貴文之徵也"數句上，題曰："此一段證實徵聖，然無緊要。"

在"此明理以去體也"數句之上，題曰："繁簡隱顯皆本乎經，後來文家偏有所尚，互相排擊，殆未尋其源。"

在"抑引隨時，變通會適"句上，題曰："八字精微，所謂文無定格，要歸於是。"

在"雖精義曲隱，無傷其正言"數句之上，又題曰："通人之論，作文如此乃無死句，論文如此乃爲神解。"

【劉永濟校字】

是以子政論文，必徵於聖；稚圭勸學，必宗於經。

舊校"子"、"稚圭勸學"五字原脫，楊慎補。唐寫本作："是以論文必徵於聖，窺聖必宗於經。"當從。升庵所補非也。

胡寧勿思。

唐寫本作"寧曰勿思"。

【劉永濟釋義】

此篇分三段。初段論文必徵聖之理。中分二節：首渾言，次舉例。次段明聖心精微，故其文曲當神理。中標四義：即簡、博、明、隱。末段言聖文易見，以足成文必徵聖之論。中分三節：首聖文易見，次斥訾聖之非，終贊聖之當徵。全篇宗旨，首段已揭示分明。蓋徵者，驗也，證也。聖人之心，合乎自然，聖心之文，明夫大道。事本同條，不容疑似。然則聖心之道雖不可見，而聖人之文尚可得聞。《徵聖》者，由文以見道可也，故次於《原道》。

紀昀評此篇爲裝點門面，謂："推到究極，仍是宗經。"非也。蓋《徵聖》之作，以明道之人爲證也，重在心。《宗經》之篇，以載道之文爲主也，重在文。聖心合天地之心，故繁、簡、隱、顯，曲當神理之妙。經文即自然之文，故詳略先後，無損體製之殊。二義有別，顯然可見。

　　文之爲術，廣有多途，約而敷之，隱、顯、繁、簡四者而已。四者各有其至當，一皆準之自然。故《春秋》《喪服》之文，不嫌其簡。《豳詩》《儒行》之篇，不病其繁。書契取決斷之用，文章象離麗之義，當顯者也。《易》之爲書，以假象設教，《春秋》之作，以微婉起例，當隱者也。然苟非聖心深體自然之道，安能立言有則若此？然則後世徒事駢偶者，固未可託詞文言之爲儷語，而推崇古文者，亦不可假借訓詁之爲單行矣。此亦舍人立論圓通之處。學者必有此識度，然後衡鑒文藝，庶無偏頗之見。黨同伐異者，不足語此也。至其言外之意，亦以箴文家之弊也。蓋遠如馬、揚之賦，務爲鋪張；次則潘、陸之文，競成浮采。自是以後，流蕩忘返，皆非體要之作。其於簡、繁、明、隱之義，殆有未明，故特舉此四者，以爲法式。

【劉永濟批語】

　　在涵芬樓本《文心雕龍·徵聖篇》上的題語：
　　在"先王聖化"句"聖化"字旁題曰"聲教"。
　　在"夫子風采"句"風采"字旁題曰"文章"。
　　在原書"以多方舉禮"句"方"字旁題曰"文"。
　　在原書"然則忠足而言文"句"忠"字旁題曰"志"。
　　在"文章昭晰以象離"句"象"字旁題曰"効"。
　　在"五例微辭以婉晦"句"以"字旁題曰"而"。
　　在"故知繁略殊形"句"形"字旁題曰"制"。
　　在"必宗於經"句前加"窺聖"二字。
　　在"辭成無好異之尤"句"辭成"後加"則"字。
　　在"辯立有斷辭之義"句"辯立"後加"則"字，"義"字旁題"美"字。

在"徒事華辭"句"徒"字旁題曰"從"字。

在"弗可得已"句"已"字旁題曰"也"。

在"猶或鐥仰"句"猶"字旁題曰"且"字。

【劉永濟本篇摘録語詞】

文章　格言　政化貴文　事蹟貴文　修身貴文　言志　文志
言情　辭機　神　體　用　情信　規矩　符契　文章昭晰
曲隱精義　抑引微辭　適會　正言　體要　好異　曲隱婉晦
文章　聖文　華實　文章　雅麗　精理

宗經第三

三極彝訓，其書言經。經也者，恒久之至道，不刊之鴻教也。故象天地，效鬼神，參物序，制人紀，洞性靈之奧區，極文章之骨髓者也。皇世三墳，帝代五典，重以八索，申以九邱，歲歷綿曖，條流紛糅。自夫子刪述，而大寶咸耀。於是《易》張十翼，《書》標七觀，《詩》列四始，《禮》正五經。《春秋》五例，義既極乎性情，辭亦匠於文理。故能開學養正，昭明有融。然而道心惟微，聖謀卓絕，牆宇重峻，而吐納自深。譬萬鈞之洪鍾，無錚錚之細響矣。

夫《易》惟談天，入神致用。故《繫》稱旨遠辭文，言中事隱。韋編三絕，固哲人之驪淵也。《書》實記言，而詁訓茫昧，通乎《爾雅》，則文意曉然。故子夏歎《書》，昭昭若日月之明，離離如星辰之行，言昭灼也。《詩》主言志，詁訓同《書》，摛風裁興，藻辭譎喻，溫柔在誦，故最附深衷矣。《禮》以立體，據事剬範，章條纖曲，執而後顯，採綴片言，莫非寶也。《春秋》辨理，一字見義。五石六鷁，以詳略成文；雉門兩觀，以先後顯旨。其婉章志晦，諒以邃矣。《尚書》則覽文如詭，而尋理即暢。《春秋》則觀辭立曉，而訪義方隱。此聖人之殊致，表裏之異體者也。

至根柢盤深，枝葉峻茂，辭約而旨豐，事近而喻遠。是以往者雖舊，餘味日新。後進追取而非晚，前修文用而未先，可謂太山遍雨，河潤千里者也。

故論說辭序，則《易》統其首；詔策章奏，則《書》發其源；賦頌歌讚，則《詩》立其本；銘誄箴祝，則《禮》總其端；紀傳銘檄，則《春秋》爲根。並窮高以樹表，極遠以啟疆，所以百家騰躍，終入環內者也。若稟經以製式，酌雅以富言，是仰山而鑄銅，煮海而爲鹽也。故文能宗經，體有六義：一則情深而不詭，二則風清而不雜，三則事信而不誕，四則義直而不回，五則體約而不蕪，六則文麗而不淫。揚子比雕玉以作器，謂五經之含文也。夫文以行立，行以文傳。四教所先，符采相濟。勵德樹聲，莫不師聖；而建言修辭，鮮克宗經。是以楚豔漢侈，流弊不還，正末歸本，不其懿歟！

贊曰：三極彝道，訓深稽古。致化歸一，分教斯五。性靈鎔匠，文章奧府。淵哉鑠乎，群言之祖。

【黄叔琳題注】

在"若稟《經》以製式"數句上，黄氏題曰："承學之徒，輒輕言'西漢而後無文章，直至韓退之，始起八代之衰'耳。亦思八代中，固有具如許眼力，能爲如許評論者乎？"

【黄叔琳注】

三極：[易]六爻之動，三極之道也。[孔穎達疏]是天地人三才至極之道。

三墳五典八索九邱：［孔安國尚書序］伏羲神農黃帝之書謂之三墳，言大道也。少昊顓頊高辛唐虞之書謂之五典，言常道也。八卦之説謂之八索，求其義也。九州之志謂之九邱，邱，聚也，言九州所有，土地所生，風氣所宜，皆聚此書也。

紛糅：［楚辭九辯］惟其紛糅而將落乎。［注］紛糅，眾雜也。

十翼：見原道篇。

七觀：［尚書大傳］六誓可以觀義，五誥可以觀仁，甫刑可以觀誡，洪範可以觀度，禹貢可以觀事，皋陶可以觀治，堯典可以觀美。

四始：［詩序注］關雎者風之始，鹿鳴者小雅之始，文王者大雅之始，清廟者頌之始。［詩緯汎歷樞］大明在亥，水始也，四牡在寅，木始也，嘉魚在巳，火始也，鴻雁在申，金始也。

五經：［禮記祭義］禮有五經，莫重於祭。五經，謂吉凶軍賓嘉。

五例：見徵聖篇。

養正：［易］蒙以養正，聖功也。

萬鈞：［西京賦］洪鍾萬鈞。［注］三十斤曰鈞。

錚錚：［劉盆子傳］鐵中錚錚。［説文］曰：錚錚，金聲也，鐵之錚錚，言微有剛利也。

入神致用：［易］精義入神，以致用也。

旨遠辭文，言中事隱：［易繫辭］其旨遠，其辭文，其言曲而中，其事肆而隱。

韋編：［漢書］孔子晚而好易，讀之韋編三絕，故爲之傳。

驪淵：［莊子］夫千金之珠，必在九重之淵，而驪龍頷下。

爾雅：［爾雅序］爾雅者，所以通訓詁之指歸，敘詩人之興詠，總絕代之離辭，辨同實而異號者也。釋詁一篇周公所作，釋言以下或言仲尼所增，子夏所足，叔孫通所益，梁文所補。

子夏歎書：［尚書大傳］子夏讀書畢，見於夫子，夫子問焉：子何爲於書？子夏對曰：書之論事也，昭昭如日月之代明，離離若參辰之錯行，上有堯舜之道，下有三王之義，商所受於夫子，志之於心，弗敢忘也。

譎喻：[詩序]主文而譎諫，言之者無罪，聞之者足以戒。

五石六鷁：[春秋]僖公十六年正月，隕石於宋五，六鷁退飛過宋都。[公羊傳]曷爲先言隕而後言石，隕石記聞，聞其磌然，視之則石，察之則五。曷爲先言六而後言鷁退飛，記見也，視之則六，察之則鷁，徐而察之則退飛。

雉門兩觀：[春秋]定公二年五月，雉門及兩觀災，冬十月，新作雉門及兩觀。[公羊傳]雉門及兩觀災何，兩觀微也，然則曷爲不言雉門災及兩觀，主災者兩觀也。時災者兩觀，則曷爲後言之，不以微及大也。

婉章志晦：見五例注。

太山徧雨，河潤千里：[公羊傳]觸石而出，膚寸而合，不崇朝而徧雨乎天下者，唯太山爾，河海潤於千里。[春秋考異郵]河者，水之氣，四瀆之精，所以流化，故曰河潤千里。

揚子：[漢書]揚雄字子雲，著法言。

雕玉：[法言]玉不雕，璵璠不作器，言不文，典謨不作經。

黃[叔琳]云：是篇梅本"書實記言"以下有"而訓詁茫昧，通乎爾雅，則文意曉然"云云。無然"覽文"以下十字，"章條纖曲"下有"執而後顯，採掇生辭，莫非寶也。春秋辨理"云云。注：四句十六字元脫，朱從御覽補，無"觀辭立曉"以下十二字，"諒以邃矣"下有"尚書則覽文如詭，而尋理即暢，春秋則觀辭立曉，而訪義方隱"云云。按爾雅本以釋詩，無關書之訓詁，且五經分論，不應獨舉書與春秋，贅以覽文云云。鬱儀所補四句，辭亦不類，宜從王帷儉本。

【紀昀評語】

在"三極彝訓"句上，紀氏題曰："本經術以爲文，亦非六代文士所知。大謝喜用經語，不過割剝字句耳。"

在"據事剴範"句上，紀氏題曰："此'剴'字如從本訓，亦不可通。知必當爲'制'也。"

在"採掇生言"句上題曰："'生'字疑'聖'字之訛。"

在"《尚書》則覽文如詭"四句上題曰："四語括盡兩經。然此上疑脱數句。"

在"故論説辭序"數句之上，題曰："此亦强爲分析，似鍾嶸之論詩，動曰源出某某。"

在上引黄叔琳題語之後，紀氏評曰："此自善論文耳。如以其文論之，則不脱六代俳偶之習也。此評不允。"

在黄叔琳輯注之"三墳五典八索九邱"條目上，紀氏題曰："宜先引《左傳》於前。"在"揚子"條目上題曰："'揚子'不必另注一條。"

在黄氏輯注之末，紀氏題曰："此注云從王（惟儉）本，而所從仍是梅（慶生）本。"又題曰："癸巳三月，與武進劉青垣編修在《四庫全書》處，以《永樂大典》所載舊本校勘，正與梅本相同。知王本爲明人臆改。"

【劉永濟校字】

故最附深衷矣。

唐寫本無"故"字，《御覽》同。

採掇生言。

舊校"生疑作片"，按唐寫本正作"片"，御覽同。

此聖人之殊致。

唐寫本"人"作"文"。按彦和本書慣用聖、文二字。如《徵聖》篇云："聖文之雅麗。"《史傳》篇云："聖文之羽翮。"皆足爲此文之證。《御覽》同。

紀傳銘檄。

舊校"銘，朱云當作移"。按唐寫本"紀"作"記"，"銘"作"盟"，是。銘乃盟字音近之誤。

【劉永濟釋義】

此篇分三段。初段總贊經文。中分三節：一釋名義，二述古經，三崇五經。次段詳論五經文體，明聖製深遠可則。中分三節：首分論五經體製，次比論《尚書》《春秋》，終總贊其深遠可則。末段明文必宗經之理。中分三節：首後世文體備於五經，次文能宗經則有六義，終歎末流之弊。

舍人所標宗經六義，中包三事。三事者，孔子贊《易》所謂"意""言""書"，孟子論文所謂"志""辭""文"也。舍人《鎔裁》篇亦有"設情""酌事""撮辭"之文，謂之"三準"。此篇之情深風清，"志"之事也。事信義直，"辭"之事也。體約文麗，"文"之事也。三者旨約而義宏，不但爲論文之標準，且已盡文家之能事。竊嘗推闡其義："志"者，作者之情思也。"辭"者，情思所託之以見之事也。"文"者，所以表其"事"而因以見其"志"者也。孔子之言，文學當然之定理也。孟子之言，讀者鑒賞之南針也。而孔子稱子產二言與孟子論《春秋》三語，又爲作者行文之要法。以文理言之，則不盡爲當然。以作法言之，則一足字已可使不盡者盡矣。至鑒文之道，必先不"害辭"，斯可以不"害志"。由此觀之，舍人"三準"之論，固已默契聖心；而此篇"六義"之説，實乃通夫眾體。文之樞紐，信在斯矣。故《徵聖》之後，次以《宗經》。參見《風骨》篇及《鎔裁》篇。

後世論文體出於五經者，如北齊顏之推《家訓·文章》篇曰："夫文章者，原出五經。詔、命、策、檄，生於《書》者也。序、述、論、議，生於《易》者也。歌、詠、賦、頌，生於《詩》者也。祭、祀、哀、誄，生於《禮》者也。書、奏、箴、銘，生於《春秋》者也。"清章實齋《文史通義·詩教》篇，詳論戰國諸子之文，亦有源出六藝之説。其言曰："老子説本陰陽，莊列寓言假像，《易》教也。鄒衍侈言天地，關尹推衍五行，《書》教也。管商法制，義存正典，《禮》教也。申韓刑名，旨歸賞罰，《春秋》教也。其他楊墨尹文之言，蘇張孫吳之術，辨其源委，挹其旨趣，九流之所分部，七略之所敘論，皆於物曲人官，得其一致，而不自知爲六曲之遺也。"此固歷代尊經所致，而經文自有典則，足爲後人楷模，實其真因也。

黃叔琳謂："《爾雅》本以釋《詩》，無關《書》之訓詁。且五經分論，不應獨舉《書》與《春秋》，贅以覽文云云。鬱儀所補四句，辭亦不類，宜從王惟儉本。"按黃氏謂宜從王本。今行養素堂及粵東節署本，仍用梅氏本何也？姚範《援鶉堂筆記》曰：'《前漢書·藝文志》：古文讀應《爾雅》，故解古今語而可知也。《後漢書·賈逵傳》：逵數爲肅宗言古文《尚書》與經傳《爾雅》詁訓相應。何得云《爾雅》無關《書》之訓詁？'是也。至謂不應獨舉《書》與《春秋》，亦非。舍人於分論五經之後，復提此二經並論者，正以二經隱顯有別，比論之以見聖文殊致，表裏異體，而各當神理也。近人張孟劬《史微》亦謂："此篇論六藝之文，缺論《易》《禮》《詩》三經，疑有脫文。"其誤亦同。且上文明有論五經一段，何得曰缺邪？

【劉永濟批語】

在涵芬樓本《文心雕龍·宗經篇》上的題語：

原書"章條纖曲"以下直接"一字見義"，在其間補"執而後顯，採掇片言，莫非寶也。春秋辨理"等十六字。

在"其書言經"句"言"字旁題"曰"。

在"不刊之鴻教"句"刊"字旁題曰"删"。

在"大寶咸耀"句"咸"字旁題曰"啓"。

在"義既極乎性情"句"極"字旁題曰"埏"。

在原書"聖謀卓絕"句"謀"字旁題曰"謨"。

在原書"人神致用"句"人"字旁題曰"入"。

在原書"故《繫》稱旨遠辭高"句"高"字旁題曰"文"。

在原書"若日月之明"句"明"字前加"代"字。

在"如星辰之行"句"行"字前加"錯"字。

在"言昭灼也"句"昭"字旁題曰"照"。

在原書"禮記立體"句"記"字旁題曰"以"。

在"據事剴範"句"剴"字旁題曰"制"。

在"此聖人之殊致"句"人"字旁題曰"文"。

在原書"後進追取而非曉"句"曉"字旁題曰"晚"。

在"前修文用而未先"句"文"字旁題曰"久"。

在"紀傳銘檄，則春秋爲根"句"銘"字旁題曰"盟"。

在"是仰山而鑄銅"句"仰"字旁題曰"即"。

在"四則義直而不回"句"直"字旁題曰"貞"。

在"勵德樹聲"句"勵"字旁題曰"邁"。

在"致化歸一"句"歸"字旁題曰"惟"。

【劉永濟本篇摘錄語詞】

奧區　性靈　文章　骨髓　物序　條流　十翼　七觀　五例　性情　文理　道心　吐納　言中事隱　言志　昭灼　章條　溫柔　聖文　婉章　符采　建言修辭　性靈鎔匠　文章奧府　情　風　事　義　體　文　又題曰：1詭　2雜　3誕　4回　5蕪　6淫

正緯第四

夫神道闡幽，天命微顯。馬龍出而大易興，神龜見而洪範耀。故繫辭稱"河出圖，洛出書，聖人則之"，斯之謂也。但世敻文隱，好生矯誕，真雖存矣，僞亦憑焉。

夫六經彪炳，而緯候稠疊；孝論昭晳，而鉤讖葳蕤。按經驗緯，其偽有四：蓋緯之成經，其猶織綜，絲麻不雜，布帛乃成；今經正緯奇，倍摘千里，其偽一矣。經顯，聖訓也；緯隱，神教也。聖訓宜廣，神教宜約。而今緯多於經，神理更繁，其偽二矣。有命自天，迺稱符讖，而八十一篇，皆託於孔子。則是堯造綠圖，昌製丹書，其偽三矣。商周以前，圖籙頻見，春秋之末，群經方備。先緯後經，體乖織綜，其偽四矣。偽既倍摘，則義異自明，經足訓矣，緯何豫焉！

原夫圖籙之見，迺昊天休命，事以瑞聖，義非配經。故河不出圖，夫子有歎。如或可造，無勞喟然。昔康王河圖，陳於東序。故知前世符命，歷代寶傳，仲尼所撰，序錄而已。於是伎數之士，附以詭術。或說陰陽，或序災異。若鳥鳴似語，蟲葉成字。篇條滋蔓，必假孔氏。通儒討覈，謂起哀平。東序秘寶，朱紫亂矣。至於光武之世，篤信斯術。風化所靡，學者比肩。沛獻集緯以通經，曹褒撰讖以定禮。乖道謬典，亦已甚矣。是以桓譚疾其虛偽，尹敏戲其深瑕，張衡發其僻謬，荀悅明其詭誕。四賢博練，論之精矣。

若乃羲農軒皞之源，山瀆鍾律之要，白魚赤烏之符，黃金紫玉之瑞，事豐奇偉，辭富膏腴，無益經典，而有助文章。是以後來辭人，採摭英華。平子恐其迷學，奏令禁絕；仲豫惜其雜真，未許熅燔。前代配經，故詳論焉。

贊曰：榮河溫洛，是孕圖緯。神寶藏用，理隱文貴。世歷二漢，朱紫騰沸。芟夷譎詭，糅其雕蔚。

【黃叔琳注】

緯候：[後漢方術傳]緯候之部，緯，七緯也，候，尚書中候也。

葳蕤：[司馬相如封禪文]紛綸葳蕤。[注]言眾多也。

八十一篇：[隋經籍志]河圖九篇，洛書六篇，云自黃帝至周文王所受本文，又三十篇，云九聖之所增演，又七經緯三十六篇，並云孔氏所作，合為八十一篇。

綠圖：[河圖挺佐輔]黃帝至於翠嬀之川，鱸魚折溜而至，蘭葉朱文，以授黃帝，名曰綠圖。

丹書：[尚書帝命驗]季秋之月甲子，赤爵銜丹書止於酆，集於昌戶，其書曰：敬勝怠者吉，怠勝敬者滅。[大戴禮]武王召尚父問曰：黃帝顓頊之道存乎？尚父曰：在丹書，王欲聞之則齋矣。

圖錄：[後漢方術傳]光武尤信讖言，士之赴趣時宜者，皆馳騁穿鑿爭談之也，故王梁孫咸，名應圖錄，越登槐鼎之任，鄭興賈逵，以附同稱顯，桓譚尹敏，以乖忤淪敗。又[謝夷吾傳]綜校圖錄。

東序：[書顧命]河圖在東序。

符命：[揚雄傳]爰清静，作符命。[翰林志]董景真曰，吾聞帝王之興，必有符命。

歷代寶傳：[書顧命傳]河圖八卦，伏羲王天下，龍馬出河，遂則其文，以畫八卦，謂之河圖，歷代傳寶之。

序災異：[隋經籍志]漢末郎中郗萌集圖緯讖雜占爲五十卷，謂之春秋災異，宋均鄭玄並爲讖律之註，然其文辭淺俗，顛倒舛謬，不類聖人之旨。

鳥鳴似語：[左傳]鳥鳴於亳社，如曰嘻嘻，甲午，宋大災，宋伯姬卒。

蟲葉成字：[漢書]昭帝時，上林柳樹斷，一朝起立，生枝葉，有蟲食葉成文字，曰，公孫病已立，宣帝本名病已，蓋帝將膺大位之徵。

假孔氏：[隋經籍志]說者曰：孔子既敘六經以明天人之道，知後世不能稽同其意，故別立緯及讖以遺來世，其書出於前漢。

起哀平：[書洪範疏]緯候之書，不知誰作，通人討覈，謂起哀平。

祕寶：[班固典引]御東序之祕寶以流其古。

光武：[東觀漢記]光武避正殿讀讖，坐廡下，淺露中風，苦欬也。

風化所靡：[隋經籍志]光武以圖讖興，遂盛行於世，詔東平王蒼正五經章句，皆命從讖，俗儒趨時，益爲其學，篇卷第目，轉相增廣，言五經者皆憑讖爲說。

沛獻：[後漢書]沛獻王輔好經書，善說京氏易孝經論語傳及圖讖，作五經論，時號之曰沛王通論。

曹褒：[後漢書]曹褒受命次序禮事，依準舊典，雜以五經讖記之文，撰次天子至於庶人冠婚吉凶終始制度，以爲百五十篇。

桓譚：[後漢書]帝方信讖，多以決定嫌疑，桓譚上疏曰：觀先王之記述，咸以仁義正道爲本，非有奇怪虛誕之事。

尹敏：[後漢書]帝令尹敏校圖讖，敏對曰：讖書非聖人所作，其中多近鄙別字，頗類世俗之辭，恐疑誤後生。

张衡：[後漢書]自中興以後，儒者争學圖緯，張衡上疏曰：立言於前，有徵於後，謂之讖書，自漢取秦，莫或稱讖，若夏侯勝眭孟之徒，以道術立名，其所述著，無讖一言。劉向父子領校祕書，閱定九流，亦無讖錄。成哀之後，乃始聞之，殆必虛偽之徒，以要世取資，宜收藏圖讖一禁絶之，則朱紫無所眩，典籍無瑕玷矣。

荀悦：[後漢書]荀悦作申鑒俗嫌篇曰：世稱緯書仲尼所作，臣叔父爽辨之，蓋發其偽也。有起於中興之前，終張之徒之作乎。

山瀆：[顔延之曲水詩序]晷緯昭應，山瀆效靈。

鍾律：[漢藝文志]有鍾律災應，鍾律叢辰日苑，鍾律消息。

白魚赤烏：[史記]武王渡河，中流，白魚躍入王舟中，王俯取以祭。既渡，有火自上復於下，至於王屋流爲烏，其色赤，其聲魄云。

黄金：[禮斗威儀]君乘金而王，其政平，則黄金見深山。

紫玉：[雒書]王者不藏金玉，則紫玉見於深山。

未許煨燔：荀悦辨緯書爲偽，或曰燔之，曰：仲尼之作則否，有取焉則可，曷其燔。

榮河：[尚書中候]帝堯即政，榮光出河，休氣四塞。

温洛：[易乾鑿度]帝盛德之應，洛水先温，九日乃寒。

【紀昀評語】

纪氏在"夫神道闡幽"句上題曰："此在後世，爲不足辨論之事。而在當日，則爲特識。康成千古通儒，尚不免以緯注經，無論文士也！"

在"倍摘千里"句上題曰："'摘'疑作'適'。倍適，猶曰背馳。"

在"偽既倍摘"句上題曰："此'倍摘'疑作'備摘'。"

在"如或可造，無勞喟然"句上題曰："此駁分明！"

在"無益經典，而有助文章"句上題曰："至今引用不廢，爲此故也。"

在黄氏輯注"未許煨燔"條目上，纪氏題曰："此亦《申鑒》之文，漏其書名。"

【劉永濟校字】

倍擿。

唐寫本作"倍摘"。孫詒讓《劄迻》曰："'倍擿'即下文'倍摘'，字並與適通。方言云：'適，啎也。'《廣雅·釋詁》同。郭注云：'相觸迕也。''倍適'，猶言背迕也。"按"倍擿""倍摘"亦作"倍譎"。《莊子·天下》篇："俱誦墨經而倍譎不同，謂之別墨。"又作"倍僪"。《呂氏春秋·明理》篇："其日有鬭蝕，有倍僪。"注謂："日旁之危氣。兩旁反出爲倍，在上反出爲僪。"此文言經與緯相反若千里之遠也。後"倍摘"同。

戲其深瑕。

唐寫本作"戲其浮假"，是也。按《後漢書·儒林傳》謂："尹敏對光武令校圖讖，詆讖非聖人之作。帝不納。敏因其闕文增之曰：'君無口，爲漢輔。'帝見而怪之，召問其故。敏復對曰：'臣見前人增損圖書，敢不自量，竊幸萬一。'"蓋敏欲開悟光武，使知圖讖本前人浮僞之作，不可信，故戲增闕文也。

【劉永濟釋義】

此篇分四段。初段總揭全篇大意。約分二層：先言聖人取法天道，即承《徵聖》篇"道沿聖以垂文"之意。次言後世矯託之僞，即本篇之旨。次段辨緯之僞有四：一，奇正不合；二，廣約不倫；三，天人不符；四，先後不當。三段言讖緯非孔子所作。中分三節：一，孔子但序錄前世符命，此其真者也。二，後世讖緯或由伎術之士附託，或出帝王私意，此其僞者也。三，徵引通儒之論，以證己說。末段論文人好緯之故，以見真僞當別，標明本篇作意。

舍人之作此篇，以箴時也。蓋讖緯之說，宋武禁而未絕，梁世又復推崇。其書多託始仲尼，抗行經典，足以長浮詭之習，揚愛奇之風。故列四僞以匡謬，述四賢而正俗。疾其"乖道謬典"，正所以足成《徵聖》《宗經》之義也。故次之以《正緯》。

此篇之義，引申之，於我國學術所關尤要。蓋我國學術爲陰陽五行之説所害，而陰陽五行之説，必與讖緯相比附。昔歐陽永叔欲除九經疏中讖緯之文（見《請刪正義中讖緯劄子》），徐養原非之，以爲緯存古義，未可盡非。然則刪其矯託浮僞之辭，存其與經相輔之語，亦未嘗不可。至於陰陽五行之説，則宜取兩漢著述而鉤稽刪除之，爲我國學術去其流毒。蓋自此等僞託之説流入群書，於是哲學科學皆受其害。道家流弊以符籙導引諸説爲事者，固無論矣，即儒家之言災異，實乃教人迷信。而純粹科學，如天文、地理、醫經、算術，所以數千年無大進境者，何莫非此等邪説階之厲邪？今申論之於此，或亦有志之士所樂聞歟？

【劉永濟批語】

在涵芬樓本《文心雕龍·正緯篇》上的題語：
在"好生矯誕"句"誕"字旁題曰"託"。
在原本"孝論昭哲"句"哲"字旁題曰"晳"。
在"倍擿千里"句"擿"字旁題曰"譎"。
在"圖籙頻見"句"圖籙"二字旁題曰"籙圖"。
在"故知前世符命"句"世"字旁題曰"聖"。
在"謂起哀平"句"起"字前增一"僞"字。
在"尹敏戲其深瑕"句"深瑕"二字旁題曰"浮假"。
在"荀悦明其詭誕"句"誕"字旁題曰"託"。
在"白魚赤烏之符"句"烏"字旁題曰"雀"。
在"是以後來辭人"句"後"字旁題曰"古"。
在原本"援摭英華"句"援"字旁題曰"捃"。
在"平子恐其迷學"句"恐"字旁題曰"慮"。
在"糅其雕蔚"句"糅"字旁題曰"採"。

【劉永濟本篇摘錄語詞】

| 矯託 | 葳蕤 | 昭晳 | 神理 | 浮假 | 博練 | 詭託 | 奇偉 | 文章 |
| 膏腴 | 英華 | 捃摭 | 譎詭 | 雕蔚 | | | | |

辨騷第五

　　自風雅寢聲，莫或抽緒，奇文鬱起，其《離騷》哉！固已軒翥詩人之後，奮飛辭家之前，豈去聖之未遠，而楚人之多才乎！昔漢武愛騷，而淮南作傳，以爲"國風好色而不淫，小雅怨誹而不亂，若《離騷》者，可謂兼之。蟬蛻穢濁之中，浮游塵埃之外，皭然涅而不緇，雖與日月爭光可也"。班固以爲"露才揚己，忿懟沉江；羿澆二姚，與左氏不合；崑崙懸圃，非經義所載。然其文辭麗雅，爲詞賦之宗。雖非明哲，可謂妙才"。王逸以爲"詩人提耳，屈原婉順，《離騷》之文，依經立義。馴虺乘翳，則時乘六龍；崑崙流沙，則《禹貢》敷土。名儒辭賦，莫不擬其儀表。所謂金相玉質，百世無匹者也"。及漢宣嗟歎，以爲皆合經術；揚雄諷味，亦言體同詩雅。四家舉以方經，而孟堅謂不合傳。褒貶任聲，抑揚過實，可謂鑒而弗精，翫而未覈者也。

　　將覈其論，必徵言焉。故其陳堯舜之耿介，稱湯武之祇敬，典誥之體也；譏桀紂之猖披，傷羿澆之顛隕，規諷之旨也；虯龍以喻君子，雲蜺以譬讒邪，比興之義也；每一顧而淹涕，歎君門之九重，忠怨之辭也。觀茲四事，同於風雅者也。至於託雲龍，説迂怪，豐隆求宓妃，鴆鳥媒娀女，詭異之辭也；康回傾地，夷羿彃日，木夫九首，土伯三目，譎怪之談也；依彭咸之遺則，從子胥以自適，狷狹之志也；士女雜座，亂而不分，指以爲樂，娛酒不廢，沉湎日夜，舉以爲歡，荒淫之意也。摘此四事，異乎經典者也。故論其典誥則如彼，語其夸誕則如此。固知楚辭者，體憲於三代，而風雜於戰國，乃雅頌之博徒，而詞賦之英傑也。觀其骨鯁所樹，肌膚所附，雖取鎔經意，亦自鑄偉辭。故《騷經》《九章》，朗麗以哀志；《九歌》《九辯》，綺靡以傷情；《遠遊》《天問》，瓌詭而惠巧；《招魂》《招隱》，耀豔而深華；《卜居》標放言之致，《漁父》寄獨往之才。故能氣往轢古，辭來切今，驚采絕豔，難與並能矣。

自《九懷》以下，遽躡其跡；而屈宋逸步，莫之能追。故其敘情怨，則鬱伊而易感；述離居，則愴怏而難懷；論山水，則循聲而得貌；言節候，則披文而見時。是以枚賈追風以入麗，馬揚沿波而得奇。其衣被詞人，非一代也。故才高者菀其鴻裁，中巧者獵其豔辭，吟諷者銜其山川，童蒙者拾其香草。若能憑軾以倚雅頌，懸轡以馭楚篇，酌奇而不失其真，翫華而不墜其實；則顧盼可以驅辭力，欬唾可以窮文致。亦不復乞靈於長卿，假寵於子淵矣。

贊曰：不有屈原，豈見《離騷》？驚才風逸，壯志煙高。山川無極，情理實勞。金相玉式，豔逸錙毫。

【黃叔琳題注】

黃氏在"酌奇而不失其真"數句上題曰："酌奇、玩華，而失墜真實者，李昌谷之歌詩也。故曰：少加以理，則可奴僕命騷。"

【黃叔琳注】

離騷：[屈原列傳]原名平，楚之同姓也，為楚懷王左徒，王甚任之，上官大夫讒之，王怒而疏屈平，故憂愁幽思而作離騷，離騷者，猶離憂也。

軒翥：[班固典引]甘露宵零於豐草，三足軒翥於茂樹。[注]軒翥，飛貌。

楚人多才：[左傳]惟楚有才，晉實用之。

淮南：[漢書]淮南王安好書，武帝使爲離騷傳，旦受詔，日食時上。

蟬蛻：[淮南子]蟬飲而不食，三十日而蛻。

羿澆：[離騷]羿淫游以佚田兮，又好射夫封狐，澆身被服強圉兮，縱慾而不忍。[注]羿，有窮之君，夏時諸侯也，因夏衰亂，代之爲政，娛樂畋獵，信任寒浞，使爲國相，浞殺羿而取羿妻，生澆，強梁多力，縱放其慾，不能自忍也。

二姚：[離騷]及少康之未家兮，留有虞之二姚。[注]有虞，國名，姚姓，舜後也，昔寒浞使澆殺夏后相，少康逃犇有虞，虞因妻以二女。

崑崙懸圃：[天問]崑崙懸圃，其尻安在。[注]崑崙，山名，其巔曰懸圃。

王逸：[後漢書]王逸字叔師，爲侍中，著楚辭章句行於世。

馴虯乘鷖：[離騷]馴玉虯以乘鷖兮，溘埃風餘上征。

時乘六龍：易乾象辭。

崑崙流沙：[禹貢]崑崙析支渠搜，又曰，餘波入於流沙。[離騷]忽吾行此流沙兮。

陳堯舜：[離騷]彼堯舜之耿介兮，既遵道而得路。

稱湯武：[離騷]湯禹儼而祇敬兮，周論道而莫差。

譏桀紂：[離騷]何桀紂之猖披兮，夫惟捷徑以窘步。

虯龍：[涉江]駕青虯兮驂白螭。[注]虯螭，神獸，宜於駕乘，以喻賢人清白可信任也。

雲蜺：[離騷]飄風屯其相離兮，帥雲蜺而來御。[注]飄風，無常之風，以興邪惡，雲蜺，惡氣，以喻佞人。

掩涕：[離騷]長太息以掩涕兮。

君門：[九辯]豈不鬱陶而思君兮，君之門以九重。[注]閶闔肩閉，道路塞也。

雲龍：[離騷]駕八龍之婉婉兮，載雲旗之委蛇。[注]言己德如龍，可制御八方，己德如雲雨，能潤施萬物也。

豐隆求宓妃：［離騷］吾令豐隆乘雲兮，求宓妃之所在。［注］豐隆，雲師，一曰雷師，宓妃，神女也，以喻隱士。

鳩鳥媒娀女：［離騷］望瑤臺之偃蹇兮，見有娀之佚女，吾令鴆爲媒兮，鴆告余以不好。［注］有娀，國名，謂帝嚳之妃，契母簡狄也，配聖帝，生賢子，以喻貞賢也。鴆，運日也，羽有毒可殺人，以喻讒賊，言我使鴆鳥爲媒，以求簡狄，其性讒賊，還詐告我，言不好也。

康回傾地：［天問］康回憑怒，墜何故以東南傾。［注］康回，共工名，怒觸不周山，地柱折故傾。

夷羿彈日：［天問］羿焉彈日，烏焉解羽。［注］淮南言堯時十日並出，草木枯死，堯命羿仰射十日，中其九日，日中九烏皆死，墮其羽翼。［說文］彈，射也。

木夫九首：［招魂］一夫九首，拔木九千些。［注］有丈夫一身九頭，強梁多力，從朝至暮，拔大木九千株也。

土伯三目：［招魂］土伯九約，其角觺觺些，參目虎首，其身若牛些。［注］土伯，后土之侯伯也，其貌如虎，而有三目，身又肥大，狀如牛也。

彭咸：［離騷］願依彭咸之遺則。［注］彭咸，殷賢大夫，諫其君不聽，投水而死。則，法也。

子胥：［橘頌］浮江淮而入海兮，從子胥而自適。

士女雜坐，亂而不分：［招魂句注］言恣意調戲，亂而不分別也。

娛酒不廢，沈湎日夜：［招魂句注］言晝夜以酒相樂也。

博徒：［信陵君傳］公子聞趙有處士毛公，藏於博徒。

九章：王逸曰：屈原放於江南之野，復作九章。章者，著明也，言己所陳忠信之道甚著明也。

九歌：王逸曰：昔楚南郢之邑，其俗信鬼而好祀，其祠必作歌樂鼓舞，屈原因爲作九歌之曲，託以諷諫。

九辯：王逸曰：宋玉，屈平弟子，閔惜其師忠而放逐，故作九辯以述其志。

遠遊：王逸曰：遠遊者，屈原之所作也，屈原履方直之行，不容於世，遂叙妙思，託配仙人，與俱遊戲。

天問：王逸曰：天問者，屈原之所作也。屈原放逐，憂心愁悴，仿徨山澤，經歷陵陸，見楚有先王之廟及公卿祠堂，圖畫天地山川神靈，及古賢聖怪物行事，因書其壁，呵而問之，以渫憤懣，舒寫愁思。

招魂：王逸曰：宋玉憐哀屈原厥命將落，作招魂，欲以復其精神，延其年壽。

大招：王逸曰：大招者，屈原之所作也，或曰景差，疑不能明也，屈原放流，恐命將終，所行不遂，故憤然大招其魂。又曰招隱士者，淮南小山之所作也。小山之徒，閔傷屈原，雖身沈沒，名德顯聞，與隱處山澤無異，故作招隱士之賦以章其志也。

卜居：王逸曰：卜居者，屈原之所作也，原放棄，乃往太卜之家，卜以居世，何所宜行。

漁父：王逸曰：漁父者，屈原所作也，漁父避世時遇屈原，怪而問之，遂相應答。

九懷：王逸曰：九懷者，王襃之所作也。懷者，思也，襃讀屈原之文，追而愍之，故作九懷以裨其詞，遂列於篇。襃字子淵。

枚賈馬揚：[漢藝文志] 楚臣屈原離讒憂國，作賦以諷，有惻隱古詩之義。其後宋玉唐勒，漢興枚乘司馬相如，下及揚子雲，競爲侈麗閎衍之辭，沒其諷諭之義。又 [賈誼傳] 誼爲長沙王太傅，意不自得，及渡湘水，爲賦以弔屈原。

乞靈：[左傳] 願乞靈於臧氏。

長卿：[漢書] 司馬相如字長卿。

假寵：[左傳] 君若苟無四方之虞，則願假寵以請於諸侯。

【紀昀評語】

紀氏在《辨騷第五》篇目下題曰："《離騷》乃楚詞之一篇，統名楚詞爲騷，相沿之誤也。"又於其上題曰："詞賦之源出於騷，浮豔之根亦濫觴於騷。'辨'字極爲分明。"

在黃氏輯注條目"蟬蛻"之上，題曰："班固一條失注，王逸一條亦失注。此並列在楚詞，而失之目睫。"

【劉永濟校字】

豐隆。

唐寫本"豐"上有"駕"字，鳩上有"馮"字，是。

體慢於三代，風雅於戰國。

唐寫本"慢"作"憲"，"雅"作"雜"，是也。按屈子之文體法三代，故能"取鎔經旨"；風雜戰國，故又"自鑄偉辭"。此二字於辨章屈文最爲切要，當據改。

《招隱》。

舊校疑是《大招》，按唐寫本正作"《大招》"。

其真。

唐寫本作"居貞"。按作"貞"是。貞者，正也。對奇而言貞，與實對華而言同。居字無義，當係訛誤。

壯志煙高。

唐寫本作"壯采"，是。

【劉永濟釋義】

此篇分三段。初段論騷體之興，繼軌風詩，以見其源之正。次段《辨騷》正文。中分三節：首舉昔人評隲之未當，次辨屈賦與經典之同異，先舉四同，後列四異。而"禮憲三代""風雜戰國"二語，尤得屈文體義。末詳論屈賦各篇，以見能鎔經旨、鑄偉詞也。末段論此體之影響。中分二節：首實舉，次虛指。而奇華貞實二語，即屈子與後代辭人分疆之故。舍人以四字揭明，尤爲特識。

舍人論文，每反復於奇貞華實之間。奇華者，采之外彰者也。貞實者，道之內蘊者也。屈子"取鎔經旨"，故不失其貞，不墜其實。屈賦"自鑄偉詞"，故可酌其奇，可翫其華。後之作者，徒以浮詭之辭，被之豔質，而猶自命出入風雅，接武屈子。舍人視之，殆如傳粉脂於淫娃，徒顯妖冶而已。然則《辨騷》一篇，列之總論之末，不與漢賦同倫，其意可知矣。

舍人自序，此五篇爲文之樞紐。五篇之中，前三篇揭示論文要旨，於義屬正。後二篇抉擇真僞同異，於義屬負。負者箴砭時俗，是曰破他。正者建立自説，是曰立己。而五篇義脈，仍相流貫。蓋《正緯》者，恐其誣聖而亂經也。誣聖，則聖有不可徵；亂經，則經有不可宗。二者足以傷道，故必明正其真僞，即所以翼聖而尊經也。《辨騷》者，騷辭接軌風雅，追跡經典，則亦師聖宗經之文也。然而後世浮詭之作，常託依之矣。浮詭足以違道，故必嚴辨其同異；同異辨，則屈賦之長與與後世文家之短，不難自明。然則此篇之作，實有正本清源之功。其於翼聖尊經之旨，仍成一貫。而與《明詩》以下各篇，立意迥別。

【劉永濟批語】

在涵芬樓本《文心雕龍·辨騷篇》上的題語：

在"小雅怨誹而不亂"句"誹"字旁題曰"誹"。改"稱湯武之祗敬"句爲"稱禹湯之祗敬"。

在"豐隆求宓妃"句前增"駕"字。

在原"鴆鳥媒娥女"句前增"憑"字。

在"娥"字旁題曰"娀"。

在原"夷羿蔽日"句"蔽"字旁題曰"彈"。

在原"木天九首"句"天"字旁題曰"夫"。

在原"土伯三足"句"足"句旁題曰"目"。

在原"語其本誕則如此"句"本"字旁題曰"詩"。

在"風雅於戰國"句"雅"字旁題曰"雜"。

在"雖取熔經意"句"意"字旁題曰"旨"。改"九歌九辯綺靡以傷情"爲"九歌九辯靡妙以傷情"。改"招魂招隱"爲"招魂大招"。

在"耀艷而深華"句"深"字旁題曰"采"。

在"九懷以下遽躡其跡"句"遽"字旁題曰"遠"。

在"酌奇而不失其真"句"真"字旁題曰"貞"。

在"壯志煙高"句"志"字旁題曰"采"。

【劉永濟本篇摘錄語詞】

奇文　麗雅　儀表　規諷　比興　迂怪　詭異　譎怪　狷狹　荒淫
夸誕　體風　博徒　骨鯁　肌膚　朗麗　靡妙　瑰詭　耀豔　致
才　氣辭　風麗　奇　奇貞　華實　辭力　文致

卷二

明詩第六

大舜云："詩言志，歌永言。"聖謨所析，義已明矣。是以在心爲志，發言爲詩。舒文載實，其在茲乎！詩者持也，持人情性。三百之蔽，義歸無邪。持之爲訓，有符焉爾。

人禀七情，應物斯感。感物吟志，莫非自然。昔葛天氏樂辭云，玄鳥在曲；黃帝雲門，理不空絃。至堯有大唐之歌，舜造南風之詩，觀其二文，辭達而已。及大禹成功，九序惟歌；太康敗德，五子咸怨。順美匡惡，其來久矣。自商暨周，雅頌圓備，四始彪炳，六義環深。子夏監絢素之章，子貢悟琢磨之句。故商賜二子，可與言詩。自王澤殄竭，風人輟采；春秋觀志，諷誦舊章。酬酢以爲賓榮，吐納而成身文。逮楚國諷怨，則《離騷》爲刺。秦皇滅典，亦造仙詩。漢初四言，韋孟首唱。匡諫之義，繼軌周人。孝武愛文，柏梁列韻。嚴馬之徒，屬辭無方。至成帝品録，三百餘篇，朝章國采，亦云周備。而辭人遺翰，莫見五言。所以李陵、班婕妤，見疑于後代也。按召南行露，始肇半章；孺子滄浪，亦有全曲。暇豫優歌，遠見春秋；邪徑童謠，近在成世。閱時取證，則五言久矣。又古詩佳麗，或稱枚叔，其孤竹一篇，則傅毅之詞，比采而推，兩漢之作乎！觀其結體散文，直而不野，婉轉附物，怊悵切情，實五言之冠冕也。至於張衡怨篇，清典可味；仙詩緩歌，雅有新聲。暨建安之初，五言騰踊。文帝陳思，縱轡以騁節；王徐應劉，望路而爭驅。並憐風月，狎池苑，述恩榮，敘酣宴，慷慨以任氣，磊落以使才。造懷指事，不求纖密之巧；驅辭逐貌，唯取昭晰之能。此其所同也。乃正始明道，詩雜仙心，何晏之徒，率多浮淺。唯嵇志清峻，阮旨遙深，故能標焉。若乃應璩百一，獨立不懼，辭譎義貞，亦魏之遺直也。晉世群才，稍入輕綺。張潘左陸，比肩詩衢。采縟於正始，力柔於建安。或析文以爲妙，或流靡以自妍，此其大略也。江左篇製，溺乎玄風，嗤笑徇務之志，崇盛亡機之談。袁孫已下，雖各有雕采，而辭趣一揆，莫與爭雄。所以景純仙篇，挺拔而爲俊矣。宋初文詠，體有因革。莊老告退，而山水方滋。儷采百字之偶，爭價一句之奇。情必極貌以寫物，辭必窮力而追新。此近世之所競也。

故鋪觀列代，而情變之數可監；撮舉同異，而綱領之要可明矣。若夫四言正體，則雅潤爲本；五言流調，則清麗居宗。華實異用，唯才所安。故平子得其雅，叔夜含其潤，茂先凝其清，景陽振其麗。兼善則子建仲宣，偏美則太冲公幹。然詩有恒裁，思無定位。隨性適分，鮮能通圓。若妙識所難，其易也將至。忽之爲易，其難也方來。至於三六雜言，則出自篇什；離合之發，則明於圖讖。回文所興，則道原爲始；聯句共韻，則柏梁餘製。巨細或殊，情理同致。總歸詩囿，故不繁云。

贊曰：民生而志，詠歌所含。興發皇世，風流二南。神理共契，政序相參。英華彌縟，萬代永耽。

【黄叔琳題注】

　　黄氏在"慷慨以任氣、磊落以使才"句上題曰："是建安！"在"情必極貌以寫物"句上，題曰："謝客爲之倡！"

【黃叔琳注】

　　葛天氏樂詞，玄鳥在曲：[呂氏春秋]葛天氏之樂，三人摻牛尾投足以歌八闋。一曰載民，二曰玄鳥，三曰遂草木，四曰奮五穀，五曰敬天常，六曰達帝功，七曰依地德，八曰總萬物之極。

　　雲門：[周禮]大司樂奏黃鐘，歌大呂，舞雲門，以祀天神。[史]黃帝命大容作雲門大卷樂。

　　大唐之歌：[尚書大傳]維五紀，奏鐘石，論人聲，及乃鳥獸咸變於前。秋養耆老而春食孤子，乃勃然韶樂興於大麓之野。執事還歸二年，談然，乃作大唐之歌，一作大章。[漢禮樂志]堯作大章。

　　南風：[家語]舜彈五弦之琴，造南風之詩，其詩曰：南風之薰兮，可以解吾民之慍兮，南風之時兮，可以阜吾民之財兮。

　　九序：見虞書。

　　五子：見夏書。

　　順美：[孝經]將順其美，匡救其惡。

　　四始：見宗經篇。

　　六義：[毛詩序]詩有六義焉，一曰風，二曰賦，三曰比，四曰興，五曰雅，六曰頌。

　　王澤殄竭：[班固賦]王澤竭而詩不作。

　　觀志：[左傳]鄭伯享趙孟於垂隴，七子從。趙孟曰，七子從君以寵武也，請皆賦以卒君貺，武亦以觀七子之志。

　　賓榮：[左傳]詩以言志。志誣其上而公怨之，以爲賓榮，其能久乎。

　　身文：[左傳]言，身之文也。

　　仙詩：[史記]秦始皇使博士爲仙真人詩，令樂人弦歌之。

　　韋孟：[漢書]韋孟爲楚元王傅，傅子夷王及孫王戊，戊荒淫不遵道，孟作詩諷諫。

　　柏梁：[任昉文章緣起]七言詩漢武帝柏梁殿聯句。

嚴：[嚴助傳]助，會稽吳人，嚴夫子子也。[注]夫子，嚴忌也。[藝文志]莊夫子賦二十四篇。[注]名忌，吳人，常侍郎莊忽奇賦十一篇。[注]忽奇者或言莊夫子子，或言族家子。莊助昆弟也，嚴助賦三十五篇。

馬：司馬相如，見前。

成帝品錄：[漢藝文志]成帝詔劉向校經傳諸子詩賦，每一書已，向輒條其篇目，撮其指意，錄而奏之，歌詩二十八家，三百一十四篇。

五言：[鍾嶸詩品]夏歌曰：鬱陶乎餘心。楚辭曰：名餘曰正則，雖詩體未全，然是五言之濫觴也。逮漢李陵，始著五言之句矣。

李陵：[詩品]漢都尉李陵詩，其源出於楚辭，文多悽怨者之流。陵名家子，有殊才，生命不諧，聲頹身喪，使陵不遭辛苦，其文亦何能至此。

倢伃：[詩品]漢倢伃班姬詩，其源出於李陵，團扇短章，辭旨清捷，怨深文綺，得匹婦之致，侏儒一節，可以知其工矣。

行露：誰謂雀無角云云，四句皆五言。

暇豫：[國語]驪姬通於優施，欲害申生，而難裏克，優施乃飲裏克酒，中飲，優施起舞曰，暇豫之吾吾，不如鳥烏，人皆集於菀，己獨集於枯。

邪徑：[漢五行志]成帝時歌謠曰，邪徑敗良田，讒口害善人。桂樹華不實，黃雀巢其巔。故爲人所羨，今爲人所憐。

枚叔：[古詩十九首]。[文選注]並云古詩，蓋不知作者，或云枚乘，然詩云驅車上東門，又云遊戲宛與洛，此辭兼東都，非盡是乘明矣。[徐陵玉臺新咏]謂青青河畔草，西北有高樓，涉江採芙蓉，庭中有奇樹，迢迢牽牛星，東城高且長，明月何皎皎七首是乘作，乘字叔。

孤竹：[後漢書]傅毅字武仲，孤竹一篇，謂十九首冉冉孤生竹篇也。

張衡怨篇：其辭曰：猗猗秋蘭，植彼中阿，有馥其芳，有黃其葩，雖曰幽深，厥美彌嘉，之子云遙，我勞如何。

仙詩緩歌：[張衡同聲歌]素女爲我師，儀態盈萬方，衆夫所希見，天老教羲皇。

建安：［後漢獻帝紀］建安元年春正月癸酉，郊祀上帝於安邑，大赦天下，改元建安。下所云文帝陳思王徐應劉，俱當時作詩者也。

文帝陳思：［詩品］魏文帝詩其源出於李陵，頗有仲宣之體，陳思王植詩源出於國風，骨氣奇高，詞采華茂，情兼怨雅，體被文質，粲溢今古，卓爾不群。故孔氏之門如用詩，則公幹昇堂，思王入室，景陽潘陸，自可坐於廊廡之間矣。

王徐應劉：［魏志］王粲字仲宣，徐幹字偉長，應瑒字德璉，劉楨字公幹。［魏文帝與吳質書］偉長懷文抱質，恬淡寡欲，有箕山之志，可謂彬彬君子矣。德璉常斐然有述作之意，其才學足以著書，美志不遂，良可痛惜。公幹有逸氣，但未遒耳，五言詩之善者，妙絕時倫。仲宣獨自善於辭賦，惜其體弱，不足起其文，至其所善，古人無以遠過。

正始：［魏志］齊王芳改元正始。

詩雜仙心：言其皆宗老莊。

何晏：［典略］何晏字平叔。鍾嶸曰：平叔鴻雁之篇，風規見矣。

嵇：［晉書］嵇康字叔夜。鍾嶸曰：嵇康詩頗似魏文，過爲峻切，訐直露才，傷淵雅之志，然託喻清遠，良有鑒裁，亦未失高流矣。

阮：［晉書］阮籍字嗣宗。鍾嶸曰：阮籍詩其源出於小雅，無雕蟲之功，而詠懷之作，可以陶性靈，發幽思，言在耳目之內，情寄八荒之表，洋洋乎會於風雅，使人忘其鄙近，自致遠大，頗多感慨之詞，厥旨淵放，歸趣難求。

應璩百一：［魏志］應璩字休璉。［魏氏春秋］齊王芳即位，曹爽輔政，多違法度，璩作百一詩以諷。序云，時謂爽曰：公聞周公巍巍之稱，安知百慮有一失乎，故以百一名篇。

張潘左陸：［詩評序］晉太康中，三張二陸，兩潘一左，勃爾復興，踵武前王，風流未沫，亦文章之中興也。按三張，載字孟陽，協字景陽，亢字季陽。王注引張華誤。二陸，機字士衡，雲字士龍。兩潘，岳字安仁，尼字正叔。一左，思字太冲。

玄風：［沈約宋書］在晉中興，玄風獨扇，爲學窮於柱下，博物止乎七篇，馳騁文辭，義殫於此。自建武暨於義熙，歷載將百，雖綴響聯詞，波屬雲委，莫不寄言上德，託意玄珠，遒麗之詞，無聞焉耳。

嗤笑：［干寶晉紀總論］學者以莊老爲宗，而黜六經，談者以虛薄爲辯，而賤名檢，當官者以望空爲高，而笑勤恪。

袁：［晉書］袁宏字彥伯，有逸才。鍾嶸曰：彥伯詠史，雖文體未遒，而鮮明緊健，去凡俗遠矣。

孫：［晉書］孫統字承公，弟綽字興公，並任誕不羈，而善屬文。舊注引孫楚，楚卒於惠帝初，不得爲江左也。

景純：［臧榮緒晉書］郭璞字景純，著遊仙詩十四篇。

宋初：［宋書］仲文始革孫許之風，叔源大變太元之氣，爰逮宋氏，顏謝騰聲，靈運之興會標舉，延年之體裁明密，並方軌前哲，垂範後昆。

山水：謂顏謝騰聲，如選詩遊覽諸作也。

茂先：［晉書］張華字茂先。

景陽：［詩品］晉張協詩雄於潘岳，靡於太冲，風流調達，實曠代之高手，詞采葱茜，音韻鏗鏘，使人味之，亹亹不倦。

子建仲宣：［詩品］王粲詩其源出於李陵，發愀愴之詞，文秀而質羸，在曹劉間別構一體，方陳思不足，比魏文有餘。

太冲公幹：［詩品］左思詩其源出於公幹，文典以怨，頗爲精切，得諷諭之致，雖野於陸機，而深於潘岳，謝康樂常言左太冲詩潘安仁詩古今難比。

三六雜言：［文章緣起］三言詩晉夏侯湛所作，六言詩漢谷永作。

出自篇什：［摯虞文章流別］詩之流也，有三言四言五言六言七言九言。古詩率以四言爲體，而時一句二句雜在四言之間，後世演之，遂以爲篇。三言者"振振鷺"，"鷺於飛"之屬是也。五言者"誰謂雀無角"之屬是也。六言者"我姑酌彼金罍"之屬是也。七言者"交交黃鳥止於桑"之屬是也。九言者"泂酌彼行潦挹彼注茲"之屬是也。

離合：［文章緣起］孔融作四言離合詩。

圖讖：孔子作孝經及春秋河洛成，告備於天，有赤虹下，化爲黃玉，長三尺，上刻文云：寶文出，劉季握，卯金刀，在軫北，字禾子，天下服。合卯金刀爲劉，禾子爲季也。

回文所興，道原爲始：道原未詳。舊注引賀道慶，然道慶四言回文之前已有璇璣圖詩，不可謂之始矣。[唐武后璇璣圖序]前秦苻堅時，扶風竇滔妻蘇氏名蕙字若蘭，滔鎮襄陽，絕蘇氏音問，蘇氏因織錦爲迴文，五彩相宣，縱廣八寸，題詩二百餘首，計八百餘言，縱橫反覆，皆爲文章。又[雜體詩序]晉傅咸有迴文反覆詩二首，反覆其文以示憂心展轉也。是又在竇妻前。

聯句：見柏梁注。

【紀昀評語】

紀氏在"大舜云詩言志"句上題曰："此雖習見之語，其實詩之本原莫踰於斯。後人紛紛高論，皆是枝葉工夫。"又題曰："'大舜'九句是發乎情，'詩者'七句是止乎禮儀。"

在"所以李陵班姬，見疑於後代"句上，題曰："觀此，則以蘇李爲僞，不始於東坡矣。"

在"古詩佳麗，或稱枚叔"句上，題曰："此與鍾嶸之說，亦大同小異。"

在原本"比采而推"句"采"下注云"一作'類'"。紀氏題曰："'類'字是。"

在"觀其結體散文，直而不野"句上題曰："直而不野，括盡漢人佳處。"

在原本"清典可味"句"典"下注云"一作'曲'"。紀氏題曰："是'清曲'。'曲'字作'婉'字解。"

在"鋪觀列代，而情變之數可監"數句上，題曰："齊梁以後，此風又變。惟以塗飾相尚，側豔相矜，而詩弊極焉。"

在"四言正體，則雅潤爲本"數句上，又題曰："此論却局於六朝習徑，未得本原。夫雅潤、清麗，豈詩之極則哉？"

在黃氏輯注條目"仙詩緩歌"之上，紀氏題曰："仙詩緩歌，今已無考。不得以'素女天老'字附會'仙'字。"

在黃氏輯注條目"回文所興道原爲始"之上，紀氏題曰："璇璣圖至唐始顯，武后之序可證，不得執以駁前人。"

【劉永濟校字】

昔葛天氏樂辭云。

唐寫本無"天氏云"三字，疑本作"昔葛天樂辭"。

理不空綺。

舊校"綺，朱云當作絃"。唐寫本正作"絃"。

五子咸怨。

唐寫本"怨"作"諷"，《御覽》同。是也。

子夏監絢素之章。

唐寫本及《御覽》五八六"監"並作"鑑"，是也。

繼軌周文。

《御覽》"文"作"人"，是。

所以李陵、班婕妤，見疑於後代也。

唐寫本無"妤"字，《御覽》五八六亦無"妤"字，"疑"作"擬"、"後"作"前"。據此，是舍人明言李陵、班婕妤之作，乃前代之人擬作者。前代者，齊代以前，西漢以後也。詳見後。

乃正始明道。

《御覽》五八六"乃"作"及"，是。

潘左。

唐寫本、《御覽》五八六並作"左潘"，是。

辭趣一揆。

唐寫本"趣"作"輒"，是。

則明於图讖。

唐寫本"明"作"萌"，是。

【劉永濟釋義】

　　舍人論詩之名義，特舉"言志"與"持人情性"二義，至爲精約。嘗考古籍詁詩者有三訓焉：一曰承也。《禮記·內則》曰："詩負之。"鄭玄注曰："詩之言承也。"《儀禮·特牲饋食禮》曰："詩懷之。"鄭注曰："詩猶承也。"二曰志也。《書·舜典》曰："詩言志。"孔安國《傳》曰："謂詩言志以導之。"劉熙《釋名》曰："詩，之也，志之所之也。"古籍訓詩爲志者，多不勝舉。三曰持也。《詩緯·含神霧》曰："詩者，持也。在於敦厚之教自持其心，諷刺之道可以扶持邦家者也。"故孔穎達爲《詩譜序》作疏，總此三訓而申其義曰："作者承君政之善惡，述己志而作詩，爲詩所以持人之行，使不失墜，故一名而三訓也。"余昔撰《中國文學史序論》，即採孔氏此說，爲我國詩體之定義。復紬繹之而得四事：四事者，詩必有關於一代政教之得失，一也。必有關於作者情思之邪正，二也。必有感化人生之力，三也。必具追琢辭句之功，四也。四事所攝，殆無餘蘊。詁詩之義，此其至精矣。而舍人不出承義，尤爲精約。蓋負懷之義，鄭均訓承。承之爲義，實由持出。是以沖遠彼疏，又曰："以手維持而承奉之也。"故知舍人思理邃密，卓爾千古。後世紛紜，安能易此？

　　鄭君《詩譜序》，論詩之興起，遠在大庭之世。孔氏復疏其說，謂："鄭疑大庭有詩者，大庭，神農之別號。神農以還，漸有樂器，樂器之音，逐人爲辭，則是爲詩之漸，故疑有之也。"又曰："鄭疑大庭有詩者，正據後世漸文，故疑有爾。未必以土鼓葦籥，遂爲有詩。"蓋孔氏以爲上古之樂，不因詩作。縱令有樂，未必有詩。鄭謂大庭有詩，則書契之前，已有詩矣。今考初民謳歌，實與樂偕，特非若後世詩人，著之文字耳。謂書契以前有詩何害？此舍人原詩之始，所以遠溯葛天樂辭也。至舉《九序》歌禹，《五子》諷太康，謂順美匡惡，其來已久，亦與康成之論合。康成《六藝論·論詩》曰："詩者，絃歌諷諭之聲也。自書契之興，朴略尚質。面稱不爲諂，目諫不爲謗。君臣之接，如朋友然，在於懇誠而已。斯道稍衰，姦僞以生，上下相犯。及其制禮，尊君卑臣。君道剛嚴，臣道柔順。於是箴諫者希，情志不通，故作詩者以誦其美而譏其過。"鄭氏此論，足補舍人之遺。蓋詩之爲物，本於述志言情。禮制未興，名分不嚴，情志之達，言語已足，自無待於謳吟諷諭也。然則詩體之興，固雖書契之前可述；而詩用之大，則非制禮以後不彰。必明夫此，而後本末圓備也。

復次，舍人於春秋行人會同賦詩之風，特加稱美，亦猶孔門論詩之旨。孔子曰："不學詩，無以言。"又曰："誦詩三百，授之以政，不達；使於四方，不能專對，雖多，亦奚以爲？"邢昺《論語正義》即以古者使適四方，有會同之事，皆賦詩以見意爲説。由此知我國古代詩學之盛況，與列國士夫雍容之雅尚，絕非今世各國所能企及。雖《左》《國》所載，列國行人所賦之詩，非自造篇什，而斷章取義，以寄意託情。不但誦習嫻雅，且亦深通詩學，故能盡微婉之旨，致感發之功也。與賦詩之風媲美者，尚有引詩之習。考《左傳》所載列國公卿面語引詩者，多至百有一條，而丘明自引及述仲尼之言者復四十有八，他如《論語》《孝經》之文，皆有徵引詩句之處。下及戰國，諸子著書，儒門記禮，其風尤盛。而兩漢經師之傳記，臣工之奏疏，猶有引詩證義之事，亦可見其流風之遠矣。魏源《詩古微·毛詩義例》篇，於此事論之特詳，可參看也。

西漢文士，有無五言，頗爲後人所爭論。細繹舍人此篇，前云："成帝品録，三百餘篇，朝章國采，亦云周備，而辭人遺翰，莫見五言，所以李陵班婕，見疑於前代也。"是謂五言一體，西京未重。世傳蘇李《贈答》，班婕《團扇》，爲齊梁以前文士所擬。證以摯虞《文章流別》論詩之五言，"於俳諧倡樂多用之"一語，二家所見相同。鍾嶸《詩品》雖以五言始自李陵，又曰："古詩眇邈，人世難詳。"則亦未定之詞也。又曰："王楊枚馬，吟詠靡聞。"則《古詩十九首》中枚叔九首，仲偉未嘗以爲真枚作。且於論古詩條中，明言"疑是建安中曹王所製"。顏延之《庭誥》亦謂："李陵眾作，總雜不類，原是假託，非盡陵製。至其善篇，有足悲者。"今考《漢書·蘇武傳》，載李陵一歌四句，仍是楚聲，而非五言。此延之所以謂眾作與李製不類也。而《文選》所載李詩三首，則眾作中之佳者。延之所謂善篇足悲者也。然則蘇李《贈別》，非西京之物無疑矣。至《團扇》一篇，嚴羽謂樂府以爲顏延年作。《滄浪詩話》。

未詳樂府爲何書。今本《樂府詩集》及《玉臺新詠》，則固題婕妤也。《詩品》謂其源出李陵，亦以體製與河梁《贈別》相近耳。河梁《贈別》，既已"人世難詳"，則《團扇》作者，安能定屬班姬邪？又世傳西京詩有主名者，如卓文君《白頭吟》，虞姬《答項王歌》，則明係後人擬作之辭。故知此體之在西京，實猶未爲辭人所重也。至舍人論《古詩十九首》有"比采而推，固兩漢之作乎"一語，似謂《十九首》內有西京之作。然曰"或稱枚叔"，曰"比采而推"，則亦未定之詞，特推測如是耳。仲偉《詩品》上品敍，既明言"王楊枚馬，吟詠靡聞"，又於品古詩條，稱"其體源出於《國風》。陸機所擬十四首，文溫以麗，意悲而遠，驚心動魄，可謂幾乎一字千金。其外'去者日以疎'四十五首，雖多哀怨，頗爲總雜，舊疑是建安中曹王所製。'客從遠方來''橘柚垂華實'，亦爲驚絕。人代冥滅，而清音獨遠，悲夫"。細繹其旨，亦未嘗定以爲有西京之作也。今按世稱《古詩十九首》者，因昭明選古詩中十九首入錄也。據仲偉之言，是齊梁間本合"上山采蘼蕪"等篇之失名者，統稱古詩也。徐陵《玉臺新詠》首錄古詩八首"懍懍歲云暮""冉冉孤生竹""孟冬寒氣至""客從遠方來"四首在蕭選十九首內。此外更有"上山采蘼蕪""四座且莫諠""悲與親友別""穆穆清風至"四首。但不知仲偉所謂四十五首之目如何耳。此十九首，蕭選但曰古詩，《玉臺》始以"西北有高樓""東城高且長""行行重行行""相去日已遠""涉江采芙蓉""青青河畔草""蘭若生春陽""迢迢牽牛星""明月何皎皎"九篇爲枚乘作，而分"行行重行行"後八句爲一首，合"蘭若生春陽"十句於"庭中有奇樹"爲一首，與《文選》異。宋本亦有與《文選》同者，見紀容舒《玉臺新詠考異》。彥和所稱或說，當即自來相傳有此語，至徐選始實之耳。李善注《選》，特舉"驅馬上東門"與"游戲宛與洛"等句，"辭兼東都，非盡是乘"。則唐代竟有以《十九首》皆枚作者矣。傳久益訛，亦理之常也。楊慎以"'玉衡指孟冬'一首，節候與漢未用夏正時合。'孟冬寒氣至，北風何慘慄'，則漢武已改秦朔用夏正以後詩"。《丹鉛雜錄》。王世貞又謂"臨文不諱，'盈盈樓上女'犯惠帝諱無妨，疑《十九首》中，雜有枚生之作。"《藝苑卮言》。顧炎武則以"《禮》，已祧不諱。而李陵詩'獨有盈觴酒，與子結綢繆'；枚乘《柳賦》'盈玉縹之清酒'，又詩'盈盈一水間'。二人皆在武昭之世，而不避諱"，爲後人擬作之證。《日知錄》。近人復有以"懍懍歲云暮"一首，言涼風與《月令》合，亦是太初以前之詩。其説紛紜如此。不知西京縱有五言，亦必非枚作。以摯氏"俳諧倡樂"之説，與舍人"辭人遺翰，莫見五言"之論合參甚明也。且其詩皆泛寫勞人思婦，朋友契闊，死生新故之感，安見定爲枚作？宜以昭明仲偉爲準，概稱古詩，不出主名，庶幾近是。

復次，自揚子雲爲文，好與古人争勝，遂開擬古之風。子雲既擬《易》作《太玄》，擬《論語》作《法言》，擬倉頡作《訓纂》，擬《爾雅》作《方言》，擬《虞箴》作《州箴》，擬《離騷》作《反騷》《廣騷》《畔牢愁》，擬相如賦作《甘泉》《長楊》《羽獵》《河東》四賦，擬《答客難》作《解嘲》，擬《封禪文》作《劇秦美新》。於時王莽亦擬《周書》作《大誥》。東漢則有傅毅、張衡、崔駰、崔瑗、馬融等之擬《七發》。崔駰、班固、張衡、蔡邕等之擬《答客難》。他如劉向、王逸之擬《騷》，諸家之模擬馬班，見劉知幾《史通·模擬》篇。依倣諸子，見本書《諸子》篇。擬古之風，於斯爲盛。於是樂府家亦多擬古題，述古事者。魏晉以還，平原兄弟，陸傅顔謝江鮑之儔，操翰摘文，莫不擬古。竊嘗比觀衆製，略有可言。一曰補亡。古有其義，而亡其辭，補著其文，以綴舊制。如束皙之補《南陔》《白華》六篇是也。二曰效體。學主通方，意存兼愛，學其文體，並懷其人。如謝靈運之擬《鄴中集》詩八首，江文通之《雜體》詩三十首是也。三曰借題。情有鬱邑，辭忌觚觸，借用古題，以申今意。如曹植陶潛之擬樂府古詩諸篇是也。四曰代作。古本無辭，事或哀豔，精感魄動，代之發抒。如《昭君怨》《楚妃歎》諸詩是也。相如《長門賦》、李陵《答蘇武書》，亦屬此類者。故擬古一體，或曰依，或曰學，或曰代，或曰效，或雖未標明擬代，而實爲擬古，或雖不用古題，而實詠古事，大抵不出以上四義。及其後也，作者之主名既逸，遂疑真出古人所自爲矣。蘇李《贈别》，班姬《團扇》，即此類也。柏梁聯句，亦屬後人擬古事而作者。顧炎武《日知錄》辨證甚詳。舍人習而未察，亦智者千慮之一失矣。蓋文學自有風會，摯虞之論五言詩，即西京之風會也。論文體之肇興者，當於其風會已成之時。若摘句一篇之中，搜章粲製之內，謂五言興於虞廷，七言成於周世，則一代之殊尚，古今之因革，何由見焉？因不憚詞費，論之如此。

　　舍人衡論魏晉至宋詩家風尚，約有五變，可謂探驪得珠矣。其間因革損益，可得言者，已具釋於《時序》篇，茲不復贅。昔草《文學通史》，尋繹六朝詩學流變與世運相關之故，略有六端："六端者，篡奪相尋，人心搖蕩，則風會易移，一也。世尚虛玄，俗競心得，則意志解放，二也。政失綱維，絜士放失，則寄情物色，三也。佛學西來，宗風大扇，則流及詠歌，四也。加以南都佳麗，山水娛人，避世情深，則匡時意少，五也。中原板蕩，恢復難期，晏安可懷，則淫靡斯著，六也。以此六端，概彼粲作，雖規矩同巧，而方圓或乖，蘭菊齊芳，而蕭艾時見，亦詩家之壯觀矣。"又舍人於建安舉文帝陳思，王徐應劉；於正始除並標嵇阮外，復詘何晏而進應璩；於西晉稱張左潘陸，於江左舉景純以概袁孫，皆權衡至當。後段敷理舉統，復分論平子、叔夜、茂先、景陽、子建、仲宣、太沖、公幹八家，各有專美，亦矩矱無爽，皆學者所當留慮者也。唯獨於淵明不著一字，故知舍人著論之時，靖節詩集，尚未裒輯，而陶公避世絕游，知音寥寂，時人方好組麗，鮮崇雅正，遂令醇音閴響，終違師曠之耳，真采失色，永絕離婁之目，此則論文之士所當深慨者矣。

【劉永濟批語】

　　在涵芬樓本《文心雕龍·明詩篇》上的題語：
　　在原本"聖謀所析"句"謀"字旁題曰"謨"。
　　在"詩者持也"句前增一"故"字。
　　在"有符焉爾"句前增一"信"字。
　　在"理不空綺"句"綺"字旁題曰"弦"。
　　在"堯有大唐之歌"句"唐"字旁題曰"章"。
　　在"五子咸怨"句"怨"字旁題曰"諷"。
　　在"子夏監絢素之章"句"監"字旁題曰"鑒"。

在"李陵班婕妤見疑於後代"句"疑"字旁題曰"擬","後"字旁題曰"前"。

在"閱時取證"句"證"字旁題曰"徵"。

在"兩漢之作乎"句前增一"固"字。

在"乎"字旁題曰"也"。又曰："也，同'耶'，疑词。"在"怊悵切情"句"怊"字旁題曰"惆"。

在"清曲可味"句"曲"字旁題曰"典"。

在"五言騰踴"句"踴"字旁題曰"躍"。

在"唯取昭哲之能"句"哲"字旁題曰"晣"。

在原本"秇旨清峻"句"旨"字旁題曰"志"。

在"辭趣一揆"句"趣"字旁題曰"軌"。

在"莫與爭雄"句"與"字旁題曰"能"。

在"挺拔而爲俊"句"俊"字旁題曰"雋"。

在"情變之數可監"句"監"字旁題曰"鑒"。

在"忽之爲易"句"之"字旁題曰"以"。

在"明於圖讖"句"明"字旁題曰"萌"。

在"風流二南"句下注曰："此風流二字，一名一動，非聯綿字。"

【劉永濟本篇摘錄語詞】

文　實　自然　圓備　彪炳　四始　六義　酬酢　吐納　屬辭
暇豫　佳麗　結體　物情　清典　慷慨　磊落　氣才　纖密
昭晣　明道　清峻　浮淺　遙深　譎貞　詩衢　輕綺　流靡
采力　玄風　亡機　雕采　挺拔　情變　要華　實　雅潤
流調　清麗　適分　圓通　詩囿　二南　風流　神理　英華

樂府第七

樂府者，聲依永，律和聲也。鈞天九奏，既其上帝；葛天

45

八闋，爰乃皇時。自咸英以降，亦無得而論矣。至於塗山歌於候人，始爲南音；有娀謠乎飛燕，始爲北聲；夏甲歎於東陽，東音以發；殷整思於西河，西音以興。音聲推移，亦不一概矣。匹夫庶婦，謳吟土風。詩官採言，樂盲被律。志感絲篁，氣變金石。是以師曠覘風於盛衰，季札鑒微於興廢，精之至也。

夫樂本心術，故響浹肌髓。先王慎焉，務塞淫濫。敷訓胄子，必歌九德。故能情感七始，化動八風。自雅聲浸微，溺音騰沸，秦燔樂經，漢初紹復。制氏紀其鏗鏘，叔孫定其容與。於是武德興乎高祖，四時廣于孝文。雖摹韶夏，而頗襲秦舊。中和之響，闃其不還。暨武帝崇禮，始立樂府。總趙代之音，撮齊楚之氣。延年以曼聲協律，朱馬以騷體製歌。桂華雜曲，麗而不經；赤雁群篇，靡而非典。河間薦雅而罕御，故汲黯致譏於天馬也。至宣帝雅頌，頗效鹿鳴。迄及元成，稍廣淫樂。正音乖俗，其難也如此。暨後郊廟，惟雜雅章，辭雖典文，而律非夔曠。至於魏之三祖，氣爽才麗，宰割辭調，音靡節平。觀其北上眾引，秋風列篇，或述酣宴，或傷羈戍，志不出於淫蕩，辭不離於哀思。雖三調之正聲，實韶夏之鄭曲也。逮於晉世，則傅玄曉音，創定雅歌，以詠祖宗。張華新篇，亦充庭萬。然杜夔調律，音奏舒雅；荀勖改懸，聲節哀急。故阮咸譏其離聲，後人驗其銅尺。和樂精妙，固表裏而相資矣。故知詩爲樂心，聲爲樂體。樂體在聲，瞽師務調其器；樂心在詩，君子宜正其文。好樂無荒，晉風所以稱遠；伊其相謔，鄭國所以云亡。故知季札觀辭，不直聽聲而已。

若夫豔歌婉孌，怨志訣絕，淫辭在曲，正響焉生？然俗聽飛馳，職競新異。雅詠溫恭，必欠伸魚睨；奇辭切至，則拊髀雀躍。詩聲俱鄭，自此階矣。凡樂辭曰詩，詩聲曰歌。聲來被辭，辭繁難節。故陳思稱李延年閑於增損古辭，多者則宜減之，明貴約也。觀高祖之詠大風，孝武之歎來遲，歌童被聲，莫敢不協。子建士衡，咸有佳篇。並無詔伶人，故事謝絲管。俗稱乖調，蓋未思也。至於斬伎鼓吹，漢世鐃挽，雖戎喪殊事，而並總入樂府。繆襲所致，亦有可算焉。昔子政品文，詩與歌別。故略具樂篇，以標區界。

贊曰：八音摛文，樹辭爲體。謳吟坰野，金石雲陛。韶響難追，鄭聲易啟。豈惟觀樂，於焉識禮。

【黃叔琳題注】

黃氏在"宣帝雅頌，詩效鹿鳴"句上題曰："聲詩始判。"

在"詩爲樂心，聲爲樂體"數句上，黃氏題曰："語語透宗！"

在"若夫豔歌婉孌"數句上，又題曰："聲詩雖別，亦必無詩淫而聲雅者。固知鄭聲既淫，則詩不待言矣。"

在"子建士衡……並無詔伶人"句上題曰："唐人用樂府古題，及自立新題者，皆所謂'無詔伶人'。"

【黃叔琳注】

鈞天九奏：[史記]趙簡子疾瘖，語大夫曰：我之帝所甚樂，與百神遊於鈞天，廣樂九奏萬舞，不類三代之樂，其聲動人心。

葛天八闋：見明詩篇。

咸英：[樂緯]黃帝樂曰咸池，帝嚳樂曰六英。

塗山：[呂氏春秋]禹行功，見塗山之女，禹未之遇，而巡省南土，女令妾待禹於塗山之陽，作歌曰：候人兮猗，實始作爲南音。

有娀：[呂氏春秋]有娀氏有二佚女，爲之九成之臺，飲食必以鼓。帝令燕往視之，鳴若謐隘，二女愛而爭搏之，覆以玉筐，少選，發而視之，燕遺二卵北飛，遂不返。二女作歌，一終曰：燕燕往飛，實始作爲北音。

夏甲：［呂氏春秋］夏后氏孔甲田于東陽萯山，天大風晦盲，孔甲迷惑，入于民室，主人方乳，或曰之子是必有殃。后曰：以爲余子，孰敢殃之。子長成人，幕動折橑，斧斫斬其足。孔甲曰：嗚呼有疾命矣夫，乃作破斧之歌，實始爲東音。

殷整：［呂氏春秋］周昭王親將征荊，辛餘靡爲王右，王抎於漢中，辛餘靡振王北濟，周公乃侯之於西翟，殷整甲徙宅西河，猶思故處，實始作爲西音。

師曠：［左傳］晉人聞有楚師，師曠曰：不害，吾驟歌北風，又歌南風，南風不競，多死聲，楚必無功。

季札：［左傳］吳公子札來聘，請觀周樂，爲之歌鄭，曰：美哉，其細已甚，民弗堪也。是其先亡乎？爲之歌齊，曰：美哉，泱泱乎大風也哉，表東海者其太公乎，國未可量也。

淫濫：［樂記］流闢邪散狄成滌濫之音作，而民淫亂。

九德：［漢禮樂志］周詩既備，而其器用張陳，周官具焉，朝夕習業以教國子，皆學歌九德誦六詩習六舞五聲八音之和。故帝舜命夔曰：女典樂，教胄子。

七始：［禮樂志］七始華始，肅倡和聲。［注］七始，天地四時人之始。華始，萬物英華之始也，以爲樂名，如六英也。［王應麟玉海］黃鐘林鐘太簇爲天地人之始，姑洗蕤賓南呂應鐘爲四時之始。

八風：［易緯］八節之風謂之八風。［左傳］夫舞所以節八音而行八風。［杜注］八風八方之風也，以八音之器播八方之風，手之舞之，足之蹈之，節其制而叙其情。

溺音：［樂記］子夏曰：今君之所好者其溺音乎？文侯曰：敢問溺音何從出也？子夏曰：鄭音好濫淫志，宋音燕女溺志，衛音趨數煩志，齊音敖辟喬志，此四音皆淫於色而害於德，是以祭祀弗用也。

制氏：［禮樂志］漢興樂家有制氏，以雅樂聲律世世在太樂官，但能紀其鏗鏘鼓舞，而不能言其義。

叔孫：［禮樂志］叔孫通因秦樂人，制宗廟樂。

武德：［禮樂志］武德舞者，高祖四年作，以象天下樂己行武以除亂也。

四時：［禮樂志］四時舞者，孝文所作，以明示天下之安和也。

始立樂府：［禮樂志］武帝定郊祀之禮，乃立樂府，採詩夜誦，有趙代秦楚之謳。按：孝惠二年，夏侯寬已爲樂府令，則樂府之立，未必始於武帝也。

延年：［漢書佞幸傳］李延年善歌，爲新變聲，上欲造樂，令司馬相如等作詩頌，延年輒承意絃歌所造詩，爲之新聲曲，女弟李夫人產昌邑王，繇是貴爲協律都尉。

桂華：［禮樂志］安世樂房中歌十七章，其七曰桂華。

赤鴈：［禮樂志］郊祀歌象載瑜十八，太始三年，行幸東海，獲赤鴈作。

河間薦雅：［禮樂志］河間獻王有雅材，以爲治道非禮樂不成，因獻所集雅樂，天子下太樂官常存肄之，歲時以備數，然不常御。常御及郊廟皆非雅聲。

汲黯：［史記樂書］武帝得神馬渥洼水中，歌曲曰：太一貢兮天馬下，後伐大宛，得千里馬。歌詩曰：天馬來兮從西極。汲黯進曰：凡王者作樂，上以承祖宗，下以化兆民，今陛下得馬，詩以爲歌，協於宗廟，先帝百姓，豈能知其音耶？

詩效鹿鳴：［王襃傳］宣帝時，天下殷富，數有嘉應，上頗作歌詩，欲興協律之事，於是益州刺史王襄欲宣風化於衆庶，聞王襃有俊才，請與相見，使襃作中和樂職宣布詩，選好事者令依鹿鳴之聲，習而歌之。

稍廣淫樂：［禮樂志］成帝時，鄭聲尤甚，黃門名倡丙彊景武之屬，富顯於世，貴戚五侯定陵富平外戚之家，淫侈過度，至與人主爭女樂。

三祖：［鍾嶸詩品］魏武帝魏明帝詩，曹公古直，甚有悲涼之句，叡不如丕，亦稱三祖。

哀思淫蕩：按魏太祖苦寒行"北上太行山"云云，通篇寫征人之苦，文帝燕歌行"秋風蕭瑟天氣涼"云云，亦託辭於思婦。所謂或傷羈戌，辭不離於哀思也。他若文帝於譙作孟津諸作，則又或述酣宴，志不出於淫蕩之証也。

49

三調：[晉樂志]有因絲竹金石，造歌以被之，魏世三調歌辭之類是也。又[唐樂志]曰：平調清調瑟調，皆周房中曲之遺聲，漢世謂之三調，又有楚調，漢房中樂也，與前三調總謂之相和調。

傅玄：[晉樂志]泰始二年，詔郊祀明堂禮樂，權用魏儀，遵周室肇稱殷禮之義，但改樂章而已，使傅玄為之詞云。

張華：[晉樂志]使郭夏宋識等造正德大豫二舞，其樂章張華所作。

庭萬：[詩邶風]簡兮篇：公庭萬舞。[公羊傳]萬者何，干舞也。[何休注]干為楯也。能為人扞難，而不使害人，故聖王貴之，以為武樂，萬者其篇名。

杜夔：[晉樂志]魏武帝平荊州，獲漢雅樂郎河南杜夔，能識舊法，以為軍謀祭酒，使創定雅樂。

荀勖阮咸：[晉樂志]荀勖以杜夔所制律呂校太樂總章，鼓吹八音，與律呂乖錯，乃制古尺，作新律呂以調聲韻，勖又作新律，自謂宮商克諧，然論者猶謂勖暗解，時阮咸妙達八音，論者謂之神解，咸常心譏勖新律聲高，以為高近哀思，不合中和，每公會樂作，勖意咸謂之不調，以為异己，出咸為始平相，後有田父耕於野，得周時玉尺，勖以校己所治鐘鼓金石絲竹，皆短校一米，於此伏咸之妙，徵歸。

好樂無荒：詩唐風蟋蟀篇。

晉風：[左傳]季札觀樂，為之歌唐，曰：思深哉！其有陶唐氏之遺民乎，不然何憂之遠也。[注]晉本唐國。

伊其相謔：詩鄭風溱洧篇。

艷歌：[樂府]古艷歌古辭，一曰妍歌。

欠伸魚睨：[鮑昭謝見原疏]大喜猝至，小願所圖，魚愕雞睨，且悚且慚。

拊髀雀躍：[莊子]雲將東游，過扶搖之枝，而適遭鴻濛，鴻濛方將拊髀雀躍而游。

咏大風：[史記]高帝還歸過沛，悉召故人父老子弟縱酒，發沛中兒得百二十人，教之歌。酒酣，高祖擊築自為歌詩曰：大風起兮雲飛揚，威加海內兮歸故鄉，安得猛士兮守四方。

嘆來遲：[漢書外戚傳]李夫人卒，帝思念不已，方士少翁言能致其神。迺夜張燈燭設帷帳陳酒肉，而令上居他帳遙望，見好女如李夫人之貌，上愈益相思悲感，爲作詩曰：是邪非邪，立而望之，偏何姍姍其來遲。令樂府諸音家絃歌之。

軒岐鼓吹：[崔豹古今注]短簫鐃歌，軍樂也，黃帝使岐伯作。漢樂有黃門鼓吹，天子以燕樂群臣，短簫鐃歌，鼓吹之一章耳。

漢世鐃挽：[宋樂志]漢鼓吹鐃歌十八曲。[譙周法訓]挽歌者高帝召田橫，至尸鄉自殺，從者不敢哭，爲此歌以寄哀音焉。[古今注]薤露、蒿里，並喪歌也，言人命如薤上之露，易晞滅也。亦謂人死魂魄歸乎蒿里。至孝武時，李延年乃分爲二曲，薤露送王公貴人，蒿里送士大夫庶人，使挽柩者歌之，亦呼爲挽歌。

繆襲：[文章志]繆襲字熙伯，作魏鼓吹曲及挽歌。

【紀昀評語】

紀氏在"務塞淫濫，敷訓胄子"句上題曰："'務塞淫濫'四字，爲一篇之綱領。"又題曰："八字貫下十餘行，非單品秦漢。"

在"桂華雜曲，麗而不經"數句上題曰：《桂華》，《安世房中歌》之一也，尚未至於不經，此論過當。《赤雁》等篇，亦不得目之曰靡，論亦過高。蓋深惡塗飾，故矯枉過正。"

在黄叔琳"聲詩始判"題語後，紀氏題曰："聲詩自古本判，不始於此。此評似是而非。"

在"實韶夏之鄭曲"句上，題曰："此乃折出本旨，其意爲當時宮體競尚輕豔發也。觀《玉臺新詠》，乃知彥和識高一代。"

在"詩聲俱鄭，自此階矣"句上題曰："此論以聲被詞意，亦斥當時之棄古詞。"

在"李延年閑於增損古辭"句上題曰："此樂府多不可讀之，根後人不知其增損，遂乃妄解。"

在黄叔琳"唐人用樂府古題"一段題語後，紀氏題曰："唐伶人所歌，皆當時之詩也。此評未確。"

在"繆襲所致"句上，題曰："'致'當作'制'。"

在篇末贊語之上題曰："觀此，知《玉臺》之雜編，必非孝穆之本。"

在黃氏輯注條目"欠伸魚睨"之上題曰："'魚睨'似是瞠視之貌，魚目不瞬故也。此注未確。"

【劉永濟校字】

音聲推移。

唐寫本"音"作"心"，是也。

絲簧。

唐寫本作"絲簧"，是也。

叔孫定其容與。

唐寫本"與"作"典"，是。

朱馬。

"朱"疑"枚"誤。按《漢書·佞幸傳》《李延年傳》，皆言司馬相如等作詩頌。《枚乘傳》言："乘子皋，從行至甘泉、雍、河東。東巡狩封泰山，塞決河宣房，遊觀三輔離宮館，臨山澤弋獵，射馭狗馬，蹵鞠刻鏤。上有所感，輒使賦之。"又與司馬相如比論。或疑買臣善《楚辭》，朱乃買臣也，恐非。

宣帝雅頌，詩效《鹿鳴》。

唐寫本作"宣帝雅詩，頗效《鹿鳴》"，是。

逦及。

唐寫本作"逮及"，是。

暨後郊廟，惟雜雅章。

唐寫本"後"下有"漢"字，"雜"作"新"。

淫蕩。

五家言本"淫"作"滔"，按"滔"乃"慆"誤。

稱遠。

唐寫本"遠"作"吳"，按"吳"乃"美"誤。

怨志訣絶。

唐寫本作"怨詩訣絶",是。

李延年。

唐寫本作"左延年"。按左延年,魏時善歌者,見《魏志·杜夔傳》。

繆襲所致。

唐寫本作"所製",是。

略具。

唐寫本作"略序"。

【劉永濟釋義】

自秦焚《樂經》,古代廟樂,唯存《韶武》。漢興,魯人制氏獨能紀其鏗鏘鼓舞,故世在樂官。其後叔孫通因秦樂人製宗廟樂,其《嘉至》《永至》《登歌》,史志皆比傅古樂爲説,獨《休成》《永安》二篇不言,故知二篇乃叔孫自製。及至孝文帝時,樂人竇公始獻《周官·大司樂》章。孝武帝時,河間儒士毛生復獻《八佾》之舞,史稱與制氏不相遠,所謂雅聲樂也。至高祖《大風歌》肆習於歌僮,唐山《房中樂》備掌於樂令,則楚聲樂也。其後孝武立樂府,采歌謡,於是而有代趙之謳,秦楚之風。又以志淫於祠祀,意侈於祥禎,協律之新製,乃繁然興起。而胡曲異音,亦雜奏其間,則皆新聲樂也。終漢之世,此之三聲,迭爲消長。而俗競雅衰,流連難返。是以論古之士,嘗私痛焉。然舍聲取辭,則固多古茂之作,後世文人所以詠歎不忘,亮在乎此也。

舍人此篇,於《房中》十七章舉《桂華》,於《郊祀》十九章舉《赤雁》。論《桂華》則曰:"麗而不經";評《赤雁》則曰:"靡而非典。"證以後世通人評隲之語,益足見舍人衡鑒之精。《宋書·樂志》曰:"漢武帝雖頗造新聲,然不以光揚祖考,崇述正德爲先,但多詠祭祀見事及祥瑞而已。商周雅頌之體闕焉。"此舍人所謂"靡而非典"也。齊召南曰:"周詩所謂《房中樂》者,人倫始於夫婦,故首以《關雎》《鵲巢》。漢《安世房中歌》,直是祀神之樂。"此舍人所謂"麗而不經"也。舍人雖各舉一目，實可通論餘篇。紀評乃謂"《桂華》尚未至於不經，《赤雁》亦不得目之曰靡"。其言乖違如此，異哉！

傅玄曰："魏武好法術，而天下貴刑名。魏文慕通達，而天下賤守節。"《掌諫職上疏》。蓋魏武初政，乃偏霸之雄才，非休明之盛軌。文帝纂統，復崇尚放曠，不務儒術。影響及於文學，武既悲涼，文或惆蕩，皆非中和雅正之音。故雖美其"氣爽才麗"，而終斥為"《韶》《夏》之鄭聲"也。觀其"樂本心術"，"務塞淫濫"，"情感七始，化動八風"之言，其持論嚴正，實與荀卿《樂論》同一旨歸。惟其如此，故於雅鄭之防，未容稍軼。世之僅以文士目舍人者，其亦可以自反矣。

漢世樂府，皆協律之歌，故有聲譜，《漢志》所謂"聲曲折"也。及代易傳失，後之作者，襲用古題，別製新詠，往往空存舊目，了不相關。例若《巫山高》，本敍遠望思歸之情，而王融范雲之作，則雜以陽臺神女之事。《臨高臺》，本言登高射雁之事，而謝朓為之，但言臨望傷情；何承天為之，又謂凌虛遐舉。而長短之句，悉化整齊之音，非但曲度全非，亦且體製乖迕，致兩漢遺聲，不復聞於後世，亦可惜也。至舍人所謂"子建士衡，咸有佳篇，並無詔伶人，故事謝絲管，俗稱乖調，蓋未之思也"者，其論旨偏重辭義，故不以乖調之說為然。時人之論，雖未詳所出，窺其用意，蓋主於聲。曹陸之作，既不協律，而亦名樂府，以其乖於樂調，故稱乖調耳。言各有當，說得兩存，未可因此廢彼也。

【劉永濟批語】

在涵芬樓本《文心雕龍・樂府篇》上的題語：
在原本"葛天八闋"句"閱"字旁題曰"闋"。
在原本"殷氂思於西河"句"氂"字旁題曰"整"。
在原本"及夫庶婦"句"及"字旁題曰"匹"。
在原本"樂育被律"句"育"字旁題曰"胥"。
在"志感絲篁"句"篁"字旁題曰"簧"。
在原本"制氏紀其鏗鏘"句"鑒"字旁題曰"鏗"。

在"叔孫定其容與"句"與"字旁題曰"典"。

在"武帝崇禮"句"禮"字旁題曰"祀"。改"宣帝雅頌，詩效鹿鳴"爲"宣帝雅詩，頗效鹿鳴"。

在"邇及元成"句"邇"字旁題曰"逮"。

在"暨後郊廟，惟雜雅章"句"郊"字前加一"漢"字，在"雜"字旁題曰"新"。

在"荀勖改懸，聲節哀急"句"哀"字旁題曰"稍"。

在"阮咸譏其離聲"句"聲"字旁題曰"磬"。

在"怨志詄絕"句"志詄"二字旁題曰"詩訣"。

在"詩聲曰歌"句"詩"字旁題曰"詠"。

在"李延年閑於增損古辭"句"李"字旁題曰"左"。

在"至於斬伎鼓吹"句"斬伎"二字旁題曰"軒歧"。

在"繆襲所致"句"致"字旁題曰"制"。

在"略具樂篇"句"具"字旁題曰"序"。

【劉永濟本篇摘録語詞】

土風　心術　九德　七始　八風　溺音　容典　中和　典文
辭調　氣　才　慆蕩　正聲　舒雅　婉孌　淫辭　正響
雅詠　奇辭　切至

詮賦第八

詩有六義，其二曰賦。賦者，鋪也，鋪采摛文，體物寫志也。昔邵公稱公卿獻詩，師箴賦。傳云：登高能賦，可爲大夫。詩序則同義，傳説則異體。總其歸塗，實相枝幹。故劉向云不歌而頌，班固稱古詩之流也。

至如鄭莊之賦大隧，士蒍之賦狐裘，結言扼韻，詞自己作。雖合賦體，明而未融。及靈均唱騷，始廣聲兒，然賦也者，受命於詩人，拓宇於楚辭也。於是荀況禮智，宋玉風釣，爰錫名號，與詩畫境。六義附庸，蔚成大國。遂客主以首引，極聲貌以窮文，斯蓋別詩之原始，命賦之厥初也。

秦世不文，頗有雜賦。漢初辭人，順流而作。陸賈扣其端，賈誼振其緒，枚馬同其風，王揚騁其勢。皋朔已下，品物畢圖。繁積於宣時，校閱於成世。進御之賦，千有餘首。討其源流，信興楚而盛漢矣。夫京殿苑獵，述行序志，並體國經野，義尚光大。既履端於倡序，亦歸餘於總亂。序以建言，首引情本。亂以理篇，迭致文契。按那之卒章，閔馬稱亂，故知殷人輯頌，楚人理賦，斯並鴻裁之寰域，雅文之樞轄也。至於草區禽族，庶品雜類，則觸興致情，因變取會。擬諸形容，則言務纖密；象其物宜，則理貴側附。斯又小制之區畛，奇巧之機要也。

觀夫荀結隱語，事數自環；宋發巧談，實始淫麗。枚乘菟園，舉要以會新；相如上林，繁類以成豔。賈誼鵩鳥，致辨於情理；子淵洞簫，窮變於聲貌。孟堅兩都，明絢以雅贍；張衡二京，迅發以宏富。子雲甘泉，構深瑋之風；延壽靈光，含飛動之勢。凡此十家，並辭賦之英傑也。及仲宣靡密，發端必遒；偉長博通，時逢壯采；太沖安仁，策勳於鴻規；士衡子安，底績於流制；景純綺巧，縟理有餘；彥伯梗概，情韻不匱；亦魏晉之賦首也。

原夫登高之旨，蓋觀物興情。情以物興，故義必明雅；物以情觀，故詞必巧麗。麗詞雅義，符采相勝。如組織之品朱紫，畫繪之著玄黃，文雖新而有質，色雖糅而有本，此立賦之大體也。然逐末之儔，蔑棄其本，雖讀千賦，愈惑體要。遂使繁華損枝，膏腴害骨，無貴風軌，莫益勸戒，此揚子所以追悔於雕蟲，貽誚於霧縠者也。

贊曰：賦自詩出，分歧異派。寫物圖兒，蔚似雕畫。枯滯必揚，言庸無隘。風歸麗則，辭翦美稗。

【黃叔琳注】

召公：［國語］召公曰：故天子聽政，使公卿至於列士獻詩，瞽獻典，史獻書，師箴，瞍賦，矇頌，百工諫。

登高能賦：［漢藝文志］傳曰：不歌而頌謂之賦，登高能賦，可以爲大夫。

古詩之流：［班固兩都賦序］賦者古詩之流也。

鄭莊：［左傳］鄭莊公感潁考叔之言，與武姜隧而相見，公入而賦大隧之中，其樂也融融。

士蔿：［左傳］晉獻公使士蔿爲夷吾城屈，不慎，置薪焉。讓之，退而賦曰，狐裘龙茸，一國三公，吾誰適從。

未融：［左傳］明夷之謙，明而未融。

靈均：屈原字。［史記］屈原名平，憂愁幽思而作離騷。

詩人：［藝文志］春秋之後，聘問歌咏不行於列國，學詩之士，逸在布衣，而賢人失志之賦作矣。

括宇：［西京雜記］相如曰：賦家之心，包括宇宙，總覽人物。［藝文志］大儒孫卿，及楚臣屈原，離讒憂國，作賦以風。

荀況：［史記］荀卿，趙人，名況，著有禮賦智賦。

宋玉：［宋玉風賦］見文選，釣賦見賦苑。

雜賦：［藝文志］秦時雜賦九篇。

陸賈：［藝文志］陸賈賦三篇。

賈誼：［藝文志］賈誼賦七篇。

枚：［藝文志］枚乘賦九篇。

馬：［藝文志］司馬相如賦二十九篇。

王：［藝文志］王褒賦十六篇。

揚：［藝文志］揚雄賦十二篇。

皋：[藝文志]枚皋賦百二十篇。

朔：[漢書]東方朔有皇太子生禖屏風殿上柏柱平樂觀賦。

成世：[兩都賦序]武宣之世，言語侍從之臣，時時間作，或以抒下情而通諷諭，或以宣上德而盡忠孝，雍容揄揚，著於後嗣，亦雅頌之亞也。故孝成之世，論而錄之，蓋奏御者千有餘篇。

興楚盛漢：[吳訥文章辨體]古今言賦，自騷之外，咸以兩漢爲古，蓋非晉魏以還所及。

京殿：[文選]兩都二京靈光景福之類是也。

苑獵：上林甘泉長楊羽獵之類是也。

述行：北征東征之類是也。

序志：幽通思元之類是也。

履端：[左傳]先王之正時也。履端於始，歸餘於終。

總亂：[王逸楚辭注]亂，理也。所以發理詞指，總撮其要也。極意陳詞，文彩紛華，然後結括一言，以明所起也。

那之卒章：[國語]閔馬父曰：正考父校商之名頌十二篇於周太師，以那爲首，其輯之亂曰：自古在昔，先民有作，溫恭朝夕，執事有恪。

草區禽族：[藝文志]雜禽獸六畜昆蟲賦十八篇，雜器械草木賦三十三篇。

荀結隱語：[荀子禮賦注]言禮之功用甚大，時人莫知，故假爲隱語，問之先王。

宋發巧談：[文選]宋玉有高唐賦、神女賦、好色賦。

淫麗：[藝文志]揚子曰：詩人之賦麗以則，詞人之賦麗以淫。

菟園：[漢書]枚乘字叔，游梁，梁客皆善屬詞賦，乘尤高。菟園，苑名。[賦苑]有枚乘菟園賦。

上林：[司馬相如傳]相如請爲天子遊獵之賦。賦奏，天子以爲郎。亡是公言上林廣大，侈靡多過其實。

鵩鳥：[賈誼傳]誼爲長沙傅三年，有鵩飛入誼舍，止於坐隅，鵩似鴞，不祥鳥也。誼既以謫居長沙，長沙卑濕，誼自傷悼，以爲壽不得長，迺爲賦以自廣。

洞簫：[王褒傳]太子喜褒所爲甘泉及洞簫頌，令後宮貴人左右皆誦讀之。

兩都：[後漢書]班固字孟堅，上兩都賦，盛稱洛邑制度之美。

二京：[後漢書]張衡字平子，永元中，天下承平日久，自王侯以下，莫不踰侈，衡乃擬班固兩都作二京賦，因以諷諫。

甘泉：[漢書]揚雄字子雲，正月從上甘泉還，奏甘泉賦以諷。

靈光：[後漢書]王逸子延壽，字文考，游魯作靈光殿賦。蔡邕亦造此賦，未成，及見延壽所爲，遂輟翰。

仲宣偉長：[魏志]王粲字仲宣，徐幹字偉長。[文選]曹子建與楊德祖書曰，昔仲宣獨步於漢南，偉長擅名於青土。

太冲：[臧榮緒晉書]左思字太冲，欲作三都賦，乃詣著作郎張載訪岷邛之事，遂搆思十稔，門庭藩溷皆著紙筆，得句即疏之，賦成，張華見而咨嗟，都邑豪貴競相傳寫。

安仁：[晉書]潘岳字安仁，弱冠辟司空太尉府舉秀才，高步一時，所著有耕借射雉西征秋興閒居懷舊諸賦。

士衡：[臧榮緒晉書]陸機字士衡，與弟雲勤學，聲溢四表，機妙解情理，作文賦。

子安：[晉書]成公綏字子安，少有俊才，口吃，張華一見甚善之。時人以貧賤不重其文，仕至中臺郎，著有嘯賦。

景純：郭璞字景純。[晉中興書]曰：璞以中興王宅江外，乃著江賦，述川瀆之美。

彥伯：[晉陽秋]袁宏字彥伯，賦苑有袁彥伯東征賦。

讀千賦：[桓譚新論]余素好文，見子雲善爲賦，欲從之學。子雲曰，能讀千首賦，則善爲之矣。

雕蟲霧縠：[揚子法言]或問吾子少好賦？曰然，童子雕蟲篆刻。俄而曰，壯夫不爲也。或曰，霧縠之組麗，曰，女工之蠹矣。

【紀昀評語】

紀氏在"賦者鋪也"句上，題曰："鋪采摛文，盡賦之體；體物寫志，盡賦之旨。"

在"公卿獻詩師箴賦"句上，紀氏題曰："似'箴'字下脫一'瞍'字。"

在"拓宇於楚辭"句"拓"字下原注"疑作'括'"，紀氏題曰："'拓'字不誤，開拓之義也。顏延年《宋郊祀歌》'奄受敷錫，宅中拓宇'，李善注引《漢書》虞詡曰'先帝開拓土宇'。"

在"序以建言，首引情本"數句之上，紀氏題曰："分別體裁，經緯秩然。雖義可並存，而體不相假。蓋齊梁之際，小賦爲多，故判其區畛，以明本末。"

在"賈誼《鵩鳥》"句上題曰："《鵩賦》爲談理之始。"

在"然逐末之儔"句上題曰："洞見癥結，針對當時以發藥。"

在贊語"賦自詩出，分歧異派"句上題曰："此'分歧異派'，非指賦與詩分，乃指'京殿'一段、'草區'一段言之。而其語乃側注小賦一邊。"又題曰："篇末側注小賦一邊，言之救俗之意也。"

在黃氏輯注"荀結隱語"條目上題曰："荀子不止《禮賦》。"

【劉永濟校字】

師箴賦。
唐寫本"賦"上有"瞽"字，《御覽》同。是也。

劉向云：明不歌而頌。
《御覽》五八六"劉"上有"故"字，"向"下無"云"字，唐寫本同。是也。

挃韻。
唐寫本作"短韻"，是。短、挃形似而誤。

然賦也者。
唐寫本"然"下有"則"字，是。

迭致文契。
《御覽》五八七作"寫送文勢"，唐寫本同。應從。

事數。

《御覽》作"事義"，唐寫本同。應從。

發端。

唐寫本"端"作"篇"，《御覽》同。是。

物以情觀。

唐寫本"觀"作"覯"，《御覽》同。是。

分歧異派。

唐寫本作"異流分派"，是也。

枎滯必揚。

唐寫本"枎"作"抑"，是。

言庸無隘。

唐寫本"庸"作"曠"。孫人和校本引《文賦》"言曠者無隘"，謂"此彥和所本"，是。

辭翦美稗。

唐寫本"美"作"稊"，范文瀾注引《孟子》"不如荑稗"，謂"荑與稊通"。按范說是。惟今本之"美"，即"荑"之誤，二字形近。

【劉永濟釋義】

舍人論文，騷賦分篇，與劉班志《藝文》，納騷於賦，似異實同。蓋劉班以騷亦出於古詩六義之賦，欲明其源，故概以賦名之也。舍人謂漢賦之興，遠承古詩之賦義，近得楚人之騷體，故曰"受命於詩人，拓宇於《楚辭》"，蓋以析其流也。至其推究漢賦之本源，以爲出於荀宋，亦具特識。詳觀漢人之作，凡入劉向所定《楚辭》者，皆依倣屈子之體，以幽憂窮蹙，怨慕淒涼爲主者也。《文選》所載馬班揚張京殿苑獵諸賦，意主諷諫，而辭極敷張，所謂侈麗閎衍之辭也。二者雖同出六義之賦，而分別顯然，故辨章流別者，未容混爲一談也。

舍人謂"荀況《禮》《智》，宋玉《風》《釣》，始錫名號"。後世皋文張氏，亦謂"相如以下，出於荀宋"。今按宋玉之辭，以淫麗爲宗，與漢賦恢張闓衍者爲最近。荀氏之作，皋文謂其出於《禮經》，似與宋玉所爲異趣。然其比物寫志，與《高唐》《神女》之託寓者，實亦無殊。其後如趙壹《窮鳥》，禰衡《鸚鵡》，陳思《鷂雀》，潘岳《螢火》，張華《鷦鷯》，孝若《浮萍》，皆其流裔也。惟《洛神》《江妃》，被《高唐》《神女》之遺風，其與《禮》《智》異者，乃在形之華質耳。後世文人好華者多，故宋玉之流獨盛。又賦貴敷陳，今以比擬爲之，則篇體局促，勢難誇張。皋文但以孔臧馬遷二家出於荀卿，亦以二家之作，類皆質樸，故舉類相從，不知以比擬爲之者，亦荀氏之流也。

　　本篇論賦，列舉十家，目爲英傑，義深例明，所當研討。茲爲申明其旨如次：首舉荀宋者，荀宋爲漢賦之本原，已具如前論。荀氏五賦，賦而用比，故結隱語以喻意；辭事與意義回環相發，故曰"事義自環"。宋玉各篇，辭多誇飾，《釣賦》僞作不論。如《風賦》本止言大王之風芳涼，庶人之風穢惡，以見感於人者之不同耳。而寫大王之風，則以"凌高城""入深宮""抵華葉""徘徊椒桂""翱翔激水""擊芙蓉""獵蕙草、離秦蘅、槩新夷、被荑楊""上玉堂""躋羅帷""經洞房"，爲增飾之辭。寫庶人之風，則以"起窮巷""動沙堁、吹死灰、駭溷濁、揚腐餘""入甕牖"，爲增飾之辭。故曰"誇談"。他如《高唐》形容山勢之高峻，《神女》敷寫容色之豔麗，皆闓衍巨麗之文也。故又曰"淫麗"。子建之《洛神》，靈運之《江妃》，其流亞也。枚乘《菟園》，今存殘文，復多訛奪，不易句讀，然詞致簡鍊，鑄語新奇，尚循覽可得，故曰"舉要以會新"。相如《子虛》《上林》，實爲一篇，前篇以子虛誇楚王游獵之盛，故以《子虛》爲名，先敍雲夢之山、之土、之石，復從其東、南、西、北，分寫四節，而南、西、北三節之中，又用高埠、中外、上下，帶敍其草木、鳥獸、鱗甲之屬，文辭已極繁富矣。其寫畋獵一段，既分獵走獸、弋飛鳥、網釣水族三節詳寫，於一二節之間，復插入美女一節，亦極其絢爛。下篇言天子之上林，文尤閎博。其中寫上林所在一段，先寫水勢、水族、水中珍異、水鳥，次寫山之林木、阜陵、香草、走獸，已包含極富，而寫上林之宮室、美玉、嘉果、茂木，以及林中之獸，其奇瑰又與前異；其寫天子出獵之事一段，中間如所搏之獸，所弋之禽，皆珍奇之類，較前賦又不同；至其後敍置酒張樂，以及聲色之娛，尤極誇張之致。故曰"繁類以成豔"。又二家皆後世京殿苑獵諸賦所自昉，故特舉而論之，且各標所長，以見其異，於辨章之功尤深矣。賈誼《鵩鳥》，《文選》列入鳥獸賦類中，實借鵩鳥以發端。通篇大旨，在以道家齊物之理，自慰遠謫之情。故曰"致辨於情理"。後世如孟堅《幽通》、平子《思玄》、子政《遂初》、敬通《顯志》，以至摯虞《思遊》，皆其流裔也。子淵《洞簫》，爲後人賦音樂之祖，篇中鋪排處，次第井井，最爲有法。首敍簫材所出之地，次敍製器審聲之巧，皆題前之文也。次寫度曲之時，音隨曲異，故以"巨音""妙聲""武聲""仁聲"分寫，復從聲之感人動物處形容其微妙，已能曲盡題旨。而亂辭又總理一篇之意，悉從簫聲著筆。故曰"窮變於聲貌"。後人如傅武仲之《舞賦》、馬季長之《笛賦》、嵇叔夜之《琴賦》、潘安仁之《笙賦》、成公綏之《嘯賦》，下及簡文之賦箏，皆摹略聲貌之辭也。孟堅《兩都》，《文選》列之京都賦首，而不取子雲之《蜀都》，蓋兩都關係之大，包涵之富，非《蜀都》所能及。繼之者厥惟平子之《二京》。此皆一代巨製麗文，足爲萬世儀表者也。孟堅《兩都》，大旨序末"以極衆人之所眩曜，而折以今之法度"二語，已明白揭示。上篇即"極衆人之所眩曜"，下篇乃"折以今之法度"，故上篇首段總列西都之形勢，次寫前漢增飾之閎麗，因繼以城池市廛之廣，士女豪俠之衆，與夫郊原冠蓋之盛，貨殖之富，皆所以充奉陵邑者也；再次寫畿內之繁庶，則自山林原隰之饒沃，水利漕運之宜便皆具焉；再次寫宮館之壯麗，而正朝後宮，府寺離宮，一一分次，中間如寫後宮，特重昭陽，寫宮殿，特詳建章，皆擇其尤盛者言之，所謂"極其眩曜"也；再次寫田獵之盛，宴飲之娛，游觀之樂，而結出懷舊思古之意，以見西都父老怨思之由，皆舍人所謂"明絢"也；下篇以建武遷都改邑，乃中興之盛制，明帝之增修洛京，皆合於法度，故於制度典禮，言之特詳，其蒐狩則順時講武也，其行幸則修祀崇禮也，其飲宴則王會燕享也，而勸農興學，崇儉抑侈，莫非王政之要，皆所以折西都賓之侈陳也，然非精熟一代典章制度者，不能爲之，此舍人所謂"雅贍"也。《二京》雖步趨孟堅，而《西京》盛舉荒靡，諷意尤切，故曰"迅拔"。

《東京》鋪排典制，辭義淵深，故曰"宏富"。二篇大足伯仲《兩都》，未易强分高下，此又舍人所以並舉之也。子雲嘗譏相如之賦"勸百而諷一"，故其賦《甘泉》，以諷諫爲主；又多識奇字，喜沉思，故其文前半敍甘泉宮室，後半寫郊祀典禮，鑄詞用字，皆淵深而奇偉，故曰"構深瑋之風"。文考《靈光》，專賦宮殿，篇中凡階堂壁柱，扉室房序，櫨枅栭掌，以及棟窗之雕刻，榱楣之繪畫，一一鋪寫，皆能得營造之精意，讀之覺鳥革翬飛之狀，如在目前，故曰"含飛動之勢"。又此文既以摹略物象爲主，故用字鑄詞，亦能曲盡其妙，與子雲之作，可以比觀。惟子雲《甘泉》爲賦典禮之先型，文考《靈光》則賦宮殿之極則，賦典禮故以"深瑋"爲宜，賦宮殿則貴有"飛動"之勢。雙舉兩家，可見其同，各諡二字，足表其異，舍人評隲之精若此。至仲宣以下各家，辭賦具在，學者由此求之，魏晉賦家之流別，不難瞭然矣。

【劉永濟批語】

　　在涵芬樓本《文心雕龍·詮賦篇》上的題語：
　　在"師箴賦"句"賦"字前增一"瞽"字。
　　在原本"招字於楚辭"句"招字"旁題曰"而拓宇"三字。
　　在原本"遂客至以首引"句"遂"字旁題曰"述"，在"至"字旁題曰"主"。
　　在原本"極貌以窮文"句"貌"之前增加"聲"字。
　　在"漢初辭人順流而作"句"順"字旁題曰"循"。
　　在"枚馬同其風"句"同"字旁題曰"播"。
　　在"夫京殿苑獵"句"夫"之前增加"若"字。
　　在"迻致文契"句"迻致"二字旁題曰"寫送"，在"契"字旁題曰"勢"。
　　在原本"閔言稱亂"句"言"字旁題曰"馬"。
　　在原本"鹿品雜類"句"鹿"字旁題曰"庶"。
　　在"事數自環"句"數"字旁題曰"義"。
　　在"宋發巧談"句"巧"字旁題曰"誇"。

在原本"孟堅兩都朋約以雅贍"句"朋約"二字旁題曰"明絢"。
在原本"延壽靈光合飛動之勢"句"合"字旁題曰"含"。
在原本"並辭賦之流也"句"流"字旁題曰"英傑"。
在"發端必遒"句"端"字旁題曰"篇"。
在"物以情觀"句"觀"字旁題曰"睹"。
在"文雖新而有質"句"新"字旁題曰"雜"。
在"色雖糅而有本"句"本"字旁題曰"義"。
在"雖讀千賦"句"賦"字旁題曰"首"。
在"分歧異派"句"歧"字旁題曰"流"。
在原本"析滯必楊"句"析"字旁題曰"抑",在"楊"字旁題曰"揚"。
在"言庸無隘"句"庸"字旁題曰"曠"。
在"辭剪美稗"句"美"字旁題曰"稊"。

【劉永濟本篇摘録語詞】

枝幹	結言	聲貌	首引	聲貌	繁積	品物	首引	情本
寫送	鴻裁	纖細	側附	奇巧	機要	事義	結隱語	淫麗
舉要	繁類	聲貌	明絢	雅贍	迅拔	宏富	深瑋	飛動
流制	底績	綺巧	縟理	梗概	情韻	明雅	巧麗	符采
文質	體要	膏腴	風軌	繁華	麗則

頌讚 第九

四始之至,頌居其極。頌者,容也,所以美盛德而述形容也。昔帝嚳之世,咸墨爲頌,以歌九韶。自商已下,文理允備。夫化偃一國謂之風,風正四方謂之雅,容告神明謂之頌。風雅序人,事兼變正。頌主告神,義必純美。魯國以公旦次編,商人以前王追録。斯乃宗廟之正歌,非讌饗之常詠也。時邁一篇，周公所製；哲人之頌，規式存焉。夫民各有心，勿壅惟口。晉輿之稱原田，魯民之刺裘鞸，直言不詠，短辭以諷。邱明子高，並諜爲誦。斯則野誦之變體，浸被乎人事矣。及三閭橘頌，情采芬芳，比類寓意，又覃及細物矣。

至於秦政刻文，爰頌其德；漢之惠景，亦有述容。沿世並作，相繼於時矣。若夫子雲之表充國，孟堅之序戴侯，武仲之美顯宗，史岑之述熹后，或擬清廟，或範駉那。雖淺深不同，詳略各異，其襃德顯容，典章一也。至於班傅之北征西巡，變爲序引，豈不襃過而謬體哉！馬融之廣成上林，雅而似賦，何弄文而失質乎！又崔瑗文學，蔡邕樊渠，並致美於序，而簡約乎篇。摯虞品藻，頗爲精覈，至云雜以風雅，而不變旨趣，徒張虛論，有似黃白之僞說矣。及魏晉辨頌，鮮有出轍。陳思所綴，以皇子爲標；陸機積篇，惟功臣最顯；其襃貶雜居，固末代之訛體也。

原夫頌惟典雅；辭必清鑠。敷寫似賦，而不入華侈之區；敬慎如銘，而異乎規戒之域。揄揚以發藻，汪洋以樹義。唯纖曲巧致，與情而變，其大體所底，如斯而已。

讚者，明也，助也。昔虞舜之祀，樂正重讚，蓋唱發之辭也。及益讚於禹，伊陟讚於巫咸，並颺言以明事，嗟歎以助辭也。故漢置鴻臚，以唱拜爲讚，即古之遺語也。至相如屬筆，始讚荊軻。及遷史固書，托讚襃貶。約文以總錄，頌體以論辭。又紀傳後評，亦同其名。而仲治流別，謬稱爲述，失之遠矣。及景純注雅，動植必讚，義兼美惡，亦猶頌之變耳。然本其爲義，事生獎歎。所以古來篇體，促而不曠。必結言於四字之句，盤桓乎數韻之辭，約舉以盡情，昭灼以送文，此其體也。發源雖遠，而致用蓋寡。大抵所歸，其頌家之細條乎！

贊曰：容體底頌，勳業垂讚。鏤影摛文，聲理有爛。年積逾遠，音徽如旦。降及品物，炫辭作翫。

【黄叔琳題注】

在"頌惟典雅，辭必清鑠"句上，黄氏題曰："陸士衡云'誦優遊以彬蔚'，不及此之切合頌體。"

【黄叔琳注】

咸墨：墨應作黑。[呂氏春秋]帝嚳命咸黑作爲聲歌，九招六列六英。

變正：[詩序]王道衰，政教失，而變風變雅作矣。

頌主告神：[詩大序]頌者，美盛德之形容，以其成功告於神明者也。

公旦：[詩傳]成王賜魯天子之禮樂以祀周公，故有魯頌。

商人：[詩序商頌]那，祀成湯也，烈祖，祀中宗也。玄鳥，祀高宗也。長發，大禘也。殷武，祀高宗也。皆前代祭祀宗廟之樂。

時邁：[國語]周文公之詩曰：載輯干戈，載櫜弓矢，我求懿德，肆於時夏，允王保之。[韋昭注]文公，周公旦之謚也。頌時邁之時，武王既伐紂，周公爲作此詩，巡守告祭之樂歌。

壅口：[國語]民慮之於心，而宣之於口，成而行之，胡可壅也？若壅其口，其與能幾何？

原田：[左傳]晉侯聽輿人之頌曰，原田每每，舍其舊而新是謀。

褻鞸：[孔叢子]子順曰，先君初相魯，魯人謗頌之曰，麛裘而鞸，投之無戾，鞸而麛裘，投之無郵。[呂氏春秋]同，鞸作鞲。[高誘注]鞸，小貌，此子順述孔子之事，非子高也。子高，孔穿之子。

三閭橘頌：[離騷序]屈原與楚同姓，仕於懷王，爲三閭大夫，著九章，内一篇曰橘頌。

秦政：[史記]秦始皇者，名政，東行郡縣，上鄒嶧山，立石，與魯諸儒生議刻石，頌秦德。

惠景：[漢藝文志]李思孝景皇帝頌十五篇。

表充國：［趙充國傳］充國字翁孫，功德與霍光等，列畫未央宮。成帝時，西羌嘗有警，上思將帥之臣，追美充國，迺召黃門郎揚雄，即充國圖畫而頌之。

序戴侯：［後漢書］竇融字周公，光武八年，與大軍會高平，封安豐侯，卒謚戴。［文章流別］有班固安豐戴侯頌。

美顯宗：［後漢書］傅毅字武仲，追美孝明帝功德最盛，而廟頌未立，乃依清廟作顯宗頌十篇。

述熹后：［文選注］范曄［後漢書］曰：王莽末，沛國史岑字孝山，以文顯。［文章志七志］並載岑出師頌，而集林又載岑和熹鄧后頌，計莽末以訖和熹，百有餘年。又［東觀漢記］，東平王蒼上光武中興頌，明帝問校書郎，此與誰等。對曰：前世史岑之比，斯則莽末史岑，明帝時已云前世，不得為和熹之頌明矣。蓋有二史岑，字子孝者，仕王莽；字孝山者，當和熹。書典散亡，未詳爵里，諸家遂以孝山之文，載於子孝之集。

班傅：［後漢書］竇憲遷大將軍，以傅毅為司馬，班固為中護軍，竇府文章之盛，冠於當世。毅所著詩賦誄頌諸作凡二十八篇，固所著賦銘誄頌諸作凡四十一篇。

馬融：［馬融傳］融字季長，鄧太后臨朝，鄧騭兄弟輔政，俗儒世士以文德可興，武功宜廢。融以為文武之道，聖賢不墜，五材之用，無或可廢，上廣成頌以諷諫。太后怒，遂令禁錮之。安帝親政，出為河間王長史，時車駕東巡岱宗，融上東巡頌，召拜郎中。

崔瑗：［崔瑗傳］瑗所著賦碑銘箴頌七蘇南陽文學官志嘆辭移社文悔祈草書埶七言凡五十七篇，其南陽文學官志，諸能為文者，皆自以弗及。

樊渠：［蔡邕樊惠渠頌］略曰：陽陵縣東，土氣辛螫，嘉谷不植，而涇水長流，京兆尹樊君諱陵字德雲，遂樹柱累石，委薪積土，基趺工堅，清流浸潤，昔日鹵田，化為甘壤，農民熙怡悅豫，謂之樊惠渠云。

摯虞：［摯虞傳］虞字仲洽，撰古文章類聚，區分為三十卷，名曰流別集，各為之論，辭理愜當，為世所重。

雜以風雅：[文章流別論]揚雄充國頌，頌而似雅，傅毅顯宗頌，雜以風雅之意，馬融之廣成上林，純爲今賦之體，而謂之頌。

黃白僞說：[呂氏春秋]相劍者曰，白所以爲堅也，黃所以爲牣也，黃白雜，則堅且牣，良劍也。難者曰，黃白雜，則不堅且不牣，焉得爲利劍也。

陳思：曹植字子建，封陳思王，集有皇子生頌。

陸機：[陸機集]有漢高祖功臣頌。

樂正重贊：[尚書大傳]舜爲賓客，禹爲主人，樂正進贊曰：尚考大室之義，唐爲虞賓，至今衍於四海，成禹之變，垂於萬世之後。於是俊乂百工，相和而歌慶雲。

益贊於禹：見書大禹謨篇。

伊陟：[書]在太戊時，則有若伊陟臣扈，格於上帝，巫咸乂王家。[注]伊陟，伊尹之子，巫氏咸名。[史記封禪書]伊陟贊巫咸。

鴻臚：[漢書注]鴻，聲也。臚，傳也。所以傳聲贊導九賓也。

相如：[文章緣起]司馬相如荊軻贊，世已不傳，厥後班孟堅漢史以論爲贊，至宋范曄更以韻語。

謬稱爲述：[漢書注]顏師古曰：史遷云，爲某事作某本紀某列傳，班固謙不敢言作，而改言述。蓋避作者之謂聖，而取述者之謂明也。但後之學者不曉此爲漢書叙目，見有述字，乃呼爲漢書述，失之遠矣。摯虞尚有此惑，其餘曷足怪乎？

景純注雅：[郭璞傳]璞字景純，注釋爾雅，別爲音義圖譜。

【紀昀評語】

在"容告神明謂之頌"句上題曰："此頌之本始。"

在"斯則野誦之變體"句上題曰："此頌之漸變。"

在"沿世並作，相繼於時"句上題曰："此頌體之初成。"

在"豈不褒過而謬體哉"句上題曰："此變體之弊。"

在"崔瑗文學，蔡邕樊渠"數句之上題曰："此後世通行之格。"

在"結言於四字之句，盤桓乎數韻之辭"數句上題曰："東方贊稍衍其文，亦變格也。"

【劉永濟校字】

  自商以下。

  嘉靖本"商"字作"頌"。《御覽》五八八、唐寫本皆作"商頌"，應從。

  容告神明謂之頌。

  唐寫本作"雅容告神"，無"明"字，是。

  並諜爲誦。

  "諜"疑"謂"誤。"誦"應從唐寫本作"頌"。

  《西巡》。

  原作"西逝"，朱校改。按傅毅有《西征頌》，當作"征"。

  弄文。

  疑"美文"之譌。

  辨頌。

  唐寫本"辨"作"雜"，是。

  唯纖曲巧致。

  唐寫本作"雖纖巧曲致"，是。

  大體所底。

  唐寫本、《御覽》"底"均作"弘"，是。

  亦猶頌之變。

  《御覽》、唐寫本"之"下均有"有"字，是。

  容體底頌。

  唐寫本作"容德"，是。

  鏤彩摛文，聲理有爛。

  唐寫本"文""聲"二字互易，"彩"作"影"，當從。

【劉永濟釋義】

  馬融《廣成》名頌而實賦者，何焯云："古人賦頌，通爲一名。馬融

《廣成》所言者田獵，然何嘗不題曰頌？揚之《羽獵》，亦有'遂作頌曰'之文。"按融作《長笛賦》，序曰："追慕子淵、枚乘、劉伯康、傅仲武等簫、琴、笙頌，笛獨無，故聊復備數，作《長笛頌》云。"子淵《洞簫賦》，《漢書》謂之頌。《漢志》賦家亦有李思《孝景皇帝頌》十五篇。蓋不僅賦頌可通爲一名，實亦成於敷布，又皆爲不歌而誦之體也。《上林》舊校疑作《東巡》，據《融傳》，無《上林》也。然摯虞《文章流別》亦謂："《廣成》《上林》，純爲今賦之體，而謂之頌。"則似果有《上林頌》者。《藝文類聚》一〇〇引《典論》曰："議郎馬融，以永興中，帝獵廣成，融從，是時北州遭水潦蝗蟲，撰《上林頌》以諷。"今檢《廣成頌序》，有"雖尚頗有蝗蟲"之言，又似《上林》即《廣成》。舊文闕佚，疑不能明，姑記於此，以俟詳考。

頌、誦、賦三名，漢人混用。余撰《屈賦通箋敍論》，曾詳著其説。茲摘録其與此篇相涉者於下："至後人追稱，不名曰誦，亦有三故。一者，《説文》曰：'誦，諷也。''頌，皃也。'誦之與頌，其義迥别。康成注《詩》《禮》，皆以美盛德之形容者爲頌，古無以刺過之詩爲頌者。是以彦和論頌，謂'褒貶雜居，固末代之訛體'也。惟誦之爲用，止於諷誦，故其爲體，得兼美刺。《家父》之誦，誦之刺也，吉甫則美誦矣，其顯證也。然誦、頌二名，聲近通用，經典多有。後人多聞頌爲詩篇之異體，鮮知誦亦樂章之别稱，遂習而不察也。二者，賦、誦同爲不比琴瑟之歌，同兼稱美譏過之用，故義爲最近。自誦通作頌，漢世文士，遂以三名混爲一體。《屈子》之誦，既蒙賦名，於是賦行而誦廢，後人乃並古有名誦之詩而不知矣。"

舍人此篇，辨章頌之源流，乃舉原田裘鞸，皆謂之頌。考原田裘鞸，本屬誦體，故美刺可用。若果是頌，則斯體之訛，不自後代矣。惟今本此文"爲頌""野頌"皆作"誦"字，與唐寫本異。疑後人據《左傳》《吕覽》改舍人之文。細繹此段文意，舍人原本固是"頌"字，豈當時傳寫《左傳》《吕覽》有作"頌"者，舍人因據以入文，又於誦、頌通用之故，有所未照，是以文意不免小疵。然"末代訛體"之論，實爲不刊之言，因爲辨正之如此。

李詳《黄注補正》，引班固《漢書·藝文志》，有《荆軻論》五篇，自注："軻爲燕刺秦王，不成而死，司馬相如等論之。疑彦和所見《漢書》，本作《荆軻贊》。"章太炎則謂："司馬相如始爲《荆軻贊》，以輔助論者。據彦和此文，贊應與論相系屬者。"按李説臆斷不足信，章説從舍人明助之義悟入，説似可通。然觀遷固紀傳後文，意存褒貶，舍人謂其"頌體而論辭"。相如之作，或亦同此。又《論説》篇辨論有四品八名，其三品曰："辨史則與贊評齊行"，是則贊之爲體，原論説之支條，未必定系屬於論後也。

【劉永濟批語】

在涵芬樓本《文心雕龍·頌讚篇》上的題語：
在"咸墨爲頌"句"墨"字旁題曰"黑"。
在"以歌九韶"句"韶"字旁題曰"招"。
在"自商以下"句"商"字後增加"頌"字。
在"容告神明謂之頌"句"容"字旁題曰"雅"。
在"事兼變正"句前增加"故"字，在"義必純美"句前增加"故"字。
在原本"晉興之稱原田"句"興"字旁題曰"輿"。
在"並諜爲誦"句"諜"字旁題曰"謂"，在"誦"字旁題曰"頌"。
在"斯則野誦之變體"句"誦"字旁題曰"頌"。
在"又覃及細物矣"句"又"字旁題曰"乃"。
在原本"或範垌那"句"垌"字旁題曰"駉"。
在"至於班傅之北征西逝"句"逝"字旁題曰"征"。
在"何弄文而失質乎"句"弄"字旁題曰"美"。
在"而不變旨趣"句"變"字旁題曰"辨"。
在"及魏晉辨頌"句"辨"字旁題曰"雜"。
在"原夫頌惟典雅"句"雅"字旁題曰"懿"。
在"汪洋以樹義"句"義"字旁題曰"儀"。
在"大體所底"句"底"字旁題曰"弘"。
在"讚者明也"句後增加"助也"二字。在"及史班固書託贊褒貶"句

"固"字旁題曰"因",又下注曰:"史班因書,應作'遷史固書'。"

在"頌體以論辭"句"以"字旁題曰"而"。

在原本"紀傳佹評"句"佹"字旁題曰"後"。改"景純注雅動植讚之"句"讚之"爲"必讚"。

在"義兼美惡"句"義"字旁題曰"事",又題曰"讚"。

在"亦猶頌之變耳"句"變"字前增加"有"字。

在原本"促而不曠"句"曠"字旁題曰"廣"。

在"容體底頌"句"體"字旁題曰"德"。

改"鏤影摘文,聲理有爛"爲"鏤影摘聲,文理有爛"。

在"年積逾遠"句"積"字旁題曰"跡"。

【劉永濟本篇摘錄語詞】

文理	情采	典章	精覈	品藻	旨趣	精覈	訛體	典懿
清鑠	曲致	揄揚	情變	汪洋	屬筆	流別	篇體	結言
盤桓	送文	昭灼	文理					

祝盟第十

天地定位,祀徧群臣。六宗既禋,三望咸秩。甘雨和風,是生黍稷。兆民所仰,美報興焉。犧盛惟馨,本於明德。祝史陳信,資乎文辭。昔伊耆始蜡,以祭八神,其辭云:"土反其宅,水歸其壑,昆蟲毋作,草木歸其澤。"則上皇祝文,爰在茲矣。舜之祠田云:"荷此長耟,耕彼南畝,四海俱有。"利民之志,頗形於言矣。至於商履,聖敬日躋,玄牡告天,以萬方罪己,即郊禋之詞也。素車禱旱,以六事責躬,則雩禜之文也。及周之大祝,掌六祝之辭。是以庶物咸生,陳於天地之郊;旁作穆穆,唱於迎日之拜;夙興夜處,言於祔廟之祝;多福無疆，布於少牢之饋。宜社類禡，莫不有文。所以寅虔於神祇，嚴恭於宗廟也。

春秋已下，黷祀諂祭，祝幣史辭，靡神不至。至於張老成室，致善於歌哭之禱；蒯聵臨戰，獲佑於筋骨之請。雖造次顛沛，必於祝矣。若夫楚辭招魂，可謂祝辭之組纚也。漢之群祀，肅其旨禮，既總碩儒之儀，亦參方士之術。所以秘祝移過，異于成湯之心；侲子敺疫，同乎越巫之祝。體失之漸也。至如黃帝有祝邪之文，東方朔有罵鬼之書，於是後之譴呪，務於善罵。唯陳思誥咎，裁以正義矣。

若乃禮之祭祀，事止告饗；而中代祭文，兼讚言行。祭而兼讚，蓋引神而作也。又漢代山陵，哀策流文；周喪盛姬，內史執策。然則策本書贈，因哀而爲文也。是以義同於誄，而文實告神。誄首而哀末，頌體而祝儀。太史所作之讚，因周之祝文也。凡群言發華，而降神務實，修辭立誠，在於無愧。祈禱之式，必誠以敬；祭奠之楷，宜恭且哀。此其大較也。班固之祀濛山，祈禱之誠敬也。潘岳之祭庾婦，祭奠之恭哀也。舉彙而求，昭然可鑒矣。

盟者，明也。騂毛白馬，珠盤玉敦，陳辭乎方明之下，祝告於神明者也。在昔三王，詛盟不及，時有要誓，結言而退。周衰屢盟，以及要契，始之以曹沫，終之以毛遂。及秦昭盟夷，設黃龍之詛；漢祖建侯，定山河之誓。然義存則克終，道廢則渝始。崇替在人，呪何預焉！若夫臧洪歃辭，氣截雲蜺；劉琨鐵誓，精貫霏霜。而無補於晉漢，反爲仇讎。故知信不由衷，盟無益也。夫盟之大體，必序危機，獎忠孝，共存亡，戮心力。祈幽靈以取鑒，指九天以爲正，感激以立誠，切至以敷辭，此其所同也。然非辭之難，處辭爲難。後之君子，宜在殷鑒，忠信可矣，無恃神焉。

贊曰：毖祀欽明，祝史惟談。立誠在肅，脩辭必甘。季代彌飾，絢言朱藍。神之來格，所貴無慚。

【黃叔琳題注】

在"所以秘祝移過"數句之上，黃氏題曰："祝，又音'晝'，《詩·大雅》'侯詛侯祝'是也。俗作'呪'，非。故詛罵，亦祝之一體。"

在"臧洪歃辭，氣截雲蜺"數句之上，題曰："二盟義炳千古，不宜以成敗論之。"

【黃叔琳注】

六宗：[書]禋於六宗。[孔安國傳]一四時，二寒暑，三日，四月，五星，六水旱。[漢郊祀志注]六宗，星辰風伯雨師司中司命。一說云，乾坤六子。又一說，天宗三，日月星辰，地宗三，泰山河海。或曰，天地間游神也。

三望：[左傳]僖公三十一年，卜郊不從，乃免牲，猶三望。[注]望，祭山川也。

伊耆：[禮記郊特牲]伊耆氏始爲蜡，蜡也者，歲十二月合聚萬物而索饗之也。八神，先嗇一，司嗇二，百種三，農四，郵表畷五，貓虎六，坊七，水庸八。

聖敬日躋：詩商頌長發篇。

元牡：見書湯誓。

素車：[尸子]湯之救旱也，素車白馬，布衣，身嬰白茅，以身爲牲。禱曰，政不節與，民失職與，苞苴行與，讒夫昌與，宮室崇與，女謁盛與。

雩禜：[左傳]龍見而雩。[注]旱祭也。又曰：雪霜風雨之災則禜之。[說文]禱雨爲雩，禱晴爲禜。

太祝：[周禮春官]太祝掌六祝之辭，以事鬼神，曰順祝年祝吉祝化祝瑞祝策祝。

庶物迎日：[大戴禮]孝昭冠辭：皇皇上天，照臨下土，庶物群生，各得其所，靡今靡古，維予一人某敬拜皇天之佑。又曰：明光於上下，勤施於四方，旁作穆穆，維予一人某敬拜迎於郊，以正月朔日，迎日於東郊。

祔廟：[儀禮]明日以其班祔，用嗣尸，曰：孝子某孝顯相，夙興夜處，小心畏忌不惰，其身不寧，用尹祭，嘉薦普淖，普薦溲酒，適爾皇祖某甫，以隮祔爾孫某甫。

多福無疆：[儀禮]少牢饋食禮，主人酳尸，尸酢主人，祝嘏主人曰：皇尸命工祝，承致多福無疆於汝孝孫。

宜社：[王制]天子將出，類乎上帝，宜乎社，造乎禰。諸侯將出，宜乎社，造乎禰。[注]宜，祭名。

類禡：[詩]是類是禡。[傳]師祭也，類於上帝，禡於所征之地。

張老成室：[檀弓]晉獻文子成室，晉大夫發焉，張老曰：美哉輪焉，美哉奐焉，歌於斯，哭於斯，聚國族於斯。

蒯聵：[左傳]衛太子禱曰：曾孫蒯聵，敢昭告皇祖文王，烈祖康叔，文祖襄公，鄭勝亂從，晉午在難，使鞅討之，蒯聵不敢自佚，備持矛焉。敢告無絕筋，無折骨，無面傷，以集大事。

秘祝：[漢郊祀志]文帝詔曰：秘祝之官，移過於下，朕甚弗取，其除之。

侲子：[後漢禮儀志]大儺謂之逐疫，選中黃門子弟十歲以上，十二歲以下百二十人爲侲子。

越巫：[郊祀志]粵人勇之言，粵人俗鬼，而其祠皆見鬼，數有効，昔東甌王敬鬼，壽百六十歲，後世怠嫚，故衰耗，武帝乃命粵巫，立粵祝祠。

祝邪：[山海經]東望山有獸名白澤，能言語，王者有德，明照幽遠則至。[軒轅記]帝於桓山得白澤神獸，能言，達於萬物之情，因問天地鬼神之事，帝令寫爲圖，作祝邪之文以祝之。

罵鬼：[王延壽夢賦序云]臣遂得東方朔與臣作罵鬼之書。按朔與延壽隔世久遠，或朔本有書，延壽得之則可，曰與臣作，謬矣。倘作書亦是夢中事，便無所不可。然彥和又豈以烏有爲實錄乎？非後人傳寫之誤，即前代有傳曾失實者。

誥咎：[曹子建誥咎文序]五行致災，先史咸以爲應政而作，天地之氣，自有變動，未必政治之所興致也。於時大風發屋拔木，意有感焉。聊假上帝之命，以誥咎祈福。

哀策：[文章緣起]漢樂安相李尤作和帝哀策。

執策：[穆天子傳]天子西至於重璧之臺，盛姬告病，天子哀之，於是觴祀而哭，内史執策。[注]策，所以書贈賻之事。

祭庚婦：[潘岳集]有爲諸婦祭庚新婦文。

駢毛：[左傳]瑕禽曰：昔平王東遷，吾七姓從王，牲用備具，王賴之而賜之駢毛之盟。[注]赤牛也。

白馬：[漢書]王陵曰：高皇帝刑白馬而盟曰，非劉氏而王者，天下共擊之。

珠盤玉敦：[周禮天官]玉府若合諸侯，則共珠盤玉敦。

方明：[漢律歷志]太甲元年，以冬至越茀祀先王於方明。[注]方明者，神明之象也，以木爲之，方四尺，畫六采，東青西白，南赤北黑，上元下黄。

詛盟：[穀梁傳]詛盟不及三王。

結言：[公羊傳]古者不盟，結言而退。

要契：[左傳]使王叔氏與伯輿合要，王叔氏不能舉其契。[注]要，合要辭，理曲無以爲答，故不能舉其契要之辭。

曹沫：[國語]曹沫爲魯將，三北，魯莊公與齊桓公會於柯而盟，沫執匕首，劫桓公於壇，盡歸魯之侵地。

毛遂：[史記]秦圍邯鄲，平原君求救於楚，議日中不決。毛遂按劍歷階而上曰：從之利害，兩言而決，合從者爲楚，非爲趙也。楚王曰：唯唯。遂謂左右曰：取雞狗馬之血來，遂奉銅盤而跪進之楚王曰：王當歃血，次者吾君，次者遂。遂定從於殿上。

秦昭：[常璩巴志]秦昭襄王與夷人刻石盟曰：秦犯夷，輸黄龍一雙；夷犯秦，輸清酒一鍾。

山河：[史記高祖功臣年表]封爵之誓曰：黄河如帶，泰山如礪，國以永寧，爰及苗裔。

　　臧洪：［臧洪傳］洪字子源，太守張超請爲功曹。時董卓圖危社稷，超與洪西至陳留，見兄邈計事，邈與語，大异之。邈先有謀約，會超至，定議，乃與諸牧守大會酸棗，設壇場，將盟，既而莫敢先登，咸共推洪，洪升壇歃血，辭氣慷慨，聞其言者，無不激揚。

　　劉琨：［劉琨傳］琨字越石，建武元年，琨與段匹磾期討石勒。匹磾推琨爲大都督，歃血載書，檄諸方守，俱集襄國。琨匹磾進屯固安，以俟衆軍，匹磾從弟末波納勒厚賂，獨不進，乃沮其計，琨匹磾以勢弱而退。

【紀昀評語】

　　在篇首"天地定位"句上題曰："此篇獨崇實而不論文，是其識高於文士處。非不論文，論文之本也。"

　　在"利民之志，頗形於言"句上題曰："祝之緣起。"

　　在"若夫楚辭招魂"句上題曰："《招魂》似非祝詞。"

　　在"漢之群祀……亦參方士之術"數句上題曰："祝之流弊。"

　　在"於是後之譴呪"句上題曰："《詛楚文》之類是也。"

　　在"又漢代山陵，哀策流文"數句上題曰："祝之派別。"

　　在"降神務實，脩辭立誠"句上題曰："此雖老生之常談，然執是以衡文，其合格者亦寡矣。所謂三歲小兒道得，八十老翁行不得也。"

　　在"無補於晉漢，反爲仇讎"句上，黄叔琳題語"二盟義炳千古"句後，紀氏題曰："此論紕繆，北平先生譏之是也。"

　　在"然非辭之難，處辭爲難"句上題曰："宕出題外，正是鞭緊題中。"

【劉永濟校字】

張老成室，致善於歌哭之禱。

　　唐寫本"成室"作"賀室"，"致善"作"致美"，是。

肅其旨禮。

唐寫本"旨"作"百"，是。

碩儒之儀。

唐寫本"儀"作"義"，是。

策本書贈。

唐寫本"贈"作"賵"，是。

頌體而祝儀。

"儀"疑作"義"。

太史所作之讚，因周之祝文也。

此二句唐寫本作"太祝所讀，固祝之文者也"。按漢之太史，屬於奉常，《禮儀志》載太史令奉謚哀策，是此二句應作"太史所讀，固周之祝文也"。言漢之哀策，與祝文實同一物也。

班固之《祀濛山》。

唐寫本作"《祀涿山》"。按固有《涿邪山祝文》，今亦訛涿爲濛。

以及要契。

唐寫本作"弊及要劫"，是。

臧洪歃辭，氣截雲蜺。

唐寫本"歃辭"作"唾血"，"氣截"作"辭絕"。"唾"乃"歃"誤。此文當作"臧洪歃血，辭絶雲蜺"。

而無補於晉漢，反爲仇讎。

唐寫本"晉漢"互易，"而"字在"反"字上，是。

【劉永濟釋義】

古者巫祝爲聯職。《周官》《春官》祝之屬，有太祝、小祝、喪祝、甸祝。巫之屬，有司巫、男巫、女巫。蓋巫以歌舞降神，祝以文辭事神。《國語》謂聰明聖知者始爲巫覡。見《楚語》。鄭注《周官》，謂有文雅辭令者，始作大祝。是知二者乃先民之秀特，而文學之濫觴也。其後祝復與史同稱。燕禮大射，皆稱"祝史"。司馬遷亦云："文史星曆，近乎卜祝之間。"蓋古者通稱掌文辭之官爲史。祝以作六辭爲職，亦擇善爲文辭者任之。故舍人釋祝之名義，亦曰"祝史陳言，資乎文辭"也。

《魏志·高柔傳》注引孫盛曰："聞五帝無誥誓之文，三王無盟祝之事。然則盟誓之文，始自三季，質任之作，起於周微。"舍人"在昔三王，詛盟不及"，蓋本乎此。然詛祝之興，與巫覡並古，而會盟之辭，亦祝之所司，未可謂三王時無之。窺孫劉之論，蓋以三王德盛，誠信久孚，無假詛盟，以申要約。故曰"信不由衷，盟無益也"。語自分明，不當以辭害志。祝盟之作，既必發於誠敬，自無待於華藻。故本篇立論，獨崇實而黜華。所謂"因情立體"，理所宜然也。紀評許其識高文士，見猶未瑩。

【劉永濟批語】

在涵芬樓本《文心雕龍·祝盟篇》上的題語：

在原本"祀遍群臣"句"臣"字旁題曰"神"。

在原本"伊祈始蜡"句"祈"字旁題曰"耆"。

在原本"土及其宅"句"及"字旁題曰"反"。

在原本"上皇祝文爰在茲矣"句"爰"字旁題曰"曖"，又在其上題曰"爰"。

在原本"掌六祀之辭"句"祀"字旁題曰"祝"。

在原本"言於附廟之祝"句"附"字旁題曰"祔"，在"祝"字旁題曰"祀"。

在原本"所以寅處於神祇"句"處"字旁題曰"虔"。

在"春秋已下"句前增加"自"字。在原本"黷祀諂祭"句"諂"字旁題曰"諗"。

在原本"祀幣史辭"句"祀"字旁題曰"祝"。

在"至於張老成室，致善於歌哭之禱"句"成"字旁題曰"賀"，在"善"字旁題曰"美"。

在"獲佑於筋骨之請"句"佑"字旁題曰"祐"。

在"肅其旨禮"句"旨"字旁題曰"百"。

在"既總碩儒之儀"句"儀"字旁題曰"義"。

在原本"侲子毆疾"句"疾"字旁題曰"疫"。

在原本"體失之漸也"句"體"字旁題曰"禮"。

在原本"陳思誥裁以正義矣"句"誥"字旁題曰"詰咎"。

在原本"若乃禮之祭祀"句"祀"字旁題曰"祝"。

在"蓋引神而作也"句"神而"二字旁題曰"伸之"。

在"然則策本書贈"句"贈"字旁題曰"賵"。

在原本"頌體而呪儀"句"呪"字旁題曰"祝"。

在"太史所作之讚，因周之祝文也"句"作之讚"三字旁題曰"讀"，在"因"字旁題曰"固"。

在"班固之祀濛山"句"祀"字旁題曰"祠"，在"濛"字旁題曰"涿"。

在"驛毛白馬"句"毛"字旁題曰"旄"。

在"周衰屢盟，以及要契"句"以"字旁題曰"弊"，在"契"字旁題曰"劫"。

在"呪何預焉"句"呪"字旁題曰"祝"。

在"若夫臧洪歃辭，氣截雲霓"句"歃"後增加"血"字，"氣截"作"辭截"。

改"而無補於晉漢，反爲仇讎"句爲"無補於漢晉，而反爲仇讎"。

在"戮心力"句"戮"字旁題曰"勠"。在"宜在殷鑒"句"在"字旁題曰"存"。又在篇末題曰："此篇祝、祀互訛。"

【劉永濟本篇摘錄語詞】

文辭　組纚　修辭　結言　切至

卷三

銘箴第十一

昔帝軒刻輿几以弼違，大禹勒筍簴而招諫，成湯盤盂，著日新之規，武王戶席，題必戒之訓，周公慎言於金人，仲尼革容於欹器，則先聖鑒戒，其來久矣。

故銘者，名也。觀器必也正名，審用貴乎盛德。蓋臧武仲之論銘也，曰："天子令德，諸侯計功，大夫稱伐。"夏鑄九牧之金鼎，周勒肅慎之楛矢，令德之事也；呂望銘功於昆吾，仲山鏤績於庸器，計功之義也；魏顆紀勳于景鐘，孔悝表勤於衛鼎，稱伐之類也。若乃飛廉有石槨之錫，靈公有蒿里之諡，銘發幽石，吁可怪矣。趙靈勒跡於番吾，秦昭刻博於華山，夸誕示後，吁可笑也！詳觀眾例，銘義見矣。至於始皇勒岳，政暴而文澤，亦有疎通之美焉。若班固燕然之勒，張昶華陰之碣，序亦盛矣。蔡邕銘思，獨冠古今。橋公之鉞，吐納典謨；朱穆之鼎，全成碑文，溺所長也。至如敬通雜器，准矱戒銘；而事非其物，繁略違中。崔駰品物，讚多戒少；李尤積篇，義儉辭碎。蓍龜神物，而居博弈之中；衡斛嘉量，而在臼杵之末；曾名品之未暇，何事理之能閑哉！魏文九寶，器利辭鈍。唯張載劍閣，其才清采。迅足駸駸，後發前至，勒銘岷漢，得其宜矣。

箴者，鍼也，所以攻疾防患，喻鍼石也。斯文之興，盛於三代。夏商二箴，餘句頗存。及周之辛甲，百官箴闕，唯虞箴一篇，體義備焉。迄至春秋，微而未絕。故魏絳諷君於后羿，楚子訓民於在勤。戰代以來，棄德務功，銘辭代興，箴文萎絕。至揚雄稽古，始範虞箴，作卿尹州牧二十五篇。及崔、胡補綴，總稱《百官》，指事配位，鞶鑑可徵，信所謂追清風于前古，攀辛甲於後代者也。至於潘勗符節，要而失淺；溫嶠侍臣，博而患繁；王濟國子，引多而事寡；潘尼乘輿，義正而體蕪：凡斯繼作，鮮有克衷。至於王朗雜箴，乃實巾屨，得其戒慎，而失其所施。觀其約文舉要，憲章戒銘，而水火井竈，繁辭不已，志有偏也。

夫箴誦於官，銘題於器，名目雖異，而警戒實同。箴全禦過，故文資確切；銘兼褒讚，故體貴弘潤；其取事也必覈以辨，其摘文也必簡而深，此其大要也。然矢言之道蓋闕，庸器之制久淪，所以箴銘寡用，罕施後代。惟秉文君子，宜酌其遠大焉。

贊曰：銘實器表，箴惟德軌。有佩於言，無鑒於水。秉茲貞厲，警乎立履。義典則弘，文約則美。

【黃叔琳題注】

於"箴全禦過……故體貴弘潤"上評曰："四語分明。陸士龍云：'銘博約而溫潤，箴頓挫而清壯。'亦同斯旨。"

【黃叔琳注】

輿几：[皇王大紀]帝軒作輿几之箴，以警宴安。

筍簴：[鬻子]大禹爲銘於筍簴曰：教寡人以道者擊鼓，教以義者擊鐘，教以事者振鐸，語以憂者擊磬。

戶席：[大戴禮]尚父道丹書之言，武王聞之，愓若恐懼，退而爲戒，書於席四端於机於鑑於望於盥盤於楹於杖於帶於履屨於觴豆於戶於牖於劍於弓於矛盡爲銘焉，以戒後世子孫。

金人：[家語]孔子觀周，入后稷之廟，有金人焉。三緘其口，而銘其背曰：古之慎言人也，無多言，多言多敗。

欹器：[荀子]孔子觀於魯威公之廟，有欹器焉，問於守者，爲宥坐之器，虛則欹，中則正，滿則覆。歎曰：烏有滿而不覆者哉。

論銘：[左傳]季武子以所得於齊之兵作林鐘，而銘魯功焉。臧武仲曰：非禮也。夫銘，天子令德，諸侯言時計功，大夫稱伐，今稱伐，則下等也。計功，則借人也，言時，則妨民多矣，何以銘爲。

金鼎：[左傳]王孫滿對楚子曰：昔夏之有德，遠方圖物，貢金九牧，鑄鼎象物。

楛矢：[國語]仲尼曰：昔武王克商，通道九夷八蠻，肅慎氏貢楛矢，先王欲昭其令德之致遠也，故銘其筈曰，肅慎氏之楛矢。

呂望：[史記]太公望呂尚者，東海上人。[蔡邕銘論]呂尚作周太師，其功銘於昆吾之鼎。

仲山：[竇憲傳]南單于遺憲古鼎，其傍銘曰：仲山甫鼎，其萬年，子子孫孫永保用。

庸器：[周禮]典庸器掌藏樂器庸器。[注]庸器，伐國所獲之器，若崇鼎貫鼎及以其兵物所鑄銘也。

魏顆：[國語]昔克潞之役，秦來圖敗晉功，魏顆以其身卻退秦師於輔氏，親止杜回，其勳銘於景鐘。

孔悝：[禮記祭統]有衛孔悝之鼎銘。

飛廉：[秦本紀]蜚廉爲紂石北方，還無所報，爲壇霍太山，而報得石棺，銘曰：帝令處父，不與殷亂，賜爾石棺以華氏，死，遂葬於霍太山。

靈公：[莊子]衛靈公死，卜葬于沙邱，掘之數仞，得石槨焉，洗而視之，有銘焉，曰：不馮其子，靈公奪而埋之。

蒿里：見樂府鐃挽注。

趙靈：[韓子]趙主父令工施鉤梯而緣番吾，刻疎人跡其上，廣三尺，長五尺，而勒之曰：主父嘗游於此。

秦昭：[韓子]秦昭王令工施鉤梯而緣華山，以松柏之心爲博，箭長八尺，棊長八寸，而勒之曰：昭王與天神博於此。

勒岳：[秦始皇本紀]始皇上泰山，立石封祠祀，刻石頌秦德焉而去。

燕然：[竇憲傳]南單于請兵北伐，拜憲車騎將軍，大破單于，登燕然山，刻石勒功，紀漢威德，令班固作銘。

華陰：[古文苑]華陰堂闕碑銘，張昶爲北地太守段熲作。

橋公之鉞：[蔡中郎集]橋玄黃鉞銘，帝命將軍，秉茲黃鉞，威靈振耀，如火之烈，公之在位，群狄斯柔，齊斧罔設，人士斯休。

朱穆之鼎：[蔡中郎集]忠文朱公名穆字公叔，延熹六年卒，肆其孤用作茲寶鼎，銘載休功，俾後裔永用享祀，以知其先之德。按伯喈作朱公叔墳前石碑，前用散體，後系四言韻語，至鼎銘則純作散體大篇，不著韻語，所謂全成碑文也。

敬通：[馮衍傳]衍字敬通，所著賦誄銘說雜文五十篇。

崔駰：[崔駰傳]駰字亭伯，所著詩賦銘頌書記表七依婚禮結言達旨酒警，合二十一篇。

李尤：[後漢書]李尤字伯仁，所著詩賦銘誄頌七歎哀典凡一十八篇。[文章流別論]尤自山河都邑至刀筆笮契，無不有銘，而文多穢病。

九寶：[典論]魏太子丕，造寶劍寶刀三，匕首三，皆因姿定名，其文曰：選咨良金，命彼國工，精而煉之，至於百辟，恨不遇薛燭青萍也。

劍閣：[張載傳]載父收，蜀郡太守，載至蜀省父，道經劍閣，以蜀人恃險好亂，因著銘以作誡。張敏見而奇之，乃表上其文，武帝遣使鐫之於劍閣焉。

夏：[逸周書文傳解]引夏箴云：中不容利，民乃外次。

商：[呂氏春秋名類篇]引商箴云：天降災布祥，並有其職。

百官：[左傳]魏絳謂晉侯曰：昔周辛甲之爲太史也，命百官官箴王厥。

在勤：[左傳]楚自克庸以來，其君無日不討國人而訓之，箴之曰：民生在勤，勤則不匱。

虞箴：[揚雄自序]箴莫善於虞箴，作州箴。

崔胡：[文章流別論]揚雄依虞箴作十二州十二官箴，傳於世，不具九官。崔氏累世彌縫其闕，胡公又以次其首目而爲之解，署曰百官箴。

潘勗：[衛覬傳]建安末，河南潘勗與覬並以文章顯。[文章志]勗字元茂，初名芝，改名勗。

溫嶠：[晉書]溫嶠遷太子中庶子，在東宮數陳規諷，獻侍臣箴。

王濟：[王濟傳]濟字武子，文辭秀茂，累官侍中，以忤旨左遷國子祭酒。

潘尼：[晉書]潘尼爲乘輿箴。

王朗：[王朗傳]朗字景興，歷官御史大夫，所著奏議論記咸傳於世。

確切：確，堅正也。[崔實傳]指切時要，言辯而確。

【紀昀評語】

於"欹器"上評曰："欹器不言有銘，此句未詳，或六朝所據之書，今不盡見耳。"

於"橋公之鉞，吐納典謨"上評曰："李習之論銘，謂'盤之辭可遷於鼎，鼎之辭可遷於山，山之辭可遷於碑，惟時之所紀而不必。專切於是物'。其說甚高，然與觀器正名之義乖矣。但不得直賦是物爾。""處處可移，不免馬絡，字字比附，亦成滯相，斟酌於不即不離之間，則兩義兼得矣。"

於"所以箴銘異用，罕施於代"上評曰："此爲當時惟趨詞賦而發，亦補明評文不及近代之故。"

【劉永濟校字】

則先聖鑒戒。

唐寫本作"列聖"，無"則"字，是。

觀器必也正名。

唐寫本作"觀器必名焉"爲句，"正名"屬下"審用"爲句。是也。

蒿里。

唐寫本"蒿"作"舊"。按"舊"乃"奪"之誤字。宋本《御覽》五九〇引作"奪里"，即《莊子·則賜篇》所記石槨銘"靈公奪而里"也。

蔡邕銘思，獨冠古今。

唐寫本作"蔡邕之銘，思爛古今"。《御覽》同。當從。

準鑊戒銘。

唐寫本"戒銘"作"武銘"，是。下文"憲章戒銘"同。皆指武王器銘也。作"戒"乃形誤字。宋本《御覽》皆作"武"，可證。鮑刻本惟後句未誤。

勒銘岷漢。

唐寫本"勒銘"作"詔勒"，是。

箴者。

唐寫本下有"針也"二字，是。

《百官箴》一篇。

《御覽》五八八、唐寫本"箴"下均有"闕唯《虞箴》"四字，是也。

肇鑑可徵，信所謂追清風於前古。

唐寫本"可徵"作"有徵"，無"信"字，"所"作"可"。《御覽》同。是。

溫嶠《傅臣》。

唐寫本"傅"作"侍"，《御覽》同。是。

引廣事雜。

唐寫本作"引多而事寡"，下句"正"下亦有"而"字，是也。

罕施於代。

唐寫本"於"作"後"，《御覽》同。是也。

敬言乎履。

唐寫本作"警乎立履",是。

【劉永濟釋義】

　　銘之始制,用以名器紀功,是以古銘多見於器物。後世之墓誌銘,乃合誌與銘而爲之者。誌者,記也,記死者之姓名、里居,以示後也。其始不詳。今傳晉周闡墓甎文,但記年月、姓名及妻子之姓名。又有房宣墓誌,僅記年月、姓名、爵里,即古誌之體也。其前則有西漢杜子春臨終作文刻石,埋於墓前,見《西京雜記》。其文始稱"魏郡杜鄴",或即誌墓之所昉歟。銘墓之文,今傳最古者,《博物志》載西都南宮寢殿內,有醇儒王使威長葬銘八句,句四字。其文曰:"明明哲士,知存知亡。崇隴厚壠,非寧非康。不封不樹,作靈乘光。厥銘何依?王使威長。"又周益公《保母碑跋》曰:"章帝時范君謝君甎銘,以四字爲句。"然則銘墓之興,當在兩漢矣。至誌銘兼具者,當亦始於此時。周跋又曰:"予得光武時梓潼扈君墓甎,先敘所歷之官,末云'千秋之宅'。甎末句四字,似爲銘辭。"晉宋之際,霾幽之文漸盛。封演《聞見記》稱:隋代釀家穿旁作窖,得晉王戎墓銘曰:"晉司徒尚書令安豐侯王君墓銘",有數百字云云。觀其題額曰墓銘,則當有銘辭。其後宋元嘉中,有顏延之爲王球作墓誌,有銘,其文今不傳,傳者惟清端方藏宋劉懷民墓誌銘爲最古。其文作於大明八年,適承元嘉之後。其體與後世異,首爲銘二十句,句四字,次記劉君名字、里貫、年壽、卒日、葬所,再次記其妻及父之名字、官位等,合誌與銘之跡,顯然可見。後世誄墓之文,既於誌中飾詞稱美,末復綴韻語以爲銘辭,或有重列頌詞者,蓋襲漢人碑文之體而爲之者,乃自詡於史之條流,非正格也。此體之在晉宋,實乃初盛之時,舍人之世,作者已夥。《文心》略而不及,故略考其流別於此。

【劉永濟批語】

　　在涵芬樓本《文心雕龍・銘箴篇》上的題語:
　　改"大禹勒筍簴而招諫"之"筍"爲"簨","而"爲"以"。
　　改"則先聖鑒戒"之"則先"爲"列"。

删"故銘者名也"之"故"字。

改"觀器必也正名"之"也"爲"名焉"。

改"審用貴乎盛德"之"盛"爲"慎"。

改"魏顆紀勳于景銘"之"銘"爲"鍾"。

改"孔悝表勒于衛鼎"之"勒"爲"勤"。

改"靈公有蒿里之諡"之"蒿"爲"奪"。

改"籲可怪矣"之"籲"爲"噫"。

改"秦昭刻傳于華山"之"傳"爲"博"。

改"籲可茂也"之"茂"爲"笑"。

改"蔡邕銘思，獨冠古今"爲"蔡邕之銘，思燭古今"。

改"橋公之箴"之"箴"爲"鉞"。

改"准曔戒銘"之"戒"爲"武"。

改"而在臼杵"之"臼杵"爲"杵臼"。

改"曾名品之末暇"之"末"爲"未"。

改"何事理之能間哉"之"間"爲"閑"。

改"唯張采《劍閣》，其才清采"之"張采"爲"張載"，"其才清采"爲"清采其才"。

於"勒銘岷漢""勒"前加"詔"字，删去"銘"字。

於"箴者"後加"針也"二字。改"喻箴石也"之"箴"爲"針"。

改"三代夏商"之"商"爲"商"。

于"及周之辛甲《百官箴》一篇"，删去"及"字，於"《百官箴》"後加"闕，唯《虞箴》"三字。

改"戰伐已來"之"伐"爲"代"。

改"箴文委絶"之"委"爲"萎"。

改"廿五篇"爲"二十五篇"。改"鑒鑑可徵"之"可"爲"有"。

改"信所謂"爲"可謂"。

改"温嶠傅臣"之"傅"爲"侍"。

改"引廣事雜"爲"引多而事寡"。

改"義正體蕪"爲"義正而體蕪"。

89

改"得其戒慎"之"戒"爲"確"。

改"憲章戒銘"之"戒"爲"武"。

改"名目雖異"之"目"爲"用"。

改"文質確切"之"質"爲"資","確"爲"確"。

改"銘兼襃譜"之"譜"爲"贊"。

改"所以箴銘異用罕施代秉文君子"爲"所以箴銘寡用,罕施後代,唯秉文君子"。

改"銘實表器"爲"銘實器表"。改"敬言乎履"爲"警乎立履"。

【劉永濟本篇摘錄語詞】

誇誕　疏通　吐納　准□　清采　體義　淺要　繁博
確慎　憲章　確切　弘潤　覈辨　秉文

誄碑第十二

周世盛德,有銘誄之文。大夫之材,臨喪能誄。誄者,累也;累其德行,旌之不朽也。夏商已前,其詳靡聞。周雖有誄,未被于士。又賤不誄貴,幼不誄長,其在萬乘,則稱天以誄之。讀誄定諡,其節文大矣。

自魯莊戰乘丘,始及于士。逮尼父之卒,哀公作誄,觀其憖遺之辭,嗚呼之歎,雖非叡作,古式存焉。至柳妻之誄惠子,則辭哀而韻長矣。暨乎漢世,承流而作。揚雄之誄元后,文實煩穢,沙麓撮其要,而摯疑成篇,安有累德述尊,而闊略四句乎?杜篤之誄,有譽前代。吳誄雖工,而他篇頗疎,豈以見稱光武而改盼千金哉!傅毅所制,文體倫序,孝山、崔瑗,辨絜相參,觀其序事如傳,辭靡律調,固誄之才也。潘岳構意,專師孝山,巧於序悲,易入新切。所以隔代相望,能徵厥聲者也。至如崔駰誄趙，劉陶誄黃，並得憲章，工在簡要。陳思叨名，而體實繁緩，文皇誄末，旨言自陳，其乖甚矣。若夫殷臣詠湯，追褒玄鳥之祚；周史歌文，上闡后稷之烈。誄述祖宗，蓋詩人之則也。至於序述哀情，則觸類而長。傅毅之誄北海，云"白日幽光，氛霧杳冥"，始序致感，遂為後式。影而效者，彌取於工矣。詳夫誄之為制，蓋選言錄行，傳體而頌文，榮始而哀終。論其人也，曖乎若可覿；道其哀也，悽焉如可傷。此其旨也。

碑者，埤也。上古帝皇，紀號封禪，樹石埤岳，故曰碑也。周穆紀跡于弇山之石，亦古碑之意也。又宗廟有碑，樹之兩楹，事止麗牲，未勒勳績。而庸器漸缺，故後代用碑，以石代金，同乎不朽，自廟徂墳，猶封墓也。

自後漢以來，碑碣雲起，才鋒所斷，莫高蔡邕。觀楊賜之碑，骨鯁訓典，陳郭二文，詞無擇言。周胡眾碑，莫非清允。其敘事也該而要，其綴采也雅而澤；清詞轉而不窮，巧義出而卓立。察其為才，自然而至矣。孔融所創，有慕伯喈，張陳兩文，辨給足采，亦其亞也。及孫綽為文，志在於碑，溫王郗庾，辭多枝雜，桓彝一篇，最為辨裁矣。夫屬碑之體，資乎史才。其序則傳；其文則銘。標序盛德，必見清風之華；昭紀鴻懿，必見峻偉之烈。此碑之制也。夫碑實銘器，銘實碑文，因器立名，事先於誄。是以勒石讚勳者，入銘之域；樹碑述亡者，同誄之區焉。

贊曰：寫實追虛，碑誄以立。銘德纂行，文采允集。觀風似面，聽辭如泣。石墨鐫華，頹影豈戢。

【黄叔琳注】

　　大夫之材：見詮賦篇登高能賦注。

賤不誄貴：[禮記]賤不誄貴，幼不誄長，禮也。惟天子稱天以誄之。諸侯相誄，非禮也。

魯莊：[檀弓]魯莊公及宋人戰于乘邱，縣賁父御，卜國爲右，馬驚敗績，公隊，佐車授綏。公曰：未之卜也。縣賁父曰：他日不敗績，而今敗績，是無勇也，遂死之。圉人浴馬，有流矢在白肉。公曰：非其罪也，遂誄之。士之有誄，自此始也。

哀公：[左傳]孔子卒，哀公誄之曰：旻天不弔，不慭遺一老，俾屏予一人以在位，煢煢余在疚，嗚呼哀哉，尼父，無自律。

柳妻：[說苑]柳下惠死，門人將誄之，妻曰：將誄夫子之德耶？則二三子不如妾知之也，乃誄曰：夫子之不伐兮，夫子之不竭兮；夫子之信誠而與人無害兮；柔屈從俗，不強察兮；蒙恥救民，德彌大兮；雖遇三黜，終不弊兮；豈弟君子，永能厲兮；嗟呼惜哉，乃下世兮；庶幾遐年，今遂逝兮；嗚呼哀哉，神魂泄兮；夫子之諡，宜爲惠兮。

誄元后：[漢書]王莽建國五年，元后崩，詔揚雄作誄曰，太陰之精，沙麓之靈，作合於漢，配元生成。

杜篤：[後漢書]杜篤字季雅，大司馬吳漢薨，光武詔諸儒誄之，篤爲誄最高，帝美之。

改盼千金：[國策]蘇代說淳于髡曰：人有賣駿馬者，比三旦立市，人莫之知。伯樂還而視之，去而顧之，一旦而馬價十倍。

孝山：[後漢書]蘇順字孝山，和安間，以才學見稱，所著賦論誄哀辭雜文凡十六篇。

潘岳：[潘岳集]有楊荆州誄，楊仲武誄，夏侯常侍誄，馬汧督誄。

劉陶：[劉陶傳]陶字子奇，濟北貞王勃之後，著書數十萬言。

自陳：[曹子建集]文皇誄，至"咨遠臣之眇眇兮，感凶問以怛驚"以下，皆自陳之辭。

北海：[後漢書]北海靖王興，齊武王伯升子也，永平七年薨。[古文苑]傅毅此誄，其文不全，亦無白日幽光之語。

封禪：[管子]古者封泰山禪梁父者七十二家。

弇山：[穆天子傳]天子觴西王母於瑤池，遂驅升乎弇山，乃紀迹於弇山之石，而樹之槐，眉曰西王母之山。

麗牲：［祭義］牲入廟門麗于碑。［說文注］古宗廟立碑繫牲，後人因於上紀功德。［孫何碑解］碑者，乃葬祭饗聘之際，所植一大木耳，而其字從石者，將取其堅且久，未聞勒銘其上也。今喪葬令其螭首龜趺，洎丈尺品秩之制，又易之以石者，後儒增耳。

碑碣：［後漢書注］方者謂之碑，圓者謂之碣。

楊賜：［楊賜傳］賜字伯獻，歷官太尉，卒諡文烈。［蔡中郎集］有司空文烈侯楊公碑。

陳郭：［蔡中郎集］有陳太邱碑，郭有道碑。

孔融：［孔融傳］融字文舉，與蔡邕素善。邕卒，後有虎賁士貌類於邕，融每酒酣，引與之同坐，曰：雖無老成人，尚有典型。所著詩頌碑文凡二十五篇。

張陳兩文：孔文舉有衛尉張儉碑銘，陳文無考，融殁於曹子建之前，非陳思王也。

孫綽：［孫綽傳］綽字興公，歷官著作郎，于時文士，綽爲其冠，溫王郄庾諸公之薨，必須綽爲碑文，然後刊石。［世說新語］孫興公作庾公誄，多寄託之辭，既成，示庾道恒，庾見，慨然送還之曰：先君與君，自不至於此。

桓彝：［桓彝傳］彝字茂倫，歷官宣城內史，在郡蘇峻反，爲其將韓晃所害，綽爲碑文。

【紀昀評語】

於"古式存焉"上評曰："誄之傳者始於是，故標爲古式。"

於"至柳妻之誄惠子"上評曰："此誄體之始變，然其文出《列女傳》，未必果真出柳下婦也。"

於"文實煩穢"上評曰："所譏者煩穢、繁緩，所取者倫序、簡要、新切，評文之中已全見大意。調字平聲。"

於"若夫殷臣誄湯"上評曰："誄湯之說未詳。"

於"傅毅之誄北海"數句上評曰："此變質而文之始，故別論之。"

於"古碑之意"上評曰:"碑非文名,誤始陸平原,孫何糾之,拔俗之識也。"

於"夫屬碑之體"數句上評曰:"東坡文章蓋世,而碑非所長,足驗此言之信。"

【劉永濟校字】

其詳靡聞。

唐寫本"其詳"作"其詞",是。

在萬乘。

唐寫本"在"上有"其"字,是。

愁遺之切。

唐寫本"切"作"辭",《御覽》五九六同。是。

沙麓撮其要,而摯疑成篇。

舊校"此句有脫誤"。孫仲容曰:"摯當即摯虞。"唐寫本"麓"作"鹿","摯"作"執",無"其"字。鮑刻《御覽》作"摯",是也。

他篇。

"他",《御覽》作"結"。詳審文氣,蓋指吳誄結尾未工,"他"字非。

能徵厥聲。

唐寫本"徵"作"徽",是。

旨言。

唐寫本作"百言",是。

殷臣誄湯。

唐寫本"誄"作"詠",是。

雰霾杳冥。

盧文弨《文心雕龍輯注書後》曰:"傅毅作《北海靖王興誄》云:'白日幽光,淮雨杳冥。'《古文苑》所載,其文不全。今見此書《誄碑》篇者,又為後人改去淮雨,易以氛霧二字矣。鄭康成注《大傳》云:'淮雨,急雨之名。'是不以為字誤,而《詩正義》引《大傳》,竟改作'列風淫雨',

蓋義僻則人多不曉也。"按鄭注"暴雨之名"，盧又誤作"急雨"。又按《練字》篇，彥和已引傅誄而斥爲愛奇，則亦不從鄭説也。

埤也。

唐寫本作"裨也"，下"埤岳"同。《御覽》五八九同。按二字古通用。

周乎眾碑。

唐寫本"乎"作"胡"，《御覽》同。是。按《中郎集》有胡廣、胡碩等碑，故曰"眾碑"。

事光於誄。

舊校"光當作先"。唐寫本正作"先"。

勒石。

唐寫本作"勒器"。《御覽》同。是。

述己。

唐寫本作"述亡"，是。亡、己形近而誤。

寫實。

唐寫本作"寫遠"，是。

慕行。

唐寫本作"纂行"，是。

文采。

唐寫本作"光采"，是。

豈弍。

唐寫本作"豈戠"，是。

【劉永濟釋義】

碑之爲用，初樹之宗廟，所以麗牲，後立之墓穴，所以下棺。故漢碑首必有穿，其遺製也。舍人所謂"紀號封禪""樹石埤岳"，當起於後世。雖《管子》有古者封禪之君七十有二之説，其事未足深信。至於就碑撰文，實盛於東京，蔡氏其首選也。故本篇選文，首舉邕作。孔孫諸製，乃其流風。今觀蔡氏諸碑，類皆揄揚盛美之辭，實啟貢諛獻媚之漸。故桓範著《世要論》，有"勢重者稱美，財富者文麗"之譏。而魏武勵俗，乃嚴立碑之禁。降及晉世，禁乃稍弛，而裴松之上表，復爲限制之論，因之南朝碑版，流傳後世者，遠遜北朝。然魏晉碑禁雖嚴，大臣長吏，尚多私立。《晉書·孫綽傳》稱："於時文士，綽爲其冠。溫王郗庾諸公之薨，必須綽爲碑文，然後刊石。"降及齊梁，此風尤盛，徐庾兩集，鉅製特多，殆亦俗尚浮華，遂乃文多虛美歟？舍人衡以史才，知體要矣。

【劉永濟批語】

在涵芬樓本《文心雕龍·誄碑篇》上的題語：
改"夏商已前"之"商"爲"啇"。
改"其詳靡聞"之"詳"爲"詞"。
於"在萬乘則稱天以誄之"句前加"其"字。
於"逮尼父卒"“父”“卒”之間加"之"字。
改"觀其憖遺之切"之"憖"爲"憖"，改"切"爲"辭"。
改"雖非餐作"之"餐"爲"叡"。
改"沙麓撮其要"之"麓"爲"鹿"。
改"吳誄雖工而他篇頗疏"之"他"爲"結"。
改"豈以見稱光武而改盼千金哉"之"盼"爲"昒"。
改"孝山崔瑗"之"孝山"爲"蘇順"。
改"觀序如傳"爲"其序事如傳"。
改"潘岳構意"之"意"爲"思"。改"易入新切"之"切"爲"麗"。
改"能徵厥聲者也"之"徵"爲"徽"。
改"旨言自陳"之"旨"爲"百"。
改"若夫殷臣誄湯"之"誄"爲"詠"。
改"始序致或"之"或"爲"感"。
改"彌取於功矣"之"功"爲"工"。
改"選言錄行"爲"選言以錄行"。
改"曖乎若可覿"之"曖"爲"僾"。

改"道其哀也，悽焉如可傷"之"道"爲"述"，改"如"爲"其"。
改"碑者，埤也"之"埤"爲"裨"。
改"始號封禪"之"始"爲"紀"。
改"樹石埤岳"之"埤"爲"裨"。
改"亦石碑之意也"之"石"爲"古"。
改"事正麗牲"之"正"爲"止"。
改"句無擇言"之"句"爲"詞"。
改"周乎眾碑"之"乎"爲"胡"。
於"察其爲才，自然而至"句末加"矣"字。
改"志在碑誄"爲"志在於碑"。
改"溫王郆庚"之"郆"爲"郈"。
改"辭多枝雜"之"雜"爲"離"。
於"最爲辨裁"句末加"矣"字。
改"此碑之制也"之"制"爲"致"。
改"因器立名，事光於誄"之"光"爲"先"。
改"是以勒石贊勳者"之"石"爲"器"。
改"樹碑述已者"之"已"爲"亡"。
改"寫實追虛"之"實"爲"遠"。
改"銘德慕行"之"慕"爲"纂"。
改"頹影豈忒"之"忒"爲"戢"。

【劉永濟本篇摘錄語詞】

節文　煩穢　撮要　闊略　結篇　倫序　辨絜　新麗　憲章
簡要　繁緩　骨鯁　清允　該要　雅澤　自然　枝雜　辨給
辨裁　致　鴻懿　峻偉　文采

哀弔第十三

賦憲之謚，短折曰哀。哀者，依也。悲實依心，故曰哀也。以辭遣哀,蓋下流之悼,故不在黃髮,必施夭昏。

昔三良殉秦,百夫莫贖,事均夭枉,黃鳥賦哀,抑亦詩人之哀辭乎!暨漢武封禪,而霍嬗暴亡,帝傷而作詩,亦哀辭之類矣。降及後漢,汝陽王亡,崔瑗哀辭,始變前式。然履突鬼門,怪而不辭,駕龍乘雲,仙而不哀。又卒章五言,頗似歌謠,亦仿佛乎漢武也。至於蘇順、張升,並述哀文,雖發其情華,而未極其心實。建安哀辭,惟偉長差善,行女一篇,時有惻怛。及潘岳繼作,實踵其美。觀其慮贍辭變,情洞悲苦,敘事如傳,結言摹詩,促節四言,鮮有緩句。故能義直而文婉,體舊而趣新,金鹿澤蘭,莫之或繼也。原夫哀辭大體,情主於痛傷,而辭窮乎愛惜。幼未成德,故譽止於察惠;弱不勝務,故悼加乎膚色。隱心而結文則事愜,觀文而屬心則體奢。奢體爲辭,則雖麗不哀;必使情往會悲,文來引泣,乃其貴耳。

弔者,至也。詩云:神之弔矣。言神至也。君子令終定諡,事極理哀,故賓之慰主,以至到爲言也。壓溺乖道,所以不弔矣。又宋水鄭火,行人奉辭,國災民亡,故同弔也。及晉築虒臺,齊襲燕城,史趙、蘇秦,翻賀爲弔,虐民搆敵,亦亡之道。凡斯之例,弔之所設也。或驕貴以殞身,或狷忿以乖道,或有志而無時,或行美而兼累,追而慰之,並名爲弔。自賈誼浮湘,發憤弔屈,體周而事覈,辭清而理哀,蓋首出之作也。及相如之弔二世,全爲賦體,桓譚以爲其言惻愴,讀者歎息。及卒章要切,斷而能悲也。揚雄弔屈,思積功寡,意深文略,故辭韻沉膇;班彪、蔡邕,並敏於致語,然影附賈氏,難爲並驅耳。胡阮之弔夷齊,褒而無聞;仲宣所制,譏呵實工。然則胡、阮嘉其清,王子傷其隘,各其志也。禰衡之弔平子,縟麗而輕清;陸機之弔魏武,序巧而文繁。降斯以下,未有可稱者矣。夫弔雖古義,而華辭未造;華過韻緩,則化而爲賦。

固宜正義以繩理，昭德而塞違，割析襃貶，哀而有正，則無奪倫矣。

　　贊曰：辭之所哀，在彼弱弄。苗而不秀，自古斯慟。雖有通才，迷方失控。千載可傷，寓言以送。

【黃叔琳注】

　　短折：［汲冢周書］蚤孤短折曰哀，恭仁短折曰哀。

　　夭昏：［左傳］札瘥夭昏。［注］夭死曰札，小疫曰瘥，短折曰夭，未名曰昏。

　　三良：［左傳］秦伯任好卒，以子車氏之三子爲殉，皆秦之良也，國人哀之，爲之賦黃鳥。［詩秦風］黃鳥篇是也。

　　霍子侯：［霍去病傳］去病薨，子嬗嗣，嬗字子侯，上愛之，幸其壯而將之，爲奉車都尉，從封泰山而薨。［漢武帝集］嬗死，上甚悼之，乃自爲歌詩。

　　哀辭：［文章流別論］哀辭者，誄之流也。

　　張升：［後漢書］張升字彥真，著賦誄頌碑書凡六十篇。

　　行女：［曹子建集］行女哀辭，三年之中，二子頻喪。［文章流別論］建安中，文帝與臨淄侯各失稚子，命徐幹劉楨等爲哀詞，是偉長亦有行女篇也。

　　金鹿澤蘭：［潘岳集］金鹿哀辭，金鹿，岳之幼子也。又爲任子咸妻作孤女澤蘭哀辭。澤蘭，子咸之女也。

　　厭溺：［檀弓］死而不弔者三，畏厭溺。

　　宋水：［左傳］莊公十一年秋，宋大水，公使弔焉，曰：天作淫雨，害於粢盛，若之何不弔。

　　鄭火：［左傳］昭公十八年，宋衛陳鄭皆火，陳不救火，許不弔災。

　　虒臺：［左傳］游吉相鄭伯以如晉，亦賀虒祁也，史趙見子太叔曰：甚哉其相蒙也，可弔也而又賀之。

　　翻賀爲弔：［國策］燕易王初立，齊宣王因燕喪而攻之，取十城。

蘇秦爲燕説齊王，再拜而賀，因仰而弔曰：燕雖弱小，秦王之少壻也，大王利其十城，而與强秦爲讎，是食烏喙之類也。齊王曰：善，歸燕之十城。

浮湘：［賈誼傳］誼爲長沙王傅，意不自得，及渡湘水，爲賦以弔屈原。

弔二世：［司馬相如傳］武帝還過宜春宮，相如奏賦，以哀二世行失。［注］宜春，本秦之離宮，胡亥於此爲閻樂所殺，故感其處而哀之也。

弔屈：［揚雄傳］雄作書，往往摭離騷文而反之，自崏山投諸江流，以弔屈原，名曰反離騷。

沉膇：［左傳］沉溺重膇之疾。

蔡邕：［蔡邕集］弔屈原文，卒壞覆而不振，顧抱石其何補。

胡阮：［文選·思舊賦注］胡廣弔夷齊文曰：援翰録弔以舒懷兮。［魏志］阮瑀字元瑜，爲魏武管記室，弔伯夷文曰：余以王事，適彼洛師，瞻望首陽，敬弔伯夷，求仁得仁，見歎仲尼，没而不朽，身滅名飛。

禰衡：［後漢書］禰衡字正平，弔平子文，余今反國，命駕言歸，路由西鄂，追弔平子，平子，張衡字也，衡，楚西鄂人。

弔魏武：［陸機弔魏武文］悼繐帳之冥冥，怨西陵之茫茫，登雀臺而群悲，盱美目其何望。

弱弄：［左傳］弱不好弄。

苗而不秀：［揚子法言］育而不苗者，吾家之童烏乎。［世説新語］王戎子萬子，有大成之風，苗而不秀。

告控：［左傳］蔿焉傾覆，無所控告。

【紀昀評語】

於"賦憲"上評曰："'賦憲'二字出汲冢《周書》。王伯厚《困學紀聞》已有考證，不得妄改爲'議德'。"

於"然履突鬼門"等句上評曰："此後世祭文之通病。"

於"敘事如傳"等句上評曰："四字精妙，凡文皆然。"

於"史趙蘇秦"上評曰："史趙、蘇秦，乃一時説詞，不得列之弔類。"

於"固宜"以下四句評曰："四語正變分明，而分寸不苟。"

【劉永濟校字】

賦憲。

舊校曰："孫無撓曰：賦憲當作議德。"盧文弨《文心雕龍·輯注書後》曰："此出《周書·謚法解》：'既賦憲受臚於牧之野，乃製作謚。'今傳《周書》文多脱誤，惟《困學紀聞》所引尚有此語。"

蓋不淚之悼。

"不淚"乃"下流"之誤，楊明照説是也。按《指瑕》篇有"禮文在尊極，而施之下流"可證。"下流"者，幼小之流輩也。與"尊極"對文。

霍子侯。

舊校"元作光病，曹改"。一本作"霍嬗"。按唐寫本正作"嬗"，宋本《御覽》五九六同。是也。

及後漢。

唐寫本"及"上有"降"字，是。

慮善。

唐寫本作"慮贍"，是。

譽。

《御覽》九五六作"興言"。按當作"譽言"。

故悼加乎膚色。

《御覽》"悼"下有"惜"字，"膚"作"容"，是。

及平章要切。

舊校"平，一作卒"。按唐寫本正作"卒"。

意深文略。

唐寫本"文略"作"反騷"，是。

致語。

唐寫本作"致詰",是。

各志也。

唐寫本"志"上有"其"字,是。

辭定所表。

唐寫本作"辭之所哀",是。

告控。

唐寫本作"失控",是。

【劉永濟釋義】

舍人論文,以情性爲本柢,以理道爲準則。全書斥浮詭,黜繁縟,不一其詞。哀弔之文,尤在抒情攄悲,若文過縟麗,則情爲詞掩,體與義乖,將何以發讀者之歎息哉?篇中"情往會悲,文來引泣"二語,實斯事之至要。而"華過韻緩,化而爲賦",尤齊梁文之通病。會通全書,而後舍人意旨所在,灼然可見也。

【劉永濟批語】

在涵芬樓本《文心雕龍·哀弔篇》上的題語:

在"蓋下流之悼"上批曰:"《指瑕》有'《禮》文在尊極,而施之下流'。下流者,幼小之輩流也。"

在"後漢汝陽王亡,崔瑗哀辭始變前式"上批曰:"'王',日本岩崎氏靜嘉唐文庫藏宋本《太平御覽》作'主'。崔氏文亡。"

改"下淚之悼"之"淚"爲"流"。

改"事均夭橫"之"橫"爲"枉"。

改"《黃鳥》賦哀,柳亦詩人之哀辭乎"之"柳"爲"抑"。

改"而霍侯暴亡"之"侯"爲"嬗"。

於"及後漢汝陽王亡"句"及"之前加"降"字,改句中"王"爲"主"。

改"崔瑗哀辭,始變前戒"之"戒"爲"式"。

改"亦仿佛乎漢武也"之"武"爲"式"。

改"至於蘇慎"之"慎"爲"順"。

改"而未及心實"之"心"爲"其"。

改"及潘岳繼作，實踵其美"之"踵"爲"鍾"。

改"觀其慮善辭變"之"善"爲"贍"。

改"情洞悲苦"之"悲"爲"哀"。

於"故譽止于察惠""譽""止"之間加"言"字。

於"故悼加乎膚色""悼""加"之間加"惜"字，且改"膚"爲"容"。

改"觀文而屬心則體奢，奢體爲辭則雖麗不哀"之兩"奢"字爲兩"誇"字。

於"言神至也""神""至"之間加"之"字。

改"及晉築虎臺"之"虎"爲"虒"。

改"使蘇秦翻賀爲弔"之"使"爲"史趙"。

改"或驕貴而殞身"之"而"爲"以"。

改"或狷忿以乖道"之"忿以"爲"介而"。

改"及平章要切"之"平"爲"卒"。

改"揚雄弔屈，思積切寡"之"切"爲"功"。

改"意深文略"之"文略"爲"反騷"。

改"班彪蔡邕並敏於致語"之"語"爲"詰"。

改"胡阮之弔夷齊，褒而無聞"之"聞"爲"閒"。

於"各志也""志"之前加"其"字。

改"而華辭未造"之"未"爲"末"。

改"割析褒貶"之"割"爲"剖"。

改"辭定所表"爲"辭之所哀"。

改"迷方告控"之"告"爲"失"。

【劉永濟本篇摘録語詞】

下流　華實　結言　結文　屬心　狷介　辭清理哀　要切　沈膇　縟麗　輕清

雜文第十四

　　智術之子，博雅之人，藻溢於辭，辭盈乎氣。苑囿文情，故日新殊致。宋玉含才，頗亦負俗，始造對問，以申其志，放懷寥廓，氣實使之。及枚乘摛豔，首製七發，腴辭雲構，夸麗風駭。蓋七竅所發，發乎嗜欲，始邪末正，所以戒膏粱之子也。揚雄覃思文閣，業深綜述，碎文璅語，肇爲連珠，其辭雖小，而明潤矣。凡此三者，文章之枝派，暇豫之末造也。

　　自對問已後，東方朔效而廣之，名爲客難，託古慰志，疎而有辨。揚雄解嘲，雜以諧讔，回環自釋，頗亦爲工。班固賓戲，含懿采之華；崔駰達旨，吐典言之裁；張衡應間，密而兼雅；崔寔客譏，整而微質；蔡邕釋誨，體奧而文炳；景純客傲，情見而采蔚；雖迭相祖述，然屬篇之高者也。至於陳思客問，辭高而理疎；庾敳客諮，意榮而文悴。斯類甚眾，無所取才矣。原夫茲文之設，迺發憤以表志，身挫憑乎道勝，時屯寄於情泰；莫不淵岳其心，麟鳳其采，此立體之大要也。

　　自七發以下，作者繼踵。觀枚氏首唱，信獨拔而偉麗矣。及傅毅七激，會清要之工；崔駰七依，入博雅之巧；張衡七辨，結采綿靡；崔瑗七厲，植義純正；陳思七啟，取美於宏壯；仲宣七釋，致辨於事理。自桓麟七說以下，左思七諷以上，枝附影從，十有餘家。或文麗而義暌，或理粹而辭駁。觀其大抵所歸，莫不高談宮館，壯語畋獵。窮瓌奇之服饌，極蠱媚之聲色。甘意搖骨髓，豔詞動魂識，雖始之以淫侈，而終之于居正。然諷一勸百，勢不自反；子雲所謂"先騁鄭衛之聲，曲終而奏雅"者也。唯七厲敘賢，歸以儒道，雖文非拔羣，而意實卓爾矣。

自連珠以下，擬者間出。杜篤、賈逵之曹，劉珍、潘勖之輩，欲穿明珠，多貫魚目。可謂壽陵匍匐，非復邯鄲之步；里醜捧心，不關西施之顰矣。惟士衡運思，理新文敏，而裁章置句，廣於舊篇。豈慕朱仲四寸之璫乎！夫文小易周，思閑可贍。足使義明而詞淨，事圓而音澤，磊磊自轉，可稱珠耳。

詳夫漢來雜文，名號多品：或典誥誓問，或覽略篇章，或曲操弄引，或吟諷謠詠。總括其名，並歸雜文之區；甄別其義，各入討論之域；類聚有貫，故不曲述也。

贊曰：偉矣前修，學堅才飽。負文餘力，飛靡弄巧。枝辭攢映，嚖若參昴。慕顰之心，於焉祇攪。

【黃叔琳注】

負俗：[漢武帝紀]士或有負俗之累而立功名。

對問：[文選宋玉對楚王問]楚襄王問於宋玉曰：先生其有遺行與，何士民眾庶不譽之甚也。對曰：唯，然，有之，願大王寬其罪，使得畢其辭。

七發：[文選註]七發者，說七事以啟發太子也，猶楚詞七諫之流，枚乘事梁孝王，恐孝王反，故作七發以諫之。

連珠：[傅玄敘連珠]曰，連珠者，興於漢章之世，班固賈逵傅毅三子受詔作之，其文體，辭麗而言約，不指說事情，必假喻以達其旨，而覽者微悟，合於古詩勸興之義，欲使歷歷如貫珠，易覩而可悅，故謂之連珠也。按文章緣起，連珠，揚雄作，是連珠非始於班固也，嗣後潘勖擬連珠，魏王粲倣連珠，晉陸機演連珠，宋顏延之範連珠，齊王儉暢連珠，梁劉孝儀探物作豔體連珠。又陳懋仁文章緣起注，北史李先傳，魏帝召先讀韓子連珠二十二篇。韓子，韓非子，書中有聯語，先列其目，而後著其解，謂之連珠。據此，則連珠又兆韓非矣。

客難：[東方朔傳]朔上書陳農戰彊國之計，辭數萬言，終不見用，朔因著論，設客難已，用位卑以自慰諭。

解嘲：[揚雄傳]哀帝時，丁傅董賢用事，諸附離之者，或起家至二千石，時雄方草太玄，有以自守，泊如也。或嘲雄以玄尚白，而雄解之，號曰解嘲。

賓戲：[班固漢書敘傳]固永平中爲郎，典校秘書，專篤志於博學，以著述爲業，或譏以無功。又感東方朔揚雄自諭以不遭蘇張范蔡之時，曾不折之以正道，明君子之所守，故聊復應焉，其辭曰賓戲。

達旨：[崔駰傳]駰常以典籍爲業，未遑仕進之事，或譏其太玄靜，將以後名失實，駰擬揚雄解嘲，作達旨以答焉。

應間：[張衡傳]衡不慕當世所居之官，輒積年不徙，自去史職，五載復還，乃設客問，作應間以見其志。

客譏：客疑作答。[崔寔傳]寔因窮困，以酤釀販鬻爲業，時人多以此譏之，建寧中，病卒，所著碑論箴銘答七言詞文表記書凡十五篇。

釋誨：[蔡邕傳]邕閒居翫古，不交當世，感東方朔客難及揚雄班固崔駰之徒，設疑以自通，乃斟酌群言，䚡其是而矯其非，作釋誨以戒厲云爾。

客傲：[郭璞傳]璞字景純，好卜筮，縉紳多笑之，又自以才高位卑，乃著客傲。

庾敳：[晉書]庾敳字子嵩。

首唱：[傅玄七謨序]昔枚乘作七發，而屬文之士，作者紛焉，通儒大才馬季長張平子亦引其源而廣之，馬作七厲，張造七辨。

七激：[後漢文苑傳]傅毅以顯宗求賢不篤，士多隱處，作七激以爲諷。

七依七辯：注詳下。

崔瑗七厲：[崔瑗傳]有七蘇，無七厲。

七啟七釋：[曹子建七啟序]昔枚乘作七發，傅毅作七激，張衡作七辯，崔駰作七依，辭各美麗，余有慕之焉，遂作七啟，並命王粲作焉。粲字仲宣，作者曰七釋。

七說：[摯虞文章志]桓麟文在者十八篇，有七說一篇。

曲終奏雅：［漢書］揚雄以爲靡麗之賦，勸百風一，猶騁鄭衛之音，曲終奏雅，不已戲乎。

杜篤：［後漢文苑傳］杜篤所著賦誄弔書讚七言女誡及雜文，凡十八篇。

賈逵：［賈逵傳］逵作詩頌誄書連珠酒令，凡九篇。

劉珍：［後漢文苑傳］劉珍著誄頌連珠凡七篇。

魚目：［參同契］魚目豈爲珠，蓬蒿不成檟。

壽陵：［莊子秋水篇］子獨不聞夫壽陵餘子之學行於邯鄲與，未得國能，又失其故行矣，直匍匐而歸耳。

里醜：［莊子天運篇］西施病心而矉其里，其里之醜人見而美之，歸亦捧心而矉其里。

四寸璫：［列仙傳］朱仲者，會稽市販珠人，魯元公主以七百金從仲求珠，仲乃獻四寸珠而去。［風俗通］耳珠曰璫。

典：［爾雅］典，經也。［後漢文苑傳］李尤所著詩賦銘誄頌七歎哀典，凡二十八篇。

誥：［爾雅］誥，誓、謹也。［注］皆所以約勤謹戒眾。［文章緣起］誥，漢司隸從事馮衍作。

誓：［文章緣起］誓，漢蔡邕作艱誓。

問：對問。

覽：［呂不韋傳］不韋使其客人人著所聞，集論以爲八覽、六論、十二紀，二十餘萬言，號曰呂氏春秋。

略：［漢藝文志］劉歆總群書而奏其七略。

篇：［漢藝文志］凡將一篇，司馬相如作，急就一篇，黃門令史遊作，元尚一篇，將作大匠李長作。

章：［藝文志］蒼頡七章者，秦丞相李斯所作也；爰歷六章者，車府令趙高所作也；博學七章者，太史令胡毋敬所作也。

曲：［鼓吹曲］一曰短簫鐃歌。［蔡邕禮樂志］短簫鐃歌，軍樂也，黃帝岐伯所作，以建威揚德，風敵勸士也。［晉書樂志］武帝令傅玄製鼓吹曲二十二篇，以代魏曲。

操：[風俗通]閉塞憂愁而作，命其曲曰操。操者，言遇災遭害，困厄窮迫，雖怨恨失意，猶守禮義，不懼不懾，樂道而不失其操者也。

弄：[琴書]蔡邕雅好琴道，入青溪訪鬼谷先生所居，山有五曲，一曲製一弄。

引：[古今注]箜篌引，朝鮮津卒霍里子高妻麗玉所作也。

吟：[古今樂錄]張永元嘉技錄有吟歎四曲，一曰大雅吟。

諷：七諷。

謠：[爾雅]徒歌謂之謠。[穆天子傳]有白雲謠，黃澤謠。

詠：[辨樂論]神農教民食穀，有豐年之詠，夏侯湛作離親詠。

【紀昀評語】

於"宋玉含才，頗亦負俗，始造對問"上評曰："《卜居》《漁夫》已先是對問，但未標'對問'之名耳。然宋玉此文載於《新序》，其標曰'對問'，似亦蕭統所題。"

於"覃思文闊業深"上評曰："闊當作閎。"

於"自對問以後"數句上評曰："凡此數子，總難免屋下架屋之譏。七體如子厚《晉問》，對問則退之《進學解》，體製仍前，而詞義超越矣。"

於"至於陳思客問"數句上評曰："詞高理疏，才士之華藻；意榮文悴，老手之頹唐，惟能文者有此病。此論入微。"

於"雖始之以淫侈，而終之以居正"評曰："仍歸重意理一邊，見救弊之本旨，所謂與其不遜也寧固。"

【劉永濟校字】

辭盈乎氣。

唐寫本"辭"作"辨"，是。

氣實使之。

唐寫本"之"作"文"，是。

覃思文閾。

唐寫本作"文閣"，鮑本、《御覽》五九〇同，是。

甘意搖骨體。

舊校"楊云'體'當作'髓'"。《御覽》五九〇、唐寫本正作"髓"。

豔詞動魂識。

唐寫本"動"作"洞"，是。

先騁鄭衛之聲。

唐寫本無"先、衛之"三字，下句"雅"下有"樂"字，《御覽》同。按《漢書·相如傳贊》引雄言無"先樂"二字，當據改。

學堅多飽。

唐寫本作"學堅才飽"。按"多"乃"才"誤。

慕嚬之心，於焉衹攪。

唐寫本作"之徒心焉"，無"於"字，是。

【劉永濟釋義】

七體之興，舍人謂始於枚乘，章實齋謂肇自孟子之問齊王，近世章太炎獨以爲解散《大招》《招魂》之體而成。今覈其實，文體孳乳，必於其類近，孟子問齊王之文，意雖近似，而文製相遠，《大招》《招魂》，歷陳宮室、食飲、女樂、雜伎、遊獵之事，與《七發》體類最近，特枚氏演爲七事，散著短章耳。辨章之功，吾許太炎矣。連珠之體，傅玄謂"興於漢章帝之世，班固、賈逵、傅毅三子，受詔作之"。與舍人肇始子雲之說，舉人雖異，論時則同。然楊慎據李延壽《北史·李先列傳》，有"魏帝召先讀韓子《連珠論》二十二篇"，即《韓非子》。韓非書中，有連語，先列其目，而後著其解，謂之連珠。章實齋亦謂韓非《儲說》，爲此體之所始，蓋其結體頗同，特子雲加以藻飾之辭耳。至近人孫德謙謂其出自《鄧析子·無厚》篇，非也。

【劉永濟批語】

在涵芬樓本《文心雕龍·雜文篇》上的題語：

於"崔瑗《七厲》"上批曰:"崔作乃《七蘇》,《七厲》係馬融所作。見傅玄《七謨序》。此處或本作馬融《七厲》(崔瑗《七蘇》,脱去馬融《七蘇》四字,遂成崔瑗《七厲》),或劉氏誤記。"

改"辭盈乎氣"之"辭"爲"辨"。

改"氣實使之"之"之"爲"文"。

改"腴辭雲搆"之"搆"爲"構"。

改"本麗風駭"之"本"爲"誇"。

改"始雅末正"之"雅"爲"邪"。

改"揚雄覃思文闊"之"闊"爲"閎"。

改"吐典言之裁"之"裁"爲"式"。

改"張衡《應問》"之"問"爲"間"。

改"庾凱《客諮》"之"凱"爲"敱"。

改"意榮而文粹"之"粹"爲"悴"。

改"無所取裁矣"之"裁"爲"才"。

於"原茲文之設""原""茲"之間加一"夫"字。

改"廼發憤以表志"之"以"爲"而"。

改"此立本之大要也"之"本"爲"體"。

改"崔駰《七依》入博雅之巧"之"博雅"爲"雅博"。

改"文麗而義暌"之"暌"爲"睽"。

改"甘意摇骨體"之"體"爲"髓"。

改"諷以勸百"之"以"爲"一"。

删去"所謂先騁鄭衛之聲"中"衛之"二字。

改"里配捧心"之"配"爲"醜"。

删去"唯士衡運思理新文敏"之"運""理"二字。

改"豈慕珠仲四寸之瑎乎"之"珠"爲"朱"。

改"各入討論之或"之"或"爲"域"。

於"故不曲述""述"後加"也"字。

改"學堅多飽"之"多"爲"才"。

改"慕嚬之心於焉衹攪"之"心"爲"徒",删去"於"字。

【劉永濟本篇摘錄語詞】

博雅　辨盈乎氣　殊致　誇麗　綜述　文章枝派　明潤　暇豫
末造　懿采　典言　體奧　屬篇　身挫憑乎道　勝時屯寄於情泰
爲麗　清要　雅博　結采　綿靡　骨髓　魂識　義　事

諧讔第十五

芮良夫之詩云："自有肺腸，俾民卒狂。"夫心險如山，口壅若川，怨怒之情不一，歡謔之言無方。昔華元棄甲，城者發"睅目"之謳；臧紇喪師，國人造"侏儒"之歌；並嗤戲形貌，內怨爲俳也。又"蠶蟹"鄙諺，"貍首"淫哇，苟可箴戒，載于禮典。故知諧辭讔言，亦無棄矣。

諧之言皆也，辭淺會俗，皆悅笑也。昔齊威酣樂，而淳于說甘酒；楚襄讌集，而宋玉賦好色。意在微諷，有足觀者。及優旃之諷漆城，優孟之諫葬馬，並譎辭飾說，抑止昏暴。是以子長編史，列傳滑稽，以其辭雖傾回，意歸義正也。但本體不雅，其流易弊。於是東方、枚皋，餔糟啜醨無所匡正，而詆嫚媟弄，故其自稱爲賦，迺亦俳也。見視如倡，亦有悔矣。至魏文因俳說以著笑書，薛綜憑宴會而發嘲調，雖抃推席，而無益時用矣。然而懿文之士，未免枉轡；潘岳醜婦之屬，束皙賣餅之類，尤而效之，蓋以百數。魏晉滑稽，盛相驅扇。遂乃應瑒之鼻，方欲盜削卵；張華之形，比乎握舂杵。曾是莠言，有虧德音，豈非溺者之妄笑，胥靡之狂歌歟！

讔者，隱也；遯辭以隱意，譎譬以指事也。昔還社求拯于楚師，喻眢井而稱麥麴；叔儀乞糧于魯人，歌佩玉而呼庚癸；

111

伍舉刺荆王以大鳥，齊客譏薛公以海魚；莊姬託辭于龍尾，臧文謬書於羊裘。隱語之用，被于紀傳：大者興治濟身，其次弼違曉惑。蓋意生於權譎，而事出於機急，與夫諧辭，可相表裏者也。漢世《隱書》十有八篇，歆、固編文，錄之歌末。昔楚莊齊威，性好隱語。至東方曼倩，尤巧辭述。但謬辭詆戲，無益規補。自魏代以來，頗非俳優，而君子嘲隱，化爲謎語。謎也者，迴互其辭，使昏迷也。或體目文字，或圖像品物，纖巧以弄思，淺察以衒辭，義欲婉而正，辭欲隱而顯。荀卿《蠶賦》，已兆其體。至魏文、陳思，約而密之，高貴鄉公，博舉品物，雖有小巧，用乖遠大。夫觀古之爲隱，理周要務，豈爲童稚之戲謔，搏髀而抃笑哉！然文辭之有諧讔，譬九流之有小說。蓋稗官所采，以廣視聽，若效而不已，則髡袒而入室，旃孟之石交乎！

　　贊曰：古之嘲隱，振危釋憊。雖有絲麻，無棄菅蒯。會義適時，頗益諷誡。空戲滑稽，德音大壞。

【黃叔琳注】

　　芮良夫：[詩桑柔傳]芮伯刺厲王之詩。[左傳]周芮良夫之詩。
　　心險：[莊子]孔子曰，凡人心險於山川。
　　口壅：[國語]召公曰：防民之口，甚於防川，川壅而潰，傷人必多，民亦如之。
　　華元：[左傳]宋華元獲於鄭，宋以兵車文馬贖之。宋城，華元爲植，城者謳曰：睅其目，皤其腹，棄甲而復，於思於思，棄甲復來。
　　臧紇：[左傳]臧紇救鄫，侵邾，敗於狐駘，國人誦之曰：臧之狐裘，敗我於狐駘，我君小子，朱儒是使，朱儒朱儒，使我敗於邾。
　　蠶蟹：[檀弓]成人有其兄死而不爲衰者，聞子皋將爲成宰，遂爲之衰。成人曰：蠶則績而蟹有匡，范則冠而蟬有緌，兄則死而子皋爲之衰。

貍首：［檀弓］原壤之母死，孔子助之沐槨，原壤登木歌曰：貍首之斑然，執女手之卷然。

説甘酒：［滑稽列傳］齊威王好爲長夜之飲，置酒後宮，召淳于髠賜之酒，問曰：先生能飲幾何而醉？對曰：臣飲一斗亦醉，一石亦醉，故曰，酒極則亂，樂極則悲，萬事盡然，言不可極，極之而哀，以諷諫焉。王曰：善，乃罷長夜之飲。

賦好色：［文選］大夫登徒子侍于楚襄王，短宋玉，玉著登徒子好色賦，王稱善。

諷漆城：［滑稽列傳］秦二世欲漆其城，優旃曰：善，漆城蕩蕩，寇來不能上，即欲就之，易爲漆耳，顧難爲蔭室，於是二世笑之，以其故止。

諫葬馬：［滑稽列傳］楚莊王有所愛馬死，欲以棺槨大夫禮葬之。優孟曰：以楚國堂堂之大，何求不得，而以大夫禮葬之，薄，請以人君禮葬之，諸侯聞之，皆知大王賤人而貴馬也，於是王乃使以馬屬太官，無令天下久聞也。

滑稽：［史記滑稽列傳注］崔浩云：滑，音骨，稽，流酒器也，轉注吐酒，終日不已，言出口成章，辭不窮竭，若滑稽之吐酒，故揚雄酒賦云"鴟夷滑稽，腹大如壺，盡日盛酒，人復藉沽"是也。又姚察云：滑稽，猶俳諧也，滑，讀如字，稽，音計也，言諧語滑利，其計智疾出，故云滑稽。

東方枚皋：［枚皋傳］自言爲賦不如相如，又言爲賦迺俳，見視如倡，自悔類倡也，故其賦有詆諆東方朔，又自詆諆其文。

餔糟啜醨：［楚辭］衆人皆醉，何不餔其糟而歠其醨。

薛綜：［薛綜傳］綜字敬文，仕吳守謁者僕射，蜀使張奉來聘，綜嘲之曰，有犬爲獨，無犬爲蜀，橫目勾身，蟲入其腹。

束皙：［束皙傳］皙嘗爲勸農及餅諸賦，文頗鄙俗，時人薄之。

溺者：［左傳］吳王曰：溺人必笑，吾將有問也。

胥靡：［書傳］使胥靡刑人築護此道，説賢而隱，代胥靡築之以供食。［疏］胥，相也，靡，隨也，古者相隨坐輕刑之名。又［漢書注］師

113

古曰：聯繫使相隨而服役之，故謂之胥靡，猶今之役囚徒，以鎖聯綴耳。

眢井麥麴：[左傳]楚子圍蕭，還無社與司馬卯言，號申叔展，叔展曰：有麥麴乎？曰無。有山鞠窮乎？曰無。河魚腹疾奈何？曰目於眢井而拯之。

佩玉庚癸：[左傳]哀公十三年夏，公會單平公晉定公吳夫差於黃池，吳申叔儀乞糧於公孫有山氏曰：佩玉繠兮，余無所繫之，旨酒一盛兮，余與褐之父睨之。對曰：梁則無矣，麤則有之，若登首山以呼曰，庚癸乎，則諾。[杜注]庚，西方，主穀，癸，北方，主水。

大鳥：[楚世家]莊王即位三年，不出號令，伍舉曰：願有進隱，曰：有鳥在於阜，三年不蜚不鳴，是何鳥也。莊王曰：三年不蜚，蜚將沖天，三年不鳴，鳴將驚人，舉退矣，吾知之矣。

海魚：[戰國策]靖郭君將城薛，曰：毋爲客通。齊人有請者曰：臣請三言而已矣，因見之。客趨而進曰：海大魚。君曰：客有於此。客曰：君不聞大魚乎，網不能止，鉤不能牽，蕩而失水，則螻蟻得意焉。今夫齊，亦君之水也，君長齊，奚以薛爲，夫齊雖隆薛之城到於天，猶之無益也。君曰善，乃輟城薛。

龍尾：[列女傳]楚莊姬上隱語於王曰：大魚失水，有龍無尾，牆欲內崩，而王不視。王問之，對曰：魚失水，離國五百里也，龍無尾，年三十無太子也，牆崩不視，禍將成而王不改也。

羊裘：[列女傳]臧文仲使於齊，齊拘之，文仲微使人遺公書，謬其辭曰：斂小器，投諸台，食獵犬，組羊裘，琴之合，甚思之。母見書而泣曰：吾子拘而有木治矣。

漢世隱書：[漢藝文志]隱書十八篇，師古曰：劉向別錄云，隱書者，疑其言以相問，對者以慮思之，可以無不諭。

性好隱語：[滑稽列傳]齊威王之時喜隱，索隱曰，喜隱謂好隱語。

曼倩：[東方朔傳]舍人恚曰：朔擅詆欺天子從官，當棄市。上問朔，何故詆之？對曰：臣非敢詆之，乃與爲隱耳。舍人不服，因曰：臣願復問朔隱語。朔應聲輒對，變詐鋒出，莫能窮者。

謎：[古詩所]鮑照有井字謎。

蠶賦：[賦苑]荀卿蠶賦，通篇皆形似之言，至末語始云，夫是之謂蠶理。

高貴鄉公：[晉陽秋]高貴鄉公，神明爽儁，德音宣朗。景王曰：上何如主也。鍾會對曰：才同陳思，武類太祖。景王曰：若如卿言，社稷之福也。

九流：[漢藝文志]有儒家者流，道家者流，陰陽家者流，法家者流，名家者流，墨家者流，縱橫者家流，雜家者流，農家者流，小説家者流，諸子十家，其可觀者，九家而已。

稗官：[漢藝文志]小説家者流，蓋出於稗官，街談巷語，道聽塗説之所造也。如淳曰：王者欲知閭巷風俗，故立稗官，使稱説之。師古曰：稗官，小官，漢名臣奏，唐林請省置吏，公卿大夫至都官稗官各減什三是也。

石交：[史記]棄仇讎而得石交。

【紀昀評語】

於"但本體不雅，其流易弊"上評曰："文家有必不可作之題，自有必不可作之體格，雖高手無所施其巧，抑或愈工而愈入惡趣，皆所謂本體不雅者也。"

於"則髡祖而入室"評曰："'祖而'疑作'朔之'。"

【劉永濟校字】

雖抃推席。

"推"疑"帷"誤。范文瀾謂："抃帷席，即所謂眾坐喜笑也。"按范注説是，上文"憑宴會而發嘲調"，故曰"帷席"。

【劉永濟釋義】

舍人此書，所涉文體，封域至廣，獨不及小説。惟《諸子》篇有"《青史》曲綴以街談"一語耳。《漢志藝文》，小説十五家，千三百九十篇，《志》作八十，少記十篇。自《伊尹説》以下，雖班氏自注多依託之作，然如《虞初周説》及百家書，往往見引於他古書。"東方朔博觀外家之語"，著於《史記》。"小語短書，治身理家，亦有可觀"，載之《新論》。則其由來已久。凡虛構故事，可資諷諭，亦君子所不廢，所謂"雖小道亦有可觀"也。綜考此體之作，濫觴兩京，流衍六代，及於李唐而大盛。李唐文士，多有爲此以博聲譽者，其風尚之美，殆可與詩歌抗衡。大家如韓柳，亦且入之文集，不以小而黜也。覈論其實，固由文士之狡獪，亦乃賦家之旁枝，或廣記異聞，供文家之採撷，或虛述逸事，資客座之談諧，大抵出入子史之塗，兼攬詩賦之響，恣意自遊，最爲輕利者也。有於滑稽謔戲之中，亦寓諷戒之意，尤與諧隱之文，沆瀣相通。舍人謂"文辭之有諧隱，譬九流之有小説"，雖非專論小説，而小説之體用，固已較然無爽，不得以罅漏譏之也。

【劉永濟批語】

  在涵芬樓本《文心雕龍·諧讔篇》上的題語：
  改"蠱解鄙諺"之"解"爲"蟹"。
  改"昔齊宣酣樂，而淳于説甘酒"之"宣"爲"威"，"于"爲"於"。
  改"及優孟之諷漆城"之"孟"爲"旃"。
  改"優旃之諫葬馬"之"旃"爲"孟"。
  改"柳止昏暴"之"柳"爲"抑"。
  改"但本體不雜"之"雜"爲"雅"。
  改"而觝嫚媒弄"之"媒"爲"媟"。
  改"至魏大因俳説以著茂書"之"大"爲"文"，"茂"爲"笑"。
  改"雖抃推席而無益時用矣"之"推"爲"帷"。
  改"束皙賣餅之類尤相效之"之"相"爲"而"。
  改"豈非溺者之妄茂"之"茂"爲"笑"。
  改"昔還楊求拯于楚師"之"楊"爲"社"。
  於"而君子隱化爲謎語""君子"後加一"嘲"字。
  改"纖巧以弄忠"之"忠"爲"思"。

改"無棄管蒯"之"管"爲"菅"。

【劉永濟本篇摘録語詞】

䛦嫚　媟弄　懿文之士　隱　嘲隱　體目

卷四

史傳第十六

開闢草昧，歲紀縣邈，居今識古，其載籍乎！軒轅之世，史有倉頡，主文之職，其來久矣。曲禮曰："史載筆。"史者，使也；執筆左右，使之記也。古者左史記事者，右史記言者。言經則尚書，事經則春秋也。唐虞流于典謨，商夏被于誥誓。洎周命維新，姬公定法，紬三正以班歷，貫四時以聯事，諸侯建邦，各有國史，彰善癉惡，樹之風聲。自平王微弱，政不及雅，憲章散紊，彝倫攸斁。昔者夫子閔王道之缺，傷斯文之墜，靜居以歎鳳，臨衢而泣麟，於是就太師以正雅頌，因魯史以修春秋，舉得失以表黜陟，徵存亡以標勸誡；褒見一字，貴踰軒冕；貶在片言，誅深斧鉞。然睿旨幽隱，經文婉約，丘明同時，實得微言；乃原始要終，創爲傳體。傳者，轉也。轉受經旨，以授於後，實聖文之羽翮，記籍之冠冕也。

及至縱橫之世，史職猶存，秦並七王，而戰國有策。蓋錄而弗敘，故即簡而爲名也。漢滅嬴項，武功積年，陸賈稽古，作楚漢春秋。爰及太史談，世惟執簡；子長繼志，甄序帝勣。比堯稱典，則位雜中賢；法孔題經，則文非元聖。故取式呂覽，通號曰紀，紀綱之號，亦宏稱也。故本紀以述皇王，列傳以總侯伯，八書以鋪政體，十表以譜年爵，雖殊古式，而得事序焉。尔其實錄無隱之旨，博雅弘辯之才，愛奇反經之尤，條例踳落之失，叔皮論之詳矣。及班固述漢，因循前業，觀司馬遷之辭，思實過半。其十志該富，讚序弘麗，儒雅彬彬，信有遺味。至於宗經矩聖之典，端緒豐贍之功，遺親攘美之罪，徵賄鬻筆之愆，公理辨之究矣。觀夫左氏綴事，附經間出，於文爲約而氏族難明。及史遷各傳，人始區詳而易覽，述者宗焉。及孝惠委機，呂后攝政，班史立紀，違經失實。何則？庖犧以來，未聞女帝者也。漢運所值，難爲後法。牝雞無晨。武王首誓；婦無與國，齊桓著盟；宣后亂秦，呂氏危漢，豈唯政事難假，亦名號宜慎矣。張衡司史，而惑同遷固，元年二后，欲爲立紀，謬亦甚矣。尋子弘雖僞，要當孝惠之嗣；孺子誠微，實繼平帝之體；二子可紀，何有於二后哉？

至於後漢紀傳，發源東觀。袁張所製，偏駁不倫。薛謝之作，疏謬少信。若司馬彪之詳實，華嶠之準當，則其冠也。及魏代三雄，紀傳互出，陽秋魏略之屬，江表吳錄之類，或激抗難徵，或疏闊寡要，唯陳壽三志，文質辨洽，荀張比之於遷固，非妄譽也。

至於晉代之書，繁乎著作。陸機肇始而未備，王韶續末而不終，干寶述紀以審正得序，孫盛陽秋以約舉爲能。按春秋經傳，舉例發凡，自史漢以下，莫有準的。至鄧粲晉紀，始立條例。又擺落漢魏，憲章殷周，雖湘川曲學，亦有心典謨。及安國立例，乃鄧氏之規焉。

原夫載籍之作也，必貫乎百氏，被之千載，表徵盛衰，殷鑒興廢，使一代之制，共日月而長存，王霸之跡，並天地而久大。是以在漢之初，史職爲盛，郡國文計，先集太史之府，欲其詳悉於體國也。必閱石室，啟金匱，抽裂帛，檢殘竹，欲其博練於稽古也。是立義選言，宜依經以樹則；勸戒與奪，必附聖以居宗；然後詮評昭整，苛濫不作矣。然紀傳爲式，編年綴事。文非泛論，按實而書，歲遠則同異難密，事積則起訖易疎，斯固總會之爲難也。或有同歸一事，而數人分功，兩記則失於複重，偏舉則病於不周，此又銓配之未易也。故張衡摘史班之舛濫，傅玄譏後漢之尤煩，皆此類也。

若夫追述遠代，代遠多僞。公羊高云："傳聞異辭。"荀況稱："錄遠略近。"蓋文疑則闕，貴信史也。然俗皆愛奇，莫顧實理。傳聞而欲偉其事，錄遠而欲詳其跡，於是棄同即異，穿鑿傍說，舊史所無，我書則傳，此訛濫之本源，而述遠之巨蠹也。至於紀編同時，時同多詭，雖定哀微辭，而世情利害。勳榮之家，雖庸夫而盡飾；迍敗之士，雖令德而常嗤。吹霜煦露，寒暑筆端。此又同時之枉，可爲歎息者也。故述遠則誣矯如彼，記近則回邪如此，析理居正，唯素心乎！若乃尊賢隱諱，固尼父之聖旨，蓋纖瑕不能玷瑾瑜也；奸慝懲戒，實良史之直筆，農夫見莠，其必鋤也；若斯之科，亦萬代一準焉。至於尋繁領雜之術，務信棄奇之要，明白頭訖之序，品酌事例之條，曉其大綱，則眾理可貫。然史之爲任，乃彌綸一代，負海內之責，而贏是非之尤。秉筆荷擔，莫此之勞。遷固通矣，而歷詆後世。若任情失正，文其殆哉！

贊曰：史肇軒黃，體備周孔。世歷斯編，善惡偕總。騰褒裁貶，萬古魂動。辭宗邱明，直歸南董。

【黃叔琳注】

倉頡：[敘世本注]黃帝之世，始立史官，倉頡沮誦，居其職矣。
左右史：[玉藻]動則左史書之，言則右史書之。
言經則尚書：王肅曰，上所言，下爲史所書，故曰尚書。
事經則春秋：[諸侯年表]孔子西觀周室，論史記舊聞，興於魯而次春秋，以制義法，王道備，人事浹，左邱明因孔子史記具論其語，成左氏春秋，虞卿上采春秋，下觀近世，爲虞氏春秋，吕不韋集六國時事，爲吕氏春秋。

三正：[書甘誓]怠棄三正。[注]三正，子丑寅之正也。

四時：[杜預春秋序]記事者，以事繫日，以日繫月，以月繫時，以時繫年。史之所記，必表年以首事，年有四時，故錯舉以爲所記之名。

泣麟：[孔叢子]叔孫氏之車子曰鉏商，樵於野而獲獸焉，眾莫之識，以爲不祥，棄之五父之衢。孔子往觀，泣曰：麟也。麟出而死，吾道窮矣。

創爲傳體：[春秋序]左邱明受經於仲尼，以爲經者不刊之書也，故傳或先經以始事，或後經以終義，或依經以辯理，或錯經以合異，隨義而發其例之所重。

戰國有策：[戰國策劉向序]國策，或曰國事，或曰短長，或曰事語，或曰長書，或曰修書，臣向以爲戰國時遊士輔所用之國，爲之策謀，宜爲戰國策，其事繼春秋以後，訖楚漢之起，二百四十五年間之事皆定，以殺青，書可繕寫，得三十三篇。

楚漢春秋：[史記索隱]陸賈撰，記項氏與漢高祖初起之事，名楚漢春秋。

世惟執簡：[太史公自序]司馬喜生談，談爲太史公，仕於建元元封之間，有子曰遷。太史公發憤且卒，執遷手而泣曰：余先周室之太史也，自上世嘗顯功名，虞夏典天官事，後世中衰，絕於予乎，汝復爲太史，則繼吾祖矣。談卒三歲，而遷爲太史令。

子長繼志：[司馬遷傳]太史公仍父子相繼纂其職，曰：余維先人罔羅天下放失舊聞，王迹所興，原始察終，見盛觀衰，論考之行事，略三代，錄秦漢，上紀軒轅，下至於茲，著十二本紀，既科條之矣。並時異世，年差不明，作十表。禮樂損益，律歷改易，兵權山川鬼神天人之際，承敝通變，作八書。二十八宿環北辰，三十輻共一轂，運行無窮，輔弼股肱之臣配焉，忠信行道，以奉主上，作三十世家。扶義俶儻，不令已失時，立功名於天下，作七十列傳。凡百三十篇，爲太史公書，遷字子長。

吕覽：注見雜文篇。

實錄無隱：［司馬遷傳贊］劉向揚雄皆稱遷有良史之材，服其善叙事理，其文直，其事覈，不虛美，不隱惡，故謂之實錄。

愛奇：［揚子法言］多愛不忍，子長也。仲尼多愛，愛義也。子長多愛，愛奇也。［史記續傳］但美其長，不愛其短，故曰愛奇。

條例：［檀超傳］超與江淹掌史職，上表立條例。

叔皮論之：［班彪傳］彪字叔皮，斟酌前史，而譏正得失，其略論曰：遷之所紀，採經撫傳，分散百家之事，甚多疏略。論學術則崇黃老而薄五經，序貨殖則輕仁義而羞貧窮，道遊俠則賤守節而貴俗功，此其大敝傷道也。又曰：一人之精，文重思煩，故其書刊落不盡，尚有盈辭，多不齊一。

述漢：［漢書敍傳］故探纂前記，綴輯所聞，以述漢書，起於高祖，終於孝平王莽之誅，十有二世，一百三十年，綜其行事，爲春秋考紀表志傳，凡百篇。

十志：律曆、禮樂、刑法、食貨、郊祀、天文、五行、地理、溝洫、藝文。

遺親攘美：史記必稱父談太史公，漢書多踵彪所作後傳，而曾不及之。

徵賄鬻筆：［陳壽傳］丁儀丁廙有盛名於魏，壽謂其子曰，可覓千斛米見與，當爲尊公作佳傳。丁不與之，竟不爲立傳。

公理：［後漢書］仲長統字公理，著論曰昌言，略曰：數子之言當世得失皆究矣，然多謬通方之訓，好申一隅之説。

委機攝政：［漢外戚傳］惠帝以戚夫人事，因病歲餘，不能起，日飲爲淫樂，不聽政，七年而崩。迺立孝惠後宫子爲帝，太后臨朝稱制。

立紀：漢書高后紀第三。

牝雞：見書牧誓。

婦無與國：［穀梁傳］葵邱之盟曰：毋使婦人與國事。

亂秦：［匈奴列傳］秦昭王時，義渠戎王與宣太后亂，有二子。

危漢：［高后紀］太后以惠帝無子，取後宮美人子名之，以爲太子。惠帝崩，太子立爲皇帝，年幼，太后臨朝稱制，迺立兄子呂臺産祿，臺子通四人爲王，封諸呂六人爲列侯。四年夏，少帝自知非皇后子，出怨言，皇太后幽之永巷，立恒山王弘爲皇帝。太后崩，祿産謀作亂，悉捕諸呂皆斬之。大臣相與陰謀，以爲少帝及三弟爲王者，皆非孝惠子，復共誅之，尊立文帝。

元后：［張衡傳］衡以爲王莽本傳，但應載纂事而已，至於編年月，紀災祥，宜爲元后本紀。

子宏：［呂后本紀］惠帝二年，常山王不疑薨，以其弟襄成侯山爲常山王，更名義，孝惠崩，太子立爲帝，太后以帝病不久已，不能繼嗣，帝廢位，立常山王義爲帝，更名曰弘。

孺子：［王莽傳］平帝崩時，元帝世絕，而宣帝曾孫有見王五人，莽惡其長大，曰：兄弟不得相爲後。迺選玄孫中最幼廣戚侯子嬰，年二歲，託以爲卜相最吉，立之。

東觀：東觀漢記一百四十三卷，起光武至靈帝，劉珍等撰。

袁張：後漢書一百一卷，袁山松撰，後漢南記五十八卷，張瑩撰。

薛謝：後漢記一百卷，薛瑩撰，後漢書一百三十卷，無帝紀，謝承撰。

司馬彪：［司馬彪傳］彪討論眾書，綴其所聞，起於世祖，終於孝獻，編年二百，録世十二，通綜上下，旁貫庶事，爲紀志傳凡八十篇，號曰續漢書。

華嶠：［華嶠傳］嶠以漢紀煩穢，慨然有改作之意，起於光武，終於孝獻，爲帝紀十二卷，皇后紀二卷，十典十卷，傳七十卷，及三譜序傳目錄，凡九十七卷。嶠以皇后配天作合，前史作外戚傳以繼末編，非其義也，故易爲皇后紀以次帝紀。又改志爲典，以有堯典故也。而改名漢後書，奏之，詔朝臣會議。時中書監荀勖令和嶠太常張華侍中王濟，咸以嶠文質事覈，有遷固之規，實錄之風，藏之秘府。

三雄：［潘岳詩］三雄鼎足，［注］三雄，即三國之主。

陽秋：魏陽秋異同八卷，孫壽著。

魏略：魏略五十卷，魚豢著。

江表：［虞溥傳］溥撰江表傳，卒後子勃上於元帝，詔藏於秘書。

吳錄：吳錄三十卷，張勃撰。

三志：［陳壽傳］壽撰魏吳蜀三國志，張華深善之，謂壽曰，當以晉書相付耳。

著作：［晉書］元康二年詔，著作舊屬中書，今秘書既典文籍，宜改爲秘書著作，於是改隸秘書省，著作郎一人，謂之大著作，專掌史任。

肇始：晉紀四卷，陸機撰。

續末：［王韶之傳］韶之私撰晉安帝陽秋，及成時，人謂宜居史職，即除著作佐郎，使續後事。

干寶：［干寶傳］寶字令升，王導薦之元帝，領國史，著晉紀。自宣帝訖於愍帝，凡二十卷，其書簡略，直而能婉，咸稱良史。

孫盛：［孫盛傳］盛字安國，累遷秘書監，著晉陽秋，詞直而理正，咸稱良史。

舉例發凡：［春秋序］發凡以言例，［注］如隱公七年，凡諸侯同盟，于是稱名之類有五十條，皆以凡字發明類例。

鄧粲：［鄧粲傳］荊州刺史桓沖請爲別駕，粲以父騫有忠信言而世無知者，乃著元明紀十篇。

湘川：鄧粲，長沙人。

先集太史：［漢儀注］太史公，武帝置。天下計書，先上太史，副上丞相。

石室金匱：［太史公自序］遷爲太史令，紬史記石室金匱之書。

詮評：謝承曰詮，陳壽曰評。

張衡：［張衡傳］衡條上司馬遷班固所敘與典籍不合者十餘事。

傅玄：［傅玄傳］玄雖顯貴，而著述不廢，撰論經國九流及三史故事，評斷得失，各爲區例，各爲傳子。

公羊高：［漢藝文志］公羊傳十一卷，［注］公羊子，齊人，師古曰，名高，傳曰，所見異辭，所聞異辭，所傳聞又異辭。

定哀微辭：[史記]孔子著春秋，隱桓之間則章，至定哀之際則微，謂其切當世之文，而罔褒忌諱之辭也。

素臣：[春秋序]說者以仲尼自衛反魯，修春秋，立素王，邱明爲素臣。

南董：齊南史氏，晉董狐。

【紀昀評語】

於本篇篇首之上評曰："彥和妙解文理，而史事非其當行，此篇文句特煩，而約略依稀，無甚高論，特敷衍以足數耳。學者欲析源流，有劉子玄之書在。"

於"事經則《春秋》"上評曰："敘《春秋》一段，其文太繁。"

於"昔者夫子閔王道之缺"上評曰："'昔者'二字不必增。"

於"及史遷各傳，人始區詳而易覽"上評曰："獨抽此條，未免掛漏。"

於"斯固總會之爲難也""銓配之未易也"一段之上評曰："蕭茂挺所以欲復編年體也。"

於"傳聞而欲偉其事，錄遠而欲詳其跡"上評曰："古史之失。"

於"素臣"上評曰："陶詩有'聞多素心人'句，所謂有心人也。似不必定改'素臣'。"

【劉永濟校字】

左史記事者，右史記言者。

《御覽》六百三無二"者"字，下"記"字作"書"，是。

太史談。

《御覽》無"太"字，是。

觀司馬遷之辭。

《御覽》作"史遷"，是。

人始區詳而易覽。

按"區"下有脫字，天啟本補"別"字，疑當是"分"字。

擺落漢魏。

鮑刻《御覽》及五家言本"擺落"作"撮略"。按"撮略"不誤。《史記·孔子世家·索隱》曰："蓋太史撮略《論語》爲文，而失事實。"撮略者，略取也。此言鄧粲《晉紀》略取漢魏，非擯棄義。

必閱石室。

"必"乃上句末"也"字之譌。"欲其詳悉於體國也"與下"欲其博練於稽古也"，句法相同。言郡國文計體國之事，太史所當詳悉者也。

複重。

《御覽》二字互易。

錄遠略近。

當作"詳近略遠"。《荀子·非相》篇曰："傳者久則論略，近則論詳。略則舉大，詳則舉小。"據此，則此文遠近二字當互易，蓋涉下錄遠二字而誤也。

我書則傳。

《御覽》"傳"作"博"，是。

雖令德而常嗤，理欲吹霜煦露。

舊校"理欲二字衍"。按《御覽》作"雖令德而蚩埋"，"蚩"乃"嗤"省，"理"爲"埋"誤，"欲"則"吹"之衍而誤者。

此又同時之枉，可歎息者也。

《御覽》"枉"下有"論"字，"可"下有"爲"字，當補。

素臣。

舊校"原作心"。宋本《御覽》作"惟懿上心乎"，鮑刻《御覽》作"懿士"。按梅子庚以杜預《春秋序》有"丘明爲素臣"之說，改作"素臣"，以配孔子素王，亦通。

【劉永濟釋義】

史者，古者掌文辭之官之通稱也，凡藏書、讀書、作書之事皆屬焉。其字從彐持中。中者，盛筴之器也。引申之則爲掌其事者之名。劉子玄《史通》論史官之建置，始於黃帝。漢儒馬遷、班固、馬融、王肅，皆謂文籍初自五帝。其言五帝，皆首黃帝。蓋以黃帝正名百物，始立百官，官各有史，史世其職，以貳於太史。太史者，天子之史也。《隋志》論史官之才，"必求博聞強識，疏通知遠之士，內掌八柄以詔王治，外執六典以逆官政，前言往行無不識，天文地理無不察，人事之紀無不達。"其所關之大可知矣。然自周室東遷，史官弛廢，戰代紛紜，秦制草率。漢承其弊，史官一職，未重於時。故史遷抒憤，亦言"主上所戲弄，倡優所畜，流俗所輕"也。迨及東京，蘭臺東觀，始稱著作之林。《史記》《漢書》，遂爲時人所習。魏晉以下，其職逾重，其道逾替。《隋志》譏之曰："南董之任，以祿貴遊，正駿之司，罕因才授。故梁世諺曰：'上車不落則著作，體中如何則秘書'，於是尸位之儔，盱衡延閣之上，立言之士，揮翰蓬茨之下，一代之記，至數十家，傳說不同，聞見舛駁，理失中庸，辭乖體要。"非虛語也。

　　唐劉子玄著《史通》，牢籠史籍，區以六家，而宗諸二體，其論甚偉。六家者，一曰《尚書》家，記言之史也。二曰《春秋》家，記事之史也。三曰《左傳》家，編年之史也。四曰《國語》家，國別之史也。五曰《史記》家，通代紀傳之史也。六曰《漢書》家，斷代紀傳之史也。二體者，一曰編年體，以《左傳》爲宗。二曰紀傳體，以《漢書》爲宗。由今觀之，其所區分，亦未盡當。《尚書》不盡記言，一也。《春秋》亦是編年，二也。《國語》乃逸文別說，左氏之外傳，三也。《史記》實兼師《春秋》《尚書》之成法，《漢書》又因《史記》之舊貫，四也。且《春秋》乃孔子教後世之書，"是非二百四十二年之中，以爲天下儀表"，故其書"上明三王之道，下辨人事之紀，別嫌疑，明是非，定猶豫，善善惡惡，賢賢賤不肖"，一依聖心以爲斷，已超乎史家之封域矣。《史記》之作，自序欲"紹明世，正《易傳》，繼《春秋》，本詩書禮樂之際"、"拾遺補藝，成一家之言，厥協六經異傳，整齊百家雜語"，亦即史遷經世之書也。其曰"補藝"、曰"本詩書禮樂"、曰"協六經異傳"，則其爲書，實六藝之羽翼矣。故修本紀，法《春秋》也。載《詔令》，法《尚書》也。而因事立名，亦《尚書》之遺意，其明驗也。章實齋謂："遷書體圓而用神，多得《尚書》之遺。"又曰："紀傳原本《春秋》。"與舍人"依經樹則""附聖居宗"之言，若合符契，可謂之知著述之本原矣。

舍人一代奇士，其著書之志，閎闊深遠，自序一篇，言之詳矣。今讀其五十篇，殆無虛設。紀氏譏其"史事非當行，諸子爲謔言"，非知言也。今按此篇以"依經""附聖"爲綱領，深得史遷著述之遺意，前已論之矣。而"二難""兩失""四要"，尤得史法之精微。後世子玄作《史通》，蓋即此意擴言之者。安可宗子玄而祧彥和哉？其論修史之要，以務信棄奇爲主，故首舉元聖之經，以爲萬世之則，而獨許左氏"析理居正"，爲"聖文之羽翮"。史遷而下，評論尤允。其論史遷也，予之則曰"實錄無隱"，譏之則曰"愛奇反經"。論班固也，許之則曰"宗經矩聖"，斥之則曰"徵賄鬻筆"。其餘如袁張之"偏駁"，薛謝之"少信"，《江表》《吳錄》之"難徵""寡要"，則皆加以非難。若司馬彪之"詳實"、華嶠之"準當"、《陳壽》之"文質辨洽"、干寶之"審正得序"、孫盛之"約舉爲能"、鄧粲之"有心典謨"，則皆所稱許。原其立論有宗，故鑒文如鏡，烏得妄肆訾訶哉？又當世作史諸家，好奇成癖，《史通》謂《晉史》所本，多小書，若《語林》、晉裴啟撰。《搜神記》、干寶撰。《世說》、《幽明錄》劉義慶撰。是也。《史通》謂沈約"故造奇說""好誣前代"，則舍人棄奇之論，尤爲典要矣。

漢魏以來，作史之人甚眾，今以劉子玄《史通》《正史》篇。與《隋書·經籍志》所載，正史類、古史類。表列於後，間參以兩《唐志》，以備考證。

《後漢史》撰者共三十一人。

後漢班固明帝詔撰《世祖本紀》，並撰功臣及平林、新市、公孫述事，作列傳、載記二十八篇。

陳宗同上。

尹敏同上。

孟異同上。

劉珍明帝詔作紀表、名臣、節士、儒林、外戚諸傳，未成而卒。《後漢書·

文苑傳》稱永寧元年，太后詔珍與劉騊駼作建武以來名臣傳。

李尤同上。

伏無忌明帝詔作諸王王子功臣恩澤侯表、南單于西羌傳、《地理志》。

黃景同上。

邊詔桓帝詔作孝穆、崇二皇及順烈皇后傳，又增外戚、儒林傳。

崔寔同上。又與曹壽、延篤作百官表、順帝功臣孫程郭願鄭眾蔡倫等傳凡百十有四篇，曰《漢記》。

朱穆同上。

曹壽同上。又與崔寔、延篤作百官表、順帝功臣孫程郭願鄭眾蔡倫等傳。

延篤同上。

馬日磾《續後漢紀》。

蔡邕同上。別作朝會、車服二志，及十意略。

楊彪同上。

盧植同上。

以上諸家撰著，統稱《東觀漢記》，原一百四十三卷。今存四庫輯本二十四卷。

吳謝承撰《後漢書》一百三十卷。《新唐志》作一百三十三卷，又錄一卷。今存汪文臺輯本八卷。

薛瑩撰《後漢記》一百卷，今存汪輯本一卷。

晉司馬彪撰《續漢書》八十三卷，今存汪輯本五卷。其八志三十卷，梁劉昭注，合於范曄書。

華嶠刪定《東觀漢記》爲《後漢書》九十七卷，今存汪輯本二卷。《晉書》本傳名《漢後書》。

謝沈撰《後漢書》一百二十二卷，兩《唐志》作一百二卷，《新唐志》有外傳十卷。今存汪輯本一卷。

張瑩撰《後漢南記》五十五卷，兩《唐志》無後字，作五十八卷。亡。

袁山松撰《後漢書》一百卷，《隋志》作九十五卷，《舊唐志》作一百二卷，《新

《唐志》作一百一卷，又録一卷。今存汪輯本二卷。

張璠撰《後漢記》三十卷（編年體），今存汪輯本一卷。

袁宏撰《後漢記》三十卷（編年體），今存。

袁曄撰《獻帝春秋》十卷。

宋劉義慶撰《後漢書》五十八卷。

范曄删取諸家之作爲《後漢書》九十七卷，今存。《隋志》又有《後漢書讚論》四卷，《漢書纘》十八卷。兩《唐志》作九十二卷。又皇太子賢注一百卷。

梁蕭子顯撰《後漢書》一百卷。亡。

王韶撰《後漢林》二百卷。亡。按姚振宗《隋書經籍志考證》據《梁書·王規傳》，疑即規注《續漢書》二百卷。

《三國史》撰者二十五人，附注家一人。

魏衛覬草創記傳未成。

繆襲同上。

韋誕被命撰《魏書》。

應璩同上。

王沈同上。其後獨成《魏書》四十八卷。《史通》作四十四卷，《舊唐志》同，《新唐志》作四十七卷。《晉書·沈傳》稱："沈與荀顗阮籍共撰。"亡。

阮籍同上。

孫該同上。

傅玄同上。

魚豢撰《魏略》三十八卷。亡。《舊唐志》作《魏略》三十八卷，魚豢注；《新唐志》作《魚豢魏略》五十卷。姚振宗曰："《隋志》雜史篇有《魚豢典略》八十九卷，《魏略》即在其中。《舊唐志》始分析之。《新志》五十卷之書，似《典略》之誤。"

晉夏侯湛撰《魏書》，後見陳壽所作，便壞己草。

孫盛撰《魏氏春秋》二十卷（編年體）。亡。兩《唐志》作《魏武春秋》，章宗源《隋書經籍志考證》曰："武字誤。"

陰澹撰《魏紀》十二卷。

孔衍撰《漢魏春秋》九卷（編年體）。亡。兩《唐志》雜史類有孔衍《漢春秋》十卷、《後漢春秋》六卷、《後魏春秋》九卷。姚振宗曰："後字似漢字之誤。"按後字疑衍。

以上撰《魏書》者十三人。

蜀王隱撰《蜀紀》七卷。亡。按裴松之《三國志》注所引記蜀事者，尚有譙周《蜀本紀》、陳壽《益都耆舊傳》又雜記、常璩《華陽國志》等。《華陽國志》稱東觀郎王崇著《蜀書》。見姚振宗《三國藝文志》。

晉孫盛撰《蜀世譜》。亡。

以上撰《蜀書》者二人。

吳丁孚大帝命撰《吳書》。

項峻同上。

韋曜少帝命撰《吳書》。按被命者尚有下列四人，獨曜成五十五卷。《隋志》作韋昭《吳書》二十五卷，昭即曜，避晉諱改。亡。《隋志》稱本五十五卷，兩《唐志》同。

薛瑩同上。

周昭同上。

梁廣同上。

華覈同上。

晉環濟撰《吳紀》九卷（編年體）。亡。兩《唐志》作十卷。

張勃撰《吳錄》三十卷。亡。

以上撰《吳書》者九人。

晉陳壽集以前各家之書成《三國志》六十五卷，敘錄一卷，今存。

宋裴松之文帝命採眾書注壽書，功同自著，故附列。兩《唐志》作《魏國志》三十卷、《蜀國志》十五卷、《吳國志》廿一卷。

以上總撰《三國志》者一人，附注《三國志》者一人。
《晉史》撰者共二十四人。

晉陸機撰《三祖紀》。亡。按《隋志》作《晉紀》四卷，兩《唐志》稱《晉帝紀》（編年體）。

束晳撰《帝紀》及《十志》。

王銓有私錄未成。

王隱撰《晉書》八十六卷。亡。《隋志》曰："本九十三卷，今殘缺。"兩《唐志》作八十九卷，《史通》同。姚振宗曰："後人以《唐志》改《史通》。"

干寶撰《晉紀》二十三卷（編年體），訖於愍帝。亡。兩《唐志》作二十二卷，《史通》同。

鄧粲撰《元明紀》十一卷（編年體）。亡。《隋志》作《晉紀》十一卷，兩《唐志》同。

孫盛撰《晉陽秋》三十二卷（編年體）。亡。《新唐志》有《晉陽秋》二十二卷，《舊唐志》有《晉陽春秋》二十二卷，皆作鄧粲撰。又有《晉陽秋》二十二卷，孫盛撰。姚振宗謂："兩《唐志》皆誤以爲鄧粲，《舊唐志》誤衍一'春'字，又皆誤三十二爲二十二。"

虞預撰《晉書》二十六卷。亡。《隋志》曰："本四十四卷，今殘缺。"兩《唐志》作五十八卷。

朱鳳撰《晉書》十卷，訖元帝。亡。《隋志》曰："本十四卷，今殘缺。"兩《唐志》作十四卷。

曹嘉之撰《晉紀》十卷（編年體）。亡。

習鑿齒撰《漢晉春秋》四十七卷（編年體）。亡。兩《唐志》作五十四卷。

徐廣撰《晉紀》四十五卷（編年體）。亡。

宋何法盛撰《晉中興書》七十八卷。亡。兩《唐志》作八十卷。

謝靈運撰《晉書》三十六卷。亡。兩《唐志》作三十五卷，《新志》有錄一卷。

劉謙之撰《晉紀》二十三卷（編年體）。亡。兩《唐志》作二十卷。

王韶之撰《晉紀》十卷（編年體）。亡。兩《唐志》作《崇安記》十卷。《南史·

蕭韶傳》：湘東王曰："昔王韶之爲《隆安記》。"《宋書·韶傳》曰："《晉安帝陽秋》。"按隆安，安帝年號，《唐志》諱隆，故改曰崇。兩《唐志》別有周祇《崇安記》二卷。

　　檀道鸞《續晉賜秋》二十卷（編年體）。亡。《舊唐志》："《晉陽秋》二十卷，檀道鸞注。"姚振宗曰："注當爲續。"

　　郭季產《續晉紀》五卷（編年體）。亡。《舊唐志》作《晉續記》，《新志》同。《舊志》作郭秀彥。

　　齊臧榮緒括東西晉爲一書，成《晉書》一百一十卷。亡。

　　梁蕭子雲《續晉書》十一卷。亡。《隋志》曰："本一百二卷，今殘缺。"兩《唐志》作九卷。

　　蕭子顯撰《晉史草》三十卷。亡。兩《唐志》作蕭景暢。按子顯，字景陽，《唐志》誤。

　　鄭忠撰《晉書》七卷。亡。

　　沈約撰《晉書》一百一十一卷。亡。按自序稱一百二十卷。

　　庾詵撰《東晉新書》七卷。亡。

《宋史》撰者十三人。

　　宋何承天文帝命撰《宋書》，乃草創記傳，未成書。

　　山謙之補何缺，未成。

　　裴松之文皇命續修何書，未成。

　　孫沖之表求別自創立爲一家。

　　蘇寶生孝武命續修《宋史》，成元嘉名臣諸傳。

　　徐爰孝武命踵成前作，乃因何孫山蘇所述，勒成一書，其臧質、魯爽、王僧達諸傳，孝武自作。亡。按《隋志》作《宋書》六十五卷，兩《唐志》作四十二卷。

　　齊孫嚴撰《宋書》六十五卷。亡。按《舊唐志》作四十六卷，《新唐志》作五十八卷。姚振宗謂："嚴即孫沖之也。"

　　王智深撰《宋記》三十卷（編年體）。亡。

　　梁沈約撰《宋書》一百卷。今存。

　　不著撰人撰《宋書》六十一卷。亡。

裴子野删沈書成《宋略》二十卷（编年體）。亡。

王琰撰《宋春秋》二十卷（编年體）。亡。

紀衡卿撰《宋春秋》二卷（编年體）。亡。

《齊史》撰者七人。

齊江淹被詔撰《齊書》，成十志。按《隋志》作《齊史》十三卷。亡。《南史·文學·檀超傳》稱："與淹同掌史職，上表立條例。"

梁沈約撰《齊紀》二十卷。亡。

蕭子顯撰《齊書》六十卷，今存。按《舊唐志》作五十九卷。

劉陟撰《齊紀》十卷。亡。《舊唐志》作八卷，《新唐志》作十三卷，皆稱《齊書》。

吳均撰《齊春秋》三十卷（编年體）。按《南史·均傳》稱梁武帝敕焚其書。《舊唐志》脱"十"字，作三卷。

王逸撰《齊典》五卷。按兩《唐志》作四十卷，入儀注類。

不著撰人撰《齊典》十卷。姚振宗曰："證以《南史》《齊書》及兩《唐志》，爲齊熊襄撰，又名《河洛金匱》，又名《十代記》。"

《梁史》撰者十人。

梁沈約別有《梁武紀》十四卷。亡。

周興嗣

鮑行卿

謝昊按以上四人，所撰皆焚失。《隋志》作《梁書》四十九卷，謝吳撰，本一百卷。錢大昕曰："吳與昊字形相涉，未知孰是。"又按兩《唐志》皆稱謝昊、姚察合撰，三十四卷。姚振宗謂："後人合焉一帙。"

蕭韶撰《梁太清紀》十卷。亡。

北周劉璠撰《梁典》三十卷（编年體）。亡。《舊唐志》作二十卷。按《北周書·本傳》稱其書未成，子休徵始成之。《史通》謂："與何之元合撰。"亡。姚振宗謂：

"劉何成書，時不相及，《史通》合字乃各之誤。"

陳姚察成《帝紀》七卷，又有《梁後略》十卷，次子姚最撰。亡。今存《梁書》五十卷，乃察長子思廉所撰。

許亨撰《梁史》五十三卷。按《陳書·亨傳》作五十八卷，《隋書》謂子善心續成七十卷。

何之元撰《梁典》三十卷（編年體）。亡。

陰僧仁撰《梁撮要》三十卷，按此書《唐志》入雜史類。亡。

《陳史》撰者四人。

陳顧野王與傅縡同撰武文二帝紀。按兩《唐志》顧傅《陳書》各三卷。亡。

傅縡

陸瓊續纂。《隋志》作四十二卷，訖宣帝。

姚察刪改陸作未成，今存《陳書》三十六卷。乃其子思廉所續撰。

上表所載，略取紀傳、編年二體之作，見於《史通》《隋志》及兩《唐志》者爲數已繁。舍人當時所存，必廣於此。《史通·模擬》篇謂："自魏已前，多効三史，從晉已降，喜學五經。"三史者，唐人目《史記》《漢書》及《東觀漢記》也。三史皆以紀傳體爲之者，與《春秋》左氏編年者異，故凡以紀傳體爲之者，皆効三史者也。其所稱學經者，皆編年之體。《模擬》篇所舉如干寶《晉紀》、孫盛《陽秋》，學《春秋》者也。吳均《齊春秋》，學《公羊》者也。裴子野《宋略》、王劭《齊志》，學左氏者也。而《宋略》敘酬對之語，劉氏謂之亦擬《論語》，故概括之曰學五經也。二體之外，復有撰地方先賢、耆舊之傳者，有撰高士、列女、孝子、良吏之傳者，有撰別傳、家傳、世録、雜傳者，其類亦夥。章宗源《隋書經籍志考證》，嘗彙考別傳之見於《三國志注》者二十五家，見於《續漢志補注》者二家，見於《世說注》者六十九家，見於《文選注》者二家，見於《藝文類聚》者三十三家，見於《初學記》者八家，見於《北堂書鈔》者十三家，見於《太平御覽》者三十二家，共一百八十四家。而《隋志》所無，《唐志》所有者，尚不及焉。雖其撰人名可見者，僅嵇喜、鍾會、謝鯤、何劭、陸機、楊孚、曹毗、袁宏等數人，而篇目既富，則亦可以考見六朝史學之盛況矣。

【劉永濟批語】

在涵芬樓本《文心雕龍·史傳篇》上的題語：

於"左史記事右史記言"上批曰："《玉藻》'動則左史書之，言則右史書之。'劉氏據《玉藻》文，一本作'左史記言，右史書事'，則據《漢志》。"

於"左右使之記已""左右"前加"史者，使也。執筆"，又改"已"爲"也"。

於"者左史記事者，右史記言者"第一"者"前加"古"字，第二第三兩"者"字均被删去。

於"夫子閔王道之缺""夫子"前加"昔者"二字。

於"然睿旨存亡幽隱"删去"存亡"，且改"隱"爲"秘"。

改"故節簡而爲名也"之"節"爲"即"。

删去"爰及太史談"之"太"字。

改"子長繼至"之"至"爲"志"。

改"觀司馬遷之辭"之"司馬"爲"史"。

於"人始區詳而易覽""區詳"之間加一"分"字。

於"班史立紀並違經實""經實"之間加一"失"字。

改"張衡同史而或同遷固"之"同史"爲"司史"，"或"爲"惑"。

改"元年二后欲爲立紀"之"年二"爲"帝王"。

於"司馬彪之詳實"句前加"若"字。

於"非妄至譽也"句移"至"於"也"後。

改"於晉代之書繫乎著作"之"繫"爲"繁"。

改"至鄧璨《晉紀》"之"璨"爲"璨"。

改"雖湘州曲學"之"州"爲"川"。

改"及交國立例"之"交"爲"安"。

改"欲其詳悉于體國必"之"必"爲"也"。

改"傅玄譏《後漢》之尤煩"之"尤"爲"冗"。

改"荀況稱録遠略近"爲"荀況稱録近略遠"。

改"我書則傳"之"傳"爲"博"。

於"至於記編時同多詭""記編"之後加"同時"二字。

改"雖令德而常嗤理"之"理"爲"埋"。

删去"欲吹霜噴露"中"欲"字，改"噴"爲"煦"。

改"此入同時之枉，可歎息者也"爲"此又同時之枉論，可爲歎息者也"。

於"欲述遠則誣矯如彼"之"欲"前加一"故"字。

於"析理居正唯素心乎""素心"之前加"懿才"二字。

【劉永濟本篇摘録語詞】

憲章	幽秘	婉約	聖文	博雅	弘辨	蹖落	弘麗	該富	豐贍
偏駁	詳審	准當	激抗	疏闊寡要	文質	辨洽	准的	撮略
條例	博練	昭整	總會	銓配	冗煩	奇	實	穿鑿	訛濫
微詞	嗤埋	誣矯	回邪	務信棄奇	品酌	密論	荷擔

諸子第十七

諸子者，入道見志之書。太上立德，其次立言。百姓之群居，苦紛雜而莫顯；君子之處世，疾名德之不章。唯英才特達，則炳曜垂文，騰其姓氏，懸諸日月焉。昔風後力牧伊尹，咸其流也。篇述者，蓋上古遺語，而戰伐所記者也。至鬻熊知道，而文王諮詢，餘文遺事，録爲鬻子。子自肇始，莫先於茲。及伯陽識禮，而仲尼訪問，爰序道德，以冠百氏。然則鬻惟文友，李實孔師，聖賢並世，而經子異流矣。

逮及七國力政，俊乂蠭起。孟軻膺儒以磬折，莊周述道以翱翔；墨翟執儉确之教，尹文課名實之符；野老治國於地利，騶子養政於天文；申商刀鋸以制理，鬼谷脣吻以策勳，尸佼兼總於雜術，青史曲綴以街談。承流而枝附者，不可勝算；並飛辯以馳術，饜祿而餘榮矣。暨於暴秦烈火，勢炎崐岡，而煙燎之毒，不及諸子。逮漢成留思，子政讎校，於是七略芬菲，九流鱗萃，殺青所編，百有八十餘家矣。迄至魏晉，作者間出，讕言兼存，璅語必錄，類聚而求，亦充箱照軫矣。然繁辭雖積，而本體易總，述道言治，枝條五經。其純粹者入矩，踳駁者出規。禮記月令，取乎呂氏之紀；三年問喪，寫乎荀子之書：此純粹之類也。若乃湯之問棘，云蚊睫有雷霆之聲；惠施對梁王，云蝸角有伏尸之戰；列子有移山跨海之談，淮南有傾天折地之說，此踳駁之類也。是以世疾諸混洞虛誕。按歸藏之經，大明迂怪，乃稱羿斃十日，嫦娥奔月。殷易如茲，況諸子乎？至如商、韓，六蝨五蠹，棄孝廢仁；轘藥之禍，非虛至也。公孫之白馬、孤犢，辭巧理拙；魏牟比之鴨鳥，非妄貶也。昔東平求諸子史記，而漢朝不與。蓋以史記多兵謀，而諸子雜譎術也。然洽聞之士，宜撮綱要；覽華而食實，棄邪而採正，極睇參差，亦學家之壯觀也。

研夫孟、荀所述，理懿而辭雅；管、晏屬篇，事覈而言練；列御寇之書，氣偉而采奇；鄒子之說，心奢而辭壯；墨翟、隨巢，意顯而語質；尸佼、尉繚，術通而文鈍。鶡冠緜緜，亟發深言；鬼谷眇眇，每環奧義。情辨以澤，文子擅其能；辭約而精，尹文得其要。慎到析密理之巧，韓非著博喻之富，呂氏鑒遠而體周，淮南汎採而文麗。斯則得百氏之華采，而辭氣文之大略也。若夫陸賈典語，賈誼新書，揚雄法言，劉向說苑，王符潛夫，崔寔政論，仲長昌言，杜夷幽求，咸敘經典，或明政術，雖標論名，歸乎諸子。何者？博明萬事爲子，適辨一理爲論，彼皆蔓延雜說，故入諸子之流。夫自六國以前，去聖未遠，故能越世高談，自開户牖。兩漢以後，體勢漫弱，雖明乎坦途，而類多依採，此遠近之漸變也。嗟夫！身與時舛，志共道申，標心於萬古之上，而送懷於千載之下，金石靡矣，聲其銷乎！

贊曰：丈夫處世，懷寶挺秀；辨雕萬物，智周宇宙。立德何隱？含道必授。條流殊述，若有區囿。

【黃叔琳注】

風後：[漢藝文志]風後十三篇。[注]圖二卷，黃帝臣，依託也。

力牧：[藝文志]力牧二十二篇。[注]六國時所作，託之力牧，力牧，黃帝相。

伊尹：[藝文志]伊尹五十一篇。[注]湯相。[又]伊尹說二十七篇。[注]其語淺薄，似依託也。

鬻熊：[子略]鬻子年九十，見文王，王曰：老矣。鬻子曰：使臣捕獸逐麋已老矣，使臣坐策國事尚少也。文王師焉。著書二十二篇，名曰鬻子。

伯陽：[史記]老子者，姓李氏，名耳，字伯陽。孔子適周，問禮於老子，謂弟子曰：老子其猶龍耶？老子居周，久之，見周之衰，遂去。至關，關令尹喜曰：子將隱矣，彊爲我著書。迺著書上下篇，言道德之意五千餘言而去。

孟軻：[史記]孟軻，鄒人也，受業子思之門人。述唐虞三代之德，是以所如者不合，退而與萬章之徒序詩書，述仲尼之意，作孟子七篇。

莊周：[史記]莊子名周，其學本歸於老子之言，故著書十餘萬言，大抵率寓言也。楚威王厚幣迎之，許以爲相。周笑曰：無污我，我寧遊戲汙瀆之中自快，無爲有國者所羈。

墨翟：[史記]墨翟，宋之大夫，善守禦，爲節用。[藝文志]墨子七十一篇。

儉确：[太史公自序]墨者亦尚堯舜道，言其德行曰：堂高三尺，土階三等，茅茨不翦，采椽不刮。食土簋，啜土刑，糲粱之食，藜藿之羹。夏日葛衣，冬日鹿裘。其送死桐棺三寸，舉音不盡其哀。教喪禮必以此爲萬民之率，使天下法若此。

尹文：[劉向別錄]尹文子學本莊老，其書自道以至名，自名以至法，以民爲根，以法爲柄，凡二卷，僅五千言。[藝文志]尹文子一篇。[注]説齊宣王，先公孫龍。師古曰：劉向云，與宋鈃俱遊稷下。

野老：[藝文志]野老十七篇，[注]應劭曰：年老居田野，相民之耕種，故曰野老。

騶子：[史記]齊有三騶子，騶衍深觀陰陽消息，而作怪迂之變，始終大聖之篇，十餘萬言。[藝文志]鄒子四十九篇。[注]名衍，齊人，爲燕昭王師，居稷下，號談天衍。

申：[史記]申不害相韓昭侯，學本黃老而主刑名，著書二篇，號曰申子。

商：[商君傳]衛鞅既破魏還，秦封之於商十五邑，號爲商君。[藝文志]商君二十九篇。

鬼谷：[蘇秦傳]東事師於齊，而習之於鬼谷先生，[注]扶風池陽潁川陽城並有鬼谷墟，蓋是其人所居，因爲號。又曰：鬼谷子書云，蘇秦欲神秘其道，故假名鬼谷。

尸佼：[藝文志]尸子二十篇。[注]名佼，魯人，秦相商君之師，鞅死，佼逃入蜀。

青史：[藝文志]青史子五十七篇。[注]古史官，記事也。

讎校：[藝文志]成帝使謁者陳農求遺書於天下，詔光祿大夫劉向等校之。每一書已，向輒條其篇目，撮其旨意，録而奏之。[魏都賦]讎校篆籀。

七略：[藝文志]劉向卒，哀帝復使向子侍中奉車都尉歆卒父業，歆於是總羣書而奏其七略，故有輯略，六藝略，諸子略，詩賦略，兵書略，術數略，方技略。

九流：注見正緯篇。

殺青：[吳祐傳]殺青簡以寫經書。[注]以火炙簡令汗，取其青，易書，復不蠹，謂之殺青。

百有八十餘家：[藝文志]凡諸子百八十九家，四千三百二十四篇。

讕言：[藝文志]讕言十篇，[注]不知作者。[廣韻]讕言，逸言也。

充箱：[韓詩外傳]成王之時，有三苗貫桑而生，同爲一秀，大幾滿車，長幾充箱。

照軫：[田敬仲完世家]梁王曰，寡人國小，尚有徑寸之珠，照車前後各十二乘者十枚。

月令：[禮記月令第六]孔穎達正義：鄭目錄云，名曰月令者，以其紀十二月政之所行也。呂不韋集諸儒所著爲十二月紀，合十餘萬言，名爲呂氏春秋，篇首皆有月令，與此篇同。

三年問喪：荀子禮論前半，褚先生補史記禮書採入，其後半皆言喪禮，三年之喪一段，與禮記三年問同文。

蚊睫：[列子]江浦之麼蟲，名曰焦螟，羣飛而集於蚊睫，弗相觸也。徐以氣聽，砰然聞之，有雷霆之聲。

惠施：[藝文志]惠子一篇。[注]名施，與莊子同時。

蝸角：[莊子]有國於蝸之左角者曰觸氏，有國於蝸之右角者曰蠻氏，時相與爭地而戰，伏尸數萬，逐北旬有五日而後反。按此係戴晉人語，今云惠施，誤也。

列子：[藝文志]列子八篇。[注]名御寇，先莊子，莊子稱之。

移山：[列子]太行王屋二山，方七百里，高萬仞。愚公懲出入之迂也，聚室而謀移之。

跨海：[列子]渤海中有五山，岱輿員嶠方壺瀛洲蓬萊。龍伯之國有大人，舉足不盈數步，而暨五山之所。

淮南：[漢書]淮南王安，爲人好書，招致賓客方術之士數千人，作爲內書二十一篇，外書甚眾，又有中篇八卷，言神仙黃白之術，亦二十餘萬言。

傾天折地：[淮南天文訓]昔者共工與顓頊爭爲帝，怒而觸不周之山，天柱折，地維絕。

歸藏：[帝王世紀]殷人因黃帝易而歸藏，皇甫謐曰：歸藏易以純坤爲首，坤爲地，萬物莫不歸而藏於其中，故曰歸藏。

羿弊十日：注見辨騷篇。

奔月：[歸藏易]嫦娥以西王母不死之藥服之，遂奔月爲月精。

韓：[史記]韓非者，韓之諸公子也，喜刑名法術之學，爲人口吃，而善著書，作孤憤五蠹內外儲說林說難十餘萬言。

六蝨：[商子]農商官三者，國之常食官也，農闢地，商致物，官法民。三官生蝨六，曰歲，曰食，曰美，曰好，曰志，曰行，六者有樸必削。

五蠹：[韓非子五蠹篇]學者，言古者，帶劍者，近御者，及商工之民，此五者邦之蠹也。

轘：[左傳杜預注]車裂曰轘。[商君傳]秦孝公卒，太子立，公子虔之徒告商君欲反，秦惠王車裂商君以徇。

藥：[史記]秦攻韓，韓王遣非使秦，李斯使人遺非藥，使自殺。

公孫：[列子]公孫龍誑魏王曰，白馬非馬，孤犢未嘗有母。[按]列子所述魏公子牟正深悅公孫龍之辨，所謂承其餘罅者也。莊子秋水篇則異是，龍問牟，吾自以爲至達已，今聞莊子之言，無所開吾喙，何也？公子牟有坎井之䵷謂東海之鼇之喻，是鴳鳥當作井䵷矣。

東平：[漢書]東平思王宇，宣帝子，成帝時來朝，上疏求諸子及太史公書。大將軍王鳳以諸子書或反經術，或明鬼神，太史公書有戰國縱橫之謀，不許。

管晏：[藝文志]晏子八篇。[注]名嬰，諡平仲，管子八十六篇。[注]名夷吾。

隨巢：[藝文志]隨巢子六篇。[注]墨翟弟子。

尉繚：[藝文志]尉繚二十九篇。[注]六國時人，師古曰：尉姓，繚名也。

鶡冠：[藝文志]鶡冠子一篇。[注]楚人，居深山，以鶡爲冠。

文子：［藝文志］文子九篇。［注］老子弟子，與孔子同時，而稱周平王問，似依託者也。

慎到：［史記］慎到學黃老道德之術，因發明序其指意，著十二論。

吕氏：注見雜文篇。

陸賈：［史記］高帝謂陸生曰：試爲我著秦所以失天下，吾所以得之者何，及古成敗之國。陸生迺麤述存亡之徵，凡著十二篇，每奏一篇，高帝未嘗不稱善，左右呼萬歲，號其書曰新語。

賈誼：［藝文志］賈誼五十八篇。

法言：［揚雄傳］雄見諸子各以其知舛馳，雖小辯終破大義，故人時有問雄者，常用法應之，譔以爲十三卷，象論語，號曰法言。

説苑：［漢書］劉向採傳記行事，著新序説苑，凡五十篇。

潛夫：［王符傳］符耿介不同於俗，隱居著書，以譏當時失得，不欲章顯其名，故號曰潛夫論。

政論：［崔寔傳］寔字子真，明於政禮，論當世便事數十條，名曰政論，指切時要，言辨而确，當世稱之。

昌言：注見史傳篇。

幽求：［晉書］杜夷字行齊，廬江人，懷帝時舉方正，著幽求子二十篇。

【紀昀評語】

於篇首評曰："此亦泛述成篇，不見發明。蓋子書之文，又各自一家，在此書原爲讕入，故不能有所發揮。"

於"而戰伐所記者也"上評曰："'戰伐'當作'戰國'。"

於"子自肇始"上評曰："'子自'當作'子之'。"

於"是以世疾諸混同虛誕"上評曰："'是以'句有訛脱。"

於"標心於萬古之上，而送懷於千載之下"上評曰："隱然自寓。"

【劉永濟校字】

戰伐所記。

"伐"乃"代"誤。

子自肇始。

紀評曰："'自'當作'之'。"是也。

是以世疾諸混同虛誕。

范文瀾注"諸"下脫一"子"字，是。

而辭氣文之大略也。

按此句疑有誤，或當作"總辭氣之大略也"。

《典語》。

孫詒讓《札迻》曰："按典當作新，《新語》十二篇，今書具存。"是也。當據改。

【劉永濟釋義】

舍人此篇，以入道見志四字皋牢諸子，可謂知要。蓋諸子之學，上焉者入道，下焉者明志。其間復有純駁之異，邪正之別，辨章匪易。舍人之意，大抵揚戰國而抑漢晉。戰國諸子，學有本源，文非苟作，雖各得大道之一端，而皆六經之枝條也。漢代已遜其宏深，魏晉尤難與比數。陸《語》則粗述存亡，賈《書》亦雜編奏議；揚雄規橅仲尼，劉向採摭往事，衡以著述之體，已非莊墨之儔。《潛夫》《昌言》以下，大多務切時要之作，別無新義，未屬研求。故顏之推亦謂"魏晉以來，所著諸子，理重事複，遞相模效，猶屋下架屋，牀上施牀耳"。洵爲確論。且魏晉子書，皆文士之篇章，非學人之述造。其間或雜以求名後世之心，或參以爭勝前賢之意，故曹子建以藩侯之重，鄙辭賦不足傳世，欲別成一家之言(見《與楊德祖書》)。蕭世誠以帝子之尊，亦欲著子書以傳不朽(見《金樓子序》)。士衡臨沒，至恨所作子書未成(見葛洪《抱朴子》)。葛洪自敍："思精治五經，著一部子書，令後知其爲文儒。"此數子者，雖其重學遺榮，有足多者，然有意於爲文，與不得已而著書，其間差別甚遠，此舍人所以抑之歟？

【劉永濟批語】

在涵芬樓本《文心雕龍·諸子篇》上的題語：

改"英才特逺"之"逺"爲"達"。

改"子自肇始"之"自"爲"之"。

改"申商刀鋸以制理"之"商"爲"商"。

改"尸狡兼總於雜術"之"狡"爲"佼"。

改"逮漢成普思"之"普"爲"留"。

於"《七略》芬菲流鱗萃止殺青所編"之"菲"後加"九"字，删去"萃"後之"止"字。

改"間出譎言"之"譎"爲"譎"。於"踳駁者出規"上批曰："踳，舛也，乖也；駁，雜也。《莊子·天下篇》'其道踳駁'，《文選》李注引司馬云：'踳，讀曰舛，乖也。'"

於"是以世疾諸"上批曰："'諸'下疑脱'子'字。觀下文'況諸子乎'，文意與此相應。"

改"至如商韓"之"商"爲"商"。

改"每環其義"之"其"爲"奥"。

改"慎到折密理之巧"之"折密"爲"析密"。

删去"而辭氣文之大略也"之"文"字。

改"咸敘經典"之"咸"爲"或"。

改"難明於坦途"爲"雖明乎坦途"。

改"大夫處世懷實"爲"丈夫處世懷寶"。

【劉永濟本篇摘録語詞】

特達　炳曜　篇述　磬折　儉確　枝附　枝條　踳駁　混洞

迂怪　撮綱要　華　實　屬篇　學家　事覈言練　氣采　奥義

密理　博喻體勢　依采　身與時舛　志共道申　辨雕　條流

論說第十八

　　聖哲彝訓曰經，述經敘理曰論。論者，倫也；倫理無爽，則聖意不墜。昔仲尼微言，門人追記，故仰其經目，稱爲論語；蓋群論立名，始於茲矣。自論語已前，經無"論"字，六韜二論，後人追題乎！詳觀論體，條流多品；陳政，則與議説合契；釋經，則與傳注參體；辨史，則與贊評齊行；銓文，則與敘引共紀。故議者宜言，説者説語，傳者轉師，注者主解，贊者明意，評者平理，序者次事，引者胤辭：八名區分，一揆宗論。論也者，彌綸群言，而研精一理者也。是以莊周齊物，以論爲名；不韋春秋，六論昭列；至石渠論藝，白虎講聚，聖言通經，論家之正體也。及班彪王命，嚴尤三將，敷述昭情，善入史體。魏之初霸，術兼名法；傅嘏王粲，校練名理。迄至正始，務欲守文；何晏之徒，始盛玄論。於是聃周當路，與尼父爭塗矣。詳觀蘭石之才性，仲宣之去代，叔夜之辨聲，太初之本玄，輔嗣之兩例，平叔之二論，並師心獨見，鋒穎精密，蓋論之英也。至如李康運命，同論衡而過之；陸機辯亡，效過秦而不及；然亦其美矣。次及宋岱、郭象，銳思於幾神之區；夷甫、裴頠，交辨於有無之域，並獨步當時，流聲後代。然滯有者，全繫於形用，貴無者專守於寂寥：徒鋭偏解，莫詣正理；動極神源，其般若之絕境乎？逮江左群談，惟玄是務；雖有日新，而多抽前緒也。至如張衡譏世，韻似俳説；孔融孝廉，但談嘲戲；曹植辨道，體同書抄；言不持正，論如其已。原夫論之爲體，所以辨正然否；窮于有數，追于無形，迹堅求通，鉤深取極；乃百慮之筌蹄，萬事之權衡也。故其義貴圓通，辭忌枝碎，必使心與理合，彌縫莫見其隙；辭共心密，敵人不知所乘，斯其要也。是以論如析薪，貴能破理。斤利者，越理而橫斷；辭辨者，反義而取通；覽文雖巧，而檢跡知妄。唯君子能通天下之志，安可以曲論哉！若夫注釋爲詞，解散論體，雜文雖異，總會是同。若秦延君之注堯典，十餘萬字；朱普之解尚書，三十萬言：所以通人惡煩，羞學章句。若毛公之訓詩，安國之傳書，鄭君之釋禮，王弼之解易，要約明暢，可爲式矣。

　　說者，悅也。兌爲口舌，故言資悅懌；過悅必僞，故舜驚讒說。說之善者，伊尹以論味隆殷，太公以辨釣興周，及燭武行而紓鄭，端木出而存魯，亦其美也。暨戰國争雄，辨士雲踊；縱横參謀，長短角勢；轉丸騁其巧辭，飛鉗伏其精術；一人之辨，重於九鼎之寶；三寸之舌，強於百萬之師；六印磊落以佩，五都隱賑而封。至漢定秦楚，辯士弭節；酈君既斃於齊鑊，蒯子幾入乎漢鼎。雖復陸賈籍甚，張釋傅會，杜欽文辨，樓護脣舌，頡頏萬乘之階，抵噓公卿之席；並順風以託勢，莫能逆波而泝洄矣。夫說貴撫會，弛張相隨，不專緩頰，亦在刀筆。范睢之言事，李斯之止逐客，並煩情入機，動言中務，雖批逆鱗，而功成計合，此上書之善說也。至於鄒陽之說吳梁，喻巧而理至，故雖危而無咎矣。敬通之說鮑鄧，事緩而文繁，所以歷騁而罕遇也。凡說之樞要，必使時利而義貞；進有契於成務，退無阻於榮身。自非譎敵，則唯忠與信。披肝膽以獻主，飛文敏以濟辭，此說之本也。而陸氏直稱"說煒曄以譎誑"，何哉？

　　贊曰：理形於言，敘理成論。詞深人天，致遠方寸。陰陽莫貳，鬼神靡遁。說爾飛鉗，呼吸沮勸。

【黄叔琳注】

　　六韜：［漢藝文志］周史六弢六篇。［注］惠襄之間，或曰顯王時，或曰孔子問焉。師古曰：即今之六韜也，蓋言取天下及軍旅之事。［按］六韜有霸典文論文師武論。

　　齊物：莊周著齊物論。

　　六論：呂不韋輯呂氏春秋，有開春慎行貴值不苟似順士容六論。

　　石渠：［翟酺傳］孝宣論六經於石渠，［注］宣帝詔諸儒講五經於殿中，兼平公羊穀梁同異，上親臨決焉。時更崇穀梁，故言此六經也，石渠，閣名。

　　白虎：［章帝紀］建初四年，詔諸生諸儒會白虎觀，講議五經同異，帝親臨稱制稱決，如孝宣甘露石渠故事，作白虎議奏。

　　王命：［班彪傳］隗囂擁眾天水，問彪曰，往者周亡，戰國並爭，天下分裂，意者縱橫之事，復起於今乎，彪既疾囂言，又傷時方艱，乃著王命論。

　　三將：［王莽傳］大司馬嚴尤非莽攻伐四夷，數諫不從，著古名將樂毅白起不用之意，及言邊事，凡三篇，以風諫莽。［通志］嚴尤三將軍論一卷。

　　傅嘏：［魏志］傅嘏字蘭石，常論才性同異，鍾會集而論之。

　　王粲：［魏志］王粲著詩賦論議垂六十篇。

　　聃周：［史記］老子者，姓李氏名耳字伯陽，謚曰聃，著書上下篇，言道德之意五千餘言。莊子者，名周，著書十餘萬言，大抵率寓言也。

　　叔夜：［嵇康傳］康字叔夜，作聲無哀樂論，略曰：以殊方異俗，歌哭不同，使錯而用之，或聞哭而歡，或聞歌而感，斯非音聲之無常哉。

　　太初：［魏志］夏侯玄，字太初，［注］玄嘗著樂毅張良及本無肉刑論，按本玄，本無，未知孰是。

　　輔嗣：［魏志］鍾會與山陽王弼並知名，弼好論儒道，辭才逸辯，注易及老子。［注］弼字輔嗣。

平叔：［魏志］何晏好老莊言，作道德論。［注］晏字平叔。

運命：李康著運命論。

論衡：［王充傳］充以爲俗儒守文，多失其真，乃閉門潛思，著論衡八十五篇。

辯亡：［陸機傳］機以祖父世爲將相，有大勳於江表，深慨孫皓舉而棄之，乃論權所以得，皓所以亡，又欲述其祖父功業，作辯亡論二篇。

過秦：賈誼著過秦論。

宋岱：［通志］晉荆州刺史宋岱通易論一卷。

郭象：［郭象傳］象字子玄，好老莊，能清言，閑居以文論自娛，著碑論十二篇。

夷甫：［王衍傳］衍字夷甫，好清談。魏始中，何晏王弼等祖述老莊，立論以爲天地萬物皆以無爲爲本，衍甚重之，惟裴頠以爲非，著論以譏之。

交辨有無：［晉諸公贊］自魏太常夏侯玄等，皆著道德論，後進庾敳之徒，希慕簡曠。裴成公疾世俗尚虛無之理，作崇有二論以折之，時人莫能難，惟夷甫來，理如小屈，時人即以王理難裴，理還復伸。

般若：［曇霍傳］霍持一錫杖，令人跪曰，此是波若眼。［廣韻］般若，梵語，謂智慧也。

辯道：曹植著辯道論二篇。

筌蹄：［莊子雜篇］筌者所以在魚，得魚而忘筌；蹄者所以在兔，得兔而忘蹄。［注］筌，魚笱也。蹄，兔網也。

秦延君：［漢儒林傳］張山拊事小夏侯建爲博士，論石渠，授信都秦恭延君，恭增師法至百萬言。［桓譚新論］秦延君但說粵若稽古，即三萬言。

朱普：［儒林傳］尚書歐陽氏學，平當授九江朱普公文。［桓榮傳］榮習歐陽尚書，事博士九江朱普。

毛公：［儒林傳］毛公趙人也，治詩，爲河間獻王博士。

安國：［儒林傳］孔氏有古文尚書，孔安國以今文字讀之，因以起其家，逸書得十餘篇。蓋尚書茲多於是矣。

鄭君：［鄭玄傳］鄭玄好學，注儀禮禮記，答臨孝存周禮難，凡百餘萬言。

口舌：［易象］兌，說也。［說卦傳］兌爲口舌。

論味：［吕氏春秋］伊尹說湯以至味曰，凡味之本，水最爲始，五味三材，九沸九變，火之爲紀，時疾時徐，滅腥去臊除羶，必以其勝，無失其理，調和之事，必以甘酸苦辛鹹，先後多少，其齊必微，皆有自起。

辨釣：［吕氏春秋］吕尚坐茅以漁，文王勞而問取，尚曰，魚求於餌，乃牽其緡，人食於祿，乃服於君，以餌取魚，以禄取人，以小釣釣川而擒其魚，以中釣釣國而擒其萬國諸侯。

紓鄭：［左傳］秦晉圍鄭，鄭伯使燭之武夜縋而出，說秦伯，秦伯與鄭盟，晉亦去之。

存魯：［仲尼弟子傳］端木賜字子貢，至齊說田常曰，名存亡魯，實困彊齊，智者不疑也。

轉丸：鬼谷子有轉丸篇，文闕。

飛鉗：鬼谷子著飛鉗篇。

九鼎三寸：［平原君傳］平原君曰，毛先生一至楚，而使趙重於九鼎大呂，毛先生以三存之舌，彊於百萬之師。

六印：［蘇秦傳］秦喟然歎曰：使我有洛陽負郭田二頃，吾豈能佩六國相印乎？

五都：［張儀傳］秦惠王封儀五邑。

隱賑：［爾雅］賑，富也，［注］謂隱賑富有。［蜀都賦］居邑隱賑。

酈君：［酈生傳］淮陰侯聞酈生伏軾下齊七十餘城，迺夜度兵襲齊，齊王田廣以爲酈生賣己，遂烹酈生。

蒯子：［淮陰侯傳］信方斬之曰：吾悔不用蒯通之計，乃爲兒女子所詐。高祖捕通，欲烹之。通曰：秦失其鹿，天下共逐之，欲爲陛下所爲者甚眾，顧力不能耳，又可盡烹之耶？迺釋通之罪。

陸賈：［陸賈傳］陸生遊漢，廷公卿間，名聲籍甚。

張釋：[張釋之傳]釋之言便宜事，文帝曰，卑之無甚高論，令今可施行也。於是釋之言秦漢閒事，文帝稱善。

杜欽：[杜欽傳]帝舅大將軍王鳳，以外戚輔政，求賢知自助，奏請欽爲大將軍軍武庫令，後爲議郎，以病免，徵詣大將軍幕府，國家政謀，鳳常與欽慮之。京兆尹王章言鳳專權蔽主之過，欽令鳳上疏謝罪，乞骸骨，文指其哀。鳳心慙稱病篤，欲遂退，欽復說鳳起親事。章死詔獄，眾庶冤之，以譏朝廷。欽欲救其過，復說鳳舉直言極諫，其補過將美，皆此類也。

脣舌：[漢游俠傳]樓護字君卿，與谷永俱爲五侯上客，長安號曰，谷子雲筆札，樓君卿脣舌，言其見信用也。

抵噓：疑作抵戲。[杜周傳贊]業因勢而抵陒，[注]陒，音詭，一說陒讀與戲同音，許宜反，險也，言擊其危險之處。鬼谷有抵戲篇也。

緩頰：[魏豹傳]漢王聞魏豹反，謂酈生曰：緩頰往說魏豹，能下之，吾以萬戶封若。[注]緩頰，徐言譬喻也。

刀筆：[蕭相國世家]太史公曰，蕭相國何，於秦時爲刀筆吏，[劉盆子傳注]古者記事於簡策，謬誤者以刀削而除之，故曰刀筆。

范雎：[范雎傳]王稽載雎入秦，說昭王廢王后，逐穰侯，拜爲相。

李斯：[李斯傳]斯西說秦，秦王拜斯爲客卿，會韓人鄭國來閒秦，以作注溉渠，已而覺，秦宗室大臣請一切逐客。斯上書秦王，乃除逐客之令。

逆鱗：[韓非說難]龍喉下有逆鱗徑尺，嬰之則必殺人，人主亦有逆鱗，說者能無嬰人主之逆鱗，則幾矣。

鄒陽：[鄒陽傳]吳王濞陰有邪謀，陽奏書諫，爲其事尚隱，惡指斥言，故先引秦爲喻，因道胡越齊趙淮南之難，然後迺致其意。吳王不內其言，去之梁，羊勝公孫詭等疾陽，惡之孝王，孝王怒，下陽吏，將殺之，迺從獄中上書，書奏，孝王立出之。

敬通：[馮衍傳]衍字敬通。更始二年，遣鮑永行大將軍事，安集北方。衍因以計說永，永素重衍，乃以衍爲立漢將軍。[劉峻廣絕交論注]馮衍與鄧禹書曰：衍以爲寫神輸意，則聊成之說，碧雞之辯，不足難也。

【紀昀評語】

於"自《論語》已前，經無論字"上評曰："觀此，知古文《尚書》，梁時尚不行於世，故不引'論道經邦'之文。然《周禮》卻有'論'字。"

於"是以莊周《齊物》，以論爲名"上評曰："物論二字相連，此以爲論，名似誤。同年錢辛楣云。"

於"是以論如析薪，貴能破理"上評曰："彥和論文多主理，故其書歷久獨存。"

於"而檢蹟如妄"上評曰："'如'當作'卻'。"

於"若夫注釋爲詞"數句上評曰："訓詁依文敷義，究與論不同科。此段可删。"

於"王弼之解《易》，要約明暢，可爲（元作'謂'）式矣"上評曰："'謂'字不訛，不必改爲'爲'字。"

於"戰國争雄，辨士雲踴"評曰："'踴'當作'湧'。"

於"而陸氏直稱'説煒曄以譎誑，何哉'"上評曰："樹義甚偉。"

【劉永濟校字】

故仰其經目。

宋本《御覽》五九五"仰"作"抑"，是。

至石渠論藝。

《御覽》五九五"至"下有"於"字，是。

聚述聖言通經。

鮑本《御覽》五九五無"聚言"二字，是。

去代。

宋本《御覽》"代"作"伐"，是。

蓋人倫之英也。

《御覽》作"蓋論之英也"，是。

論如其已。

按疑當作"不如其已"。

檢跡如妄。

"如"，《御覽》作"知"，當從。

言諮悦懌。

按"諮"疑"資"譌。

【劉永濟釋義】

　　論之爲體，蓋著述之利器，而學術之干城也。其用有二：一以立我宗義，一以破彼異説。破而能立，然後敵黜而我尊，邪摧而正顯。是故此體之興廢，常與學術相始終。戰國之世，百家爭鳴，而諸子著作，亦各文辨縱橫，莊周《齊物》，鍼砭名家，荀卿《禮樂》，抵巇墨學，韓非《顯學》，兩非儒墨，荀卿《解蔽》，並彈諸家，其最著也。至於稷下清風，王公折節，卿相禮賢，學士雲從，高談風起，可謂有史以來，無斯盛舉。惜載籍弗詳，遺文零落，千載而下，徒增想慕，然苟鉤稽諸子之書，紬繹九流之緒，則爾時預會者幾家，領袖者幾人，討論者何事，往復者何義，當可得其髣髴也。迨及兩漢，經學昌明，則有石渠、白虎之論異同，鄭玄、王肅、范升、陳元之辨今古，亦足炳蔚先後矣。魏晉之際，世極亂離，學靡宗主，俗好臧否，人兢脣舌，而論著之風，鬱然興起，於是周成漢昭之優劣，共論於廟堂，聖人喜怒之有無，兢辨於閒燕。文帝兄弟倡其始，鍾傅王何繼其蹤。迨風會既成，論題彌廣。往嘗搜討，十得七八。覈其大較，則不出兩宗：一則據刑名以爲骨幹，一則託老莊以爲營魄。據刑名者以校練爲家，託老莊者用玄遠取勝。雖或宗致無殊，要各有其偏至。往撰《文學通史》，特立專篇，統論六代，茲不備述。惟《通史》所舉六代論文篇目，略而不備，今詳著之於此，或可補舍人之遺也。

　　六朝論著之文，以三學爲其宗：一曰《易》，二曰老莊，三曰佛。大抵魏晉之際，《易》與老莊爲盛，劉宋以後，則老莊與佛相比，而儒學者常與之爭衡。今取論及此三學者爲主，其餘如刑禮之論辨，人物之品藻，音樂文學之平隲，世風時俗之譏彈，以及天文數理之研討，皆因緣風會，隨時代興，故略附焉。以單篇持論者爲主。其間亦有名爲書疏，實乃論者，不及備采。

論《易》學著者如下：

魏鍾會　《易無互體論》。亡。《本傳》注稱其論議以校練爲家。按凡卦爻二至四、三至五，兩體相互，各成一卦，儒家謂之互體。宋王炎問張南軒："伊川令人看王弼《易注》，何也？"曰："不論互體故也。"然則鍾論雖亡，其義當與王同也。顧炎武《日知録》稱："王注一掃《易》學榛蕪。"復引嗣輔《略例》曰："互體不足，遂及卦變，卦變不足，推致五行，一失其原，巧喻彌甚。"可以知互體之非矣。《隋志》作三卷，又有《易盡神論》一卷。

阮籍　《通易論》。見嚴可均輯《全三國文》。

晉荀顗　《難鍾會易無互體論》。亡。見《晉書》《本傳》。

宋岱　《通易論》。亡。見《通志》。

孫盛　《易象妙於見形論》。亡。《本傳》稱：殷浩等無以難之。

殷浩　《易象論》。殘。見《世說·文學篇》注，即難孫之作也。大旨言：吉凶慶咎，託蓍龜而見，因六爻而彰。

劉惔　《易象論》。見《世說·文學篇》。按《世說》但稱劉難孫"作二百許語，辭難簡切。孫理遂屈"。

紀瞻　《易太極論》。亡。見《本傳》。按榮論太極乃老子所謂"有物混成，先天地生"者。瞻駁斥之，以爲"太極者，極盡之稱，直言理極無外而已"。

顧榮　《易太極論》。亡。見《紀瞻傳》。

庾闡　《蓍龜論》。見《藝文類聚》七十五，大旨言："蓍龜非神理所存，乃尋理之器。"

論老莊學著者如下：

魏阮籍　《達莊論》。見《本集》。設爲儒家問難，因答以申莊旨。

　　《通老論》。殘。見《御覽》引。大旨謂：《易》之太極，《春秋》之元，即《老子》之道也。

何晏　《老子道德二論》。亡。見《本傳》。《世說·文學篇》曰："晏注《老子》未畢，見王弼自說注《老子》旨，何意多所短，遂不復注，因作《道德論》。"

晉王坦之　《廢莊論》。亡。見《本傳》。稱其"疾時俗放蕩而作"。

戴逵　《放達非道論》。見《本傳》。大旨平衡儒、道之失，近於調和之論。

支遁　《逍遥論》。亡。見《世說‧文學篇》注引。

李充　《釋莊論》。共二篇。亡。見《本傳》。大旨亦調和儒、道二家者。

江惇　《通道崇檢論》。亡。見《本傳》。大旨以"放達非但動違禮法，亦道之所棄"。蓋持平之論也。

孫盛　《老聃非大賢論》。見《廣弘明集》。大旨揚儒抑道。

因尚老莊之學，於是有有無之論。其著者如下：

魏何晏　《无名論》。殘。見《列子‧仲尼篇》注引。

　　　　《无爲論》。殘。見《晉書‧王衍傳》。

　　　　《聖人无喜怒哀樂論》。亡。見《魏志‧鍾會傳》注引何劭所爲《王弼傳》。《傳》云："何晏著此論甚精，鍾會等述之。"

鍾會　《聖人无喜怒哀樂論》。亡。見同前。

夏侯玄　《本無論》。亡。見《魏志‧本傳》注引《魏氏春秋》。

王弼　《難聖人无喜怒哀樂論》。殘。見《魏志‧鍾會傳》注引。大旨謂：聖人情與人同，但應物而無累，不可便謂不應物。

任嘏　《道論》。亡。殘句見《北堂書鈔》。

晉裴頠　《崇有論》。見《全晉文》。《本傳》稱其"譏時俗放蕩，風教陵遲而作。王衍之徒，攻難交至，莫能屈"。

　　　　《貴无論》。亡。

王衍　《難崇有論》。亡。見《裴傳》。

因尚老莊之學，於是有才性與力命之論。其著者如下：

魏鍾會　《才性論》。亡。見《世說‧文學篇》注引《魏志》。按《世說‧文學篇》稱：會撰《四本論》。《注》引《魏志》曰："會論才性同異，傳於世。四本者：才性同、才性異、才性合、才性離也。傅嘏論同，李豐論異。王廣論離，鍾論合。"

傅嘏　《才性論》。亡。見同前。

李豐　《才性論》。亡。見同前。

王廣　《才性論》。亡。見同前。

阮武　《才性論》。亡。

李康　《運命論》。見《文選》。

晉袁準　《才性論》。見《藝文類聚》。

羅含　《更生論》。見《弘明集》。大旨申死生聚散有常。仍是莊生齊生死之義，與佛家輪迴之旨相合，故僧佑取之。並附與孫盛往復二書。

戴逵　《釋疑論》。見《廣弘明集》。大旨主修短窮達有定分，與佛家三世之論相違，故周續之、釋慧遠皆有駁論，釋道宣因並載之也。

周續之　《難釋疑論》。見同前。主佛家報應之說。

釋慧遠　《三報論》。見同前。三報者，佛家有現報未報後報之說也。即以此難戴。

宋顧愿　《定命論》。亡。見《顧凱之傳》。凱之常主恭己守道，信天任運，蓋以秉命有定，非智力所能移。愿即申其說。

梁劉峻　《辯命論》。見《本傳》。亦窮達有命之論也。

因尚老莊，於是有養生之論。其著者如下：

魏嵇康　《養生論》。見《本集》。《本傳》稱："康以為神仙本之自然，非積學所可至，導養得理，則長生可期。"

　　　　《答難養生論》。見同前。

向秀　《難養生論》。見《嵇中散集》。大旨許其節哀樂、和喜怒、適飲食、調寒暑之說，而非其絕五穀、去滋味、寡情欲、抑富貴之論。蓋以儒言折之者。

曹植　《辨道論》。見《本集》。大旨言方士神仙之說不可信。

晉葛洪　《養生論》。見《道藏》。大旨主薄名利、禁聲色、廉貨財、損滋味、除佞妄、去沮嫉，而後可長生。

因尚老莊，於是有主恬退隱逸之論。其著者如下：

晉石崇　《巢許論》。見《藝文類聚》三十七，大旨明巢許非假託，實有其人，其距讓可以敦廉勵俗。

桓玄　《四皓論》。殘。見《晉書·殷仲堪傳》引。大旨以四皓之出爲非。

殷仲堪　《答四皓論》。見《本傳》。大旨以四皓之出爲安天下，故與伏質爲臣者異趣。

謝萬　《八賢論》。見《本傳》。大旨以漁父、屈原、司馬季主、賈誼、楚老、龔勝、孫登、嵇康八人隱顯不同，而以隱者爲優。

皇甫謐　《玄守論》。見《本傳》。大旨答人勸其修名廣交，不如守玄。

　　　　《釋勸論》。見《本傳》。答人勸其應辟而作。二論皆主恬退之意，文體亦仿《客難》。

孫綽　《難謝萬八賢論》。《世説·文學篇》注引二句曰："體玄識遠，則出處同歸。"

其研討佛學者，衆論所爭，約有四端：

一論果報有無。其著者如下：

晉孫綽　《喻道論》。見《弘明集》。雖論報應，而大旨在調和儒、釋之異。

宋何承天　《達性論》。見《弘明集》。大旨以人爲三才之一，別於衆生之倫，斥佛家施報之説。

顏延之　《釋達性論》。同上。大旨論施報乃必然之符，主佛家三世果報之説。

　　　　《重釋達性論》。同上。

　　　　《又重釋達性論》。同上。因承天與之往復，故再作此二篇。蓋儒、釋之爭也。

二論夷夏是非。其著者如下：

宋顧歡　《夷夏論》。見《弘明集》。因其時釋、道交爭同異優劣，乃著此論。大旨在調和，而抑釋以揚道。論旨有二：一以道、釋道同而法有左右；二謂夷夏俗異，夏人不必效夷俗。

　　　　《答袁粲駁夷夏論》。見《本傳》。顧論一出，駁難者多。統觀諸論，多許其第一點，而斥其第二點。

袁粲　《駁夷夏論》。見《顧傳》。託爲道人通公著論駁顧。

謝鎮之　《折夷夏論》。見《弘明集》。共與顧二書以折之。後書並附以頌。

朱昭之　《難夷夏論》。見同上。

朱廣之　《諮夷夏論》。見同上。

釋慧通　《駁夷夏論》。見同上。

釋僧愍　《戎華論》。見同上。

齊釋僧紹　《正二教論》。見同上。

三辨三教同異。其著者如下：

宋謝靈運　《辨宗論》。見《廣弘明集》。論旨在明儒、釋二家，求道教人，階級各異，以道家得意之論折中之。一時問難者，如法勗、僧雜、慧驎、法綱、慧琳、王弘等說，具見謝論中。

釋慧琳　《均善論》。見《宋書·天竺迦毗黎國傳》。又名《白黑論》。論旨主調和三教，論中有"周孔疑而不辨，釋迦辨而不實"之言，致爲僧徒所排。何承天以此贊成之，宗炳復有論難。

宗炳　《難白黑論》。見同上。明佛與孔老不殊，未可抑揚。

何承天　《釋難白黑論》。見同上。論旨以佛經蓋九流之別家，雜以道墨慈悲愛施，與中國不異，非但未能超越孔老，並有不及焉。與宗炳往復皆此意。

齊沈約　《均聖論》。見《廣弘明集》。大旨謂内聖外聖，義均理一，不得謂佛不如孔。

　　《答陶隱居難均聖論》。見同上。

陶弘景　《難均聖論》。見同上。論旨在抑佛教理，故頗指斥戒律。

張融　《三破論》。亡。大旨從論理上排斥佛教。三破者，入國破國、入家破家、入身破身也。實道士某所爲，僞託張融者。

劉勰　《滅惑論》。見《弘明集》。大旨分別儒、道二家與佛教同異所在，不主調和，於佛教頗據大乘教理立論，謂孔、釋理通，意在裁抑道家。

釋僧順　《釋三破論》。見同上。大旨與劉同。論中明斥儒家乃俗中之一物，不可與沙門並。

四辨神形生滅。其著者如下：

宋宗炳　《神不滅論》。見《弘明集》。大旨仍在調和三教。又曰《明佛論》。

齊范縝　《神滅論》。見《弘明集》及《梁書·本傳》。傳稱："縝在齊世，嘗侍竟陵王子良，子良精信佛教，縝不信因果，退而著論，意在斥佛。此論出，朝野諠譁。子良集僧難之，不能屈。"《弘明集》所載有六十餘人之多，惟沈約、蕭琛、曹思文論尚存。范論主形神爲一，故形滅則神亦消亡。難者主形神不合一，故形可亡神不容滅。

    《答曹思文難神滅論》。見同上。
 蕭琛 《難神滅論》。見同上。
 沈約 《神不滅論》。見《廣弘明集》。
    《難神滅論》。見同上。
    《形神論》。見同上。
 曹思文 《難神滅論》。見《弘明集》。
    《重難神滅論》。見同上。

此外則有品藻人物之論。其著者如下：
 魏孔融 《周武王漢高祖論》。殘。見《藝文類聚》十二。大旨謂周武不如漢高寬裕。
    《汝潁優劣論》。見前書二十二。謂汝南人物爲優。
 魏文帝 《周成漢昭論》。見《太平御覽》引《典論》。
    《漢文賈誼論》。亡。見《三國·魏文紀》注引王沈《魏書》。以諸臣之論，抑漢文予賈誼而作。
    《孝武論》。見《御覽》引《典論》。非全文。
 曹植 《周成漢昭論》。見《御覽》。非全文。
    《漢二祖優劣論》。見《藝文類聚》十二。
 丁儀 《周成漢昭論》。見《續古文苑》。孫星衍曰："魏文予漢昭而陳思不然。正禮此篇，蓋應教之作也。"
 鍾會 《夏少康漢高祖論》。見《魏志·高貴鄉公紀》注引《魏氏春秋》。
 夏侯玄 《樂毅論》。見《藝文類聚》二十二。
 陳群 《汝潁人物論》。殘。見《魏志·荀彧傳》注引《荀氏家傳》。
 蜀費禕 《甲乙論》。見《本傳》注引殷基《通語》，蓋論曹爽、司馬懿也。
 吳嚴畯 《管仲季路論》。亡。見《吳志·本傳》。
 裴玄 《管仲季路論》。亡。見《嚴傳》。
 張承 《管仲季路論》。亡。見同上。

晉張輔　《管仲鮑叔論》。以下三篇，統名《名士優劣論》，見《藝文類聚》二十二。大旨以管仲不如鮑叔，曹操不如劉備，班固不如馬遷，樂毅不如孔明。
　　　　　《班固司馬遷論》。
　　　　　《魏武劉備論》。
　　　　　《樂毅孔明論》。
李詮　《劉揚優劣論》。亡。見《范喬傳》。
范喬　《劉揚優劣論》。亡。《本傳》稱：駁李詮揚雄優於劉向論，大旨謂："向定一代之書，非雄所及。"
伏滔　《青楚人物論》。殘。見《世說·言語篇》注引《滔集》。大旨以青州爲優。與習論異。
習鑿齒　《青楚人物論》。殘。見同上。
戴逵　《竹林七賢論》。殘。散見《御覽》《藝文類聚》《北堂書鈔》《世說》等書。

有明刑議禮之論。明刑論之著者如下：
魏孔融　《肉刑論》。殘。見《御覽》。大旨不主復肉刑。
丁謐　《肉刑論》。見《通典》一百六十八引，非全文。論旨同孔。
夏侯玄　《肉刑論》。見《全三國文》。
李勝　《難夏侯太初肉刑論》。共三篇，見《通典》引，非全文。

六朝《禮》學精者甚多，晉宋之間尤盛。但此類之文，多屬議體，今舉其以論名者如下：
晉劉智　《喪服釋疑論》。散見《通典》所引，非全文。
成洽　《孫爲祖持重論》。見《通典》八十八。
吳商　《難孫爲祖持重論》。見同前。
　　　《答成洽難武申奏爲出母服論》。見《通典》九十四。
虞潭　《公除禘祭論》。見《通典》五十二。主喪服可以與祭。
虞喜　《難賀循論父未殯而祖父死服。見《通典》九十七。主不當如賀說，服祖但以周也。

《中山主睦立禰廟論》。見《通典》五十五。睦請立禰廟，劉喜等議不可，荀顗議可，詔從顗，喜著論許荀顗。

成粲　《嫂叔服論》。見《通典》九十二。主嫂應爲叔服大功。

賀循　《防墓論》。見《通典》一百三。賀長於《禮》，其先世在漢爲慶氏，世傳《禮》，稱慶氏學，避安帝諱改稱賀。有《喪服譜》一卷，《喪服要記》十卷。

干寶　《王昌前母服論》。見《晉書・禮志》中。

孔衍　《乖離論》。見《通典》九十八。因環濟有《父母乖離議》也。

李瑋　《難孔衍宜招魂葬論》。見《通典》一百三。孔衍有《禁招魂葬議》，此難之。

公沙歆　《宜招魂葬論》。見《通典》一百三。

釋慧遠　《沙門不敬王者論》。見《弘明集》，共五篇，并序一首。咸康六年，成帝幼冲，庾冰輔政，謂沙門應敬王者。尚書令何充議不應敬，下禮官詳議，博士議與充同。門下承冰旨爲駁。何、庾之奏，具見《弘明集》。其後桓玄復申庾理，與八座書，令詳定之，王謐不謂然，往復作書，辨詰不已，慧遠乃爲此論。桓、王之書，亦見《弘明集》。

《沙門袒服論》。見同上。

何無忌　《難袒服論》。見同上。此與前論沙門敬王事，皆禮論之旁溢及於佛氏之徒者。

宋何承天　《通裴難荀論大功嫁妹》。見《通典》六十。裴松之有答江氏問大功嫁妹，荀伯子著議難之，故承天通二家之論，而著此文。又是時所討論者，尚有次孫宜持重否，與爲人後爲所後父服二事。所與往復者，爲司馬操、荀伯子、裴松之等。大抵以書疏往還，非論式也。故不具列。

庾蔚之　《招魂葬論》。見《通典》一百三。

按諸家所論，多屬喪禮服制。禮家於服制特重者，所以別親疏、明嫌疑，施政立法之所本原也。其時尚有崔凱、雷次宗、梁代何佟之等。其所著述，具見《隋志》，不具列。

至於品平文藝之論，最先者爲蔡邕之《銘論》。魏晉以後，大都著爲專書，或爲其所作子書之一篇。後者如《典論》之《論文》篇、梁元帝《金樓子・論文》是也。前者如摯虞之《文章流別論》、鍾嶸之《詩品》、

161

劉勰之《文心》是也。其單篇持論者，如李充之《翰林論》、裴子野《雕蟲論》。餘如諸家詩文集序，《宋·齊書·文學傳論》，皆備錄於參考文，茲亦不具列。余別有《文心雕龍參考文》一卷，未刻。

又有闡明樂理之論。其著者如下：

魏嵇康　《聲無哀樂論》。見《本集》。大旨謂樂主和調，哀樂在人而異。

阮籍　《樂論》。殘。見《本集》。明樂能化俗之理。

夏侯玄　《辨樂論》。殘。見《全三國文》。

劉劭　《樂論》。共十四篇。亡。

梁柳惲　《清調論》。見《全梁文》。論琴調。

其研討天文之論，始於張衡之《靈憲算罔論》。論旨在明天算。其後有蓋天、渾天、宣夜之爭。《隋書·天文志》，有揚雄難蓋天八事，以通渾天，是也。蓋論天體者，古有三説：一曰蓋天，其説最古，即天圓地方之説也。二曰渾天，謂天如鳥卵，地居天中，天浮水上，張衡造渾天儀、地動儀以明之。三曰宣夜，其説絕無師法，謂天本無體，方則皆方，圓則皆圓，天在上常安，地在下常静。今略舉晉以後論天之文如下：

晉魯勝　《正天論》。殘。見《本傳》。論測度日月星辰事。

虞聳　《穹天論》。見《晉書·天文志》。論天體，主宣夜説。

姚信　《昕天論》。見《藝文類聚》。論旨同前。

虞喜　《安天論》。見《宋書·天文志》。以宣夜説難蓋天、渾天二家。

劉智　《天論》。見《開元占經》。此亦難蓋天説者。

姜岌　《渾天論》。見《開元占經》。主渾天説。
　　　《答難渾天論》。見同前。

宋徐爰　《渾儀論》。見《宋書·天文志》。詳論渾儀始末，謂候臺之器，非古，不可用。

何承天　《渾天象體論》。略見《宋書·天文志》及《開元占經》，主渾天説者也。

梁武帝　《天象論》。見《開元占經》，以玄理論天，不主測度。

祖暅 《渾天論》。見《隋書·天文志》及《開元占經》，主渾天說，重實測，斥先儒虛設天地相去之數，頗具科學精神。

其諷世箴俗之論，起於後漢，蓋子書之變也。其著者如下：

後漢朱穆 《崇厚論》。見《本傳》。《傳》稱其"感時澆薄，慕尚敦厚，乃作此論"。

《絕交論》。略見《本傳》注引《朱穆集》。范曄曰："穆見比周傷義，偏黨毀俗，志抑朋游之私，遂作絕交之論。"

蔡邕 《正交論》。略見《穆傳》注引。范曄曰："邕以穆貞而孤，乃作《正交論》而廣其志焉。"

侯瑾 《矯世論》。亡。《本傳》稱其"作論以譏刺當時"。

劉梁 《破群論》。亡。見《本傳》。

《辨和同論》。見《本傳》。《傳》稱其"疾世多利交，以邪曲相黨，乃著此二論"。

魏王粲 《去伐論》。亡。《隋志》云："粲有《去伐論集》三卷。"

王基 《時要論》。亡。《本傳》稱其"見風化陵遲而作"。

嵇康 《難張邈宅無吉凶攝生論》。見《本集》，共二篇。

張邈 《宅無吉凶攝生論》。見《嵇集》。

晉董養 《無化論》。略見《本傳》。《傳》稱其"傷時貪鄙而作"。

魯褒 《錢神論》。略見《本傳》。《傳》稱其"傷時貪鄙而作"。

龔壯 《邁德論》。《本傳》稱其"譏巴蜀鄙陋，無復學徒"。

劉寔 《崇讓論》。見《本傳》。《傳》稱其"以世多進趨，廉遜道闕而作"。

宋傅亮 《演慎論》。殘。見《本傳》。《傳》稱其"見世屯險而作"。

梁劉峻 《廣絕交論》。見《文選》。《本傳》稱其"以任昉諸子流離，舊交莫收而作"。

上所表列，雖多未盡，然魏晉迄梁，時論所宗，可得崖略。綜而觀之，魏晉諸家，允推高矩。宋之初盛，尚襲流風。齊梁繼跡，已見衰弱。但於時談玄已成弩末，辨佛亦傅皮毛，義既支雜，復好藻飾，於是語意含混，彼我往復，徒見費辭。覈以舍人貴圓通、忌枝碎之義，殆無合者矣。再降至陳，其風愈替。隋氏來自北土，俗尚渾重，混同之始，一切改觀，論辨之事，遂至衰歇。此太炎章氏所以獨推魏晉眾作，可爲論式也。

說體之盛，始於戰國遊談。縱橫之士，尤工馳說。迄漢高統一，頗厭遊士，於是縱橫之徒，折入辭賦。今觀漢人奏御之賦，大都有爲而作，猶不失陳說之風。及其末造，競崇綺麗，務諧聲律，則眞子雲所謂雕蟲也。故說之爲體，上與辭賦同流，下與書疏合派，不能獨成一家。觀舍人衡論此體，但舉秦漢上書之作，蓋可知矣。後世選家，遂以書說合爲一體。姚鼐《古文辭類纂》序書說曰："春秋之世，士大夫或面相告語，或爲書相遺，其義一也。戰國說士，說其時主，當委質爲臣，則入奏議，其已去國，或說異國之君，則入此編。"其意蓋以此體不能獨立，故不得不出入於奏議、書疏兩類之間也。於此可見文家辨體，非易事矣。

漢人注經，約有數體：一曰章句，《漢志》有《歐陽章句》三十一卷。沈欽韓曰："章句者，經師指括其文，敷暢其義，以相教授。《左宣二年傳疏》，服虔載賈陸、鄭眾、或入三說，解叔牂曰：'子之馬然也。'此章句之體也。"斯體之失，往往過繁，卒爲通儒所羞。《揚子雲自傳》稱"不爲章句，訓詁通而已"。《班孟堅傳》稱其"不爲章句，舉大義而已"。《桓君山傳》稱其"博學多通，遍習五經，皆詁訓大義，不爲章句"。《王充傳》稱其"師事班彪，好博覽而不守章句"。此通儒而鄙章句者也。《張奐傳》曰："奐師事朱寵，學歐陽《尚書》。初牟氏章句，浮辭繁多，有四十五萬餘言。奐減爲九萬言。"《桓榮傳》曰："初榮受朱普學章句四十萬言，浮辭繁長，多過其實。及榮入授顯宗，減爲二十三萬言。"《伏恭傳》曰："初父黯章句繁多，恭乃減省浮辭，定爲二十萬言。"此病章句繁重而省減之者也。又《徐昉傳》，稱昉上疏和帝，論當時經生，有"不依章句，妄生穿鑿，以遵師爲非義，意說爲得理，輕侮道術，浸以成俗"之言，則爲章句辨護之論也。統觀諸傳所記，可以知章句之體矣。一曰解故，《漢志》有《大小夏侯解故二十九篇》。沈欽韓曰："解故不必盡人能爲，章句各師具有，煩簡不同耳。"一曰傳，《漢志》有

《尚書傳》四十一篇。王先謙曰："鄭敍云：'張生、歐陽生，從伏生學，數子各論所聞，以己意彌縫其闕，別作章句。又特撰大義，因經屬指，名曰傳。'"傳者，轉也，轉受經旨，以示於後。傳人事者曰傳，傳義理者亦曰傳，所傳異而取義一也。一曰微，《漢志》有《左氏微》二篇，《鐸氏微》三篇。師古曰："微者，釋其微旨。"沈欽韓曰："微者，《春秋》之支別。"又曰："《十二諸侯年表》：'鐸椒爲楚威王傅，爲王不能盡觀《春秋》，採取成敗，卒四十章，爲《鐸氏微》。'"然則微者，撮要之類也。又依經義推演而作者，有内外傳之稱。《漢志》有《韓詩内傳》四卷，《外傳》六卷。《儒林傳》曰："嬰推詩人之意而作《内外傳》數萬言，其語與齊魯間殊，然歸一也。"傳亦曰記，解故或又簡稱故。《漢志》有劉向《五行傳記》十一卷，《魯故》二十五卷，《韓故》三十六卷。師古曰："故者，通其指義也。"又或稱故訓。《漢志》有《毛詩故訓傳》三十卷。孔疏曰："訓，道物之貌以告人也。"弟子輾轉相授者，又曰說。《漢志》有《魯說》二十八卷。王先謙曰："此《魯說》弟子所傳。"又《韓說》四十一卷。王先謙曰："此其徒衆所傳"也。其時傳記故訓，大都別行，後世始分繫經文之下。蓋本師儒論學辨理之文，非後世注家但以徵故實爲事者可比也。舍人列之四品之一，可謂識前代之文體矣。紀氏譏之，不當。

【劉永濟批語】

在涵芬樓本《文心雕龍·論說篇》上的題語：

於"若秦君延之注《堯典》"上批曰："《漢書藝文志》注引桓譚《新論》曰：秦近君能說《堯典》，篇目兩字之說至十餘萬言。此作君延，未知孰正。"

於"而陸氏直稱'說煒曄以譎誑'，何哉"上批曰："駁陸機《文賦》。"改"聖世彝訓曰經"之"世"爲"哲"。改"倫理有無聖意不墜"爲"倫理無爽則聖意不墜"。改"故仰其經目"之"仰"爲"抑"。

於"而研一理者也"之"研"後"一"前加"精"字。

於"至石渠論藝"之"至"後加"如"字。删去"白虎通講，聚述聖言"中"通""言"二字。

改"嚴允三將"之"允"爲"尤"。

於"務欲守文"之"務欲"旁著兩問號，且在此句上方批曰："不務？"

改"詳觀蘭碩之才性"之"碩"爲"石"。

改"仲宣之去代"之"代"爲"伐"。

改"蓋人倫之英也"之"人倫"二字爲"論"。

改"陸機辨正"之"正"爲"亡"。改"宋代郭蒙"爲"宋岱郭象"。

於"張衡譏世，韻似排説"之"韻"字旁著一問號，上批曰"頗？"且改句中"排"爲"俳"。

改"才不持論，寧如其已"之"才"爲"言"，"論"爲"正"，"寧"爲"不"。

於"窮有數，追無形，跡堅求通"之"窮"後加"於"字，"追"後加"及"字，改"跡"爲"鑽"字。

改"覽文雖巧而檢跡如妄"之"如"爲"知"。改"通人惡煩，羞學章句"之"差"爲"羞"。改"轉九騁其巧辭"之"九"爲"丸"。

改"抵噓公卿之席"之"噓"爲"巇"。

於"敬通鮑鄧"中"敬通"之後加"之説"二字。

改"所以歷聘而罕過也"之"過"爲"遇"。

【劉永濟本篇摘錄語詞】

條流　彌綸　校練名理　鋒穎　機神　有無　形用　神源　般若
筌蹄　圓通　枝碎　彌縫　總會　要約　明暢　磊落　傅會
抵巇　撫會　刀筆　煩情入機　樞要　煒曄　譎誑　致

詔策第十九

皇帝御寓，其言也神。淵嘿黼扆，而響盈四表，唯詔策乎！昔軒轅唐虞，同稱爲命。命之爲義，制性之本也。其在三代，事兼誥誓。誓以訓戎，誥以敷政，命喻自天，故授官錫胤。易之姤象："后以施命誥四方。"誥命動民，若天下之有風矣。降及七國，並稱曰令。令者，使也。秦并天下，改命曰制。漢初定儀則，則命有四品：一曰策書，二曰制書，三曰詔書，四曰戒敕。敕戒州部，詔誥百官，制施赦命，策封王侯。策者，簡也。制者，裁也。詔者，告也。敕者，正也。詩云："畏此簡書。"易稱："君子以制度數。"禮稱："明君之詔。"書稱："敕天之命。"並本經典以立名目。遠詔近命，習秦制也。記稱絲綸，所以應接群后。虞重納言，周貴喉舌。故兩漢詔誥，職在尚書。王言之大，動入史策，其出如綍，不反若汗。是以淮南有英才，武帝使相如視草；隴右多文士，光武加意於書辭；豈直取美當時，亦敬慎來葉矣。觀文景以前，詔體浮新，武帝崇儒，選言弘奧。策封三王，文同訓典；勸戒淵雅，垂範後代；及制誥嚴助，即云厭承明廬，蓋寵才之恩也。孝宣璽書，責博進陳遂，亦故舊之厚也。逮光武撥亂，留意斯文，而造次喜怒，時或偏濫。詔賜鄧禹，稱司徒爲堯；敕責侯霸，稱黃鉞一下。若斯之類，實乖憲章。暨明帝崇學，雅詔間出。和安政馳，禮閣鮮才，每爲詔敕，假手外請。建安之末，文理代興，潘勗九錫，典雅逸群。衛覬禪誥，符采炳耀，弗可加已。自魏晉詔策，職在中書，劉放張華，互管斯任，施令發號，洋洋盈耳。魏文帝下詔，辭義多偉，至於作威作福，其萬慮之一弊乎！晉氏中興，唯明帝崇才，以溫嶠文清，故引入中書。自斯以後，體憲風流矣。夫王言崇秘，大觀在上，所以百辟其刑，萬邦作孚。故授官選賢，則義炳重離之輝；優文封策，則氣含風雨之潤；敕戒恒誥，則筆吐星漢之華；治戎燮伐，則聲有洊雷之威；眚災肆赦，則文有春露之滋；明罰敕法，則辭有秋霜之烈：此詔策之大略也。戒敕爲文，實詔之切者。周穆命郊，父受敕憲，此其事也。魏武稱作敕戒當指事而語，勿得依違，曉治要矣。及晉武敕戒，備告百官：敕都督以兵要，戒州牧以董司，警郡守以恤隱，勒牙門以禦衛，有訓典焉。

　　戒者，慎也；禹稱戒之用休。君父至尊，在三罔極，漢高祖之敕太子，東方朔之戒子，亦顧命之作也。及馬援已下，各貽家戒。班姬女戒，足稱母師也。教者，效也，言出而民效也，契敷五教，故王侯稱教。昔鄭弘之守南陽，條教爲後所述，乃事緒明也。孔融之守北海，文教麗而罕施於理，乃治體乖也。若諸葛孔明之詳約，庾稚恭之明斷，並理得而辭中，教之善也。自教以下，則又有命。詩云："有命在天。"明命爲重也。周禮曰："師氏詔王。"明詔爲輕。今詔重而命輕者，古今之變也。

　　贊曰：皇王施令，寅嚴宗誥。我有絲言，兆民尹好。輝音峻舉，鴻風遠蹈。騰義飛辭，浹其大號。

【黃叔琳注】

皇帝：［獨斷］漢天子正號曰皇帝。皇帝，至尊之稱，皇者，煌也，盛德煌煌，無所不照，帝者，諦也，能行天道，事天審諦。

黼扆：［禮記］天子負黼扆南鄉而立。［書傳］黼扆，屏風，畫爲斧文，置戶牖間。

誓以訓戒：書甘誓，湯誓，泰誓，牧誓，費誓，秦誓是也。

誥以敷政：書召誥，洛誥是也。

命以授官：書微子之命，蔡仲之命，畢命，冏命是也。

制策詔戒：［獨斷］天子之言曰制詔，其命令一曰策書，二曰制書，三曰詔書，四曰戒書，策書，策者，簡也，以命諸侯王三公。制書，帝者制度之命也，其文曰制詔三公，赦令贖令之屬是也。詔書者，詔，誥也，有三品，其文曰，告某官，官如故事，是爲詔書。戒書，戒敕刺史太守及三邊營官，被敕文曰：有詔敕某官，是爲戒敕也。世皆名此爲策書，失之遠矣。

絲綸：［緇衣］王言如絲，其出如綸，王言如綸，其出如綍。

尚書：［漢官儀］尚書，唐虞官也，龍作納言。［詩］云，惟仲山甫，王之喉舌，秦改稱尚書，漢亦尊此官，典機密也。

反汗：［楚元王傳］劉向曰，易曰渙汗其大號，言號令如汗，汗出而不反者也。今出善令，未能踰時而反，是反汗也。

視草：［淮南王傳］武帝以安辯博，善爲文辭，每爲報書及賜，帝召司馬相如等視草迺遣。

加意：［隗囂傳］囂賓客掾史，多文學生，每所上事，當世士大夫皆諷誦之。故帝有所辭答，尤加意焉。

策封三王：［三王世家］有齊王策，燕王策，廣陵王策。太史公曰：封立三王，天子恭讓，群臣守義，文辭爛然，甚可觀也。褚先生曰：孝武帝之時，同日拜三子爲王，爲作策以申戒之。

厭承明盧：［嚴助傳］助以對策擢中大夫，上問所欲，對願爲會稽太守。武帝賜書曰：制詔會稽太守。君厭承明之盧，勞侍從之事，出爲郡吏。［注］承明盧在石渠閣外。

陳遂：［游俠傳］陳遵祖父遂，宣帝微時與有故，相隨博弈，數負進。及宣帝即位，用遂，稍遷至太原太守，迺賜遂璽書曰：制詔太原太守，官尊祿厚，可以償博進矣。

稱堯：［鄧禹傳］帝以關中未定，而鄧禹久不進兵，下敕曰，司徒堯也，亡賊桀也，宜以時進計，鎮慰西京，係百姓之心。

黃鉞：［光武賜侯霸璽書］崇山幽都何可偶，黃鉞一下無處所，欲以身試法耶？

禮閤：［蕭惠基傳］王儉朝宗貴望，惠基同在禮閤，非公事不私覿焉。

潘勗：［文章志］潘勗字元茂，相魏公九錫策命，勗所作也。

九錫：［韓詩外傳］諸侯有德，天子錫之，一錫車馬，再錫衣服，三錫虎賁，四錫樂器，五錫納陛，六錫朱戶，七錫弓矢，八錫鈇鉞，九錫秬鬯。[魏志]建安十八年，使御史大夫郗慮持節，策命曹操爲魏公，加九錫。

衛覬禪誥：[衛覬傳]覬還漢朝爲侍郎，勸贊禪代之義，爲文誥之詔。

中書：[劉放傳]黃初初，改秘書爲中書，以放爲監。[王獻之啟瑯瑘王爲中書監表]中書職掌詔命，非輕才所能獨任，自晉建國，常命宰相參領，中興以來，益重其任，故能王言彌媺，德音四塞者也。

劉放：[劉放傳]放善爲書檄，三祖詔命，多放所爲。

張華：[張華傳]華遷長史，兼中書郎，朝議表奏，多見施用。

威福：[蔣濟傳]文帝詔夏侯尚曰：卿腹心重將，特當任使，作威作福，殺人活人。尚以示濟。帝問濟天下風教何如？對曰：但見亡國之語耳。帝作色問故。濟具以答，因曰作威作福，書之明戒，天子無戲言，唯陛下察之。於是帝遣追取前詔。

崇才：[晉明帝紀]欽賢愛客，雅好文辭，當時名臣，自王導庾亮輩，溫嶠桓彝阮放等，咸見親待。

文清：[晉書]太寧初，詔溫嶠曰：卿既以令望，忠允之懷，著於周旋，且文清而旨遠，宜居深密。欲即以爲中書令，朝端亦咸以爲宜。

重離：[易離卦]象曰：離，麗也，重明以麗乎正。象曰：明兩作離，大人以繼明照于四方。

洊雷：[易震卦]象曰：洊雷震。[程傳]洊，重襲也，上下皆震，故爲洊雷，雷重仍則威益盛。

敕憲：[穆天子傳]丙寅，天子屬官效器，乃命正公郊父受敕憲，用伸八駿之乘，以飲於枝洔之中。

在三：[國語]民生于三，事之如一，父生之，師教之，君食之，故一事之。惟其所在，則致死焉。

敕太子：[漢高祖手敕太子]吾遭亂世，當秦禁學，自喜謂讀書無益。洎踐祚以來，時方省書，乃使人知作者之意。追思昔所行，多不是。又云：汝見蕭曹張陳諸公侯，吾同時人，倍年於汝者，皆拜。

戒子：[東方朔傳贊]朔戒其子以尚容，首陽爲拙，柱下爲工，飽食安步，以仕易農，依隱玩世，詭時不逢。

馬援：［馬援傳］援誡兄子嚴敦書曰，吾欲汝曹聞人過失，如聞父母之名，耳可得聞，口不可得言也。好議論人長短，妄是非正法，此吾所大惡也，汝曹知吾惡之甚矣，所以復言者，施衿結褵，申父母之戒，欲使汝曹不忘之耳。

班姬：［後漢列女傳］扶風曹世叔妻者，班彪之女也，名昭，博學高才，作女誡七篇，有助内訓。

鄭弘：［鄭弘傳］弘爲南陽太守，條教法度，爲後所述。

孔融：［九州春秋］孔融守北海，教令辭氣溫雅，可玩而誦，論事考實，難可施行。

諸葛孔明：［諸葛亮傳］陳壽等言：論者或怪亮文彩不艷，而過於丁寧周至，臣愚以爲咎繇大賢也，周公聖人也，考之尚書，咎繇之謨略而雅，周公之誥煩而悉，何則？咎繇與舜禹共談，周公與羣下矢誓故也。亮所與言，盡衆人凡士，故其文指不得及遠也，然其聲教遺言，皆經事綜物，公誠之心，形於文墨，足以知其人之意理，而有輔於當世。

庾稚恭：［庾翼傳］翼字稚恭，代亮鎮武昌，勞謙匪懈，戒政嚴明。

輕命：按周官師氏職無此文。

【紀昀評語】

於"制性之本也"上評曰："'制性之本'句，似精奧而實附會。"

於"漢初定儀則，則命有四品"上評曰："上'則'字作'法程'解，非衍文。"

於"文景以前，詔體浮新"上評曰："'浮新'之評，似乎未確。"

於"責博進陳遂"上評曰："'責博進'當作'償博進'，償、責並從貝脚以形似誤耳。改爲'賜太守'，非。"

於"若斯之類實乖憲章"上評曰："此書體例主於論文，若兼論所詔之是非，政恐累幅不盡。"

於"潘勗《九錫》……衛覬《禪誥》"上評曰："標舉二文以文論耳。"

於"自斯以後，體憲風流矣"上評曰："彦和之意，似以魏晉爲盛軌，蓋習於當時之所尚。觀'自斯以後'二語，其旨可知。"

於"漢高祖之敕太子"上評曰："以下連類而附之。"

【劉永濟校字】

肅戾。

《御覽》五九三作"負戾"。按：審文義當從《御覽》作"負"。負屬動詞也。

誓以訓誡。

《御覽》"訓"作"誡"，是。

並稱曰令。令者，使也。

二"令"字宋本《御覽》五九二皆作"命"，嘉靖本下"令"字不誤。此言七國誥誓，並稱爲命也。

漢初定儀則，則命有四品。

舊校"疑衍則字"，紀氏又謂："上則字作法程解，非衍文。"按《御覽》無上"則"及"命"字，是也。紀說非。

詔體浮新。

《御覽》"新"作"雜"，是。

賜太守。

紀氏曰："當作償博進。"孫詒讓《札迻》曰："當作責博於。"按孫說是。陳遂昔負帝博進，帝詔戲責其償，故曰"妻君寧在旁知狀"。遂亦知帝戲己，仍不欲償，故謝曰："事在元平元年赦令前。"

明帝崇學。

宋本《御覽》作"明章"，是也。此統兩朝而言之也。

安和。

宋本《御覽》作"和安"，是。按：和帝先於安帝也。《時序》篇"自安和已下"，亦應乙轉。

符命。

《御覽》作"符采"，是也。左思《蜀都賦》"符采彪炳"。注："符采，玉之橫文也。"

有命在天。

按此引《詩·大雅·大明》之什文。《詩》作"有命自天","在"乃"自"譌。"有命在天",乃《書》記紂辛語。

明爲重也。

當作"明命爲重"也。

師氏詔王爲輕命。

孫氏《札逐》曰："疑當作師氏詔王，明爲輕也。"今按：當作"明詔爲輕"也，言臣可詔君，故詔輕於命也。

兆民尹好。

當作"允好"。

【劉永濟釋義】

舍人於詔策一體，獨推魏晉，論者疑之。不知此正舍人論世至精之處。蓋一代文章，因革盛衰，必與其時政俗有關，故論文者必當論世。考喉舌之官，在西漢謂之尚書，屬於少府，主發書，承秦制也。其位甚卑。及武帝遊宴後庭，始用宦者主中書，謂之中書謁者。置令、僕射，漢初有中書，與尚書爲兩職。以司馬遷爲之。中間遂罷尚書，以爲中書之職。至成帝建始四年，罷中書宦者，復以士人爲之。置尚書五人，一人爲僕射，四人分爲四曹，通掌圖書秘記章奏之事，及封奏宣示內外而已，其任猶輕。及至後漢，則較爲優重，出納王命，賦政四海，猶天之有北斗焉。迨魏武爲魏王，置秘書令，典尚書奏事；文帝改爲中書，又置中書監，並掌機密。晉代因仍未改。蓋自魏晉以來，中書監令掌贊詔命，記會時事，典作文書，地在樞近，多承寵任，清貴華重，非才地俱美者，不縮斯任。故王獻之《啟琅琊王爲中書監表》曰："中書職掌詔命，非輕才所能獨任。"自晉建國，常令宰相參領，中興以來，益重其任，故能王言彌嬾，德音四塞者焉。魏晉詔命，極盛一時，其故在此。

【劉永濟批語】

在涵芬樓本《文心雕龍·詔策篇》上的題語：

改"故授管錫胤"之"管"爲"官"。

改"降及七國，並稱曰令"之"令"爲"命"，刪去"漢初定儀則則命有四品"中"則命"二字。

改"敕戒州邦"之"邦"爲"部"。

改"策對王侯"之"對"爲"封"。

改"詔體浮新"之"新"爲"雜"。

改"策對三王"之"對"爲"封"。

改"觀戒淵雅"之"觀"爲"勸"。

改"孝宣璽書責博士"之"士"爲"於"。

改"暨明帝崇學，惟詔間出，安和政馳"之"帝"爲"章"，"惟"爲"雅"，"安和"爲"和安"。

改"衛凱《禪誥》，符命炳耀"之"凱"爲"覬"，"命"爲"采"。

改"劉放張華，牙管斯任，施命發號"之"牙"爲"互"，"命"爲"令"。刪去"魏文帝下詔"之"帝"字。

於"以溫嶠文清，故中書"之"故"字前加"引入"二字。

改"自斯以後，體慮風流矣"之"慮"爲"憲"。

改"青災肆赦"之"青"爲"眚"。

改"周穆命鄧父受敕憲"之"鄧"爲"郊"。

改"魏武稱作敕戒當指事而言"之"言"爲"語"。

於"君父至尊，在三同"之"同"前加一"罔"字。

改"馬援以下，各賂家戒"之"賂"爲"貽"。

改"班姬《女戒》，足稱母師也"之"也"爲"矣"。

於"文教麗而罕於理"之"罕"字後加一"施"字。

改"庾雅恭之明斷"之"雅"爲"稚"。改"理得而辭中，辭之善也"之"辭之"爲"教之"。

於"有命在天，明爲重也""明""爲"之間加一"命"字。

於"師氏詔王爲輕命""王""爲"之間加"明詔"二字，且改"命"爲"也"字。

改"兆民尹好"之"尹"爲"伊"。

改"焕其大號"之"焕"爲"涣"。

【劉永濟本篇摘録語詞】

數度　浮雜　弘奧　淵雅　偏濫　憲章　文理　典雅　符采
體憲　風流　崇秘　治要　詳約　明斷

檄移第二十

震雷始於曜電，出師先乎威聲。故觀電而懼雷壯，聽聲而懼兵威。兵先乎聲，其來已久。昔有虞始戒於國，夏後初誓於軍，殷誓軍門之外，周將交刃而誓之。故知帝世戒兵，三王誓師，宣訓我衆，未及敵人也。至周穆西征，祭公謀父稱"古有威讓之令，有文告之辭"，即檄之本源也。及春秋征伐，自諸侯出，懼敵弗服，故兵出須名，振此威風，暴彼昏亂。劉獻公之所謂"告之以文辭，董之以武師"者也。齊桓征楚，詰苞茅之闕；晉厲伐秦，責箕郜之焚；管仲呂相，奉辭先路；詳其意義，即今之檄文。暨乎戰國，始稱爲檄。檄者，皦也。宣露於外，皦然明白也。張儀檄楚，書以尺二。明白之文，或稱露布。露布者，蓋露板不封，布諸視聽也。夫兵以定亂，莫敢自專，天子親戎，則稱恭行天罰；諸侯禦師，則云肅將王誅。故分閫推轂，奉辭伐罪，非唯致果爲毅，亦且厲辭爲武。使聲如衝風所擊，氣似欃槍所掃，奮其武怒，總其罪人，懲其惡稔之時，顯其貫盈之數，搖奸宄之膽，訂信慎之心，使百尺之衝，

175

摧折於咫書，萬雉之城，顛墜於一檄者也。觀隗囂之檄亡新，布其三逆；文不雕飾，而辭切事明，隴右文士，得檄之體矣。陳琳之檄豫州，壯有骨鯁，雖奸閹攜養，章密太甚，發邱摸金，誣過其虐；然抗辭書釁，皦然露骨矣。敢指曹公之鋒，幸哉免袁黨之劾也。鍾會檄蜀，徵驗甚明；桓溫檄胡，觀釁尤切：並壯筆也。凡檄之大體，或述此休明，或敍彼苛虐，指天時，審人事，算彊弱，角權勢，標蓍龜于前驗，懸鞶鑑于已然，雖本國信，實參兵詐。譎詭以馳旨，煒曄以騰說，凡此眾條，莫之或違者也。故其植義颺辭，務在剛健，插羽以示迅，不可使辭緩；露板以宣眾，不可使義隱，必事昭而理辨，氣盛而辭斷，此其要也。若曲趣密巧，無所取材矣。又州郡徵吏，亦稱爲檄，固明舉之義也。

　　移者，易也。移風易俗，令往而民隨者也。相如之難蜀老，文曉而喻博，有移檄之骨焉。及劉歆之移太常，辭剛而義辨，文移之首也。陸機之移百官，言約而事顯，武移之要者也。故檄移爲用，事兼文武，其在金革，則逆黨用檄，順命資移，所以洗濯民心，堅同符契，意用小異，而體義大同，與檄參伍，故不重論也。

　　贊曰：三驅馳剛，九伐先話。鞶鑑吉凶，蓍龜成敗。摧壓鯨鯢，抵落蜂蠆。移寶易俗，草偃風邁。

【黄叔琳注】

戒兵誓師：[司馬法]有虞氏戒於國中，欲民體其命也。夏后氏誓於軍中，欲民先成其慮也。殷誓於軍門之外，欲民先意以待事也。周將交刃而誓之，以致民志也。

威讓文告：[國語]周穆王將征犬戎，祭公謀父諫曰：先王耀德不觀兵，有威讓之令，有文告之辭。

文辭武師：［左傳］晉侯使叔向告劉獻公曰：抑齊人不盟，若之何？對曰，盟以底信，君苟有信，諸侯不貳，何患焉？告之以文辭，董之以武師，雖齊不許，君庸多矣。

包茅：［左傳］齊侯以諸侯之師伐楚，管仲曰：爾貢包茅不入，王祭不供，無以縮酒，寡人是徵。

箕郜：［左傳］晉侯使呂相絕秦曰：入我河縣，焚我箕郜，我是以有輔氏之聚。

檄楚：［張儀傳］儀嘗從楚相飲，相亡璧，意儀盜之，掠笞數百。張儀既相秦，爲文檄告楚相曰：始吾從若飲，我不盜而璧，若笞我。若善守汝國，我顧且盜而城。徐廣曰：檄一作咫尺之檄。［漢匈奴傳］漢遺單于書，以尺一牘，中行說令單于以尺二寸牘及印封，皆令廣長大。

露布：［魏武帝述志令］露布天下。［文章緣起］漢露布，賈弘爲馬超伐曹操所作。［封氏聞見記］露布者，謂不封檢，露而宣布，欲四方速知，亦謂之露版者。魏武奏事云：有警急，輒露版插羽是也。

分閫推轂：［馮唐傳］唐對曰：臣聞上古王者遣將也，跪而推轂曰：閫以内，寡人制之，閫以外，將軍制之。

致果：［左傳］殺敵爲果，致果爲毅。

衝風：［韓安國傳］安國曰，衝風之衰，不能起毛羽。［注］衝風，疾風之衝突者也。

欃槍：［天官書］紫宮左三星曰天槍，所見之國，不可舉事用兵。司馬相如賦"攬欃槍以爲旌兮"，張揖曰：彗星爲欃槍。

百尺之衝：［國策］蘇子説齊閔王曰：百尺之衝，折之袵席之上。［詩皇矣注］衝，衝車也，從旁衝突者也。

萬雉之城：［公羊傳］雉者何？五板而堵，五堵而雉，百雉而城。一曰城高一丈曰堵，三堵曰雉。［班固西都賦］建金城之萬雉。

三逆：［隗囂傳］囂移檄告郡國曰，故新都侯王莽，慢侮天地，悖道逆理。昔秦皇毁壞謚法，以一二數欲至萬世，而莽下三萬六千歲之歷，言身當盡此度，是其逆天之大罪也。分裂郡國，斷截地絡，發冢河東，攻劫邱壟，此其逆地之大罪也。攻戰之所敗，苛法之所陷，饑饉之所夭，疾疫之所及，以萬萬計。此死者則露尸不掩，生者則奔亡流散，婦女流離係虜，此其逆人之大罪也。

隴右文士：詳詔策篇。

陳琳：[陳琳傳]琳避難冀州，袁紹使典文章。嘗爲紹檄，酷詆曹操。袁氏敗，琳歸操，操謂曰：卿昔爲本初移書，但可罪狀孤而已，何乃上及父祖耶？琳謝罪，操愛其才而不咎。

姦閹攜養：[陳琳檄]司空曹操，祖父中常侍騰，與左悺徐璜並作妖孽。父嵩乞匄攜養，因贓假位，操贅閹遺醜，本無懿德。

發邱摸金：[陳琳檄]操又特置發邱中郎將，摸金校尉，所過隳突，無骸不露。

鐘會：[鐘會傳]會移檄蜀將吏士民曰：蜀相牡見禽於秦，公孫述授首於漢，此皆諸賢所備聞也。明者見危於無形，智者規禍於未萌，豈晏安酖毒，懷禄而不變哉。

桓公：[桓溫檄胡文]胡賊石勒，暴肆華夏，齊民塗炭，至使六合殊風，九鼎乖越。寡人不德，忝荷戎重。先順者獲賞，後伏者蒙誅，此之風範，想所聞也。

州郡徵吏：[王遜傳]遜爲寧州刺史，未到州，遥舉董聯爲秀才。建寧功曹周悦謂聯非才，不下版檄。[劉訏傳]本州刺史張稷辟爲主簿，主者檄召，訏乃掛檄於樹而逃。

難蜀：[司馬相如傳]相如使蜀，蜀長老多言通西南夷之不爲用。相如欲諫，業已建之，不敢，乃著書藉蜀父老爲辭，而己詰難之，以風天子，且因宣其使指，令百姓皆知天子意。

移太常：[楚元王傳]劉歆欲建立左氏春秋及毛詩逸禮古文尚書皆列於學官，哀帝令歆與五經博士講論其義，諸博士或不肯置對，歆因移書太常博士責讓之。

移百官：按[成都王穎傳]穎表請誅羊玄之皇甫商等，檄長沙王乂使就第，乃與王顒將張方伐京都。以陸機爲前鋒都督。陸機至洛，與成都王牋曰：王室多故，羊玄之等乘寵凶豎，皇甫商同惡相求，共爲亂階云云。或機此時有移百官文，後代失傳耳。

三驅：[易]比九五，王用三驅。

九伐：[周禮]大司馬以九伐之法正邦國。

鯨鯢：[左傳]古者明王伐不敬，取其鯨鯢而封之，以爲大戮，於是乎有京觀。[杜注]鯨鯢，大魚名，以喻不義之人，吞食小國。

蜂蠆：[左傳]臧文仲曰：君無謂邾小，蜂蠆有毒，而況國乎！

【紀昀評語】

於"敢指曹公之鋒"上評曰："'指'當作'攖'。"

於"雖本國信，實參兵詐"前後數語上評曰："此一段語扼要領。"

於"故其植義颺辭"數語上評曰："四語尤精。"

於"三驅弛剛"上評曰："'剛'疑作'綱'。"

【劉永濟校字】

令有文告之辭。

《御覽》五九六無"令"字，是。按《國語》無"古"字，彥和所加。淺人乃加"今"字以配之。又誤成"令"耳，當刪。

或稱露布，播諸視聽也。

《御覽》"或稱露布"下作"露布者，蓋露板不封，布諸視聽也"。文意完具，當據增。

懲其惡稔之時。

宋本《御覽》作"徵"，是也。徵者，驗也。"懲"乃"徵"誤。

辭切。

宋本《御覽》作"意切"，是。

雖姦閹攜養。

《御覽》"雖"作"惟"，是。

章密。

宋本《御覽》作"章實"，是。

皦然露骨。

舊校"一作暴露"。按《御覽》正作"暴露"。

敢指曹公之鋒，幸哉免袁黨之戮也。

《御覽》無此二句。按紀校"指"當作"攖"，是也。"哉"字亦疑是衍文。

三驅弛剛。

孫氏《札迻》曰："紀云'剛疑作網'。案當作'弛網'。彥和兼用《呂覽》'湯解網'與《易·比九五》'三驅失前禽'也。"按孫說是。

先話。

按"話"乃"誡"誤。《書·大禹謨》："三旬苗民逆命。"《傳》曰："責舜不先有文誥之命，威讓之辭，而便憚之以威，脅之以兵，所以生辭。""文誥"即"誡"也。篇首所謂"始戒""戒兵"，"戒"即"誡"也。

【劉永濟釋義】

《左氏·成十三年傳》曰："國之大事，在祀與戎。"威讓之令，戎事之雄文也。銘勒之製，祀典之鴻著也。一以討有罪，一以報成功。皆王言之大者，次於布政垂教一等。故《詔策》之後，次以《檄移》《封禪》之文。而臣工陳謝糾彈之作，儕類酬獻往復之書，又其次焉。其大本仍歸之體要，不尚夸異。此舍人大旨，不厭反復申說者也。今總揭其編次之義於此。

王應麟《詞學指南》曰："露布之名，始於漢。按《光武紀注》：漢制度曰'制詔三公，皆璽封，尚書令印重封，露布州郡'也。"而《文章緣起》："漢賈洪為馬超伐曹操作。"《魏志》注謂："虞松從司馬宣王征遼東，及破賊，作露布。"《隋志》有《魏武帝露布文》九卷。《世說》云："桓溫北征，令袁宏倚馬前作露布。"封演《聞見記》曰："露布蓋自漢以來有其名，所以名露布者，為不封檢，露而宣布，欲四方速知。亦謂之露版者，魏武奏事云：'有警急輒露版插羽'是也。"蓋此名初止顯露宣布之意，魏晉間始用為文體之名。至《通典》以書帛建於漆竿上為露布，則不免望名生義之失。孫梅《四六叢話》曰："檄與露布，六朝不甚區別，故《文心》合而為一。唐宋以後，則檄文在啟行之先，露布當克敵之後，名實分矣。"

【劉永濟批語】

在涵芬樓本《文心雕龍·檄移篇》上的題語：

於"稱古有威讓之令，令有文告之辭"上批曰："下'令'字疑作'今'，與上'古'字對言。按《國語》原作有'文告'之辭，無'古'字，此或彥和所加。"

改"齊桓征楚告菁茅之闕"之"告"爲"詰"。

改"晉厲伐秦，責其郜之焚"之"其"爲"箕"。

改"檄者，皦也，宣露於外，皦然明白也"之"露"爲"布"。

於"以尺二明白之文或稱露布，播諸視聽也"之"或稱露布"後加"露布者，蓋露板不封"數字，且於下句"播"字旁著一"布"字。

改"使聲如衝風所繫，氣似攙搶所掃"之"繫"爲"擊"，"攙搶"爲"欃槍"。

改"訂信慎之心"之"慎"爲"順"。

改"有其三逆，文不雕飾"之"有"爲"布"。

於"陳琳之檄"後加"豫州"二字。

改"雖奸閹攜養章密太甚"之"雖"爲"惟"，"密"爲"實"。

改"發丘摸金，誣過其虛"之"虛"爲"虐"。

於"然抗辭書釁，皦然露固矣"之"露"前加一"暴"字，又刪去"固"字。

改"敢指曹公之鋒"之"指"爲"攖"。刪去"幸哉免袁黨之勦"之"哉"字。

改"凡此眾條，莫或違之者也"爲"凡此眾條，莫之或違者也"。

改"又州邦徵吏"之"邦"爲"郡"。

改"逆黨用檄，煩命資移"之"煩"爲"順"。

改"堅用符契"之"用"爲"明"。

改"三驅弛剛"之"剛"爲"綱"。

改"九伐先話"之"話"爲"誠"。

改"推壓鯨鯢"之"推"爲"摧"。

改"移寶易俗"之"寶"爲"實"。

【劉永濟本篇摘録語詞】

　　文辭　骨鯁　曲趣　密巧　符契

卷五

封禪第二十一

　　夫正位北辰，嚮明南面，所以運天樞、毓黎獻者，何嘗不經道緯德，以勒皇蹟者哉？録圖曰："潬潬噅噅，茫茫雉稚，萬物盡化。"言至德所被也。丹書曰："義勝欲則從，欲勝義則凶。"戒慎之至也。則戒慎以崇其德，至德以凝其化，七十有二君，所以封禪矣。

　　昔黃帝神靈，克膺鴻瑞，勒功喬岳，鑄鼎荊山。大舜巡岳，顯乎虞典。成康封禪，聞之樂緯。及齊桓之霸，爰窺王跡，夷吾譎陳，距以怪物。固知玉牒金鏤，專在帝皇也。然則西鶼東鰈，南茅北黍，空談非徵，勳德而已。是史遷八書，明述封禪者，故禋祀之殊禮，名號之秘祝，祀天之壯觀矣。秦皇銘岱，文自李斯，法家辭氣，體乏弘潤。然疎而能壯，亦彼時之絶采也。鋪觀兩漢隆盛，孝武禪號於肅然，光武巡封於梁父，誦德銘勳，乃鴻筆耳。觀相如封禪，蔚爲唱首。尔其表權輿，序皇王，炳玄符，鏡鴻業，驅前古於當今之下，騰休明於列聖之上，歌之以禎瑞，讚之以介邱，絶筆兹文，固維新之作也。及光武勒碑，則文自張純，首胤典謨，末同祝辭，引鉤讖，敘離合，計武功，述文德，事覈理舉，華不足而實有餘矣。凡此二家，並岱宗實跡也。及揚雄劇秦，班固典引，事非鐫石，而體因紀禪。觀劇秦爲文，影寫長卿，詭言遯辭，故兼包神怪。然骨掣靡密，辭貫圓通，自稱極思，無遺力矣。典引所敘，雅有懿乎，歷鑒前作，能執厥中，其致義會文，斐然餘巧。故稱"封禪麗而不典，劇秦典而不實"，豈非追觀易爲明，循勢易爲力歟！至於邯鄲受命，攀響前聲，風末力寡，輯韻成頌；雖文理順序，而不能奮飛。陳思魏德，假論客主，問答迂緩，且已千言，勞深勣寡，颻欻缺焉。

茲文爲用，蓋一代之典章也。構位之始，宜明大體，樹骨於訓典之區，選言於宏富之路，使意古而不晦於深，文今而不墜於淺，義吐光芒，辭成廉鍔，則爲偉矣。雖復道極數殫，終然相襲，而日新其采者，必超前轍焉。

贊曰：封勒帝勣，對越天休。逖聽高岳，聲英克彪。樹石九旻，泥金八幽。鴻律蟠采，如龍如虯。

【黄叔琳注】

嚮明：[易說卦傳]聖人南面而聽天下，嚮明而治。

運天樞：[天官書]斗爲帝車，運於中央。[春秋運斗樞]斗爲第一樞。

黎獻：[書益稷]萬邦黎獻，共惟帝臣。[傳]黎獻，黎民之賢者也。

綠圖丹書：見正緯篇。

鑄鼎：[漢郊祀志]公孫卿曰，黃帝采首陽山銅鑄鼎於荊山下，鼎既成，有龍垂胡髯下迎黃帝。

巡岳：[書舜典]歲二月，東巡守，至於岱宗。五月，南巡守，至於南岳。八月，西巡守，至於西岳。十有一月朔，巡守至於北岳。

成康封禪：[封禪書]周德之洽，惟成王，成王之封禪則近之矣。

齊桓：[漢郊祀志]齊桓公既霸，會諸侯於葵邱，而欲封禪。管仲曰，古者封泰山禪梁父者七十二家，而夷吾所記者十有二焉，皆受命然後得封禪。管仲睹桓公不可窮以辭，因設之以事云云，桓公乃止。詳下西鶼東鰈注。

玉牒金縷：［後漢祭祀志］封禪用玉牒書，藏方石，有玉檢，檢用金縷五，周以水銀，和金以爲泥。

西鶼東鰈南茅北黍：［郊祀志］管仲曰，古之封禪，鄗上黍，北里禾，所以爲盛。江淮間一茅三脊，所以爲藉也。東海致比目之魚，西海致比翼之鳥，然後物有不召而至者十有五焉。［注］比目魚其名謂之鰈，比翼鳥其名謂之鶼。

秘祝：見祝盟篇。

銘岱：［秦始皇本紀］始皇東行郡縣，上鄒嶧山，立石，與魯諸生議刻石頌秦德，議封禪望祭山川之事，遂上泰山，禪梁父，刻所立石。

禪號肅然：［孝武本紀］丙辰，禪泰山下趾東北肅然山。

巡封梁父：［後漢祭祀志］建武三十二年二月，皇帝東巡狩，至于岱宗，柴，甲午，禪于梁陰。

相如：［司馬相如傳］武帝曰，相如病甚，可往從悉取其書，若不然，後失之矣。使所忠往，而相如已死。其妻曰：長卿未死時，爲一卷書，曰：有使者來求書，奏之。其遺札書言封禪事。

元符：［李善文選注］元符，天符也。

介邱：［封禪文］以登介邱。［注］介，大也，邱，山也，言登泰山封禪也。

勒碑：［後漢祭祀志］建武三十二年二月，上至奉高，遣侍御史與蘭臺令史將工先上山刻石。

張純：［張純傳］純奏上宜封禪曰：宜及嘉時，遵唐帝之典，繼孝武之業，以二月東巡狩，封於岱宗。明中興，勒功勳，復祖統，報天神，禪梁父，祀地祇，傳祚子孫，萬世之基也。中元元年，帝乃東巡岱宗，以純視御史大夫從，並上元封舊儀及刻石文。

引鉤讖敘離亂：［後漢祭祀志］刻石文曰：王莽篡叛，宗廟隳壞，社稷喪亡，揚徐青三州首亂，兵革橫行，延及荊州，豪傑並兼，百里屯聚，往往僭號。北夷作寇，千里無煙，無雞鳴犬吠之聲。按文內多引河圖赤伏符會昌符孝經鉤命決等書。

劇秦：[揚雄劇秦美新序]司馬相如作封禪一篇，以彰漢氏之休，臣敢竭肝膽，寫腹心，作劇秦美新一篇，雖未究萬分之一，亦臣之極思也。

典引：[班固典引序]伏惟相如封禪，靡而不典。揚雄美新，典而亡實。臣不勝區區，竊作典引一篇。[注]典，謂堯典，引猶續也，漢承堯後，故述漢德以續堯典。

兼包神怪：謂篇中元符靈契黃瑞涌出云云也。

受命：邯鄲淳著魏受命述。

魏德：[陳思王集]魏德論末曰，固將封泰山，禪梁父，歷名山以祈福，周五方之靈宇，越八九於往素，踵帝王之靈矩，流餘祚於黎蒸，鍾元吉乎聖主。

逖聽：[封禪文]逖聽者風聲。

【紀昀評語】

於《封禪》篇首評曰："自唐以前不知封禪之非，故封禪爲大典禮，而封禪文爲大著作。特出一門，蓋鄭重之。"

於"錄圖"上評曰："'錄'當作'綠'。"

於"夷吾譎陳"上評曰："'陳'訓'敷陳'，不必改'諫'。"

於"秦皇銘岱"上評曰："'銘'字不誤，確甚。"

於"及揚雄《劇秦》"數句上評曰："以下以符命連類及之。"

於"《典引》所敘，雅有懿乎"上評曰："'乎'當作'采'。"

於"搆位之始"數句上就黃叔琳評語"能如此，自無格不美"評曰："豈惟封禪文固可不作也。"又評曰："數語教人以自爲，亦凡文類然。"

【劉永濟校字】

潭潭。

當作"嘽嘽"，喜樂盛也。《詩》："徒御嘽嘽。"潭，嘽之假字也。

骨掣。

"掣"，疑當作"制"。"骨制"即"體製"。本書"製"或省作"制"。

雅有懿乎。

紀評曰："乎當作采。"按："乎"乃"采"之形誤字，二字本書易誤，《情采》篇"豔采辯説"，則"乎"誤"采"。

【劉永濟釋義】

封禪之説，倡自讖緯家而增飾於文士，實逢迎帝王侈心之作。由今觀之，殊無討論之價值。但古既有此體，故彦和亦所不廢。至其揚相如而抑李斯，知此體非法家所長，必能揄揚盛美，誇張祥禎，而又於頌揚之中，寓以戒慎之義，方爲合作。所謂"樹骨於訓典之區，選言於宏富之路"也。彦和批評漢魏各家之作，即準此立論，故能衡鑒不爽。

【劉永濟批語】

在《劉舍人文心雕龍十卷》（下册）之《封禪》上的題語：

於篇名《封禪》上下批曰："桓譚《新論》曰：'泰山之上有刻石，凡千八百餘處，而可識知者七十有二。'""《史記·封禪》張守節《正義》曰：泰山之上，築土爲壇以祭天，報天之功，故曰封。泰山下小山上除地報地之功，故曰禪。言禪之，神之也。""梁劉昭《續漢志補注》引應劭漢官馬第伯《封禪儀記》載封禪儀式，可參考。""《文中子》曰：'封禪，非古也。其秦漢之侈心乎？太史公作封禪書，則以爲古受命帝王未嘗不封禪，且引管仲答齊桓之言，以爲古封禪七十二家，自無懷氏至三代皆有之，蓋出於齊魯陋儒之説，《詩》《書》不載，非事實也。'""《白虎通》曰：'天以高爲尊，地以厚爲德，故增泰山之高以報天，附梁父之厚以地也。'又曰：'易姓而王必升封泰山，報告之義也。'又曰：'或曰封者，金泥銀繩，或曰石泥金繩，封之以印璽。'""《漢書》曰：'元豐元年四月癸卯，上還登封泰山。'孟康注云：'王者功成治定，告成功於天。刻石紀號，有金册石函，金泥玉檢之封。'""李斯泰山刻石"，"《續漢·祭祀志》（上）引應劭《風俗通》載武帝《封泰山刻石文》曰：'事天以禮，立身以義，事父以孝，成民以仁，四海之内，莫不爲郡縣，四夷八蠻咸來貢職，與天無極，人民蕃息，天禄永得。'石高二丈一尺。""揚子雲作

《劇秦美新》，以甄豐父子事連及，迺從閣上自投下幾。京師爲之語曰：'惟寂寞，自投閣；爰清静，作符命。'用《解嘲》'爰清爰静，遊神之廷；惟寂惟寞，守德之宅'以嘲之。"

又有批文：

1.《泰山刻石文》曰："維建武三十有二年，皇帝東巡守，至於岱宗，柴，望秩于山川，班於群神，遂覲東後。"《虞書舜典》曰："歲二月，東巡守，至於岱宗，柴，望秩於山川，肆覲東後。"又曰："望于山川，遍於群神。"

2."……以承靈瑞，以爲兆民，永茲一宇，垂於後昆。百僚從臣，郡守師尹，咸蒙祉福，永永無極。"

3. 文中歷引《河圖赤伏符》《河圖會昌符》《河圖合古篇》《河圖提劉子》《孝經鈎命決》之文。

4. 見後黄注下。

5. 皇帝以匹庶受命中興，年二十八，載輿兵起，是以中次誅討，十有餘年，罪人則斯得。黎庶得居尔田，安尔宅，書同文，車同軌，人同倫，舟輿所通，人跡所至，靡不貢職。建明堂，立辟雍，起靈台，設庠序，同律度量衡，修五禮五玉三帛二牲一死贄。吏各修職，復於舊典。（五玉：五等諸侯執其玉。三帛：諸侯世子執纁，公之孤執玄，附庸之君執黄。二牲：師執羔；大夫執雁。一死：士執雉。）

又於"齊桓"注所引《漢書郊祀志》補錄管仲"設之以事"原文，曰："古之封禪，鄗上黍，北裡禾，所以爲盛。江淮間，一茅三脊，所以爲藉也。東海致比目之魚，西海致比翼之鳥，然後物有不召而自至者，十有五焉。今鳳凰、麒麟不至，嘉禾不生，而蓬蒿藜莠茂，鴟梟群翔，而欲封禪，無乃不可乎？於是桓公乃止。"

又於"引鈎讖，敘離亂"注所引《後漢書·祭祀志》之《刻石文》"王莽"後補曰："以舅后之家，三司鼎足塚宰之權勢，依託周公、霍光輔幼歸政之義，遂以篡叛，僭號自立。"且删去原引文"篡叛"二字，而于原引文"社稷喪亡"後補入"不得血食十有八年"數字。

又於本篇原文"體乏弘潤，然疏而能壯"旁批曰："李兆洛曰：此以封禪望祭立石，故其詞特莊。"

於"《封禪》靡而不典"旁批曰："李兆洛曰：裁密思靡，遂爲駢體科律。"

於"飆燄缺焉"旁批曰："以上選文定篇。"

於"必超前轍焉"旁批曰："敷理舉統。"

於"聲英克彪"旁批曰："蜚英聲，騰茂實《封禪書》。"

在涵芬樓本《文心雕龍·封禪篇》上的題語：

改"夷吾譎陳，距以怪物"之"陳"爲"諫"，"距"爲"拒"。

於"銘號之秘，祀天之壯觀""秘"後加一"祝"字，"觀"後加一"矣"字。

於"秦始皇"删去"始"字。

改"請德銘勳"之"請"爲"誦"。

改"光武勒碑則文字張純"之"字"爲"自"。

改"敘離分，計武功"之"分"爲"亂"。

改"然骨掣靡密"之"掣"爲"制"。

改"雅有懿乎"之"乎"爲"采"。

改"《封禪》麗而不典"之"麗"爲"靡"。

改"雖文理煩序而不能奮飛"之"煩"爲"頗"。

改"搆位之始"之"搆"爲"構"。

改"其來者必超前轍焉"之"來"爲"采"。

【劉永濟本篇摘録語詞】

天樞	黎獻	弘潤	鴻筆	華　實	事覈理舉	影寫	神怪	骨制
辭貫	圓通	靡密	致義	會文	懿采	風力	文理	迂緩	飆燄
樹骨	選言	光芒	廉鍔	聲英	鴻律			

章表第二十二

夫設官分職，高卑聯事。天子垂珠以聽，諸侯鳴玉以朝。敷奏以言，明試以功。故堯咨四岳，舜命八元，固辭再攘之請，俞往欽哉之授，並陳辭帝庭，匪假書翰。然則敷奏以言，則章表之義也；明試以功，即授爵之典也。至太甲既立，伊尹書誡，思庸歸亳，又作書以讚。文翰獻替，事斯見矣。周監二代，文理彌盛，再拜稽首，對揚休命，承文受冊，敢當丕顯，雖言筆未分，而陳謝可見。降及七國，未變古式，言事于王，皆稱上書。秦初定制，改書曰奏。漢定禮儀，則有四品：一曰章，二曰奏，三曰表，四曰議。章以謝恩，奏以按劾，表以陳請，議以執異。章者，明也。詩云"爲章於天"，謂文明也。其在文物，赤白曰章。表者，標也。禮有表記，謂德見於儀，其在器式，揆景曰表。章表之目，蓋取諸此也。按七略藝文，謠詠必錄；章表奏議，經國之樞機；然闕而不纂者，乃各有故事，而在職司也。前漢表謝，遺篇寡存。及後漢察舉，必試章奏。左雄奏議，臺閣爲式；胡廣章奏，天下第一；並當時之傑筆也。觀伯始謁陵之章，足見其典文之美焉。昔晉文受冊，三辭從命，是以漢末讓表，以三爲斷。曹公稱爲表不必三讓，又勿得浮華。所以魏初表章，指事造實，求其靡麗，則未足美矣。至於文舉之薦禰衡，氣揚采飛；孔明之辭後主，志盡文暢；雖華實異旨，並表之英也。琳瑀章表，有譽當時；孔璋稱健，則其標也。陳思之表，獨冠群才。觀其體贍而律調，辭清而志顯，應物制巧，隨變生趣，執轡有餘，故能緩急應節矣。逮晉初筆札，則張華爲儁。其三讓公封，理周辭要，引義比事，必得其偶，世珍鷦鷯，莫顧章表。及羊公之辭開府，有譽於前談；庾公之讓中書，信美於往載。序志聯類，有文雅焉。劉琨勸進，張駿自序，文致耿介，並陳事之美表也。

原夫章表之爲用也，所以對揚王庭，昭明心曲。既其身文，且亦國華。章以造闕，風矩應明；表以致禁，骨采宜耀。循名課實，以文爲本者也。是以章式炳賁，志在典謨；使要而非略，明而不淺，表體多包，情僞屢遷，必雅義以扇其風，清文以馳其麗。然懇惻者辭爲心使，浮侈者情爲文屈。必使繁約得正，華實相勝，脣吻不滯，則中律矣。子貢云："心以制之，言以結之。"蓋一辭意也。荀卿以爲"觀人美辭，麗於黼黻文章"，亦可以喻於斯乎！

贊曰：敷表降闕，獻替黼扆。言必貞明，義則弘偉。肅恭節文，條理首尾。君子秉文，辭令有斐。

【黃叔琳注】

聯事：[周禮]太宰以八法治官府，三曰官聯，以會官治。

垂珠：[玉藻]天子玉藻，十有二旒。[釋名]祭服曰冕，玄上纁下，前後垂珠，有文飾也。

八元：[左傳]舜臣，堯舉八元，使布五教于四方。

書誡：[書序]太甲元年，伊尹作伊訓。

思庸：[書序]太甲放諸桐，三年，復歸于亳，思庸，伊尹作太甲三篇。

獻替：[左傳]君所謂可而有否焉，臣獻其否，以成其可。君所謂否而有可焉，臣獻其可，以去其否。

丕顯：[左傳]僖公二十八年，王策命晉侯爲侯伯，晉侯三辭從命曰：重耳敢再拜稽首，奉揚天子之丕顯休命，受册以出。

言筆：[曲禮]史載筆，士載言。

章奏表議：[獨斷]凡群臣上書於天子者有四名：一曰章，二曰奏，三曰表，四曰駁議。

赤白：[考工記]畫繢之事，赤與白謂之章。

揆景：[晉天文志]鄭眾說，土圭之長，尺有五寸，以夏至之日，立八尺之表，其景與土圭等，謂之地中。[桓譚新論]二儀之大，可以章程測也，三綱之動，可以圭表測也。

七略：見諸子篇。

左雄：[左雄傳]自雄掌納言，多所匡肅，章表奏議，臺閣以爲故事。

胡廣：[胡廣傳]舉孝廉，既到京師，試以章奏，安帝以廣爲天下第一。

文舉：[孔融傳]融字文舉，文選有薦彌衡表。

孔明：[諸葛亮傳]亮字孔明，後主建興五年，率諸軍北駐漢中，臨發上疏，表見文選。

琳瑀：陳琳、阮瑀。[典論]琳、瑀之章表書記，今之雋也。

孔璋：陳琳字孔璋。[魏文帝與吳質書]孔璋章表殊健。

陳思之表：[陳思王植傳]太和二年，植常自憤怨，抱利器而無所施，上疏求自試。五年，植上疏求存問親戚。

張華：[張華傳]初封廣武縣侯，進封壯武郡公，華十餘讓，中詔敦譬，乃受。

鷦鷯：[張華傳]華初未知名，著鷦鷯賦以自寄。

辭開府：[羊祜傳]武帝時，加車騎將軍開府如三司之儀，祜上表固讓，載文選。

讓中書：文選有庾亮讓中書監表。

劉琨：文選有劉琨勸進表。

張駿：[張駿傳]駿上疏曰，臣專命一方，職在斧鉞，勒、雄既死，人懷反正，謂季龍、李期之命，曾不崇朝，而皆纂繼凶逆，鴟目有年，遂使桃蟲鼓翼，四夷謷譁，臣之所以宵吟荒漠，痛心長路者也。

絳闕：[孫楚傳]楚作書遺孫皓曰：竊號之雄，稽顙絳闕，球琳重錦，充於府庫。

黼扆：見詔策篇。

【紀昀評語】

於"章以造闕"數句上評曰："此一段無甚發明。"

【劉永濟校字】

表以陳請。

鮑本《御覽》五九四"陳請"作"陳情"，是。

經國之樞機。

《御覽》"樞機"作"樞要"，無"之"字，是。

而在職司也。

《御覽》"而"作"布"，是。

曹公稱爲表不必三讓。

孫校引明鈔本《御覽》"必"作"止"，范文瀾注引操上書讓增封曰"臣雖不敏，猶知讓不過三"，則以"不過"爲是，當據改。

志盡文暢。

《御覽》"文暢"作"文壯"，是。

應物掣巧。

《御覽》"掣"作"制"，是也。"應物制巧"，與下"隨變生趣"，句例同。

序志顯類。

《御覽》"類顯"作"聯類"，是也。羊表歷稱李喜、魯芝、李胤，未蒙選拔，自陳不敢苟進之志。庾表歷數西京七族，東京六姓，皆以姻黨榮顯致敗，自陳止足之志，畏禍之情。故曰："序志聯類。""聯"字義長。

情爲文使。

鮑本《御覽》"使"作"屈"，是。

繁約得正。

《御覽》"繁"上有"必使"二字，是。

觀人美辭。

《荀子·非相篇》曰："觀人以言，美於黼黻文章。"王念孫曰："觀本作勸，《藝文類聚》人部十五引作勸。"此論陳謝之辭，在動人聽聞，以"勸"爲長。

【劉永濟釋義】

敷奏之文，漢分四品，舍人衡論，則約以三類。本篇兼論章、表二品，陳謝之類也。下二篇各論一品，而以啟附奏，以對附議，至其聯誼，則以奏事之末，或云謹啟，故與奏合論，而對策之文，亦以陳政獻說，合審宜之義也。分合之際，具見別裁，故爲揭明之於此。

舍人論表，以文舉薦禰，與孔明《出師》相比，而並許爲茲體之英製。今觀薦禰表，稱美正平之詞，有曰："以衡準之，誠不足怪。"曰："使衡立朝，必有可觀。"曰："若衡等輩，不可多得。"跌蕩可喜，故曰"氣揚采飛"。《出師表》首言國勢危急，使後主自知負荷之重；中間痛恨桓靈，以爲傾頹之鑒；後復喻令自謀，以警其昏庸。情真詞摯，故曰"志盡文壯"。二家之作，雖華實不同，而皆風力遒上，古意未漓，故並舉之，以爲楷式也。

【劉永濟批語】

在《劉舍人文心雕龍十卷》（下冊）之《章表》上的題語：

篇前列表爲："四品：一章，謝恩；二奏，按劾；三表，陳情；四議，執異。"且於"議"下並列"駁議、對策、射冊"三項。

篇前引顏之推《家訓·省事》一段文字作爲《參證》。文云："上書陳事，起自戰國，逮於兩漢，風流彌廣。原其體度，攻人主之長短，諫諍之徒也；訐群臣之得失，訟訴之類也；陳國家之利害，對策之伍也；帶私情之與奪，遊說之儔也。……十條之中，一不足采，縱合時務，已陋先覺，非論不知，但患知而不行耳。"

於篇名前批曰："魏晉文體尚排偶，而章表奏啟猶遵古式；陳、隋尤靡，而此體仍循正鵠，蓋事關國政，非反復伸説不明，非排偶所宜也。"

於原文"夫設官分職"批註曰："《周禮》太宰之職，以八法治官府……三曰官聯以會官治。鄭司農云：官聯，謂國有大事，一官不能獨共，則六官共舉之。聯，讀爲連，古書連作聯。聯，謂連事通職相佐助也。"

於"舜命八元"批註曰："《左傳・文公十八年》：高辛氏有才子八人：伯奮、仲堪、叔獻、季仲、伯虎、仲熊、叔豹、季貍，忠肅恭懿，宣慈惠和，天下之民謂之八元。"

於"伊尹書誡"批註曰："僞《太甲》序：太甲既立，不明，伊尹放諸桐。三年復歸於亳，思庸。伊尹作《太甲》三篇。僞孔傳曰思庸念常道，戒太甲，故以名篇。""按本書《原道》篇曰益稷陳謨，亦垂敷奏之風。此言章奏所始，自伊尹之訓太甲，然則益稷陳謨仍是敷奏以言，而史記之者也，伊訓則伊尹之手筆也。"

於"文翰獻替"批註曰："徐師曾《文體明辨》曰：古人敷奏陳説之辭，見於《尚書》《春秋》內外傳者，詳矣。然皆矢口陳言，不立篇目，故《伊訓》《無逸》等篇，隨意命名，莫協於一，然亦出自史臣之手。劉勰所謂言筆未分，此時也。"

於"皆稱上書"批註曰："《漢書・藝文志》春秋類有奏事二十篇。班注曰：秦時大臣奏事及刻石名山文。"

於"則有四品"批註曰："四品，其文三篇。本篇兼論章表二品，陳謝之文也。下二篇各論一品，蓋章表與奏啓殊科，對颺與獻替異義也。"

又批曰："章表體制：蔡邕《獨斷》曰：凡群臣上書于天子者，有四名。一曰章，三曰表。章者，需頭稱'稽首上書'。謝恩陳事，詣闕通者也。章者，不需頭，上言'臣某言'，下言'臣某誠惶誠恐，稽首頓首，死罪死罪'。左方下附曰'某官臣某甲上'。文多用編兩行，少以五行，詣尚書通者也。公師校尉諸將不言姓，大夫以下有同姓官別者言姓，章表皆啓封。"

於"赤白曰章"批註曰:"《考工記》:畫繪之事,青白曰文。"

於"揆景曰表"批註曰:"《説文》:表,上衣也。從衣,從毛,會意。""劉熙《釋名》'下言上曰表,思之於内。表施之於外也。'又曰:'上,示之於上也;言,言其意也。'""按沈欽韓曰:《石渠禮議》,唐時尚存。劉云:察存乃陳謝之文也。""《漢書·藝文志》尚書類有議奏四十二篇,禮類有議奏三十八篇,春秋類有議奏三十九篇,論語類有議奏十八篇,皆石渠論經義之文也。《隋志》有《漢名臣奏事》三十卷,恐非前漢議奏。《後漢書·胡廣傳》'尚書令左雄議改察舉之制限年四十以上儒生試經學,文吏試章奏'。按此漢代考試之法也。其時胡廣、郭虔、史敞駁之,帝不從。""吳訥《文章辨體》曰:表之爲體,漢晉皆爲散文,唐宋多用四六。""魏武上書讓增封曰:臣雖不敏,猶知讓不過三。""建安十八年謝策魏公表,可參看當時文體。""《薦禰衡表》稱美正平處皆詞氣飛揚,如曰以御准之,誠不足怪;曰使衡立朝,必有可觀;曰若衡等輩,不可多得,是也。按融文跌宕可觀,而誠摯不足,彦和以華予之,其失則浮矣。《出師表》首言國勢危急,使後主知負荷之重,中間痛恨桓靈以爲傾頹之鑒,終復使之自謀以警其昏庸,情真而詞切。曰'志盡文壯',以比融文,猶存漢人風格,故曰'華實異旨'。""蘇軾謂孔明二表簡而盡,直而不肆。""孔融《薦禰衡表》(華),孔明《出師表》(實),陳思王《求自試表》《求通親親表》,羊祜《讓開府表》,庾亮《讓中書表》,劉琨《勸進表》。《文選》尚有李令伯《陳情表》,陸士衡《謝平原内史表》,桓温《薦譙元彦表》,殷仲文《自解表》。""陳琳章表已佚,今存《答東阿王箋》《爲曹洪與魏太子書》《又更公孫瓚與子書》。阮瑀章表已佚。今《爲曹公與孫權書》及《謝曹公箋》四句,曰:一得披玄雲,望白日,唯力是視,敢有二心。見《文選》謝靈運詩注。《魏志》注有武帝建安十八年謝策命魏公一文,當不出琳手,因阮瑀以十七年卒也。""羊表歷稱李熹、魯芝、李胤未蒙選拔,自陳不敢苟進之志。庾表歷數西京七族,東京六姓,皆以姻党榮顯致敗,自陳止足之志、畏禍之情,故曰'序志聯類'。'聯'字爲長。""'一辭意',即表里同符之詣。""《荀子·非相》篇作'觀人以言,美于黼黻文章'。王念孫曰:'觀本作勸,《藝文類聚・文部》十五引作勸.'彥和此文自當作觀，蓋所見本易字已作觀也。""《漢書・東方朔傳》：臣朔少失父母，長養兄嫂，年十二學書，三冬文史足用。十五學擊劍，十六學詩書，誦二十二萬言。十九學孫武兵法，戰陣之具，鉦鼓之教，亦誦二十二萬言。凡臣朔固已誦四十四萬言，又常服子路之言。臣朔年二十二，長九尺三寸，目若懸珠，齒若編貝，勇若孟賁，捷若慶忌，廉若鮑叔，信若尾生，若此可以爲天子大臣矣。臣朔昧死再拜以聞。""胡、左陳情、謝恩之章表已佚。今存者左有進諫書四篇，陳事疏三篇，胡存諫疏一篇，駁議一篇。"

在涵芬樓本《文心雕龍・章表篇》上的題語：
改"思庸歸亳"之"亳"爲"毫"。
改"言事于王"之"王"爲"主"。
於"謂德見儀"之"見"後加一"於"字。
改"經國之樞機"之"機"爲"要"。
改"而在職司也"之"而"爲"布"。
改"胡廣章奏"之"奏"爲"表"。
於"昔晉文受册三從命""三"後加一"辭"字。
改"爲表不止三讓"之"止"爲"必"。
改"魏初表章指事造實"之"表章"爲"章表"。
改"孔明之辭後主，志盡文暢"之"暢"爲"壯"。
改"當時孔章稱健"之"章"爲"璋"。
改"應物掣巧，隨變生趣"之"掣"爲"制"。
删去"逮覽晉初筆劄"之"覽"字。
改"張華問儔"之"儔"爲"儁"。
改"序志顯類，有文雅焉"之"顯"爲"聯"。
改"原夫章表之爲用也"之"之"爲"文"。
改"既其身文，且亦國華"之"且亦"爲"亦且"。
於"循名課實以爲本者也"之"以爲"中加一"文"字。
改"然懇愜者辭爲心使"之"愜"爲"惻"。

於"浮侈者情爲出""爲"後加一"文"字,"出"後加一"必"字。

改"觀人美辭,麗以腐骸文章"之"以"爲"於"。

改"獻僭腐戾"之"僭"爲"替"。

【劉永濟本篇摘錄語詞】

文翰　文理　文明　文物　樞要　典文　浮華　靡麗　氣采
華　實　應物制巧　引義比事　文雅　文致　耿介　風矩
骨采　炳賁　言結　節文　弘偉　秉文　辭令　條理

奏啓第二十三

昔唐虞之臣,敷奏以言;秦漢之輔,上書稱奏。陳政事,獻典儀,上急變,劾愆謬,總謂之奏。奏者,進也。言敷于下,情進于上也。秦始立奏,而法家少文。觀王綰之奏勳德,辭質而義近;李斯之奏驪山,事略而意誣;政無膏潤,形於篇章矣。自漢以來,奏事或稱上疏。儒雅繼踵,殊采可觀。若夫賈誼之務農,晁錯之兵術,匡衡之定郊,王吉之勸禮,溫舒之緩獄,谷永之諫仙,理既切至,辭亦通暢,可謂識大體矣。後漢群賢,嘉言罔伏。楊秉耿介於災異,陳蕃憤懣於尺一,骨鯁得焉;張衡指摘於史職,蔡邕銓列於朝儀,博雅明焉。魏代名臣,文理迭興。若高堂天文,黃觀教學,王朗節省,甄毅考課,亦盡節而知治矣。晉代多難,災屯流移。劉頌殷勤於時務,溫嶠懇惻於費役,並體國之忠規矣。

夫奏之爲筆,固以明允篤誠爲本,辨析疏通爲首。強志足以成務,博見足以窮理,酌古御今,治繁總要,此其體也。若乃按劾之奏,所以明憲清國。昔周之太僕,繩愆糾謬;秦之御史，職主文法；漢置中丞，總司按劾；故位在鷙擊，砥礪其氣，必使筆端振風、簡上凝霜者也。觀孔光之奏董賢，則實其奸回；路粹之奏孔融，則誣其舋惡。名儒之與險士，固殊心焉。若夫傅咸勁直，而按辭堅深；劉隗切正，而劾文闊略：各其志也。

後之彈事，迭相斟酌，雖新日用，而舊準弗差。然函人欲全，矢人欲傷，術在糾惡，勢必深峭。詩刺讒人，投畀豺虎；禮疾無禮，方之鸚猩；墨翟非儒，目以羊豕；孟軻譏墨，比諸禽獸；詩禮儒墨，既其如茲，奏劾嚴文，孰云能免？是以世人為文，競於訐訶，吹毛取瑕，次骨為戾，復似善罵，多失折衷。若能闢禮門以懸規，標義路以植矩，然後踰垣者折肱，捷徑者滅趾，何必躁言醜句、訽病為切哉！是以立範運衡，宜明體要。必使理有典刑，辭有風軌，總法家之式，秉儒家之文，不畏彊禦，氣流墨中，無縱詭隨，聲動簡外，乃稱絕席之雄、直方之舉耳。

啟者，開也。高宗云："啟乃心，沃朕心。"取其義也。孝景諱啟，故兩漢無稱。至魏國箋記，始云啟聞。奏事之末，或云謹啟。自晉來盛啟，用兼表奏。陳政言事，既奏之異條；讓爵謝恩，亦表之別幹。必斂飭入規，促其音節，辨要輕清，文而不侈，亦啟之大略也。又表奏確切，號為讜言。讜者，偏也。王道有偏，乖乎蕩蕩，其偏，故曰讜言也。孝成稱班伯之讜言，貴直也。自漢置八儀，密奏陰陽；皁囊封板，故曰封事。晁錯受《書》，還上便宜。後代便宜，多附封事，慎機密也。夫王臣匪躬，必吐謇諤，事舉人存，故無待泛說也。

贊曰：皁飾司直，肅清風禁。筆銳干將，墨含淳酖。雖有次骨，無或膚浸。獻政陳宜，事必勝任。

【黃叔琳注】

急變：［漢平帝紀］乙未，義陵寢神衣在柙中。丙申旦，衣在外床上，寢令以急變聞。［注］非常之事，故云急變。

王綰：［秦始皇本紀］秦初并天下，議帝號，丞相王綰等議曰：陛下平定天下，海內為郡縣，法令由一統，五帝所不及，古有天皇，有地皇，有泰皇，泰皇最貴，臣等昧死，上尊號王為泰皇。

李斯：［蔡質漢儀］李斯治驪山陵，上書曰：臣所將隸徒七十余萬人，治驪山者已深已極，鑿之不入，燒之不難，叩之空空，如下天狀。

務農：［漢食貨志］文帝即位，躬修儉節，思安百姓，時民近戰國，賈誼說上曰：積貯者，天下之大命也。今敺民而歸之農，使天下各食其力，末技遊食之民，轉而緣南畮，則蓄積足而人樂其所矣。

兵事：［鼂錯傳］匈奴彊，數寇邊，上發兵以禦之，錯上言兵事。

定郊：［漢郊祀志］成帝初即位，丞相匡衡等奏言：帝王之事，莫大乎承天之序。承天之序，莫重於郊祀，宜於長安定南北郊為萬世基，天子從之。

王吉：［王吉傳］吉疏曰：安上治民，莫善於禮，願陛下與公卿大臣延及儒生，述舊禮，明王制，敺一世之民，躋之仁壽之域。

溫舒：［路溫舒傳］宣帝初即位，溫舒上書言宜尚德緩刑。

谷永：［漢郊祀志］成帝末年，頗好鬼神，亦以無繼嗣故，多上書言祭祀方術者，皆得待詔。祠祭上林苑中，谷永說上曰：臣聞明於天地之性，不可惑以神怪。盛稱奇怪鬼神，及言世有仙人，皆挾左道，懷詐偽，以欺罔世主。

楊秉：［楊秉傳］帝時微行，幸河南尹梁胤府舍，是日大風拔樹，晝昏。秉因諫曰：王者至尊，出入有常，況以先王法服，而私出樂遊，設有非常之變，上負先帝，下悔靡及。

陳蕃：［陳蕃傳］時封賞踰制，蕃上疏諫曰：陛下宜採求得失，擇從忠善，尺一選舉，委尚書三公，使褒責誅賞，各有所歸。

張衡指摘：［張衡傳］衡收檢遺文，畢力補綴，條上司馬遷、班固所敘與典籍不合者十餘事，又以爲王莽本傳，但應載篡事而已。至於編年月，紀災祥，宜爲元后本紀，又宜以更始之號，建於光武之初。

朝儀：[蔡邕獨斷]正月朝賀，三公奉璧上殿，向御座北面。太常贊曰：皇帝爲君，興，三公伏，皇帝坐，乃進璧。舊儀，三公以下月朝，後省，常以六月朔十月朔旦朝。後又以盛暑省六月朝。故今獨以爲正月十月朔朝也。冬至陽氣起，君道長，故賀。夏至陰氣起，君道衰，故不賀。

天文：[高堂隆傳]青龍中，大治殿舍，有星孛於大辰，隆上疏曰：今之宮室，實違禮度，乃更建立九龍，華飾過前，天慧章灼，始起於房心，犯帝座而干紫微，此乃皇天子愛陛下，是以發教戒之象，欲必覺寤陛下，不宜有忽，以重天怒。

王觀：[魏志]觀字偉臺。

節省：魏王朗有節省奏。

劉頌：[劉頌傳]除淮南相，頌在郡上疏，言封國之制，宜如古典，及六州將士之役，凡數千言，詔褒美之。

溫嶠：[溫嶠傳]太子起西池樓觀，頗爲勞費，嶠上疏以爲朝廷草創，巨寇未滅，宜應儉以率下，太子納焉。

繩愆糾繆：[書序]穆王命伯冏爲周太僕正，作冏命，曰：惟余一人無良，實賴左右前後有位之士，匡其不及，繩愆糾繆，格其非心，俾克紹先烈，今予命汝作大正，正于群僕侍御之臣，懋乃后德，交修不逮。

御史中丞：[漢百官公卿表]御史大夫，秦官，一曰中丞，在殿中蘭臺，掌圖籍秘書，外督部刺史，内領侍御史員十五人，受公卿奏事，舉劾按章。

奏董賢：[董賢傳]賢自殺，王莽復風孔光奏賢：質性巧佞，翼奸以獲封侯，治第造冢，不異王制，死後以砂畫棺，至尊無以加，臣請收没入財物縣官。

奏孔融：[孔融傳]曹操令路粹枉奏融：昔在北海，見王室不靜，欲規不軌，云我大聖之後，有天下者，何必卯金刀。

傅咸：[傅咸傳]咸字長虞，剛簡有大節，顧榮與親故書曰：傅長虞爲司隸，勁直忠果，劾按驚人，雖非周才，偏亮可貴也。

劉隗：［劉隗傳］隗遷丞相司直，彈奏不畏彊禦。

彈事：六朝御史中丞劾奏曰彈事，文選有沈休文任彥昇彈事。［王淮之傳］宋臺諫除御史中丞，爲百僚所憚。自彪之至淮之，四世居此職，淮之嘗作五言詩，范泰嘲之，卿惟解彈事耳。

鸚猩：［曲禮］鸚鵡能言，不離飛鳥，猩猩能言，不離禽獸，今人而無禮，雖能言，不亦禽獸之心乎。

墨翟非儒：［墨子非儒篇］貪于飲食，惰于作務，陷于饑寒，無以違之，是若人氣觀鼠藏，而羝羊視賁彘起，君子笑之。

次骨：［杜周傳］周少言重遲，而内深次骨。［注］其用法深刻至骨。

善罵：［留侯世家］四皓曰：陛下輕士善罵，臣等義不受辱，故恐而亡匿。

踰垣：［國語］君有短垣而自踰之。

捷徑：［離騷］夫唯捷徑以窘步。

絕席：［王常傳］常爲橫野大將軍，位次與諸將絕席。［注］絕席，謂尊顯之也。漢官儀曰：御史大夫尚書令司隸校尉皆專席，號三獨坐。

讜言：［漢書敍傳］禁中張畫屏風，畫紂醉踞妲己，作長夜之樂。上指畫問班伯，伯對曰：詩書淫亂之戒，其原皆在於酒，上迺喟然歎曰：吾久不見班生，今日復聞讜言。

皁囊封板：［後漢禮儀志］日冬至，召太史令各板書，封以皁囊。［獨斷］凡章表皆啟封，其言密事，得皁囊盛。

封事：［霍光傳］上令吏民得奏封事，不關尚書。

上便宜：［鼂錯傳］太常遣鼂錯受尚書伏生所，還因上便宜事。

謇諤：［陳蕃傳］竇太后優詔蕃曰：忠孝之美，德冠本朝，謇諤之操，華首彌固。

司直：［百官公卿表］武帝元狩五年，初置司直，掌佐丞相舉不法。

【紀昀評語】

於"夫奏之爲筆"上就黃叔琳輯注"此句不可多得，之三代而下"批曰："此評未允，三代而下，名臣之奏多矣。"

於"必使理有典型，辭有風軌，總法家之式，秉儒家之文"等句之上批曰："酌中之論。"

於"陳政言事，既奏之異條；讓爵謝恩，亦表之別幹"上批曰："界限分明。"

於"夫王臣匪躬，必吐謇諤，事舉人存，故無待泛說也"上批曰："與《祝盟篇》結處同意。"

【劉永濟校字】

事略而意逕。

《御覽》五九四"逕"作"誣"。按斯治驪山陵上書曰："臣將隸徒七十二萬人，治驪山者，已深已極，鑿之不入，燒之不燃，叩之空空，如下天狀。"辭意近於虛飾，故舍人曰："事略而意誣。"似宜從《御覽》作"誣"。

勢必深峭。

《御覽》作"勢入剛峭"，是。

豕虓。

《御覽》作"羊虓"，是。

世人。

《御覽》作"近世"，是。

總法家之式。

"式"，《御覽》作"裁"，義較長。

取其義也。

《御覽》"取"作"蓋"，是。

讜者，偏也。

按讜無偏訓。讜言，美言也，直言也。此當作"讜者，正也"。下文"其偏"上闕字，當作"讜正其偏"。《荀子·非相》："博而黨正。"《注》："黨與讜同。"

203

皂飭。

按孫詒讓疑"飭"當作"袀",以袀爲皂服也。然袀無緣譌爲飭,"飭"疑"飾"之誤。皂乃司直服色。

【劉永濟釋義】

徐矩《事物原始》曰:"張璠《漢紀》:'董卓呼三臺尚書以下自詣卓啟事,然後得行。'此啟事得名之始也。始云啟,末云謹啟。晉宋以下,與表同用。"按啟體至齊梁,作者尤夥,大抵用之東宮及諸王,所以謝賜賚也。李兆洛《駢體文鈔序目》曰:"齊梁啟事短篇,藻麗間見。既非具體,無關效法。十而存一,概可知也。"蓋此體之作,惟尚隸事徵典,篇體短促,多者百名而已。故爾時文士,競爲纖巧,以誇雅切。故曰:"斂飭入規,促其音節。辨要輕清,文而不侈"也。

【劉永濟批語】

在《劉舍人文心雕龍十卷》(下冊)之《奏啟》上的題語:

篇前批註曰:"《霍光傳》有奏昌邑王一文,可見漢奏款式。""劉熙《釋名》:'奏,鄒也。鄒,狹小之稱。'""蔡邕《獨斷》:'奏者,亦需頭,其京師官,但言稽首,下言稽首以聞。其中有所請,若罪法劾案,公府送御史台,公卿校尉送謁者台也。'""徐師曾《文體明辨》曰:奏事亦稱上疏,則非專以按劾也。又按劾之奏,別稱彈事,又直八儀,密奏、陰陽皂囊封板,以防宣洩,謂之封事。""陸機《文賦》:奏平徹以閒雅。"

又列表謂:"奏分陳政事、獻典儀、上急變、劾愆謬。並謂前三者或稱上疏,別曰啟。謂後一類或稱彈事。"

又引"參證"文字如下:"吳訥《文章辨體》曰:按唐虞禹皋陳謨以後,至商伊尹、周姬公,遂有《伊訓》《無逸》等篇,此文辭告君之始也。漢高惠時,未聞有以書陳事者。迨乎孝文,開廣言路,於是賈山獻《至言》,賈誼上《政事疏》。""褚先生補《史記·滑稽傳》:東方朔初入長安,至公車,上書,凡用三千奏牘。公車令兩人共持舉其書,僅然能勝之。人主從上方讀之,止,輒乙其處,讀之二月乃盡,詔拜以爲郎。"

於原文"李斯之奏驪山"批註曰:"李斯治驪山陵,上書曰:臣將隸徒七十余萬,夫治驪山者,已深已極,鑿之不入,燒之不燋,扣之空空,如下天狀。辭意近於虛飾,故舍人曰:事略而意誣。似宜從《御覽》作誣。"

於"谷永之諫仙"批註曰:"《論衡·效力》篇:谷子雲(永)、唐子高(林)章奏百上,筆有餘力……則唐林亦以章奏著名於代者。唐林疏見《漢書·師丹傳》,林事附《鮑宣傳》中。《鮑宣傳》附林事,言林仕莽數上疏諫正,有忠直節。"

於"陳蕃憤懣於尺一"批註曰:"陳蕃奏有'尺一選舉,委尚書三公'之句,章懷注曰:'尺一謂板長尺一,以寫詔書也。'"

於"張衡指摘于史職"批註曰:"張衡有《請禁絕圖讖疏》,此當史、讖並論。'讖'字是。"

於"黃觀教學"批註曰:"《御覽》九百六引《魏名臣奏》,有郎中黃觀上疏諫云云。黃字是。黃觀,明帝爲郎中。《魏志高柔傳》注引《魏名臣奏》,亦有此疏,爲高柔所上。與《御覽》異。又《藝文類聚》八十五載其奏事一首。《魏志》有王無黃。"

於"今治繁總要,此其體也"批註曰:"楊慎《丹鉛總錄》曰:自三代而後,秦漢最稱簡古,惟治安策、天人策累累凡數百萬言。始武帝迎申公既至,問治亂之事,申公但曰爲治不在多言。不獨救武帝好文辭,且欲救董、賈文章之多也。"

於"若夫傅咸勁直而按辭堅深"批註曰:"咸傳有奏劾荀愷、奏劾夏侯駿、奏劾夏侯承,王戎傳有咸奏劾王戎等疏,皆非全文。"

於"劉隗切正而劾文闊略"批註曰:"《晉書·祖約傳》有隗奏劾文。隗本傳有奏劾梁龕、奏劾阮抗、宋挺,奏劾周筵、劉胤、李匡,奏劾周顗等文。"

於"是以近世爲文"批註曰:"《文選》有任彥升奏彈曹景宗一首,奏彈劉整一首,沈休文奏彈王源一首。因源嫁女富陽滿氏,汙亂門第,蓋當時門第之風沈盛也。休文彈源文有王源忝藉世資,得參纓冕,同人者貌,異人者心,以彼行媒,同之抱布,且非我族類,往哲格言,薰蕕不雜,聞之前典。"

於"高宗云啓乃心沃朕心"批註曰:"徐矩《事物原始》曰:張璠漢紀曰:董卓呼三台尚書以下自詣啓事,然後得行,此啓事得名之始也。始云啟,末云謹啓。晉宋以下與表俱用,今止臣下以相往來。""啓體至齊梁,作者尤夥。古代用之東宮及諸王所以謝賜賚也。李元洛《駢體文鈔序》曰:'齊梁啓事短篇,藻麗間見,既非具體,無關效法,十而存一,概可知也。'蓋以此體惟尚隸事徵典,體制纖細,故彥和謂之斂飾入規,促其音節也。""茲錄一首(王元長《謝竟陵王示扇啟》)以見其格式。"

於"故曰封事"批註曰:"《後漢禮儀志》:冬至,有八能士書板言事之制文曰:臣某言,今月若干日,甲乙日冬至,黃鐘之音調,君道得,孝道褒,商臣角民徵事羽物各一板。""《漢書‧師丹傳》:丹使吏書奏,吏私寫其草,丁傅子弟聞之,使人上書,告丹上封事,行道人遍持其書,上以問將軍中朝臣,皆對曰:忠臣不顯諫,大臣奏事不宜漏泄。今吏民傳寫,流聞四方,臣不密,則失身,宜下廷尉治。事下廷尉,廷尉劾丹大不敬。"

於"皁飭司直"批註曰:"皁飾,孫詒讓曰'飭'疑當作'袀'。《續漢書‧輿服志》云:'宗廟皆服袀玄。'劉注云:'《獨斷》云:'袀,紺繒也。'《吳都賦》曰:'袀,皁服。''皁袀',即'袀玄'也。'""又按《漢書‧谷永傳》曰:'擢之皁衣之吏。'沈欽韓曰'謂侍服之非朝衣'也,則此處似不宜作玄袀解。'皁飭'或是'皁囊'之訛。"

在涵芬樓本《文心雕龍‧奏啟篇》上的題語:
改"劾借謬"之"借"爲"愆"。
於"敷於下"前加一"言"字。
改"事略而意逕"之"逕"爲"誣"。
改"王吉之觀禮"之"觀"爲"勸"。
改"辭亦通明"之"明"爲"辨"。
改"張衡指摘于史職"之"職"爲"識"。

改"甌毅考課"之"甌"爲"甄"。

改"災屯流移"爲"世交屯移"。

改"溫嶠懇切于費役"之"切"爲"惻"。

改"辨抷疏通爲首"之"抷"爲"析"。

改"故位在摯擊"之"摯"爲"鷙"。

改"若夫傅盛"之"盛"爲"咸"。

改"目以豕彘"之"豕"爲"羊"。

改"是以世人爲文"爲"是以近世爲文"。

改"何必躁言醜句、詁病爲切哉"之"詁"爲"詬"。

改"總法家之式"之"式"爲"裁"。

改"取其意也"之"取"爲"蓋"。

改"如云啓聞"之"如"爲"始"。

改"奏事之末，或謹密啟"爲"奏事之末，或云謹啓"。

改"斂徹入規"之"徹"爲"飭"。

改"讞者偏也"之"偏"爲"正"。于"王道有偏，乖乎蕩蕩其偏"中"其偏"之前加"讞正"二字。

改"鼂錯受《書》，還士便宜"之"士"爲"上"。

改"阜飭司直"之"飭"爲"飾"。

【劉永濟本篇摘錄語詞】

殊采　切至　通辨　耿介　骨鯁　博雅　文理　辨析　疏通
砥礪　堅深　閎略　深峭　折衷　體要　風軌　詭隨　辨要
輕清　確切　謇諤

議對第二十四

周爰諮謀，是謂有議。議之言宜，審事宜也。易之節卦，"君子以制度數，議德行"。周書曰："議事以制，政乃弗迷。"

議貴節制，經典之體也。昔管仲稱軒轅有明臺之議，則其來遠矣。洪水之難，堯咨四岳，宅揆之舉，舜疇五人。三代所興，詢及芻蕘。春秋釋宋，魯僖預議。及趙靈胡服，而季父爭論；商鞅變法，而甘龍交辨；雖憲章無算，而同異足觀。迄至有漢，始立駁議。駁者，雜也。雜議不純，故曰駁也。自兩漢文明，楷式昭備，藹藹多士，發言盈庭。若賈誼之遍代諸生，可謂捷於議也。至如吾丘之駁挾弓，安國之辨匈奴，賈捐之之陳於珠崖，劉歆之辨於祖宗，雖質文不同，得事要矣。若乃張敏之斷輕侮，郭躬之議擅誅，程曉之駁校事，司馬芝之議貨錢，何曾蠲出女之科，秦秀定賈充之謚，事實允當，可謂達議體矣。漢世善駁，則應劭爲首。晉代能議，則傅咸爲宗。然仲瑗博古，而詮貫以敘；長虞識治，而屬辭枝繁。及陸機斷議，亦有鋒穎，而腴辭弗翦，頗累文骨，亦各有美，風格存焉。

夫動先擬議，明用稽疑，所以敬慎群務，弛張治術，故其大體所資，必樞紐經典，採故實於前代，觀通變於當今；理不謬搖其枝，字不妄舒其藻。又郊祀必洞於禮，戎事必練於兵，佃穀先曉於農，斷訟務精於律。然後標以顯義，約以正辭，文以辨潔爲能，不以繁縟爲巧；事以明覈爲美，不以環隱爲奇；此綱領之大要也。若不達政體，而舞筆弄文，支離構辭，穿鑿會巧，空騁其華，固爲事實所擯；設得其理，亦爲遊辭所埋矣。昔秦女嫁晉，從文衣之媵，晉人貴媵而賤女；楚珠鬻鄭，爲薰桂之櫝，鄭人買櫝而還珠。若文浮於理，末勝其本，則秦女楚珠，復在於茲矣。

又對策者，應詔而陳政也；射策者，探事而獻說也。言中理準，譬射侯中的，二名雖殊，即議之別體也。古之造士，選事考言。漢文中年，始舉賢良，鼂錯對策，蔚爲舉首。及孝武益明，旁求俊乂，對策者以第一登庸，射策者以甲科入仕，斯固選賢要術也。觀鼌氏之對，驗古明今，辭裁以辨，事通而贍，超升高第，信有徵矣。仲舒之對，祖述春秋，本陰陽之化，究列代之變，煩而不惌者，事理明也。公孫之對，簡而未博，然總要以約文，事切而情舉，所以太常居下，而天子擢上也。杜欽之對，略而指事，辭以治宣，不爲文作。及後漢魯丕，辭氣質素，以儒雅中策，獨入高第。凡此五家，並前代之明範也。魏晉以來，稍務文麗，以文紀實，所失已多，及其來選，又稱疾不會，雖欲求文，弗可得也。是以漢飲博士，而雉集乎堂；晉策秀才，而麋興於前；無他怪也，選失之異耳。

夫駁議偏辨，各執異見；對策揄揚，大明治道。使事深於政術，理密於時務，酌三五以鎔世，而非迂緩之高談；馭權變以拯俗，而非刻薄之僞論；風恢恢而能遠，流洋洋而不溢，王庭之美對也。難矣哉，士之爲才也！或練治而寡文，或工文而疏治，對策所選，實屬通才，志足文遠，不其鮮歟！

贊曰：議惟疇政，名實相課。斷理必剛，摛辭無懦。對策王庭，同時酌和。治體高秉，雅謨遠播。

【黃叔琳注】

明臺：[管子]黃帝立明臺之議者，上觀於賢也。

釋宋：[春秋]僖公二十一年，公會諸侯盟于薄，釋宋公。[公羊傳]執未有言釋之者，此其言釋之何，公與爲爾也。公與爲爾奈何？公與議爾也。按魯桓公無議釋宋事，桓當作僖。

胡服：[趙世家]武靈王欲胡服，公子成曰：中國者，賢聖之所教也，今王舍此而襲遠方之服，變古之教，逆人之心。王曰：儒者一師而俗異，中國同禮而教離，今叔之所言者，俗也，吾之所言者，所以制俗也。公子成曰：王將繼簡襄之意，以順先王之志，臣敢不聽命乎？

變法：[商君列傳]孝公既用衛鞅，鞅欲變法。甘龍曰：聖人不易民而教，知者不變法而治。鞅曰：龍之所言，世俗之言也。三代不同禮而王，五伯不同法而伯。孝公曰善，卒定變法之令。

駁議：見章表篇。

賈誼：[賈誼傳]誼爲博士，每詔令議下，諸老先生不能言，賈生盡爲之對，人人各如其意所欲出，諸生于是以爲能，文帝説之。

駁挾弓：[吾邱壽王傳]公孫弘奏言，禁民毋得挾弓弩便，上下其議。壽王對曰：臣恐邪人挾之而吏不能止，良民以自備而抵法禁，是擅賊威而奪民救也。上以難弘，弘詘服焉。按非主父偃事。

辨匈奴：[韓安國傳]武帝時，匈奴請和親，大行王恢議伏兵襲擊。安國曰：匈奴輕疾悍亟之兵也，至如猋風，去如收電，難得而制，今使邊郡久廢耕織，以支胡之常事，其勢不相權也，臣故曰勿擊便。

陳朱崖：朱崖當作珠厓。[賈捐之傳]珠厓又反，上使王商詰問捐之。捐之對口：臣愚以爲非冠帶之國，禹貢所及，春秋所治，皆可且無以爲，願遂棄珠厓，專用恤關東爲憂。

辨祖宗：[劉歆武帝廟不宜毀議]孝武皇帝南滅百粵，北攘匈奴，至今累世賴之。天子三昭三穆，與太祖之廟而七，孝宣皇帝舉公卿之議，既以爲世宗之廟，臣愚以爲不宜毀。

斷輕侮：[張敏傳]建初中，有人侮辱人父者，而其子殺之。肅宗貰其死刑，自後因以爲比，遂定議以爲輕侮法。敏駁議曰：使執憲之吏，得設巧詐，非所以導在醜不爭之義，可下三公廷尉蠲除其敝，議寢不省，敏復上疏，和帝從之。

議擅誅：[郭躬傳]竇固出擊匈奴，秦彭爲副，彭在別屯，而輒以法斬人。固奏彭專擅，請誅之，顯宗乃引公卿朝臣平其罪科。躬曰：漢制棨戟，即爲斧鉞，於法不合罪，帝從躬議。

駁校事：[魏志]程曉嘉平中爲黃門侍郎，時校事放橫，曉上疏，遂罷校事官。

議貨錢：[司馬芝傳]先是文帝罷五銖錢，令民以穀幣爲市，至明帝時，巧僞滋多，芝議以用錢非獨豐國，亦以省刑，從之。

蠲出女科：[晉刑法志]魏法，犯大逆者誅及已出之女。毋邱儉之誅，其子甸妻荀氏應坐死，詔聽離婚，荀氏所生女芝爲劉子元妻，亦坐死，以懷姙繫獄。荀氏辭詣司隸校尉何曾乞恩，求没爲官婢以贖芝命。曾哀之，使主薄程咸上議曰：男不得罪於他族，而女獨嬰戮於二門，臣以爲在室之女，從父母之誅，既醮之婦，從夫家之罰，宜改舊科，以爲永制。

定賈充謚：[秦秀傳]賈充薨，議謚。秀議曰：充以異姓爲後，絶祖父之血食，開朝廷之禍門，謚法昏亂紀度曰荒，請謚荒。

應劭：[應劭傳]劭凡爲駁議三十篇。

仲瑗：[應劭傳]劭字仲遠。[注]續漢書文士傳作仲援，漢官儀又作仲瑗。

貴媵賤女買櫝還珠：[韓子]昔秦伯嫁其女於晉公子，令晉爲之飾裝，從衣文之媵七十人，至晉，晉人愛其妾而賤公女，此可謂善嫁妾，而未可謂善嫁女也。楚人有賣其珠於鄭者，爲木蘭之櫃，薰桂椒之櫝，綴以珠玉，飾以玫瑰，輯以翡翠，鄭人買其櫝而還其珠，此可謂善賣櫝矣，夫可謂善鬻珠也。

射策對策：[蕭望之傳]望之以射策甲科爲郎。[注]射策者，謂爲難問疑義，書之於策，量其大小，署爲甲乙之科，列而置之，不使彰顯，有欲射者，隨其所取得而釋之，以知優劣。射之言，投射也，對策者，顯問以政事經義，令各對之，而觀其文辭，定高下也。

舉賢良：[鼂錯傳]詔有司舉賢良文學士，對策者百餘人，錯爲高第。

仲舒：[董仲舒傳]仲舒少治春秋，武帝即位，舉賢良文學之士，前後百數，而仲舒以賢良對策舉首。

公孫對：[平津侯傳]公孫弘使匈奴還，不合上意，病免歸。元光五年，詔徵文學，國人固推弘，弘至太常，太常令所徵儒士各對策百餘人，弘第居下，策奏，天子擢弘對爲第一。

杜欽：[杜欽傳]日蝕地震，詔舉賢良方正能直言士，欽上對云云。

魯丕：[魯丕傳]丕字叔陵，兼通五經，爲當世名儒。肅宗詔舉賢良方正，劉寬舉丕，時對策者百有餘人，惟丕在高第，關東號之曰五經復興魯叔陵。

稱疾：[晉書]元帝時，以天下喪亂，遠方孝秀，不復策試，到即除署，既經略粗定，乃詔試經，有不中科，刺史太守免官，其後孝秀莫敢應命，有送至京師，皆以疾辭。

雉集：[漢成帝紀]鴻嘉二年，行幸雲陽，三月，博士行飲酒禮，有雉蜚集于庭，歷階升堂而雊。詔舉敦厚有行義能直言者，冀聞切言嘉謀。

麏興：[晉五行志]咸和六年正月，會州郡秀孝於樂賢堂，有麏見于前，獲之，孫盛以爲吉祥，夫秀孝天下之彥士，樂賢堂所以樂養賢也。自喪亂以後，風教陵夷，秀孝策試，四科之實，麏興於前，或斯故乎。

志足文遠：[左傳]仲尼曰，志有之，言以足志，文以足言。不言，誰知其志？言之無文，行而不遠。

【紀昀評語】

於"而諛辭弗剪"上批曰："'諛'當作'腴'。"
於"文以辨潔爲能，不以繁縟爲巧事"等四句上批曰："四語扼要。"
於"若不達政體，而舞筆弄文……亦爲遊辭所埋矣"上批曰："洞究文弊。"
於"使事深於政術、理密於時務，酌三五以鎔世，而非迂緩之高談；馭權變以拯俗，而非刻薄之僞論；風恢恢而能遠，流洋洋而不溢"上批語"語尤精確"。評曰："前'辨潔'四句論文章，此四句論意旨。議對之要包括無遺矣。"

【劉永濟校字】

舜疇五人。

按《舜典》：舜新命六人，禹、垂、益、伯夷、夔、龍也。此作"五人"，疑誤。又《舜典》雖有"惠疇""疇若"之文，皆訓誰。此言舜疇五人，亦文不成義。"疇"乃"訓"之借字，亦作"譸"，《魏元丕碑》曰：

"讜諮群寮",是也。

魯桓務議。

錢大昕《十駕齋養新錄》引惠士奇説:"當作魯僖預議。"按宋本《御覽》五九五正作"預議"。"僖"之誤"桓",恐舍人誤記,非字譌也。

諛辭弗剪,頗累文骨。

紀氏曰:"諛當作腴。"按《御覽》五九五正作"腴"。明刻五家言本同。史稱"陸機服膺儒術,非禮弗動",觀今存議《晉書》限斷,不可謂諛,蓋陸文繁富,故病其腴。《詮賦》篇曰:"膏腴害骨",與此文同意,故曰"頗累文骨"也。淺人不知,妄改爲"諛"耳。

又郊祀必洞於禮。

《御覽》無"又"字,有"其"字,是也。

戎事必練於兵。

《御覽》"必"作"宜",是。

不以深隱爲奇。

宋本《御覽》"深隱"作"環隱",是。

必綱。

黃侃校改"綱"爲"剛",是也。

【劉永濟釋義】

議對者,議政與對策之文也。名用雖殊,其必深明治體,務切時用,言無虛設,義准經訓,瞭然於一代政治之得失,坐言者可以起而行,然後文非妄作。觀彥和所舉漢、魏臣工,其所獻替,無不如是。晉、宋以後,文體漸尚藻麗,於是有不切事情而騁華辭者,故彥和以賣朡、還珠譬况之,猶今世所謂脫離實際之文也。彥和之時,文浮末勝,尤無足觀,故其此篇,雖揚摧前代作者,實鍼砭當世文風,最爲切要。顧亭林謂:"文須有益於天下。"彥和有焉。讀此書者,未可純以齊梁文士目之也。

【劉永濟批語】

在《劉舍人文心雕龍十卷》(下册)之《議對》上的題語：

於原文"周爰諮謀"批註曰："《詩·皇皇者華》'周爰諮謀'，《傳》，訪問於善曰諮。"

於"宅揆之舉"批註曰："《舜典》'使宅百揆'，作'宅'是。"

於"舜疇五人"批註曰："今《舜典》'新命六人'，此云五人，疑誤。又'疇'，誰也。'舜疇'亦不成文。'疇'乃'訓'之假字，亦作'譸'。"

於"至如主父"批註曰："《漢書》吾丘壽王本傳有禁民挾弓弩對。""《漢書·吾丘壽王傳》：丞相公孫宏奏，言禁民不得挾弓弩，上下其議。壽王對以聖主合射以明教，未聞弓矢之爲禁，禁之大不便，宏無所難焉。偃傳無之，此誤。"

於"安國之辨匈奴"批註曰："《漢書·韓安國傳》：安國爲御史大夫，匈奴來和親，上下其議。大行王恢議主擊之，安國主勿擊。群臣多附安國，乃許和親。明年，因雁門馬邑豪聶壹言匈奴可破，上乃召公卿議。王恢主擊之便，安國主勿擊便，往復三次，恢仍主擊，卒從恢議。"

於"賈捐之陳於珠厓"批註曰："《捐之傳》：珠厓内屬後數反，元帝與有司議大發兵擊之。捐之以爲不當擊，願棄珠厓。御史大夫陳萬年以爲當擊，丞相于定國以爲捐之議是，上乃從捐之議。"

於"劉歆辨於祖宗"批註曰："《韋玄成傳》載議毀廟事甚詳。元帝永光四年，丞相韋玄成等七十人，議罷宗廟之在郡國者，後數月，玄成等四十四人覆議，太上皇、孝惠、孝文、孝景廟祀盡宜毀。皇考廟親未盡如故，大司馬車騎將軍許嘉等二十九人以爲孝文皇帝功高，宜爲帝者太宗之廟勿毀。諫大夫尹更始等十八人以爲皇考廟上序于昭穆，非正禮，宜毀，依違者一年，下詔覆議，玄成等覆議，皇考廟親未盡，太上、孝惠廟親盡宜毀，奏可。其後，元帝病，夢祖宗譴罷郡國廟，乃勿修所罷寢廟園唯郡國廟未修復。元帝崩，匡衡復奏罷太上皇，孝文、孝昭太后，昭、靈后、昭哀后，併合於太上寢廟。哀帝即位，再議毀廟，光禄勳彭宣等五十三人議孝武皇帝親盡宜毀。太僕王舜中壘校尉劉歆議武帝功德甚高，不宜毀。稱引《春秋左氏傳》《穀梁傳》義主論，卒從其議班彪贊曰：考觀諸儒之議，劉歆博而篤矣。"

於"漢世善駁，則應劭爲首"批註曰："應劭《駁韓卓募兵鮮卑議》《鮮卑胡市議》《追駁尚書陳忠活尹次玉議》《舊名諱議》。""《劭傳》曰：中平二年，漢陽賊邊，章韓遂與羌胡爲寇，東侵三輔。車騎將軍皇甫嵩請發烏桓三千人，北軍中侯鄒靖上言宜募鮮卑。事下四府，大將軍掾韓卓議，以爲烏桓兵寡，與鮮卑世仇，若發烏桓，鮮卑必襲其家，烏桓聞之，當復棄軍還救，不如募鮮卑輕騎五千。劭駁之。以爲鮮卑無信，不可用，不如募隴西羌胡守善不叛者。韓卓復與劭相難，卒從劭議。""初安帝時，河間人尹次、潁川人史玉皆生殺人當死。次兄初及玉母軍，並詣官曹，求代死。因自繼尚書陳忠以罪疑從輕議，活次玉。劭追駁之，據正典刑，略謂殺人者死，不可信一時之仁，敗法亂政。"

於"晉代能議"批註曰："《晉書·賈謐傳》：先是朝廷議立《晉書》限斷，中書監荀勖謂宜以魏正始起年，著作郎王瓚欲引嘉平以下朝臣如入晉史，于時依違，未有所決。惠帝立，更使議之，謐上議請從泰始爲斷，於是事下三府，司徒王戎、司空張領軍將軍王衍、侍中樂廣、黃門侍郎嵇紹、國子博士謝衡，皆從謐議。騎都尉、濟北侯荀畯⋯⋯宜用正始，博士荀熙、刁協宜用嘉平⋯⋯奏戎、華之議，事遂施行。"

於"諛辭弗剪"批註曰："史稱陸機服膺儒術，非禮弗動。觀今存數語，明言三祖實終爲臣，故書爲臣之事，不可不如傳，不可謂諛辭也。蓋陸機爲文繁富，故雲與機書言兄文章之高遠絕異，不可復稱言，然猶皆欲微多，但清新相接，不以此爲病耳。則腴者正言其豐富耳。故曰頗累文骨。"

於"不以繁縟爲巧事"批註曰："桓寬《鹽鐵論·水旱》：大夫曰：議者貴其辭約而指明，可於眾人之聽，不至繁文稠辭，多言害有司化俗之計。"

於"對策者以第一登庸"批註曰："《通典》曰：文帝二年詔舉賢良方正能直言極諫者，上親策之，而賈山爲最著。武帝元光元年舉賢良，廣川董仲舒對策當上意，三試皆異之，擢江都相。五年後，策賢良，公孫宏至太常上策，時對策者百餘人，太常奏宏策後下，策奏天子，擢宏第一，拜爲博士，待詔金馬門。"

於"公孫之對"批註曰："公孫宏策陳八事：一，因能任官，則分職治；二，去無用之言，則事情得；三，不作無用之器，則賦斂省；四，不奪民時，不妨民力，則百姓富；五，有德者進，無德者退，則朝廷尊；六，有功者上，無功者下，則群臣逡；七，罰當罪則奸邪止；八，賞當賢則臣下勸。"

在涵芬樓本《文心雕龍·議對篇》上的題語：
改"周爰諮謀"之"諮"爲"咨"。
改"君子以制度數"爲"君子以制數度"。
改"宅揆之舉"之"宅"爲"百"。
改"舜疇五人"之"疇"爲"譸"。
改"詢及蒭蕘"之"蒭"爲"芻"。
改"魯桓務議"爲"魯僖預議"。
改"迄今有漢"之"今"爲"至"。
改"楷式照備"之"照"爲"昭"。
改"賈充之諡"之"諡"爲"謚"。
改"亦有穎穎"之"穎"爲"潁"。
改"戎事必練於兵"之"必"爲"宜"。
改"佃谷先曉于農"之"佃"爲"田"。
改"亦爲遊辭所理"之"理"爲"埋"。
改"則秦女、楚珠復在"之"在"爲"存"。
於"觀黽氏之對"後加以"證"字。
改"及後漢魯平"之"平"爲"丕"。
改"以入高第"之"以"爲"獨"。
改"並明代之明範也"之"明"爲"前"。
於"是以漢飲博士而雉集平堂"之"集"後加一"乎"字。

改"斷理必綱"之"綱"爲"剛"。

【劉永濟本篇摘錄語詞】

數度	節制	質文	銓貫	屬辭	文骨	風格	樞紐	故實	辨潔
明覈	繁縟	深隱	弄文	支離	穿鑿	會巧	裁辨	通贍
總要	辭氣	質素	文麗	偏辨	揄揚	鎔世	刻薄	風流

書記第二十五

大舜云："書用識哉！"所以記時事也。蓋聖賢言辭，總爲之書。書之爲體，主言者也。揚雄曰："言，心聲也；書，心畫也。"聲畫形，君子小人見矣。故書者，舒也。舒布其言，陳之簡牘，取象於夬，貴在明決而已。三代政暇，文翰頗疏。春秋聘繁，書介彌盛；繞朝贈士會以策，子家與趙宣以書，巫臣之遺子反，子產之諫范宣，詳觀四書，辭若對面。又子服、敬叔，進弔書于滕君，固知行人絜辭，多被翰墨矣。及七國獻書，詭麗輻輳；漢來筆札，辭氣紛紜。觀史遷之報任安，東方朔之難公孫，楊惲之酬會宗，子雲之答劉歆，志氣槃桓，各含殊采；並杼軸乎尺素，抑揚乎寸心。逮後漢書記，則崔瑗尤善。魏之元瑜，號稱翩翩；文舉屬章，半簡必錄；休璉好事，留意詞翰，抑其次也。嵇康絕交，實志高而文偉矣。趙至敘離，迺少年之激切也。至如陳遵占辭，百封各意；禰衡代書，親疏得宜，斯又尺牘之偏才也。詳總書體，本在盡言，言以散鬱陶，託風采，故宜條暢以任氣，優柔以懌懷，文明從容，亦心聲之獻酬也。若夫尊貴差序，則肅以節文，戰國以前，君臣同書，秦漢立儀，始有表奏，王公國內，亦稱奏書，張敞奏書於膠后，其義美矣。迄至後漢，稍有名品，公府奏記，而郡將奏牋。記之言志，進己志也。牋者表也，表識其情也。崔寔奏記於公府，則崇讓之德音矣；黃香奏牋于江夏，亦肅恭之遺式矣。公幹牋記，麗而規益，子桓弗論，故世所共遺。若略名取實，則有美於爲詩矣。劉廙謝恩，喻切以至；陸機自理，情周而巧，牋之爲善者也。原箋記之爲式，既上窺乎表，亦下睨乎書，使敬而不懾，簡而無傲，清美以惠其才，彪蔚以文其響，蓋牋記之分也。

夫書記廣大，衣被事體，筆劄雜名，古今多品。是以總領黎庶，則有譜、籍、簿、録；醫曆星筮，則有方、術、占、式；申憲述兵，則有律、令、法、制；朝市徵信，則有符、契、券、疏；百官詢事，則有關、刺、解、牒；萬民達志，則有狀、列、辭、諺。並述理於心，著言於翰，雖藝文之末品，而政事之先務也。

故謂譜者，普也。注序世統，事資周普，鄭氏譜詩，蓋取乎此。

籍者，借也。歲借民力，條之於版，春秋司籍，即其事也。

簿者，圃也。草木區別，文書類聚，張湯、李廣，爲吏所簿，別情僞也。

録者，領也。古史世本，編以簡策，領其名數，故曰録也。

方者，隅也。醫藥攻病，各有所主，專精一隅，故藥術稱方。

術者，路也。算曆極數，見路乃明，九章積微，故以爲術，淮南萬畢，皆其類也。

占者，覘也。星辰飛伏，伺候乃見，登觀書雲，故曰占也。

式者，則也。陰陽盈虛，五行消息，變雖不常，而稽之有則也。

律者，中也。黃鐘調起，五音以正。法律馭民，八刑克平，以律爲名，取中正也。

令者，命也。出命申禁，有若自天，管仲下命如流水，使民從也。

法者，象也。兵謀無方，而奇正有象，故曰法也。

制者，裁也。上行於下，如匠之制器也。

符者，孚也。徵召防僞，事資中孚。三代玉瑞，漢世金竹，末代從省，易以書翰矣。

契者，結也。上古純質，結繩執契。今羌胡徵數，負販記緡，其遺風歟？

券者，束也。明白約束，以備情僞，字形半分，故周稱判書。古有鐵券，以堅信誓，王褒髯奴，則券之楷也。

疏者，布也。布置物類，撮題近意，故小券短書，號爲疏也。

關者，閉也。出入由門，關閉當審；庶務在政，通塞應詳。韓非云："孫亶回聖相也，而關於州部。"蓋謂此也。

刺者，達也。詩人諷刺，周禮三刺，事敍相達，若針之通結矣。

解者，釋也。解釋結滯，徵事以對也。

牒者，葉也。短簡編牒，如葉在枝，溫舒截蒲，即其事也。議政未定，故短牒咨謀。牒之尤密，謂者爲籤。籤者，纖密者也。

狀者，貌也。體貌本原，取其事實，先賢表諡，並有行狀，狀之大者也。

列者，陳也。陳列事情，昭然可見也。

辭者，舌端之文，通己於人。子產有辭，諸侯所賴，不可已也。諺者，直語也。喪言亦不及文，故弔亦稱諺。廛路淺言，有實無華。鄒穆公云："囊漏儲中。"皆其類也。太誓云："古人有言：'牝雞無晨。'"大雅云："人亦有言：'惟憂用老。'"並上古遺諺，詩書可引者也。至於陳琳諫辭，稱"掩目捕雀"，潘岳哀辭，稱"掌珠伉儷"，並引俗說而爲文辭者也。夫文辭鄙俚，莫過於諺，而聖賢詩書，採以爲談；況踰於此，豈可忽哉！觀此四條，並書記所總：或事本相通，而文意各異，或全任質素，或雜用文綺，隨事立體，貴乎精要，意少一字則義闕，句長一言則辭妨，並有司之實務，而浮藻之所忽也。然才冠鴻筆，多疏尺牘，譬九方堙之識駿足，而不知毛色牝牡也。言既身文，信亦邦瑞，翰林之士，思理實焉。

贊曰：文藻條流，託在筆札。既馳金相，亦運木訥。萬古聲薦，千里應拔。庶務紛綸，因書乃察。

【黃叔琳注】

書用識哉：書益稷篇文。

揚雄云云：見法言問神篇。

簡牘：[杜預春秋序]大事書之於策，小事簡牘而已。

象夬：見徵聖篇。

贈策：[左傳]晉人患秦之用士會也，乃使魏壽餘偽以魏叛者以誘士會。士會行，繞朝贈之以策，曰：子無謂秦無人，吾謀適不用也。

與書：[左傳]晉侯不見鄭伯，以爲貳於楚也，鄭子家使執訊而與之書，以告趙宣子。

遺子反：[左傳]楚子重子反以夏姬故，怨巫臣而殺其族，巫臣自晉遺二子書。

諫范宣：[左傳]范宣子爲政，諸侯之幣重，鄭人病之，子產寓書於子西以告宣子。

進弔書：［檀弓］滕成公之喪，使子服敬叔弔，進書。

筆札：［司馬相如傳］相如請爲天子遊獵之賦，上令尚書給筆札。［注］札，木簡之薄小者，時未多用紙，故給札以書。

報任安：［司馬遷傳］遷被刑之後，爲中書令，尊寵任職，故人益州刺史任安予遷書，責以古賢臣之義，遷報以書。

難公孫：［公孫弘傳］武帝時，北築朔方，弘諫以爲罷弊中國，上使朱買臣等難弘置朔方之便，發十策，弘不得一。按［東方朔傳］有答客難，無難公孫弘事。

酬會宗：［楊惲傳］惲失位家居，治產業，起室宅，以財自娛。友人孫會宗知略士也，與惲書諫戒之。惲報以書。

答劉歆：揚雄字子雲，集有答劉歆書。

元瑜：［魏文帝集與吳質書］元瑜書記翩翩，致足樂也。

文舉：［孔融傳］融字文舉，魏文帝深好融文辭，募天下上融文章者，輒賞以金帛。

休璉：［文章敘錄］應璩字休璉，博學好屬文，善爲書記文。

絕交：［嵇康傳］山濤將去選官，舉康自代，康乃與濤書告絕。

敘離：［晉文苑傳］趙至與嵇康兄子蕃友善，及將遠適，乃與蕃書敘離，並陳其志。

陳遵：［陳遵傳］起爲河南太守，既到官，治私書謝京師故人，遵憑几，口占書吏，且省官事，書數百封，親疏各有意。

禰衡：［後漢文苑傳］禰衡爲黃祖作書記，輕重疎密，各得體宜。

獻酬：［世說］人問：撫軍殷浩談竟何如？答曰：不能勝人，差可獻酬群心。

君臣同書：如樂毅報燕王，燕王謝樂毅，上下無別，同稱書也。

表奏：［文章緣起］表，淮南王安諫伐閩表。奏，漢枚乘奏書諫吳王濞。

張敞：［張敞傳］敞拜膠東相，到膠東，居頃之，王太后數出遊獵，敞奏書諫。

郡將：[嚴延年傳]延年新將。[注]新爲郡將也，謂郡守爲郡將者，以其兼領武事也。

崔寔：見諸子篇。

黄香：[後漢文苑傳]黄香字文彊，江夏安陸人，所著賦牋奏書令凡五篇。

公幹：劉楨字公幹，按魏文帝與吳質書，公幹五言詩妙絶當時，而不言其牋記，故云弗論，文帝字子桓。

劉廙：[劉廙傳]魏諷反，廙弟偉爲諷所引，當相坐誅。太祖令曰：叔向不坐弟虎，古之制也，特原不問，徙署丞相倉曹屬。廙上疏謝曰：起煙於寒灰之上，生華於已枯之木，物不答施於天地，子不謝生於父母。

陸機自理：[陸機謝平原內史表]橫爲故齊王冏誣臣與眾人共作禪文，幽執囹圄，當爲誅始，臣乃崎嶇自列，片言隻字，不關其間，字蹤筆迹，皆可推校。

譜：[漢藝文志]帝王諸侯世譜二十卷，古來帝王年譜五卷。[劉杳傳]王僧孺撰譜，訪杳血脈所因。杳云：桓譚新論云，太史三世表，旁行邪上，並效周譜，以此而推，當起周代。

籍：[蕭何世家]高祖入關，何獨先走丞相府收圖籍，以是具知天下戶口阨塞。

簿：[漢食貨志]多張空簿。[注]簿，計簿也。

錄：[周禮]職幣振掌事者之餘財，皆辨其物而奠其錄。[注]定其錄籍。

方：[漢藝文志]經方十一家。經方者，辯五苦六辛，致水火之齊，以通閉解結。

術：[漢藝文志]凡數術百九十家。數術者，皆明堂羲和史卜之職也。

占：[漢藝文志]雜占十八家。雜占者，紀百事之象，候善惡之徵。

式：[周禮]大師抱天時與大師同車。[注]太史主抱式以知天時，處吉凶。釋曰：據當時占文謂之式，以其見時候有法式，故謂載天文者爲式。[漢藝文志]羲門式法二十卷，羲門式二十卷。

律：[漢刑法志]蕭何攈摭秦法，取其宜於時者，作律九章。

令：[蕭望之傳]金布令甲。[注]金布者，令篇名也，其上有府庫金錢布帛之事，因以篇名，令甲者，其篇甲乙之次。

法：[周禮疏]齊景公時，大夫田穰苴作司馬法，至六國時，齊威王大夫等追論古法，又作司馬法，附于穰苴。[漢藝文志]張良韓信序次兵法。

制：[禮記月令]命有司脩法制。

符：[東觀漢記]郭丹初之長安，從宛人陳兆買入關符，以入函谷關，既入，封符乞人曰：不乘使者車不出關。

契：[周禮]小宰之禮，聽取予以書契。[注]書契謂出予受人之凡要，凡簿書之最目，獄訟之要詞，皆曰契。

券：[周禮天官小宰]四曰聽稱責以傅別。[注]傅別，謂券書也，聽訟責者，以券書決之。[地官質人]大市以質，小市以劑。[注]大市人民馬牛之屬，用長券，小市兵器珍異之物，用短券。

關刺：[唐百官志]諸司相質，其制有三，一曰關，二曰刺，三曰移。

牒：[左傳]右師不敢對，受牒而退。[正義]簡，牒也，牒，札也。

狀：[楊引傳]引母終，經十三年，哀慕不改，郡縣鄉里三百人上狀稱美。

辭：[周書]兩造具備，師聽五辭。五辭簡孚，正于五刑。

譜詩：[鄭玄傳]玄所著毛詩譜。[注]玄於詩禮論語，爲之作序，此譜亦序之類，避子夏序名，以其列諸侯世及之次，謂之爲譜。

司籍：[左傳]周景王謂籍談曰，昔而高祖孫伯黶司晉之典籍，以爲大政，故曰籍氏。

張湯：[史記酷吏傳]天子以湯懷詐面欺，使使八輩簿責湯。[注]謂以文簿次第，一一責之。

李廣：[李廣傳]廣從大將軍擊匈奴，惑失道，大將軍使長史急責廣之幕府對簿。

世本：［班彪傳］左邱明有記錄黃帝以來至春秋時帝王公侯卿大夫，號曰世本，一十五篇。［馬總意林］傅子曰：楚漢之際，有好事者作世本，上録黃帝，下逮漢末。

九章：［鄭玄傳］始通京氏易，公羊春秋，三統歷，九章算術。［注］三統歷，劉歆所撰，九章算術，周公作也，凡有九篇，方田一，粟米二，差分三，少廣四，均輸五，方程六，傍要七，盈不足八，鉤股九。

萬畢：［龜策傳］臣為郎時，見萬畢石朱方傳曰，有神龜在江南嘉林中。［注］萬畢術中有石朱方，方中説嘉林中，故云傳曰：淮南有畢萬術一卷。

書云：［左傳］凡分至啟閉，必書雲物。

黃鐘：［漢律歷志］五聲之本，生于黃鐘之律。

管仲：［管子］下令如流水之原者，令順民心也。

玉瑞：［周禮］典瑞掌玉瑞玉器之藏。［注］瑞，符信也。［五帝本紀］修五禮五玉。［注］即五瑞也。

金竹：［孝文本紀］初與郡國守相為銅虎符，竹使符。

判書：［周禮秋官］朝士凡有責者，有判書以治則聽。［注］判，半分而合者。

鐵券：［漢高帝紀］與功臣剖符作誓，丹書鐵券。

髯奴：［王褒僮約］券文曰：資中男子王子淵，從成都安志里女子楊惠買亡夫時户下髯奴便了，決賣萬五千，奴從百役使，不得有二言。

孫宣回：［韓子］徐渠問田鳩曰：陽城義渠，名將也，而措於毛伯，公孫宣回，聖相也，而關於州部，何哉？田鳩曰：此無他，主有度，上有術之故也。

三刺：［周禮］司刺掌三刺三宥三赦之法，以贊司寇，聽獄訟，一刺曰訊群臣，再刺曰訊群吏，三刺曰訊萬民。

截蒲：［路温舒傳］温舒取澤中蒲截以為牒，編用寫書。

行狀：［文章緣起］行狀，漢丞相倉曹傅胡幹作楊元伯行狀。

子產：［左傳］叔向曰：辭之不可以已也，子產有辭，諸侯賴之，若之何其釋辭也。

囊漏儲中：［賈誼新書］鄒穆公令食鳧雁者必以粃，於是倉無粃，而求易於民，二石粟而易一石粃，吏請以粟食之。公曰：去，非而所知也。汝知小計，而不知大會。周諺曰"囊漏貯中"，而獨弗聞與？

掩目捕雀：［何進傳］袁紹等欲召外兵向京城以脅太后，進然之。陳琳諫曰：易稱即鹿無虞，諺有掩目捕雀，夫微物尚不可欺以得志，況國之大事，其可以詐立乎。

伉儷：［潘黃門集］楊仲武誄序：子之姑，予之伉儷。

九方堙：［淮南子］秦穆公使九方堙求馬，三月而反，報曰：在於沙邱，牡而黃，使人往取之，牝而驪，穆公不説。伯樂曰：若堙之所觀者，天機也，得其精而忘其粗，馬至而果千里之馬。

翰林：［長楊賦］藉翰林以爲主人。［注］翰，筆也，翰林，文翰之多若林。

【紀昀評語】

對"繞朝贈士會以策"就杜氏"可證解作鞭策之謬"評曰："解作鞭策不謬。杜氏誤解爲書策耳。'繞朝'二語，對面啟齒即了向必更題而增之，故知策是鞭策，寓使策馬速行之意耳。"

對"書記廣大，衣被事體"以下諸句評曰："此種皆係襍文。緣第十四先列襍文，不能更標此目，故附之書記之末，以備其目。然與書記頗不倫，未免失之牽合。況所列或不盡文章，入之論文之書，亦爲不類。若刪此四十五行，而以'才冠鴻筆'句直接'牋記之分'句下，較爲允協。"

對"觀此數條"數句評曰："二十四種襍文，體裁各別，總括爲難，不得不如此籠統敷衍。"

對"言既身文，信亦邦瑞"數句評曰："此處仍以書記結，與中間所列無涉，文意亦不甚相屬，知是前類雜文無類可附，強入之《書記》篇耳。"

【劉永濟校字】

辭氣。

鮑本《御覽》五九五"氣"作"旨"，是。

詳總書體。

《御覽》"總"作"諸"，是。

言以散鬱陶。

《御覽》"言"作"所"，是。

其義美矣。

《御覽》"其"下有"辭"字，是。

賤之爲善者也。

《御覽》無"爲"字，是。

符契券疏。

按"券"應作"券"。券即倦字。下文各券字皆誤。

易以書翰矣。

按俞正燮《癸巳類稿》曰："《文心雕龍》'三代玉瑞，漢用金竹，末代從省，代以縑'。按《莊子》云：'焚符破璽。'於符言焚，則三代亦以竹。《漢書》'終軍棄縑'，即是關符，則漢符亦或兼用縑。《文帝紀》十三年：'除關無用傳。'《注》：李奇曰：'傳，棨也。'顏師古曰：'棨，刻木爲合符也，或用繒帛。'非《文心雕龍》所謂末代也。"按俞氏所引此文，與今本不同，記此俟考。

四條。

"四"，舊校"疑作數"。按當作"眾"。《檄移》篇有"凡此眾條"，《銘箴》篇有"群觀眾條"之文，可證二字彥和所常用。

【劉永濟釋義】

紀評謂："二十四品，與《書記》不倫，未免牽合。"非也。劉成國《釋名》曰："書，庶也，紀庶物也。亦言著簡紙，永不滅也。"揚子雲《法言·問神》篇曰："彌綸天下之事，記久明遠，著古昔之㖧㖧，傳千里之忞忞者，莫如書。"曰"紀庶物"，曰"彌綸天下之事"，足見書之爲義，其廣如此，故舍人曰："書記廣大，衣被事體。"紀氏非之，未明此義。且本書原有附論之列，上篇所涉，固徧及各體之作。二十四品，既不足以設專篇，復不宜略而不論，乃附之《書記》之末，亦猶《雜文》篇末附及者十六類也。

孫詒讓《周禮正義》曰："質劑、傅別、書契，同爲券書。質劑，手書一札，前後文同，而中別之，使各執其半札。傅別，則爲手書大字，中字而別其札，使各執其半字。書契，則書兩札，使各執其一札。傅別札字半別；質劑則唯札半別而字全具，不半別；書契則書兩札，札亦不半別也。"舍人以"字形半分"釋券，實當爲傅別。曰券者，舉其大名耳。鄭康成《周禮注》亦謂："古之質劑，即今之券書，又曰傅別，別或作莂。"蓋通稱則無分，專稱則有別也。

【劉永濟批語】

在《劉舍人文心雕龍十卷》（下冊）之《書記》上的題語：

篇前列"參證"材料以言"書記廣大，衣被事體"。"劉熙《釋名》：書，庶也，紀庶物也。亦言著簡紙永不滅也。《問神》篇曰：彌綸天下之事，記久明遠，著古昔之㖒㖒、傳千里之忞忞者，莫如書曰紀庶物，曰彌綸天下之事，足見書體內涵之廣矣。"

於"觀史遷之報任安"批註曰："《文選》載西漢人書，尚有李陵《報蘇武書》一首，劉知幾謂其文體不似西京，且班史不錄，定爲贗作。東坡亦疑爲齊梁間人所擬，彥和論書亦不數此文，則其僞無疑，然出自能手，所作非凡筆也。""《漢書·蓋寬饒傳》有太子庶子王生與蓋寬饒一書，詞旨切直，亦可觀也。《西京雜記》有鄒長蒨《遺公孫弘書》。崔子玉《與葛元甫書》：今遣奉書錢千爲贄，並送《許子》十卷。貧不及素，但以紙耳。""後漢朱浮有《爲幽州牧與彭寵書》。""《後漢書·葛龔傳》：和帝時以善文記知名，著文賦碑誄書記十二篇。今佚。《文選》文帝雜詩注引龔《與梁相張府君箋》曰：'悠悠夢想，願飛無翼。'又《御覽》九百四十二引《與張略書》曰：夜從劉伯宣舍西垂過龔家，無飯噉當作蝦。""應璩、吳質亦善書記，見文帝《敘錄》。《文選》有。"

於"趙至《敘離》"批註曰："趙至《敘離》即《文選》所載《與嵇茂齊

書》。《嵇紹集》曰：趙景真《與從兄茂齊書》時人誤謂呂仲悌與先君書。今《文選》題爲趙景真，而書首則曰安白，彥和此文概同少說。"

於"亦稱奏書"批註曰："奏，進也。奏書，進書也。"

於"迄至後漢，始有名品"批註曰："奏記不必後漢有此名，前漢亦有之，例如《杜延年傳》'延年乃奏記光，爭以爲吏縱罪人，有常法'。又《蕭望之傳》'鄭朋待詔金馬門，朋奏記望之，望之見納'是也。""鄭朋奏記蕭望之曰：將軍體周召之德，秉公綽之質，有卞莊之威。至乎耳順之年，履折衝之位，號至將軍，誠士之高致也。窟穴黎庶，莫不歡喜，咸曰：將軍其人也，今將軍規模，云若管晏而休，遂行日仄，至周召乃留乎？若管晏而休，則下走將歸延陵之皋，修農圃之疇，畜雞種黍，竢見二子，沒齒而已矣。如將軍昭然度行積思，塞邪枉之險蹊，宣中庸之常政，興周召之遺業親日仄之兼聽，則下走其庶幾，願竭區區，底厲鋒鍔，奉萬分之一。"

於"籍"批註曰："《左傳》昭公十五年：'孫伯黶司晉之典籍，以爲大政，故曰籍氏。'"

於"令"批註曰："《司馬法》仁本篇有軍令曰：'入罪人之地，無暴神祇，無行田獵，無毀土功，無燔牆屋，無伐林木，無取六畜、禾黍、器械，見其老弱奉歸無傷，雖遇壯者……若傷之，醫藥歸之。'"

於"簿"批註曰："《張湯傳》：'上以湯懷詐面欺使使八輩簿責湯。'師古曰：'以文簿次第一一責之。'《李廣傳》：'大將軍長史，急責廣之莫府上簿。'師古曰：'簿謂文狀也。'"

於"九章積微，故以爲術"批註曰："《漢志》曆譜類有許商算術二十卷，杜忠算術十六卷。沈欽韓曰：此許商、杜忠所爲即是九章術。《史記·倉公傳》：受其脈書，上下經，五色診，奇咳術。"

於"式"批註曰："王應麟曰：《日者傳》'分策定卦，旋式正基'，《宋史·職官志》：設於此而使彼效之謂式。"

於"占"批註曰："《漢志》有《漢五星彗客行事占驗》八卷、《漢日旁氣行事占驗》八卷、《漢流星行事占驗》八卷等，是也。"

於"書雲"批註曰："《左傳》'凡分至啟閉，必書雲物，爲備故也'。"

於"律"批註曰:"蕭何作律九章。《晉書·刑法志》:蕭何定律,除參考連坐之罪、增部主見知之條,益事律擅興廄户三篇,合為九篇。"

於"法"批註曰:"《漢志》兵家有吳《孫子兵法》八十二篇,禮類有軍禮《司馬法》百五十五篇,兵陰陽家有《太一兵法》一篇,《天一兵法》三十五篇,《神農兵法》一篇兵技巧家有射法、弋法等書。"

於"符"批註曰:"出關之符又曰傳。《寧成傳》:'刻傳出關歸家。'師古曰:'傳,所以出關之符也。'劉熙《釋名》:'傳,轉也。轉移所在以為信也。'""桓譚《新論》佚文:公孫龍,六國時齊士也。為堅白之論,假物取譬,謂白馬為非馬似馬者,言白所以名色,馬所以名形也。色非形,形非色也。人不能屈。後乘白馬無符傳欲出關,關吏不聽,以虛言難以奪實也。"(見《六帖》九,《御覽》四百六十四引)"《古刻叢鈔》有《討羌符》曰:永初二年六月丁未朔,廿日丙寅得車騎將軍幕府文書上郡屬國都尉中二千石守丞廷義教令,三水十月丁未到府受印綬告天討叛羌,急急如律令。馬卅匹,驢二百頭日給。"

於"券"批註曰:"《釋名》:'券,綣也,相約束綣綣以為限也。'"

於"契"批註曰:"莂,別也。大書中央,中破別之也。契,刻也,刻識其數也。""孫詒讓曰:質劑、傅別、書契,同為券書。質劑,手書一札,前後文同,而中別之,使各執其半札。傅別則為手書大字,中字而別其札,使各執其半字。書契則書兩札,使各執其一札。傅別札字半別,質劑則唯札半別,而字全具不半別。書契則書兩札,札亦不半別也。""鄭玄注《周禮·天官》小宰之職謂凡簿書之要目、訟獄之要辭,皆曰契,謂出予受入之凡要也。""鄭玄謂古之質劑即今之券書,又曰傅別。別,或作莂。"

於"判書"批註曰:"《周官·秋官》:朝士凡有責者,有判書。"

於"刺者"批註曰:"劉熙《釋名》:'書稱刺,書以筆刺紙簡之上也。'又曰:'寫,倒寫此文也。書姓字於奏上,曰書刺,作再拜起居字,皆違其體。使書畫邊,徐引筆去之,如畫者也。下官刺曰長刺,長書中央一行而下之也。又曰爵裡刺,書其官爵及郡縣鄉里者。'漢人刺書，今存美博物館者有文曰：起居，王母。又羅振玉印有《漢晉書影》一册，有漢人竹簡隸書是工。"

於"《周禮》三刺"批註曰："一訊羣臣，二訊羣吏，三訊萬民。"

於"牒"批註曰："《説文》：'牒，札也。'徐鉉曰：'議政未定，短札諮謀曰牒。'""《史記‧三代世表》'餘讀牒記'，《索引》曰：'記係諡之書也。'非此類。《左》昭二十五年，'受而退'是也。《漢書》注：'小簡曰牒。'又《匡衡傳》'但以無階朝廷，故隨牒在遠方'注：'隨牒，謂隨選補之恒牒。'""《增韻》曰官府移文謂之牒。"

於"行狀"批註曰："《後漢書‧史弼傳》注引《先賢行狀》，有《裴瑜行狀》（桓帝時舉孝廉，歷官至尚書），瑜字雉璜，聰明敏達，觀物無滯，清論所加，必爲成器，醜議所指，没齒無怨也。"

於"列者"批註曰："任昉《奏彈劉整》文中有'列稱'云云，是也。""《通典》□□□靈帝時諸博士試甲乙科，凡學士皆書其版，舉主保之。其文曰：'生事愛敬喪没如禮理，《易》《尚書》《孝經》《論語》，並小宗載籍窮微闡奧，師事某官，經明受謝，見首門徒尚五十人以上，正席謝生三郡三人隱居樂道，不求聞達，身無金痍痼疾三十六屬，不與妖惡交通，王侯賞賜，行應四科，經任博士某官某甲保舉。'"

於"券"批註曰："徐渭：'《柳元毅以所得晉太康間冢中杯及瓦券來易余手繪》詩序，有券文曰：大男楊紹從土公買塚地一丘，東極闕澤，西極黃滕，南極山背，北極於湖，直錢四百萬，即日交畢。日月爲證，四時爲任，太康五年九月二十九日對共破莂。民有私約如律令。"

於"鐵券"批註曰："高帝鐵券文曰：'使黃河如帶，泰山若厲，國以不存，旁及苗裔。'""買地券文，石崇《奴券》亦效之作。""又《三輔故事》載漢與匈奴分地界丹書鐵券曰：'自海以南，冠蓋之士不内焉；自海以北，控弦之士處焉。'"

於"聖賢詩書采以爲談"批註曰："《典論》佚文（《太子篇序》）：全蒙隆寵，忝當上嗣，憂惶踧踖，上書自陳，欲繁辭博稱，則父子之間不文也，欲略言直說，則喜懼之心不達也。裡語曰：海無目鑒，觀海作家書，言其難也。"

在涵芬樓本《文心雕龍‧書記篇》上的題語：

删去"君子小人可見矣"之"可"字。

改"取象乎史"之"史"爲"夬"。

於"言以散鬱陶，托風采，故宜條暢"爲"所以散鬱陶，托風采，故宜滌蕩"。

於"張敞奏書於膠後，其義美矣"之"其"後加一"辭"字。

改"箋者，表也。識表其情也"之"識表"爲"表識"。

删去"箋之爲善者也"之"爲"字。

改"《九章》積徵"之"徵"爲"微"。

删去"黃鐘調起，五音以正，音以正"之"音以正"。

改"管仲下命如流水"之"命"爲"令"。

於"上行於下，匠之制器也"之"匠"前加一"如"字。

改"符之，厚也"之"厚"爲"孚"。

改"出入由門，關閉由審"之後一"由"字爲"當"字。

改"孫亶四聖相也"之"四"爲"回"。

改"籤之，籤密之也"之"籤"爲"纖"。

改"狀者貌也。禮貌本原"之"禮"爲"體"。

改"喪言亦不及交"之"交"爲"文"。

於"鄒穆公云囊漏儲中"上批曰："《新序刺奢》：周諺曰：'囊漏儲中。'《南齊書‧顧憲之傳》：'乃囊漏不出儲中。'"

於"太誓古人有言"之"太誓"後加一"曰"字。

改"陳琳諫辭稱掩目捕省"之"省"爲"雀"。

改"觀此四條"之"四"爲"眾"。

改"而無藻之所忽也"之"無"爲"浮"。

【劉永濟本篇摘錄語詞】

心聲	心畫	文翰	書介	詭麗	辭氣	盤桓	殊采	屬章
辭翰	激切	滌蕩	風采	優柔	文明	節文	心聲	清美
彪蔚	體貌	纖密	精要	文綺	浮藻	文藻		

卷六

神思第二十六

　　古人云："形在江海之上，心存魏闕之下。"神思之謂也。文之思也，其神遠矣。故寂然凝慮，思接千載；悄焉動容，視通萬里。吟詠之間，吐納珠玉之聲；眉睫之前，卷舒風雲之色：其思理之致乎？故思理爲妙，神與物遊。神居胸臆，而志氣統其關鍵；物沿耳目，而辭令管其樞機。樞機方通，則物無隱貌；關鍵將塞，則神有遯心。是以陶鈞文思，貴在虛靜。疏瀹五藏，澡雪精神。積學以儲寶，酌理以富才，研閱以窮照，馴致以繹辭。然後使玄解之宰，尋聲律而定墨；獨照之匠，闚意象而運斤。此蓋馭文之首術，謀篇之大端。夫神思方運，萬塗競萌，規矩虛位，刻鏤無形，登山則情滿於山，觀海則意溢於海，我才之多少，將與風雲而並驅矣。方其搦翰，氣倍辭前，暨乎篇成，半折心始。何則？意翻空而易奇，言徵實而難巧也。是以意授於思，言授於意；密則無際，疏則千里；或理在方寸而求之域表，或義在咫尺而思隔山河。是以秉心養術，無務苦慮；含章司契，不必勞情也。

　　人之稟才，遲速異分；文之制體，大小殊功。相如含筆而腐毫，揚雄輟翰而驚夢，桓譚疾感於苦思，王充氣絕於沈慮，張衡研京以十年，左思練都以一紀，雖有巨文，亦思之緩也。

淮南崇朝而賦騷，枚皋應詔而成賦，子建援牘如口誦，仲宣舉筆似宿構，阮瑀據案而制書，禰衡當食而草奏，雖有短篇，亦思之速也。若夫駿發之士，心總要術，敏在慮前，應機立斷；覃思之人，情饒歧路，鑒在疑後，研慮方定。機敏，故造次而成功；慮疑，故愈久而致績。難易雖殊，並資博練。若學淺而空遲，才疎而徒速，以斯成器，未之前聞。是以臨篇綴慮，必有二患：理鬱者苦貧，辭溺者傷亂。然則博見爲饋貧之糧，貫一爲拯亂之藥，博而能一，亦有助乎心力矣。

若情數詭雜，體變遷貿。拙辭或孕於巧義，庸事或萌於新意。視布於麻，雖云未費。杼軸獻功，煥然乃珍。至於思表纖旨，文外曲致，言所不追，筆固知止。至精而後闡其妙，至變而後通其數，伊摯不能言鼎，輪扁不能語斤，其微矣乎！

贊曰：神用象通，情變所孕。物以貌求，心以理應。刻鏤聲律，萌芽比興。結慮司契，垂帷制勝。

【黃叔琳注】

江海魏闕：[莊子]中山公子牟謂瞻子曰：身在江海之上，心居乎魏闕之下，奈何？

關鍵：[老子]善閉無關鍵而不可開。[小爾雅]鍵謂之鑰。

陶鈞：[鄒陽傳]陽上書曰：聖王制世御俗，獨化於陶鈞之上。[注]陶家名轉者爲鈞。蓋取周回調鈞耳，言聖王制馭天下，亦猶陶人轉鈞。

定墨：[禮玉藻]卜人定龜，史定墨。

司契：[陸機文賦]意司契而爲匠。

相如：[枚皋傳]皋爲文疾，受詔輒成，故所賦者多。司馬相如善爲文而遲，故所作少而善於皋。

揚雄驚夢：[桓譚新論]成帝幸甘泉，詔揚子雲作賦，倦臥，夢其五臟出在地，以手收內。

桓譚苦思：[桓譚新論]余少時見揚子雲之麗文高論，而猥欲追及，嘗激一事而作小賦，用精思太劇，而立感動發病，彌日瘳。

王充：[王充傳]充閉門潛思，著論衡二十余萬言，年漸七十，志力衰耗，乃造性書十六篇，裁節嗜欲，頤神自守。

口誦：[楊修答臨淄侯曹子建牋]嘗親見執事，握牘持筆，有所造作，若成誦在心，借書於手，曾不斯須，少留思慮。

宿搆：[王粲傳]粲字仲宣，善屬文，舉筆便成，無所改定，時人常以為宿搆，然正復精意殫思，亦不能加也。

阮瑀據鞍：[典略]太祖嘗使阮瑀作書與韓遂，瑀於馬上具草書成呈之，太祖擥筆欲有所定，而竟不能增損。

禰衡草奏：[禰衡傳]劉表嘗與諸文人共草章奏，時衡出，還見之，開省未周，因毀以抵地，從求筆札，須臾立成，辭義可觀，表益重之。

應機立斷：[劉向新序]所以尚干將莫邪者，貴其立斷也。[陳琳答東阿王牋]拂鐘無聲，應機立斷。

伊摯：[呂氏春秋]湯得伊尹，明日設朝而見之，説湯以至味曰：鼎中之變，精妙微纖，口弗能言，志弗能喻。

輪扁：[莊子]輪扁謂桓公曰，以臣之事觀之，斲輪徐，則甘而不固，疾則苦而不入，不徐不疾，得之於手而應於心，口不能言，有數存焉於其間。

【紀昀評語】

對"故思理為妙"數句評曰："甘苦之言。"

對"是以陶鈞文思，貴在虛靜"評曰："虛靜二字，妙入微茫。補出積學酌理，方非徒騁聰明。觀理真則思歸一綫，直湊單微，所謂用志不分，乃疑於神。"

對"夫神思方運"數句評曰："此一段乃馳騖其思之弊，正是鞭緊上文。"

對"何則"數句評曰："詞人所心苦而口不能言者，被君直指其所以然。"

對"是以秉心養術"數句評曰:"意在遊心虛靜,則腠理自解,興象自生,所謂自然之文也。而'無務苦慮,不必勞情'等字,反似教人不必冥搜力索,此結字未穩,詞不達意之處,讀者毋以詞害意。"

對"人之稟才,遲速異分"數句評曰:"遲速由乎稟才,若垂之於後,則遲速一也;而遲常勝速。枚皋百賦無傳,相如賦皆在人口,可驗。"

對"杼軸獻功,煥然乃珍"數句評曰:"後出本原工,夫總結前二段。""補出刊改乃工一層。及思入希夷,妙絕蹊徑,非筆墨所能摹寫一層神思之理,乃括盡無餘。"

【劉永濟校字】

是以意授於思,言授於意。

各本皆如此。按兩"授"字疑皆當作"受",此言文意受之文思,文辭又受之文意。蓋有文意始有文辭,而其本皆在文思也。

據案。

顧廣圻校作"鞍",是。

未費。

按"費"疑當作"貴"。

【劉永濟釋義】

此篇分四段。初段總論神思之要。次段明言不盡意,故貴修養心神,使其虛靜。中分四節:首詳神思與外物交融通塞之理;次明修養心神之術,在乎虛靜;次言爲文必資修養心神之故,終論心神得修養之效。三段論思有遲速,心神得修養,則均無害。中分三節:初舉思有遲速之證;次言皆資博學練才;終明博練之效,可免二患:博練,即前段積學四句,而歸本於虛靜二字。末段補論爲文有待修改之功,及文事之妙,有非可言說者二意:首言修改而後工者,屬之人力;次言文心得其修養者,其文超妙,有非言語文字所能盡者。論文思至此,可謂無餘蘊矣。

此篇最要者二義：一論內心與外境交融而後文生之理，次論修養心神乃爲文要術之故。總此二義，而後知舍人論文之精微。茲先釋第一義。試攝要圖之於下。

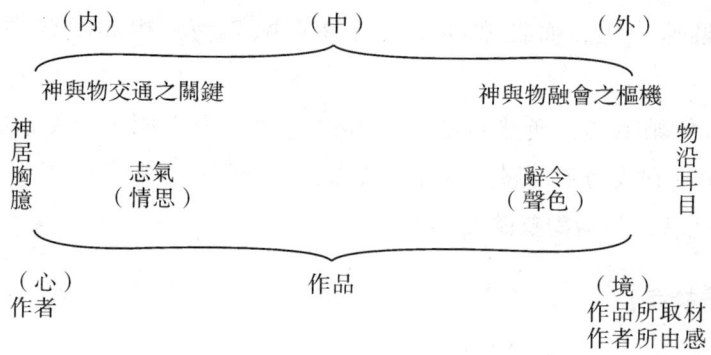

上圖所表，即作者內心與外境交融而後文生之理。蓋"神居胸臆"，與物接而生感應；志氣者，感應之符也。故曰"統其關鍵"。"物沿耳目"與神會而後成興象；辭令者，興象之府也，故曰"管其樞機"。然則辭令之工拙，興象之明晦係焉；志氣之清濁，感應之利鈍存焉。易詞言之，即內心外境之表見，其隱顯深淺，咸視志氣、辭令爲權衡：志氣清明，則感應靈速；辭令巧妙，則興象昭晰。二者之於文事，若兩輪之於車焉。千古才士，未有舍是而能成佳文者。然而能言其理者，獨於此篇見之。此舍人之所以卓絕也。以上釋第一義竟。

其論修養心神乃爲文之首術者。舍人論文，輒先論心。故《序志》篇曰："夫文心者，言文之用心也。"蓋文以心爲主，無文心即無文學。善感善覺者，此心也；模物寫象者，亦此心也；繼往哲之遺緒者，此心也；開未來之先路者，亦此心也。然而心忌在俗，惟俗難醫。俗者，留情於庸鄙，攝志於物欲，靈機窒而不通，天君昏而無見，以此爲文，安從窺天巧而盡物情哉？故必資修養。舍人虛、靜二義，蓋取老聃"守靜致虛"之語。惟虛則能納，惟靜則能照。能納之喻，如太空之涵萬象；能照之喻，若明鏡之顯眾形。一塵不染者，致虛之極境也；玄鑒孔明者，守靜之篤功也。養心若此，湛然空靈。及其爲文也，行乎其所當行，止乎其所當止，不待規矩繩墨. 而有妙造自然之樂，尚何難達之辭，不盡之意哉？故曰"馭文之首術，謀篇之大端"也。以上釋第二義竟。

修改之功，爲文家所不免，亦文家之所難。舍人拙辭二語，陳義至確。蓋孕巧義於拙辭者，辭修而後巧義始出；萌新意於庸事者，察精而後新意始明。作者臨文，每遇此境，徒以憚於反復，疏於斟酌，遂令一字之嫌，傷其全句，一句之病，害及全篇，亦綴文之通病，運思之微瑕也。故舍人特於篇終出此一義。至"摯鼎""扁斤"之喻，則以譬文思之超妙，有非言語所能形容，而天機駿利者，自然動合矩度也。

【劉永濟批語】

在《劉舍人文心雕龍十卷》(下册)之《神思》篇上的題語：

篇前批語有曰："此篇總論心與文之關係一，而重在修養。""心之活動：體驗，體驗生活；感應，感受事物；考索，考慮道理；聯想，聯想彼此；記憶，記憶往昔；想像，想像未來。""1. 耳目所聞見，2. 心情所接觸，3. 生活所體驗。感受：實際的境界，客觀的事物。""情、志、氣互訓：情，志也，《楚辭・惜誦》'恐情質之不信兮'注。志，情，動也。《左氏》昭廿五年'傳以制六志'疏。思慮也，《春秋説題辭》'思慮爲志'。氣，志氣，《國語・楚語》'夫民氣縱則底'注。力也，《吕覽》'審時其氣'章注。體之充也，《孟子・公孫丑上》'氣，體之充也'注：'氣，所以充滿形體爲喜怒也'。故氣可屬情。""情志氣三文互訓之證：情，又訓志也，《楚辭・惜誦》'恐情質之不信'曾注。志，又訓情動。《左氏》昭廿五年'傳以制六志'，疏曰：'情動曰志。'又《詩・關雎》序疏：'感物而動乃呼爲志。'故志可包思與情二者。志，意也。意，思念也。《春秋説題辭》：'思慮爲志。'故志屬思。氣，《孟子・公孫丑上》：'氣，體之充也。'注：'氣，所以充滿形體爲喜怒也。'故氣可屬情。氣訓質性，則文帝《典論・論文》所謂氣也。氣，志氣也，《楚語》'民氣縱則底'注：'氣，志氣也。'""神居胸臆，與物接而後發而爲志氣；物沿耳目與神會而後形而爲辭令，文學作品者，志氣與辭令相合而成者也。""思,《説文》作恖,容也。《禮記·曲禮上》'儼若思'疏:'思,計慮也。'《孟子·公孫丑上》'思與鄉人立'注:'思念也。'(心之活動)""神,《易·繫辭下》傳:寂然不動(心)而遂通者(神)也(主觀能動性)。""心神:《淮南·精神》'心之寶也。《文選》《七啟》'可以和神'注:'神,人之精爽也。'《鬼谷子·捭闔篇》:'心者,神之主也。'《白虎通·情形篇》:'心之爲言,任也。任於思也。'《釋名》釋形體:'心,纖也,所識纖微,無物不貫也。'《管子·心術上》:'心也者,智之舍也。'""神(主觀能動性)乃心之用,心(能動主體)則神之體,不曰心思,而曰神思(靈妙的心之活動)者,言心之活動(思)必靈妙。蓋神,又靈也。從心之用言之也。文思貴靈,靈則明妙,明妙則能觀物,能觀物者能得物之真象,以之爲文則豐富而多彩。文思如何能靈妙?則需修養,修養之道在令其虛靜,虛則能容納萬物,静則能照澈物象。"

於"貴在虛靜"批註曰:"虛則能納,静則能照,無欲則虛,遠俗則静。此文家修養之功也。"

於"馴致"批註曰:"'馴致'出《易·坤卦》,其道漸至也。此用作從容不迫解,即使之條暢。"

於"夫神思方運"批註曰:"士衡《文賦》論文人構思之狀曰:'其始也,皆收視反聽……濯下泉而浸。'又論思塞之狀曰:'及其六情底滯……思乙乙其若抽。'論駿利之狀曰:'方天機之駿利……音泠泠而盈耳。'"

於"規矩""刻鏤"批註曰:"規矩、刻鏤二句,想像之意也,我國舊説爲興象。文家表情有不能畫、不必畫、不敢畫者,但工於表現者自有其法。工具、人爲,要在善用。"

於"意翻空而易奇,言徵實而難巧"批註曰:"意、言二句即書不盡言,言不盡意之説也。東坡捕風捉影之説可證。東坡《答謝民師書》曰:'求物之妙,如系風逮影,能使了然于心者蓋千萬人而不一遇也。而況能使了然於口與手乎!是之謂詞達。'"《楚辭》'沅有芷兮澧有蘭,思公子兮未敢言。'思人之深,至不可言,至矣!"

於"是以秉心養術"批註曰"元好問《論詩絶句》:'眼處心聲句自

神,暗中摸索總非真。畫圖臨出秦川景,親到長安有幾人?'"

於"無務苦慮、不必勞情"批註曰:"無務苦慮,不必勞情者,極虛靜之功者之事也,非不思而可得也。紀評未的。苦慮、勞情,又有極意經營之意,是有意于爲文與自然之旨違反。"

於"相如含筆而腐毫""枚皋應詔而成賦"批註曰:"《西京雜記》:'枚皋文章敏疾,長卿製作淹遲,皆盡一時之譽。而長卿首尾溫麗,枚皋時有累句,故知疾行無善跡也。'揚子雲曰:'軍旅之際,戎馬之間,飛書馳檄用枚;廊廟之下,朝廷之中,高文典册用相如。"

於"左思練都以一紀"批註曰:"左思欲賦三都,乃詣張載,訪岷邛之事,還,構思十年,門庭廁溷,皆著紙筆,遇成一句,即便疏之。及賦成,豪貴競寫,京師紙貴。"

於"淮南崇朝而賦騷"批註曰:"《漢書·安傳》:'武帝使爲賦騷,《離騷傳》。'《武帝紀》則曰:'上使安作《離騷賦》。'故王念孫以爲'傳'乃'傅'字,'傅''賦'古通。今按,應作'傅騷'。太史公《屈傳》引用幾句,皆散文非賦語可證。"

於"並資博練"批註曰:"博即積學酌理,練即研閱馴致。博則不淺,練則不疏。"

於"若情數詭雜"數句批註曰:"此刊改作功,人力也。"

於"至於思表纖旨"數句批註曰:"此非刊改,可能天才也。"

於"拙辭或孕於巧義"批註曰:"孕巧義於拙辭,修辭上巧義出,拙辭或孕於巧義。杜少陵'桃花細逐楊花落,黄鳥時兼白鳥飛'二句原作'楊花欲共桃花語',後改如今句。'欲共語',拙詞也。"

於"庸事或萌於新意"批註曰:"萌新意於庸事,運事妙則新意生,詩人用意不必奇景異物,而尋常事物中可出新意,要在作者之能否覺察耳。東坡《西湖詩》曰:'西湖天下景,遊者無愚賢。深淺隨所得,誰能識其全?'謝靈運'池塘生春草,園柳變鳴禽',只是眼前景物。又如《古詩十九首》,皆是宇宙中常情常事。"

於"文外曲致,言所不追"批註曰:"鍾嶸稱嗣宗《詠懷》,言在耳目之内,情寄八荒之表。顏延年爲阮詩注云:阮公身事亂朝,常恐遇禍,因茲發詠，故每有憂生之嗟。雖志在刺譏，而文多隱避，百代之下，難以情測。"

於本篇注後批曰："1.客觀現實反映入作者的心（主觀能動力）。2.再由作者經過主觀批判寫入作品（文）。3.這就是情（心、主觀批判）、境（客觀現實）融合而生文（作品）之理。""作品的成功分兩節。先由客觀現實反映于人，作者感受了經過主觀批判而成文。主觀批判是感受後對客觀現實在思想上的是非、情感上的愛憎，而生出的，故主觀批判必在感受了之後。彥和論文對作者感受了後的多，對客觀現實反映于作者的少些。"

在涵芬樓本《文心雕龍·神思篇》上的題語：
改"是以意授於思，言授於意"之兩"授"字爲"受"。
改"工充氣竭於思慮"之"思"爲"沉"。
改"覃思之人情饒岐路"之"岐"爲"歧"。
改"理鬱者若貧"之"若"爲"苦"。
改"然則博聞爲饋貧之糧"之"聞"爲"見"。
改"雖云未費杼軸"之"費"爲"貴"。

【劉永濟本篇摘錄語詞】

神思　文之思　吐納　思理　志氣　樞機　隱貌　遁心　文思
疏瀹　研閱　馴致　玄解　意象　規矩　刻鏤　思　意　言
含章　司契　思緩　思速　駿發　要術　學　才　博練　博見
貫一　情數　詭雜　體變　思表　纖旨　曲致　情變　結慮

體性第二十七

夫情動而言形，理發而文見；蓋沿隱以至顯，因內而符外者也。然才有庸儁，氣有剛柔，學有淺深，習有雅鄭；並情性所鑠，陶染所凝。是以筆區雲譎，文苑波詭者矣。故辭理庸儁，莫能翻其才；風趣剛柔，寧或改其氣；事義淺深，未聞乖其學；體式雅鄭，鮮有反其習：各師成心，其異如面。若總其歸塗，則數窮八體：一曰典雅，二曰遠奧，三曰精約，四曰顯附，五曰繁縟，六曰壯麗，七曰新奇，八曰輕靡。典雅者，鎔式經誥，方軌儒門者也；遠奧者，馥采典文，經理玄宗者也；精約者，覈字省句，剖析毫釐者也；顯附者，辭直義暢，切理厭心者也；繁縟者，博喻醲采，煒燁枝派者也；壯麗者，高論宏裁，卓鑠異彩者也；新奇者，擯古競今，危側趣詭者也；輕靡者，浮文弱植，縹緲附俗者也。故雅與奇反，奧與顯殊，繁與約舛，壯與輕乖，文辭根葉，苑囿其中矣。

若夫八體屢遷，功以學成。才力居中，肇自血氣。氣以實志，志以定言，吐納英華，莫非情性。是以賈生俊發，故文潔而氣清；長卿傲誕，故理侈而辭溢；子雲沈寂，故志隱而味深；子政簡易，故趣昭而事博；孟堅雅懿，故裁密而思靡；平子淹通，故慮周而藻密；仲宣躁銳，故穎出而才果；公幹氣褊，故言壯而情駭；嗣宗俶儻，故響逸而調遠；叔夜儁俠，故興高而采烈；安仁輕敏，故鋒發而韻流；士衡矜重，故情繁而辭隱。觸類以推，表裏必符。豈非自然之恒姿，才氣之大略哉！

夫才有天資，學慎始習。斲梓染絲，功在初化；器成綵定，難可翻移。故童子雕琢，必先雅製，沿根討葉，思轉自圓。八體雖殊，會通合數，得其環中，則輻輳相成。故宜摹體以定習，因性以練才。文之司南，用此道也。

贊曰：才性異區，文體繁詭。辭爲膚根，志實骨髓。雅麗黼黻，淫巧朱紫。習亦凝真，功沿漸靡。

【黃叔琳注】

　　簡易：［劉向傳］向字子政，爲人簡易無威儀。
　　斲梓：［周書］若作梓材，既勤樸斲。
　　染絲：［墨子］墨子見染絲者而歎曰：染于蒼則蒼，染于黃則黃，故染不可不慎也。
　　環中：［莊子］樞始得其環中，以應無窮。
　　司南：［韓子］先王立司南以端朝夕。［注］司南，即指南車也，以喻國之正法。

【紀昀評語】

　　對"各師成心，其異如面"數句評曰："如以'各師'句接所凝句更爲簡净。"
　　在"吐納英華，莫非情性"諸句上就前人批語"由文辭得其情性，雖並世猶難之，況異代乎？如此裁鑒，千古無兩"評曰："此亦約略大概，言之，不必皆確。百世以下，何由得其性情？人與文絕不類者，況又不知其幾歟？"
　　對"夫才有天資，學慎始習"諸句評曰："歸到慎其先入，指出實地工夫。蓋才難勉强而學可自爲，故篇内並衡而結穴側注。"
　　對"習亦凝真"評曰："'疑'字是。《莊子》'乃疑於神'，正作'疑'字。後人或作'凝'，或作'擬'，皆不知妄改。"

【劉永濟校字】

　　馥采典文。
　　按各本皆同，疑"馥"當作"複"，"典"當作"曲"，皆字形之誤。複者，隱複也；曲者，深曲也。談玄之文，必隱複而深曲，《徵聖》篇論《易經》有"四象精義以曲隱"可證。舍人每以複、隱、曲、奧等詞連用，如《原道》篇"鈆辭炳曜""符采複隱"，《練字》篇"複文隱訓"，《徵聖》篇"精義曲隱"，《總術》篇"奧者複隱"，《隱秀》篇"隱以複意爲工"，又

"深文隱蔚，餘味曲包"，《序志》篇"或有曲意密源，似近而遠"，皆可證此篇所謂"遠奧"之義。《總術》篇有"奧者複隱，詭者亦典"，"典"亦"曲"之誤字也。

博喻釀采。

按"釀"疑"醲"誤。醲，酒厚也，與"博"義相應。

文辭。

按明刻五家言本作"文體"，是也。上句言才性，此以文體對之，即總《體性》篇名也。范文瀾注同。

【劉永濟釋義】

此篇分三段。首段詳詮文體與心性之關係。中分二節：初言文之與心，必相符契，而人之才氣、學習各殊，故文體之變彌廣；次總括文體之變，約有八類，因而詳論八類之義。次段廣舉前人，以證文與心之必相符。末段即申言才氣固由天資，而學習可以輔相，仍側重在學習。蓋學苟不慎，則習非難返，而習與性違，亦勞而少功，故宜摹雅體以定習，因天性而練才。

舍人此篇雖標八體，非謂能此者必不能彼也。今任舉其書評文之語如下，以見其變之繁。

"相如《封禪》，麗而不典。"《封禪》

"揚雄《劇秦》，典而不實。"同上

"《離騷》《九章》，朗麗以哀思。"《辨騷》

"《天問》《遠遊》，壞詭以惠巧。"同上

"相如《上林》，繁類以成豔。"《詮賦》

"枚乘《兔園》，舉要以會新。"同上

"子雲《甘泉》，構深偉之風。"《詮賦》

"《桂華》雜曲，麗而不經。"《樂府》

"《赤雁》群篇，靡而非典。"同上

"枚乘《七發》，獨拔而偉麗。"《雜文》

"潘岳諸誄，易入新麗。"《誄碑》

"禰衡弔張，縟麗而輕清。"《哀弔》

"張衡《應間》，密而兼雅。"《雜文》

"蔡邕《釋誨》，體奧文炳。"同上

"仲宣靡密，發篇必遒。"《詮賦》

"景純綺巧，縟理有餘。"同上

"傅毅《七激》，會清要之工。"《雜文》

"孟堅《兩都》，明絢以雅贍。"《詮賦》

由上列觀之，雖約爲八體，而變乃無窮。但雅者必不奇，奧者必不顯，繁者必不約，壯者必不輕。除極相反者外，類多錯綜。即一人之作，或典而不麗，或奧而且壯，或繁而兼麗，或密而能雅，其異已多。又或一篇之內，或意朗而文麗，或辭雅而氣壯，或思密而篇遒，或情靡而體清。體性參午，變乃逾眾。學者於此，每苦紛如。又其評語，不盡取此八體十六字，每以行文之便，用同義之字，如偉麗即壯麗，明絢即顯麗之類是也。然皆權衡寸心，而後下語，非可視爲空洞之詞也。

元好問《論詩絕句》曰："心畫心聲總失真，文章寧復見爲人？高情千古《閒居賦》，爭信安仁拜路塵。"此言由文不必可覘心也。朱子讀淵明詠荊軻詩，謂靖節乃豪放之士；顧況見樂天原草之句，喜白公襟抱之曠，此又由文可以得心也。然紫可奪朱，而朱不因紫廢；僞可亂真，而真不以僞喪。文章之事，何獨不然？舍人所論者理之常，遺山所譏者文之僞。此孟子誦詩讀書，所以必論世知人也。蓋合其文與行觀之，而君子小人之真僞判然矣。未可致疑於舍人"表裏必符"之論也。

【劉永濟批語】

在《劉舍人文心雕龍十卷》（下册）之《體性》篇上的題語：

於篇名"體性"批註曰："體，作品，（文）；性，作者，（心）。""此總論心與文之關係二，重在練才定習。"

於"夫情動而言形"二句批註曰："首二句只從臨文之時立論，故有沿隱二句，不可認爲唯心主義。"

於"鑠"批註曰："顧千里校鑠與下煉互易，此二字本通也。"

於"氣有剛柔"批註曰："情動爲氣，流行之物曰氣。"

於"風趣剛柔"批註曰："情動曰風，亦爲氣。""才、氣：天才；學、習，人力。"

於"鮮有反其習"批註曰："習俗移人，賢者不免。"

於"馥采典文"批註曰："《原道》論文王繇辭有'符采複隱'之文，即此'複'意。'典'疑異訛。《總術》篇有'奧者複隱，詭者亦典'，知'奧'與'複'同義，如用'典'字，則與上'典雅'重複矣。"

於"若夫八體屢遷"數句批註曰："潘勗《九錫》，典雅逸群；枚乘《七發》，獨拔而偉麗；偉長《博通》，時逢壯相如《封禪》，麗而不典，麗、典；揚雄《劇秦》，典而非麗，典、麗；禰衡《弔張》，縟麗而輕清，麗、輕；張衡《應間》，密而兼雅，密、雅；蔡邕《釋誨》，體奧文炳，奧、顯；潘岳諸誄，易入新麗，新、麗；相如《上林》，繁類以成豔，繁、麗；枚乘《兔園》，舉要以會新，精、新；揚雄諸賦，構深偉之風，奧、壯；《桂花》雜曲，麗而不經，麗、典；《赤雁》群篇，靡而非典，靡、典；《離騷》《九章》，朗麗以哀思，顯、麗；《天問》《遠遊》，瑰詭以惠巧，麗、奇；仲宣靡密，發篇必遒，靡、奧；景純綺巧，縟理有餘，麗、縟；傅毅《七激》，會清要之工，顯、約；張衡《七辨》，結采綿靡，奧、靡；孟堅《兩都》，明絢以雅贍，顯、麗，雅、繁。"

於"吐納英華，莫非情性"數句批註曰："元好問《論詩絕句》：'心畫新聲總失真，文章寧複見爲人？高情千古《閒居賦》，爭信安仁拜路塵。'此文與人異者。又朱子謂淵明豪放以詠荆軻，詩有'惜哉劍術疏，奇功遂不成。其人雖已没，千載有餘情'。此論人不易之證。又論屈原者，歷來各異。"

於"八體"批註曰："此後二體（即'新奇者''輕靡者'）乃當時作風，彥和所常斥者。"

於"故宜摹體以定習"批註曰："桓譚《新論·道賦篇》佚文：揚子雲攻于賦，王君大習兵器，余欲從二子學。子雲曰：'能讀千賦則善賦。'君大曰：'能觀千劍則曉劍。'諺曰：'伏習象神，巧者不過習者之門。'"

於篇末批註曰："士衡論文雖多變，亦曰：誇目者尚奢，愜心者貴當。言窮者無隘，論達者唯曠。""《易·繫下》：將叛者其辭慚，中心疑者其辭枝，吉人之辭寡，躁人之辭多，誣善之人其辭遊，失其守者其辭屈。"

於"贊曰"前批曰："言爲心聲。子雲謂書，心畫也；言，心聲也。""鍾繇二子毓、會偷飲藥酒，毓拜而後飲，會飲而不拜。其後毓終於車騎將軍，會以謀反見誅。""白居易以詩謁顧況，顧見其首篇有'離離原上草，一歲一枯榮。野火燒不盡，春風吹又生。'大賞之。"

在涵芬樓本《文心雕龍·體性篇》上的題語：
改"遠奧者，馥采典文"之"馥"爲"複"，之"典"爲"曲"。
改"繁縟者，博喻釀采"之"釀"爲"醲"。

【劉永濟本篇摘錄語詞】

才	氣	學	習	陶染	辭理	風趣	事義	體式	複曲	典雅
遠奧	精約	顯附	繁縟	壯麗	新奇	輕靡	經理	博喻
危側	趣詭	文辭	俊發	吐納	英華	傲誕	沉寂	簡易
雅懿	淹通	躁銳	氣褊	俶儻	儁俠	自然	輕敏	才氣
矜重	才	學	會通才性	文體

風骨第二十八

詩總六義，風冠其首，斯乃化感之本源，志氣之符契也。是以怊悵述情，必始乎風；沈吟鋪辭，莫先於骨。故辭之待骨，如體之樹骸；情之含風，猶形之包氣。結言端直，則文骨成焉；意氣駿爽，則文風清焉。若豐藻克贍，風骨不飛，則振采失鮮，負聲無力。是以綴慮裁篇，務盈守氣，剛健既實，輝光乃新。其爲文用，譬征鳥之使翼也。故練於骨者，析辭必精；深乎風者，述情必顯。捶字堅而難移，結響凝而不滯，此風骨之力也。若瘠義肥辭，繁雜失統，則無骨之徵也。思不環周，索莫乏氣，則無風之驗也。昔潘勖錫魏，思摹經典，群才韜筆，乃其骨髓峻也。相如賦仙，氣號淩雲，蔚爲辭宗，迺其風力遒也。能鑒斯要，可以定文，茲術或違，無務繁采。

故魏文稱"文以氣爲主，氣之清濁有體，不可力强而致"。故其論孔融，則云"體氣高妙"；論徐幹，則云"時有齊氣"，論劉楨，則云"有逸氣"。公幹亦云："孔氏卓卓，信含異氣，筆墨之性，殆不可勝。"並重氣之旨也。夫翬翟備色，而翾翥百步，肌豐而力沈也。鷹隼乏采，而翰飛戾天，骨勁而氣猛也。文章才力，有似于此。若風骨乏采，則鷙集翰林；采乏風骨，則雉竄文囿。唯藻耀而高翔，固文章之鳴鳳也。

若夫熔鑄經典之範，翔集子史之術，洞曉情變，曲昭文體，然後能孚甲新意，雕畫奇辭。昭體故意新而不亂，曉變故辭奇而不黷。若骨采未圓，風辭未練，而跨略舊規，馳騖新作，雖獲巧意，危敗亦多，豈空結奇字，紕繆而成經。周書云："辭尚體要，弗惟好異。"蓋防文濫也。然文術多門，各適所好，明者弗授，學者弗師。於是習華隨侈，流遁忘反。若能確乎正式，使文明以健，則風清骨峻，篇體光華。能研諸慮，何遠之有哉！

贊曰：情與氣偕，辭共體並。文明以健，珪璋乃聘。蔚彼風力，嚴此骨鯁。才鋒峻立，符采克炳。

【黄叔琳注】

剛健：[易]彖曰：大畜剛健篤實，輝光日新其德。

征鳥：[禮記月令]征鳥厲疾。

錫魏：見詔策篇。

賦仙：[司馬相如傳]相如以爲列仙之儒，居山澤間，形容甚臞，此非帝王之仙意也，乃遂奏大人賦，天子大悅，飄飄有凌雲氣遊天地之間意。

魏文：文以氣爲主云云，魏文帝典論論文語也。

孔融徐幹：[魏文帝集典論論文]：王粲長於辭賦，徐幹時有齊氣，然非粲之匹也。孔融體氣高妙，有過人者，然不能持論，理不勝辭，至於雜以嘲戲，及其所著，揚班儔也。

劉楨逸氣：[魏志]劉楨字公幹，文帝書與吳質曰，公幹有逸氣，但未遒耳。

孚甲：[詩疏]楊之荸甲，早於眾木，昏姻失時，曾木之不如也。[後漢章帝詔]方春生養，萬物荸甲，宜助萌陽，以育時物。

奇字：[揚雄傳]劉棻嘗從雄學作奇字。

【紀昀評語】

對"故辭之待骨，如體之樹骸；情之含風，猶形之包氣"評曰："比喻精確。"

對"若豐藻克贍，風骨不飛，則振采失鮮，負聲無力"評曰："即後所云'雉竄文囿'也。"

於"故魏文稱文以氣爲主"數句上就前人批語"氣是風骨之本"評曰："氣即風骨，更無本末。此評未是。"

對"若風骨乏采"評曰："'風骨乏采'是暗筆，開合以盡意耳。"

對"若骨采未圓，風辭未練"諸句評曰："才鋒既雋，往往縱橫踰法，故又補此段，以防其弊。"

【劉永濟校字】

鷹隼乏采。

《御覽》五八五"乏"作"無"，是。

唯藻耀而高翔，固文筆之鳴鳳也。

《御覽》五八五"唯"作"若"、"筆"作"章"。按此二字當據正。

【劉永濟釋義】

此篇分三段。初段揭文中風骨相關至切之理。中分三節：初舉文之情辭須有風骨，次論文之聲采必資風骨，末總結文之情辭不稱，聲采失調者，皆無骨乏風之故也。次段比論文采與風骨所關孰重。中分三節：初舉作家爲證，次舉前賢文論爲證，末設喻明風骨爲文采之源，蓋情動而託事，事明而采見也。末段示人以爲文之法。中分二節：初示法，次垂戒。

本篇所用名義甚多，如曰風、曰骨、曰氣、曰情、曰意、曰思、曰辭、曰言、曰義、曰體、曰骸、曰力、曰采、曰藻、曰字、曰響、曰聲、曰色，或比用，或互稱，或疊説，或專論，紛紜滿目，幾難尋釋其意旨。茲一一歸納而證釋之如下。

舍人論文，不出"三準"，已於《宗經》篇略論之。凡此諸名，統歸"三準"，特以用異而名異，或以行文避複而名亦異。明夫此理，則名用雖繁，而條理自在。茲悉以"三準"歸納諸名如後。

凡篇中所用"風""氣""情""思""意""義""力"諸名，屬"三準"之"情"，而大要不出情、思二者。

凡篇中所用"骸""體""骨""言""辭"諸名，屬"三準"之"事"，而大要不出事、義二者。按此篇辭字與"三準"中辭字，義各不同。此篇乃指文中字句所表見之事義；"三準"則文之字句也。詳見《鎔裁》篇。

凡篇中所用"采""藻""字""響""聲""色"諸名，屬"三準"之"辭"，而大要不出聲、色二者。其相互之關係如下圖。參看《鎔裁》篇。

情（情思）……屬內者

↓

事（事義） ｛ 外之聲色所因依。事義充實，則聲色俱茂，
　　　　　　　聲色與事義不稱，則爲浮藻
　　　　　　　內之情思所表現。事義允當，則情思倍明，
　　　　　　　事義與情思不符，則爲濫言

↓

辭（聲色）……屬外者

"風"者，運行流蕩之物，以喻文之情思也。情思者，發於作者之心，形而爲事義。就其所以運事義以成篇章者言之爲"風"。

"骨"者，樹立結構之物，以喻文之事義也。事義者，情思待發，託之以見者也。就其所以建立篇章而表情思者言之爲"骨"。

　　"氣"者，大體同風。本篇所指，則在事義得情思之運行而生之力量，可以搖蕩性靈者也。

　　"采"者，大體不出聲色。本篇所指，則在聲色因事義之充實而發之光輝，可以發皇耳目者也。氣與采皆不能離事義。故事義之在文章，實雙關情思與聲色。若情思不能運事義，則文風荏弱；事義不能表情思，則文骨萎靡，故曰："風骨不飛。""風骨不飛"，則符采無發皇耳目之效，故曰："振采失鮮，負聲無力。"復次，精於析辭者，文中事義，剖析微茫，文體因而整練，故曰："練於骨。"善於述情者，文中情思，含孕醇厚，文意因而淵深，故曰："深乎風。"而骨練風深者，色澤聲音亦緣之而並美，故曰："捶字堅而難移，結響凝而不滯。"由此觀之，"情""事""辭"三名，徒其用言之，則爲"風"、爲"骨"，爲"采"，而采又以風骨爲其根本。本篇大旨皆言作者臨文以後之事，其義宏闊，所關至大，舍人特著專篇以明之，故今亦不憚辭費而釋之如此。魏文《典論·論文》曰："文以氣爲主。"《又與吳質書》曰："公幹有逸氣。"裴子野《雕蟲論》曰："曹劉偉其風力。"是魏文所謂氣，即風力也。《宋書·謝靈運傳》曰："相如工爲形似之言，班固長於情理之説，子建、仲宣以氣質爲體。"氣質，即風骨也，或曰體氣。《典論·論文》曰"孔融體氣高妙，有過人者"是也。或曰骨氣。鍾嶸《詩品》曰"魏陳思王植詩，其原出於《國風》，骨氣奇高"是也。或曰體度風格。顏之推《家訓·文章篇》曰："古人之文，宏材逸氣，體度風格，去今實遠"是也。大抵名因所用而異稱，義因所名而微別。古人於此，心知其意，而隨文取便；學者貴能觀其會通，正其名用，庶得古人論文之真意。

　　舍人此篇，鍼時最切。《隋書經籍志集部後論》曰："永嘉已降，玄風既扇，辭多平淡，文寡風力。降及江東，不勝其弊。"又《文學傳論》曰："梁自大同之後，雅道淪缺，漸乖典則，爭馳新巧。"簡文帝《與湘東王書》曰："比見京師文體，懦鈍殊常，競學浮疎，爭爲闡緩。"蓋自魏文倡文氣之論，至於齊梁，漸滅已盡，文體日衰，而藻采獨勝，故舍人以"風清骨峻"矯之。觀其設喻一節，以風骨與采對言，而反覆明其相關之切：既以"翬翟備色"而"肌豐力沉"，"鷹隼無采"而"骨勁氣猛"，以明風骨與采不可偏廢，又以"鷟集翰林"，斥風骨之乏采，"雉竄文囿"，嗤采之乏風骨，而以"藻耀而高翔"者，許爲"文章之鳴鳳"，以見其相成相濟之用，可謂深切著明，辭周理備矣。而"鎔鑄經典"四句，尤能示人以爲文之正軌。蓋"鎔鑄經典，翔集子史"者，明取材必正，學問當博也；"洞曉情變，曲昭文體"者，明謀篇必工，用思宜密也。學博而取材正，則義豐而事偉；思密而謀篇工，則情顯而采著。齊梁文人，專務新奇，趨於華詭，正坐不知此耳。

【劉永濟批語】

在《劉舍人文心雕龍十卷》本（下冊）之《風骨》上的題語：

於篇名"風骨"批註曰："風，文意，心；骨，文體，文。此總論心與文之關係三，重在守氣以御文。""古人之文，宏材逸氣，體度風格去今實遠，但綴緝疏樸未爲密緻耳。"

於"風骨不飛"批註曰："風骨不飛，意弱辭靡之文也。弱靡之文則色不鮮而聲無力矣。"

於"務盈守氣"批註曰："'守氣'之說，仍側重文意也。意生動者，情盛使然也。"

於"練於骨""深於風"批註曰："風、氣皆運行流蕩之物，以喻文意；骨、骸皆樹立構結之物，以喻文辭。文意根於人情。意氣，人情也。在人爲情，在文爲風。文體由於文辭，結言文辭也。屬口爲辭，屬文爲體。精於析辭者，文體整練，故曰'練於骨'，善於述情者，文意淵深，故曰'深於風'。"

於"若瘠義肥辭"數句批註曰："嚴重顏之推《家訓·文章篇》：文章當以理致爲心腎，氣調爲筋骨，事義爲皮膚，華麗爲冠冕。今世相承，趨末棄本，率多浮豔。辭與理競，辭勝而理伏；事與才爭，事繁而才損。放逸者流宕而忘歸，穿鑿者補綴而不足。時俗如此，安能獨違？但務去泰去甚耳。……今世音律諧靡，章句偶對，諱避精詳，賢於往昔多矣。宜以古之制裁爲本，今之辭調爲末，並須兩存，不可偏棄也。"

於"潘勖錫魏"批註曰："潘文辭工，故曰'骨髓峻'。"

於"相如賦仙"批註曰："相如賦意超，故曰'風力遒'。"

於"魏文稱文以氣爲主"批註曰："《宋書·謝靈運傳論》：'自漢至魏，四百餘年，辭人才子，文體三變：相如工爲形似之言，二班長於情理之説，子建、仲宣以氣質爲體，並標能擅美，獨映當時。'氣質，猶言性質，本屬人言，然文風、文意根於人之性質者，故性氣高妙者，文風亦高妙；性氣奇逸者，文風亦奇逸。文氣與氣性，以作品與作者而殊，其實一也。"

於"不可力强而致"批註曰"《典論·論文》'不可力强而致'下曰：'譬諸音樂，曲度難均，節奏同檢，至於引氣不齊，巧拙有素，雖在父兄，不能以移子弟。'"

於"故其論孔融"批註曰："《才略篇》：'孔融氣盛於筆。'"

於"公幹亦云"批註曰：《體性篇》：'公幹氣褊故言壯而情駭。'"

於篇末批曰："鍾嶸《詩品序》曰：'永嘉時，貴黃老，稍尚虛談，于時篇什，理過其辭，淡乎寡味。爰及江表，微波尚傳，孫綽、許詢、桓、庾諸公詩，皆平典似《道德論》建安風力盡矣。先是郭景純用儁上之才，變創其體；劉越石仗清剛之氣，贊成厥美。'齊梁以下，文氣日衰，彥和此篇蓋砭時至論。"

於"洞曉情變""曲昭文體"批註曰："曉變者，知文之變化隨情婉轉也。昭體者，明文之篇體因情區分也。隨作婉轉則風清圖解，區分則骨峻，故文曰孚甲新意、雕畫奇辭也。""《隋書·文學傳序》：'江左宮商發越，貴於清綺；河朔詞義貞剛，重乎氣質。氣質則理勝其辭，清綺則文過其意。理深者便於時用，文華者便於詠歌。此其南北詞人得失之大較也。'""昌黎《答李翊書》亦有'氣盛則言之長短與聲之高下皆宜'之言。"

於"紕繆而成經"批註曰："紕繆成經，猶言習非成是。此蓋言豈非時俗結奇字習非以爲常矣。"

於本篇注"徐幹"條批曰："李善注《典論·論文》，言齊俗文體舒緩，而徐幹亦有斯累。按李注似未得子桓之意。所謂'齊氣'乃指戰國齊人之風氣，如鄒衍、鄒奭之流。以議論、辯説爲宗，與魯國經師之言異趣者也。徐幹長於持論，而辭賦不如王粲，故目爲有齊氣耳。"

在涵芬樓本《文心雕龍·風骨篇》上的題語：
改"思不環周，索課乏風"爲"思不環周，索莫乏氣"。
改"論徐幹，則云時有濟氣"之"濟"爲"齊"。
删去"論劉楨，則云時有逸氣"之"時"字。
改"鷹隼乏采"之"乏"爲"無"。
改"唯藻耀而高翔"之"唯"爲"若"。
改"固文筆之鳴鳳也"之"筆"爲"章"。
改"若夫鎔冶經典之範"之"冶"爲"鑄"。
改"豈空結奇字，紕繆而成輕矣"之"輕"爲"經"。
改"並文明以健，珪璋乃聘"之"聘"爲"騁"。

【劉永濟本篇摘録語詞】

情辭	風骨	氣骸	意言	結言	文骨	意氣	文風
文用	骨辭	風情	結響	肥辭	無骨	乏氣	骨髓	峻
經典	風力	遒	體氣	齊氣	逸氣	異氣	文章	才力
熔鑄	情變	曲昭	文體	骨采	風辭	跨略	結奇字
體要	文術	情	氣	辭	體	骨鯁	符采

通變第二十九

夫設文之體有常，變文之數無方，何以明其然耶？凡詩賦書記，名理相因，此有常之體也。文辭氣力，通變則久，此無方之數也。名理有常，體必資於故實；通變無方，數必酌於新聲。故能騁無窮之路，飲不竭之源。然綆短者銜渴，足疲者輟塗，非文理之數盡，乃通變之術疏耳。故論文之方，譬諸草木，根幹麗土而同性，臭味晞陽而異品矣。

是以九代詠歌，志合文則。黃歌斷竹，質之至也。唐歌在昔，則廣於黃世；虞歌卿雲，則文于唐時。夏歌雕牆，縟于虞代；商周篇什，麗於夏年。至於序志述時，其揆一也。暨楚之騷文，矩式周人；漢之賦頌，影寫楚世，魏之篇制，顧慕漢風；晉之辭章，瞻望魏采。推而論之，則黃、唐淳而質，虞、夏質而辨，商、周麗而雅，楚、漢侈而豔，魏、晉淺而綺，宋初訛而新。從質及訛，彌近彌澹。何則？競今疏古，風末氣衰也。今才穎之士，刻意學文，多略漢篇，師範宋集，雖古今備閱，然近附而遠疏矣。夫青生於藍，絳生於蒨，雖踰本色，不能復化。桓君山云：「予見新進麗文，美而無採，及見劉、揚言辭，常輒有得。」此其驗也。故練青濯絳，必歸藍蒨；矯訛翻淺，還宗經誥。斯斟酌乎質文之間，而櫽栝乎雅俗之際，可與言通變矣。

夫誇張聲貌，則漢初已極。自茲厥後，循環相因；雖軒翥出轍，而終入籠內。枚乘七發云：「通望兮東海，虹洞兮蒼天。」相如上林云：「視之無端，察之無涯；日出東沼，月生西陂。」馬融廣成云：「天地虹洞，固無端涯；大明出東，月生西陂。」揚雄校獵云：「出入日月，天與地沓。」張衡西京云：「日月於是乎出入，象扶桑於濛汜。」此並廣寓極狀，而五家如一。諸如此類，莫不相循，參伍因革，通變之數也。

是以規略文統，宜宏大體。先博覽以精閱，總綱紀而攝契；然後拓衢路，置關鍵，長轡遠馭，從容按節。憑情以會通，負氣以適變；采如宛虹之奮鬐，光若長離之振翼，迺穎脫之文矣。若乃齷齪於偏解，矜激乎一致，此庭間之迴驟，豈萬里之逸步哉！

贊曰：文律運周，日新其業。變則其久，通則不乏。趨時必果，乘機無怯。望今制奇，參古定法。

【黄叔琳注】

綆短：[莊子]綆短者不可以汲深。

斷竹：[吳越春秋]范蠡進善射者陳音，越王請音而問曰：孤聞子善射，道何所生？音曰：臣聞弩生於弓，弓生於彈，彈起於古之孝子不忍見父母爲禽獸所食，故作彈以守之，故歌曰：斷竹續竹，飛土逐肉。按所歌者本黃帝時竹彈謠。

卿雲：[尚書大傳]舜將禪禹，百工相和而歌卿雲。帝歌曰：卿雲爛兮，糺縵縵兮，日月光華，旦復旦兮。八百咸進，稽首而和歌曰：明明上天，爛然星陳，日月光華，弘予一人。

雕牆：[書五子之歌]峻宇雕牆。

青藍：[荀子]青出之藍而青於藍。

絳蒨：[爾雅茹藘注]今之蒨也，可以染絳。[疏]今染絳蒨也，一名茹藘，一名茅蒐。[詩疏廣要注]本草，茜根可以染絳，一名蒨。

檃括：[家語]自極於檃括之中。

宛虹：[西京賦]瞰宛虹之長鬐。[注]宛，謂屈曲也，鬐，虹鬣也。

長離：[張衡思玄賦]前長離使拂羽兮。[注]長離，南方朱雀也。

穎脱：[平原君傳]毛遂曰，臣今日請處囊中耳，使遂蚤得處囊中，乃脱穎而出，非特其末見而已。

齷齪：[張衡西京賦]獨儉嗇以齷齪。[注]齷齪，小節也。[司馬相如難蜀父老]委瑣齷齪。[注]齷齪，局促也。

庭間迴驟：[楚辭哀時命]騁騏驥于中庭兮，焉能極夫遠道。

【紀昀評語】

於《通變》篇首評曰："齊、梁間風氣綺靡，轉相神聖，文士所作，如出一手，故彥和以通變立論。然求新於俗尚之中，則小智師心，轉成纖仄，明之竟陵、公安，是其明徵，故挽其返而求之古。蓋當代之新聲，既無非濫調，則古人之舊式，轉屬新聲，復古而名以通變，蓋以此爾。"

對"楚漢侈而豔"諸句評曰："楚漢而下尤切中。"

於"風味（一作'末'）氣衰"，評曰："'末'字是。"

對"雖古今備閱，然近附而遠疎矣"評曰："文士通病，由時近者易摹，年遠者難覶耳。"

對"諸如此類，莫不相循"評曰："此段言前代佳篇，雖巨手不能淩越，以見漢篇之當師，非教人以因襲。宜善會之。"

【劉永濟校字】

志合文則。

舊校："'則'原作'財'，許無念改。"按當作"別"，所謂變也。

魏之策制。

"策"，黃校曰："元作薦，許無念改。一本作篇。"按嘉靖本作"薦"，乃"篇"之誤。天啟本作"篇"，有校注曰："元作薦，許無念改。"是許改作"篇"，非作"策"。作"篇"是。

風味氣衰。

舊校"味一作末"。孫人和校作"末"，是也。按韓安國《匈奴和親議》："衝風之末，力不能漂鴻毛，非初不勁，末力衰也。"舍人蓋用此語。《封禪》篇有"風末力寡"，語同此。

【劉永濟釋義】

此篇分三段。首段論文章有窮變通久之理。中分二節：初總揭文理有常有變，次舉證，明常變由時。次段申言變今必本於法古，即贊語"望今制奇，參古定法"之意也。末段即論變今法古之術。中分二節：初舉例以證變今之不能離法古，次論通變之術。

本篇最啟人疑者，即舍人論旨，是否主復古耳。紀評謂劉氏"復古而名通變者，蓋當代之新聲，既無非濫調，則古人之舊式，轉屬新聲。"黃侃《札記》即申是說。然舍人首言"資於故實，酌於新聲"，贊語復發文律日新，變則可久，趨時乘機，望今參古之義，則"競今疎古"，固非所尚，泥古悖今，亦豈所喜？證以舍人他篇，每論一理，鑒周識圓，不為偏頗，知紀黃所論，尚未得當。蓋此篇本旨，在明窮變通久之理。所謂變者，非一切舍舊，亦非一切從古之謂也，其中必有可變與不可變者焉；變其可變者，而後不可變者得通。可變者何？舍人所謂文辭氣力無方者是也。不可變者何？舍人所謂詩賦書記有常者是也。舍人但標詩賦書記者，略舉四體，以概其餘也。詩以言志，千古同符，賦以諷諭，百手如一，此不可變者也。故曰："名理相因，有常之體。"若其志孰若，其辭何出，作者所遇之世，與夫所讀之書，皆相關為，或質或文，或愉或戚，萬變不同，此不可不變者也。故曰："文辭氣力，無方之數。"準上所論，舍人於常變之界，固分之甚明矣。然觀其訶斥當世文士之語，則似所謂變者，亦不過欲復古耳。不知舍人之世，作者競學宋人，簡文帝《與湘東王書》、裴子野《雕蟲論》，俱致譏訛之辭可證。簡文之言曰："又時有效謝康樂、裴鴻臚文者，亦頗有惑焉。何者？謝客吐言天拔，出於自然，時有不拘，是其糟粕。裴氏乃是良史之才，了無篇什之美。是為學謝則不屆其精華，但得其冗長；師裴則蔑絕其所長，惟得其所短。"裴子野之言曰："自是閭閻年少，貴遊總角，罔不擯落六藝，吟詠情性。學者以博依為急務，謂章句為專魯。淫文破典，斐爾為功，無被於管絃，非止乎禮義。深心主卉木，遠致極風雲。其興浮，其志弱，巧而不要，隱而不深。討其宗途，亦有宋之遺風也。"簡文但論學之不善者，裴氏則直以舍本逐末為宋賢流弊。據此，可知齊梁文學，已至窮極當變之會，乃學者習而不察，猶復循流依放，文乃愈弊。舍人《通變》之作，蓋欲通此窮途，變其末俗耳。然欲變末俗之弊，則當上法不弊之文，欲通文運之窮，則當明辨常變之理。"矯訛翻淺，還宗經誥"者，上法不弊之文也；"斟酌質文，櫽括雅俗"者，明辨常變之理也。故曰："可與言通變矣。"其非泥古，顯然可知。至舉後世文例相循者五家，正示人以通變之術，非教人模擬古人之文也。而博覽精閱之言，尤學者所當留意。未有博精之士，而為文猶復因襲陳言者也。

【劉永濟批語】

在《劉舍人文心雕龍十卷》（下册）之《通變》上的題語：

於篇題"通變"批曰："此總論古今文學流別也。中含數意：1. 文有今古之變，2. 模擬，3. 復古。""此篇可破近世文學進化之謬。姜西溟所謂敝極而變，變而後復于古，誠不難矣。然變必復古，而所變之古非即古也。戰國之文不可爲六經，貞元之文不可爲《史》《漢》，明矣。……故文敝則必變，變而後復于古，而其法之微，尤有默運於所變之中者。""西方言人文推演爲螺旋而進，其狀如，東方爲周而復始之説，其狀如□。""《史記高祖紀》太史公曰：'夏之政忠，忠之敝，小人以野，故殷人承之以敬；敬之敝，小人以鬼，故周人承之以文；文之敝，小人以僿，故救僿莫若以忠。三王之道，若迴圈，終而復始。'""顧亭林曰：'詩文之所以代變，有不得不變者。一代之文，沿襲已久，不容人人皆道今取古人之陳言，而一一摹仿之，可乎？不似則失其所以爲詩，似之則失其所以爲我。'"

於"斟酌乎質文之間，而櫽栝乎雅俗之際"批曰："'斟酌質文，櫽栝雅俗'二句，有批判接受之意。"

於"攝契"批註曰："攝，總持也。契，合也，又大約也，又取也。"

於篇後注批曰："《荀子·天論》：'百王之無變，足以爲道貫。''一廢一起，應之以貫。''不知貫不知立亂。''貫之大體未嘗亡也。''亂古其差，沼書其詳。'荀子以隆禮爲主，故以禮爲道之條貫。百王無變者云於因革損益之間，亦有隨時而異之處，但禮不可紊，紊則亂生而差謬百出矣。'知貫應變'四字最爲通達之論，如此方能以不變應萬變也。"

於"櫽栝"注批註曰："櫽栝，正曲木之器，猶言標準。"

在涵芬樓本《文心雕龍·通變櫽》上的題語：

改"志合文財"之"財"爲"別"。

改"魏之薦制"之"薦"爲"篇"。

改"確而論之"之"確"爲"推"。

改"競今疏古，風味氣衰也"之"味"爲"末"。

改"日出東沼，月生西陂"之"月生"爲"入乎"。

改"天地虹洞，因無端涯"之"因"爲"固"。

改"象扶桑於濛氾"之"於"爲"與"。

改"毛若長離之振翼"之"毛"爲"光"。

改"廼頴脱之文矣"之"頴"爲"穎"。

改"變則其久"之"其"爲"可"。

改"乘機無法"之"法"爲"怯"。

【劉永濟本篇摘録語詞】

變文之數　文辭　氣力　名理　數　故實　志　文　淺訛
師範　質文　槸栝　誇張　聲貌　規略　文統　精閲　攝契
會通　適變　矜激　文律

定勢第三十

夫情致異區，文變殊術，莫不因情立體，即體成勢也。勢者，乘利而爲制也。如機發矢直，澗曲湍回，自然之趣也。圓者規體，其勢也自轉；方者矩形，其勢也自安。文章體勢，如斯而已。是以模經爲式者，自入典雅之懿；效騷命篇者，必歸豔逸之華；綜意淺切者，類乏醖藉；斷辭辨約者，率乖繁縟。譬激水不漪，槁木無陰，自然之勢也。是以繪事圖色，文辭盡情；色糅而犬馬殊形，情交而雅俗異勢。鎔範所擬，各有司匠；雖無嚴郛，難得踰越。然淵乎文者，並總群勢；奇正雖反，必兼解以俱通；剛柔雖殊，必隨時而適用。若愛典而惡華，則兼通之理偏；似夏人争弓矢，執一不可以獨射也。若雅鄭而共篇，則總一之勢離，是楚人鬻矛譽楯，兩難得而俱售也。是以括囊雜體，功在銓別，宮商朱紫，隨勢各配。章表奏議，則準的乎典雅；賦頌歌詩，則羽儀乎清麗；符檄書移，則楷式於明斷；史論序注，則師範於覈要；箴銘碑誄，則體制於弘深；連珠七辭，則從事於巧艷：此循體而成勢，隨變而立功者也。雖復契會相參，節文互雜，譬五色之錦，各以本采爲地矣。

桓譚稱："文家各有所慕，或好浮華而不知實覈，或美眾多而不見要約。"陳思亦云："世之作者，或好煩文博採，深沈其旨者；或好離言辨白，分毫析厘者。所習不同，所務各異。"言勢殊也。劉楨云："文之體指實強弱，使其辭已盡而勢有餘，天下一人耳，不可得也。"公幹所談，頗亦兼氣。然文之任勢，勢有剛柔，不必壯言慷慨乃稱勢也。又陸雲自稱往日論文，先辭而後情，尚勢而不取悅澤，及張公論文，則欲宗其言。夫情固先辭，勢實須澤，可謂先迷後能從善矣。

自近代辭人，率好詭巧，原其爲體，訛勢所變，厭黷舊式，故穿鑿取新，察其訛意，似難而實無他術也，反正而已。故文反正爲乏，辭反正爲奇。效奇之法，必顛倒文句，上字而抑下，中辭而出外，回互不常，則新色耳。夫通衢夷坦，而多行捷徑者，趨近故也；正文明白，而常務反言者，適俗故也。然密會者以意新得巧，苟異者以失體成怪。舊練之才，則執正以馭奇；新學之銳，則逐奇而失正；勢流不反，則文體遂弊。秉茲情術，可無思耶？

贊曰：形生勢成，始末相承。湍迴似規，矢激如繩。因利騁節，情采自凝。枉轡學步，力止壽陵。

【黃叔琳注】

醖藉：[薛廣德傳]廣德爲人溫雅有醖藉。[注]醖，言如醖釀也，藉，有所薦藉也。

郛：［説文］郛，郭也。［西京賦］經城洫，營郭郛。

鬻矛譽楯：［韓子］客曰：人有鬻矛譽楯者，譽其楯之堅，物莫能陷也。俄而又譽其矛曰：吾矛之利，於物無不陷也。有應之曰：以子之矛，陷子之楯，何如？其人弗能應也。

欲宗其言：［陸清河集］與兄平原書：往日論文，先辭而後情，尚潔而不取悅澤，嘗憶兄道張公父子論文，實欲自得，今日便欲宗其言。

反正：［左傳］文反正爲乏。

【紀昀評語】

紀曉嵐評曰："自篇首至'自然之勢'一段，言文各有自然之勢。"

對"圓者規體，其勢也自轉；方者矩形，其勢也自安"評曰："行乎其不得不行，轉也；止乎其不得不止，安也。"

對"是以模經爲式者"四句、"綜意淺切者"四句及"激水"三句評曰："'模經'四句與'綜意'四句，是一開一合文字，'激水'三句，乃單承'綜意'四句也。"

對"是以繪事圖色"數句評曰："自'繪事圖色'以下，言勢無定格，各因其宜，當隨其自然而取之。"

於"是以括囊雜體，功在銓別；宮商朱紫，隨勢各配。章表奏議，則準的乎典雅"等數句，就"補此層圓足周到"批語評曰："此連下桓譚、曹植云云王一段。"

對"文之任勢，勢有剛柔"數句評曰："此以下又爬疏勢字，以補滲漏。"

對篇中所講"近代辭人，率好詭巧"之"此取新效奇之法"評曰："'法'字有病，此揭其秘技，非標爲定則也。"

對"然密會者以意新得巧，苟異者以失體成怪"評曰："數語切中膏肓。"

【劉永濟校字】

情交。

按各本皆如此，以文義求之，"交"乃"駮"之殘字；"情駮"與上句"色糅"爲類，作"交"無義。

離言辨白。

潘君重規據《麗辭》篇"魏晉群才，析句彌密，聯字合趣，剖毫析釐"，改"白"作"句"，是也。當據正。

文之體指實强弱。

黄氏《札記》曰："細審彦和語，疑此句當作文之體指貴强，下衍弱字。"按此段引劉公幹語而正之，公幹原文已佚，陸厥《與沈約書》有"劉楨奏書，大明體勢之致"語，體下疑脱一勢字。此句當作"文之體勢貴强"。指、弱二字衍，"實"又"貴"之誤。

【劉永濟釋義】

此篇分三段。首段言文之有勢，乃出自然。中分二節：初論勢生於體，次明勢由體定，皆自然之符也。次段言勢各有宜，初無定格。中分四節：初明勢定難移；次言能爲文者，兼備各勢，此就人才言也；次言衆體之中，亦勢各有殊，此就文體言也；末言好尚一殊，體勢因異，此就習尚言也。末段補論文弊，蓋剛柔奇正，總之皆勢，要當用得其當，否則皆足害文事。中分二節：初駁昔人以剛健爲勢之失，又分二層，一以慷慨爲勢之失，二尚勢不取悦澤之失；次斥時文訛勢，競尚新奇之弊。

體勢之義，説者紛紜。黄氏《札記》引《考工記》"審曲面勢"，謂勢者，埶也，埶又臬之假，《説文》："臬，射埻也"，又與藝通，引《上林賦》"藝殪僕"爲證，射埻必端正有法度，故説勢爲法度，雖合雅詁，非舍人之旨也。統觀此篇，論勢必因體而異，勢備剛柔奇正，又須悦澤，是則所謂勢者，姿也，姿勢爲聯語，或稱姿態；體勢，猶言體態也。齊梁之文，以諧靡對偶取姿，競爲新巧。公幹、士衡以慷慨激越爲姿，不務悦澤。二者皆非，故舍人通斥之。觀其圓轉方安，水漪木陰之喻，非姿而何？蓋文章體態雖多，大別之，富才氣者，其勢卓犖而奔縱，陽剛之美也；崇情韻者，其勢舒徐而妍婉，陰柔之美也。漢魏之作，陽美爲多，晉宋以後，陰柔漸勝，陰柔之極，至於闡緩，既病闡緩，遂務新詭，而色媚聲柔，對工典切之文作矣。此固風土時尚使然，而國蹙偏安，人多婾惰，實足以影響斯文。然則舍人但就文藝立言，雖深中其弊，其力固不足以起衰劫而還淳雅也。試觀唐基初奠，四傑之文，雖亦習於華辭，而氣體宏麗，儼然開國之象，可以知其故矣。此論衰世之文者所當同慨也。

　　復次，此篇首曰："因情立體，即體成勢。"今析其義：情者，作者之情思；體者，作品之篇體；勢者，篇體之姿態，三者事如連環，故曰"因"、曰"即"，明其出於自然，未容假借也。舉證明之，則如《離騷》《九章》之體，以抒怨悱之思，故文勢纏綿而往復；《遠遊》《九歌》之體，託情神怪之事，故文勢恢麗而詭譎；《變風》《變雅》，以序述亂離，風刺淫蕩，勢自難於雍容；《兩都》《二京》，以原本山川，極命草木，勢自入於閎侈；又如漢魏古詩多切近人事，故明雅而切附；淵明變而寄興田園，故疎野而沖曠；靈運變而放志山水，故巘巖而蕭散；梁陳而下，宮體日興，志思淫蕩，故穠豔而綺麗，皆自然之勢也。又如詠戰伐者必激昂，敘兒女者定柔婉，寫離亂者含悲辛，記遊宴者多酣暢，此又雖一人之作，亦必因情而立體，即體而成勢者也。

　　舍人論體勢相因之理，實具條貫與諧和兩義。條貫者：一篇之中，構體宜與其情同符。諧和者，一體之內，取勢宜與其體合節。與情同符，則情更明。與體合節，則體更顯。譬之營造，宗廟之作，所以表肅敬之情也，故其結構規模，宜極莊嚴宏麗之致，使人入其中者，一望而生愊恭寅畏之心，此條貫之論也。而宗廟之中，大而一楹一柱，小而一甿一牖，無不與體制相成，繡闥香幃，固不可施，茅茨土階，亦非所適，此諧和之謂也。

　　齊梁之文，於字句之潤飾務工，音律之諧和務切。於時作者，遂有顛倒文句以為新奇者，舍人所訾為"訛勢"也。例如江淹《別賦》："孤臣危涕，孽子墜心。"本危心墜涕也。又《恨賦》："意奪神駭，心折骨驚。"本骨折心驚也。此例之外，復有增字、省字、換字之法。增字者，增單為複也。省字者，省繁就簡也。換字者，易陳為新也。易陳為新，復有三條：用同義之字，一也；用引申之字，二也；用假借之字，三也。又有用經典成語而務求新奇者，"友于""孔懷"之類，"則哲""貽厥"之儔，"殆庶""微管"之例，"如仁""魏兩"之詞，訛變既甚，殆難了識矣。蓋駢文家或求文句之整飭，或避前後之複重，或求聲律之諧美，或取情意之顯著，於是有鍊字之法。然用之宜慎，苟正言無傷，何庸妄易？必致篠驂、札闥，貽笑通人，詰屈難知，翻成怪異，亦何愚陋哉！

【劉永濟批語】

在《劉舍人文心雕龍十卷》（下册）之《定勢》上的題語：

於篇題"定勢"批曰："此總論文心與體勢之關係。""此體制之宜擇也。""姿、態二字，古皆訓才藝。勢、藝古通。藝即才藝，故勢亦訓才藝，而才藝即姿態，故勢有姿態之義。"

於"夫情致異區，文變殊術，莫不因情立體，即體成勢也"批曰："情（心），文（文）。情——體——勢。此《體性篇》之引申也。重在因情立體，即體成勢仍不離心以論文。""哀情發爲誄體，則宜宏深之勢；樂情發爲頌體，則尚清麗之勢；怒情發爲檄體，則當明斷之勢；誠情發爲奏體，則見典雅之勢。""體勢生於例如《離騷》《九章》體以抒怨悱，故文勢委曲而往復；《天問》《遠遊》以記壁畫，托神怪，故文勢恢奇而超越；鋪寫物狀，漢賦之體以爲主，故其勢敷布而豐腴。又如古詩、樂府，多敘人事，故勢自歸明雅。淵明之詩，多詠田園，故勢恬淡。靈運之詩多寫山水，故勢入於鐫鏤。梁宮體，偏詠宮闈，自趨於綺靡，此蓋自然之勢也。又如詠戰伐必慷慨，敘兒女則必柔婉，寫離亂則必悲酸，記遊宴則必歡暢。一篇之內，亦宜因體成勢，勢成則篇體愈明，故變風變雅勢難雍容，亦自然也。按彥和所謂'體勢'，宜相配合與西方文家所謂諧和與條貫相似。諧和者 harmony 一篇之中構體宜與其情相合之事也；條貫者 umityl 一體之中取勢宜與其體不異之事也。例如宗廟以表恭肅之情，則結構宜莊嚴宏壯，使人一覽而知爲宗廟者諧和也，而此廟中之一椽一柱一門一牖皆是表示此莊嚴宏壯之也。宗廟者，即條貫也。""即一篇之中亦審勢以字詞。""士衡論文體異直曰：'詩緣情而綺靡，賦體物而瀏亮，碑披文以相質，誄纏綿而悽愴，銘博約而溫潤，箴頓挫而清壯，頌優遊以彬蔚，論精微而朗暢，奏平徹以閒雅，説煒曄而譎誑。雖區分之在茲，亦禁邪而制放。要辭達而理舉，故無取乎冗長。'""桓譚《新論》佚文曰：'夫言行在於美善，不在於眾多。出一美言美行，而天下從之，或見一惡意醜事而萬民違之，可不慎乎？'""賈誼《過秦》論體而似賦，《鵩鳥》賦體而似論。"於"勢有剛柔"批註曰："柔勢者，情韻不匱之作也。"

又，篇前寫有綜合上述批語的兩段文字：

一，"情體勢三者，生於自然，匪容假借。故《離騷》《九章》之體以抒怨悱之思，則文勢纏綿而往復。《遠遊》《天問》之體，託情神怪之事，則文勢恢麗而譎詭。變風變雅以敘述亂離，諷刺淫蕩，勢自難於雍容，《三都》《兩京》以原本山川，極命草木，勢自入於閎侈。又如漢魏古詩，多切近人事，故明雅而切附。淵明變而寄詠田園，故蕭野而閎放。靈運變而放志山水，故巉岩而深刻。梁陳而下，宮體日興，又浮豔而綺靡，皆自然之勢也。又如詠戰伐者必激昂，敘兒女者定柔婉，寫離亂者尚悲酸，記遊宴者多酣暢。此雖在一人之作，亦必因體而異勢者也。"

二，"彥和論體勢必相偶合，與西方文家所謂條貫 umityl 與諧和 harmomy 之旨相同。條貫者，一篇之中，構體宜與其情同符。諧和者，一體之內取勢宜與其體合節。與情同符，則其情更明，與體合節，則體更顯。譬營造、宗廟之作，所以表肅恭之情也，故其結構規模，宜極莊嚴宏麗之致，使人入其中者，一望而生恪恭寅畏之心。此條貫之謂也。而宗廟之中，大而一楹一柱，小而一户一牖，無不與體制相成，即諧和之謂。"

又於本篇注"鬻矛譽盾"批註曰："夏人爭弓矢，范注引陳先生曰：'《御覽》三四七引《隨巢子》：一人曰：吾弓良，無所用矢。一人曰：吾矢善，無所用弓。羿聞之曰：矢非弓，何以往？弓非矢，何以中的？令合弓矢而教之射。是以羿為夏射官，故云夏人。'"

在涵芬樓本《文心雕龍·定勢篇》上的題語：

改"澗曲文回"之"文"爲"湍"。

改"效驗命篇者"之"驗"爲"騷"。

改"情交耳雅俗異勢"之"交"爲"駁"。

改"是楚人譽矛譽盾，兩難得而俱售也"爲"是楚人譽矛、盾，譽兩，難得而俱售也"。

改"括囊雜體，切在詮別"之"切"爲"功"。

改"宮商朱紫"之"商"爲"商"。

於"則準的乎雅頌"之"雅"前加一"典"字，刪去"雅"後之"頌"字。

改"或好離言辨白分毫析釐者"之"白"爲"句"。

改"劉楨云文之體指實強弱"爲"劉楨云文之體勢貴強"。

改"故文反正爲之"之"之"爲"乏"。

改"效奇之法必顛倒文向"之"向"爲"句"。

於"回互不常，則新色耳"批曰："'新色耳'三字，疑有誤。"

改"矢激如澠"之"澠"爲"繩"。

改"狂譽學步，力心襄陵"爲"枉譽學步，力止壽陵"。

【劉永濟本篇摘錄語詞】

文變　情　體　勢　自然之趣　文章體勢　淺切　豔逸　辨約
醖藉　典雅　自然之勢　鎔範　奇正　典華　總一　括囊
詮別　清麗　師範　覈要　巧豔　契會　節文　實覈　要約
體勢　辭情　詭巧　訛勢　訛意　反正　正奇　情術　情采

卷七

情采第三十一

　　聖賢書辭，總稱文章，非采而何？夫水性虛而淪漪結，木體實而花萼振，文附質也。虎豹無文，則鞹同犬羊；犀兕有皮，而色資丹漆：質待文也。若乃綜述性靈，敷寫器象，鏤心鳥跡之中，織辭魚網之上，其爲彪炳，縟采名矣。故立文之道，其理有三：一曰形文，五色是也；二曰聲文，五音是也；三曰情文，五性是也。五色雜而成黼黻，五音比而成韶夏，五情發而爲辭章，神理之數也。孝經垂典，喪言不文；故知君子常言未嘗質也。老子疾僞，故稱美言不信；而五千精妙，則非棄美矣。莊周云辯雕萬物，謂藻飾也。韓非云豔采辨說，謂綺麗也。綺麗以豔說，藻飾以辯雕，文辭之變，於斯極矣。研味孝老，則知文質附乎性情；詳覽莊韓，則見華實過乎淫侈。若擇源於涇渭之流，按轡於邪正之路，亦可以馭文采矣。夫鉛黛可以飾容，而盼倩生於淑姿；文采所以飾言，而辯麗本於情性。故情者，文之經；辭者，理之緯。經正而後緯成，理定而後辭暢，此立文之本源也。

　　昔詩人什篇，爲情而造文；辭人賦頌，爲文而造情。何以明其然？蓋風雅之興，志思蓄憤，而吟詠情性以諷其上，此爲情而造文也。諸子之徒，心非鬱陶，苟馳夸飾，鬻聲釣世，此爲文而造情也。故爲情者要約而寫真，爲文者淫麗而煩濫。而後之作者，采濫忽真，遠棄風雅，近師辭賦，故體情之製日疎，逐文之篇愈盛。故有志深軒冕，而汎詠皋壤；心纏幾務，而虛述人外。真宰弗存，翩其反矣。夫桃李不言而成蹊，有實存也；男子樹蘭而不芳，無其情也。夫以草木之微，依情待實；況乎文章，述志爲本，言與志反，文豈足徵？

是以聯辭結采，將欲明理。采濫辭詭，則心理愈翳。固知翠綸桂餌，反所以失魚，言隱榮華，殆謂此也。是以衣錦褧衣，惡文太章；賁象窮白，貴乎反本。夫能設模以位理，擬地以置心，心定而後結音，理正而後摛藻。使文不滅質，博不溺心，正采耀乎朱藍，間色屏於紅紫，乃可謂雕琢其章，彬彬君子矣。

贊曰：言以文遠，誠哉斯驗。心術既行，英華乃贍。吳錦好渝，舜英徒豔。繁采寡情，味之必厭。

【黃叔琳注】

犀兕：[左傳]華元答城者謳曰：牛則有皮，犀兕尚多？役人又歌曰：縱其有皮，丹漆若何？

鳥跡：見原道篇。

魚網：[東觀漢記]黃門蔡倫典作上方，用樹皮及敝布魚網作紙，帝善其能，自是莫不用，天下咸稱蔡侯紙也。

美言不信：[老子]信言不美，美言不信。

五千：[老子傳]著書上下篇，言道德之意五千餘言。

辯雕：[莊子]古之王天下者，知雖落天地，不自慮也，辯雖雕萬物，不自說也。

涇渭：[詩]涇以渭濁，湜湜其沚。[傳]涇渭相入而清濁異。

皋壤：[莊子]山林與？皋壤與？使我欣欣然而樂與。

人外：[宋書隱逸傳]孔淳之遇釋法崇，因留共止，遂停三載，法崇歎曰：緬想人外，三十年矣，今乃傾蓋於茲，不覺老之將至也。

真宰：［莊子］若有真宰而特不得其朕。

桃李：［李廣傳］桃李不言，下自成蹊。

樹蘭：［淮南子］男子樹蘭，美而不芳。

翠綸桂餌：［闕子］以桂爲餌，鍛黃金之鉤，錯以銀碧，垂翡翠之綸。

言隱：［莊子］言隱於榮華。

賁象：［易賁］上九，白賁無咎。

摛藻：［漢書敍傳］摛藻如春華。

舜英：［詩］有女同行，顏如舜英。［傳］舜，木槿也，其華朝生暮落。

【紀昀評語】

對篇名評曰："因情以敷采，故曰情采。齊梁文勝而質亡，故彥和痛陳其弊。"

對"研味李、老"評曰："'李'當作'孝'，孝老猶云老易，六朝人多此生捏字法。"

對"夫鉛黛所以飾容"至"此立文之本源"評曰："此一篇之大旨。"

對"故有志深軒冕"數句評曰："趙飴山詩中'有人'之論源出於此。"

【劉永濟校字】

豔采辯說。

范文瀾注"采疑乎誤"，引《韓非子‧外儲說左上》"范且庾慶之言，皆文辯辭勝而反事之情。"又曰："夫不謀治強之功，而豔乎辯說文麗之聲，是卻有術之士，而任壞屋折弓也。"按此文乃舍人引《韓非》之語，"采"字當是"乎"字，因篇中多"采"字而誤也。

李老。

紀評曰："李當作孝。"孫詒讓據馮本改作"孝"。按天啟本、嘉靖本皆作"孝"，當從。

理定而後情暢。

按上文曰："故情者文之經，辭者理之緯，經正而後緯成，理定而後辭暢。"是以經配緯，則"理定"句應以情配辭，作"情定而後辭暢"，方合文次。

【劉永濟釋義】

此篇分三段。首段明文固不厭采，而采必稱其情之理。中分二節：初證文質相待，次論文由情發。次段舉證以明文家敷采貴乎稱情。末段比較情采之孰爲本末。中分三節：初言采本乎情；次斥采勝之弊，又分兩層：一虛僞之弊，二晦昧之弊；末正揭文家馭采之術。

文家用采，雖以狀物寫象爲職，而采之爲物，實以明情表思爲用。蓋情物交會而後文生，《神思》一篇所論詳矣。然其交會成文之際，亦自有別。或物來動情，或情往感物，情物之間，交互相加。及其至也，即物即情，融合無間，然後敷采設藻以出之。故采之本在情，而其用亦在述情。昔人稱杜詩無一字無來歷，即安一字、設一句，必準於情之當然，非徒徵引故實以炫博，雕琢字句以競奇也。至於情與物之關係，尤爲密切。物來動情而情應之，此物已非實際之物，而爲作者情域所包矣。情往感物而物迎之，此物亦非實際之物，而爲作者情識所變矣。此即情即物融合無間之詮釋也。蓋實際之物當其入於吾心，必帶有吾之情感而爲吾心之所有。然則敷采設藻者，但寫吾情域所包之物，狀吾情識所變之物，而已不勝其巧妙矣。吾情域所包，情識所變者，或樸或華，或奇或正，而吾之采亦從之而異，斯乃真文正采，而浮僞晦昧之弊自無從生矣。故采之爲物，雖以狀物寫象爲職，而其用乃在明情表思。且其至者，雖似純狀物象，亦即表達情思。舍人此篇所論，端在明其本末，非黜采不用也。

復次，文之有采，亦非故爲雕琢也。蓋人情物象，往往深賾幽杳，必非常言能盡其妙，故賴有敷設之功，亦如治玉者必資琢磨之益，繪畫者端在渲染之能，逕情直言，未可謂文也，雕文傷質，亦未可謂文也，必也，參酌文質之間，辨別真偽之際，權衡深淺之限，商量濃淡之分，以求其適當而不易，而後始爲盡職。故文藝之事，自古有難言之妙，論文之理，從來鮮圓到之言。舍人但譏浮偽晦昧之失，未呵淺露樸陋之過者，固爲當時立言，所重在乎救弊，而學者要能舉一反三。黃氏《札記》指爲矯枉過直，豈知言哉？

　　因情敷采之例，舉《詩》爲證則易明。今取《衛風・碩人》篇與《秦風・小戎》篇論之：《碩人》篇寫莊姜之華貴，則曰："碩人其頎，衣錦褧衣，齊侯之子，衛侯之妻，東宮之妹，邢侯之姨，譚公維私。"寫其美麗，則曰："手如柔荑，膚如凝脂，領如蝤蠐，齒如瓠犀，螓首蛾眉，巧笑倩兮，美目盼兮。"可謂盡態極妍矣。而不得目之爲浮豔者，作者之意極力形容莊姜之華貴美麗，即以譏莊公惑於嬖妾，不答莊姜之非也。不如此，則譏意不顯矣。《小戎》篇寫秦國車甲之盛，其第一章曰："小戎俴收"、俴，淺也，收，軫也。"五楘梁輈"、楘，束革文也。梁，輈衡也。輈，轅也。"遊環脅驅"、以環貫靷，遊在背上，故曰"遊環"，以止驂馬外出也。脅驅，馬脅之皮條也，以止驂馬之內入也。"陰靷鋈續"、陰，陰板也。鋈，沃以白金。續，續靷端也。"文茵暢轂"、文茵，虎皮褥也。暢，長也。"駕我騏馵"、騏，馬之黑色者。馵，馬左足白者。"言念君子，溫如其玉。在其板屋，亂我心曲。"其二章曰："四牡孔阜"、阜，肥大也。"六轡在手，騏駵是中"、駵，馬之赤身黑鬣者。"騧驪是驂"、騧驪，馬之黃身黑喙者。"龍盾之合"、畫龍之盾，合而載之以蔽車者。"鋈以觼軜"、以白金飾皮爲觼，以納物也。"言念君子，溫其在邑。方何爲期？胡然我念之？"其三章曰："俴駟孔群"、俴金之甲，以被四馬。"厹矛鋈錞"、厹矛，三隅矛。鋈錞，以白金鋈矛之下端。"蒙伐有苑"、畫雜羽飾伐，有文苑然。"虎韔鏤膺"、弓以虎皮爲韜曰"虎韔"，馬有金鏤之膺曰"鏤膺"。"交韔二弓"、韔，弓室也。"竹閉緄縢"、竹閉，軾也，即弓檠。緄縢，繩約之也。此言未用之時，二弓交置之室，以竹爲閉，以繩約之也。"言念君子，載寢載興。厭厭良人，秩秩德音。"其賦物處，可謂極瑣細矣，而不得目之爲繁縟者，作者之意極力形容車甲戎馬器仗之鮮明盛麗，正以美襄公用兵西戎，國人不特不厭苦，且矜誇之也。不如此，則美意不明矣。由上二例觀之，采固以稱情敷設爲貴，情亦因敷采得當而顯。不足，固情不能達；太過，亦情爲之掩。不足達情者，自古傳誦之文絕少見，而情因采掩者，則雖名家亦所不免。宋玉之《高唐》《神女》，相如之《大人》《上林》，皆以敷采之功過於述情，遂致本諷而反勸。齊梁以下，純以采藻相尚者，更無論矣。

【劉永濟批語】

在《劉舍人文心雕龍十卷》（下册）之《情采》上的題語：

於篇名"情采"批註曰："此《風骨篇》之附庸也，重在因情敷采，亦不離心與文也。"《說文》：'文，道畫也；章，樂竟文一章。'"《考工記》：'畫繪之事，青與赤謂之文，赤與白謂之章。'《孝經》'言不文'注：'文，猶飾也。'《尚書》'平章百姓'注：'章，明也。'"

總批曰："采以狀物寫象，而物象必與情會。或物來動情，或情往感物，情、物之間交互相加，及其至也，即物即情，二者融會而無間，然後敷采設藻以出之，故采之本在情，而其用心亦在述情，離情必不能成采。昔人稱杜詩無一字無來歷，即設一句安一字必准之於情之當，然非徒徵引故實以多炫人也。至於情與物之關係尤密切，物來動情而情應之，此物已非實際之物，而爲作者情域所包矣。情往感物而物迎之，此物亦非實際之物，而爲作者情識所變矣。必如此而後情與物所敷文設藻者，但寫吾情域所包之物，狀吾情識所變之物，而已不勝其巧妙矣。豈待外求哉！復次，文已有采藻，亦非故爲粉飾也。蓋人情物象往往深賾幽杳，必非常言所能盡其妙，必賴有敷設之功，亦如拾玉者必資琢磨之益，繪圖者端在渲染之能，故逕情直言，亦未可謂文也。參酌文質之間，辨別真偽之際，是又在乎學力矣。"

於"立文之道，其理有三"批註曰："劉彥和：形文，五色相雜，例如黼黻；聲文，五音和比，例如韶夏；情文，五情感發，例如辭章。黑吉爾(Hegel)相應有：目藝，繪畫、雕刻，以形色爲媒介，空間之美也；耳藝，音樂，以聲律爲媒介，空間之美也；心藝，詩歌，以文字爲媒介，時間之美也。"

於"《孝經》垂典"數句批註曰："鍾嶸《詩品序》：'至乎吟詠情性，

亦何貴於用事？……遂乃句無虛語，語無虛字，拘攣補衲，蠹文已甚。'《明詩篇》論近代之作曰：'儷采百字之偶，爭價一句之奇。情必極貌以寫物，詞必窮力以追新。此近世之所競也。'""我國詩歌以頌美、譏過爲用，而後始大。"篇末批曰："因情敷采者，例如《詩·衛風·碩人》寫莊姜之華貴美麗曰：'碩人其頎……美目盼兮。'可謂極美人之情狀者矣，其所以不爲浮豔者，作者極表莊姜之美，意在形容莊公惑於嬖妾，不答莊姜之非也。又如《秦風·小戎》寫車甲之盛，第一章曰：'小戎俴收……'第二章又曰：'四牡孔阜……'第三章又曰：'俴駟孔群……'其賦物處，可謂極瑣細能事者矣，其所以不爲繁縟者，作者極寫車甲之盛，意在表明襄公用兵西戎，國人不厭軍旅之苦，且矜誇車甲之盛也。又如《孔雀東南飛》於蘭芝將行之前，寫其服御之麗曰：'妾有繡腰襦……種種在其中。'又寫其容止之美曰：'腰若流紈素……精妙世無雙。'不爲浮靡妖豔者，作者於此加以形容，正見蘭芝非可棄之婦而被棄於母之爲非也。由上數例觀之，采必以稱情爲貴，不足既情不能達，太過亦情爲之掩，不足達情者，自古傳誦之文絶少見，而采藻太過，則雖名家亦所不免。相如《大人》《上林》諸賦，皆敷采太過者也，而宋玉《高唐》《神女》二賦，亦有此失。若齊梁而下，純以藻飾相尚而空無其情者，更不足論矣。"

在涵芬樓本《文心雕龍·情采篇》上的題語：
改"五情發而爲辭章"之"情"爲"性"。
改"韓非云豔采辯説"之"采"爲"乎"。
改"而盼倩生於淑姿"之"盼"爲"盼"。
改"辭者理之緯"爲"理者辭之緯"。
改"理定而後辭暢"之"理"爲"情"。
改"心纏幾務"之"幾"爲"機"。

【劉永濟本篇摘録語詞】

文章　體實　兕皮　文質　華萼　丹漆　性靈　綜述　器象　縟采

形文　聲文　情文　神理　辭章　數　辨雕　文辭　綺麗　華實
文采　經情　文緯　辭理情　造文　文造情　淫麗　濫
真　煩濫　要約　淫麗　體情　逐文　實　情　文章述志爲本
依情　待實　言志　結采　心理　結音　心術　英華

鎔裁第三十二

情理設位，文采行乎其中。剛柔以立本，變通以趨時。立本有體，意或偏長；趨時無方，辭或繁雜。蹊要所司，職在鎔裁。檃栝情理，矯揉文采也。規範本體謂之鎔，剪截浮詞謂之裁。裁則蕪穢不生，鎔則綱領昭暢，譬繩墨之審分，斧斤之斵削矣。駢拇枝指，由侈於性，附贅懸肬，實侈於形。二意兩出，義之駢枝也；同辭重句，文之肬贅也。

凡思緒初發，辭采苦雜，心非權衡，勢必輕重。是以草創鴻筆，先標三準：履端於始，則設情以位體；舉正於中，則酌事以取類；歸餘於終，則撮辭以舉要。然後舒華布實，獻替節文，繩墨以外，美材既斵，故能首尾圓合，條貫統序。若術不素定，而委心逐辭，異端叢至，駢贅必多。故三準既定，次討字句。句有可削，足見其疏；字不得減，乃知其密。精論要語，極略之體；游心竄句，極繁之體：謂繁與略，隨分所好。引而伸之，則兩句敷爲一章；約以貫之，則一章刪成兩句。思贍者善敷，才覈者善刪。善刪者字去而意留，善敷者辭殊而意顯。字刪而意闕，則短乏而非覈；辭敷而言重，則蕪穢而非贍。

昔謝艾、王濟，西河文士。張駿以爲艾繁而不可刪，濟略而不可益。若二子者，可謂練鎔裁而曉繁略矣。至如士衡才优，而缀辞尤繁；士龙思劣，而雅好清省。及云之论机，亟恨其多，而称"清新相接，不以为病"，盖崇友于耳。夫美锦制衣，脩短有度，虽翫其采，不倍领袖。巧犹难繁，况在乎拙！而《文赋》以为榛楛勿剪，庸音足曲，其识非不鉴，乃情苦芟繁也。夫百节成体，共资荣卫。万趣会文，不离辞情。若情周而不繁，辞运而不滥，非夫镕裁，何以行者乎？

赞曰：篇章户牖，左右相瞰。辞如川流，溢则汜滥。权衡损益，斟酌浓淡。芟繁剪秽，驰於负担。

【黄叔琳注】

骈拇：［莊子］骈拇枝指，出乎性哉，而侈於德，附赘县疣，出乎形哉，而侈於性。

谢艾：［张重华传］主簿谢艾，兼资文武。

清新：［陆清河集］与兄机书：兄文章之高远绝异，不可复称言，然犹皆欲微多，但清新相接，不以此为病耳。

榛楛：［陆机文赋］石韫玉而山晖，水怀珠而川媚，彼榛楛之勿翦，亦蒙荣于集翠。［注］榛楛，喻庸音也，以珠玉之句既存，故榛楛之辞亦美也。

庸音：［文赋］放庸音以足曲。

荣卫：［内经］荣卫不行，五藏不通。

【纪昀评语】

对"草创鸿笔"句评曰："'鸿'当作'鸣'，後'鸣笔之徒'句可证。"

於"先标三准"云云评曰："此一段论镕，犹今人所谓炼意。"

於"次讨字句"云云评曰："以下论裁，犹今人所谓炼词。""兼此两层，其理乃足。"

於"谓繁与略，随分所好。引而伸之，则两句敷为一章；约以贯之，则一章删成两句"评曰："唐宋大家之文，两句道尽。"

於"善删者字去而意留"句評曰:"二語精深。"

於"夫美錦製衣"云云評曰:"平允。"

【劉永濟校字】

二意兩出。

按"二"疑當作"一",范文瀾注引黄校同。

【劉永濟釋義】

　　此篇分三段。首段總釋鎔裁之義。中分二節:初標摘情敷采,輕重適宜,在知鎔裁之法;次釋鎔裁名義。次段分論鎔裁之法。中分二節:初標"三準"以定鎔法,次討字句以定裁法。論鎔法包舉全體,論裁法則側重字句者,當時之病在繁縟冗長,不知裁翦也。末段申論繁略之宜。中分二節:初舉證,次譏二陸即以鍼時,仍側重繁文立説;終論欲繁略得宜,則鎔裁當講。

　　舍人所謂"三準",即孔子所謂"志""言""文",孟子所謂"志""辭""文",已略説於《宗經》篇中。茲更詳釋之如次:皆孔子贊《易》曰:"書不盡言,言不盡意。"其美子產也,曰:"言以足志,文以足言。不言,誰知其志?言之無文,行而不遠。"孟子論《詩》曰:"不以文害辭,不以辭害志。"其稱《春秋》也,曰:"其事則齊桓、晉文,其文則史,其義則丘竊取之矣。"莊子《天道》篇,有"貴書""貴語""貴意"之文。揚雄《法言》,又有"言不能達其心,書不能達其言"之語。合以舍人"設情""酌事""撮辭"之説,雖同舉三項,而名義紛如。蓋訓詞之例有通别,用字之式有單複。土臧曰心,心識曰意,錯畫曰文,筆箸曰書,别訓之例也。志意、意義,互文而可通,文辭、言辭,合用則無擇,通釋之例也。"多文爲富""修辭立誠",單用之式也。"約其文辭""思其志意",複用之式也。明夫此,則孔子之"意"與"志",孟子之"志"與"義"也。孔子之"書"與"文",孟子之"文"也。孟子之"辭"與"事",孔子之"言"也。莊子之"意""語""書",揚雄之"心""言""書",舍人之"情""事""辭",亦即孔子之"志""言""文",孟子之"志""辭"

不塞即晦，能繁而不著不露，略而不塞不晦是矣。猶未盡也，必繁而文意更佳，略而文情更美，斯爲至妙。繁之妙者，例如《孟子》有饋生魚于鄭子產，子產使校人畜之……烹而食之曰：'得其所哉！得其所哉！'此文必疊述此二語，而校人得意之狀乃見。如曰校人出而笑之，則無味矣。又如《國策》説趙太后，中間問答之語，皆家人瑣屑之語，讀之如見當時情狀，而不覺其繁，且愈見其妙。《孟子》許行章問答亦然。（問種粟，問織布，問冠，問以釜甑爨，以織耕問，自爲之應。）又如賈誼《過秦論》，'秦孝公據崤函之固……撫四海'等句，不覺其繁。簡之妙者例如《孟子》許行章問答省去'曰'字者（至於陳相答許子以織耕甑爨下即接'自爲之與'，無'曰'字。又曰'否，以粟易之'下即接'以粟易械器者'句，亦無'曰'字。）《史記樗里子傳》曰：'母，韓女也。樗里子滑稽多智。'蘇子由《古史》改《史記》文曰：'母，韓女也，滑稽多智。'則似其母滑稽多智也。又《甘茂傳》曰：'甘茂者，下蔡人也，事下蔡史舉，學百家之説。'《古史》曰：'下蔡史舉，學百家之説。'似史舉自學百家矣。又如《史記》於《項羽本紀》寫垓下之戰，文字極繁，而《高祖本紀》中只曰'五年與諸侯兵共擊楚軍，與項羽決勝垓下。淮陰侯將三十萬自當之，孔將軍居左，費將軍居右，皇帝在後，絳侯柴將軍在皇帝後，項羽之卒可十萬。淮陰先合不利，卻，孔將軍、費將軍縱，楚兵不利，淮陰侯復乘之，大敗垓下。項羽卒聞漢軍楚歌，以爲漢盡得楚地，項羽乃敗而走。是以兵大敗。使騎將灌嬰追殺項羽東城，斬首八萬，遂略定楚地。'"

篇末批曰："規範本體，在定三准。今取江淹《別賦》爲例。

1. 設情以位體。以抒寫離別之情爲一篇之主幹，故首曰'黯然消魂者，惟別而已矣'。末曰'是以別方不定，別理千名。有別必怨，有怨必盈。使人意奪神駭，心折骨驚。雖淵雲之墨妙，嚴樂之筆精，金閨之諸彦，蘭台之群英。賦有凌雲之稱，辯有雕龍之聲。誰能摹暫離之狀，寫永訣之情者乎？'

2. 酌事以取類。中間列舉豪貴之別，遊俠之別，從軍之別，遠使之別，閨人之別，仙家之別，下及桑中衛女、上宫陳娥皆事之與情類也。

3. 撮辭舉要。如寫豪貴之別，則以龍馬銀鞍、朱軒繡軸、琴羽蕭鼓、燕趙美人、珠玉羅綺諸辭表之。寫閨人之別，則以瓊珮晨照、金爐夕香、幽閨琴瑟、高臺流黃、春宮青苔、秋帳明月、夏簟冬釭、回文織錦等辭以表之。寫仙家之別，則以丹灶金鼎，駕鶴驂鸞等辭表之，皆舉要之辭也。"

"又如《史記·屈賈列傳》，以悲原信而見疑、忠而被謗爲主，即設情位體之事也。首著原爲楚之同姓，此述原之謀國，此述原既絀後張儀連橫之說得成，以見懷王之大誤，與原之被斥之由。于原之文，獨載《懷沙》之賦，著其處死之審、以見死之非得已。于原既死後，著宋玉、唐勒、景差之徒，以見諸人之不能直諫，而楚之削滅系焉。於《誼傳》首著《弔屈文》，以其悲原之志與己同也。次著《鵩賦》，以見同生死、輕去就，非原所願，則原之不棄君國，不苟生死之志愈見，故顧誼之大文章《治安策》亦不著一字。此所謂裁也。"

在涵芬樓本《文心雕龍·鎔裁篇》上的題語：
改"剪截浮詞謂之裁"之"剪"爲"翦"。
改"二意兩出"之"二"爲"一"。
改"草創鴻筆"之"鴻"爲"鳴"。
改"獻贊節文"之"贊"爲"替"。
改"條貫始序"之"始"爲"統"。
改"次討定句"之"定"爲"字"。
改"蓋崇友幹耳"之"幹"爲"於"。
改"榛楛不剪"之"剪"爲"翦"。
改"乃情苦芟繁也"之"芟"爲"芰"。

【劉永濟本篇摘錄語詞】

情理　文采　鎔裁　櫽栝　矯揉　規範　剪裁　思緒　鳴筆　情體　事類　辭要　華實　節文　圓合　統緒　疏密　略繁　適分　思贍　才覈　清省情　辭

聲律第三十三

夫音律所始，本於人聲者也。聲含宮商，肇自血氣，先王因之，以制樂歌。故知器寫人聲，聲非效器者也。故言語者，文章神明樞機，吐納律呂，脣吻而已。古之教歌，先揆以法，使疾呼中宮，徐呼中徵。夫商徵響高，宮羽聲下；抗喉矯舌之差，攢脣激齒之異，廉肉相準，皎然可分。今操琴不調，必知改張，摛文乖張，而不識所調。響在彼弦，乃得克諧，聲萌我心，更失和律，其故何哉？良由內聽難爲聰也。故外聽之易，弦以手定；內聽之難，聲與心紛；可以數求，難以辭逐。凡聲有飛沈，響有雙疊。雙聲隔字而每舛，疊韻離句而必睽；沈則響發而斷，飛則聲颺不還，並轆轤交往，逆鱗相比，迂其際會，則往蹇來連，其爲疾病，亦文家之吃也。夫吃文爲患，生於好詭，逐新趣異，故喉脣糺紛，將欲解結，務在剛斷。左礙而尋右，末滯而討前，則聲轉於吻，玲玲如振玉，辭靡於耳，纍纍如貫珠矣。是以聲畫妍蚩，寄在吟詠，吟詠滋味，流於字句。氣力窮於和韻，異音相從謂之和，同聲相應謂之韻。韻氣一定，故餘聲易遣；和體抑揚，故遺響難契。屬筆易巧，選和至難；綴文難精，而作韻甚易。雖纖意曲變，非可縷言，然振其大綱，不出茲論。

若夫宮商大和，譬諸吹籥；翻迴取均，頗似調瑟。瑟資移柱，故有時而乖貳；籥含定管，故無往而不壹。陳思潘岳，吹籥之調也；陸機左思，瑟柱之和也。概舉而推，可以類見。

又詩人綜韻，率多清切；楚辭辭楚，故訛韻實繁。及張華論韻，謂士衡多楚，文賦亦稱知楚不易，可謂銜靈均之聲餘，失黃鐘之正響也。凡切韻之動，勢若轉圜，訛音之作，甚于枘方，免乎枘方，則無大過矣。練才洞鑒，剖字鑽響，識疎闊略，隨音所遇，若長風之過籟，南郭之吹竽耳。古之佩玉，左宮右徵，以節其步，聲不失序，音以律文，其可忘哉？

贊曰：標情務遠，比音則近。吹律胸臆，調鐘脣吻。聲得鹽梅，響滑榆槿。割棄支離，宮商難隱。

【黃叔琳注】

古之教歌云云：見韓子。

廉肉：[禮樂記]先王制雅頌之聲以導之，使其曲直繁瘠廉肉節奏，足以感動人之善心而已矣。

改張：[董仲舒策]竊譬之琴瑟不調，甚者，必解而更張之，乃可鼓也。

雙聲疊韻：[謝莊傳]王元謨問莊：何者為雙聲？何者為疊韻？答曰：互護為雙聲，碻磝為疊韻。

轆轤：[詩評]單轆轤韻者，單出單入，兩句換韻。雙轆轤韻者，雙出雙入，四句換韻。

往蹇來連：易蹇卦六四爻辭。

吃：[韓非傳]非為人口吃不能道說，而善著書。[注]吃，語難也。

纍纍：[禮樂記]倨中矩，句中鉤，纍纍乎端如貫珠。

和韻：楊慎曰：東董是和，東中是韻。

吹籥：[公羊傳去籥注]籥，所吹以節舞也，吹籥而舞，文樂之長。

取均：[楊收傳]旋宮以七聲為均，均之為言韻也。

調瑟：[揚子法言]以往聖人之法治將來，譬猶膠柱而調瑟。

枘方：[宋玉九辯]圜鑿而方枘兮，吾固知其鉏鋙而難入。[注]枘，刻木耑所以入鑿。

吹竽：[韓子]南郭處士為齊宣王吹竽，宣王悅之，廩食以數百人。湣王立，好一一而聽之，處士逃。

左宮右徵：[禮玉藻]古之君子必佩玉，右徵角，左宮羽，趨以采齊，行以肆夏。

調鍾：[揚雄傳]師曠之調鍾，竢知音者之在後也。[注]晉平公鍾，工者以爲調矣。師曠曰：臣竊聽之，知其不調也，至於師涓，而果知鍾之不調，是師曠欲善調之鍾，爲後世之有知音。

榆槿：[禮內則]堇荁枌榆免薧滫瀡以滑之。

【紀昀評語】

於本篇篇首評曰："即沈休文《與陸厥書》而暢之，後世近體，遂從此定制。齊梁文格卑靡，此學獨有千古。鍾記室以私憾排之，未爲公論也。"

於"由內聽難爲聰也"評曰："由字下王本有外聽易爲口而六字。"

於"疊韻""雙聲"評曰："疊韻，二字同在一韻；雙聲，二字同一字母。"

對"凡聲有飛沉"數句評曰："論聲病，詳盡於沈隱侯。"

於"迕其際會"評曰："迕當作迓。"

對"將欲解結"數句評曰："妙參活法。"

對"異音相從謂之和"數句評曰："句末韻脚，有譜可憑。句內聲病，涉筆易犯。非精究音學者不知。故往往閱之斐然，而誦之拗格。彥和特抽出另言，以此之故。"

於"雖織意曲變"評曰："織意當作織毫。"

對"瑟資移柱，故有時而乖貳"數句評曰："此又深入一層，言宮商雖和，又有自然、勉強之分。"

對"又詩人綜韻"數句評曰："此一段又言韻不可參以方言。"

對"凡切韻之動，勢若轉圜；訛音之作，甚于枘方"評曰："比喻確。"

對"免乎枘方則無大過矣"評曰："言自然也。"

於"隨音所遇"評曰："遇字下王本空三字，籟字下王本有流水之浮花□□□鄭人之買櫝十三字。"

對"南郭之吹竽"評曰："東郭吹竽，其事未詳。若南郭濫竽，則於義無取，殆必不然。疑或用《莊子》南郭、子綦三籟事，與上長風句相足爲文耳。""吹竽或吹噓之言化。"

【劉永濟校字】

文章神明樞機。

按"文章"下疑脱"管籥"二字。

商徵嚮高，宮羽聲下。

黃侃校云："常作宮商響高，徵羽聲下"，引《周語》"大不踰宮，細不過羽"、《禮記·月令》鄭注："凡聲尊卑，取象五行，數多者濁，數少者清。"按黃引經典及鄭注證原文有誤，是也。其所改之句，非也。當作"徵羽響高，宮商聲下"。

良由内聽難爲聰也。

黃評曰"由字下，王損仲本有'外聽易爲□而'六字。"按王本是，當據增。"爲"下缺文，或是"力"字。

雜句。

《文鏡祕府論》引作"離句"，是也。

南郭。

舊校"原作東，葉循父改。"孫詒讓《札迻》曰："《新論·審名》篇："東郭吹竽而不知音。"袁孝政亦以齊宣王東郭處士事爲釋。是古書南郭有作東郭者，不必定依《韓子》。但濫竽事終與文義不相應。"

【劉永濟釋義】

此篇分三段。首段以樂聲况文章之聲律。中分二節：初以樂聲比文聲，次比論内聽外聽之難易。次段論聲律調協之理。中分二節：初示失調之病，次明調律之理。末段中論聲律之餘義。中分三節：初明天人之異，次言正訛之別，末論律之調否，在作者之才識。

舍人"内聽"之説最精。蓋言爲心聲，言之疾徐高下，一準乎心。

文以代言，文之抑揚頓挫，一依乎情。然而心紛者言失其條，情浮者文乖其節。此中機杼至微，消息至密，而理未易明。故論者往往歸之天籟之自然，不知臨文之際，苟作者襟懷澄澈，神定氣寧，則情發肺腑，聲流脣吻，自如符節之相合。後世詞曲家論韻部之字聲，各有特質。如王驥德謂："東、鐘之洪，江、陽、皆、來、蕭、豪之響，歌、戈、家、麻之和，寒、山、桓、歡、先、天之雅，庚、青之清，尤、侯之幽，齊、微之弱，真、文之緩，支、思之萎。"此王驥德《曲律》之說，原爲填曲家用韻而發，茲節取其語於此，以聲律之用，至詞曲而最細也。周濟謂："東、真韻寬平，支、先韻細膩，魚、歌韻纏綿，蕭、尤韻感慨。"是也。《介存齋詞選·序論》。作者用得其宜，則聲與情符，情以聲顯。文章感物之力，亦因而更大。然其本要在乎澄神養氣，不可外求，故曰"內聽"。

舍人此篇於雙疊之用，飛沉之別，和韻之理，皆言之至精，研習韻文者所當遵守。其論雙聲不宜隔字，疊韻不宜離句今本誤作"雜句"，茲從《文鏡祕府論》所引。者，雙聲之字，如芬芳、玲瓏，用時本相聯綴，自無隔字之病。然有非聯綴詞亦爲雙聲者，如用之而中隔他字，則聲調不美。例如"紅蓮墮流水"，蓮、流雙聲隔字也。"方殊風氣分"，方、風、分皆雙聲而又隔字也。誦之自覺詰曲。疊韻之字，如徘徊、周流，用時亦本相聯綴，然有非聯綴字而爲疊韻者，或同居一句而隔字，或分在兩句而離句，皆不流美。例如"皇佐揚天惠"，皇、揚同在一句，隔字也。"嘉樹生朝陽，凝霜封其條"，陽、霜各在一句，離句也。飛沉之異，即陰陽清濁之分。四聲之中，平聲有陰陽，陰聲清而揚上，陽聲濁而抑下，文中用之，貴能相間，如數字皆陰則亢，皆陽則卑，故曰："轆轤交往，逆鱗相比"也。例如潘岳《笙賦》"子喬輕舉，明君懷歸"，明君四字，爲陽陰陽陰，若易爲明王懷回，則逆耳矣。《西都賦》："五穀垂穎，桑麻鋪棻"，桑麻四字，爲陰陽陰陰，若易爲桑枝鋪棻，則聱牙矣。和韻之理，舍人謂和難而韻易。蓋和者，一句之中，平仄有相間相重之美也。韻者，各句之末，同用一韻之字也。用韻者，一韻既定，餘句從之，如首韻用東，則餘句自可用同、從、童、紅等字，雖無韻書，而口吻易調，故曰易也。至於平仄相間，變化甚多，齊梁之際，四聲始分,韻書未定,作者每苦不能分別,故曰難也。平仄以相間相重爲美,苟一句之中,平聲太多,或兩句之内,平仄不協,則誦之不能諧適。此事必在四聲既定之後,古人不知也。例如古詩:"同心而離居,憂傷以終老。"同心五字皆平也。《子虛賦》:"岑崟參差,日月蔽虧,罷池陂阤,下屬江河""岑崟參差""罷池陂阤",八字皆平也。其平仄不協者,尤不勝枚舉。大抵沈約以前,潘陸之文,已漸入整練,是時四聲尚未分也。沈約以後,四聲既分,禁忌遂衆。故宫商律呂,來陸厥之責難,鶴膝蜂腰,致鍾嶸之非笑。徐庾繼作,益加諧美,而唐人律體,沿之遂生。平心論之,文貴有聲,聲貴調協,豈可以前人所未知,譏後人爲妄作?但用之者首重切情,必使誦者無詰屈聱牙之病,聞者有聲入心通之妙,斯爲至善耳。

舍人以吹籥喻陳思潘岳之文,以調瑟譬陸機左思之作。一則曰"宫商大和",一則曰"翻迴取均",於曹潘陸左,分別極清。其釋籥瑟之異,則曰:"籥含定管,瑟資移柱。"蓋籥管有定,無往不協,瑟柱無常,時或乖調,以喻曹潘篇篇諧適,左陸每有乖貳也。其意揚曹潘而抑左陸。按潘陸齊名,當時論者,每喜並舉,無所優劣。惟孫綽謂"潘文爛若披錦,無處不善;陸文若排沙簡金,往往見寶。"論同舍人,可證吹籥調瑟之義。孫評見《世説·文學》篇引。潘陸之優劣既明,曹左之異同斯見。而舍人論文不貴繁縟之旨,亦緣此而愈顯。

辭賦用韻之法,後世多以間句韻爲正則,惟古賦之變最繁,今取相如《子虛》、孟堅《西都》、太沖《蜀都》、休文《郊居》各一段比觀之,略可見其流變之跡。

一、司馬相如《子虛賦》一段,用韻如下:誌○者非韻之句也。韻部用江有誥之《古音表》。

其山	鬱崒	脂二	差虧	歌二	紛雲	文二	池河	歌二
其土	塈 附	侯魚通二	銀○鱗		文真通二			
其石	○吾○夫	魚二						

其東 圃 若 蒲 蕪 苴 魚五

其南 ○ ○ 曼 ○ 山 元二

其高燥 ○ 蕡 元一

其坤濕 荁 胡 蘆 于 居 圖 魚六　第五句衆物居之，以之字上一字爲韻。

其西 池 移 華 沙 歌四

其中 黿 黿 元二

其北 ○ 章 蘭 楊 ○ 芳 陽元通四

其上 ○ 鸞 干 元二

其下 ○ 犴 元一

甲、韻式。上段五十二句，共用四十一韻，其爲式八。
　一、每句韻者九。
　二、間句韻者一。
　三、二句韻，其首句不韻者二。
　四、三句首尾韻者一。
　五、三句二韻，其首句不韻者一。
　六、五句二韻，其一二五句不韻者一。
　七、六句四韻，其一五句不韻者一。
　八、以句末上字爲韻者一。

乙、韻部。五十二句中，共用韻部八，其中二部通韻者三。
　脂部二韻。歌部八韻。文部三韻。魚部十四韻。
　元部九韻。陽部三韻。侯部一韻。真部一韻。

丙、換韻。五十二句中，共換韻十三次，其爲式七。
　一、二句換韻者六。
　二、三句換韻者一。

三、四句換韻者一。

四、五句換韻者一。

五、六句換韻者二。

六、七句換韻者一。

七、九句換韻者一。

二、班孟堅《西都賦》一段，用韻如下：

其陽 ○ 谷 ○ 玉 ○ 足 ○ 屬 ○ 木 ○ 蜀 侯六|

其陰 峻 ○ 宮 中 東冬通三| 觀 歎 焉 元三|

　　下 ○ 源 ○ 紛 ○ 鱗 ○ 雲 ○ 棻 元文真通五|

東郊 ○ 河 ○ ○ 波 歌二|

西郊 苑 ○ 漢 元二| ○ 里 ○ 所 ○ 在 魚之通三|

其中 ○ ○ 犀 ○ ○ 海 類 里 之脂通四|

甲、韻式。上段五十一句，共用二十八韻，其爲式六。

一、每句韻者一。

二、間句韻者三。

三、三句首尾韻者一。

四、四句三韻，其二句不韻者一。

五、五句二韻，其一三五句不韻者一。

六、八句四韻，其一二四五句不韻者一。

乙、韻部。五十一句中，共用韻部十，其中二部通用者三，三部通用者一。

侯部六韻。東部一韻。冬部二韻。元部六韻。

文部三韻。真部一韻。歌部二韻。魚部一韻。

之部四韻。脂部二韻。

丙、換韻。五十一句中，共換韻八次，其爲式七。

一、三句換韻者二。
二、四句換韻者一。
三、五句換韻者一。
四、六句換韻者一。
五、八句換韻者一。
六、十句換韻者一。
七、十二句換韻者一。

三、左太沖《蜀都賦》一段，用韻如下：

於前 ○ 趾 ○ 里 之二| 屬 谷 侯二| 紛 雲 文二| ○ 峨 ○ 霞 ○ 阿 ○ 波 魚歌通四| ○ 崖 ○ 枝 ○ 離 ○ 猗 ○ 馳 ○ 啼 ○ 儀 ○ 垂 支歌通八|

其間 青 英 耕陽通二| 礫 ○ 爍 宵二|

於後 ○ 崙 ○ 門 ○ 奔 ○ 昏 文四| ○ 族 ○ 玉 ○ 谷 侯三|

其樹 ○ 桐 樅 ○ 峰 東冬通三| ○ 條 ○ 霄 ○ 標 幽宵通三| ○ 林 ○ 禽 ○ 陰 ○ 吟 侵四|

於東 中 充 冬東通二| 渠 腴 魚侯通二|

其中 ○ 枝 ○ 池 支歌通二| ○ 處 ○ 雨 魚二| ○ 阜 ○ 巧 幽二| ○ 武 旅 舞 ○ 府 魚侯通四|

於西 山 川 元文通二| 狼 章 陽二| ○ 儵 ○ 伏 ○ 馥 ○ 育 之幽通四|

其中 ○ 消 ○ 椒 ○ 皋 ○ 苞 ○ 飄 ○ 料 ○ 庯 ⟨幽宵通七⟩

甲、韻式。上段一百一十八句，共用六十六韻，其爲式五。

一、每句韻者七。

二、間句韻者十二。

三、三句首尾韻者一。

四、五句三韻，其一四句不韻者一。

五、六句四韻，其一五句不韻者一。

乙、韻部。一百一十八句中，共用韻部十四，二部通韻者十二。

之部三韻。侯部七韻。文部七韻。魚部七韻。

歌部九韻。支部四韻。耕部一韻。陽部三韻。

宵部八韻。東部三韻。冬部二韻。幽部九韻。

侵部四韻。元部一韻。

丙、換韻。一百一十八句中，共換韻二十二次，其爲式八。

一、二句換韻者七。

二、三句換韻者一。

三、四句換韻者四。

四、五句換韻者一。

五、六句換韻者三。

六、八句換韻者四。

七、十四句換韻者一。

八、十六句換韻者一。

四、沈休文《郊居賦》一段，用韻如下：

其水草 ○ 菰 ○ 蒲 ○ 湖 ○ 都 ⟨魚四⟩

其陸卉 ○ 韭 ○ 首 ○ 後 ○ 牖 ⟨幽侯通四⟩

若乃 ○ 區 ○ 株 ○ 娛 ○ 朱 ○ 隅 ○ 衢 ○ 趺 ⟨侯魚通七⟩

其林鳥 ○ 上 ○ 響 ○ 頟 ○ 往 陽四

其水禽 ○ 虞 ○ 鳧 ○ 軀 ○ 珠 侯魚通四

其魚 ○ 鱥 ○ 頷 ○ 白 ○ 宅 魚四

其竹 ○ 奇 ○ 池 ○ 枝 ○ 垂 歌支通四

甲、韻式。上段六十二句，共用三十一韻，其爲式一，皆間句韻也。

乙、韻部。六十二句中，共用韻部六，兩部通韻者四。

魚部十一韻。幽部四韻。侯部八韻。

陽部四韻。歌部三韻。支部一韻。

丙、換韻。六十二句中，共換韻七次，其爲式二。

一、八句換韻者六。

二、十四句換韻者一。

由上舉四段觀之，漢人用韻之式，至無定法。齊梁之際，此事漸有矩矱。今之所舉四家，略足窺見流衍之跡，而由凌雜無定以成整飭有法，爲大勢所趨，則至明顯。若復詳加推考，其間利弊，頗復相因。蓋文藝之美，既貴整齊，又須錯綜，而其本柢仍在情思。準情思以爲文，則疾徐高下，錯綜整齊，自然有序。是則無法而不離法，有定而仍善變，此亦研習六代文章者所當深解也。

【劉永濟批語】

在《劉舍人文心雕龍十卷》(下册)之《聲律》上的題語：

於篇題"聲律"批註曰："此文聲之事也。一字則爲字音，成句則爲句調，配樂則爲樂律。"

於"夫音律所始，本於人聲者也"批曰："此論文與志。"篇前分列聲、音、韻定義爲："聲：'感於物而動，故形於聲'(《梁紀》)。'情發於聲'(《毛詩序》)。'聲，鳴也'(《白虎通》)。音：'聲成文謂之音'(《毛詩序》)。'合氣而爲音'(《淮南子》)。'音，飮也。其剛柔清濁和而相飲也'(《白虎通》)。韻：'同音相從謂之韻'(《文心》)。漢魏以前言音，故《樂記》云：'樂所以立均。'《鶡冠子》曰：'五聲不同均。'《文選》成功綏《嘯賦》'音均不恒'注：'均，古韻字也。'又引晉灼《子虛賦注》曰：'文章假借，可以協韻。均與韻同。'"《丹鉛總錄》：'合口通音謂之宮，其音熊熊洪洪然；開口吐聲謂之商，其音鏗鏗鏘鏘然；張牙湧脣謂之角，其音屋屋確確然，齒合脣開謂之徵，其音倚倚巇巇然，齒開脣緊謂之羽，其音詡詡吁吁然。'"《管子·地員篇》：'凡聽宮，如牛鳴窌中；凡聽商，如離群羊；凡聽角，如雉登木以鳴，其音疾以清；凡聽徵，如豕負豕覺而駭；凡聽羽，如鳴馬在野。'"

於"難以辭逐"上數句批註曰："以上以樂器比，說明聲律本出於天然，但貴能'內聽'耳。"於"轆轤交往"批註曰："轆轤交往，即相間相重之意。"

於"和體抑揚"批註曰："和即平仄相間相重之法，故曰抑揚。"

於"滋味流於字句"批註曰："《文境秘府論》四引此作'滋味流於下句，風力窮於和韻。'"

於"《楚辭》辭楚"批註曰："'辭楚'，乃言《楚辭》用楚國方言也。古人不知，故以為訛韻。陸雲《與兄書》云：'張公語雲，云兄文故自楚。'"

於"《文賦》亦稱'知楚不易'"批註曰："《文賦》無'知楚不易'之語，《札記》取'亮功多而累寡，故取足而不易'二句，謂彥和引其言以明士衡多楚，不以張公之言而變，'知楚'二字乃涉上文而訛。今按，此二句與音韻無關，不可以有不易二字牽合為說。《文賦》論文章音韻處有'崎錡''難便'之語，亦非言知楚也。"

於"南郭之吹竽耳"批註曰："孫詒讓《札迻》：《新論·審名篇》：'東郭吹竽而不知音。'袁孝政注亦以齊宣王東郭處士事為釋是古書南郭有作東郭者，不必定依韓子(內儲說上·七術)也。但濫竽事終與文意不相應耳。'"

篇末批曰："入聲幽咽，如《鴟鴞》'鴟鴞，鴟鴞……'魚歌纏綿，蕭尤感慨。支齊均多悲調，如《東門行》'東門行，不須歸……'魚歌纏綿，陽韻雄壯，又如昌黎《聽潁師彈琴》。蘇軾《口吃詩》：'江幹高居堅關肩……乾鍋更曳甘瓜羹。'"

在涵芬樓本《文心雕龍·聲律篇》上的題語：
改"聲非學器者也"之"學"爲"效"。
於"故言語者，文章神明樞機"之"文章"後加"□□"符號。
於"夫商徵響高，宮羽聲下"删去"商"字，於"徵"後加"羽"字，又改"宮羽"之"羽"爲"商"。
改"摘文乖張"之"摘"爲"摘"。
改"響在於被弦"之"被"爲"彼"。
於"良由外聽難爲聰也"之"外聽"之後加"易爲□而内應"六字。
改"響有動靜"之"動靜"爲"雙疊"。
改"疊韻雜句而必睽"之"雜"爲"離"。
改"逗其際會"之"逗"爲"迕"。
於"吟詠滋味流於下句"，删去"吟詠"二字，改"下"爲"字"。
於"屬筆易巧，選和至難"之"易巧"後加一"而"字。
改"可謂銜靈均之聲餘"之"聲餘"爲"餘聲"。
改"聲不失序，音以律文，其可忘哉"之"忘"爲"忽"。

【劉永濟本篇摘錄語詞】

文章　吐納　樞機　外聽　内聽　數　雙聲　疊韻　際會
蹇連　吃文　好詭　逐新　趣異　聲畫　和　韻　纖意曲變
綜韻　清切　楚　闊略

章句第三十四

夫設情有宅，置言有位，宅情曰章，位言曰句。故章者，明也；句者，局也。局言者，聯字以分疆；明情者，總義以包體：區畛相異，而衢路交通矣。夫人之立言，因字而生句，積句而成章，積章而成篇。篇之彪炳，章無疵也；章之明靡，句無玷也；句之清英，字不妄也；振本而末從，知一而萬畢矣。夫裁文匠筆，篇有小大；離章合句，調有緩急；隨變適會，莫見定準。句司數字，待相接以爲用；章總一義，須意窮而成體。其控引情理，送迎際會，譬舞容迴環，而有綴兆之位，歌聲靡曼，而有抗墜之節也。尋詩人擬喻，雖斷章取義，然章句在篇，如繭之抽緒，原始要終，體必鱗次。啟行之辭，逆萌中篇之意，絕筆之言，追媵前句之旨。故能外文綺交，內義脈注，跗萼相銜，首尾一體。若辭失其朋，則羈旅而無友；事乖其次，則飄寓而不安。是以搜句忌以顛倒，裁章貴於順序，斯固情趣之指歸，文筆之同致也。若夫筆句無常，而字有條數，四字密而不促，六字格而非緩，或變之以三五，蓋應機之權節也。至於詩頌大體，以四言爲正，唯"祈父""肇禋"，以二言爲句。尋二言肇於黃世，竹彈之謠是也；三言興于虞時，元首之詩是也；四言廣于夏年，洛汭之歌是也；五言見於周代，行露之章是也。六言七言，雜出詩騷，而體之篇，成於兩漢。情數運周，隨時代用矣。

若乃改韻從調，所以節文辭氣。賈誼枚乘，兩韻輒易；劉歆桓譚，百句不遷：亦各有其志也。昔魏武論賦，嫌於積韻，而善於貿代。陸雲亦稱："四言轉句，以四句爲佳。"觀彼制韻，志同枚、賈，然兩韻輒易，則聲韻微躁；百句不遷，則脣吻告勞；妙才激揚，雖觸思利貞，曷若折之中和，庶保無咎。

又詩人以兮字入於句限，楚辭用之，字出句外。尋兮字成句，乃語助餘聲。舜詠南風，用之久矣。而魏武弗好，豈不以無益文義耶！至於夫惟蓋故者，發端之首唱；之而於以者，乃劄句之舊體；乎哉矣也，亦送末之常科。據事似閑，在用實切。巧者迴運，彌縫文體，將令數句之外，得一字之助矣。外字難謬，況章句歟！

贊曰：斷章有檢，積句不恒，理資配主，辭忌失朋。環情草調，宛轉相騰。離合同異，以盡厥能。

【黃叔琳注】

明也局也：［詩關雎疏］章者，明也，總義包體，所以明情也。句者，局也，聯字分疆，所以局言也。

區畛：［蜀都賦］瓜疇芋區。［注］區，界畔也。［周禮］十夫有溝，溝上有畛，畛，田界。

綴兆：［禮樂記］行其綴兆，要其節奏，行列得正焉。［注］綴兆，舞位也。

抗墜：［禮樂記］歌者上如抗，下如墜，曲如折，止如藁木。

啟行：［詩小雅］元戎十乘，以先啟行。啟行，喻始也。

跗萼：［詩小雅］鄂不韡韡。［箋］承華者曰鄂，不，當作柎，柎，鄂足也。［疏］鄭以為華下有鄂，鄂下有柎，由華以覆鄂，鄂以承華，華鄂相覆而光明，猶兄弟相順而榮顯。

祈父：［小雅］祈父，予王之爪牙。

肇禋：［周頌］肇禋，迄用有成，維周之禎。

竹彈謠：見通變篇。

元首：［虞書］帝庸作歌曰：股肱喜哉，元首起哉，百工熙哉。皋陶乃賡載歌曰：元首明哉，股肱良哉，庶事康哉。［按］哉為語助，以喜起熙，明良康為韻，是三言也。

洛汭：夏書五子之歌也。

行露：見明詩篇。

六言七言：同上。

南風：同上。

配主：［易豐］初九，遇其配主。

【紀昀評語】

對"夫裁文匠筆"數句評曰："此一段論章法。"

對"啟行之辭"數句評曰："與《鎔裁》篇一段參看。"

對"夫筆句無常"數句評曰："此一段論句法，然但考字數，無所發明，殊無可采。"

對"若乃改韻從調"數句評曰："此因句法而類及押韻及語助，論押韻特精，論語助亦無高論。"

對"至於夫、惟、蓋、故者"數句評曰："宋祖謂'語助助得甚事'，亦未就文體論耳。"

【劉永濟校字】

筆句。

各本皆如此。"筆"乃"章"誤，審文可知。紀氏因誤文妄譏，殊可哂。

而體之篇。

梅子庚曰："而下疑有脫字。"按當是"雜"字，雜體者，一篇之中，言之長短不一。漢魏樂府多有之。

【劉永濟釋義】

此篇分三段。首段釋章句名用。中分二節：初釋名，次釋用。次段論章句組織之法。末段因章句推論分章斷句相關者三事。中分三節：初論句中字數，中分二層，先比較其長短，後尋繹其源流；次論押韻，末及語助發聲等詞。

此篇於分章造句之法，但挈其大網，所謂言之有序也。大而一篇之中各章之後先，小而一句之中各字之次第，皆有天然之秩序。賦情則情之曲折，記事則事之本末，論理則理之層次，皆天然之秩序也。作者苟當情懷澄澈，事理通明之會，則安章宅句，自成條理。至於其間變化波瀾之妙，正側穿插之奇，短長高下之度，輕重隱顯之限，回互激射之勢，則非法所能拘，亦非言所能盡。大抵天才開朗者，杼柚寸心，自然靈妙。屈宋之辭賦，則抒情之正則也。子長之《史記》，則記事之極軌也。莊孟之文辯，則論理之崇規也。此四子者，言不失其友紀，而又變化無端，可謂"外文綺交，內義脈注"者矣。

舍人釋章爲"明"，釋句爲"局"，雖非章句之本義，樂竟爲一章。句者，曲也。然最足明章句之用。蓋情思之發，必有其曲折次序，而章以宅情，必隨其曲折次序而分布之，貴能昭晰。故詩文之章數無定，其施設之變亦至夥。例如《芣苢》三章，初言往采，故曰"采之""有之"，次言采事，故曰"掇之""捋之"，末言采獲已多將歸之事，故曰"袺之""襭之"。三章不可減爲二，不必增爲四，而春原采苢之事如見矣。其他一意而數章者，非複也，所謂一唱三嘆，言之不足，故重言之，所以盡其致也。至句之訓局，其義亦精。一句之字，短或二三，長不過八九，意行其中，彌見局促。故造句貴無冗字，而前後句相承之間，尤貴有次。如"隕石於宋五""六鷁退飛過宋都"，則幾乎一字不可易，此《春秋》所以謹嚴也。孔穎達釋《關雎》章句，即采劉義。其言曰："句必聯字而言。句者，局也，聯字分疆，所以局言者也。章者，明也，總義包體，所以明情者也。篇者，徧也，言出情鋪，事明而徧者也。"其下復取詩中分章制句之式以爲例，亦可與舍人此篇相發，正可參看。

舍人論文家用韻，主魏武"資代"之説，而參以"折中"之論，可謂圓到無餘蘊矣。惟節文辭氣之義，則尚蘊而未發，蓋此事自有天機人力之分：任天機者，靈變無常，而其失也雜；用人力者，整飭有法，而其失也滯，惟極人力之工而仍不傷其天機，運天機之巧而能輔之以人力，庶幾盡美。推原其本，要不離乎情思，而修辭之功次之。情思流行，辭氣稱之者，天機利也；辭氣焕發，而修辭從之者，人力臻也。參以前篇所論，斯理自明。至於賦家之文，往往累句一意，則亦同於一意數章。例如相如《檄巴蜀文》曰："夫邊郡之士，聞烽舉燧燔，皆攝弓而馳，荷兵而走。流汗相屬，惟恐居後。觸白刃，冒流矢，義不反顧，計不旋踵。"此段皆盛陳漢兵衛國之勇，故詞多重置。又如賈誼《過秦論》曰："秦孝公據崤函之固，擁雍州之地，君臣固守而窺周室，有席卷天下，包舉宇內，囊括四海，并吞八荒之心。"此段極形秦勢之強，故語亦不厭複。又有詞雖屢更而意無二致者，義亦同此。例如班孟堅《西都賦》曰："神明鬱其特起，遂偃蹇而上躋。軼雲雨於太半，虹霓迴帶於棼楣。雖輕迅與僄狡，猶愕眙而不能階。攀井幹而未半，目眴轉而意迷。舍櫺檻而卻倚，若顛墜而復稽。魂怳怳以失度，巡迴塗而下低。既懲懼於登望，降周流以徬徨。步甬道以縈紆，又杳窱而不見陽。排飛闥而上出，若遊目於天表，似無依而洋洋。"此段狀建章之高峻，以與前文寫昭陽之富麗相映成文，雖遣詞不同，而用意無別，不得病其冗複。蓋詞以發意爲主，意有未盡，則詞不得休。此中消息，在作者斟酌寸心之間，初無一定之式也。

紀評此書，頗多淺語。即如此篇，乃有二誤。次段本兼包章句，紀評以爲先論章法，而指筆句無常以下爲論句法。謂"論句法但考字數，無所發明"。不知筆句無常以下爲另一段，筆句實章句之譌，一誤也。末段三節，一論字數，二論轉韻，三論發聲助語之詞，皆於分章造句，所關至切，紀評乃指爲"類及"，無甚高論，二誤也。

【劉永濟批語】

在《劉舍人文心雕龍十卷》（下冊）之《章句》上的題語：

於篇題"章句"批註曰："此論安章宅句之法，點明用韻乃鎔裁、聲律二篇之合論，也。章句說與篇體繁簡有關，又與聲律緩急相配，故合論之。"

於"若夫筆句"批註曰："'筆句'乃'章句'之誤，審文可知。諸家未及校正。"

於"斯固情趣之指歸，文筆之同致也"批註曰："以上論組織章句之法。"

於"祈父、肇禋"批註曰："'祈父，予王之爪牙。'（《小雅》）'肇禋，迄用有成，維周有禎。'"此篇批語引長短句例較多。如引"三言：'振振鷺，鷺於飛。'"引《詩經》六言："'曰予未有室家。''謂爾遷于王都。''我姑酌彼金罍。''河水清且漣漪。'五言：'之死矢靡他。''之死矢靡懕。''濟盈不濡軌，雉鳴求其牡。''投我以木桃，報子以瓊瑤。''其人美且仁。'七言：'交交黃鳥止于桑。'九言：'泂酌彼行潦挹彼德茲。'"

於"四言廣于夏年"批註曰："皇祖有訓，民可近不可下。民惟邦本，本固邦寧。予視天下，愚夫愚婦，一能勝予。一人三失怨，豈在明？不見是圖，予臨兆民，凜乎若朽索之馭六馬，為人上者，奈何不敬？"

於《洛汭之歌》批註曰："《五子之歌》。"於"雜出《詩》《騷》而"批註曰："天啟本'而'字作'兩'，下缺字。""'而'字下疑脫'雜'字，之篇，雜體之篇，一篇之中，言之長短不一，漢代樂府多有。"宋玉《招魂》："像設君室靜閒安些。高堂邃宇檻層軒些。層台累榭臨高山些。網戶朱綴刻方連些。冬有夏奂夏室寒些。川穀徑複流潺湲些。光風轉蕙泛崇蘭些。經堂入奧朱塵筵些。""漢人七言：'博學多識於凡殊。'（劉向，《西京賦》注引）'宴處從容觀詩書'（劉歆《七略》）。又'山鳥群鳴動我情'。漢人六言：董仲舒'琴歌'，曹丕《答群臣勸進書所作詩》曰：'喪亂悠悠過紀，白骨縱橫萬里，哀哀下民靡恃，吾將以時整理，複子明辟致仕。'"

在涵芬樓本《文心雕龍·章句篇》上的題語：

於"四字密而不促，六字格而非緩"上批曰："規格、格律，皆連綿詞，皆有整飭之義。六字成句，過於整飭，故曰'格'，所以下文有'變之以三五，蓋應機之權節'。'三五'者，參以單數之詞也。"

改"絕筆之言，追勝前句之旨"之"勝"為"媵"。

改"若辭失其明"之"明"為"朋"。

改"若夫筆句無常"之"筆"為"章"。

於"而體之篇成於兩漢"之"而"後加一"雜"字。

改"尋兮字承句"之"承"為"成"。

【劉永濟本篇摘錄語詞】

| 彪炳 | 明靡 | 清英 | 適會 | 控引 | 情理 | 送迎 | 際會 | 指歸 |
| 情趣 | 格致 | 情數 | 節文 | 送末 | 彌縫 | 節調 | | |

麗辭第三十五

　　造化賦形，支體必雙，神理爲用，事不孤立。夫心生文辭，運裁百慮，高下相須，自然成對。唐虞之世，辭未極文，而皋陶贊云："罪疑惟輕，功疑惟重。"益陳謨云："滿招損，謙受益。豈營麗辭，率然對耳。"易之文繫，聖人之妙思也。序乾四德，則句句相銜；龍虎類感，則字字相儷；乾坤易簡，則宛轉相承；日月往來，則隔行懸合：雖句字或殊，而偶意一也。至於詩人偶章，大夫聯辭，奇偶適變，不勞經營。自揚馬張蔡，崇盛麗辭，如宋畫吳冶，刻形鏤法，麗句與深采並流，偶意共逸韻俱發。至魏晉群才，析句彌密，聯字合趣，剖毫析厘。然契機者入巧，浮假者無功。

　　故麗辭之體，凡有四對：言對爲易，事對爲難；反對爲優，正對爲劣。言對者，雙比空辭者也；事對者，並舉人驗者也；反對者，理殊趣合者也；正對者，事異義同者也。長卿上林賦云：修容乎禮園，翱翔乎書圃。此言對之類也。宋玉神女賦云：毛嬙鄣袂，不足程式；西施掩面，比之無色。此事對之類也。仲宣登樓云：鐘儀幽而楚奏，莊舄顯而越吟。此反對之類也。孟陽七哀云：漢祖想枌榆，光武思白水。此正對之類也。凡偶辭胸臆，言對所以爲易也；徵人之學，事對所以爲難也；幽顯同志，反對所以爲優也；並貴共心，正對所以爲劣也。又以事對，各有反正，指類而求，萬條自昭然矣。

　　張華詩稱"遊鴈比翼翔，歸鴻知接翮"；劉琨詩言"宣尼悲獲麟，西狩泣孔邱"：若斯重出，即對句之駢枝也。是以言對爲美，貴在精巧；事對所先，務在允當。若兩事相配，而優劣不均，是驥在左驂，駑爲右服也。若夫事或孤立，莫與相偶，是夔之一足，踦踔而行也。若氣無奇類，文乏異采，碌碌麗辭，則昏睡耳目。必使理圓事密，聯璧共章；迭用奇偶，節以雜佩，乃其貴耳。類此而思，理自見也。

贊曰：體植必兩，辭動有配。左提右挈，精味兼載。炳爍聯華，鏡靜含態。玉潤雙流，如彼珩珮。

【黃叔琳注】

皋陶贊：見虞書大禹謨。

益陳謨：同上。

文繫：[易文言]元者，善之長也；亨者，嘉之會也；利者，義之和也；貞者，事之幹者。君子體仁足以長人，嘉會足以合禮，利物足以和義，貞固足以幹事。[又]同聲相應，同氣相求，水流濕，火就燥，雲從龍，風從虎。[繫辭]乾道成男，坤道成女，乾知大始，坤作成物，乾以易知，坤以簡能，易則易知，簡則易從，易知則有親，易從則有功，有親則可久，有功則可大，可久則賢人之德，可大則賢人之業。[又]日往則月來，月往則日來，日月相推而明生焉。寒往則暑來，暑往則寒來，寒暑相推而歲成焉。

宋畫：[莊子]宋元君將畫圖，眾史皆至，有一史後至者，儃儃然不趨，受揖不立，因之舍。公使人視之，則解衣般礴臝。君曰：可矣，是真畫者也。

吳冶：[吳越春秋]越王元常使歐冶子造劍五枚。

上林：司馬相如字長卿，作上林賦。

神女：宋玉作神女賦。

毛嬙：[莊子]毛嬙麗姬，人之所美也。

登樓：見詮賦篇。

楚奏：[左傳]晉侯觀於軍府，見鍾儀，問曰：南冠而繫者誰也？有司對曰：鄭人所獻楚囚也。使稅之，問其族，對曰：伶人也。使與之琴，操南音。范文子曰：樂操土音，不忘舊也。

越吟：［陳軫傳］軫曰：越人莊舄仕楚執珪，有頃而病。楚王曰：舄故越之鄙細人也，今仕楚執珪，富貴矣，亦思越不。中謝對曰：凡人之思故，在其病也，彼思越則越聲，不思越則楚聲，使人往聽之，猶尚越聲耳。

孟陽：張載字孟陽，本集有七哀詩二首。

枌榆：［漢郊祀志］高祖詔御史，令豐治枌榆社。

白水：［東京賦］龍飛白水，鳳翔參墟。［注］白水，謂南陽白水縣，世祖初起之處也。

允當：［左傳］允當則歸。

夔：［山海經］東海中有流波山，上有獸，狀如牛，蒼身而無角，一足。

趻踔：［莊子］夔謂蚿曰：吾以一足趻踔而行，予無如矣。

【紀昀評語】

於本篇篇首評曰："駢偶於文家爲下格，然其體則千古不能廢，其在六代尤爲時尚，故別作一篇論之。"

於"故麗辭之體，凡有四對"數句評曰："精論不磨。"

於"此反對之類也"評曰："丁卯浣花詩格之卑，只爲正對多也。"

於"並貴共心"評曰："'貴'當作'肩'。又以四句當云'指類而求，萬條自昭然矣。又言對事對，各有反正'，於文義乃順。"

於"若兩事相配"評曰："'兩事'當作'兩言'。"又概括彥和所言爲"重出之病""不均之病""孤立之病""庸冗之病"。

於"張華詩稱"云云評曰："張華一段，申反對、正對，'是以'以下申言對、事對，'若氣無'以下就四對推入一層。言對偶雖合法而無骨采亦不可。北平先生以四病並列，失其旨矣。"

【劉永濟校字】

徵人之學。

梅子庚云："徵當作擬，學當作譽。"天啟本"徵"下注云："元作擬。"嘉靖本"徵"作"微"。今按當作"擬人貴學"，"貴"字誤入下文"並貴同心"句，"並貴"當依紀評作"並肩"，各本皆誤。此文謂事對必舉人相擬，舉人之功，在乎博學，學不博則擬人不於其倫，故曰"所以爲難也"。"擬人"二字，出《禮記·曲禮》。

又以事對，各有反正。

按疑當作"又言事二對，各有反正"，或"言對事對，各有反正"。

精味兼載。

嘉靖本"味"作"未"。按當作"末"，精末，猶言精粗也。因"末"誤"未"，"未"又誤作"味"也。

【劉永濟釋義】

此篇分三段。首段明麗辭之源流。中分六層：一、辭之儷偶，本由天成。二、舉《尚書》偶語，以見麗辭之成，匪由營造。三、舉《易》之《文》《繫》，以見麗文不在比其字句，意相偶者，亦麗辭也。四、舉《詩》與《左》《國》，以見奇偶各有所宜，不必揚偶而抑奇。五、舉兩漢，以見辭意並偶之漸。六、舉魏晉，以見駢麗既密，浮巧乃生，意仍側重箴時也。次段論麗辭之法式。中分三節：初釋四對之義，次舉例，終論難易優劣。末段論麗辭之疵病。中分二節：初舉四病，一重出、二不均、三孤立、四庸冗；次申本篇之旨。

文家之用對偶，實由文字之質性使然。我國文字，單體單音，故可偶合。考詩歌肇興，厥惟二言。《吳越春秋》載古孝子《斷竹》之歌，其辭曰："斷竹。續竹。飛土。逐宍。"相傳出黃帝時，雖難徵信，然觀其本事，似漁獵時代人民產物也。全首四句二言，故彥和《章句》篇有"二言肇於黃世，竹彈之謠是也"之文。二言之句，倍之成四，故四言之成，爲時最早，皆偶數也。其餘三言五言，則參以奇數而成。總要而言，不離單複二類。此猶論句法也。即一句之中，用字之法，亦無異是。惟恒言每喜用複詞，此證之俗語而可知，不必遠徵《書》《易》。其故有二：字爲單音，則同出者多，同出者多，則耳聽不明，一也。概用奇詞，則語多蹇澀，語多蹇澀，則口吻不調，二也。至文家遣詞，東漢以後，漸崇整飭，因之文句對偶爲多。齊梁聲律既興，平仄諧適，尤足助成斯美。於是詩文皆務聯對，而麗辭之法乃臻巧密，浸假而無體不作偶語。故後世以駢體一名，指目六朝之文。洎昌黎韓氏又別倡單行，號曰古文，與之相角，至今莫易。舍人當駢體盛行之世，即倡裁抑之論，而主"迭用奇偶"之說，其言平正，賢於後世古文家遠矣。其論魏晉之文"析句彌密"，浮巧爲病，則且明斥過求偶麗者非有當於文學之真理。由今觀之，不得不許其識之超越。倘舍人當日同曹陸之貴盛，據休文之要津，使秉筆者從風，摛詞者仰望，則起衰之任，何待昌黎？此則斯文之不幸，豈前識有未明哉！

文家用古事以達今意，後世謂之用典，實乃修辭之法，所以使言簡而意賅也。故用典所貴，在於切意。切意之典，約有三美：一則意婉而盡，二則藻麗而富，三則氣暢而凝。例如梁簡文敘南康簡王薨《上東宮啟》曰："伏惟殿下，愛睦恩深，常棣天篤。北海云亡，騎傳餘藥；東平告盡，驛問留書。嗚呼此恨，復在今日。"按《後漢書》曰："北海敬王睦能屬文，作《春秋旨義終始論》，及賦頌數十篇，又善史書，當世以爲楷則。及寢病，帝驛馬令作草書尺牘十首。"又"東平憲王蒼少好經書，雅有智思。疾薨，詔告中傅，封上蒼自建武以來章奏，及所作書記賦頌七言別字歌詩，並集覽焉"。此啟既以北海東平，喻南康才望之美，復以騎傳驛問，見東宮友愛之深，表意既婉而盡，敷藻尤爲盛麗。上文愛睦二語，既已用虛詞稱美，下文不舉古事以相儗，則文氣流而不凝，蓋駢文行氣，貴在疏密相間也。舍人別有《事類》一篇，詳論用事之法。茲篇所重，在明字句奇偶之用，所以申前篇未盡之義也。

舍人本謂言、事二對，皆有反正，篇中但舉事對反正之例，未及言對，今補舉於此。陸機《演連珠》曰："萬邦凱樂，非說鐘鼓之娛；天下歸仁，非感玉帛之惠。"此言凱樂不因鐘鼓之娛，歸仁不待玉帛之惠者，以見感化流行之用，有賢於鐘鼓玉帛也。"事異義同"，言對之正也。又曰："虛己應物，必究千變之容；挾情適事，不觀萬殊之妙。"此言中虛者明，懷塞則暗，"理殊趣合"，言對之反也。正者，雙舉同物以明一義，詞邐而意重，故曰劣。反者，並列異類以見一理，語曲而義豐，故曰優。然作者行文亦隨宜遣筆，初無絀正崇反之見，未可因舍人此論，而拘於一格也。

【劉永濟批語】

在《劉舍人文心雕龍十卷》（下冊）之《麗辭》上的題語：

於篇題"麗辭"批註曰："此亦《孟子》所謂文也。""此專論詩文造句用字之法，又《章句》之餘意也。"

於"豈營麗辭，率然對尒"批註曰："麗辭成于自然。""此言上古偶文質樸自然非由調節。"

於"雖字句或殊，而偶意一也"批註曰："此言偶文不必在比其字句，以意爲主。"

於"大夫聯辭"批註曰："《左傳》《國語》大夫對問。""聯辭即屬辭。"

於"奇偶隨變，不勞經營"批註曰："此言奇偶各有所宜分，無定法。"

於"麗句與深采並流，偶意共逸韻俱發"批註曰："此言兩漢偶文意辭俱偶。"

於"契機者入巧，浮假者無功"批註曰："此言魏晉偶文人力漸臻，乃入浮巧。麗辭之源流。"

於"唐虞之世"云云批註曰："□□曰：劉氏書用古文人或譏之然今文中亦不少偶語，如《禹貢》之'九州攸同，四隩既宅'；'四海會同，六府孔修'……之類者甚多，全篇幾成排偶。《甘誓》之'威侮五行，怠棄三正'，已形成極工整之偶句，開漢魏之濫觴矣。"

於"又以事對，各有反正"批註曰："劉豢龍曰：陸士衡《演連珠》'是以三卿世及，東國多衰弊之政；五侯並軌，西京有陵夷之運'。此事之正對也。'是以生重于刑，故據圖無揮劍之痛；義貫於身，故臨川有投跡之哀。'此事之反對也。不但事對爲然，即言對亦有反正。如陸雲'萬邦凱樂，非悅鐘鼓之娛；天下歸仁，非感玉帛之惠'，此言之正對也。'虛己應物，必究千變之容；挾情適事，不觀萬殊之妙'，此言之反對也,由是推論疑'又以'之'以'應作'言',故下言各有反正,即指言與事二者也。濟按,又言事對於文不順,疑當作又言事二對,或又言對事對。"

於"萬條自(改'自'爲'目')昭然矣"批註曰:"以上難易優劣。麗辭之法式。"

於張華詩"游雁比翼翔,歸鴻知接翮"批註曰:"此言對之重出者。"

於劉琨詩"宣尼悲獲麟,西狩泣孔丘"批註曰:"此事對之重出者。"

於"務在允當"批註曰:"以上重出。"

於"是驥在左驂,駑爲右服也"批註曰:"以上不均。"

於"若氣無奇類,文乏異采"批註曰:"以下申言對偶合法,亦須文有異采奇氣。"

在涵芬樓本《文心雕龍·麗辭篇》上的題語:

改"割毫析厘"之"割"爲"剖"。

於"長卿上林云"之"林"後加一"賦"字。

於"宋玉神女云"之"女"後加一"賦"字。

於"仲宣登樓云"之"樓"後加一"賦"字。

改"微人之學"爲"徵人貴學"。

改"並貴共心"之"貴"爲"肩"。

改"又以事對各有反正"之"以"爲"言對"二字。

於"而思理斯見也"之"理"後加一"自"字。

改"精未兼載"之"未"爲"末"。

【劉永濟本篇摘錄語詞】

神理　自然　適變　契機　浮假　精巧　跉踔　精末

卷八

比興第三十六

　　詩文弘奧，包韞六義，毛公述傳，獨標興體。豈不以風通而賦同，比顯而興隱哉！故比者，附也；興者，起也。附理者切類以指事，起情者依微以擬議。起情故興體以立，附理故比例以生。比則畜憤以斥言，興則環譬以記諷。蓋隨時之義不一，故詩人之志有二也。

　　觀夫興之託諭，婉而成章，稱名也小，取類也大。關雎有別，故后妃方德；尸鳩貞一，故夫人象義。義取其貞，無從於夷禽；德貴其別，不嫌於鷙鳥。明而未融，故發注而後見也。且何謂爲比？蓋寫物以附意，颺言以切事者也。故金錫以喻明德，珪璋以譬秀民，螟蛉以類教誨，蜩螗以寫號呼，澣衣以擬心憂，席卷以方志固。凡斯切象，皆比義也。至如麻衣如雪，兩驂如舞，若斯之類，皆比類者也。楚襄信讒，而三閭忠烈，依詩製騷，諷兼比興。炎漢雖盛，而辭人夸毗，詩刺道喪，故興義銷亡。於是賦頌先鳴，故比體雲構，紛紜雜遝，信舊章矣。

　　夫比之爲義，取類不常。或喻於聲，或方於貌，或擬於心，或譬於事。宋玉高唐云：纖條悲鳴，聲似竽籟，此比聲之類也；枚乘菟園云：焱焱紛紛，若塵埃之間白雲，此則比貌之類也；賈生鵬賦云：禍之與福，何異糺纆，此以物比理者也；王褒洞簫云：優柔溫潤，如慈父之畜子也，此以聲比心者也；馬融長笛云：繁縟絡繹，范蔡之説也，此以響比辯者也；張衡南都云：起鄭舞，蠒曳緒，此以容比物者也。若斯之類，辭賦所先，日用乎比，月忘乎興。習小而棄大，所以文謝於周人也。至於揚班之倫，曹劉以下，圖狀山川，影寫雲物，莫不纖綜比義，以敷其華，驚聽回視，資此效績。又安仁螢賦云流金在沙，季鷹雜詩云青條若總翠，皆其義者也。故比類雖繁，以切至爲貴，若刻鶴類鶩，則無所取焉。

贊曰：詩人比興，觸物圓覽。物雖胡越，合則肝膽。擬容取心，斷辭必敢。攢雜詠歌，如川之渙。

【黃叔琳題注】

在"起情故興體以立"句上，黃氏題曰："朱子傳詩，謂有不取義之興，未爲知言。"

在"此比聲之類也"數句上，黃氏又題曰："非特興義銷亡，即比體亦與三百篇中之比差別，大抵是賦中之比。循聲逐影，擬諸形容，如《鶴鳴》之陳誨，《鴟鴞》之諷論也。"

【黃叔琳注】

六義：見明詩篇。

毛公：[漢藝文志]毛詩故訓傳三十卷，毛公之學，自謂子夏所傳。

關雎：[詩小序]關雎，后妃之德也。

尸鳩：[詩小序]鵲巢，夫人之德也，國君積行累功以致爵位，夫人起家而居有之，德如鳲鳩，乃可以配焉。

鷙鳥：[詩傳]雎鳩，王雎也，摯而有別。[注]摯本亦作鷙。

金錫：見衛風淇澳篇。

珪璋：見大雅卷阿篇。

螟蛉：見小雅小宛篇。[揚子法言]螟蛉之子殪而逢蜾蠃。祝之曰：類我類我，久則肖之矣。

蜩螗：見大雅蕩之篇。

澣衣：見邶風柏舟篇。

席卷：同上。

如雪：見曹風蜉蝣篇。

如舞：見風大叔于田篇。

誇毗：見大雅板之篇。

優柔溫潤：[王褒洞簫賦]聽其巨音，則周流氾濫，並包吐含，若慈父之畜子也。[又云]，優柔溫潤，又似君子。

安仁螢賦：[潘岳螢火賦]飄飄頴頴，若流金之在沙。岳字安仁。

季鷹雜詩：[張翰雜詩]青條若總翠。翰字季鷹。

刻鵠類鶩：[馬援與兄子書]效伯高不得，猶爲謹厚之士，所謂刻鵠不成尚類鶩者也。

胡越：[孔叢子]胡越之人，同舟濟江，中流遇風波，其相救如左右手。

肝膽：[莊子]自其異者視之，肝膽楚越也。

必敢：[李斯傳]趙高曰：顧小而忘大，後必有害，狐疑猶豫，後必有悔，斷而敢行，鬼神避之，後有成功。

【紀昀評語】

在"三閭忠烈，以詩製騷，諷兼比興"數句上，紀評曰："以上平論興比，以下言興亡而比傳。"又評曰："興義亦不全亡，但詩中偶用，賦頌無聞耳。"又曰："以下暢發比義。"

在"比類雖繁，以切至爲貴"句上，紀評曰："亦有太切，轉成滯相者。言不一端，要各有當；文無定體，要歸於是。"

【劉永濟校字】

記諷。

舊校"記一作託"，按嘉靖本作"寄"，"託"譌爲"記"，後改成"寄"

耳。作"託"是。

楚襄。

嘉靖本作"襄楚",天啟本改作"衰楚",是也。"衰"誤作"襄"也。

詩刺道喪。

天啟本曹學佺曰:"詩字當作諷,興近於風,比近於賦,興義銷亡,故風氣愈下。"按曹説是。

信舊章矣。

按文義,此言漢文興亡比盛,與舊不同,不當曰信。"信"乃"倍"字形誤。范文瀾注謂當作"倍",是也。

如川之渙。

黃氏《札記》謂:"渙字失韻,當作澹。"是也。

【劉永濟釋義】

此篇分三段。首段釋比興之義。次段舉例明比興之法。中分二節:初明興隱,故《詩傳》獨標之,次證比明,故賦家多用之。末段專論比之類別。中分二節:初舉先秦兩漢賦家爲例,次言比之爲用雖廣,要以切至爲貴。

比興之義,論者紛如。鄭衆《周禮大師注》,以"比方於物曰比,託事於物曰興"。鄭玄又以"見今之失不敢斥言,取比類以言之爲比;見今之美嫌於媚諛,取善事以喻勸之爲興"。先鄭《大司樂注》又曰:"興者以善物喻善事",與後鄭説同。舍人此篇以比顯興隱立説,義界最精。蓋二者同以事物況譬,特有隱顯之別,而無美惡之分。比者,著者先有此情,亟思傾洩,或嫌於逕直,乃索物比方言之。興者,作者雖先有此情,但蘊而未發,偶觸於事物,與本情相符,因而興起本情。前者屬有意,後者出無心。有意者比附分明故顯,無心者無端流露故隱。《困學紀聞》載李仲蒙《釋賦比興義》,語可參證。李曰:"敍物以言情謂之賦,情盡物也,索物以記情謂之比,情附物也,觸物以起情謂之興,物動情也。"曰索,曰記,事出有意;曰觸,曰動,理本無心。隱顯之異，分明可見。毛公傳《詩》，以興隱難明，故特標出。舍人此篇，題稱《比興》，而文多明比法。蓋興出無端，難以法定，一也；賦家之文，鮮用興體，二也。用意不同，其歸一也。

復次，賦家之文，多用比體，亦出自然。考興之爲義，雖精於比，而其爲用，則狹於比。其故有二：一者，興之託物，但節取與情相發之一義以發端，不易敷爲全篇。《國風》之詠《關雎》，《九歌》之賦秋蘭是也。興之託物既係節取一義，故有託物雖同而取義有別者，《詩》之《邶》《鄘》，皆有《柏舟》，而各取一義，是也。比則依情託義，可以曲折相附，詩之《螽斯》，賦之《窮鳥》，是也。二者，興者物來感情，出於無心，遑論後人難以意逆，即作者當時，亦或流露於不自覺，而賦體本以敷布爲用，敷布云者，蓋有經營結構之功，與無心而發者異趣，是以唐詩宋詞，託興尚多，而漢魏辭賦，興義轉亡，體實限之也。舍人此篇辭意，雖惜興義之銷亡，而薄比體之代用，然於比興二體盛衰之故，已能窺見本原。茲爲闡明之如此，亦言古今文學流別者所當留意也。

【劉永濟批語】

在《劉舍人文心雕龍十卷本》（下册）之《比興》上的題語：

在本卷篇目《比興第三十六》下，劉先生題曰："此論修辭之法一。"其上又題曰："蓄憤斥言。即用鄭玄'見今之失，不敢斥言，取比類以言之爲比'説。"

在"明而未融，故發注而後見"句上，劉先生題曰："明而未融，出《左傳》昭五年。清以朗也。"

在"故金錫以喻明德"二句上，劉先生題曰："有匪君子，如金如錫，如圭如璧。《衛風·淇奧》。顒顒卬卬，如珪如璋。《大雅·卷阿》。"又曰："敬順、高朗，形容王之賢臣。"

在"螟蛉以類教誨"數句上，又題曰："螟蛉有子，蜾蠃負之；教誨爾子，式穀似之。《小雅·小宛》。心之憂矣，如匪澣衣。《邶風·柏舟》諧女殷商。如蜩如螗，如沸如羹。《大雅·蕩》。我心匪席，不可卷也。《邶風·柏舟》。匪席，不如席也。"

在"張衡南都云"句上，劉先生題曰："《南都》：'坐南歌兮起鄭舞，白鶴飛兮繭曳緒'，皆舞人之容。"

在"詩人之志有二也"句旁題曰："釋比興之義。"在"明而未融"二句旁題曰："以上興隱，故毛公獨標興體。"在"比體雲構，紛紜雜遝"句旁題曰："以上比明，故賦頌家多用之。"其下又曰："舉例明比興之法。"在"則無所取焉"句旁題曰："專論比之類別。"

在"風通而賦同"句"通"字旁，劉先生題曰"異"。在"環譬以記諷"句"記"字旁改題"寄"字。在"無從於夷禽"句"從"字旁，又題曰"疑"。

在"信舊章矣"句"信"字旁，又題曰"倍"。在"如慈父之畜子"句"畜"字旁，又題曰"嘉靖本作'愛'"。在"如川之渙"句"渙"字下題曰："澹，水貌。"

在涵芬樓本《文心雕龍·比興篇》上的題語：
在"無從於夷禽"句"從"字旁題曰"疑"。
在原本"襄楚信讒"句"襄"字旁題曰"衰"。
在"詩刺道喪"句"詩"字旁題曰"諷"。
在"信舊章矣"句"信"字旁題曰"倍"。
在"賈生鵩賦"句"賦"字旁題曰"鳥"。
在原本"馬融賦云"句"賦"字旁題曰"長笛"二字。
在原本"璽抽緒"句"璽"字旁題曰"璽"，在"抽"字旁題曰"曳"。
在"莫不纖綜比義"句"纖"字旁題曰"織"。
在"季鷹雜詩"句"雜"字旁題曰"春"。
在"如川之渙"句"渙"字旁題曰"澹"。

【劉永濟本篇摘錄語詞】

弘奧　比興　切類　依微　切象　誇毗　織綜　切至

夸飾第三十七

夫形而上者謂之道，形而下者謂之器。神道難摹，精言不能追其極；形器易寫，壯辭可得喻其真。才非短長，理自難易耳。故自天地以降，豫入聲貌，文辭所被，夸飾恒存。雖詩書雅言，風格訓世，事必宜廣，文亦過焉。是以言峻則嵩高極天，論狹則河不容舠；說多則子孫千億，稱少則民靡孑遺；襄陵舉滔天之目，倒戈立漂杵之論。辭雖已甚，其義無害也。且夫鴞音之醜，豈有泮林而變好；荼味之苦，寧以周原而成飴？並意深褒讚，故義成矯飾。大聖所錄，以垂憲章。孟軻所云說詩者不以文害辭，不以辭害意也。

自宋玉景差，夸飾始盛。相如憑風，詭濫愈甚。故上林之館，奔星與宛虹入軒；從禽之盛，飛廉與鷫鸘俱獲。及揚雄甘泉，酌其餘波，語瓌奇則假珍於玉樹，言峻極則顛墜於鬼神。至東都之比目，西京之海若，驗理則理無不驗，窮飾則飾猶未窮矣。又子雲校獵，鞭宓妃以饟屈原；張衡羽獵，困玄冥於朔野。變彼洛神，既非罔兩；惟此水師，亦非魑魅。而虛用濫形，不其疎乎！此欲夸其威而飾其事，義睽剌也。至如氣貌山海，體勢宮殿，嵯峨揭業，熠耀焜煌之狀，光采煒煒而欲然，聲貌岌岌其將動矣。莫不因夸以成狀，沿飾而得奇也。於是後進之才，獎氣挾聲。軒翥而欲奮飛，騰擲而羞跼步。辭入煒燁，春藻不能程其豔；言在萎絕，寒谷未足成其凋。談歡則字與笑並，論慼則聲共泣偕，信可以發蘊而飛滯，披瞽而駭聾矣。

然飾窮其要，則心聲鋒起，夸過其理，則名實兩乖。若能酌詩書之曠旨，剪揚馬之甚泰，使夸而有節，飾而不誣，亦可謂之懿也。

贊曰：夸飾在用，文豈循檢？言必鵬運，氣靡鴻漸。倒海探珠，傾崑取琰。曠而不溢，奢而無玷。

【黃叔琳題注】

在"沿飾而得奇也"上方，黃氏批曰："昌黎詩句多如此。"

【黃叔琳注】

嵩高：[大雅]嵩高維嶽，峻極于天。

容刀：[國風]誰謂河廣，曾不容刀。

千億：[大雅]干祿百福，子孫千億。

子遺：[小雅]周餘黎民，靡有孑遺。

滔天：[堯典]湯湯洪水方割，蕩蕩懷山襄陵，浩浩滔天。

漂杵：[武成]前徒倒戈，攻於後以北，血流漂杵。

鴞音：[魯頌]翩彼飛鴞，集于泮林，食我桑黮，懷我好音。

荼味：[大雅]周原膴膴，堇荼如飴。

景差：[風賦]楚襄王遊於蘭臺之宮，宋玉景差侍。[注]宋玉景差，楚大夫。

奔星宛虹：[上林賦]奔星更於閨闥，宛虹拖於楯軒。

飛廉焦明：[上林賦]徑峻赴險，越壑厲水，椎飛廉，弄獬豸。[注]飛廉，龍雀也，鳥身鹿頭。[又]揜鵁鶄，捎焦明。[注]焦明似鳳，西方之鳥也。

玉樹：[揚雄甘泉賦]翠玉樹之青蔥兮。[注]漢武故事曰：上起神屋，前庭植玉樹，珊瑚爲枝，碧玉爲葉。

鬼神：[甘泉賦]鬼魅不能自逮兮，半長途而下顛。[注]言鬼魅至此亦不能上，至半途而顛墜也。

比目：[西都賦]投文竿，出比目。[注]東方有比目魚，不比不行。

海若：[西京賦]海若游於玄渚。[注]海若，海神也。

宓妃：[揚雄羽獵賦]鞭洛水之宓妃，餉屈原與彭胥。[漢書音義]宓妃，宓羲氏之女，溺死洛水爲神。

元冥：[左傳]昧爲玄冥師。[注]玄冥，水官，昧爲水官之長，又共工氏以水紀，故爲水師而水名。按，張衡《羽獵賦》文不全，無困玄冥於朔野之語。

魑魅：[左傳]魑魅罔兩，莫能逢之。[注]魑，山神，魅，怪物，罔兩，水神。

嵯峨揭業：[西京賦]嵯峨菶業。[上林賦]嵯峨嶵嶪。[魯靈光殿賦]飛陛揭孽。

寒谷：[劉向別錄]鄒衍在燕，有谷寒，不生五穀，鄒子吹律而溫至生黍也。

鵬運：[莊子]北冥有魚，其名爲鯤，化而爲鳥，其名爲鵬，海運則將徙於南冥。

鴻漸：易漸卦爻。

【紀昀評語】

在"雖詩書雅言，風格訓世"數句上，紀評曰："先以六經説，入分兩層鉤剔。語自斟酌，非劉子元惑經之比。"

原本作"驗理則理無不驗"，紀氏在此句上批曰："'不驗'當作'可驗'。"

紀氏在篇末評曰："文質相扶，點染在所不免。若字字摭實，有同史筆，實有難於措筆之時。彥和不廢誇飾，但欲去泰去甚，持平之論也。"

【劉永濟校字】

《東都》比目。

按"比目"出《西都賦》，此誤作《東都》。

此欲夸其威而飾其事義睽剌也。

舊校"飾元脱，其下有闕字"。按此句當作"此欲夸飾其威，而忘其事義睽剌也。

【劉永濟釋義】

此篇分三段。首段明《詩》《書》不廢飾辭。中分三節：首總論，次舉六例以見夸辭有無害於義者，次舉例以見飾辭雖有似害理者，要視作者用意何在而定。次段述兩漢賦家用夸飾之得失。中分二節：初濫用之失，次善用之得。末段箴時弊兼示正法。中分二節：初箴時，次示法。

六朝文人承兩漢賦體大行之後，各體文章，多以敷布之法爲之，故夸飾之用爲最盛。夸飾逾量，則真采匿而浮僞成。舍人論文，抑浮僞而崇真采，故斥相如爲"詭濫"，病子雲、平子爲"虛用濫形"。末段"酌《詩》《書》之曠旨，翦揚馬之甚泰"，論旨甚正。蓋自《比興》以下四篇，皆論文家修辭之法也。夫文字之功用有限，文人之情意無窮，修辭之法，所以運有限之文字，成無限之妙用，亦即所以達無窮之情意也。故文意待辭修而益明，而修辭以能使意明爲限度，過此限度，亦足損意，舍人舉例，已足證明。大抵夸飾之用，以寫儆物狀爲宜，若摹繪心象，則易入浮僞。蓋敍歡戚而辭溢其情，則感會之效失而近諂，明事理而言過其實，則闡發之用乖而近誣。舍人特許賦家"氣貌山海，體勢宮殿"之辭，而於"字與笑並""聲共泣偕"者，戒其過理乖實，可以悟其故矣。

或曰：美文務在動人，未可責其不切事情。故王仲任曰："爲言不溢，則美不足稱；爲文不渥，則事不足襃。"必如太沖病《上林》之言盧橘，訑《甘泉》之陳玉樹，斯乃讀者之固執，豈作家之瑕疵哉？曰：賦家之文，固以侈陳爲用，不廢夸飾，然敷設太甚，真意轉漓。是以相如賦仙，原以諷帝，而武帝讀之，反若凌雲；子雲《美新》，原非頌莽，而後世覽者，轉譏失節。蓋君子立言，亦不朽之業，貴能準情而發，未可徒務馳騁筆墨之工，而甘蹈詭誣之失也。此篇所謂"夸而有節，飾而不誣"，與太沖"侈言無驗，雖麗非經"之語，實相沉瀣，亦古賢文德之論也。學人之言，有足以防閑文心者，此類是矣，烏可以救弊之德音，爲言詩之高叟哉？

【劉永濟批語】

在《劉舍人文心雕龍十卷》（下册）之《夸飾》上的題語：

在《夸飾第三十七》題下，劉先生題曰："此亦辭之事也，此論修辭之法二。"

在首段上方，排列文中提及之《詩經》《尚書》篇名曰："1.《大雅·崧高》；2.《衛風·河廣》；3.《大雅·假樂》；4.《大雅·雲漢》；5.《尚書·堯典》；6.《尚書·武成》；7.《魯頌·泮水》；8.《大雅·綿》。"

在次段上方，排列文中提及之兩漢賦家作品曰：《上林》"奔星更於閨闥，宛虹拖於楯軒"，"天子校獵，椎蜚廉……擒焦明"；《甘泉》"翠玉樹之青葱兮"（《漢武故事》："上起神屋，前庭植玉樹，珊瑚爲枝，碧玉爲葉）"，"鬼魅不能自逮兮，半長途而下顛"；《西都》："揄文竿，出比目"；《西京》："海若游於玄渚"；《羽獵》："鞭洛水之宓妃，餉屈原與彭胥。"

在"其義無害也"句旁題曰："以上辭義無害之夸詞。"

在"不以文害辭"句旁題曰："以上辭濫意違之矯語。"

在"不以辭害意也"句旁題曰："以上《詩》《書》不廢飾詞。"

在"義睽剌也"句旁題曰："以上兩漢賦家濫用夸詞者。"

在"莫不因夸以成狀"二句旁題曰："以上賦家善用夸詞者。此兩漢賦家用夸辭之利弊。"

在"披瞽而駭聾"句旁題曰："以上箴時。"在篇末"亦可謂之懿也"句旁，又題曰："以上箴時、示則。"

在"孟軻所云說詩者"句上，題曰："嘉靖本無'云'字，天啟本、五家言本無'所'字。"

在"相如憑風"句"風"字旁題曰："虛。"在"東都之比目"句"東"字旁題曰："西。"

在"理無不驗"句"不"字旁題曰："可。"

在"嵯峨揭業"句上，劉先生題曰："'揭業'下疑脫'之容'二字。"

在涵芬樓本《文心雕龍·夸飾篇》上的題語：

在"自宋玉、景差，夸飾始盛"句上題曰："此指《招魂》《大招》之辭，夸飾多也。"

在原本"孟軻所說詩者"句"所"字旁題曰"云"。

在"飛廉與鷦鷯俱獲"句"鷦鷯"二字旁題曰"焦明"。

在"至東都之比目"句"東"字旁題曰"西"。

在"驗理則理無不驗"句"不"字旁題曰"可"。

在原本"欒彼洛神，既非魑魅"句"欒"字旁題曰"孿"，在"魑魅"字旁題曰"罔兩"。

在原本"此欲夸其威而其事義睽剌也"句"夸"後增加"飾"字，在"而"後增加"忘"字。

【劉永濟本篇摘錄語詞】

神道　形器　聲貌　風格　夸飾　矯飾　憲章　文辭　意　夸飾　詭濫　虛用濫形　夸飾其威　事義　夸飾　氣貌　體勢　因夸以成狀　瑋燁　萎絕　心聲　夸過其理　夸而有節　夸飾在用

事類第三十八

事類者，蓋文章之外，據事以類義，援古以證今者也。昔文王繇易，剖判爻位。既濟九三，遠引高宗之伐；明夷六五，近書箕子之貞。斯略舉人事，以徵義者也。至若胤征羲和，陳正典之訓；盤庚誥民，敘遲任之言。此全引成辭，以明理者也。然則明理引乎成辭，徵義舉乎人事，迺聖賢之鴻謨，經籍之通矩也。大畜之象：君子以多識前言往行，亦有包于文矣。

觀夫屈宋屬篇，號依詩人。雖引古事，而莫取舊辭。唯賈誼鵩賦，始用鶡冠之説；相如上林，撮引李斯之書。此萬分之一會也。及揚雄百官箴，頗酌於詩書；劉歆遂初賦，歷敍於紀傳。漸漸綜採矣。至於崔班張蔡，遂捃摭經史，華實布濩，因書立功，皆後人之範式也。

夫薑桂同地，辛在本性；文章由學，能在天資。才自内發，學以外成。有學飽而才餒，有才富而學貧。學貧者，迍邅於事義；才餒者，劬勞於辭情。此内外之殊分也。是以屬意立文，心與筆謀，才爲盟主，學爲輔佐。主佐合德，文采必霸。才學褊狹，雖美少功。夫以子雲之才，而自奏不學，及觀書石室，乃成鴻采。表裏相資，古今一也。故魏武稱張子之文爲拙，然學問膚淺，所見不博，專拾掇崔杜小文，所作不可悉難，難便不知所出。斯則寡聞之病也。夫經典沈深，載籍浩瀚，實群言之奥區，而才思之神皋也。揚班以下，莫不取資。任力耕耨，縱意漁獵。操刀能割，必裂膏腴。是以將贍才力，務在博見。狐腋非一皮能温，雞蹠必數千而飽矣。是以綜學在博，取事貴約，校練務精，捃理須覈，衆美輻湊，表裏發揮。劉劭趙都賦云：公子之客，叱勁楚令歃盟；管庫隸臣，呵强秦使鼓缶。用事如斯，可稱理得而義要矣。故事得其要，雖小成績，譬寸轄制輪，尺樞運關也。或微言美事，置於閑散，是綴金翠於足脛，靚粉黛於胸臆也。

凡用舊合機，不啻自其口出；引事乖謬，雖千載而爲瑕。陳思，群才之英也，報孔璋書云：葛天氏之樂，千人唱，萬人和，聽者因以蔑韶夏矣。此引事之實謬也。按葛天之歌，唱和三人而已。相如上林云：奏陶唐之舞，聽葛天之歌，千人唱，萬人和。唱和千萬人，乃相如接人。然而濫侈葛天，推三成萬者，信賦妄書，致斯謬也。陸機園葵詩云：庇足同一智，生理合異端。夫葵能衛足，事譏鮑莊；葛藟庇根，辭自樂豫。若譬葛爲葵，則引事爲謬；若謂庇勝衛，則改事失真。斯又不精之患。夫以子建明練，士衡沈密，而不免於謬。曹仁之謬高唐，又曷足以嘲哉！夫山木爲良匠所度，經書爲文士所擇。木美而定於斧斤，事美而制於刀筆。研思之士，無慚匠石矣。

　　贊曰：經籍深富，辭理遐亙。皜如江海，鬱若崑鄧。文梓共采，瓊珠交贈。用人若己，古來無懵。

【黃叔琳題注】

在"夫以子雲之才，而自奏不學"數句上，黃氏題曰："才稟天授，非人力所能爲。故以下專論博學。"

在"是以綜學在博，取事貴約"數句上，黃氏題曰："徒博而校練不精，其取事捃理不能約覈，無當也。吾見其人矣。"

【黃叔琳注】

高宗：〔易既濟〕九三，高宗伐鬼方，三年克之。

箕子：〔易明夷〕六五，箕子之明夷，利貞。

政典：〔夏書〕政典曰，先時者殺無赦，不及時者殺無赦。

遲任：〔盤庚〕遲任有言曰：人惟求舊，器非求舊，惟新。

鶡冠：〔漢藝文志〕鶡冠子一篇。〔注〕楚人，居深山，以鶡爲冠。按，賈誼鵩鳥賦中多用鶡冠子語。

引李斯書：〔李斯諫逐客書〕建翠鳳之旗，樹靈鼉之鼓。〔司馬相如上林賦〕建翠華之旗，樹靈鼉之鼓。

百官：揚雄有百官箴。

遂初：〔劉歆集〕有遂初賦。按，賦中感往寓意，皆紀傳中事。

捃摭：〔漢藝文志〕捃摭遺逸。〔注〕捃摭，謂拾取之。

布濩：〔東京賦〕聲教布濩。〔注〕布濩，猶散被也。

自奏不學：〔揚雄答劉歆書〕雄爲郎之歲，自奏少不得學，而心好沈博絕麗之文，願不受三歲之奉，且休脫直事之繇，得肆心廣意以自克就，有詔可不奪奉，令尚書賜筆墨錢六萬，得觀書於石渠。

狐腋：[慎子]千金之裘，非一狐之腋。

雞蹠：[淮南子]善學者若齊王之食雞，必食其蹠數千而後足。

劉劭：[魏志]劉劭字孔才，嘗作趙都賦，明帝美之。

歃血：毛遂事，見祝盟篇。

管庫隸臣：[檀弓]所舉於晉國管庫之士，七十有餘家。[左傳]輿臣隸，隸臣僚。[注]隸，謂隸屬於吏也。

鼓缶：[藺相如傳]趙王與秦王會澠池，秦王酒酣，令趙王鼓瑟，藺相如奉盆缶秦王，以相娛樂。秦王不肯擊缶。相如曰：五步之內，相如請得以頸血濺大王矣。於是秦王不懌，為一擊缶。[風俗通義]缶者，瓦器，所以盛酒，秦人鼓之以節歌也。按，相如本宦者繆賢舍人，故云管庫隸臣。

寸轄：[淮南子]夫車之所以能轉千里者，以其要在三寸之轄。

運關：[文子]五寸之關，能制開闔，所居要也。

衛足：[左傳]齊刖鮑牽，孔子曰：鮑莊子之智不如葵，葵猶能衛其足。

庇根：[左傳]宋昭公將去群公子，樂豫曰：不可，公族，公室之枝葉也，若去之，則本根無所庇蔭矣。葛藟猶能庇其本根，故君子以為比，況國君乎。

山木：[左傳]山有木，工則度之。

匠石：[莊子]匠石之齊，見櫟社樹，匠石不顧，曰：此不材之木也。[嵇康琴賦]匠石奮斤。

文梓：[吳越春秋]越王使木工伐木，天生神木一雙，陽為文梓，陰為楩柟。

無憎：[左傳]不與於會，亦無朁焉。[注]朁，悶也，朁與憎同。

【紀昀評語】

在"才自內發，學以外成"句上，紀批曰："確有此二種人。"

在"主佐合德，文采必霸"句上，紀批曰："此一段言學欲博。"

在"故事得其要，雖小成績"句上，紀批曰："此一段言擇欲精。"

在"引事乖謬，雖千載而爲瑕"句上，紀批曰："此一段以曹、陸爲鑒，言用事宜審。"

在"唱和千萬人，乃相如接人"數句上，紀批曰："'接人'二字，疑或'增入'之訛。"又曰："千人萬人，自指漢時之歌舞者，不過借陶唐、葛天點綴其事，非即指上二事也。子建固誤，彥和亦未詳考也。"

【劉永濟校字】

《百官》。

舊校"百原作六"。按胡廣補揚崔《官箴》，合稱《百官箴》，舍人或用後起之名也。

奏陶唐之舞。

"陶唐"乃"陰康"之誤，《史記·相如傳》同，師古注曰："陶唐當爲陰康，傳寫字誤耳。"梁玉繩《史記志疑》卷三十四曰："人表有陰康氏"，《呂氏春秋》"陰康作舞"。按梁説是也。今《文選》亦誤作陶唐。

曹仁之謬高唐。

范文瀾注引《文選》陳琳《爲曹洪與魏文帝書》："蓋聞過高唐者，效王豹之謳。"李善注引《孟子》淳于髡曰："緜駒處高唐，而齊右善歌"，謂"仁"當作"洪"。然實陳代曹作，彥和未加分別。

【劉永濟釋義】

此篇分三段。首段舉證以見義例。中分三節：初釋事類在文章之功用，次舉經以見二例，中包三層：一舉《易經》用古事之例，二舉《書經》用成辭之例，三略示爲文亦貴多識前言往行之故，末舉兩漢辭人用事用辭之習尚以見例。次段論才學與用事類之關係。中分三節：初統論文章之美，才學兼資，次論聞見宜博洽，其要在學以贍才，末論採擇貴精覈，其要在才以運學。末段舉魏晉辭人用事類之謬誤。中分四節：初陳思用辭之謬，中包二屑：一如用事則爲失實，二如用辭則爲不審；次陸機用事不精之謬，三曹洪用事失實之謬，四設譬明用事類貴有匠心，以結全篇。

　　文家用典，亦修辭之一法。用典之要，不出以少字明多意。其大別有二：一用古事，二用成辭。用古事者，援古事以證今情也；用成辭者，引彼語以明此義也。援古事以證今情之類，約有四端：一曰直用，二曰渾用，三曰綜合，四曰假設。今各舉例如下：

　　一、直用。或曰明用。

　　如庾信《哀江南賦》："馬武無預於甲兵，馮唐不論於將帥。"

　　倪璠《注》曰"按武帝天監後，每舉兵侵魏。及魏分東西，東魏通和而西魏邊警無聞，是以莫見兵革也。"《後漢書》曰："光武時，馬武上言欲擊匈奴，帝不許，自是諸將莫敢言兵事。"《漢書·匈奴傳贊》曰："文帝中年，聚天下精兵於廣武，顧問馮唐，與論將帥。"此二句皆言梁武帝廢弛武備，上句用馬武事，正合；下句用馮唐，與事不符，故曰不論。即此可見用事之法，貴能點化也。

　　二、渾用。或曰暗用。

　　同前："宰衡以干戈爲兒戲，縉紳以清談爲廟略。"

　　此二句驟視之如未用事，實則上句暗用《漢書·周亞夫傳》："文帝曰：'向者棘門、霸上，如兒戲耳。'"下句暗用《晉書·王衍傳》："衍死自悔曰：'向若不祖尚浮虛，勠力以匡天下，猶不至今日。'"用此二事者，以譏朱異翫寇誤國，致召侯景之亂也。渾用之法，雖暗有故事，而文中渾化之使不著跡也。然如此用兒戲、清談，仍可使人知其旨意，故非晦昧。

　　三、綜合。

　　陸機《演連珠》："是以淫風大行，貞女蒙冶容之悔；淳化殷流，盜跖挾曾史之情。"

　　此文上句虛，下句實，乃以實對虛之法。下句以盜跖與曾參、史魚綜合用之，以見德化流行，感人最力，故惡習潛移，同於善類也。

　　顏延之《陶徵士誄》："灌畦鬻蔬，爲供魚菽之祭；織絇緯蕭，以充糧粒之費。"

　　此文上句共用三事：一於陵子爲人灌園。二潘岳《閒居賦》："灌園鸎蔬，以供朝夕之膳。"三《公羊傳》：齊大夫陳乞曰："常之母有魚菽之祭。"下句共用二事：一《穀梁傳》："甯喜出奔晉，織絇邯鄲，終身不言衛。"二《莊子》："河上有家貧恃緯蕭而食者。"此即後世詩人一句之中兼用數事之始也。

徐陵《玉臺新詠序》："驚鸞冶袖，時飄韓掾之香；飛燕長裾，宜結陳王之佩。"

此文上句合袁宏賦"舞迴鸞以紆袖"，及《世說》韓壽偷香事爲一。下句合《西京雜記》趙飛燕弟合德上織成裾事，及陳思《洛神賦》"解玉佩以要之"爲一，以極形其豔冶。惟驚鸞冶袖，及陳王玉佩，已同成辭，非純屬古事。此類又爲綜合事辭而用之者。

四、假設。

謝莊《月賦》："陳王初喪應劉，端憂多暇。"又曰："仲宣跪而稱曰：'臣東鄙幽介，長自邱樊。'"

庾信《枯樹賦》："殷仲文風流儒雅，海内知名，世異時移，出爲東陽太守。"又曰："桓大司馬聞而嘆曰：'昔年種柳，依依漢南。今看搖落，悽愴江潭。'"

此乃賦家假設以發端之辭，相如之子虛烏有也。此類雖非用古事，然如庾信《小園賦》："三春負鋤相識，五月披裘見尋。問葛洪之藥性，訪京房之卜林。"意亦同此，而仍不失援古證今之義。則假設古事，亦可謂爲用典矣。

用成辭以明今義之類，亦約分四項：一曰全句，二曰櫽括，三曰引證，四曰借字。

一、全句。

班固《封燕然山銘》："納於大麓，維清緝熙。"

上句用《書》，下句用《詩》，一字不易，幾同集句。

潘岳《揚荆州誄》："鳥則擇木，臣亦簡君。"

宋武帝《與臧燾敕》："獨習寡悟，義著《周典》。"

沈約《爲武帝與謝朏敕》："不降其身，不屈其志。"

上三文引用成辭，略加改易。殆爲直用全語，嫌於集句，故小變耳。"鳥則擇木",用《左傳》載仲尼之言。"臣亦簡君",用《家語》記孔子之語,但易擇爲簡。"獨習寡悟",用《禮記·學記》:"獨學而無友,則孤陋而寡聞",易學爲習,易聞爲悟。"不降其身,不屈其志",用《論語》"不降其志,不辱其身",易辱爲屈,又以身志互易。

二、檃括。

陸機《演連珠》"臣聞絃有常音,故曲終則改;鏡無留影,故觸形則照。"

上句用《文子》:"事猶琴瑟,終必改調。"下句用《淮南子》:"鏡不設形,故能形也。"

陸機《文賦》:"石韞玉而山輝,水懷珠而川媚。"

二句皆用《荀子》:"玉在山而木潤,淵生珠而岸不枯"之意。此類用法,韻文最多,大抵原辭不便屬對,故全用其意,而略約其辭以爲之也。原辭或出一書者,如此文是;或出二書者,如前條是;隨文取便,初無定程。

三、引證。

劉孝標《辨命論》:"《詩》云:'風雨如晦,鷄鳴不已。'故善人爲善,焉有息哉。"

此明引成辭,以證爲善不息也。

同前:"且于公高門以待封,嚴母掃墓以望喪。此君子所以自強不息也。"

此渾引成辭,以證善惡有徵,貴能自強不息也。于公事見《漢書·于定國傳》,嚴母事見《酷吏·嚴延年傳》。

四、借字。

班固《東都賦》:"是以四海之內,學校如林,庠序盈門。"

"如林"二字出《書》"受率其旅若林","盈門"二字出《詩》"爛其盈門",此但用其字面也。

沈約《齊安陸昭王碑》:"起予聖懷,發言中旨。"

"起予"二字,出《論語》:"起予者,商也。"孔子謂子夏能起發己意也。此但摘用二字,言其能起聖懷,不屬己言。借字之風,宋齊以後彌盛。"孔懷"以代兄弟，已見識於顏氏。此外如任昉《爲范始興作求立太宰碑表》，用"道被如仁"，傅亮《爲宋公修張良廟教》，用"冠德如仁"，皆摘《論語》"如其仁如其仁"，以暗切管仲。傅《教》中又有"照隣殆庶"，用《易·大傳》："顏氏之子，其殆庶乎。"即以作顏子用。任昉《爲范尚書讓吏部封侯第一表》，用"遠惟則哲，在帝猶難"，摘《書》"知人則哲"，而裁去知人二字，即以作知人用。任昉《爲范始興作求立太宰碑表》，用"功參微管"，摘《論語》"微管仲，吾其被髮左袵矣"，而裁去仲字，加綴微字，即以作管仲用。按《後漢書》明帝永平八年，《日食詔》："飛蓬隨風，微子所歎。"章懷《注》引《管子》曰："無儀法程式，飛搖而無所定，謂之飛蓬。飛蓬之間，明主不聽。此言微子，未詳。"沈濤曰："微子本作微管，六朝人每以管仲爲微管。"如沈說，則後漢時已然矣。

又有但摘取一字者，如梁武帝《申飭選人表》：用"後門以過立試吏"，及"八元立年"等語，摘《論語》"三十而立"之"立"，即以作三十歲用。略舉數條以見例，其他類此者尚多。大抵以全用成語，嫌於鈔書，有同集句，故初則略易數字，繼則僅摘字面；摘字再變，遂成詭異矣。

【劉永濟批語】

在《劉舍人文心雕龍十卷》(下册)之《事類》上的題語：

在《事類第三十八》題下，劉先生題曰："此亦辭之事也，此論修辭之法三。"

在篇首上方，劉先生又題曰："用典　一用事：以古證今、以彼明此；二用辭：成語(引故訓證今義、取彼言明此理、但採雅麗之字者)。"並舉賈誼《鵬鳥賦》與《鶡冠子》中辭語之雷同與相似者共18條以證明其説，茲錄於下：

1.《鵬鳥賦》"萬物變化兮固無休息"，《鶡冠子·世兵篇》"固無休息"。

2.《鵬鳥賦》"斡流而遷兮，或推而還；形氣轉續兮，變化而蟺"，《鶡冠子》"斡流遷徙，固無休息"。

3.《鵩鳥賦》"沕穆無窮兮,胡可勝言",《鶡冠子》"變化無窮,胡可勝言"。

4.《鵩鳥賦》"禍兮福所倚,福兮禍所伏",《鶡冠子》"禍乎福之所倚,福乎禍之所伏"。

5.《鵩鳥賦》"憂喜聚門兮,吉凶同域",《鶡冠子》"憂喜聚門,吉凶同域"。

6.《鵩鳥賦》"彼吳强大兮,夫差以敗;越棲會稽兮,勾踐霸世",《鶡冠子》"失反爲得,成反爲敗。吳大兵强,夫差以困。越棲會稽,勾踐霸世"。

7.《鵩鳥賦》"夫禍之與福,何異糾纆",《鶡冠子》"禍與福如糾纆兮"。

8.《鵩鳥賦》"命不可説兮,孰知其極",《鶡冠子》"終則有始,孰知其極"。

9.《鵩鳥賦》"水激則旱兮,矢激則遠;萬物回薄兮,振盪相轉",《鶡冠子》"水激則旱,矢激則遠;精神回薄,振盪相轉"。

10.《鵩鳥賦》"天不可預慮兮,道不可預謀",《鶡冠子》"天不可預謀,道不可預慮"。

11.《鵩鳥賦》"合散消息兮,安有常則",《鶡冠子》"同合消散,孰識其時"。

12.《鵩鳥賦》"達人大觀兮,物無不可",《鶡冠子》"達人大觀,乃見其符"。

13.《鵩鳥賦》"誇者死權兮,品庶每生",《鶡冠子》"誇者死權,自貴矜容"。

14.《鵩鳥賦》"至人遺物兮,獨與道俱",《鶡冠子》"聖人捐物",又曰"至人不遺,動與道俱"。

15.《鵩鳥賦》"衆人惑惑兮,好惡積億",《鶡冠子》"衆人惑惑,迫於嗜欲"。

16.《鵩鳥賦》"乘流則逝兮,得坻則止",《鶡冠子》"乘流以逝"。

17.《鵩鳥賦》"縱軀委命兮,不私與己",《鶡冠子》"縱軀委命,與時往來"。

18.《鵩鳥賦》"細故蒂芥兮，何足以疑"，《鶡冠子》"細故蔕荕，奚足以疑"。

在"略舉人事以徵義者"句旁題曰："《易》之用事。"

在"引成辭以明理者"句旁題曰："《書》之用辭。"

在"亦有包于文矣"句旁題曰："釋義舉經爲證。"

在"雖引古事而莫取舊辭"句旁題曰："用古事不用成辭。"

在"相如上林撮引李斯之書"上方，題引李斯《諫逐客書》曰："建翠鳳之旗，樹靈鼉之鼓"，又題引司馬相如《上林賦》"建翠華之旗，樹靈鼉之鼓"。

在"此萬分之一會也"句旁題曰："用成辭之習所始。"

在"皆後人之範式也"句旁題曰："以上舉兩漢辭人以見例。"

在"才學偏狹，雖美少功"句旁題曰："此節分論才學與文章之關係。"

在"必數千而飽矣"句旁題曰："此節言聞見宜博洽，其要在學。"

在"靚粉黛於胸臆也"句旁題曰："以上論才學與用事類之關係。"

在"雖千載而爲瑕"句旁題曰："此節言選擇宜精覈，其要在才。"

在"此引事之實謬也"句旁題曰："用事失實！"

在"信賦妄書，致斯謬也"句旁題曰："此言曹（植）信司馬賦也。用辭不審！"

在"譬葛爲葵，則引事爲謬"句上題曰："庇根乃葛藟，今引以言葵，故曰謬。"

在"斯又不精之患"句旁題曰："用事未精！"

在"曹仁之謬高唐"句上，又題曰："《文選·陳琳爲曹洪與魏文帝書》，曹仁當作曹洪。陳書云'蓋聞過高唐者效王豹之謳'，李善注引《孟子》淳于髡曰'緜駒處高唐，而齊右善歌'，陳誤作王豹。彥和此文，誤以曹洪爲曹仁。"

在"無慚匠石也"句旁題曰："以上用事類之謬者。"

在"夫姜桂同地"句上題曰："同，《御覽》作'因'。"

在"文章由學"句"由"字旁題曰："《御覽》作'沿'。"

在原本"必列膏腴"上方題曰:"嘉靖本、五家言本作'裂'。"

在"劉劭趙都賦云"句上題曰:"趙都,嘉靖本作'客云',五家言本作'客賦云'。"

在涵芬樓本《文心雕龍·事類篇》上的題語:

在"才爲盟主,學爲輔佐"句上題曰:"文學之事,作者之才亦不可廢。才屬個人,個人之在文事,其功用不可泯也。"

在原本"陳正典之訓"句"正"字旁題曰"政"。

在"賈誼鵩賦"句"賦"字旁題曰"鳥"。

在原本"及揚雄六官箴"句"六"字旁題曰"百"。

在原本"華實布濩"句"濩"字旁題曰"濩"。

在"薑桂同地"句"同"字旁題曰"因"。

在原本"能在天資"句"資"字旁題曰"才"。

在"捃理須覈"句"理"字旁題曰"摭"。

在"或微言美事置於閑"句後增加"散"字。

在"奏陶唐之舞"句"陶唐"二字旁題曰"陰康"。

在"乃相如接人"句"接人"二字旁題曰"推之"。

在"曹仁之謬高唐"句"仁"字旁題曰"洪"。

在"皜如江海"句"皜"字旁題曰"浩"。

【劉永濟本篇摘錄語詞】

據事以類義　文章　屬篇　撮引　綜採　捃摭　華實　布濩　文章　文采　才學　迍邅　事義　辭情　屬意　奧區　神皋　綜學　校練　捃摭　發輝(揮)　微言　合機　樂豫　明練　沈密　刀筆

練字第三十九

夫文象列而結繩移,鳥跡明而書契作。斯乃言語之體貌,而文章之宅宇也。蒼頡造之,鬼哭粟飛。黃帝用之,官治民察。先王聲教,書必同文。輶軒之使,紀言殊俗。所以一字體,總異音。周禮保氏,掌教六書。秦滅舊章,以吏爲師。乃李斯删籀而秦篆興,程邈造隸而古文廢。漢初草律,明著厥法。太史學童,教試六體。又吏民上書,字謬輒劾。是以馬字缺畫,而石建懼死。雖云性慎,亦時重文也。至孝武之世,則相如譔篇。及宣成二帝,徵集小學。張敞以正讀傳業,揚雄以奇字纂訓。並貫練雅頌,總閱音義。鴻筆之徒,莫不洞曉。且多賦京苑,假借形聲。是以前漢小學,率多瑋字。非獨制異,乃共曉難也。暨乎後漢,小學轉疎,複文隱訓,臧否大半。及魏代綴藻,則字有常檢,追觀漢作,翻成阻奧。故陳思稱揚馬之作,趣幽旨深。讀者非師傳不能析其辭,非博學不能綜其理。豈直才懸,抑亦字隱。自晉來用字,率從簡易,時並習易,人誰取難。今一字詭異,則群句震驚;三人弗識,則將成字妖矣。後世所同曉者,雖難斯易。時所共廢,雖易斯難。趣舍之間,不可不察。夫爾雅者,孔徒之所纂,而詩書之襟帶也。倉頡者,李斯之所輯,而鳥籀之遺體也。雅以淵源詁訓,頡以苑囿奇文。異體相資,如左右肩股,該舊而知新,亦可以屬文。若夫義訓古今,興廢殊用;字形單複,妍媸異體。心既託聲於言,言亦寄形於字。諷誦則績在宮商,臨文則能歸字形矣。

　　是以綴字屬篇,必須練擇。一避詭異,二省聯邊,三權重出,四調單複。詭異者,字體瓌怪者也。曹攄詩稱豈不願斯遊,褊心惡呶呶。兩字詭異,大疵美篇。況乃過此,其可觀乎!聯邊者,半字同文者也。狀貌山川,古今咸用。施于常文,則齟齬爲瑕。如不獲免,可至三接。三接之外,其字林乎!重出者,同字相犯者也。詩騷適會,而近世忌同。若兩字俱要，則寧在相犯。故善爲文者，富於萬篇，貧於一字。一字非少，相避爲難也。單複者，字形肥瘠者也。瘠字累句，則纖疎而行劣；肥字積文，則黯黕而篇闇。善酌字者，參伍單複，磊落如珠矣。凡此四條，雖文不必有，而體例不無。若値而莫悟，則非精解。

至於經典隱曖，方册紛綸，簡蠹帛裂，三寫易字。或以音訛，或以文變。子思弟子，於穆不祀者，音訛之異也。晉之史記，三豕渡河，文變之謬也。尚書大傳有別風淮雨，帝王世紀云列風淫雨。別、列、淮、淫，字似潛移。淫、列義當而不奇，淮、別理乖而新異。傅毅制誄，已用淮雨；元長作序，亦用別風；固知愛奇之心，古今一也。史之闕文，聖人所愼。若依義棄奇，則可與正文字矣。

贊曰：篆隸相鎔，蒼雅品訓。古今殊跡，姸媸異分。字靡異流，文阻難運。聲畫昭精，墨采騰奮。

【黃叔琳題注】

在"後世所同曉者"數句上方，黃氏題曰："六經之文，有三尺童子胥知者，有師儒宿老所未習者。豈有一定之難易哉！緣於世所共曉與共廢耳。"

【黃叔琳注】

鬼哭粟飛：[淮南子]昔者蒼頡作書，而天雨粟，鬼夜哭。
官治民察：見徵聖篇象夬注。
輶軒：[風俗通]周秦常以歲八月，遣輶軒之使，採異代方言，藏之祕府。
六書：[周禮]保氏教國子六藝，五曰六書。[注]象形，會意，轉注，指事，假借，諧聲。
吏師：[秦始皇本紀]若欲有學法令，以吏爲師。

删籀造隸：［漢藝文志］蒼頡七章，秦丞相李斯所作也，文字多取史籀篇，而篆體復頗異，所謂秦篆者也，是時始造隸書矣，起於官獄多事，苟趨省易，施之於徒隸也。

六體：［漢藝文志］漢興，蕭何草律，亦著其法，曰：太史試學童，能諷書九千字以上，乃得爲史。又以六體試之，課最者以爲尚書御史史書令史，吏民上書，字或不正輒舉劾。六體者，古文，奇字，篆書，隸書，繆篆，蟲書。［注］篆書謂小篆，蓋秦始皇使程邈所作也，隸書亦程邈所獻。

馬字缺畫：［萬石君傳］長子建，爲郎中令，奏事下，建讀之，驚恐曰：書馬者與尾而五，今迺四，不足一，獲譴死矣。其爲謹慎，雖他皆如是。

相如諷篇：［漢藝文志］武帝時，司馬相如作凡將篇，無復字。

張敞傳業：［漢藝文志］倉頡多古字，俗師失其讀，宣帝時，徵齊人能正讀者，張敞從受之，傳至外孫之子杜林，爲作訓故。［杜鄴傳］鄴少孤，其母張敞女。鄴壯，從敞子吉學問，得其家書，吉子竦，又幼孤，從鄴學問，亦著於世，尤長於小學。鄴子林，清靜好古，亦有雅材，其正文字，過於鄴竦，故世言小學者由杜公。

揚雄纂訓：［漢藝文志］元始中，徵天下通小學者以百數，各令記字於庭中，揚雄取其有用者，以作訓纂篇。

太半：［東京賦注］凡數，三分有二爲太半。

孔徒：［西京雜記］郭威以爲爾雅周公所制，余嘗以問揚子雲，子雲曰：孔子門徒游夏之儔所記，以解釋六藝者也。

三接之外：按，三接者，如張景陽雜詩"洪潦浩方割"，沈休文和謝宣城詩"別羽汎清源"之類。三接之外，則曹子建雜詩"綺縞何繽紛"，陸士衡日出東南隅行"璃珮結瑶璠"，五字而聯邊者四，宜有字林之譏也。若賦則更有十接二十接不止者矣。

黯黮：［劉向九歎］望舊邦之黯黮兮。［注］黯黮，暗也。

三寫：［抱朴子］書三寫，魚成魯，帝成虎。

三豕：［家語］子夏見讀史志者云，晉師伐秦，三豕渡河，子夏曰，非也，已亥耳，讀者問諸晉史，果曰已亥。

【紀昀評語】

在"至孝武之世"數句上，紀氏題曰："胸富卷軸，觸手紛綸，自然瑰麗，方爲巨作。若尋檢而成，格格然着於句中，狀同鑲嵌，則不如竟用易字。文之工拙，原不在字之奇否。沈休文三易之說，未可非也。若才本膚淺，而務於炫博，以文拙，則風更下矣。"又曰："鳴字不誤。"

在"一避詭異"數句上，紀氏題曰："此論當知。"

又在"則齟齬爲瑕"句上題曰："此則無甚關係。"

又在"富於萬篇，貧於一字"上題曰："富於二句，甘苦之言。"

在"單複者"數句上，又題曰："複字病小，累句病大，故寧相犯。"

在"善酌字者"句上，又題曰："此尤無關係。"

在"方冊紛綸，簡蠹帛裂"數句上，紀氏題曰："此補出承訛一層，爲明知而愛奇故用者言。今人文字，動稱'夏五月'爲'夏五'，亦'淮雨'之類也。"

【劉永濟校字】

夫文象列而結繩移。

按各本皆如此，疑當作"爻象"《易·繫辭》下曰："八卦成列，象在其中矣；因而重之，爻在其中矣。"此言聖人因八卦爻象可治民事，故以易結繩。下句始及造文字之事，疑"文"乃"爻"字形誤。

《周禮·保氏》。

按諸本作"《保章氏》"，誤。"保章氏"世守天文之變，與"保氏"異職，其誤無疑。

宣成二帝。

范文瀾注疑"成"是"平"之誤，是也。

並貫練《雅》《頌》。

范文瀾注："頌乃頡誤。"是。即後文之《爾雅》《蒼頡》。

傅毅制誄，已用淮雨。

　　盧文弨《文心雕龍輯注書後》曰："此下有'元長作序，亦用別風'八字。"按盧氏係據吳仲伊校本，《書後》謂吳仲伊本出錢惟善，其字句異同勝盧氏自有本者，録出為《書後》，但不知盧氏所有為何本。吳本存亡，亦不可知矣。附記於此，以待知者。又按李慈銘《日記》曰："別者，烈字形近之誤；淮者，淫字音近之借也。"又曰："《文心雕龍》謂淮、別字新異，引傅毅用淮雨，王融用別風為證。"是李所見本亦有"元長作序，亦用別風"八字。參看《誄碑》篇。

　　字靡異流。
　　黃氏《札記》謂"異當作易"，是。

【劉永濟釋義】

　　此篇分三段。首段敘文字源流，及其影響文章之故。中分三節：初辨源流，中包二層：一起源，二流變；次敘影響，亦包二層：一西漢文士精於字學，故文多瑋字，二東漢以後疏於小學，故字尚簡易。次段標舉練字之法。中分二節：初明文家當通知古今文字，次舉四忌。末段論後人沿訛習奇之弊。

　　文家之有文字，如梓匠之有利器，器不厭其多，惟求其精，所以便於製作也。古人謂為文首在識字，蓋文字以代言語，有是語必有是字，而文章者，言語之最精者也，精語必得美字以達之。西漢以來，辭賦繁興，寫象山海，摹略萬物，尤貴有文字以供敷設，故賦家如相如、子雲，號稱博識，相如有《凡將篇》，子雲有《訓纂》《方言》，皆字學之書也。今檢其所為文，凡名狀之詞，為類尤富。又文字自秦篆解散以後，形體日趨簡易，詭更任情，變體彌夥。漢世已感識字不易，故在上則有熹平石經之刻，在下則有叔重說解之書。降及魏晉，行楷又盛，點畫偏旁，更異漢隸，重以書法為時所尚，於是結構但取美觀，筆畫無嫌移易，而識字更難，此舍人所以有諟正文字之論也。而同時沈休文亦有"為文當從三易"之說。北朝顏氏之推尚論文章，亦及文字。知此事之在當時，久為識者所重視矣。至此篇所舉"四忌"，雖似無關大體，然在詩家亦爲要務。特其所論乃在形體之間，初無關於意義，當合《章句》《麗辭》《指瑕》《物色》等篇觀之，而後文家字句之精蘊始得也。

兩漢賦家類精字學，故其綴文用字繁富。然聚集偏旁相同之字於數句之內，殆同字林，亦文章之痕瘊也。六朝以降，修辭日工，此習遂廢。茲取相如《上林》、孟堅《兩都》、平子《南都》、休文《郊居》，比而觀之，可驗其變化之跡，亦以見修辭之功，後自勝前也。

相如《上林賦》："於是乎崇山矗矗，巄嵸崔巍。深林巨木，嶄巖參嵯，九嵕嶻嶭，南山峨峨。巖陁甗錡，摧崣崛崎。"共十八山旁字。

又"鴻鷫鵠鴇，駕鵝鷫鸘。鵁鶄環目，煩鶩鷛鸀。䴎鸏鴜鷫，群浮乎其上。汎淫汜濫，隨風澹淡。與波搖盪，掩薄水渚。唼喋菁藻，咀嚼菱藕。"共十八鳥旁字。

孟堅《西都賦》："鳥則玄鶴白鷺，黃鵠鴐鵝，鶬鴰鴇鶂，鳬鷖鴻鴈。朝發河海，夕宿江漢。浮沈往來，雲集霧散。"共十三鳥旁字。

平子《南都賦》："爾其川瀆則滍澧藻濜，發源巖穴。潛廬洞出，沒滑濎濴。布濩漫汗，滌沆洋溢。總括趨歙，箭馳風疾。流湍投濈，砏汃輣軋。長輪遠逝，潒瀁減汩。"共二十七水旁字。

休文《郊居賦》："其林鳥則翻泊頡頏，遺音上下。楚雀多舌，流嚶雜響。或斑尾而綺翼，或綠衿而絳顙。好隱葉而藏枝，乍間關而來往。其水禽則大鴻小鴈，天狗澤虞，秋鷺寒鵝，修鵾短鳧。曳參差之弱藻，戲瀲瀦之輕軀。翅抨流而起沫，翼鼓浪而成珠。"共六鳥旁字。休文之時，文家已重修辭，觀此段寫鳥，非如漢賦排列鳥名，而但形其音聲，狀其動作，或別大小，或記顏色，故能藻采飛動，彥和所謂"磊落如珠"也。

【劉永濟批語】

在《劉舍人文心雕龍十卷》（下冊）之《練字》上的題語：

在《練字第三十九》題下，題曰："此亦爲駢體用字立篇也。此論修辭之法四，字形之事也。"

在"文章之宅宇也"句旁題曰："以上起原。"在"雖云性慎，亦時重文也"句旁，又題曰："以上流變，此文字源流。"

在"非獨制異,乃共曉難也"句旁,又題曰:"以上西漢人精小學,故文多瑋字。"

在"趣舍之間,不可不察"句旁又題曰:"以上東漢以後小學疏失,文乃淺易。以上文字代變與文家用字之關係。"

在"亦可以屬文"句旁,又題曰:"以上明文家當通知古今文字。"

在"若值而莫悟,則非精解"句旁,又題曰:"以上標舉練字之法。"

在"則可與正文字"句旁,又題曰:"以上沿訛成俗,文家宜忌。"

在"教試六體"句上題曰:"古文、奇字、篆書、隸書、繆篆、蟲書。"

又在"綴字屬篇,必須練擇"上方至篇末,摘錄漢代至南朝諸家賦作同偏旁字例甚多,茲錄於下:司馬相如《子虛賦》"其山則盤紆"以下共19字。又《上林賦》"於是乎崇山"及以下共35字,題曰"十八山旁字"。又張衡《南都賦》"爾其川瀆則"及以下共53字,題曰"二十六水旁字"。又《南都賦》"其山則崆"及以下共23字,題曰"十八山旁字"。又班固《西都賦》"鳥則玄鶴"及以下共34字,題曰"十三鳥旁字"。又張衡《西京賦》"其中則有黿鼉"及以下共28字,題曰"八魚旁字"。又有"鳥則鷫鸘"及以下18字。又沈約《郊居賦》"其林鳥則翻泊"及以下共44字,"其水禽則大鴻"及以下共44字,"其魚則赤鯉"及以下共43字。又輯錄司馬相如《上林賦》"鴻鵠鷫鴇"及以下共20字,題曰"十八鳥旁字"。又錄《上林賦》"群浮乎其上"及以下共29字。又左思《吳都賦》"鳥則鵾雞"及以下共59字,題曰"二十三鳥旁字"。

原本"《周禮》保氏"下小字注"張本有'章'字",劉先生題曰:"嘉靖本、天啟本、五家言本有'章'字,'童'字乃'章'之誤。保章氏世守天文之變,與保氏異職。作'保章氏'非。"

又在"宣成二帝"句"成"字旁題曰"平",在"並貫練雅頌"句"頌"字旁題曰"頡"。

在"而體例不無"句"不"字旁,增一"可"字。

在"子思弟子,於穆不祀"句旁題曰:"今詩作'於穆不已'。"下又題曰:"《札迻》謂'祀'當作'似',《鄭譜》云'子思論詩,於穆不似'。

此彥和所本。"

在"字靡異流"句"異"字旁題曰"易"。

在涵芬樓本《文心雕龍·練字篇》上的題語：
在"夫文象列而結繩移"句"文"字旁題曰"爻"。
在原本"漢初章律"句"章"字旁題曰"草"。
在"及宣成二帝"句"成"字旁題曰"平"。
在"並貫練雅頌"句"頌"字旁題曰"頡"。
在原本"鳴筆之徒"句"鳴"字旁題曰"鴻"。
在原本"孔徒之所慕"句"慕"字旁題曰"纂"。
在原本"諷誦則績在宮商"句"績"字旁題曰"績"。
在原本"三權重幽"句"幽"字旁題曰"出"。
在原本"則鉏銛爲瑕"句"銛"字旁題曰"鋙"。
在原本"詩驗適會"句"驗"字旁題曰"騷"。
在原本"肥文積字則黯默而篇闇"句"默"字旁題曰"黜"。
在"於穆不祀者"句"祀"字旁題曰"似"。
在"三豕渡河"句後加一"者"字。
在"已用淮雨"句下增加"元長作序，亦用別風"八字。
在"字靡異流"句"異"字旁題曰"易"。

【劉永濟本篇摘錄語詞】

體貌　文章　貫練　總閱　鴻筆　複文隱訓　字隱　阻奧　簡易
襟帶　屬文　屬篇　瑰怪　適會　磊落　體例　精解　隱曖　義
奇　墨采　聲畫　昭精

隱秀第四十

夫心術之動遠矣，文情之變深矣。源奧而派生，根盛而穎峻。是以文之英蕤，有秀有隱。隱也者，文外之重旨者也。秀也者，篇中之獨拔者也。隱以複意爲工，秀以卓絕爲巧。斯乃舊章之懿績，才情之嘉會也。夫隱之爲體，義生文外，祕響傍通，伏采潛發。譬爻象之變互體，川瀆之韞珠玉也。故互體變爻，而成化四象；珠玉潛水，而瀾表方圓。始正而末奇，內明而外潤。使翫之者無窮，味之者不厭矣。彼波起辭間，是謂之秀。纖手麗音，宛乎逸態，若遠山之浮煙靄，孌女之靚容華。然煙靄天成，不勞於粧點；容華格定，無待於裁鎔。深淺而各奇，穠纖而俱妙。若揮之則有餘，而攬之則不足矣。

夫立意之士，務欲造奇，每馳心於玄默之表；工辭之人，必欲臻美，恒溺思於佳麗之鄉。嘔心吐膽，不足語窮；煆歲煉年，奚能喻苦！故能藏穎詞間，昏迷於庸目；露鋒文外，驚絕乎妙心。使醞藉者蓄隱而意愉，英銳者抱秀而心悅。譬諸裁雲製霞，不讓乎天工；斲卉刻葩，有同乎神匠矣。若篇中乏隱，等宿儒之無學，或一叩而語窮；句間鮮秀，如巨室之少珍，若百詰而色沮。斯並不足於才思，而亦有愧於文辭矣。

將欲徵隱，聊可指篇。古詩之離別，樂府之長城，詞怨旨深，而復兼乎比興。陳思之"黃雀"，公幹之"青松"，格剛才勁，而並長於諷諭。叔夜之□□，嗣宗之□□，境玄思澹，而獨得乎優閑。士衡之□□，彭澤之□□，心密語澄，而俱適乎□□。如欲辨秀，亦惟摘句。"常恐秋節至，涼颷奪炎熱"，意悽而詞婉，此匹婦之無聊也。"臨河濯長纓，念子悵悠悠"，志高而言壯，此丈夫之不遂也。"東西安所之，徘徊以旁皇"，心孤而情懼，此閨房之悲極也。"朔風動秋草，邊馬有歸心"，氣寒而事傷，此羈旅之怨曲也。

凡文集勝篇，不盈十一；篇章秀句，裁可百二。並思合而自逢，非研慮之所求也。或有晦塞爲深，雖奧非隱；雕削取巧，雖美非秀矣。故自然會妙，譬卉木之耀英華；潤色取美，譬繒帛之染朱綠。朱綠染繒，深而繁鮮；英華曜樹，淺而煒燁。秀句所以照文苑，蓋以此也。

贊曰：深文隱蔚，餘味曲包。辭生互體，有似變爻。言之秀矣，萬慮一交。動心驚耳，逸響笙匏。

【黃叔琳題注】

在本篇注文末，黃氏題曰："《隱秀篇》自'始正而末奇'至'朔風動秋草'朔字，元至正乙未刻於嘉禾者即闕此葉。此後諸刻仍之。胡孝轅、朱鬱儀皆不見完書。錢功甫得阮華山宋槧本鈔補，後歸虞山，而傳錄於外甚少。康熙庚辰，何心友從吳興賈人得一舊本，適有鈔補《隱秀篇》全文。辛巳，義門過隱湖，從汲古閣架上見馮己蒼所傳功甫本，記其闕字以歸。如'疎放、豪逸'四字，顯然爲不學者以意增加也。"

在"是以文之英蕤，有秀有隱"句上，黃氏題曰："陸平原云：一篇之警策，其秀之謂乎！"

【黃叔琳注】

互體：[左傳杜氏注]易之爲書，六爻皆有變體，又有互體，聖人隨其義而論之。[疏]二至四，三至五，兩體交互，各成一卦，先儒謂之互體，聖人隨其義而論之，或取互體，言其取義無常也。

瀾表方圓：[尸子]水圓折者有珠，方折者有玉。

古詩離別：[古詩十九首]行行重行行，與君生別離。

樂府長城：[樂府古辭]有飲馬長城窟行。長城，蒙恬所築也，言征客之至長城而飲其馬，婦思之，故爲長城窟行。

黃雀：陳思王有野田黃雀行。

青松：[劉公幹詩]亭亭山上松。

彭澤：[陶潛傳]潛字淵明，或云字元亮，爲鎮軍建威參軍，後爲彭澤令。

【紀昀評語】

在篇末紀氏題曰："此一頁詞殊不類，究屬可疑。'嘔心吐膽'，似摭玉溪李賀小傳'嘔出心肝'語。'煅歲鍊年'，似摭《六一詩話》周朴'月煅季鍊'語。稱淵明爲彭澤，乃唐人語。六朝但有徵士之稱，不稱其官也。稱班姬爲匹婦，亦摭鍾嶸《詩品》語。此書成於齊代，不應述梁代之説也。且隱秀三段，皆論詩而不論文，亦非此書之體。似乎明人僞託。不如從元本缺之。"又曰："癸巳三月，以《永樂大典》所收舊本校勘，凡阮本所補悉無之，然後知其真出僞撰。"

在"煙靄天成，不勞於粧點"句上，紀氏題曰："純任自然，彥和之宗旨，即千古之定論。"

在"聊可指篇"句上，紀氏題曰："此轉掛漏。且隱亦不止於詩。"

在"如欲辨秀，亦惟摘句"句上，又題曰："此亦更僕難數！"

在"秀句所以照文苑"句上，又題曰："此秀句乃泛稱佳篇，非本題之秀字。"

黃叔琳輯注卷首《例言》有云："《隱秀》一篇，脱落甚多，諸家所刻，俱非全文。從何義門校正本補入。"紀氏於其上題曰："此篇出於僞託，義門爲阮華山所欺耳。"

【劉永濟校字】

非研慮之所求也。

"求"，舊校"元作果，謝改"。按嘉靖本作"果"，疑"得"之誤。得或作㝵，因誤成果也。

【劉永濟釋義】

此篇自"始正而末奇"，至"此閨房之悲極也"，爲明人僞託。紀評謂其"詞句不類舍人"。黃氏《札記》復舉張戒所引二語，不見文中，證爲贗品，已無可疑。今復得一證。文中有"彭澤之□□"句，此彭澤乃指淵明。然細檢全書，品列成文，未及陶公隻字。蓋陶公隱居息遊，當時知者已鮮，又顏謝之體，方爲世重，陶公所作，與世異味，而《陶集》流傳，始於昭明，舍人著書，乃在齊代，其時《陶集》尚未流傳，即令入梁，曾見傳本，而書成已久，不及追加。故以彭澤之閑雅絶倫，《文心》竟不及品論。淺人見不及此，以陶居劉前，理可援據，乃於此文特加徵引，適足成其僞託之證。此則紀黃二氏所未及舉者也。

《隱秀》之義，張戒《歲寒堂詩話》所引二語，最爲明晰。"情在詞外曰隱，狀溢目前曰秀。"與梅聖俞所謂"含不盡之意見於言外，狀難寫之景如在目前"，語意相合。然言外之意，必由言得，目前之景，乃憑情顯；言失其當，則意浮漂而不定，情喪其用，則景虛設而無功。言當者，作者之情懷雖未盡宣，而讀者之心思已足領會，此中蓋有自然之軌度，太過則傷淺，不及則犯晦，至如何而後合此軌度，又視人之造詣而定，故雖元白之詩，東坡以爲淺露，義山之作，遺山病其晦澁；元白好盡言，義山喜追琢也。至狀物之功，首在善感，感入精微，心生眼處，自能擷其菁英，棄其瑕穢，故能物象昭晰，光景如新。然則深造者得表情之極軌，善感者操寫象之玄機，斯二者即隱秀之所由成也。惟是深造非一蹟而至，善感豈頃刻所能，胥有待乎學養。學養之功既至，操翰之際，自然靈妙。故曰"思合自逢，非由研慮"。若不明此旨，謂率爾爲天籟，詡鹵莽爲自然，則失之毫釐，謬以千里矣。

復次，言外之旨云者，豈故作隱複之詞，如射覆然邪？蓋言不盡意，理所當然，一也。文章之美，貴有含蓄，二也。復以作者之情，或不敢直抒，則委曲之，不忍明言，則婉約之，不欲正言，則恢奇之，不可盡言，則蘊藉之，不能顯言，則假託之，又或無心於言，而自然流露之，於是言外之旨，遂爲文家所不能闕，賞會之士，亦以得其幽旨爲可樂，故意逆之功，以求志爲極則也。若其探索未深，與夫逞臆妄論者，此其失乃在讀者，於文外之旨，固無關也。今人見古人之文，有爲後世誤解者，遂謂古人本無深旨，或且譏彈言外之旨，類於隱語廋辭，要皆淺陋之説，不可不辨。獨惜舍人本篇闕佚，致微言妙義，黯然莫章，而補綴之徒，亦未能覃精極思，爲之闡發。用是粗舉網條，務詮真義，深思之士，幸明辨之。

復次，文家言外之旨，往往即在文中警策處，讀者逆志，亦即從此處而入。蓋隱處即秀處也。例如《九歌·湘君》篇中"心不同兮媒勞，恩不甚兮輕絕"及"交不忠兮怨長，期不信兮告予以不閒"，言外流露黨人與己異趣，信己不深，故生離間。而此四句即篇中秀處。又如《少司命》篇中，"悲莫悲兮生別離，樂莫樂兮新相知"二句，爲千古情語之祖，亦篇中秀處也。而屈子痛心於子蘭與己異趣，致再合無望之意，亦即於此得之。又如相如《大人賦》："吾乃目覩西王母暠然白首，戴勝而穴處兮，亦幸有三足烏爲之使。必長生若此而不死兮，雖濟萬世不足以喜。"皆篇中秀處。而相如諷武帝求仙無益之意，亦即於此得之。且前文盛誇大人仙游之適，皆爲此而設也。又如子建《洛神賦》："恨人神之道殊兮，怨盛年之莫當"，及"悼良會之永絕兮，哀一逝而異鄉"等句，子建惓惓於文帝之意最深切，而措詞亦最沉痛。略舉四例，以爲隅反。

【劉永濟批語】

在《劉舍人文心雕龍十卷》(下册)之《隱秀篇》上的題語：

在《隱秀第四十》題下，劉先生題曰："此通論三事。隱屬志而關係在辭，秀屬文而樞紐亦在辭。此論言外之意，文資言外有意。言外之意，隱也。言外之意，又資於言內得之，能見言外之意者則秀。非言內有秀，不能見言外之隱。隱秀相資而成，不可分論。"

在《隱秀》標題上方，劉先生又題曰："此篇隱秀之義，雖以闕文而不彰，然回味篇首，總釋名義之文，知所謂隱者，言文外之意也，故曰'文外重旨'，曰'複意爲工'。言外之意不能自見，貴於言內得之。此能見言外之意者，則秀也。大氐全篇秀出之處，即言外幽旨所存。故曰'篇中獨拔'，曰'卓絕爲巧'。必有秀句，而後隱非射覆。必有隱旨，而後文有精采。隱秀相資而成，未容分畫。補闕之作，當暢發斯義，庶於舍人原旨不中不遠矣。"

在題前空白頁旁，又題曰："言外有意，文家之常。但言外之意，仍於言內可得。言外之意爲隱，言內可得之處即爲秀。秀者，即透漏言外之意之處，亦即透漏消息之謂。讀者由秀處尋求消息，即可得其隱意。其所以必如此者，蓋有不敢言、不忍言、不得正言、不可盡言、不能顯言等，故在也。"

在"始正而末奇，内明而外潤"數句上方，又題曰："《歲寒堂詩話》有《隱秀篇》逸句曰：'情在詞外曰隱，狀溢目前曰秀。'二句不在補文中，足見是僞作。"又曰："此二句之意即梅聖俞所謂'含不盡之意見於言外，狀難寫之景如在目前'。"在"彭澤之《□□》"上方，又題曰："彥和未見陶集，故他篇無及之者，此亦僞作之證。"

在"才情之嘉會也"句旁，劉先生注曰："總釋名義。"在"味之者不厭矣"句旁題曰："專論隱。"在"而攬之則不足矣"句旁題曰："專論秀。以上分釋。"其下又題曰："初論名義。"在"有愧於文辭矣"句旁題曰："論隱秀與作者之關係。"在"秀句所以照文苑，蓋以此也"句旁題曰："以上餘論。"

在"故互體變爻"句上題曰："互體變爻在本卦之内，亦猶文外重旨在本文之内，故以爲比。"

在"非研慮之所求"句"求"字旁注曰"得"。其上又題曰："謝改'求'亦非，疑是'得'字，或係'來'字。'來'與上'逢'意同。"

在涵芬樓本《文心雕龍·隱秀篇》上的題語：

在"譬爻象之變玄體"句"玄"字旁題曰"互"。

在原本"非研慮之所果也"句"果"字旁題曰"得"，又在此句下增加"或有晦塞爲深，雖奧非隱"十字。

【劉永濟本篇摘録語詞】

隱秀　文情之變　英蕤　隱以複意　嘉會　秘響　伏采　雕削
隱蔚　隱　曲

卷九

指瑕第四十一

　　管仲有言：無翼而飛者聲也，無根而固者情也。然則聲不假翼，其飛甚易；情不待根，其固匪難。以之垂文，可不慎歟！古來文才，異世爭驅。或逸才以爽迅，或精思以纖密。而慮動難圓，鮮無瑕病。陳思之文，群才之俊也。而武帝誄云尊靈永蟄，明帝頌云聖體浮輕。浮輕有似於胡蝶，永蟄頗疑於昆蟲，施之尊極，豈其當乎！左思七諷，說孝而不從，反道若斯，餘不足觀矣。潘岳爲才，善於哀文，然悲內兄則云感口澤，傷弱子則云心如疑。禮文在尊極，而施之下流，辭雖足哀，義斯替矣。若夫君子擬人，必於其倫。而崔瑗之誄李公，比行于黃虞；向秀之賦嵇生，方罪于李斯。與其失也，雖寧僭無濫，然高厚之詩，不類甚矣。凡巧言易標，拙辭難隱，斯言之玷，實深白圭。繁例難載，故略舉四條。

　　若夫立文之道，惟字與義。字以訓正，義以理宣。而晉末篇章，依希其旨。始有賞際奇至之言，終無撫叩酬即之語。每單舉一字，指以爲情。夫賞訓錫賚，豈關心解？撫訓執握，何預情理？雅頌未聞，漢魏莫用。懸領似如可辯，課文了不成義。斯實情訛之所變，文澆之致弊。而宋來才英，未之或改，舊染成俗，非一朝也。近代辭人，率多猜忌，至乃比語求蚩，反音取瑕。雖不屑於古，而有擇於今焉。又製同他文，理宜刪革，若排人美辭，以爲己力，寶玉大弓，終非其有。全寫則揭篋，傍采則探囊，然世遠者太輕，時同者爲尤矣。

若夫注解爲書，所以明正事理。然謬於研求，或率意而斷。西京賦稱中黃育獲之疇，而薛綜謬注，謂之閹尹，是不聞執雕虎之人也。又周禮井賦，舊有疋馬，而應劭釋疋，或量首數蹄，斯豈辯物之要哉！原夫古之正名，車兩而馬疋。疋兩稱目，以並耦爲用。蓋車貳佐乘，馬儷驂服。服乘不隻，故名號必雙。名號一正，則雖單爲疋矣。疋夫疋婦，亦配義也。夫車馬小義，而歷代莫悟；辭賦近事，而千里致差。況鑽灼經典，能不謬哉！夫辯言而數筌蹄，選勇而驅閹尹，失理太甚，故舉以爲戒。丹青初炳而後渝，文章歲久而彌光，若能檃括於一朝，可以無慚於千載也。

贊曰：羿氏舛射，東野敗駕。雖有儁才，謬則多謝。斯言一玷，千載弗化。令章靡疚，亦善之亞。

【黄叔琳題注】

在"若排人美辭，以爲己力"數句上，黃氏題曰："嘗疑韓昌黎云：惟古於詞必己出，降而不能乃剽賊，後皆指前公相襲。所謂'必己出'者，將如何必非杜撰之比也。然不杜撰，恐又入於相襲矣。昌黎謂樊紹述文從字順，果可信乎？"

【黄叔琳注】

管仲言：［管子戒篇］管仲復於桓公曰：無翼而飛者聲也，無根而固者情也。

陳思：［陳思王集武帝誄］幽闥一局，尊靈永蟄。［冬至獻襪頌］翱翔萬域，聖體浮輕。

口澤：［禮玉藻］父沒而不能讀父之書，手澤存焉爾，母沒而杯圈不能飲焉，口澤之氣存焉爾。

如疑：［檀弓］孔子觀送葬者曰：善哉爲喪乎！其往也如慕，其反也如疑。［潘岳金鹿哀辭］將反如疑，回首長顧。金鹿，岳幼子也。

方罪李斯：［向秀傳］嵇康被誅，秀作思舊賦云：昔李斯之受罪兮，歎黃犬而長吟，悼嵇生之永辭兮，顧日影而彈琴。

寧僭無濫：［左傳］蔡聲子曰：歸生聞之，善爲國者，賞不僭而刑不濫，賞僭則懼及淫人，刑濫則懼及善人，若不幸而過，寧僭無濫。

不類：［左傳］晉侯與諸侯宴於溫，使諸大夫舞，曰：歌詩必類，齊高厚之詩不類。

寶玉大弓：［春秋］盜竊寶玉大弓。［左傳杜氏注］盜爲陽虎也。寶玉，夏后氏之璜。大弓，封父之繁弱。

胠篋探囊：［莊子］將爲胠篋探囊發匱之盜而爲守備，則必攝緘縢，固扃鐍，此世俗之所謂知也。

中黃育獲：［李善文選注］尸子曰：中黃伯曰：余左執太行之獶而右搏雕虎。［戰國策］范雎說秦王曰：烏獲之力焉而死，夏育之勇焉而死。

井賦疋馬：［周禮小司徒］經土地而井牧其田野。［注］井十爲通，通爲匹馬。［疏］三十家出馬一匹。

應劭釋匹：［應劭風俗通］或曰：馬夜行目明，照前四丈，故曰一疋。或曰：度馬縱橫，適得一疋。［漢食貨志］布帛長四丈爲匹。

車貳佐乘：［禮少儀］乘貳車則式，佐車則否。［注］貳車，朝祀之副車也。佐車，戎獵之副車也。又貳車者，諸侯七乘云云。

馬儷：［鄭風太叔于田］兩驂如舞，兩服上襄。

雖單爲疋：［左傳］匹夫無罪。［正義］曰：士大夫以上則有妾媵，庶人惟夫妻相匹，其名既定，雖單亦通，故韋昭通謂之匹夫匹婦也。按［易中孚］象曰：馬匹亡，謂四與初絕，如馬之亡其匹也，可證訓疋之義，正與匹夫匹婦一例。

配義：［爾雅釋詁］匹，合也。［疏］匹者，配合也。

羿氏舛射：［帝王世紀］帝羿有窮氏與吳賀北遊，賀使羿射雀左目，誤中右目，羿抑首而媿，終身不忘。

敗駕：［莊子］東野稷以御見莊公，進退中繩，左右旋中規，莊公以爲文弗過也，使之鉤百而反。顏闔遇之，入見曰：稷之馬將敗。公密而不應，少焉，果敗而反。公曰：子何以知之？曰：其馬力竭矣，而猶求焉，故曰敗。

多謝：［郭象莊子注］不可多謝堯舜而推之爲兄也。

【紀昀評語】

在本篇目上方，紀氏題曰："文字之瑕，殊不勝指，此標舉數篇以示戒。毋以挂漏爲疑！"

又在"課文了不成義"句上，題曰："此種繁多！"

又在"服乘不隻，故名號必雙"句上，題曰："此條無與文章，殊爲汗漫。"

又在篇末贊語上題曰："《指瑕》原爲巨手言之。"

【劉永濟校字】

比語。

按諸本皆作"比"，疑"切"字之誤，下言反音，詞異義同，皆指其時反切之學也。

辯言而數筌蹄。

范文瀾注謂："應依一本作辯匹而數首蹄"，是也。

【劉永濟釋義】

此篇分三段。首泛論爲文當慎瑕疵。次段因略舉古人文章瑕疵以示例，中分四節：一措詞失體，二立言違理，三用辭傷義，四擬人不倫。末段申論近代文家之通病四條以垂戒，中分四節：初意義依希之病，次聲音犯忌之病，三爲文剽竊之病，末注書謬解之病。

觀舍人此篇所論，知文章自漢魏以來，作家彌盛，篇章乃繁，疵累既生，糾彈遂出，此固事勢所必然，亦評文家之天責也。篇中所舉陳思、安仁之瑕，亦見《金樓子》及《顏氏家訓》，此《序志篇》所謂不以同爲病也。《家訓·文章篇》尚有數條：吳均賦《破鏡》，則擇題不愼之瑕也；是邪雲母之句，則聲音嫌疑之瑕也；伐鼓淵淵之語，則引《詩》不當之瑕也；渭陽桓山之辭，則用事詭濫之瑕也；其譏蔡王之文，則代言未允之瑕也；斥大麓九五等語，則措詞失體之瑕也。凡此諸條，本篇雖未論及，亦在所當戒。蓋文章瑕疵，更僕難數，略陳梗概，所以示秉筆爲文，不宜疏略耳。

"始有賞際奇至之言"二句，頗難索解。觀下文獨標"賞""撫"二字，用相詆訶，則晉人文中，或有"賞際奇至""撫叩酬酢"等詞，舍人病其用字詭異，致意義依希，然以錫賚作心解之意，用執握指情理爲言，乃文家引申本義而用之之法，初不必爲瑕累。蓋一字初本一義，及文家轉相引申，而後數義一字。如都本先王宗廟所在地，而《詩》有"洵美且都"，則以爲都閑矣；《史記》有"姣冶嫺都"，則以爲都雅矣。蓋都城爲人物萃薈之地，才質閑美者衆，異於他方，故引申爲閑雅之義。又朋本鳳鳥，而《詩》有"碩大無朋"，則以爲朋比矣；又有"錫我百朋"，則以爲兼俱矣。蓋鳳鳥至則群鳥從之，故引申爲兼比之義。以此論彼，事同一例，不得曰"《雅》《頌》未聞"也。且文家初不禁換字，換字之故，或因熟厭而取新，或欲通今而易古，或爲音韻所限，或避重複之形。其法則或取同訓之字，或用引申之義，或因聲近而義得相通。如鮑照《蕪城賦》："崪若斷岸，矗似長雲。"崪訓高峻，矗訓齊平，如曰高若斷岸，齊似長雲，則熟矣。司馬遷用《書》"平秩東作"爲"便程東作"，平便、程秩，聲近義通，易之者，便程今、平秩古也。陸機《園葵》詩："庇足同一智，生理各萬端"，本言葛藟庇根，與葵之衛足同智，易根爲足者，字當用仄也。曹植《七啓》："元微子隱居大荒之庭，飛遯離俗，澄神定靈"，易心爲靈者，與庭叶韻也。潘岳《揚荆州誄》："鳥則擇木，臣亦簡君"，《家語》本作擇君，易之者，避與上複也。四條之外，又有因避帝諱而換字者，如光武諱秀，則秀才爲茂才，明帝諱莊，則老莊爲老嚴。又有文人錮習，輕今重古，謂知縣爲邑宰，稱湖北曰荆州，姓李必曰隴西，言臘定稱嘉平。又有換字而用其相反之義者，如以亂爲治，以擾爲安，以災爲祥，以荒爲定，其流弊所至，詭更任情，如"微管""微禹"，"詒厥""具瞻"之類，遂令文義割裂，依違難明，舍人深譏，殆以此歟？

"切語求蚩，反音取瑕。"實當時之習尚。蓋音韻之學初興，文人多習反切之語，至用相戲謔，有因而生隙者，故舍人舉以爲戒。觀《金樓子》所記數事可知也。《金樓子·雜記上》："何僧智嘗於任昉坐賦詩，任云：'卿詩可謂高厚。'言其詩不類也。何大怒曰：'遂以我爲狗號。'""高厚之詩不類"，出《左氏襄公十六年傳》，蓋高厚切音爲狗，厚高切音爲號也。掠美之瑕，誠亦當戒，然古人質厚，稱引前語，每不標名；又文家鑄詞，或多偶合，雖在朋儕，亦所常見，若必謂甲掠乙美，或乙奪甲善，皆非確論。惟蹈襲依倣之風，東漢以後爲最盛。仲長統《昌言》已有"竊他人之記以成己說，爲學士三姦之一"之論。能者爲之，是爲與古人爭勝，劣者則不免於剽竊之譏矣。此舍人所以有"揭篋""探囊"之論也。

注解之文，亦論說之一體。舍人《論說》篇言之甚明，故此篇申論瑕疵，舉謬解之例。紀評詆其"無與文章"，乃後世文士辨體未精之見也。漢儒通經識字，訓解古書，多本師說，精確者固多，固陋墨守之失，亦在所不免。他若諸子之解詁，辭賦之注釋，事出文士，匪由經師，則其失尤多。舍人此篇，亦但舉一隅以示例耳。

【劉永濟批語】

在《劉舍人文心雕龍十卷》（下册）之《指瑕》上的題語：

在《指瑕第四十一》題下，劉先生曰："此亦通論古今文人之瑕病。"

在"可不慎歟"句旁題曰："以文之當慎，以引起瑕之當謹。"在"略舉四條"句旁題曰："以上舉四例，以見文之瑕疵。"

在"尊靈永蟄"句上題曰："《易》繫辭'龍蛇之蟄，以存身也'。此以龍比君也。"

在"聖體浮輕"句上題曰："浮輕者，輕清上浮者爲天也。此以天擬君。"

又在其上題曰："明帝頌即《獻轡頌》。"在"餘不足觀矣"句旁題曰：

"立言違理。"

在"悲内兄則云感口澤"句上題曰:"《禮記·玉藻》:'母没而杯圈不能飲焉,口澤之氣存焉爾。'指亡母之辭,用悲内兄不當。"

又在"《檀弓》:孔子觀葬者曰"善哉爲喪乎!……'其往也如慕,其反也如疑'"題曰:"將反如疑,回首長顧。"又在"悲内兄""傷弱子"二句旁注曰:"以母視内兄,以父視子。"在"義斯替矣"句旁題曰:"用字傷義。"

在"向秀之賦嵇生"句上題引向秀《思舊賦》曰:"昔李斯之受罪兮,歎黄犬而長吟。悼嵇生之永逝兮,顧日影而彈琴。"

在"不類甚矣"句旁題曰:"比人不倫。"

又在"略舉四條"句旁題曰:"以上舉四例,以見文之瑕疵。"

在"非一朝也"句旁題曰:"字義依希之瑕。"

在"而有擇於今焉"句旁題曰:"語音犯忌之瑕。"

在"時同者爲尤矣"句旁題曰:"爲文掠美之瑕。"

又在"故舉以爲戒"句旁題曰:"注書謬誤之瑕。"

在"《西京賦》稱中黄"句上題引《西京賦》:"乃使中黄之士育獲之儔",又引《尸子》"中黄伯曰,余左執泰行之猱,而右搏雕虎"。

在"應劭釋匹,或量首數蹄"句上,引《周禮》鄭注:"屋三爲井,井十爲通,通爲匹馬。"《正義》曰:"三十家出馬一匹。"又題《藝文類聚》引《風俗通》云:"1. 馬一匹,俗説相馬比君子,與人相匹。2. 或曰:馬夜行,目明照前四丈,故曰一匹。3. 俗説:度馬縱横,適得一匹。4. 或説:馬死賣得一匹帛。5. 或云:《春秋》左氏説,諸侯相贈乘馬束帛,束帛爲匹。6. 與馬相匹乎。"又題曰:"以上六説,皆與量首數蹄不合。"又題曰:"布長四丈爲一匹,出《漢書·食貨志》。"

在"終無撫叩酬即"句"無"字旁題曰"有","即"字旁題曰"酢"。

在"比語求蚩"句"比"字旁題曰"切"。

在"辯言而數筌蹄"句"言"字旁題曰"匹",在"筌"字旁題曰"首"。

在涵芬樓本《文心雕龍·指瑕篇》上的題語:

在原本"群才之峻也"句"峻"字旁題曰"俊"。

在原本"雖寧降無濫"句"降"字旁題曰"潛"。

在原本"雖高原之詩"句"原"字旁題曰"厚"。

在"終無撫叩酬即"句"即"字旁題曰"酢"。

在"至乃比語求蚩"句"比"字旁題曰"切"。

在"蚩"字旁題曰"媸"。

在"若排人美辭"句"排"字旁題曰"掠"。

在"夫辯言而數筌蹄"句"言"字旁題曰"匹",在"筌"字旁題曰"首"。

【劉永濟本篇摘錄語詞】

爽迅　纖密　下流　依稀　賞際　奇至　撫叩　酬酢　情理
情訛　文澆　切語　反音　不屑　研求　辯物　文章　氎括

養氣第四十二

　　昔王充著述,制養氣之篇。驗己而作,豈虛造哉!夫耳目鼻口,生之役也;心慮言辭,神之用也。率志委和,則理融而情暢。鑽礪過分,則神疲而氣衰。此性情之數也。夫三皇辭質,心絕於道華;帝世始文,言貴於敷奏。三代春秋,雖沿世彌縟,並適分胸臆,非牽課才外也。戰代枝詐,攻奇飾說。漢世迄今,辭務日新。爭光鬻采,慮亦竭矣。故淳言以比澆辭,文質懸乎千載;率志以方竭情,勞逸差於萬里。古人所以餘裕,後進所以莫遑也。

　　凡童少鑒淺而志盛,長艾識堅而氣衰。志盛者思銳以勝勞,氣衰者慮密以傷神。斯實中人之常資,歲時之大較也。若夫器分有限,智用無涯。或慚鳧企鶴,瀝辭鐫思。於是精氣內銷，有似尾閭之波；神志外傷，同乎牛山之木。怛惕之盛疾，亦可推矣。至如仲任置硯以綜述，叔通懷筆以專業。既暄之以歲序，又煎之以日時。是以曹公懼爲文之傷命，陸雲歎用思之困神，非虛談也。

夫學業在勤，功庸弗怠，故有錐股自厲、和熊以苦之人。志於文也，則申寫鬱滯，故宜從容率情，優柔適會。若銷鑠精膽，蹙迫和氣，秉牘以驅齡，灑翰以伐性，豈聖賢之素心，會文之直理哉！且夫思有利鈍，時有通塞。沐則心覆，且或反常；神之方昏，再三愈黷。是以吐納文藝，務在節宣。清和其心，調暢其氣。煩而即捨，勿使壅滯。意得則舒懷以命筆，理伏則投筆以卷懷。逍遥以針勞，談笑以藥勌。常弄閑於才鋒，賈餘於文勇，使刃發如新，湊理無滯。雖非胎息之邁術，斯亦衛氣之一方也。

贊曰：紛哉萬象，勞矣千想。玄神宜寶，素氣資養。水停以鑒，火靜而朗。無擾文慮，鬱此精爽。

【黃叔琳題注】

在"學業在勤，功庸弗怠"句上，黃氏題曰："學宜苦，而行文須樂。"

【黃叔琳注】

養氣：[王充論衡自紀篇]章和二年，罷州家居，年漸七十，乃作養性之書，凡十六篇，養氣自守，適食則酒，閉明塞聰，愛精自保，適輔服藥引導，庶冀性命可延，斯須不老。

長艾：[典禮]五十曰艾。

慚鳧企鶴：[莊子]鳧脛雖短，續之則憂，鶴脛雖長，斷之則悲。

尾閭：[莊子]北海若曰：天下之水若大於海，萬川歸之，不知何時止而不盈，尾閭泄之，不知何時已而不虛。[注]尾閭，海東川名。

置硯：[謝承後漢書]王充於宅內門户牆柱，各置筆硯簡牘，見事而作，著論衡。

懷筆：[曹褒傳]褒字叔通，博雅疏通，常憾朝廷制度未備，慕叔孫通爲漢禮儀，晝夜研精，沈吟專思，寢則懷抱筆札，行則誦習文書，當其念至，忘所之適。

用思困神：[陸雲與兄平原書]兄文章已自行天下，多少無所在，且用思困人，亦不事復反。

錐股：[戰國策]蘇秦乃發書，陳篋數十，得太公陰符，伏而誦之，讀書欲睡，引錐自刺其股。

驅齡伐性：[王充效力篇]秦武王與孟説舉鼎不任，絶脈而死。少文之人，與董仲舒等涌胸中之思，必將不任，有絶脈之變，王莽之時，省五經章句，皆爲二十萬，博士弟子郭路，夜定舊説，死於燭下，精思不任，絶脈氣滅也。

心覆：[左傳]晉侯之豎頭須求見，公辭焉以沐。謂僕人曰：沐則心覆，心覆則圖反，宣吾不得見也。僕人以告，公遽見之。

節宣：[左傳]節宣其氣。

賈餘：[左傳]齊高固曰：欲勇者賈余餘勇。

腠理：[呂氏春秋]伊尹曰：用新去陳，腠理遂通。高誘曰：腠理，肌脈也。

胎息：[漢武内傳]王真習閉氣而吞之，名曰胎息，行之斷穀一百餘年，肉色光美，力並數人。[抱朴子]胎息者，能以鼻口嘘吸，如在胎之中。[宋史藝文志]有卧龍隱者胎息歌一卷。

水停：[莊子]水静則明燭須眉。

精爽：[左傳]心之精爽，是謂魂魄。

【紀昀評語】

在"志於文也"句上，紀氏題曰："'志'當作'至'。"

在本篇卷末，紀氏題曰："此非惟養氣，實亦涵養文機。《神思篇》虚静之説，可以參觀。彼疲困躁擾之餘，烏有清思逸致哉！"

【劉永濟校字】

故有錐股自厲，和熊以苦之人。

盧文弨《文心雕龍輯注書後》曰："按下六字吳本無，當本脫四字，不學者妄增成之，而忘其年代之不合也。"按盧校是。

邁術。

顧廣圻校作"萬術"，是也。按嘉靖本正作"萬術"，此與下"一方"爲對。

【劉永濟釋義】

此篇分四段。首段總撮一篇大旨。次段分論行文養氣之多異，中分三節：初因時之古今而異，次因人之少壯而異，末因體之强弱而異。三段明不善養氣之害，中分二節：初舉證，次明害。末段論養氣之法。

本篇申《神思》未竟之旨，以明文非可强作而能也。《神思》篇云："神居胸臆，而志氣統其關鍵。"又云："方其搦翰，氣倍辭前。"又云："秉心養術，無務苦慮，含章司契，不必勞情。"彼篇以虛靜爲主，務令慮明氣静，自然神王而思敏。本篇"率志委和""優柔適會"，及"清和其心，調暢其氣"，亦即求令虛靜之旨。然細繹篇中示戒之語，如曰"鑽礪過分"，曰"爭光鬻采"，曰"慚鳧企鶴，瀝辭鐫思"，言外蓋以箴其時文士，苦思求工，以鬻聲譽之失也。蓋古人爲文，或以明世要，或以抒幽情，皆發憤而作，如不得已。亭林顧氏所謂"文須有益於世"也。亭林又曰："文以少而盛，以多而衰。江左梁簡文帝至八十五卷，元帝至五十二卷，沈約至一百一卷，雖多奚爲。"蓋齊梁之世，人無論貴賤，爭以能文相尚，於是爭奇競巧，鬻聲釣譽之弊出。李諤《上高祖革文華》一書，於齊梁世風之弊，指陳最爲明確。其言曰，"魏之三祖，更尚文詞，忽君人之大道，好雕蟲之小藝。下之從上，有同影響。競騁文華，遂成風俗。江左齊梁，其弊彌甚。貴賤賢愚，惟務吟詠。遂復遺理存異，尋虛逐微。競一韻之奇，爭一字之巧。連篇累牘，不出月露之形；積案盈箱，唯是風雲之狀。世俗以此相高，朝廷據茲擢士。禄利之路既開，愛尚之情愈篤。於是閭里童昏，貴遊總卯。未窺六甲，先製五言。至於羲皇舜禹之典，伊傅周孔之說，不復關心，何嘗入耳。以傲誕爲清虛，以緣情爲勳績。指儒素爲古拙，用詞賦爲君子。故文筆日繁，其政日亂。良由棄大聖之軌模，構無用爲有用也。"以李氏所言，印證本篇，舍人之意，灼然可知矣。

【劉永濟批語】

在《劉舍人文心雕龍十卷》（下册）之《養氣》上的題語：

在《養氣第四十二》題下，劉先生曰："此專論養氣自守。"又在其上題曰："志情與氣互文。志動情發，則爲氣也。"

在"此性情之數也"句旁，劉先生題曰："以上總撮大旨。"

在"非牽課才外也"句旁，題曰："春秋以前，率志淳言。"

在"慮亦竭矣"句旁，題曰："戰代以後，竭情澆辭。"

在"後進所以莫遑也"句旁，題曰："以上因世之時代而異。"

在"歲時之大較也"句旁，題曰："以上因人之年歲而異。"

在"亦可推矣"句旁，題曰："以上因人之材質而異。以下舉例。"

在"會文之直理哉"句旁，題曰："以上不善養氣者。"

在"亦衛氣之一方也"句旁，題曰："以上善養氣者。"又曰："以上養氣之法。"

在"仲任置硯以綜述"句上，劉先生題曰："《神思》云王充氣竭於思慮。"

又在原本"和熊以苦之人"句上題曰："《新唐書·柳仲郢傳》：母韓善訓子，'故仲郢幼嗜學，嘗和熊膽丸，使夜咀咽以助勤'。按：盧文弨《抱經堂文集》十四《文心雕龍輯注書後》：《養氣篇》故有錐股自厲、和熊以苦之人，按下六字吳本無，當本脫四字，不學者妄增成之，而忘其年代之不合也。"又題曰："嘉靖本作'學業在勤，故有錐股自厲，志於文也，則申寫欝滯'。天啟本'夫'下注學業在勤、功庸弗怠四字。'故有錐股自厲'下注'和熊以苦之人，志于文也則申'十二字，餘同。"

又在"沐則心覆，且或反常"句上題曰："《左傳正義》引韋昭云'沐則低頭，故心反覆也'。按《新序·雜事五》'心覆者言悖'，劉氏蓋取此義。"

在"雖非胎息之邁術"句"邁"字旁題曰"萬"。

在涵芬樓本《文心雕龍·養氣篇》上的題語：
在原本"恒惕之盛疾"句"恒"字旁題曰"怛"，在"盛"字旁題曰"成"。
在"敬通懷筆以專業"句"敬"字旁題曰"叔"。
在原本"學業在勤"句後補"功庸弗怠"四字。
在原本"錐股自厲"之下加〔〕〔〕〔〕〔〕，表示脫缺四字。

【劉永濟本篇摘錄語詞】

道華　適分　枝詐　文質　器分　綜述　適會　會文　吐納
節宣　玄神　素氣

附會第四十三

何謂附會？謂總文理、統首尾、定與奪、合涯際，彌綸一篇，使雜而不越者也。若築室之須基構，裁衣之待縫緝矣。夫才量學文，宜正體製。必以情志爲神明，事義爲骨髓，辭采爲肌膚，宮商爲聲氣。然後品藻玄黃，摛振金玉，獻可替否，以裁厥中。斯綴思之恒數也。凡大體文章，類多枝派，整派者依源，理枝者循幹。是以附辭會義，務總綱領，驅萬塗於同歸，貞百慮於一致。使衆理雖繁，而無倒置之乖；群言雖多，而無棼絲之亂。扶陽而出條，順陰而藏跡。首尾周密，表裏一體，此附會之術也。夫畫者謹髮而易貌，射者儀毫而失牆，銳精細巧，必疏體統。故宜詘寸以信尺，枉尺以直尋。棄偏善之巧，學具美之積，此命篇之經略也。

夫文變多方，意見浮雜。約則義孤，博則辭叛。率故多尤，需爲事賊。且才分不同，思緒各異。或製首以通尾，或尺接以寸附。然通製者蓋寡，接附者甚衆。若統緒失宗，辭味必亂。義脈不流，則偏枯文體。夫能懸識湊理，然後節文自會。如膠之粘木，豆之合黃矣。是以駟牡異力，而六轡如琴；並駕齊驅，而一轂統輻。馭文之法，有似於此。去留隨心，修短在手，齊其步驟，總轡而已。

故善附者異旨如肝膽，拙會者同音如胡越。改章難於造篇，易字艱於代句，此已然之驗也。昔張湯擬奏而再却，虞松草表而屢譴。並理事之不明，而詞旨之失調也。及兒寬更草，鍾會易字，而漢武歎奇，晉景稱善者，乃理得而事明，心敏而辭當也。以此而觀，則知附會巧拙，相去遠哉！若夫絕筆斷章，譬乘舟之振楫；會詞切理，如引轡以揮鞭。克終底績，寄深寫遠。若首唱榮華，而腰句憔悴，則遺勢鬱湮，餘風不暢。此周易所謂臀無膚，其行次且也。惟首尾相援，則附會之體，固亦無以加於此矣。

贊曰：篇統間關，情數稠疊。原始要終，疏條布葉。道味相附，懸緒自接。如樂之和，心聲克協。

【黃叔琳注】

儀毫：[呂氏春秋處方篇]今夫射者儀毫而失牆，畫者儀髮而失貌，言審本也。

詘寸：[文子]老子曰：屈寸而伸尺，小枉而大直，聖人爲之。

率故多尤：[文賦]或率意而寡尤。

事賊：[左傳]需，事之賊也。

偏枯：[呂氏春秋]魯公孫綽曰：我固能治偏枯。

懸識：[扁鵲傳]扁鵲過齊，桓侯客之，入朝見曰：君有疾在腠理，不治將深。

總轡：[家語]善御馬者，正身以總轡。

同音：[賈誼傳]胡粵之人，生而同聲，及其長而成俗，累數譯不能相通，行有雖死而不相爲者，則教習然也。

歎奇：[兒寬傳]張湯爲廷尉，有疑奏，已再見卻矣，掾史莫知所爲，寬爲言其意，掾史因使寬爲奏。奏成，即時得可。異日湯見，上問曰：前奏非俗吏所及，誰爲之者，湯言兒寬。上曰：吾固聞之久矣。

稱善：[世說]司馬景王命中書虞松作表，再呈不可。鍾會取視，爲定五字，松悅服，以呈景王，王曰：不當爾耶。

如樂：[左傳]如樂之和，無所不諧。

【紀昀評語】

在篇首上方，紀氏題曰："附會者，首尾一貫，使通篇相附，而會於一。即後來所謂章法也。"

在"夫才量學文"句上，紀氏題曰："此三行可節。"

在"整派者依源"句上題曰："此爲命意布局時言。"

在"銳精細巧，必疎體統"句上題曰："此所謂有句無篇。"

在"若統緒失宗"句上題曰："此爲行文時言。"

在"豆之合黃矣"句上題曰："'豆之合黃'未詳，俟考。"

在"克終底績"數句上題曰："此言收束亦不可苟。詩家以結句爲難，即是此意。"

【劉永濟校字】

如膠之粘木，豆之合黃矣。

黃氏《札記》改"豆"爲"白"，用《呂覽》黃白雜則堅且韌之文。《御覽》"豆"作"石"，"黃"作"玉"，未知孰是。

並駕齊驅，而一轂統軸。

按此二句嘉靖本、五家言本均無，《御覽》五八五引亦無，似後人所加。

會詞切理，如引轡以揮鞭。

按嘉靖本、五家言本無此二句，下作"克終底績，寄在寫以遠送"，與絕筆二句爲偶。詳審文義，此段乃論文家結尾之法，故曰"絕筆斷章"，曰"克終底績"，不應復有會詞切理之言。惟"寄在"句或有訛誤，"寫送"乃六朝文人常語，猶今言收束有餘韻也。本書《詮賦》篇有"寫送文勢"之言，此言致終篇之功，在收筆有不盡之勢也。

【劉永濟釋義】

此篇分四段。首段詮釋附會之義。中分二節：初釋名義，次詮功用；又包二層：初綴思之數，二布局之法。次段敍臨文之通病。中分三節：初謀篇之病，次命意之病，末論思異由於才異。三段明附會之要歸。中分二節：初標文識，次舉證。末段補論爲文結尾之理。

附會二字，蓋出《漢書·爰盎傳贊》："雖不好學，亦善附會。"張晏《注》曰："因宜附著會合之。"亦見劉逵《蜀都吳都賦注序》。彼文曰："傅會辭義，抑多精致。"其義即今所謂謀篇命意之法。爲文之道，百義而一意，全篇而衆辭。辭散而不相附，則章節顛倒，而文失其序；義紛而不相會，則旨趣黯黮，而言乖其則；蓋百義所以申一意，衆辭所以成全篇也。篇中次段所謂"細巧"，即百義衆辭也；所謂"體統"，即全篇一意也。夫辭附義會，文成統緒者，司契在心，故文識尚焉。識以明理，理得則文無舛節，故曰"懸識湊理，節文自會"。其義與《神思》篇尤相關切。《神思》所論，即《附會》之前因，此篇所言，則前因既具之結果也。合而參之，爲文之能事畢矣。

【劉永濟批語】

在《劉舍人文心雕龍十卷》（下册）之《附會》上的題語：

在《附會第四十三》題下，題曰："此專論辭與文之關係。"在題上方，又引劉逵注《蜀都吳都賦》序曰："此賦擬議數家，傅辭會義，抑多精致。"又論曰："衆辭相附會於一義。爲文必有可會之一義，而後設辭雖眾，而群言有宗。後世文家，務講辭采，而無宗義。故或流爲闡緩冗散，或但工排事比類，或且以雕藻飾其淫志。凡此三途，皆謹小而失大者也。其源乃在不能懸識湊理，雖曰工麗，不謂之文矣。"

在"總文理、統首尾、定與奪、合涯際"句旁，劉先生分別題曰："辨條理、究起訖、定取捨、明範圍。"

在"裁衣之待縫緝矣"句旁題曰："總釋附會之名義。"

在"斯綴思之恒數也"句旁題曰："以上泛言篇章全體。"

在"此附會之術也"句旁題曰："以上詳論附會之用。"

在"此命篇之經略也"句旁題曰："以上謀篇不可重小節而失大體。"

在"則偏枯文體"句旁題曰："以上敘臨文之通病。"

在"此已然之驗也"句旁題曰："以上附會之要，在神識湛明。"

在"附會巧拙，相去遠哉"句旁題曰："舉證。以上明附會之要歸。"

在"亦無以加於此矣"句旁題曰："以上論結尾之法。"

在"扶陽而出條"句上，劉先生題曰："扶陽二句，出崔駰《達旨》'扶陽以出，順陰而入。春發其華，秋收其實'。鄭玄注《易乾鑿度》曰：'陽起於子，陰起於午。天大分以陽出離，以陰入坎。'"

在"畫者謹髮而易貌，射者儀毫而失牆"數句上，劉先生題曰："1. 謀篇者有顧小忽大之失；2. 命意者有約博率節之分；3. 才思異則有通製寸接之分。"又題曰："後世之弊。"

在"能懸識湊理，然後節文自會"數句上，題曰："識由才學俱美而成，故最要，而最難有識。然知所取捨，而輕重合宜；明其條貫，而首尾貫注，章節不亂。附會之義，如是而已。"

在"並駕齊驅，而一轂統輻"二句下方，題曰："嘉靖本亦無，《御覽》五百八十五無'並駕'二句。五家言本亦無此二句。按：此二句與上二句意同。而'並駕齊驅'與'一轂統輻'亦不相貫，疑後人妄增。"

在"會詞切理，如引轡以揮鞭"數句上，題曰："'會詞'二句，嘉靖本及五家言本皆無。'克終'二句，作'克終底績，寄在寫以遠送'，與'絕筆'二句爲偶。詳審此段文意，乃論文家結尾之法，故曰'絕筆斷章'，曰'克終底績'，不應後有'會詞切理'之言。惟'寄在寫以遠送'

一句，疑有訛字。'寫送'乃六朝人常語，猶今言'收束'也。本書《詮賦篇》亦有'寫送文勢'之言。此言能致終篇之功，在收筆有不盡之勢，所謂'遠送'也。"

在涵芬樓本《文心雕龍·附會篇》上的題語：
在"夫才量學文"句"量"字旁題曰"童？"。
在原本"或片接以寸附"句"片"字旁題曰"尺"。
在"是以駟牡異力"句"駟"字旁題曰"四"。
在原本"昔張湯疑奏"句"疑"字旁題曰"擬"。
在原本"其行次睢也"句"睢"字旁題曰"且"。

【劉永濟本篇摘録語詞】

文理	附會	彌綸	體製	情志	神明	事義	骨髓(鯁)
辭采	肌膚	宮商	聲氣	枝派	文章	附辭會義	附會	體統
經略	文變	才分	思緒	義脈	辭味	統緒	文節	辭旨
附會	遠送	附會	篇統	情數	間關	心聲

總術第四十四

　　今之常言，有文有筆，以爲無韻者筆也，有韻者文也。夫文以足言，理兼詩書。別目兩名，自近代耳。顏延年以爲筆之爲體，言之文也；經典則言而非筆，傳記則筆而非言。請奪彼矛，還攻其楯矣。何者？易之文言，豈非言文；若筆不言文，不得云經典非筆矣。將以立論，未見其論立也。予以爲發口爲言，屬筆曰翰，常道曰經，述經曰傳。經傳之體，出言入筆。筆爲言使，可强可弱。分經以典奧爲不刊，非以言筆爲優劣也。昔陸氏文賦，號爲曲盡。然汎論纖悉，而實體未該。故知九變之貫匪窮，知言之選難備矣。

凡精慮造文，各競新麗，多欲練辭，莫肯研術。落落之玉，或亂乎石；碌碌之石，時似乎玉。精者要約，匱者亦尟；博者該贍，蕪者亦繁。辯者昭晳，淺者亦露；奧者複隱，詭者亦典。或義華而聲悴，或理拙而文澤。知夫調鐘未易，張琴實難。伶人告和，不必盡窕槬之中；動用揮扇，何必窮初終之韻！魏文比篇章於音樂，蓋有徵矣。夫不截盤根，無以驗利器；不剖文奧，無以辨通才。才之能通，必資曉術。自非圓鑒區域，大判條例，豈能控引情源，制勝文苑哉！

是以執術馭篇，似善奕之窮數。棄術任心，如博塞之邀遇。故博塞之文，借巧儻來。雖前驅有功，而後援難繼。少既無以相接，多亦不知所刪。乃多少之並惑，何妍蚩之能制乎！若夫善奕之文，則術有恒數。按部整伍，以待情會。因時順機，動不失正。數逢其極，機入其巧，則義味騰躍而生，辭氣叢雜而至。視之則錦繪，聽之則絲簧，味之則甘腴，佩之則芬芳。斷章之功，於斯盛矣。夫驥足雖駿，纆牽忌長。以萬分一累，且廢千里。況文體多術，共相彌綸，一物攜貳，莫不解體。所以列在一篇，備總情變。譬三十之輻，共成一轂。雖未足觀，亦鄙夫之見也。

贊曰：文場筆苑，有術有門。務先大體，鑒必窮源。乘一總萬，舉要治繁。思無定契，理有恒存。

【黃叔琳題注】

在"視之則錦繪"四句之上，黃氏題曰："四者兼之為難。可視、可聽，而不可味，尤不堪嗅者，品之下也。"

【黃叔琳注】

曲盡：[文賦序]他日殆可謂曲盡其妙。

九變：[漢武帝詔]詩云：九變復貫，知言之選。

玉石：[老子法本]不欲琭琭如玉，落落如石。

窕槬：[左傳]周景王將鑄無射，伶州鳩曰：夫音，樂之輿也，而鐘，樂之器也，窕則不減，槬則不容，今鐘槬矣。

魏文：[魏文帝典論論文]文以氣為主，氣之清濁有體，不可力彊而致。譬之音樂，曲度雖均，節奏同檢，至於引氣不齊，巧拙有素，雖在父兄，不能移其子弟。

盤根：[虞詡傳]不遇盤根錯節，何以別利器乎。

博塞：[許慎說文]博，局戲也，六箸十二棋也。又行棋相塞曰博塞。

儻來：[莊子]軒冕在身，非性命也，物之儻來，寄也。

縲牽：[戰國策]段干越謂韓相新城君曰：昔王良弟子駕千里之馬，過京父之弟子。京父之弟子曰：馬，千里之馬也，服，千里之服也，而不能取千里，何也？曰：子縲牽長，故縲牽於事，萬分之一也，而難千里之行。

三十之輻：[考工記]輪輻三十，以象日月也。

【紀昀評語】

在篇首上方，紀氏題曰："此篇文有訛誤，語多難解。郭象云：自不害其宏旨，皆可略之。"

又在"顏延年以為"數句上題曰："此一段辨明文筆，其言汗漫，未喻其命意之本。"

在"精者要約，匱者亦尠"數句上方又題曰："此一段剖析得失，疑似分明。然與前後二段，不甚相屬，亦未喻其意。"

在"故博塞之文"句上題曰："大旨主於意在筆先，以法馭題。"

【劉永濟校字】

今之常言。

舊校"今元作令，商改"。宋翔鳳《過庭錄》曰："當從元本作令。令者,當時功令也。"按宋説非是。

若筆不言文。

黄氏《札記》曰:"不爲爲字之誤。"按黄説是也,而所改之"爲"字,猶未的。"不"乃"果"之壞字,承顔説而言果也。

分經以典奥爲不刊。

《札記》曰"分當作六。"范注以《文心》"屢以文筆分類,此處蓋專指顔氏分經傳爲言、筆論之",不從黄校,恐非。

奥者複隱,詭者亦典。

按此"典"字亦應作"曲"字,詳《體性》篇"馥采典文"校語。

不必盡窕槬桍。

范文瀾注"桍字衍,當删。"按五家言本、嘉靖本無"桍"字,是也。

【劉永濟釋義】

此篇分三段。首段辨正俗説。中分二節:初明文兼有韻與無韻,其與筆對稱,始於近世;次駁顔氏經典乃言而非文之説,中包三層:先標顔説,次辨難,終出己意。次段論文術之重要。中分二節:初論近世忽本術而崇末節,又包二層:先斥陸《賦》未精,後論後世棄本逐末,研術未精,故不能博明疑似;次明本術之當講,中包三層:能文必資曉術,次棄術之失,末操術之得。末段申論本篇之所由作。

術之本義,《説文》曰:"邑中道也。"引申之,凡可由之以行者曰術。《禮記·樂記》:"然後心術形焉。"《注》"術,所由也。"是其證矣。此以具體之物,名抽象之義也。術之訓道、訓法,皆此類。由法再引申之,又訓藝。《禮記·鄉飲酒義》:"古之學術道者。"《注》:"術,猶藝也。"是也。此又以由之事與所以由之之理對稱而名也。總括言之,術有二義:一爲道理,一指技藝。本篇之術屬前一義,猶今言文學之原理也。下文"圓鑒區域,大判條例"八字,曉術者之能事。本書各篇,凡涉及原理者,皆其事也。蓋原理既明,則辨體必精,安有疑似違誤之論。篇中"精""博""辨""奥"四者,即疑似之例也。顔氏以經典非言之文者，則違誤之證也。至"多欲練辭，莫肯研術"云云，則斥但講枝末，而忽視本原者之辭也。講枝末者，但求敷藻設色之法，諧聲協律之功，若今傳四聲八病之說，繁苛枝碎，殆其遺矣。舍人當時，類此者定多，故作《總術》一篇，以明體要也。黃氏《札記》謂："此篇乃總會《神思》以至《附會》之旨，而丁寧鄭重以言之，非別有所謂總術。"說猶未瑩。紀評更無所見，故謂"此篇文有訛誤，語多難解"。又謂"辨明文筆，其言汗漫，未喻其命意之本"。又於次段謂"前後二段不甚相屬，未喻其意"。推原其故，皆在辨術字之義未真耳，故詳釋之於此。

術之義既如上述，總之說亦當明辨。舍人論文，每以文與心對舉，而側重在心。本篇所謂總者，即以心術總攝文術而言也。夫心識洞理者，取舍從違，咸皆得當，是爲通才之鑒；理具於心者，義味辭氣，悉入機巧，是爲善弈之文。然則文體雖衆，文術雖廣，一理足以貫通，故曰"乘一總萬，舉要治繁"也。紀氏既以文章技藝視此術字，又於所謂總者，未能致思，故謂辨明疑似一段，與上下文不相屬。

"九變復貫"，語本逸《詩》。《漢書·武帝紀》元朔元年赦詔引之。貫字之義，孟康訓爲道，師古訓爲事，皆非也。《荀子·天論》，有"不知貫不能應變"之文，楊倞注曰："貫，條貫也。"條貫即一貫。一貫者，不變之常理，與九變對文，意甚分明。舍人所謂九變之貫，即指文學原理而言。蓋辭有質文，因時而異，理無二致，不以代殊，故曰"九變之貫"，猶言萬變之宗也。逸《詩》"九變復貫"，貫亦一也，猶言九變而復於一也。數極於九，至九則復歸於一，故曰"復貫"也。

【劉永濟批語】

在《劉舍人文心雕龍十卷》（下册）之《總術》上的題語：

在《總術第四十四》題下，劉先生題曰："此通論文章類別。"又在篇目上方題曰："孔子謂'文以足言'，原包綜至廣，故彥和舉有韻之詩、無韻之書，皆文所包。而以別目兩名，爲非古。"又題曰："彥和辨析至明，於當時文筆之外，別著兩大分界。而屬筆之翰，又兼當時所習文筆爲一。至其經傳之分，乃以體之尊卑爲斷，與言筆無與也。故曰'出言入筆'。"

在"多欲練辭，莫肯研術"數句上，劉先生題曰："此篇所謂術，即道路也。就文而言，即文章之原理。下文曉術，即'圓鑒區域，大判條例'八字。不可專屬藝術而言。紀評誚上下不屬，其誤在此。蓋文章原理既明，則辨體亦正，不致爲疑似之論。精、博、辯、奧四端，乃舉例以明，疑似有如此也。四者亦可屬辨體之功。"隨之又題曰："總術者，合文術與心術二者言之也，以上各各所論皆是也。茲篇專揭明'術'之重要，以斥師心妄作者之違理，故曰'乘一總萬，舉要治繁'。"

在"別目兩名自近代耳"句旁，劉先生題曰："以上言文筆之分出於近世。"

在"筆之爲體，言之文也"句旁題曰："顔以言筆對舉，與世以文筆對舉者又不同。"

在"未見其論立也"句旁題曰："以上斥顔氏言筆之分。"

在"非以言筆爲優劣也"句旁題曰："以上辨正俗説。"

在"知言之選難備矣"句旁題曰："以上譏陸賦論纖悉而遺全體。"

在"蓋有徵矣"句旁題曰："以上後世尚辭棄術，重小節而忽大端。"

在"何姸蚩之能制乎"句旁題曰："以上棄術之非。"

在"佩之則芬芳"句旁題曰："以上操術之是。"

在"斷章之功，於斯盛矣"句旁題曰："以上論文術之重要。"

在"亦鄙夫之見也"句旁題曰："以上明本篇之所由作。"

在篇首"文之常言"上方，劉先生題曰："宋翔鳳《過庭錄》謂（'今'）當從元本作'令'。'令'者，當時功令也。恐非。"

在"筆不言文"句"不"字旁題曰"果"。在"分經以典"句"分"字旁題曰"六"。

在涵芬樓本《文心雕龍·總術篇》上的題語：

在"若筆不言文"句"不"字旁題曰"果"。

在原本"分經以典奧爲不利"句"分"字旁題曰"六"，在"利"字旁題曰"刊"。

在原本"故知九變之實匪躬"句"實"字旁題曰"貫"，在"躬"字旁題曰"窮"。

在原本"無者亦繁"句"無"字旁題曰"蕪"。

在"詭者亦典"句"典"字旁題曰"曲"。

在原本"控引清源"句"清"字旁題曰"情"。

在原本"無術任心"句"無"字旁題曰"棄"。

在原本"乃多少之非惑"句"非"字旁題曰"並"。

在"何姸蚩之能制乎"句"蚩"字旁題曰"媸"。

【劉永濟本篇摘錄語詞】

文筆　屬筆　典奧　要約　該贍　奧　複隱　曲　文奧　圓鑒
控引　條例　情會　機巧　義味　彌綸　情變

時序第四十五

時運交移，質文代變。古今情理，如可言乎！昔在陶唐，德盛化鈞。野老吐何力之談，郊童含不識之歌。有虞繼作，政阜民暇。薰風詩於元后，爛雲歌於列臣。盡其美者，何乃心樂而聲泰也！至大禹敷土，九序詠功；成湯聖敬，猗歟作頌。逮姬文之德盛，周南勤而不怨；大王之化淳，邠風樂而不淫。幽厲昏而板蕩怒，平王微而黍離哀。故知歌謠文理，與世推移，風動於上，而波震於下者。春秋以後，角戰英雄。六經泥蟠，百家飆駭。方是時也，韓魏力政，燕趙任權，五蠹六蝨，嚴於秦令。唯齊楚兩國，頗有文學。齊開莊衢之第，楚廣蘭臺之宮。孟軻賓館，荀卿宰邑。故稷下扇其清風，蘭陵鬱其茂俗。鄒子以談天飛譽，騶奭以雕龍馳響。屈平聯藻於日月，宋玉交彩於風雲。觀其豔說，則籠罩雅頌。故知暐燁之奇意，出乎縱横之詭俗也。

爰至有漢，運接燔書。高祖尚武，戲儒簡學。雖禮律草創，詩書未遑。然大風鴻鵠之歌，亦天縱之英作也。施及孝惠，迄於文景，經術頗興，而辭人勿用。賈誼抑而鄒枚沈，亦可知已。逮孝武崇儒，潤色鴻業，禮樂爭輝，辭藻競騖。柏梁展朝讌之詩，金堤製恤民之詠。徵枚乘以蒲輪，申主父以鼎食。擢公孫之對策，歎兒寬之擬奏。買臣負薪而衣錦，相如滌器而被繡。於是史遷壽王之徒，嚴終枚皋之屬，應對固無方，篇章亦不匱。遺風餘采，莫與比盛。越昭及宣，實繼武績。馳騁石渠，暇豫文會。集雕篆之軼材，發綺縠之高喻。於是王褒之倫，底祿待詔。自元暨成，降意圖籍，美玉屑之譚，清金馬之路。子雲銳思於千首，子政讎校於六藝，亦已美矣。爰自漢室，迄至成哀，雖世漸百齡，辭人九變，而大抵所歸，祖述楚辭，靈均餘影，於是乎在。

自哀平陵替，光武中興，深懷圖讖，頗略文華。然杜篤獻誄以免刑，班彪參奏以補令。雖非旁求，亦不遺棄。及明帝疊耀，崇愛儒術，肆禮璧堂，講文虎觀。孟堅珥筆於國史，賈逵給札於瑞頌。東平擅其懿文，沛王振其通論。帝則藩儀，輝光相照矣。自安和已下，迄至順桓，則有班傅三崔，王馬張蔡，磊落鴻儒，才不時乏。而文章之選，存而不論。然中興之後，群才稍改前轍，華實所附，斟酌經辭，蓋歷政講聚，故漸靡儒風者也。降及靈帝，時好辭製，造羲皇之書，開鴻都之賦。而樂松之徒，招集淺陋。故楊賜號爲驩兜，蔡邕比之俳優。其餘風遺文，蓋蔑如也。

自獻帝播遷，文學蓬轉，建安之末，區宇方輯。魏武以相王之尊，雅愛詩章；文帝以副君之重，妙善辭賦；陳思以公子之豪，下筆琳琅。並體貌英逸，故俊才雲蒸。仲宣委質於漢南，孔璋歸命於河北，偉長從宦於青土，公幹徇質於海隅。德璉綜其斐然之思，元瑜展其翩翩之樂。文蔚休伯之儔，于叔德祖之侶。傲雅觴豆之前，雍容衽席之上。灑筆以成酣歌，和墨以藉談笑。觀其時文，雅好慷慨。良由世積亂離，風衰俗怨，並志深而筆長，故梗概而多氣也。至明帝纂戎，制詩度曲，徵篇章之士，置崇文之觀。何劉群才，迭相照耀。少主相仍，唯高貴英雅，顧盼合章，動言成論。於時正始餘風，篇體輕澹，而嵇阮應繆，並馳文路矣。

　　逮晉宣始基，景文克構，並跡沈儒雅，而務深方術。至武帝惟新，承平受命，而膠序篇章，弗簡皇慮。降及懷愍，綴旒而已。然晉雖不文，人才實盛：茂先搖筆而散珠，太冲動墨而橫錦。岳湛曜聯璧之華，機雲摽二俊之采。應傅三張之徒，孫摯成公之屬，並結藻清英，流韻綺靡。前史以爲運涉季世，人未盡才，誠哉斯談，可爲歎息！

　　元皇中興，披文建學，劉刁禮吏而寵榮，景純文敏而優擢。逮明帝秉哲，雅好文會。升儲御極，孳孳講藝，練情於誥策，振采於辭賦。庾以筆才逾親，溫以文思益厚。揄揚風流，亦彼時之漢武也。及成康促齡，穆哀短祚，簡文勃興，淵乎清峻。微言精理，函滿玄席。澹思濃采，時灑文囿。至孝武不嗣，安恭已矣。其文史則有袁殷之曹，孫干之輩。雖才或淺深，珪璋足用。自中朝貴玄，江左稱盛，因談餘氣，流成文體。是以世極迍邅，而辭意夷泰，詩必柱下之旨歸，賦乃漆園之義疏。故知文變染乎世情，興廢繫乎時序，原始以要終，雖百世可知也。

　　自宋武愛文，文帝彬雅，秉文之德，孝武多才，英采雲構。自明帝以下，文理替矣。爾其縉紳之林，霞蔚而飆起。王袁聯宗以龍章，顏謝重葉以鳳采。何范張沈之徒，亦不可勝也。蓋聞之於世，故略舉大較。

暨皇齊馭寶，運集休明。太祖以聖武膺籙，高祖以睿文纂業，文帝以貳離含章，中宗以上哲興運。並文明自天，緝遐景祚。今聖歷方興，文思充被。海岳降神，才英秀發。馭飛龍於天衢，駕騏驥於萬裡。經典禮章，跨周轢漢。唐虞之文，其鼎盛乎！鴻風懿采，短筆敢陳；颺言讚時，請寄明哲。

贊曰：蔚映十代，辭采九變。樞中所動，環流無倦。質文沿時，崇替在選。終古雖遠，曠焉如面。

【黃叔琳題注】

在本文開篇上方，黃氏題曰："文運升降，總萃此篇。今學子讀畢五經、史、漢後，以此等文進之，勝於多讀八家文也。"

【黃叔琳注】

野老：[帝王世紀]帝堯之世，天下太和，百姓無事，有老人擊壤而歌曰：日出而作，日入而息，鑿井而飲，耕田而食，帝力何有於我哉！

郊童：[列子]堯治天下五十年，不知天下治與不治，乃微服遊於康衢，聞童謠云：立我蒸民，莫匪爾極，不識不知，順帝之則。

薰風：見明詩篇。

爛云：見通變篇。

猗歟：[鄭康成詩譜]湯受命定天下，後世有中宗高宗者，此三主有受命中興之功，時有作詩頌之者，商德之壞，武王伐紂，封紂兄微子啟為宋公，七世至戴公時，大夫正考父校商之名頌十二篇於周太師，以那為首，其首章曰：猗歟那歟！

周南：[詩小序]關雎麟趾之化，王者之風，故繫之周南，言化自北而南也。

邠風：[詩譜]豳者，后稷之曾孫曰公劉者，自邰而出，所徙戎狄之地名。至商之末世，太王又避戎狄之難，而入處於岐陽。成王之時，周公避流言之難，出居東都，思公劉太王居豳之職，憂念民事至苦之功，以比序己志，後成王迎而反之，太史述其志主於豳公之事，故別其詩以爲豳國變風焉。

幽厲：［詩小序］板，凡伯刺厲王也。蕩，召穆公傷周室大壞也。厲王無道，天下蕩蕩，無綱紀文章，故作是詩也。

平王：［詩注疏］平王東遷，政遂微弱，不能復雅，下列稱風。［詩黍離章注］周既東遷，大夫行役至于宗周，過故宗廟宮室，盡爲禾黍，閔周室之顛覆，徬徨不忍去，故賦其所見。

泥蟠：［班固答賓戲］泥蟠而天飛者，應龍之神也。

五蠹六蝨：見諸子篇。

莊衢：［騶奭傳］頗采騶衍之術以紀文，齊王嘉之，自如淳于髡以下皆命曰列大夫，爲開第康莊之衢，高門大屋尊寵之。

蘭臺：見夸飾篇景差注。

荀卿：［荀卿傳］卿適楚，春申君以爲蘭陵令。

稷下：［孟子傳］自鄒衍與齊之稷下先生如淳于髡慎到環淵接子田駢騶奭之徒，各著書言治亂之事以干世主，豈可勝道哉。索隱曰：稷，齊之城門也，謂齊之學士集於稷門之下也。

談天雕龍：見諸子篇。

燔書：［秦始皇本紀］李斯奏請史官非秦記皆燒之，非博士官所職，天下敢有藏詩書百家語者，悉詣守尉雜燒之，令下三十日不燒，黥爲城旦，制曰可。

戲儒：［酈食其傳］騎士曰：沛公不喜儒，諸客冠儒冠來者，沛公輒解其冠，溺其中。

禮律草創：［漢禮樂志］漢興，撥亂反正，日不暇給，猶命叔孫通制禮儀，以正君臣之位，未盡備而通終。［律曆志］漢興，方綱紀大基，庶事草創，襲秦正朔，以北平侯張蒼言，用顓頊曆比於六曆。

大風：見樂府篇。

鴻鵠：［留侯世家］上欲易太子，留侯諫不聽。及燕置酒，太子侍，

371

東園公甪里先生綺里季夏黃公四人從太子。上召戚夫人曰：彼四人輔之，羽翼已成，難動矣。戚夫人泣。上曰：爲我楚舞，吾爲若楚歌。歌曰：鴻鵠高飛，一舉千里，羽翮已就，橫絕四海，橫絕四海，當可奈何！雖有矰繳，尚安所施。

文景：[漢書]孝文皇帝，高祖中子也，孝景皇帝，文帝太子也。贊曰：周云成康，漢言文景，美矣。

賈誼：[賈誼傳]天子議以誼任公卿之位，絳灌東陽侯馮敬之屬盡害之，迺毀誼曰：洛陽之人，年少初學，專欲擅權，紛亂諸事，於是天子後亦疎之，不用其議，以誼爲長沙王太傅。

鄒枚：鄒陽見前。[枚乘傳]景帝召拜乘爲宏農都尉，乘久爲大國上賓，與英俊並遊，得其所好，不樂郡吏，以病免官。

孝武：[漢武帝紀贊]孝武初立，表章六經，興太學，號令文章，煥焉可述，後嗣得遵洪業，而有三代之風。

柏梁：見明詩篇。

金堤：[漢溝洫志]武帝既封禪，發卒數萬人塞瓠子決河，上悼功之不成，迺作歌。卒塞瓠子，築宮其上，名曰宣防。[王尊傳]河水盛溢，泛浸瓠子金堤。

蒲輪：[枚乘傳]武帝自爲太子聞乘名，及即位，迺以安車蒲輪徵乘。

鼎食：[主父偃傳]尊立衛皇后，及發燕王定國陰事，偃有功焉。大臣皆畏其口，賂遺累千金。人或說偃曰：太橫矣。主父曰：丈夫生不五鼎食，死即五鼎烹耳。

對策：見議對篇。

疑奏：見附會篇欸奇注。

負薪：[朱買臣傳]家貧，常艾薪樵賣以給食。拜會稽太守，上謂曰：富貴不歸故鄉，如衣錦夜行，今子何如？

滌器：[司馬相如傳]相如與文君俱之臨邛，盡賣車騎，買酒舍，乃令文君當壚，相如身自著犢鼻褌，與庸保雜作，滌器於市中，後爲中郎將。至蜀，太守以下郊迎，縣令負弩矢先驅，蜀人以爲寵。

壽王：［吾邱壽王傳］年少以善格五召待詔，後爲光祿大夫侍中。

嚴：［嚴安傳］安，臨菑人，以故丞相史上書爲騎馬令。

終：［終軍傳］軍少好學，以辯博能屬文，上書言事，武帝異其文，拜爲謁者給事中。

枚皋：［枚皋傳］皋不通經術，詼笑類俳倡，爲賦頌好嫚戲，以故得媟黷貴幸，比東方朔郭舍人等，而不得比嚴助等得尊官。

昭：［漢昭帝紀］孝昭皇帝，武帝少子也，武帝崩，即皇帝位。

宣：［漢宣帝紀］孝宣皇帝，武帝曾孫，戾太子孫也。昭帝崩，徵昌邑王，王淫亂，大臣請廢，迎帝即皇帝位。

石渠：見論說篇。

雕篆：見詮賦篇。

綺縠：同上。

底祿：［左傳］叔向曰：底祿以德。

元：［漢元帝紀］孝元皇帝，宣帝太子也，宣帝微時生民間，宣帝即位，立爲太子，壯大，柔仁好儒，宣帝崩，太子即皇帝位。

成：［漢成帝紀］孝成皇帝，元帝太子也，元帝崩，即皇帝位。

金馬：［滑稽傳］東方朔歌曰：陸沈於俗，避世金馬門。

千首：見詮賦篇。

六藝：［漢藝文志］劉歆七略有六藝略，詳諸子篇。

哀平：［漢哀帝紀］孝哀皇帝，元帝庶孫，定陶恭王子也，成帝無子，立爲皇太子，成帝崩，即皇帝位。［漢平帝紀］孝平皇帝，元帝庶孫，中山孝王子也，哀帝崩，即皇帝位。

光武：［後漢光武帝紀］光武皇帝諱秀，長沙定王之後，誅王莽復漢。

圖讖：見正緯篇。

免刑：［後漢文苑傳］杜篤收送京師，會大司馬吳漢薨，光武詔諸儒誄之，篤於獄中爲誄最高，帝美之，賜帛免刑。

參奏：［班彪傳］彪爲河西大將軍竇融畫策事漢，及融徵還京師，光武問曰，所上章奏，誰與參之？融以彪對，召見，拜徐令。

373

明帝：[後漢明帝紀]孝明皇帝諱莊，光武第四子也。

璧堂：璧雍，明堂也。[通鑑]明帝永平二年，上帥群臣躬養三老五更於辟雍，禮畢，上自爲下説，諸儒執經問難於前，冠帶縉紳之士，圜橋門而聽者，以億萬計。

虎觀：見論説篇。

國史：見史傳篇述漢注。

給札：[賈逵傳]有神雀集宮殿官府，帝問逵，逵對曰：此胡降之徵也，帝敕蘭臺給筆札，使作神雀頌。

東平：[後漢東平憲王傳]蒼少好經書，雅有智思，上光武受命中興頌，帝甚善之。

沛王：見正緯篇。

安和順桓：[後漢帝紀]孝和皇帝諱肇，肅宗第四子也。孝安皇帝諱祐，肅宗孫也。孝順皇帝諱保，安帝之子也。孝桓皇帝諱志，肅宗曾孫也。

班：固。

傅：毅。

三崔：駰瑗寔。

王：延壽。

馬：融。

張：衡。

蔡：邕，俱見前。

靈帝：[後漢靈帝紀]孝靈皇帝諱宏，肅宗元孫也。[蔡邕傳]初，帝好學，自造羲皇篇五十章，因引諸生能爲文賦者本頗以經學相招，後諸爲尺牘及工書鳥篆者，皆加引召，遂至數十人，侍中祭酒樂松賈護多引無行趨勢之徒，並待制鴻都門下，熹陳方俗閭里小事，邕上封事曰：連偶俗語，有類俳優。[楊賜傳]虹蜺晝降嘉德殿前，賜書對曰：鴻都門下，招會群小，如驩兜共工，更相薦説。

獻帝：[後漢獻帝紀]孝獻皇帝諱協，靈帝中子也，初封陳留王，董卓立之，建安二十五年，禪于魏。贊曰：獻生不辰，身播國屯。

蓬轉：[西征賦]飄萍浮而蓬轉。

魏武：[魏志]太祖武皇帝姓曹，諱操，字孟德。舉孝廉，爲郎，遷丞相，封魏王，文帝追諡曰武皇帝。

文帝：[魏志]文皇帝諱丕，字子桓，武帝太子也。建安十六年，爲五官中郞將副丞相，二十二年，立爲魏太子。太祖崩，嗣位爲丞相魏王，受漢禪，即皇帝位。

陳思：[魏志]陳思王植字子建，善屬文，鄴銅爵臺新成，太祖悉將諸子登臺，使各爲賦，植援筆立成可觀，太祖甚異之。

體貌：[賈誼傳]體貌大臣。[注]體貌，謂加禮容而敬之。

俊才雲蒸：仲宣，孔璋，偉長，公幹，德璉，元瑜，于叔俱見前。[典略]路粹字文蔚，與陳琳等俱爲太祖典記室。繁欽字休伯，以文才機辯，少得名於汝潁，爲丞相主簿。楊修字德祖，太尉彪之子也，爲丞相倉曹屬主簿。

梗概：按[文選東京賦注]云：不纖密，則是大概之意，此處運用各別，查字典引劉楨魯都賦云：貴交尚信，輕命重氣，義激毫毛，怨成梗概，是直作感慨用也。

明帝：見前。

度曲：[漢書]元帝吹洞簫，自度曲。[注]自隱度作新曲。

崇文觀：[魏志]明帝四年，置崇文觀，徵善屬文者以充之。

何：晏。

劉：劭，俱見前。

高貴：[魏志]高貴鄉公諱髦，東海定王之子，齊王芳廢，大臣立之，爲成濟所弒。

正始餘風：[世說]王丞相與殷中軍共談，歎曰：正始之音，正當爾耳。又王敦見衞玠曰：不意永嘉之中，復聞正始之音。

嵇：康。

阮：籍。

應：瑒。

繆：襲。俱見前。

晉宣景文武懷愍：[晉書]司馬懿字仲達，仕魏爲太尉，武帝即位，追諡宣皇帝。懿長子師，字子元，仕魏爲大將軍，追諡景皇帝。師弟昭，字子上，仕魏封晉王，追諡文皇帝。昭子炎，字安世，受魏禪，諡武皇帝。懷皇帝諱熾，武帝第二十五子也。惠帝無嗣，立爲皇太弟，在位六年，爲劉曜執歸，弒之。孝愍皇帝諱鄴，吳孝王晏之子也，初封秦王，懷帝遇害，大臣立之，在位四年，爲劉曜執歸，弒之。

綴旒：[公羊傳]君若贅旒然，言爲下所執持東西耳。贅亦作綴。

文才實盛：茂先，太沖，應璩，傅咸，張載，張協，張亢，孫綽，摯虞，成公綏，俱見前。[晉文苑傳]應貞，字吉甫，璩之子也，善談論，以才學稱，帝於華林園宴射，貞賦詩最美。

聯璧：[夏侯湛傳]湛幼有盛才，文章宏富，善構新詞，而美容觀，與潘岳友善，每行止同輿接茵，京都謂之聯璧。

二俊：[陸機傳]太康末，與弟雲俱入洛，造張華，華素重其名，如舊相識，曰，伐吳之役，利獲二俊。

元皇：[晉元帝紀]元皇帝諱睿，字景文，琅琊恭王覲之子也，愍帝崩，即皇帝位。

劉：[劉隗傳]隗字大連，雅習文史，善求人主意，元帝深器遇之。

刁：[刁協傳]協字元亮，久在中朝，諳練舊事，朝廷凡所制度，皆稟於協焉。

明帝：[晉明帝紀]明皇帝諱紹，字道畿，元皇帝長子也，性至孝，有文武才略，欽賢愛客，雅好文辭。

庾：[庾亮傳]亮，明穆皇后之兄也，與溫嶠俱爲太子布衣之好，明帝即位，拜中書監。

溫：[溫嶠傳]嶠字太真，明帝即位，拜侍中，機密大謀，皆所參綜。

成康穆哀：[晉書]成皇帝諱衍，字世根，明帝長子也，在位十七年。康皇帝諱岳，字世同，成帝同母弟也，在位二年。穆皇帝諱聃，字彭子，康帝子也，在位七年。哀皇帝諱丕，字千齡，成帝長子也，在位三年。

簡文：[晉簡文帝紀]簡文皇帝諱昱，字道萬，元帝之少子也，帝少有風儀，善容止，留心典籍，不以居處爲意，凝塵滿席湛如也。

孝武安恭：[晉書]孝武帝諱曜，字昌明，簡文第三子也，在位二十四年。安帝諱德宗，孝武帝長子也，在位二十年。恭帝諱德文，安帝同母弟也，劉裕廢安帝立之，在位二年，禪於宋。

袁殷孫干：袁宏，孫盛，干寶，俱見前。[殷仲文傳]仲文少有才藻，桓元將爲亂，使總領詔命，以爲侍中，領左衛將軍，元九錫，仲文之辭也。

柱下：[法輪經]老子在周武王時爲柱下史。

漆園：[史記]莊子者，蒙人也，名周，嘗爲蒙漆園吏。

武帝文帝孝武明帝：[宋書]武皇帝劉氏諱裕，彭城人，受晉恭帝禪。文皇帝諱義隆，武帝第三子也，檀道濟廢營陽王立之。孝武皇帝諱駿，文帝第三子也，初封武陵王，起兵誅元凶劭即位。明皇帝諱彧，文帝第十一子也，初封湘東王，廢帝被弒，大臣迎立之。

王：[宋書]王僧達，少好學，善屬文，爲始興王濬參軍，歷遷中書令。王微，少好學，無不通覽，善屬文，年十六舉秀才，除南平王鑠右軍諮議參軍，素無宦情，稱疾不就。

袁：[宋書]袁淑博涉多通，好屬文，辭采遒豔，縱橫有才辯，彭城王起爲祭酒，後遷至左衛率，元凶將爲弒逆，淑諫見害。淑兄湛，湛兄子顗，顗從弟粲並有名。

龍章：[世說]顧彥先八音之琴瑟，五色之龍章。

顔：[顔延之傳]延之文章之美，冠絕當時，與謝靈運俱以詞采齊名，江左稱顔謝焉。

謝：[謝靈運傳]靈運博覽群書，文章之美，江左莫逮，史臣曰：爰逮宋氏，顔謝騰聲，靈運之興會標舉，延年之體裁明密，並方軌前秀，垂範後昆。

鳳采：[水經注]廬山上有三石梁，吳猛將弟子登山過此梁，見一翁坐桂樹下，山川明净，風澤清曠，嘉遁之士，繼響窟巖，龍潛鳳采之賢，往者忘歸矣。

何范張沈：[南史何遜傳]遜弱冠，州舉秀才，范雲見其對策，大相稱賞，因結忘年交，謂所親曰：頃觀文人，質則過儒，麗則傷俗，其能含清濁，中今古，見之何生矣。沈約嘗謂遜曰：吾每讀卿詩，一日三復，猶不能已。［范雲傳］雲善屬文，下筆輒成，時人疑其宿構。［張邵傳論］有晉自宅淮海，張氏無乏賢良。及宋齊之間，雅道彌盛，前則云敷演鏡暢，蓋其尤著者也。然景徹敬愛之道，少微立履所由，其殆優矣。思光行己卓越，非常俗所遵，齊高帝所云：不可有二，不可無一，斯言其幾得矣。［沈約傳］約博通群籍，能屬文。

皇齊：［南齊高帝紀］高皇帝諱道成，字紹伯，姓蕭氏，仕宋封齊王，受宋禪。［南史］齊高帝蕭道成，廟號太祖，武帝蕭賾，廟號世祖。文惠太子蕭長懋，追尊爲文帝，廟號世宗。明帝蕭鸞，廟號高宗，並無中宗高祖。

貳離：［易離卦］彖曰：重明以麗乎正。象曰：明兩作離。

環流：［鶡冠子］物極則反，命曰環流。

【紀昀評語】

在上録黄叔琳題語後，紀氏題曰："此評謬陋！"

在本篇之末上方，紀氏題曰："闕當代不言，非惟未經論定，實亦有所避於恩怨之間。"

【劉永濟校字】

明帝疊耀。

按"帝"乃"章"誤。此稱兩朝，故曰"疊耀"。下文肆禮璧堂，明帝事也；講文虎觀，章帝事也。

于叔、德祖之侣。

按"于叔"乃"子淑"之誤。邯鄲淳字子淑，黄初中爲博士給事中，舊作"子俶"，"俶"亦"淑"誤。

緝遐景祚。

按元作"緝熙"不誤，此用《詩》"維清緝熙"也。

【劉永濟釋義】

本篇總論十代文運升降之故，文皆順序，區段分明。然贊有"辭采九變"之言，詳審篇旨，蓋除宋齊不論外，自上古至兩晉，文章風氣，約有九變也。今釋如後：陶唐世質，民謠樸野，及虞廷賡歌，有雍容之美，乃心樂聲泰之文，此一變也。三代之文，由詠功頌德，變而爲刺淫譏過，此二變也。戰國諸子朋興，齊楚稱盛，齊尚雄辯，楚富麗辭，皆出縱橫之詭俗；西漢文變雖多，不外屈宋餘響，此三變也。東漢中興以後，順桓以前，稍改西京之風，漸靡經生之習，由麗辭而爲儒文，此四變也。靈帝以後，學貴墨守，文亦散緩，其時作者，類多淺陋，比之俳優；文章風氣，由盛而衰，此五變也。漢末大亂，民怨沸騰，魏武雄興，志存戡定，文帝纂業，雅好詞華，影響所及，文風亦慷慨而多氣，此六變也。魏明以後，玄言漸盛，慷慨之氣，至此稍衰，"篇體輕澹"，此七變也。西晉承流，文家苦其輕澹，乃有"結藻清英，流韻綺麗"之文，此八變也。元帝南渡，君臣晏安，士氣頹廢，加以玄風大扇，故"世極迍邅，而辭意夷泰"，此九變也。宋齊世近，作者尚多生存，又皆顯貴，舍人存而不論，非但是非難定，且亦有所避忌也。故列代雖十，而衡論文變，止及晉世。觀其所論，固已綱舉目張，不可不謂之閎通之士矣。

"故知暐燁之奇意，出乎縱橫之詭俗"二句，深得屈宋文體流變之故，與實齋章氏論戰國文體出於行人辭命之說，可謂曠世同調。屈子主連齊抗秦，與子蘭上官之主合秦者異趣，故遭貶斥，是屈子亦近縱橫家也。漢初人士多習縱橫長短之說，而賦家如賈誼、司馬相如、枚乘、嚴忌、鄒陽之徒，皆有戰代馳說之習，但高祖已厭縱橫，文景務崇清淨，故賈誼抑而鄒枚沉，於是縱橫之士，無所用之，乃折入辭賦；及武帝之世，此風已成，而賦人亦漸爲帝王所重，其間因緣，固甚明白；舍人二語，已足窺見本源。實齋演之，遂成名論。其語可參看拙編《文學通史·論漢代辭賦》章中。惟漢初縱橫馳說之士，雖不容於王朝，而其時諸侯，如吳、梁、淮南，皆承戰國養士之風，士之習長短、善辭賦者，遂乃游食藩封，以資貴顯。故武帝以前，王朝雖辭人勿用，藩國則文彩足觀。本篇於此，付之闕如，似不免於疎闊。

本篇前有"雖世漸百齡，辭人九變"之句，後贊復有"蔚映十代，辭采九變"之文，讀者每易迷罔。前之九變，如以高惠迄成九代釋之，義殊未安；蓋文變不可以代論，且按文義求之，亦與九數不符也。是則前之九變，九乃虛數，與九變之貫意同，極言西漢文家，雖曰多變，要不出屈賦之外也。故下文即繼以"大抵所歸，祖述《楚辭》"，不可與贊中九變之辭混同。

本書《通變》篇、《才略》篇，皆有都舉歷代文變之詞。《通變》篇有九代六變之說，九代者，一黃帝、二唐、三虞、四夏、五商、六周、七漢、八魏、九晉也。六變者，一"黃唐淳而質"，二"虞夏質而辨"，三"商周麗而雅"，四"楚漢侈而豔"，五"魏晉淺而綺"，六"宋初訛而新"。數代則依政治歷史爲分限，論變則據文學風尚以區判，與本篇所論，正可參看。《才略》篇歷舉虞、夏、商、周、春秋、戰國、漢、魏、晉，九代文人之辭令華采以衡論，而篇末又曰："後漢才林，可參西京；晉世文苑，足儷鄴都；魏時話言，必以元封爲稱首；宋來美談，亦以建安爲口實。"其分畫止四，似與六變、九變之旨不合。蓋本篇與《通變》論其異，《才略》則標其同，言各有當也。

復次，三篇舉代，皆不數秦。本篇於戰代特標齊楚，《才略》於列國兼舉李斯，其故有可得而言者。蓋嬴秦力征，享國未久，風會未成，又自商鞅以來，力主法治，無文學之美也，此證以本書他篇可知。《詮賦》篇曰："秦世不文，乃有雜賦。"《奏啟》篇曰："秦始立奏，而法家少文，觀王綰之奏勳德，辭質而義近，李斯之奏驪山，事略而意誣。政無膏澤，形於篇章。"《封禪》篇曰："秦皇銘岱，文自李斯，法家辭氣，體乏弘潤。"總觀所論，大抵以法家之辭質直嚴酷而少文。然李斯《諫逐客》一書，亦辨麗可觀，比之漢代諸家，允無愧色。舍人不以李氏冠冕秦文者，殆以斯故楚人，漸染楚風，可謂戰國之文，不可謂秦世之文邪？及斯既相秦，政主更新，文章體勢，亦異前轍，故舍人以之與王綰並論。他如銘金刻石之文，皆別具嚴峻渾重之氣，則真秦人之文矣。申耆李氏謂："秦相他文，無不詄麗，頌德立石，一變而樸渾，其詞其氣，便欲破除《詩》《書》，自作古始。"此語大足發舍人之餘蘊。其所謂他文詄麗者，亦指《諫逐客》一篇耳。學者合觀比論，則於戰國秦漢文風流變之故，可以通其消息矣。

建安文學，論者多以尚氣目之，皆原本舍人此論。前釋《風骨》篇義，已發其凡。惟風會之興，必有其源，建安文學尚氣之源，亦有可得而言者：蓋東漢自明章崇儒，經術久漸，學尚墨守，憚於闡發，經生之文，類多散緩，淺人爲之，遂成冗漫；安和之世，文風已敝，《御覽》引《後漢書》陳忠安帝時人。《奏選尚書郎》曰："尚書出納帝命，爲王喉舌，而諸郎多文俗吏，鮮有雅才，每爲詔文，宣示内外，轉相求請。"故舍人《詔策》篇曰："安和政弛，禮閣鮮才，每爲詔敕，假手外請。"降及靈帝，雖好辭製，而當時鴻都之士，大抵浮華無實，已不足振藻揚芬，而依託聲光者，本無才學，虛冒文名，乃出之請託，醜聲四溢，是以陽球、楊賜、蔡邕諸君，交相詆斥，指爲妖妄，此則不特文學衰微之憂，實乃人心澆漓之象也。加以獻帝末季，天下大亂，風俗偷薄，魏武救之以名法，務爲清峻，而海宇多事，才士皆有慷慨靖亂之心，言爲心聲，發而不覺，文舉、正平之文已然，至建安諸子，而風會遂成，故《典論·論文》直揭宗風，而倡主氣之説。舍人"世積亂離，風衰俗怨，並志深而筆長，故梗概而多氣"四語，識解甚高，誠溯河窮源之論矣。參以《風骨》篇之言，知舍人之志，蓋欲以氣質卓犖之文，一救當世靡麗闡緩之弊，特以人微言輕，曲高和寡，不足以振蕩一世豪傑，故雖邂遇休文，亦不過賞其深得文理而已，不足以當起衰之任也。及韓愈氏崛起於唐，倡爲古文，以挽時弊，後世尊奉之不能外；今觀其持論，頗於主氣之旨相近。而李德裕《窮愁志》，則更明揭《典論》主氣之言而發揮，唐運衰而不絕者，於此可以窺其故矣。

兩晉文風，約存二源：一者建安尚氣之變體，二者正始明道之餘風，而其端則皆見於魏晉禪讓之際。嵇康、阮籍，其領袖也。"嵇志清峻"，而辭復壯麗，足矯正始之頹風；"阮旨遥深"，而文亦豔逸，實接建安之芳軌。然嵇變正始之頹風，猶具建安之健骨，阮接建安之芳軌，

381

卻沿正始之流波；一用逆挽，一爲沿變，此又二子異中之同也。逮晉元康，潘陸特秀，沈休文稱其"律異班賈，體變曹王，縟旨星稠，繁文綺合，綴平臺之逸響，採南皮之高韻"。可知二家之作，固沿建安之流而加以繁縟者也。此舍人所謂"結藻清英，流韻綺靡"之文也。南渡之初，孫許稱盛，鍾仲偉稱"永嘉時貴黃老，稍尚虛談，於時篇什，理過其辭，淡乎寡味，爰及江左，微波尚傳，孫綽、許詢、桓、庾諸公，詩皆平典，似道德論，建安風力盡矣"。沈休文亦謂"在晉中興，玄風獨扇，爲學窮於柱下，博物止乎七篇，馳騁文辭，義殫乎此。自建武暨於義熙，歷載將百，雖比響聯辭，波屬雲委，莫不寄言上哲，託意玄珠，遒麗之辭，無聞焉耳"。合觀鍾、沈之説，可知正始餘波，浸淫甚遠。孫、許在當時鬱爲文宗，雖亦近沿潘、陸之風，實則直紹正始之統。由是觀之，兩晉文學，各有殊尚，西晉以放誕爲歸，彌近嗣宗；江左用名理相尚，微同叔夜，而其領袖之者，厥惟潘陸孫許四人，然潘陸之文，流布甚遠，孫許之作，寥若晨星，豈非遒麗之辭無聞，平典之語難好哉！劉宋纂統，顏謝騰聲，雖組練之工，則精於太康，曠達之情，猶規乎正始。舍人以爲"莊老告退，山水方滋"，實乃寄玄思於山水，運人巧出天然，二派至此，殆已有合流之勢；故二子聲名，卓犖一世，而後之作者，莫能外焉。六代文學，由盛轉衰，此其中樞矣。休文謂"延之俊發遜謝，深密過之"，鮑照稱"靈運自然可愛，延年雕繢滿眼"，二家之同異優劣，亦可以概見矣。

晉宋文家，除上舉六人外，其矯然出群者，尚有左思太沖，雖與潘陸同時，而意致高渾；劉琨越石、郭璞景純，雖生永嘉之代，而體氣清剛。他如蕭子顯《南齊書論》"仲文玄氣，猶不盡除；謝混情新，得名未盛"。休文稱"殷仲文始革孫許之風，謝叔源大變太元之氣"，亦一時傑出之才也。若舉江左三百年文人而概論之，則惟淵明一人，可謂遺世獨立。論其品格，直將糠粃曹王，遑論潘陸。然而以顏光祿之深交，昭明太子之雅好，鍾記室之精識，劉舍人之博聞，或未之得知，或知之未盡。故知文學之事，亦復榮枯有時，特光曜果存，翳蔽終顯，此亦學者所當知者也。

齊梁短祚，文學風尚，略約相同。《南齊書・文學傳論》謂：當世文家，其源不出三途：一爲謝靈運，一爲傅咸、應璩，一爲鮑照。梁簡文《與湘東王書》謂："時人好效謝康樂、裴鴻臚。"《梁書・文學傳序》謂：於時作者，有沈約、江淹、任昉諸人。《南史・陸厥傳》謂：永明末，盛爲文章者，有沈約、謝朓、王融、周顒，世呼永明體。證以舍人所論"儷采百字之偶，爭價一句之奇《明詩》。體情之製日疎，逐文之篇愈甚"《情采》。"厭黷舊式，穿鑿取新"《定勢》。精慮造文，各競新麗，多欲練辭，莫肯研術"《總術》。"窺情風景之上，鑽貌草木之中"《物色》。諸文，大抵不外致思力於聲音色澤之間，以求勝昔人而已。至論其流弊，則或曰"採濫"、或曰"愛奇"、或曰"浮詭"、或曰"訛變"、或曰"習華隨侈"、或曰"爭光鬻采"、或曰"曲寫毫芥"，合而參之，知爾時作者，非無佳篇，領袖諸人，亦非悉中此弊，特風會之衰，實由西施工顰，遂令東施獻醜。然則舍人諸論，雖未揭舉名氏，而其意固在指斥當時領袖諸賢也。

晉宋之際，作者爲文，漸重聲色之美，於是聯對徵事之功，亦因之增重，且有以此夸洽聞、詫流俗者，齊梁之際，此風彌盛。觀鍾仲偉《詩品》中《序》，衡論當時文士用事之弊曰："夫屬詞比事，乃爲通談，若乃經國文符，應資博古，撰德駁奏，宜窮往烈，至乎吟詠情性，亦何貴於用事？'思君如流水'，既是即目；'高臺多悲風'，亦惟所見；'清晨登隴首'，羌無故實；'明月照積雪'，詎出經史？觀古今勝語，多非補假，皆由直尋。顏延謝莊，尤爲繁密，於時化之，故大明泰始中，文章殆同書鈔。近任昉、王元長等，詞不貴奇，競須新事，爾來作者，寖以成俗，遂乃句無虛語，語無虛字，拘攣補衲，蠹文已甚！但自然英旨，罕值其人，文既失高，則宜加事義，雖謝天才，且表學問，亦一理乎。"記室所評，雖專於詩篇，實通於文筆。蓋天才既絀，風力已衰，於是不得不以記誦爲之。考史傳所記齊梁人士，如姚察、王僧孺等，並稱其多用新事，人所未見；王諶、劉峻等亦稱：當時貴人，多使賓客隸事，以多爲貴，而類書之作，乃盛極一時。如《南史・劉峻傳》云："安成王秀使撰《類苑》，凡一百二十卷。武帝即命諸學士撰《華林徧略》以高之。"《杜子偉傳》云："與劉陟等鈔撰群書，各爲題目，《庾肩吾傳》及《陸罩傳》云："簡文撰《法寶聯璧》與群士鈔撮區分。"《周書·庾信傳》謂："徐庾父子四人，徐摛子陵、庾肩吾子信。並爲太子鈔撮學士。"是乃記誦不足，又輔之以鈔撮之功也。其餘波至於唐初而未絕。今傳歐陽詢、令狐德棻等撰之《藝文類聚》一百卷、虞世南撰之《北堂書鈔》一百七十三卷、徐堅韋述等撰之《初學記》三十卷，皆其流風。即此一端，亦可以覘爾時文人風尚所在矣。

附《隋書·經籍志》及《唐書·藝文志》所載宋齊至唐初各家類書略目如後：

《纂要》一卷，戴安道撰。亦云顏延之撰。按《唐書·藝文志》甲部小學類，有顏延之《纂要》六卷。汪師韓《文選理學權輿》云："《文選注》所引群書，有顏延之《纂要解》。"據此，是延之爲戴書作解，非別有一書也。其多至六卷者，或有增加耳。

《袖中記》二卷，沈約撰。《袖中略集》一卷，沈約撰。《珠叢》一卷，沈約撰。

《採璧》三卷，梁中書舍人庾肩吾撰。

以上各書，《隋志》列之子部雜家，與庾仲容《子鈔》等爲類，似係雜鈔各書，而非按類區分者，猶非真類書之體也。

《皇覽》一百二十卷，繆卜等撰。梁六百卷。梁又有《皇覽》一百二十三卷。何承天合《皇覽》五十卷。徐爰合《皇覽目》四卷。又有《皇覽鈔》二十卷。梁特進蕭琛鈔，亡，按《唐志》曰："何承天并合《皇覽》一百二十二卷。徐爰并合《皇覽》八十四卷。"

按清侯康《補三國藝文志》子雜家類，有《皇覽》六百八十卷。自注："魏文帝命王象繆卜等撰。"後又引《曹爽傳》注引《魏略》云："桓範以有文學，與王象等典集《皇覽》。"又《楊俊傳》注引《魏略》云："王象字羲伯，受詔撰《皇覽》。"自注："合四十餘部，有數十篇，通合八百餘萬字。"又引《御覽》六百一引《三國典略》曰："祖珽等上言，昔魏文帝命韋誕諸人撰著《皇覽》，包括群書，區分義別。"又引《史記索隱》卷一云："《皇覽》記先代冢墓之處，宜皇之省覽，故曰《皇覽》。"又作按語曰："《御覽》禮儀部三十九、引《皇覽·冢墓記》二十餘條，《水經注》引《皇覽》十三條，言冢墓者十之九。冢墓，蓋即四十餘部中之一。《御覽》卷五百九十又引《皇覽·記陰謀》，疑亦書中篇名也。《論語·三省章釋文》稱：《皇覽》引魯讀六事，則兼及經義，此《魏文帝紀》所謂"撰集經傳，隨類相從者，蓋後世類書之濫觴，故無不包矣"。今按此類書之始也。梁六百卷者，梁世有所增益也。梁又有一百二十三卷者，原書卷數外，或加目錄及序也。何承天合并爲五十卷，徐爰并合《皇覽》，卷數增多，或有附益，今不可考矣。

《帝王集要》三十卷，崔安撰。按《唐志》有《帝王要覽》三十卷，列入類書類，無撰人，不知即此否？

《類苑》一百二十卷，梁征虜刑獄參軍劉孝標撰。《唐志》同。梁七錄八十二卷。

《華林遍略》六百二十卷，梁綏安令徐僧權等撰。按《唐志》曰："徐勉《華林遍略》六百卷。"

《要錄》六十卷。《唐志》同。此下《唐志》有《檢事書》百六卷，此無。

《壽光書苑》二百卷，梁尚書左丞劉杳撰。《唐志》同。

《科錄》七十卷，元暉撰。《唐志》無。

《書圖泉海》二十卷，陳張式撰。按《唐志》曰："張式《書圖泉海》七十卷。"

《聖壽堂御覽》三百六十卷。按《唐志》有祖孝徵等《修文殿御覽》三百六十卷，當即此書。

《長州玉鏡》二百三十八卷。按《唐志》作虞綽等撰。《唐志》此下有諸葛穎《元門寶海》一百二十卷，《隋志》無。

《書鈔》一百七十四卷。按《唐志》有虞世南《北堂書鈔》一百七十三卷。

以上各書，《隋志》列《皇覽》後。《唐志》以《皇覽》以下至《戚苑英華》別出爲類書類。《隋志》《書鈔》以下爲釋氏譜，內典博要等書，皆類集釋典者，今不錄。錄《唐志》所載唐初各家書於後，以見其流風之遠。

《文思博要》一千二百卷，目十二卷，高士廉、房玄齡等奉詔撰。

《瑤山玉彩》五百卷，孝敬皇帝令許敬宗、孟利貞等撰。

《累璧》四百卷，又目録四卷，許敬宗等撰。

《東殿新書》二百卷，許敬宗、李義府奉詔撰。

《藝文類聚》一百卷，歐陽詢、令狐德棻、袁朗、趙弘智等同修。

《北堂書鈔》一百七十三卷，虞世南撰。

《策府》五百八十二卷，張太素撰。

《武后元覽》一百卷。

《三教珠英》一千三百卷，目十三卷，張昌宗、李嶠、崔湜、閻朝隱等撰。

《碧玉芳林》四百五十卷，孟利貞撰。

《玉藻瓊林》一百卷。

《筆海》十卷，王義方撰。

《元宗事類》一百三十卷。又《初學記》三十卷，張説類集要事，以教諸王，徐堅、韋述等分撰。

以上各書，《唐志》類列，以今存《類聚》《書鈔》《初學記》觀之，應皆相同。然《東殿新書》，《志》稱"自《史記》至《晉書》删其繁辭"，則屬史鈔之類。後又有劉秩《政典》、杜佑《通典》、蘇冕《會要》等書，亦與《類聚》《書鈔》不類。大抵分類鈔撮古事，取便檢索者，概曰類書耳，非純爲臨文取給之書也。蓋此風既成，擴而廣之，爲用亦溥，故後世不廢，至清代欽定之《古今圖書集成》而大備矣。顧此類之書，求其採撮有法，博而不蕪，精而不漏者，亦不多見。故宏博之士，不之貴焉。

梁陳之間，風尚亦略同。梁自簡文創爲宮體，朝野從流，競學輕靡。降及叔寶君臣，淫荒無時，游燕倡酬，辭尤側豔。江左王氣既衰，文運亦成流蕩，觀其時製，誠亡國之哀思也。《南史‧簡文帝紀》稱："帝方頤豐下，須鬢如畫，直髮委地，雙眉翠色，項毛左旋，連錢入背，手執玉如意，不相分辨，盼睞則目光燭人。"夫史述帝王容儀，乃柔麗姣好如狀妙婦，衡以舍人《體性》之論，其文辭輕豔，蓋有由矣。《隋書‧文學傳》謂："梁自大同之後，雅道淪缺，漸乖典則，爭馳新巧，簡文湘東，啟其淫放，徐陵庾信，分路揚鑣，其意淺而繁，其文匿而采，詞尚輕險，情多哀思，格以延陵之聽，蓋亦亡國之音乎。"又《經籍志·集部後論》曰："梁簡文之在東宮，亦好篇什；清辭麗製，止乎衽席之間，雕琢蔓藻，思極閨闈之内；後生好事，遞相倣習，朝野紛紛，號爲宮體，流宕不已，訖於喪亡。陳氏因之，未能全變。"由此觀之，文風之靡，極於大同以後，而始作俑者，厥惟簡文。故侯景責梁武十失，亦有"皇太子吐言止於輕薄，賦詠不出桑中"之語，雖出叛臣指斥之詞，抑亦當時之實錄也。惟史論徐庾，尚多未盡，蓋二子雖初漸南土浮靡之風，然自羈留北地，身更亂離，以傷惘之懷，發激越之調，文章體製，已異往時，未可以初製輕險之詞，概其晚年之作也。迄陳運既歇，隋高崛興北方，統一南土，煬帝初政，有志敦古，用北人貞剛之風，易南土浮豔之習，文學風氣，浸浸乎變新矣。雖末季淫荒，國祚不永，其力已足以結六朝之殘局，開李唐之先聲，政治轉變，及於文學，蓋有不期然而然者。論世者合秦隋兩代觀之，似天特設此奇局，爲漢唐擁篲清塵者然，亦可以覘文運升降之所由，非偶爾矣。

【劉永濟批語】

在《劉舍人文心雕龍十卷》（下册）之《時序》上的題語：

在《時序第四十五》篇目下，劉先生題曰："此論世之事也。"

在"齊開莊衢之第，楚廣蘭台之宮"句上，劉先生題曰："不數秦者，秦以法治其文，乏弘潤之氣也。"

在"故知暐燁之奇意，出乎縱橫之詭俗"上方，又題曰："此二句與實齋之論戰國文體出於行人辭，命意同。大抵戰國文學與縱橫之士合二爲一。及至西漢，方朔、相如，猶有餘風。西漢文學經術，有消長之勢。東漢崇儒，而後文士降心，遂有模擬經典一派。"又題曰："西京初興，雖不崇文，而藩王賓禮，文士雲集，吳楚其著者。似不可缺。"又題曰："楚元王交能治《詩》，其門下有鄒陽、穆生、白生、申公、韋孟、伍被，而枚乘、莊忌、司馬相如皆從容其間。故漢初好士，以楚爲盛。"又題曰："吳王濞亦好士，雖枚（乘）、鄒（陽）、嚴（忌）等亦遊其門，而縱橫之士爲盛。"又題曰："梁孝王招延四方豪傑，於是士之由吳來者甚多，如鄒（陽）、枚（乘）、嚴（忌）、司馬相如皆曾客梁。"又題曰："此風承自戰國，其初則魏文侯之師子夏，繼則齊威王之會稷門，而春申、孟嘗以上卿而館賢招士，於是文學遊談之風大盛。至漢祖龍興，力抑遊士，而遊談習政文學之士，仍寄食藩封。"又題曰："（漢）宣帝朝有王褒、劉向、張子僑、華龍、柳褒、被公等。"又題曰："（漢）元帝時匡衡以善《詩》爲丞相。"又題曰："（漢）成帝時有揚子雲、劉歆。"

在"子雲銳思於千首"句旁題曰："桓譚《新論》：子雲曰：能讀千賦，則善爲之也。"

在"五蠹六蝨，嚴於秦令"句上，劉先生題曰："五蠹：學者、言談者、帶劍者、串御者、商工之民。六蝨：《商君書·去彊篇》'農、商、官三者，國之常官也。三官者生蝨官者六：曰歲、曰食、曰玩、曰好、曰志、曰行'。蓋農之蝨，亦歲與食也；商之蝨，亦玩與好也；官之蝨，亦志與行也。"

在"明帝疊耀，崇愛儒術"句上，劉先生題曰："按'帝'字乃'章'字之訛。此稱兩朝，故曰疊耀。且觀下文'肄禮璧堂'，明帝事也；'講文虎觀'，章帝事也可知。"

在"公幹徇質於海隅"句上方，劉先生題曰："質，美也。曹植稱其'振藻'（見《與楊德祖書》），名實不爽曰質。徇，宣示也，猶言表美也。"

在"於淑、德祖之侶"句上方又題曰："'於淑'乃'子叔'之訛，邯鄲淳也。"

在"緝遐景祚"句"遐"字旁題曰"熙"。

爲說明"蔚映十代，辭采九變"，劉先生在正文中用數字標明時序如下：1."陶唐……"；2."有虞……"；3."大禹……"；4."成湯……"；5."姬文……"；6."有漢……"；7."魏武……"；8."晉宣……"；9."宋武……"；10."皇齊……"

在本篇眉批及夾註中，劉先生依據文中論述，輯錄歷代文壇事蹟、以及文人生平事蹟甚多，茲錄於下：

"明帝永平二年二月，臨辟雍，行大射禮，養三老五更禮明堂也。"

又題曰："明帝講經，在孔子宅之講堂。（班）固傳：永平初，固奏記東平王蒼，王納之。明帝以爲蘭臺令史。班固傳：'永平中始受詔，潛精積思二十餘年，至建初中乃成。'"

又題曰："《賈逵傳》：永平中，逵獻《左氏傳解詁》三十篇，《國語解詁》二十一篇。顯宗重其書，寫藏秘館。時有神雀集宮殿，帝敕蘭臺給筆札，使作《神雀頌》。拜爲郎，與(班)固並校秘書。"

又題曰："《張衡傳》：(和帝)永元中，舉孝廉不行。安帝特徵拜郎中。順帝初爲太史令，永和初出爲河間相，四年卒。"

又題曰："《(蔡)邕傳》：桓帝時召赴京師，稱疾不就。靈帝建寧中，召拜郎中。獻帝初平三年，以歡(董)卓死下獄，死於獄中。"

又題曰："《(傅)毅傳》：章帝時爲蘭臺令史，有《顯宗頌》。永元元年，爲竇憲司馬。"

又題曰："《(崔)駰傳》：永元初爲竇憲車騎將軍府主簿。《(崔)瑗傳》：順帝陽嘉四年，大將軍梁商辟爲幕府，舉茂才，爲汲令。《(崔)寔傳》：桓帝初，以至孝獨行，病不對策，除爲郎。"

又題曰："(王)延壽，(王)逸子。順帝時從父游魯，賦靈光殿，歸度湘水溺死，時年二十餘。"

又題曰："陽球《奏罷鴻都文學畫像疏》曰：鴻都文學樂松、江覽等三十二人，皆出於微賤，附托權豪。或獻賦一篇，或鳥篆盈簡，而位升郎中，形圖丹青。亦有筆不點牘，辭不辨心，假手請字，妖僞百品。是以有識掩口，天下嗟歎。"

又題曰："楊賜《虹霓對》：又鴻都門下，招會群小，造作賦説，以蟲篆小技見寵於時。如驩兜、共工更相薦説，旬月之間，並各拔擢。樂松處常伯，任芝居納言。郤儉、梁鵠俱以便辟之性，佞辯之心，各受豐爵不次之寵。"

又題曰："蔡邕《上封事陳政要七事》五事：'臣聞古者取士，必使諸侯歲貢。孝武之世，郡舉孝廉，又有賢良文學之選。於是名臣輩出，文武並興。漢之得人，數路而已。夫書畫辭賦，才之小者，匡國理政，未有其能。陛下即位之初，先涉經術。聽政餘日，觀省篇章，聊以遊意。當代博弈，非以教化取士之本。而諸生競利，作者鼎沸。其高者頗

389

引經訓風喻之言，下則連偶俗語，有類俳優；或竊成文，虛冒名氏。臣每受詔于盛化門，差次錄第。其未及者，亦復隨輦皆見拜擢。既加之恩，難復收改。'又詔問災異事，有'鴻都篇賦之文'，宜且息心之語。"

在"並體貌英逸，故俊才雲蒸"數句下方，引曹植《與楊德祖書》並題曰："昔仲宣獨步於漢南（注：仲宣在荊州，故曰漢南），孔璋鷹揚於河朔（注：孔璋在冀州，故曰河朔），偉長擅美於青土（注：偉長居北海郡，《禹貢》之青州也），公幹振藻於海隅（注：公幹東平甯陽人，甯陽邊齊，故曰海隅），德璉發跡於此魏（注：德璉，南頓人，近許都，故曰此魏）。"又題曰："文帝《與吳質書》曰'德璉斐然有述作之意'。'元瑜書記翩翩'。"

又在"並體貌英逸"二句上方題曰："《王粲傳》：粲依荊州劉表，表不甚重，太祖辟爲丞相掾。又（陳）琳前爲何進主簿，避難冀州，袁紹使典文章。袁氏敗，歸太祖。建安中，與（阮）瑀並爲司空軍謀祭酒，管記室。"

又題曰《（王）粲傳》注引《先賢行狀》曰：（徐）幹輕官忽祿，建安中太祖除爲上艾長，以疾不行。文帝爲五官將，（徐）幹爲司空軍謀祭酒，轉太子文學。"

又題曰："《（王）粲傳》：（劉）楨被太祖辟爲丞相掾屬。又（應）瑒爲五官將文學。"

又題曰："《典論》以孔融、陳琳、王粲、徐幹、阮瑀、應瑒、劉楨爲七子。"

在"至明帝纂戎"數句上方，劉先生題曰："《曹爽傳》：（何）晏與鄧颺、丁謐、畢軌'咸有聲名，進趣於時。明帝以其浮華，皆抑黜之。及（曹）爽秉政，乃復進敘'。"

又題曰："《（劉）劭傳》：黃初中，爲尚書郎。明帝即位，出爲陳留太守。嘗作《趙都賦》，明帝美之。"

又題曰："嵇康，《（王）粲傳》：嵇（康）景元（常道鄉公奐年號）以事被誅。《魏氏春秋》曰：嵇康與阮籍、山濤、向秀、阮咸、王戎、劉伶相善，游於竹林，號爲七賢。山濤爲選曹郎，舉康自代，康絶之。"

又題曰："阮籍，官至步兵校尉。《魏氏春秋》曰：（曹）爽誅，太傅及大將軍乃以爲從事中郎。求爲步兵校尉，以壽終。"

又題曰："'應'當指璩。（應）璩，齊王即位，遷侍中。卒於嘉平四年。"

在"晉雖不文，人才實盛"數句上方，劉先生題曰："《（張）華傳》：武帝時爲中書令。以贊助伐吳功，封廣武縣侯。惠帝永康元年，趙王倫將廢賈后，詐詔殺之。"又題曰："《左思傳》：（左）思退居宜春里，齊王冏命爲記室督，辭不就。及張方大掠都邑，遂適冀州，以疾終。按：方大掠在惠帝泰安二年。"

又題曰："《潘岳傳》：泰始四年，武帝躬耕藉田，岳作賦以美其事。以才名爲世所嫉，棲遲十年。出爲河陽令。後孫秀誣岳謀與齊王冏，誅之，夷三族。按，（齊王）冏被殺在惠帝泰安元年。"

又題曰："《夏侯湛傳》：泰始中舉賢良，對策中第。拜郎中，累年不調。後選補太子舍人，轉尚書郎，出爲野王令。惠帝即位，以爲散騎常侍。元康初卒，年四十九。湛與岳友善，每行止同輿接茵，京都謂之連璧。"

又題曰："《陸機傳》：在吳，父抗。領兵爲牙門將。年二十，吳滅。武帝太康末與弟雲俱入洛，太常張華素重其名，曰：'伐吳之役，利獲二俊。'累遷太子洗馬、著作郎。惠帝元康中，成都王穎功成不居，機委身事之。穎以爲機參大將軍事，表爲平原内史。泰安初，穎與河間王顒起兵討長沙王乂，假機後將軍、河北大都督。孟超譖機於穎，遂被收。遇害於軍中，年四十三。"

又題曰："應貞，字吉甫，見《（王）粲傳》。咸熙中，參相國軍事。泰始五年卒。《晉書·文苑傳》有傳。武帝踐祚，遷給事中，後遷散騎常侍。"

又題曰："《傅咸傳》：咸寧初，以尚書右丞爲冀州刺史。惠帝時，轉太子中庶子，遷御史中丞。元康中，爲司隸校尉。四年卒，年五十六。"

又題曰："《張載傳》：太始四年，起家著作郎，出補肥鄉令，復爲著作郎。轉太子中舍人。遷樂安相、弘農太守。長沙王乂請爲記室督,拜中書侍郎,復領著作。"又曰:"弟(張)協,辟公府掾,轉秘書郎,補華陰令,官至中書侍郎。遷河間内史。永嘉初,徵爲黄門侍郎,不就。"又曰:"弟(張)亢,中興初過江,拜散騎侍郎,出補烏程令。入爲散騎常侍,復領佐著作。"

又題曰:"《孫綽傳》:過江,官至著作。"又曰:"摯虞,惠帝時爲太常卿。"又曰:"成公綏,太始間官至中書郎。太始九年卒,年四十三。"

又題曰:"《劉隗傳》:元帝以爲從事中郎,遷丞相司直,官至鎮北將軍、都督青徐幽平四州軍事、假節、加散騎常侍。後奔石勒,勒以爲從事中郎、太子太傅。卒年六十一。"又曰:"刁協,永嘉初爲河南尹。渡江,元帝以爲鎮東諮祭酒,轉長史。太興初,遷尚書令。王敦作亂,帝使出督六軍,爲人所殺。"又曰:"郭景純,《(郭)璞傳》:元帝太興初,爲著作郎,後以母憂去職。王敦起爲記室參軍,卒爲敦所殺,年四十九。"

又題曰:"袁宏,謝尚爲安西將軍、豫州刺史,引宏參其軍事,累遷大司馬桓溫府記室。後自吏部郎出爲東陽郡。孝武太元初卒,年四十九。"又曰:"袁宏撰《後漢紀》三十卷、《竹林名士傳》三卷。"又曰:"殷仲文,善屬文,桓玄使總領詔命。玄《九錫文》,殷作也。"又曰:"孫盛撰《魏氏春秋》《晉陽秋》三十二卷。"又曰:"干寶撰《晉紀》二十三卷。"

又題曰:"《南史》宋文紀:元嘉十五年,立儒學館於北郊,命雷次宗居之。十六年,又命丹陽尹何尚之立玄學,著作佐郎何承天立史學,司徒參軍謝元立文學。"又題曰:"孝武紀:帝讀書七行俱下,才藻甚美。"又題曰:"明帝紀:帝好讀書,愛文義,曾撰《江左以來文章志》。"

又題曰:"宋代文人,見於《宋書》《南史》者,除王微、王僧達外,尚有王誕、王韶之、王准之、王曇生、王素。袁氏除袁淑外,有袁粲、袁炳。二姓多文人,故曰聯宗。"又曰:"顏氏除延之外,有其子竣、測(《南史》延之曰:竣得臣筆,測得臣文);謝氏除靈運外,有謝混、謝瞻、謝莊、謝惠連、謝晦、謝恂。二姓多父子兄弟爲文人,故曰重葉。"

在涵芬樓本《文心雕龍·時序篇》上的題語：

在原本"平生微而黍離哀"句"生"字旁題曰"王"。

在原本"歎兒寬之疑奏"句"疑"字旁題曰"擬"。

在原本"發綺轂之高喻"句"轂"字旁題曰"縠"。

在原本"笑玉屑之諫"句"笑"字旁題曰"美"，在"諫"字旁題曰"譚"。

在"及明帝疊耀"句"帝"字旁題曰"章"。

在原本"賈逵給禮於端頌"句"禮"字旁題曰"札"，在"端"字旁題曰"瑞"。

在原本"子俶德祖之侶"句"俶"字旁題曰"淑"。

在原本"劉刀禮吏而寵榮"句"刀"字旁題曰"刁"。

在原本"逮明帝束哲"句"束"字旁題曰"秉"。

在原本"故治文變染乎世情，興廢繁乎時序"句"治"字旁題曰"知"，在"繁"字旁題曰"繫"。

在原本"自明以下"句"明"字後增加"帝"字。

在"緝遐景祚"句"遐"字旁題曰"熙"。

在"文思充被"句"充"字旁題曰"光"。

在原本"瑗焉如面"句"瑗"字旁題曰"曖"。

【劉永濟本篇摘錄語詞】

文理	雕龍	瑋燁	奇意	詭俗	草創	辭藻	暇豫	文會	文華
磊落	文章	華實	辭製	文學	體貌	英逸	傲雅	慷慨	梗槩
多氣	英雅	篇體	輕澹	文路	結藻	清英	綺靡	流韻	文會
文思	揄揚	風流	清峻	微言	澹思	醲采	文囿	文體	迅邁
文變	秉文	文理	英采	含章	文思	才英	鴻風	辭采	質文

卷十

物色第四十六

　　春秋代序，陰陽慘舒，物色之動，心亦搖焉。蓋陽氣萌而玄駒步，陰律凝而丹鳥羞，微蟲猶或入感，四時之動物深矣。若夫珪璋挺其惠心，英華秀其清氣。物色相召，人誰獲安？是以獻歲發春，悅豫之情暢；滔滔孟夏，鬱陶之心凝；天高氣清，陰沈之志遠；霰雪無垠，矜肅之慮深。歲有其物，物有其容。情以物遷，辭以情發。一葉且或迎意，蟲聲有足引心。況清風與明月同夜，白日與春林共朝哉！

　　是以詩人感物，聯類不窮。流連萬象之際，沈吟視聽之區。寫氣圖貌，既隨物以宛轉；屬采附聲，亦與心而徘徊。故灼灼狀桃花之鮮，依依盡楊柳之貌，杲杲爲出日之容，瀌瀌擬雨雪之狀，喈喈逐黃鳥之聲，喓喓學草蟲之韻。皎日嘒星，一言窮理；參差沃若，兩字窮形。並以少總多，情貌無遺矣。雖復思經千載，將何易奪！及離騷代興，觸類而長，物貌難盡，故重沓舒狀，於是嵯峨之類聚，葳蕤之群積矣。及長卿之徒，詭勢瓌聲，模山範水，字必魚貫。所謂詩人麗則而約言，辭人麗淫而繁句也。至如雅詠棠華，或黃或白；騷述秋蘭，綠葉紫莖。凡摛表五色，貴在時見，若青黃屢出，則繁而不珍。

　　自近代以來，文貴形似，窺情風景之上，鑽貌草木之中。

吟詠所發，志惟深遠；體物爲妙，功在密附。故巧言切狀，如印之印泥，不加雕削，而曲寫毫芥。故能瞻言而見貌，印字而知時也。然物有恒姿，而思無定檢。或率爾造極，或精思愈疏。且詩騷所摽，並據要害，故後進銳筆，怯於爭鋒。莫不因方以借巧，即勢以會奇，善於適要，則雖舊彌新矣。是以四序紛迴，而入興貴閑；物色雖繁，而析辭尚簡。使味飄飄而輕舉，情曄曄而更新。古來辭人，異代接武。莫不參伍以相變，因革以爲功，物色盡而情有餘者，曉會通也。若乃山林皋壤，實文思之奧府，略語則闕，詳說則繁。然屈平所以能洞監風騷之情者，抑亦江山之助乎！

　　贊曰：山沓水匝，樹雜雲合。目既往還，心亦吐納。春日遲遲，秋風颯颯。情往似贈，興來如答。

【黃叔琳題注】

　　在"故巧言切狀，如印之印泥"數句上，黃氏題曰："陳子昂謂齊梁間'彩麗競繁，而寄興都絕'，正坐此也。"

　　在"因方以借巧，即勢以會奇"上方，黃氏題曰："化臭腐爲神奇，秘妙盡此。"又題曰："天下事那件不從忙裏錯過？文亦然矣。"

【黃叔琳注】

　　元駒：[大戴禮夏小正]十有二月，玄駒賁，玄駒也者，螘也。賁者何也，走於地中也。[法言]吾見玄駒之步。

　　丹鳥：[夏小正]八月，丹鳥羞白鳥。[注]丹鳥，螢也，白鳥，謂蚊蚋也，羞，進也，不盡食也。[古今注]螢，一名丹鳥，一名夜光。

　　獻歲：[楚辭招魂]獻歲發春兮。

　　滔滔：[楚辭九章]滔滔孟夏兮。

　　天高：[宋玉九辯]泬寥兮天高而氣清。

　　霰雪：[楚辭九章]霰雪紛其無垠兮。

一葉：［淮南子］見一葉落而知歲之將暮。
灼灼：［詩周南］桃之夭夭，灼灼其華。
依依：［詩小雅］昔我往矣，楊柳依依。
杲杲：［詩衛風］其雨其雨，杲杲出日。
瀌瀌：［詩小雅］雨雪瀌瀌，見晛曰消。
喈喈：［詩周南］黃鳥於飛，集於灌木，其鳴喈喈。
喓喓：［詩召南］喓喓草蟲。
皎日：［詩王風］謂予不信，有如皎日。
嘒星：［詩周南］嘒彼小星，三五在東。
參差：［詩周南］參差荇菜。
沃若：［詩衛風］其葉沃若。
魚貫：［易剝卦］六五，貫魚以宮人寵，無不利。
麗則麗淫：見詮賦篇。
棠華：［詩小雅］裳裳者華，或黃或白。
秋蘭：［楚辭九歌］秋蘭兮青青，綠葉兮紫莖。

【紀昀評語】

在"寫氣圖貌，既隨物以宛轉"數句上，紀氏題曰："隨物宛轉、與心徘徊八字，極盡流連之趣。會此，方無死句。"

在"若青黃屢出，則繁而不珍"句上題曰："此病易犯，近體尤忌之。"

在"窺情風景之上，鑽貌草木之中"句上題曰："此刻畫之病，六朝多有。"

在"而思無定檢"數句上題曰："入微之論！"

又在"因方以借巧，即勢以會奇"上方題曰："此脫化之法。"

在"是以四序紛迴"數句上又題曰："四語尤精。凡流傳佳句，都是有意無意之中，偶然得一二語，都無累牘連篇、苦心力造之事。"

又在"屈平所以能"句上方題曰："拖此一尾，烟波不盡！"

在贊語上又題曰："諸贊之中，此爲第一。政因題目佳耳。"

【劉永濟校字】

按此篇宜在《練字》篇後，皆論修辭之事也。今本乃淺人改編，蓋誤認《時序》爲時令，故以《物色》相次。

【劉永濟釋義】

此篇分三段。首段泛論外境與內心關係之切。中分二節：初四時動物，次節序感人。次段引證明文家體物之流變。中分四節：初引《詩》爲證，中包二層：一詮理，二引證。次引楚騷，次引漢賦。由《詩》至賦，已有由簡趨繁之勢。終論體物所忌，實爲繁蕪，文意已逗下段近世文人之失矣。三段因近世文人風尚，專工體物，爲之太過，遂成繁蕪，乃暢論體物之理。中分二節：初論近世風尚，次明體物之理，中包三層：一貴能推陳出新，二貴能體會真切，三貴得江山之助。

本篇申論《神思》篇第二段論心境交融之理。《神思》舉其大綱，本篇乃其條目。蓋神物交融，亦有分別，有物來動情者焉，有情往感物者焉：物來動情者，情隨物遷，彼物象之慘舒，即吾心之憂虞也，故曰"隨物宛轉"；情往感物者，物因情變，以內心之悲樂，爲外境之懽戚也，故曰"與心徘徊"。前者文家謂之無我之境，或曰寫境；後者文家謂之有我之境，或曰造境。前者我爲被動，後者我爲主動。被動者，一心澄然，因物而動，故但寫物之妙境，而吾心閑靜之趣，亦在其中，雖曰無我，實亦有我。主動者，萬物自如，緣情而異，故雖抒人之幽情，而外物聲采之美，亦由以見，雖曰造境，實同寫境。是以純境固不足以謂文，純情亦不足以稱美，善爲文者，必在情境交融，物我雙會之際矣。雖然，行文之時，變亦至夥，或觸境以生情，或緣情而布境，或寫物即以言情，或物我分寫而彼此輝映，初無定法，要在研諷之時，體會出之耳。

復次，本篇與《情采》篇雖同而實異。同者，二篇所論，皆內心與外境之關係也；異者，《情采》論敷采必準的於情，所重仍在養情，本篇論體物必妙得其要，所重乃在摘藻。其曰："以少總多，情貌無遺"，曰："麗則而約言"，曰："《詩》騷所標，並據要害"，曰："善於適要，則雖舊彌新"，曰："析辭尚簡"，皆其義也。其曰："麗淫而繁句"，曰："青黃屢出，則繁而不珍"，曰："不加雕削，而曲寫毫芥"，則皆摛藻之繁蕪也。

舍人論文家體物之理，皆至精粹，而"人興貴閑，析辭尚簡"二語尤要。閑者，《神思》篇所謂虛靜也，虛靜之極，自生明妙。故能撮物象之精微，窺造化之靈祕，及其出諸心而形於文也，亦自然要約而不繁，尚何如印印泥之不加抉擇乎？

【劉永濟批語】

在《劉舍人文心雕龍十卷》（下冊）之《物色》上的題語：

在《物色第四十六》篇目下，劉先生題曰："此通論神與物、即情與景之事也。"又在此篇目之前題曰："此篇應移在《總術》之前。《時序》《才略》《程器》三篇應一貫。《知音》《序志》二篇應相接。"

在《物色》篇目上方，又題曰："物：《樂書》：物使之然也，法外境也。"又題曰："《孟子》：耳目之官不私（《孟子》原本作'思'）而蔽於物，法亦得。"

在"白日與春林共朝"句旁，劉先生題曰："泛論外境與內心關係之密。"

在"若青黃屢出，則繁而不珍"句旁，又題曰："引《詩》《騷》、漢賦以證辭人形容物色之流變。"

在"印字而知時也"字旁題曰："齊梁文士，遺情重藻之士。"

在"則雖舊彌新矣"句旁題曰："此貴能脫化。"

在"曉會通也"句旁題曰："此貴能真切。"

在"抑亦江山之助乎"句旁題曰："此貴得江山之助。"又總曰："以上因論近世之失，兼明體物之理。"

在"印字而知時"句"印"字旁，劉先生題"即"字。

在涵芬樓本《文心雕龍·物色篇》上的題語：

在原本"近代以來文貴則似"句"則"字旁題曰"形"。

在"印字而知時也"句"印"字旁題曰"即"。

在原本"而入興貴閒"句"閒"字旁題曰"閑"。

在原本"而折辭尚簡"句"折"字旁題曰"析"。

在"屈平所以能洞監風騷之情者"句"監"字旁題曰"鑒"。

【劉永濟本篇摘錄語詞】

物色　流連　氣貌　屬采　附聲　情貌　葳蕤　詭勢　瑰聲
麗則而約言　麗淫而繁句　形似　體物　密附　雕削　要言
適要　會通　皋壤　奧府　吐納

才略第四十七

　　九代之文，富矣盛矣，其辭令華采，可略而詳也。虞夏文章，則有皋陶六德，夔序八音，益則有贊，五子作歌。辭義溫雅，萬代之儀表也。商周之世，則仲虺垂誥，伊尹敷訓，吉甫之徒，並述詩頌。義固為經，文亦師矣。及乎春秋大夫，則修辭聘會。磊落如琅玕之圃，焜耀似縟錦之肆。薳敖擇楚國之令典，隨會講晉國之禮法。趙衰以文勝從饗，國僑以修辭扞鄭。子太叔美秀而文，公孫揮善於辭令，皆文名之標者也。戰代任武，而文士不絕。諸子以道術取資，屈宋以楚辭發采。樂毅報書辨以義，范雎上疏密而至。蘇秦歷說壯而中，李斯自奏麗而動。若在文世，則楊班儔矣。荀況學宗，而象物名賦。文質相稱，固巨儒之情也。

　　漢室陸賈，首發奇采，賦孟春而選典誥，其辯之富矣。賈誼才穎，陵軼飛兔，議愜而賦清，豈虛至哉！枚乘之七發，鄒陽之上書，膏潤於筆，氣形於言矣。仲舒專儒，子長純史，而麗縟成文，亦詩人之告哀焉。相如好書，師範屈宋，洞入夸豔，致名辭宗。然覆取精意，理不勝辭，故揚子以爲文麗用寡者長卿，誠哉是言也！王襃構采，以密巧爲致，附聲測貌，泠然可觀。子雲屬意，辭人最深。觀其涯度幽遠，搜選詭麗，而竭才以鑽思，故能理贍而辭堅矣。桓譚著論，富號猗頓。宋弘稱薦，爰比相如。而集靈諸賦，偏淺無才，故知長於諷論，不及麗文也。敬通雅好辭說，而坎壈盛世，顯志自序，亦蚌病成珠矣。二班兩劉，奕葉繼采。舊說以爲固文優彪，歆學精向，然王命清辯，新序該練。璿璧產於崑岡，亦難得而踰本矣。傅毅崔駰，光采比肩，瑗寔踵武，能世厥風者矣。杜篤賈逵，亦有聲於文，跡其爲才，崔傅之末流也。李尤賦銘，志慕鴻裁，而才力沈膇，垂翼不飛。馬融鴻儒，思洽識高，吐納經範，華實相扶。王逸博識有功，而絢采無力。延壽繼志，瓌穎獨標，其善圖物寫貌，豈枚乘之遺術歟！張衡通贍，蔡邕精雅，文史彬彬，隔世相望。是則竹柏異心而同貞，金玉殊質而皆寶也。劉向之奏議，旨切而調緩；趙壹之辭賦，意繁而體疎。孔融氣盛於爲筆，禰衡思銳於爲文，有偏美焉。潘勖憑經以騁才，故絕群於錫命；王朗發憤以託志，亦致美於序銘。然自卿淵已前，多俊才而不課學；雄向已後，頗引書以助文。此取與之大際，其分不可亂者也。

魏文之才，洋洋清綺，舊談抑之，謂去植千里。然子建思捷而才儁，詩麗而表逸；子桓慮詳而力緩，故不競於先鳴。而樂府清越，典論辯要，迭用短長，亦無懵焉。但俗情抑揚，雷同一響。遂令文帝以位尊減才，思王以勢窘益價，未爲篤論也。仲宣溢才，捷而能密，文多兼善，辭少瑕累，摘其詩賦，則七子之冠冕乎！琳瑀以符檄擅聲，徐幹以賦論標美。劉楨情高以會采，應瑒學優以得文。路粹楊修，頗懷筆記之工。丁儀邯鄲，亦含論述之美；有足算焉。劉劭趙都，能攀于前修；何晏景福，克光於後進。休璉風情，則百壹標其志。吉甫文理，則臨丹成其采。嵇康師心以遣論，阮籍使氣以命詩。殊聲而合響，異翮而同飛。張華短章，奕奕清暢。其鷦鷯寓意，即韓非之說難也。左思奇才，業深覃思。盡銳於三都，拔萃于詠史，無遺力矣。潘岳敏給，辭自和暢。鍾美於西征，賈餘於哀誄，非自外也。陸機才欲窺深，辭務索廣，故思能入巧，而不制繁。士龍朗練，以識檢亂，故能布采鮮淨，敏於短篇。孫楚綴思，每直置以疏通；摯虞述懷，必循規以溫雅。其品藻流別，有條理焉。傅玄篇章，義多規鏡。長虞筆奏，世執剛中。並楨幹之實才，非群華之韡萼也。成公子安，選賦而時美；夏侯孝若，具體而皆微。曹攄清靡於長篇，季鷹辨切於短韻，各其善也。孟陽景陽，才綺而相埒。可謂魯衛之政，兄弟之文也。劉琨雅壯而多風，盧諶情發而理昭，亦遇之於時勢也。景純豔逸，足冠中興。郊賦既穆穆以大觀，仙詩亦飄飄而凌雲矣。庾元規之表奏，靡密以閑暢；溫太真之筆記，循理而清通。亦筆端之良工也。孫盛干寶，文勝爲史，準的所擬，志乎典訓。戶牖雖異，而筆彩略同。袁宏發軫以高驤，故卓出而多偏；孫綽規旋以矩步，故倫序而寡狀。殷仲文之孤興，謝叔源之閑情，並解散辭體，縹渺浮音。雖滔滔風流，而大澆文意。宋代逸才，辭翰鱗萃。世近易明，無勞甄序。

觀夫後漢才林，可參西京；晉世文苑，足儷鄴都。然而魏時話言，必以元封爲稱首；宋來美談，亦以建安爲口實。何也？豈非崇文之盛世，招才之嘉會哉。嗟夫，此古人所以貴乎時也！

贊曰：才難然乎，性各異稟。一朝綜文，千年凝錦。餘采徘徊，遺風籍甚。無曰紛雜，皎然可品。

【黄叔琳题注】

在篇目上方，黄氏题曰："上下百家，体大而思精。真文囿之巨观！"

【黄叔琳注】

六德：[书皋陶谟]日严祗敬六德，亮采有邦。

八音：[书舜典]帝曰：夔，命汝典乐，教胄子，八音克谐，无相夺伦。

仲虺：[书序]汤归自夏，至於大坰，仲虺作诰。

伊训：[书序]成汤既殁，太甲元年，伊尹作伊训。

吉甫：[诗大雅]崧高，烝民，皆尹吉甫作也。

蔿敖：[左传]随武子曰：蔿敖为宰，择楚国之令典，百官象物而动，军政不戒而备，能用典矣。蔿敖即蔿艾猎，孙叔敖也。

随会：[左传]晋士会平王室，王享之殽烝，武子私问其故。王曰：王享有体荐，宴有折俎，公当享，卿当宴，王室之礼也。武子归而讲求典礼，以修晋国之法。

赵衰：[左传]秦穆公享公子重耳，子犯曰：偃不如衰之文也，请使衰从。公子赋河水，公赋六月。衰曰：君称所以佐天子者命重耳，重耳敢不拜。

国侨：[左传]子产之为政也，择能而使之，冯简子能断大事，子太叔美秀而文，公孙挥能知四国之为，而辨其大夫之族姓班位贵贱能否，而又善为辞令。

乐毅：[乐毅传]毅为燕昭王破齐，独莒、即墨未服。昭王死，惠王即位，齐之田单闻之，乃纵反间於燕曰：齐两城不下者，闻乐毅与燕新王有隙，欲连兵且留齐，惠王乃使骑劫代将，而召乐毅，乐毅畏诛，遂西降赵，惠王使人让之，毅报以书。

荀况：[史记索隐]荀卿名况，卿者，时人相尊而号为卿也。有云蠶箴等赋，见荀子。

飛兔：[呂氏春秋]飛兔騕褭，古之駿馬也。

猗頓：[水經注]孔鮒曰：猗頓，魯之窮士也，聞朱公富，往而問術焉。朱公曰：子欲速富，當畜五牸。於是十年之間，其息不可計，以興富於猗氏，故曰猗頓也。[論衡]挾桓君山之書，富於積猗頓之財。

宋宏稱薦：[宋宏傳]帝嘗問宏通博之士，弘薦沛國桓譚才學洽聞，能及揚雄、劉向父子。

集靈：[藝文類聚]有桓譚集靈宮賦。

顯志：[馮衍傳]衍與新陽侯交結，得罪，不得志，乃作賦自厲，命其篇曰顯志。顯志者，言光明風化之情，昭章元妙之思也。

蚌病：[淮南子]明月之珠，螺蚌之病，而我之利也。

二班：彪、固。

兩劉：向、歆。

王命：見論說篇。

新序：[劉向傳]向采傳記行事，著新序、說苑凡五十篇。

崔駰：[後漢書]崔駰博學有偉才，善屬文，少遊太學，與班固傅毅同時齊名。子瑗，銳志好學，盡能傳其父業。瑗子寔，少沈靜好典籍。傳贊曰：崔爲文宗，世禪雕龍。

李尤：原作李充。按[後漢獨行傳]李充陳留人，不言有著述。[晉中興書]李充，江夏人，著學箴，然此在賈逵之後，馬融之前，則李尤也。尤在和帝時拜蘭臺令史，有函谷諸賦，並車諸銘。而賈逵仕明帝時，馬融仕順桓時，以序觀之，乃李尤無疑。

沈膇：[左傳]成公六年，獻子曰，民愁則墊隘，於是乎有沈溺重膇之疾。

垂翼：[易明夷卦]初九，明夷于飛，垂其翼。

枚乘遺術：謂逸與延壽猶乘之於皋，而延壽殆欲突過前人也。

趙壹：[後漢文苑傳]壹恃才倨傲，爲鄉黨所擯，乃作解擯，後屢抵罪，友人救得免，乃爲窮鳥賦以謝恩。又作刺世疾邪賦以舒其怨憤。

七子：[魏文帝典論]今之文人，魯國孔融文舉，廣陵陳琳孔璋，山陽王粲仲宣，北海徐幹偉長，陳留阮瑀元瑜，汝南應瑒德璉，東平劉楨公幹，斯七子者，於學無所遺，於辭無所假，咸以自騁驥騄於千里，仰齊足而並馳。

丁儀邯鄲：［魏志］自潁川邯鄲淳、繁欽，陳留路粹，沛國丁儀、丁廙，弘農楊修，河內荀緯等，亦有文采，而不在此七人之列。

劉劭：注見事類篇。

休璉：［應璩傳］璩字休璉。曹爽秉政，多違法度，璩為詩以諷焉。子貞字吉甫，少以才聞，能談論。［楚國先賢傳］應休璉作百一詩譏切時事，徧以示在位者，咸皆怪愕，以為應焚棄之，何晏獨無怪也。［樂府廣題］百者數之終，一者數之始，士有百行，終始如一，故云百一。

何晏：晏字平叔，有景福殿賦。［文選注］魏明帝將東巡，恐夏熱，故於許昌作殿，名曰景福。既成，命賦之，平叔遂有此作。

嵇康：［嵇康傳］康以為神仙稟之自然，非積學所得，至於導養得理，則安期彭祖之倫可及，乃著養生論。

阮籍：［阮籍傳］籍作詠懷詩八十餘篇，為世所重。［顏延年曰］說者謂阮籍在晉文代，常慮禍患，故發此詠耳。

韓非：非著說難諸說，注見知音篇。

左思：左思有詠史詩。

潘岳：［潘岳傳］岳為長安令，作西征賦，述所經人物山水，文清旨詣。

窺深：［世說］孫興公云：潘文淺而淨，陸文深而蕪。

世執：咸，玄子也。

剛中：［易蒙卦象］以剛中也。［師卦象］剛中而應。

具體：按，湛作周詩昆弟誥，正如謝公評揚都賦所云：事事擬學，而不免儉狹者也。

盧諶：［盧諶傳］劉琨敗喪，諶抗表理琨，文旨甚切。諶才高行潔，為一時所推。值中原喪亂，淪陷非所。

南郊：［郭璞傳］璞博學有高才，辭賦為中興冠，嘗作南郊賦，帝見而嘉之。

西京：光武都洛陽，長安在西，故曰西京，而文人遂以前漢為西京，後漢爲東都也。

鄴都：[文選]魏曹操都鄴，相州是也。

元封：[漢武帝紀]上還登封泰山，降坐明堂，以十月爲元封元年。

建安：見明詩篇。

【紀昀評語】

在篇目上方，紀氏題曰："《時序篇》總論其世，《才略篇》各論其人。"

【劉永濟校字】

可略而詳也。

"詳"疑"言"誤。

選典誥。

孫詒讓曰："選典誥當作進典語，進選語誥，皆形近而誤。"按"語"誤作"誥"，是也；"選"乃"撰"字，二字古通。司馬相如《封禪書》："歷選列辟。"《史記》作"撰"，徐廣曰："撰一作選"，是其證，不必據《史記》"每奏一篇"之文，訓"奏"爲"進"，改"選"作"進"。

覆取精意。

按此言相如之文夸豔，致精意覆蔽也。"取"乃"蔽"誤。

辭人最深。

舊校"人字疑誤"。按"人"乃"采"字之誤。

多俊才而不課學。

按《史通・雜說下》引作"役才"，是也。

【劉永濟釋義】

本篇與《時序》篇相輔。《時序》所論，屬文學風尚之高下流變，論世之事也。本篇所重，在比較作品之長短，作家之同異，知人之事也。其行文以九代見《時序》篇。順敘，故亦區段分明。然細覈其文，於鋪敘之中，有義例三焉：一曰單論，二曰合論，三曰附論。單論者，如篇中陸賈、賈誼、相如、王褒、揚雄、桓譚、馮衍、潘勖、王朗、李尤、馬融、張華、左思、潘岳、郭璞是也。合論之例，有二人合論者，如枚乘鄒陽，董仲舒馬司馬遷，傅毅崔駰，二王逸、子延壽，張衡蔡邕，二曹丕、弟植，劉劭何晏，二應璩、子貞，嵇康阮籍，二陸機、弟雲，孫楚摯虞，二傅玄、子咸，兩張載、弟協，劉琨盧諶，庾亮溫嶠，孫盛干寶，袁宏孫綽，殷仲文謝混是也。有四人合論者，如二班彪、子固兩劉向、子歆，劉向趙壹孔融禰衡，成公綏夏侯湛曹攄張翰是也。有數人合論者，如王粲陳琳阮瑀徐幹劉楨應瑒六子是也。附論者，如崔瑗、崔寔、杜篤、賈逵，附傅毅、崔駰後，路粹、楊修、丁儀、邯鄲淳，附建安七子後是也。合論之義，或因父子，或以兄弟，或係同時而名聲相埒，或屬朋友而微尚相同；又或緣比較優劣而合論，或欲辨明異同而合論。附論者，大都附庸時流之士。單論者，類能獨標一體，或則瑕不掩瑜，又或特出一時風會之外者也。然則此篇事本衡文，而義同史傳，故能於寥寥千百字中，具見九代人才之高下，苟非卓裁，曷克臻此？

本篇以《才略》標目，而篇首乃揭"辭令華采"四字，其義亦可得而言也。才略者，才能識略之謂也，屬之人。發而爲辭令，蔚而成華采，則屬之文。而辭令華采之中，又含筆與文二類。故篇中涉及文體，至爲廣泛。上自詩賦，下及書記，皆在揚搉之列，與本書上篇所品論，旨趣無二。又辭令華采之發，固源於才略，而才略所資，則以性情爲土壤，以學術爲膏澤，二者得而後可以滋長，此以本末言之則然也。至篇中評隲之語，或稱"才穎"，或稱"學精"，或稱"識博"，或稱"理贍"，或稱"思銳"，或稱"慮詳"，或稱"氣盛"，或稱"力緩"，或稱"情高"，或稱"文美"，或稱"辭堅"，或稱"體疏"，或稱"采密"，或稱"意浮"，用字甚雜，似無分於本末，然細繹之，要不出性情學術、才能識略、辭令華采諸端。蓋衡文者操術有四：一論其性情，二考其學術，三研其才略，四賞其辭采。本篇隨文立言，蓋亦互文見義之例也。

舍人比論文家長短異同之處，每具卓識，學者由之以考覈前賢之文，亦學海之南針也。篇中論二班兩劉，不同舊説；論子桓子建，亦異俗情。以遣論命詩，分屬嵇阮；以深廣朗練，區判機雲。論張蔡孫干，則由異以見同；評建安群彥，則各標其所美。謂仲宣弁冕七子，稱景純"足冠中興"，皆特識所存，足資後學研味者也。又論兩漢群才，而總斷之曰："卿淵已前，多役才而不課學，雄向而後，頗引書以助文。"尤於一代得失之林，知所取裁。雖舍人當時瀏覽之文，今多淪佚，然就現存各家之作，取證本篇，亦足以窺其崖略也。

今試舉二曹之長短，以驗舍人之言。鍾嶸《詩品》，列子建於上品，謂"其源出於《國風》，骨氣奇高，詞采華茂，情兼雅怨，體被文質，粲溢今古，卓爾不群。"又曰："陳思之於文章，譬人倫之有周孔。"其推許之至如此。其論子桓，則列之中品，謂"其源出於李陵，頗有仲宣之體則，新奇百許篇，率皆鄙直如偶語，惟'西北有浮雲'十餘首，殊美贍可翫，始見其工。不然，何以詮衡群彥，對揚厥弟？"此論與舍人不同，殆即本篇所指"俗情抑揚"乎？由今觀之，文帝才麗而思放，思王藻深而情鬱；藻麗乃當世之同風，放鬱則二家之殊致。然放者易流，鬱者難盡；放者通俀近誕，鬱者善感彌真，此陳思之所以能得人之同情也。本篇"位尊減才，勢窘益價"二語，最足說明此故。而鍾評抑子桓太甚，故舍人獨持異議。察舍人之意，謂二子亦互有短長，所異者，子建"思捷而才儁"，子桓"慮詳而力緩"，以捷儁較詳緩，得名自易。初魏武甚愛子建，幾有奪嫡之事，殆即以此。《魏志·任城陳蕭王傳評》注引魚豢《典略·武諸王傳論》曰："余覽植之華采，思若有神。以此推之，太祖之動心，良有以也。"而子桓之所以終得繼體，或亦其處慮詳密所致歟？此蓋從二人才性而概論之也。至其論文帝，則以辯要許其《典論》，以清越贊其樂府；論思王，則以詩篇兼善，比於仲宣，以章表體贍，冠於群才。所謂"迭用短長"，語尤斟酌。《序志》篇曰："理不可同，則有異乎前論。"非虛語矣。學者即一反三，當有益於神智也。

【劉永濟批語】

在《劉舍人文心雕龍十卷》(下冊)之《才略》上的題語：

在《才略第四十七》篇目之下，劉先生題曰："此比較文學之事也，專論作品之文也。"

在篇目上方，又題曰："《才略》論作者之材智。材智之發，則爲辭令華采。故以'才略'名篇，而篇首即出'辭令華采'四字。析而言之：則凡作者之性情、學術，乃才略之本根，而才略又辭采之基地也。其理已詳於《體性篇》。特彼粗舉十二家以爲證例，此則備列九代文人，而評騭其長短同異。理雖同於彼篇，而用意有別矣。"

在"相如好書，師範屈宋"句上，劉先生題曰："《典論·論文》佚文曰：或問屈原、相如之賦孰愈？曰優遊案衍，屈原之尚也。窮侈極妙，相如之長也。然原據托譬喻，其意周旋，綽有餘度。長卿、子雲，意未能及已。《北堂書鈔》一百引。"

在"歆學精向"句上，題曰："《太平御覽》傅子曰：或問劉歆劉向孰賢？傅子曰：向才學俗而志忠，歆才學通而行邪。詩之雅頌，書之典謨，文質足以相副。玩之若近，尋之益遠。陳之若肆，研之若隱。浩浩乎其文章之淵府也！"

在"陸機才欲窺深"數句上題曰："《抱朴子》曰：歐陽生曰：張茂先、潘正叔、潘安仁文遠過二陸。或曰：張潘與二陸爲比，不徒步驟之間也。歐陽曰：二陸文詞源流，不出俗檢。"

在"亦以建安爲口實"句上題曰："口實，出《易》頤卦'自求口實'。鄭注'頤中有物曰口實'。又《左傳》襄二十二年：若不恤其患，而以爲口實……。杜注：口實，但有其言而已。按：此文用作談柄話把之義。"

在正文上方，又分別題曰："枚鄒：合論枚乘、鄒陽。董馬：合論董仲舒、司馬遷。相如：單論司馬相如。王褒：單論王褒。子云：單論揚雄。桓譚：單論桓譚。敬通：單論馮衍。二班兩劉合論：班彪、班固；劉向、劉歆。傅崔合論：傅毅；崔駰、崔瑗。崔瑗、杜篤、賈逵：附傅崔。並論：杜篤、賈逵。李尤，單論。馬融，單論。二王合論：王逸、王延壽。張蔡合論：張衡、蔡邕。劉趙孔禰合論：劉向、趙壹、孔融、禰衡。二曹優劣合論：曹丕、曹植。七子合論：王粲、陳琳、阮瑀、徐幹、劉楨、應瑒。路粹、楊修、丁儀、邯鄲淳，附論七子末。劉何合論：劉劭、何晏。二應合論：應璩、應貞。嵇阮合論：嵇康、阮籍。張華，單論。左思，單論。潘岳，單論。二陸合論：陸機、陸雲。孫摯合論（而詳摯）：孫楚、摯虞。二傅合論：傅玄、傅咸。成夏侯合論：成公綏、夏侯玄。曹張合論：曹攄、張翰。二張合論：張孟陽、張景陽。劉盧合論：劉琨、盧諶。郭單論：郭璞。庾溫合論：庾元規、溫嶠。孫干合論：孫盛、干寶。袁孫合論：袁宏、孫綽。殷仲文謝叔源合論：殷仲文、謝混。"

在"可略而詳也"句"詳"字旁注曰："詳，當作'言'。"在"賦孟春而選典誥"句"選"字旁注"撰"字，"誥"字旁注"語"字，其上又題曰："'選'本'撰'字。范注改'進'，誤也。"在"然覆取精意，理不勝辭"句"覆"字旁注"？蔽"，又其上題曰："覆取，疑有誤字。"在"子雲屬意，辭人最深"句"人"字旁注"疑是'采'字"。在"多俊才而不課學"句"俊"字旁注曰"役"，其上又題曰："《史通·雜說》下引作'役才'，與'課學'爲對。"

在涵芬樓本《文心雕龍·才略篇》上的題語：
在"可略而詳也"句"詳"字旁題曰"言"。
在原本"邁教擇楚國之令典"句"教"字旁題曰"敎"。
在"賦孟春而選典誥"句"誥"字旁題曰"語"。
在原本"議摑而賦清"句"摑"字旁題曰"愜"。
在"然覆取精意"句"取"字旁題曰"蔽"。
在原本"正楊子以爲文麗用寡者長卿"句"正"字旁題曰"故"。
在"辭人最深"句"人"字旁題曰"采"。
在原本"李充賦銘"句"充"字旁題曰"尤"。
在原本"思洽登高"句"登"前加一"識"。
在"多俊才而不課學"句"俊"字旁題曰"役"。
在原本"左思立才"句"立"字旁題曰"奇"。
在原本"士龍朗陳"句"陳"字旁題曰"練"。
在原本"並杶幹之實"句"杶"字旁題曰"楨"。

在原本"孟陽景福"句"福"字旁題曰"陽"。

在原本"孫盛子實"句"子實"二字旁題曰"干寶"。

在"殷仲文之孤興"句"孤"字旁題曰"秋"。

在原本"遺風藉甚"句"藉"字旁題曰"籍"。

【劉永濟本篇摘錄語詞】

辭令華采　文章　辭義溫雅　儀表　磊落　修辭　文勝　修辭
辯義　密至　壯中　麗動　文質　奇采　麗縟　師範　誇豔
文用　理不勝辭　密巧爲致　致聲　貌　構采　涯度　辭采
屬意　詭麗　理贍辭堅　辭說　清辯　該練　光采　沈腦　文跡
吐納　華實　博識　瑰穎　絢綵　通贍　精雅　才學　清綺
清越　辯要　風情　文理　清暢　和暢　朗練　鮮淨　直置
疏通　流別　溫雅　條理　規鏡　剛中　清靡　辨切　雅壯
多風　豔逸　靡密　閒暢　清通　准的　筆采　倫序　辭體
風流　辭翰　甄序　嘉會　綜文

知音第四十八

知音其難哉！音實難知，知實難逢，逢其知音，千載其一乎！夫古來知音，多賤同而思古。所謂日進前而不御，遙聞聲而相思也。昔儲說始出，子虛初成，秦皇漢武，恨不同時。既同時矣，則韓囚而馬輕。豈不明鑒同時之賤哉！至於班固傅毅，文在伯仲，而固嗤毅云下筆不能自休。及陳思論才，亦深排孔璋。敬禮請潤色，歎以爲美談。季緒好詆訶，方之於田巴，意亦見矣。故魏文稱文人相輕，非虛談也。至如君卿脣舌，而謬欲論文，乃稱史遷著書，諮東方朔。於是桓譚之徒，相顧嗤笑。彼實博徒，輕言負誚。況乎文士，可妄談哉！故鑒照洞明，而貴古賤今者，二主是也。才實鴻懿，而崇己抑人者，班曹是也。學不逮文，而信僞迷真者，樓護是也，醬瓿之議，豈多歎哉！

夫麟鳳與麏雉懸絕，珠玉與礫石超殊。白日垂其照，青眸寫其形。然魯臣以麟爲麏，楚人以雉爲鳳，魏氏以夜光爲怪石，宋客以燕礫爲寶珠。形器易徵，謬乃若是；文情難鑒，誰曰易分？

夫篇章雜沓，質文交加。知多偏好，人莫圓該。慷慨者逆聲而擊節，醞籍者見密而高蹈。浮慧者觀綺而躍心，愛奇者聞詭而驚聽。會己則嗟諷，異我則沮棄。各執一隅之解，欲擬萬端之變，所謂東向而望，不見西牆也。

凡操千曲而後曉聲，觀千劍而後識器。故圓照之象，務先博觀。閱喬岳以形培塿，酌滄波以喻畎澮。無私於輕重，不偏於憎愛。然後能平理若衡，照辭如鏡矣。是以將閱文情，先標六觀：一觀位體，二觀置辭，三觀通變，四觀奇正，五觀事義，六觀宮商。斯術既形，則優劣見矣。

夫綴文者情動而辭發，觀文者披文以入情。沿波討源，雖幽必顯。世遠莫見其面，覘文輒見其心。豈成篇之足深，患識照之自淺耳。夫志在山水，琴表其情，況形之筆端，理將焉匿？故心之照理，譬目之照形。目瞭則形無不分，心敏則理無不達。然而俗監之迷者，深廢淺售。此莊周所以笑折楊，宋玉所以傷白雪也。昔屈平有言"文質疎内，衆不知余之異采"，見異唯知音耳。揚雄自稱心好沈博絶麗之文，其事浮淺，亦可知矣。夫唯深識鑒奧，必歡然內懌，譬春臺之熙衆人，樂餌之止過客。蓋聞蘭爲國香，服媚彌芬；書亦國華，翫澤方美。知音君子，其垂意焉。

贊曰：洪鍾萬鈞，夔曠所定。良書盈篋，妙鑒迺訂。流鄭淫人，無或失聽。獨有此律，不謬蹊徑。

【黃叔琳注】

日進遙聞：［鬼谷子內揵篇］日進前而不御，遙聞聲而相思。

儲説：［韓非傳］非作孤憤、五蠹、內外儲、説林、説難，十餘萬言，秦王見其書曰：寡人得見此人，與之遊，死不恨矣。因急攻韓，韓迺遣非使秦，李斯、姚賈害之，下吏治非。

子虛：見麗辭篇上林注。

嗤毅：［魏文帝典論］傅毅之於班固，伯仲之間耳，而固小之，與弟超書曰：武仲以能屬文爲蘭臺令史，下筆不能自休。

論才：［陳思王集］與楊德祖書：以孔璋之才，不閑於辭賦，而多自謂能與司馬長卿同風，譬畫虎不成反爲狗者也。昔丁敬禮嘗作小文，使僕潤色之，僕自以才不過若人，辭不爲也。敬禮謂僕：卿何所疑難，文之佳惡，吾自得之，後世誰相知定吾文者耶！吾常歎此達言，以爲美談。劉季緒才不逮於作者，而好詆訶文章，掎摭利病。昔田巴毀五帝，罪三王，呰五霸於稷下，一旦而服千人。魯連一説，使終身杜口。劉生之辯，未若田氏，今之仲連，求之不難，可無歎息乎。丁廙字敬禮。季緒，劉表子也。

相輕：［魏文帝論］文人相輕，自古而然。

樓護：［漢遊俠傳］樓護字君卿，少隨父爲醫長安，誦醫經本草方術數十萬言。長者謂曰：以君卿之才，何不宦學乎，繇是辭其父，學經傳，爲吏數年，甚得名譽。

醬瓿：［揚雄傳］著太玄、法言，劉歆嘗觀之，謂雄曰：空自苦！今學者有利祿，然尚不能明易，又如玄何？吾恐後人用覆醬瓿也。

麟麚：見史傳篇泣麟注。

雉鳳：［尹文子］楚擔山雉者，路人問何鳥也，擔雉者欺之曰：鳳凰也，買而獻之楚王。

怖石：［尹文子］魏之田父得玉徑尺，不知其玉也，以告鄰人，鄰人紿之曰：怪石也，歸而置之廡下，明照一室，怖而棄之於野。

燕礫：[闕子]宋之愚人得燕石於梧臺之東，歸而藏之以爲寶，周客聞而觀焉，掩口而笑曰：與瓦礫不殊。

東向：[淮南子]東面而望，不見西牆，南面而視，不覩北方。

琴表其情：[呂氏春秋]伯牙鼓琴，鍾子期善聽，方鼓琴，志在泰山，子期曰：善哉乎鼓琴，巍巍乎若泰山。志在流水，曰：善哉乎鼓琴，洋洋乎若流水。

折楊：[莊子]大聲不入於里耳，折楊皇荂，則嗑然而笑，是故高言不正於衆人之心，至言不出，俗言勝也。

白雪：[宋玉對楚王問]客有歌於郢中者，其始曰下里巴人，國中屬而和者數千人。其爲陽春白雪，國中屬而和者數十人，是以其曲彌高，其和彌寡。

異采：[屈平九章]文質疏內兮，衆不知余之異采。

春臺：[老子]衆人熙熙，如登春臺。

樂餌：[老子]樂與餌，過客止。

國香：[左傳]鄭文公有賤妾曰燕姞，夢天使與己蘭曰，以是爲而子，以蘭爲國香，人服媚之如是。

【紀昀評語】

紀氏在篇目上方題曰："'難'字一篇之骨。"

在"故鑒照洞明，而貴古賤今者"數句上方，紀氏題曰："確有此三種。"

在"夫麟鳳與麏雉懸絶"數句之上，題曰："此似是而非之見，雖相賞識，亦非知音。"

在"文情難鑒，誰曰易分"句上題曰："又進一層。"

在"知多偏好，人莫圓該"以下數句之上題曰："千古癥結，數言洞見。"

在"無私於輕重，不偏於憎愛"句上題曰："扼要之論，探出知音之本。"

在"夫綴文者情動而辭發"數句之上，又題曰："此一段說到音本易

413

知，乃彌覺知音不逢之可傷。"

【劉永濟校字】

衆不知余之異采，見異唯知音耳。

按兩"異"字應作"奧"，後人據誤本《楚辭》改此文耳。觀下文"深識鑒奧"可知。詳見《序志》篇。

其事浮淺。

按"其"疑"匪"誤，此言雄好深奧之文，匪從事於浮淺可知，故下曰"深識鑒奧，歡然內懌"也。

【劉永濟釋義】

此篇分三段。首段明知音之難遇。中分三節：初總揭大旨，次引證，中包四層：一時同則不貴，二崇己則輕人，三學淺則妄論，末總斷上舉三證。次段難知之故。中分三節：初文非形器，無識者不能知，其故一也；次識鮮圓該，偏好者有所囿，其故二也；三學貴博觀，習淺者難爲功，其故三也。末段論音本易知之理，而寄慨於深識難逢。中分三節：初舉六觀爲法，次論苟能深入，則雖幽必顯，終言苟能熟翫，則雖奧易明。

文學之事，作者之外，有讀者焉。假使作者之性情學術，才能識略，高矣美矣，其辭令華采，已盡工矣，而讀者識鑒之精粗，賞會之深淺，其間差異，有同天壤。此舍人所以"惆悵於知音"也。蓋作者往矣，其所述造，猶能綿綿不絕者，實賴精識之士，能默契於寸心，神遇於千古也。作者雖無求名身後之心，而其學術性情，才能識略，胥託其文以見。易詞言之，一民族、一國家已往文化所託命，未來文化所孳育，端賴文學。然則識鑒之精粗，賞會之深淺，所關於作者一身者少，而係於民族國家者多矣。論文者又烏可忽哉？本篇於此義雖未顯言，然觀《序志》篇稱文章爲"經典之枝條"，經典乃禮典君國之本源；《原道》篇論文章與聖道相因，爲區宇彝憲所資託；《程器》篇謂"摛文必在緯軍國，負重必在任棟梁，窮則獨善以垂文，達則奉時以騁績"；其涵孕之深，關係之大如此。則淺識妄解者之賊事害理，不言可知矣。因爲闡發之於此。

往嘗撰《文鑒篇》，論知音難遇之故有三，而不學無識者不與焉。一曰，人之性分學力各異，即舍人"知多偏好，人莫圓該"之義也。二曰，習俗移人，賢者不免，此義爲舍人所未論及，略舉其説，如淵明之文，不稱重於晉宋，四聲之論，不見許於鍾陸，即其明證。三曰，知識詮別，與性靈領受殊科，此義最要，亦舍人所未言，然觀篇末所舉二義，即深入與熟翫。則性靈領受之詮釋也，所謂"入情見心，歡然内懌"者，苟非以我心魂，接彼精魄者，何能臻此？蓋性靈領受者，必在天君澄澈，世慮盡消之時，其事與"陶鈞文思，貴在虛静"，功用正等也。至知識詮別之事，約有四類：求工拙於隻辭，論優劣於片韻，摘句者遺篇，斷章而取義，雖得魚忘筌，時有獲於寸心，而索驥按圖，終失知於千里者，詩話家也。一字之來歷，徵引及於群書，一事之典實，辨詰等於聚訟，雖多闡發之功，亦有穿鑿之過者，箋注家也。又有援史事以證詩，因詩語而訂史，工部必語語諷唐政，三閭則字字懷楚憲，雖得有合於論世，而失則同於羅織者，考證家也。又有窮源究委，別派分門，儕玉谿於香豔之倫，推義寧爲艱澀之祖，鎚鍊則附杜鳴高，放蕩則託李自喜，雖深探討之功，實啟依託之漸者，歷史家也。四家之外，今世習尚，又有爲校勘之學者，則箋注家之附庸也。有爲表譜之學者，則歷史家之枝派也。凡此諸家，固讀書者所當爲，然僅能爲此，即謂已盡鑒賞之能事，獲古人之精英，則亦未然也。朱子謂："讀《詩》者，當涵詠自得"，即舍人"深入""熟翫"之義，亦即余性靈領受之説，合而參之，鑒賞之事，不中不遠矣。

【劉永濟批語】

在《劉舍人文心雕龍十卷》（下册）之《知音》上的題語：

在《知音第四十八》篇目下，劉先生題曰："此專論作者與鑒賞者之關係也。"

在"逢其知音，千載其一乎"句旁題曰："總揭大旨。"在"日進前而不御"二句旁題曰:"二句出《鬼谷子·內楗篇》。古今通弊!"在"同時之賤哉"句旁題曰:"知而不貴!"在"意亦見矣"句旁題曰:"知而相輕!"在"可妄談乎"句旁題曰:"不知而妄談!"

在"豈多歎哉"句旁題曰:"以上知音之難。"在"文情難鑒,誰曰易分"句旁題曰:"以無識者不能辨物,以見知音之難一。"在"所謂東向而望不見西牆"句旁,又題曰:"知有偏好,不能圓該。以見知音之難二。"在"斯術既形,則優劣見矣"句旁,又題曰:"學非通識,不能博觀。以見知音之難三。以上析論知難之故。"

在"宋玉所以傷白雪也"句旁又題曰:"以上言苟能通作者之情,音本易知。"在"君子其垂意焉"句旁題曰:"以上言苟深研,則實亦易知。"又題曰:"以上知音本易,言外有深識難逢之歎。"

在"至如君卿脣舌"數句上題曰:"《漢書·遊俠傳》:(樓)護爲人短小精辨,論議常依名節,聽之者皆竦。與谷永俱爲五侯上客,長安號曰'谷子雲之筆札,樓君卿之脣舌'。言其見信用也。按彥和所引君卿之言,未知所本。"

在"凡操千曲而後曉聲"數句上題曰:"《意林》引《新論》曰:揚子雲攻於賦,王君大習兵器。予欲從二子學。子雲曰'能讀千賦則善賦',君大曰'能觀千劍則曉劍'。諺曰:伏習象神,巧者不過習者之門。"

在"然而俗監之迷"句"監"字下題曰:"監,疑是'鑒'。"在"眾不知余之異采,見異唯知音"二句上題曰:"此'異'字亦後人據誤本《楚辭》改。觀下文'深識鑒奧'可知。彥和本不誤。詳見《序志篇》。"在"其事浮淺"句"其"字旁題曰"匪"。

在涵芬樓本《文心雕龍·知音篇》上的題語:

在"綴文者情動而辭發"數句之上,題曰:"此段與孟子由文辭逆志之理正同。六觀即綴文者所有事,亦觀文者所當先入手之事。六者明,則作者之情'雖幽必顯'矣。"

在"而崇己抑人"句後加一"者"字。在"魏氏以夜光爲怪"句"氏"字旁題曰"民"。在"然而俗監之迷者"句"監"字旁題曰"鑒"。在"眾不知余之異采，見異唯知音耳"句中兩"異"字旁均題曰"奧"。在"其事浮淺亦可知矣"句"其"字旁題曰"匪"。

【劉永濟本篇摘録語詞】

博徒　鴻懿　形器　文情　質文　圓該　醖藉　浮慧　文情
事義　識照　文質　奧采　深識　浮淺　鑒奧

程器第四十九

　　周書論士，方之梓材，蓋貴器用而兼文采也。是以樸斵成而丹腬施，垣墉立而雕杅附。而近代詞人，務華棄實，故魏文以爲古今文人，類不護細行；韋誕所評，又歷詆群才。後人雷同，混之一貫，吁可悲矣！

　　略觀文士之疵：相如竊妻而受金，揚雄嗜酒而少算；敬通之不循廉隅，杜篤之請求無厭；班固諂竇以作威，馬融党梁而黷貨；文舉傲誕以速誅，正平狂憨以致戮；仲宣輕脆以躁競，孔璋惚恫以麤疎；丁儀貪婪以乞貨，路粹餔啜而無恥；潘岳詭譸於愍懷，陸機傾仄於賈郭；傅玄剛隘而詈臺，孫楚佷愎而訟府。諸有此類，並文士之瑕累。

　　文既有之，武亦宜然。古之將相，疵咎實多。至如管仲之盜竊，吳起之貪淫，陳平之污點，絳灌之讒嫉，沿茲以下，不可勝數。孔光負衡據鼎，而仄媚董賢。況班馬之賤職，潘岳之下位哉！王戎開國上秩，而鬻官囂俗。況馬杜之磬懸，丁路之貧薄哉！然子夏無虧於名儒，濬沖不塵乎竹林者，名崇而譏減也。若夫屈賈之忠貞，鄒枚之機覺，黃香之淳孝，徐幹之沈默，豈曰文士，必其玷歟！

蓋人稟五材，修短殊用，自非上哲，難以求備。然將相以位隆特達，文士以職卑多誚。此江河所以騰湧，涓流所以寸折者也。名之抑揚，既其然矣；位之通塞，亦有以焉。蓋士之登庸，以成務爲用。魯之敬姜，婦人之聰明耳。然推其機綜，以方治國，安有丈夫學文，而不達於政事哉？彼揚馬之徒，有文無質，所以終乎下位也。昔庾元規才華清英，勳庸有聲，故文藝不稱；若非台岳，則正以文才也。文武之術，左右惟宜。郤縠敦書，故舉爲元帥。豈以好文而不練武哉！孫武兵經，辭如珠玉。豈以習武而不曉文也！

是以君子藏器，待時而動。發揮事業，固宜蓄素以弸中，散采以彪外。梗柟其質，豫章其幹。摛文必在緯軍國，負重必在任棟梁。窮則獨善以垂文，達則奉時以騁績。若此文人，應梓材之士矣。

贊曰：瞻彼前修，有懿文德。聲昭楚南，采動梁北。雕而不器，貞幹誰則！豈無華身，亦有光國。

【黃叔琳題注】

在本篇之末，黃氏題曰："此篇於文外補修行、立功、制作之體，乃更完密。"

【黃叔琳注】

梓材：[書梓材]若作室家，既勤垣墉，惟其塗墍茨，若作梓材，既勤樸斲，惟其塗丹臒。

韋誕：[文章敘錄]韋誕字仲將，太僕端之子，魚豢嘗舉王阮諸人以問誕，誕對曰：仲宣傷於肥戇，休伯都無格檢，元瑜病於體弱，孔璋實自粗疏，文蔚性頗忿鷙。

竊妻受金：[司馬相如傳]卓王孫有女文君新寡，好音，相如以琴心挑之，文君竊從戶窺，心悅而好之，恐不得當也，夜亡奔相如。相如與馳歸成都。其後有人言，相如使蜀時受金，失官。

嗜酒：[揚雄傳]雄家素貧，嗜酒，時有好事者，載酒肴從遊學。

敬通：[馮衍傳]衍字敬通，顯宗即位，人多短衍文過其實，遂廢於家。衍與婦弟書，數婦之惡，有云：以室家之故，捐棄衣冠，心專耕耘，以求衣食。

杜篤：[後漢文苑傳]杜篤居美陽，與美陽令遊，數從請託不諧，頗相恨，令怒，收篤送京師。

班固：[班固傳]大將軍竇憲出征匈奴，以固爲中護軍與參議，及竇憲敗，固先坐免官。固不教學諸子，諸子多不遵法度，吏人苦之。

馬融：[馬融傳]融爲梁冀草奏奏李固，又作大將軍西第頌，以此頗爲正直所羞，論曰：馬融奢樂恣性，黨附成譏，固知識能匡欲者鮮矣。

文舉：[孔融傳]融字文舉，負其高氣，志在靖難，而才疏意廣，後爲曹操所殺。

正平：[後漢文苑傳]禰衡字正平，少有才辯，而氣尚剛傲，後爲黃祖所殺。

惚恫：[廣韻]惚恫，不得志也。

詭譸：[晉愍帝太子傳]賈后將廢太子，詐稱上不和，召太子置別室，逼飲醉之，使潘岳作書草若禱神之文，有如太子素息，因醉而書之，令少婢以紙筆及書草使太子依而寫之，后以呈帝，廢太子。

傾仄：[陸機傳]機好遊權門，與賈謐親善，以進趣獲譏。

賈郭：[郭彰傳]彰，賈后從舅也，與賈充素相親，遇賈后專朝，彰與參權勢，賓客盈門，世人稱爲賈郭。

詈臺：[傅玄傳]玄轉司隸校尉，謁者以宏訓宮爲殿內，制玄位在卿下，玄恚怒，厲聲色而責謁者，謁者妄稱尚書所處，玄對百僚而罵尚書以下。御史中丞庾純奏玄不敬。

訟府：[孫楚傳]楚參石苞驃騎軍事，初至，長揖曰：天子命我參卿軍事，因此而嫌隙遂構。苞奏楚與吳人孫世山共訕毀時政，楚亦抗表自理，紛紜經年。

管仲盜竊：[説苑]鄒子曰：管仲故成陰之狗盜也。

吳起：[吳起傳]起聞魏文侯賢，欲事之，文侯問李克曰：吳起何如人哉？李克曰：起貪而好色，然用兵，司馬穰苴不能過也。

讒陳平：[陳丞相世家]絳侯灌嬰等咸讒陳平曰：臣聞平家居時盜其嫂，事魏不容，亡歸楚，歸楚不中，又亡歸漢，今日大王尊官之，令護軍，平受諸將金，金多者得善處，金少者得惡處，平，反覆亂臣也。[賈誼傳]絳、灌、東陽侯、馮敬之屬盡害之。[注]絳、灌，周勃、灌嬰也。

孔光：[漢佞幸傳]初，丞相孔光爲御史大夫時，董賢父恭爲御史，事光，及賢爲大司馬，與光並爲三公，上故令賢私過光，光知上欲尊寵賢，及聞賢當來也，光警戒衣冠，出門待望，見賢車迺却入。賢至中門，光入閣，既下車，迺出拜謁，送迎甚謹，不敢以賓客鈞敵之禮。賢歸，上聞之喜。

王戎：[王戎傳]戎與阮籍諸人爲竹林之遊，戎嘗後至。籍曰：俗物已復來敗人意。戎笑曰：卿輩意亦復易敗耶，後以平吳功封安豐侯。南郡太守劉肇賂戎筒中細布五十端，爲司隸所糾，帝雖不問，然爲清慎者所鄙。

鄒枚：[鄒陽傳]吳王濞陰有邪謀，陽奏書諫，吳王不内其言，於是鄒陽、枚乘、嚴忌知吳不可説，皆去之梁。

黃香：[後漢文苑傳]黃香年九歲失母，思慕憔悴，殆不免喪，鄉人稱其至孝。太守劉護聞而召之，署門下孝子。香博學經典，究精道術，能文章，肅宗詔香詣東觀，讀所未嘗見書。

徐幹：[魏志]徐幹字偉長。[魏文帝書]偉長懷文抱質，恬淡寡欲，有箕山之志，可謂彬彬君子矣。著中論二十餘篇，成一家之業，辭義典雅，足傳於後。

敬姜：[國語]公父文伯退朝，朝其母，方績，文伯曰：以歜之家，而主猶績，懼干季孫之怒也。敬姜歎曰：昔聖王之處民也，擇瘠土而處之，勞其民而用之，男女效績，愆則有辟，古之制也。

敦書：[左傳]晉侯蒐於被廬，作三軍，謀元帥。趙衰曰：郤縠可，臣亟聞其言矣，説禮樂而敦詩書。

　　孫武：[孫子傳]孫武以兵法見吳王闔廬，闔廬曰：子之十三篇，吾盡觀之矣，可以小試勒兵乎？對曰：可。

　　弸中彪外：[揚子法言]君子言則成文，動則成德，何以也？曰：以其弸中而彪外也。[注]弸，滿也，彪，文也。

　　梗柟：[陸賈新語]梗柟豫章，天下之名木，立則爲大山衆木之宗，仆則爲萬世之用。

【紀昀評語】

　　在"沿兹以下，不可勝數"上方，紀氏題曰："此亦有激之談，不爲典要。"

　　在"位之通塞，亦有以焉"數句之上，紀氏題曰："此種亦純是客氣！觀此一篇，彥和亦發憤而著書者。"又題曰："觀《時序篇》，此書蓋成於齊末，彥和入梁乃仕。故鬱鬱乃爾耶！"

【劉永濟釋義】

　　此篇分四段。首段總揭篇旨，在文行並重。中包二層：一設論明華質當並茂，次舉前人評論，嘆文人之無行。次段反復析論文行之不易兼全。中分三節：初節舉證，見文人實多無行者，次節寄慨於文人之易被譏訕，中包四層：一武士亦有無行者，二將相因名崇而減譏，以見文人職卑則多誚，三舉證見文人不必皆無行，末節申明上意以寄慨。三段言器用文采，與位之崇卑所關，以見位尊者不必以文采邀譽，言外有箴其時顯貴之意。中分二節：初節明位之崇卑與文之關係，又包二層：一學文本以達政，二舉證以見文不達政者，宜居下位，從政者不必以文藝爲美稱；次節申論通才當文武兼資，即篇首器用文采並重之旨。末段總論此篇要旨作結。全篇文意，特爲激昂，知舍人寄慨遥深，所謂發憤而作者也。乃後世視其書與文評詩話等類，使九原可作，其憤慨又當何如邪？

紀評謂舍人"此篇亦有激之談,不爲典要",真所謂俗鑑之迷者也。今細繹其文,可得二義:一者,歎息於無所憑藉者之易召譏謗;二者,譏諷位高任重者,怠其職責,而以文采邀譽。於前義可見爾時之人,其文名藉甚者,多出於華宗貴胄,布衣之士,不易見重於世,蓋自魏文時創爲九品中正之法,日久弊生,劉毅已有"上品無寒門,下品無勢族"之議,宋齊以來,循之未改,沈約亦有"凡厥衣冠,莫非二品,自此以還,遂成卑庶"之論,至隋文開皇中,始議罷之,是六代甄拔人才,終不出此制,於是士流咸重門第,而寒族無進身之階,此舍人所以興嘆也。於後義可見爾時顯貴,但以辭賦爲勳績,致國事廢弛。盜道文既離,浮華無實,乃舍人之所深憂,亦《文心》之所由作也。

　　舍人此篇,尚存一義,讀其書者,或未留意。舍人曰:"文武之術,左右惟宜,郤縠敦《書》,故舉爲元帥,豈以好文而不練武哉?孫武兵經,辭如珠玉,豈以習武而不曉文也?"此以文事武備並重,初觀之甚異,實亦深中時弊之論也。顏之推《家訓》,有論梁世士大夫文弱之弊二節,證以舍人之言,知蕭梁以前,士習已然矣。《家訓·涉務篇》曰:"梁世上大夫,皆尚褒衣博帶,大冠高履,出則車輿,入則扶將,郊郭之內,無乘馬者。"又曰:"及侯景之亂,膚脆骨柔,不堪行步,體羸氣弱,不耐寒暑,坐死倉卒者,往往而然。建康令王復,性既儒雅,未嘗乘騎,見馬嘶歕陸梁,莫不震懾,乃謂人曰'正是虎,何故名爲馬乎?'其風俗如此。"又《勉學篇》曰:"梁朝全盛之時,貴遊子弟,多無學術,至於諺云'上車不落則著作,體中何如則祕書',無不燻衣剃面,傅粉施朱,駕長簷車,跟高齒履,坐棊子方褥,憑斑絲隱囊,列器玩於左右,從容出入,望若神仙。夫射御書數,古人並習,未有柔靡脆弱如齊梁子弟者。士習至此,國事尚可問哉?"然則舍人此論,不特有斯文將喪之懼,實懷神州陸沉之憂矣,安可謂之不爲典要哉?學者借古鏡今,於世風俗尚,孰是孰非,當知所取舍矣。

【劉永濟批語】

　　在《劉舍人文心雕龍十卷》(下冊)之《程器》上的題語:

在《程器第四十九》篇目下，劉先生題曰："此亦知人之事。"又於其上題曰："此篇辭意極其憤慨，蓋爲沉於下位之文人抒其不平，言外又指摘當時顯貴務文而忘其政事者。"

在"古今文人，類不護細行"句上，劉先生題曰："《顏氏家訓·文章篇》：然而自古文人，多陷輕薄。屈原露才揚己，顯暴君過。宋玉體貌容冶，見遇俳優。"又題引《三國·魏志·王粲傳》注引魚豢曰："韋仲將云：仲宣傷於肥戇，休伯都無格檢，元瑜病於體弱，孔璋實自麤疏，文蔚性頗忿鷙。"

在"王戎開國上秩"數句上，題曰："此段乃文家抑揚之詞，讀者須善體會。"又在紀昀評語"此種亦純是客氣"句旁題曰："此評亦妄！"

在"杜篤之請求無厭"句旁題曰："請託美陽令，被收送京。"在"馬融党梁而黷貨"句旁題曰："受橾錢四十萬。"在"潘岳詭譸於湣懷"句旁題曰："與賈后謀廢湣懷太子。"在"陸機傾仄於賈郭"句旁題曰："好遊權門。"在"孫楚狠愎而訟府"句旁題曰："與石苞爭訟。"在"並文士之瑕累"句旁題曰："以上文人無行之證。"在"陳平之汙點"句旁題曰："盜嫂之嫌，受諸將金。"

在"沿茲以下，不可勝數"句旁又題曰："武人亦無行。"在"王戎開國上秩"句旁題曰："以平吳功封侯，得劉筆細布五十端。"在"名崇而譏減"句旁題曰："將相無行，名崇譏減。"在"鄒枚之機覺"句旁題曰："吳王濞有逆謀，鄒枚去之。"在"徐幹之沉默"句旁題曰："輕官忽祿，不耽世榮。"又在"豈曰文士，必其玷歟"句旁題曰："文人不必盡無行。"

在"故宜蓄素以彌中"句下題曰："積行內滿，文辭外發。"又在"聲昭楚南，采動梁北"句旁題曰："屈賈，鄒枚之徒。"

在涵芬樓本《文心雕龍·程器篇》上的題語：

在原本"垣墉立而雕朽附"句"朽"字旁題曰"朽"。在原本"潘岳詭禱於湣懷"句"禱"字旁題曰"譸"。在原本"璿沖不塵乎竹林者"句"璿"字旁題曰"濬"。在原本"涓流所以寸析者"句"析"字旁題曰"折"。

在原本"安有大夫學文"句"大"字旁題曰"丈"。在原本"固宜蓄素

423

以剛中，散悉以虨外"句"剛"字旁題曰"弸"，在"悉"字旁題曰"采"。

又在其上題曰："弸中、虨外，語出《法言·君子篇》。李注：弸，滿也。"

【劉永濟本篇摘錄語詞】

器用　文采　華　實　一貫(一，同也)　廉隅　傲誕　狂憨　輕脆　惚恫　傾仄　剛隘　佷愎　特達　文　文質　清英　發揮　文德

序志第五十

夫文心者，言為文之用心也。昔涓子琴心，王孫巧心，心哉美矣，故用之焉。古來文章，以雕縟成體，豈取騶奭之群言雕龍也。夫宇宙綿邈，黎獻紛雜，拔萃出類，智術而已。歲月飄忽，性靈不居，騰聲飛實，制作而已。夫有肖貌天地，稟性五才，擬耳目於日月，方聲氣乎風雷，其超出萬物，亦已靈矣。形同草木之脆，名踰金石之堅。是以君子處世，樹德建言，豈好辯哉？不得已也。

予生七齡，乃夢彩雲若錦，則攀而採之。齒在踰立，則嘗夜夢執丹漆之禮器，隨仲尼而南行。旦而寤，迺怡然而喜。大哉聖人之難見也，乃小子之垂夢歟！自生人以來，未有如夫子者也。敷讚聖旨，莫若注經。而馬鄭諸儒，弘之已精，就有深解，未足立家。唯文章之用，實經典枝條。五禮資之以成，六典因之致用。君臣所以炳煥，軍國所以昭明。詳其本源，莫非經典。而去聖久遠，文體解散。辭人愛奇，言貴浮詭。飾羽尚畫，文繡鞶帨。離本彌甚，將遂訛濫。蓋周書論辭，貴乎體

要；尼父陳訓，惡乎異端。辭訓之異，宜體於要。於是搦筆和墨，乃始論文。

詳觀近代之論文者多矣。至於魏文述典，陳思序書，應瑒文論，陸機文賦，仲洽流別，宏範翰林，各照隅隙，鮮觀衢路。或臧否當時之才，或銓品前修之文。或汎舉雅俗之旨，或撮題篇章之意。魏典密而不周，陳書辯而無當。應論華而疏略，陸賦巧而碎亂。流別精而少巧，翰林淺而寡要。又君山公幹之徒，吉甫士龍之輩，汎議文意，往往間出。並未能振葉以尋根，觀瀾而索源。不述先哲之誥，無益後生之慮。

蓋文心之作也，本乎道，師乎聖，體乎經，酌乎緯，變乎騷。文之樞紐，亦云極矣。若乃論文敘筆，則囿別區分。原始以表時，釋名以章義，選文以定篇，敷理以舉統。上篇以上，綱領明矣。至於剖情析采，籠圈條貫，摛神性，圖風勢，苞會通，閱聲字，崇替於時序，褒貶於才略，怊悵於知音，耿介於程器，長懷序志，以馭群篇。下篇以下，毛目顯矣。位理定名，彰乎大易之數，其為文用，四十九篇而已。

夫銓序一文為易，彌綸群言為難。雖復輕采毛髮，深極骨髓，或有曲意密源，似近而遠，辭所不載，亦不勝數矣。及其品列成文，有同乎舊談者，非雷同也，勢自不可異也。有異乎前論者，非苟異也，理自不可同也。同之與異，不屑古今，擘肌分理，唯務折衷。按轡文雅之場，環絡藻繪之府，亦幾乎備矣。但言不盡意，聖人所難；識在缾管，何能矩矱。茫茫往代，既沈予聞；渺渺來世，諒塵彼觀也。

贊曰：生也有涯，無涯惟智。逐物實難，憑性良易。傲岸泉石，咀嚼文義。文果載心，余心有寄。

【黃叔琳題注】

黃氏在"形同草木之脆，名踰金石之堅"句上題曰："讀歐陽子《送徐無黨序》文，爽然自失矣。"

【黃叔琳注】

涓子：［文選注］涓子，齊人，好餌术，隱於宕山，著琴心三篇。
王孫：［漢藝文志］王孫子一篇，一曰巧心。
雕龍：見諸子篇騶子注。
騰聲：［封禪文］蜚英聲，騰茂實。
飾羽：見徵聖篇。
魏文：［魏文帝集］有典論論文論方術。
陳思：［陳思王集］與楊德祖書：僕少小好爲文章，迄至於今，二十有五年矣，然今世作者，可略而言也。
應瑒：應瑒集有文質論。
文賦：陸機集有文賦。
流別：見頌贊篇。
翰林：［隋經籍志］翰林論三卷，晉著作郎李充撰。［晉書］李充，字弘度，江夏人，歷官大著作郎，注尚書及周易旨六論，釋莊論二篇，詩賦雜文二百四十首行於世，傳中不言有翰林論，而玉海引翰林論，亦云弘範。
毛目：［子華子］毛舉其目，尚不勝爲數也。
缾管：［左傳］挈缾之智。［注］喻小智也。［莊子秋水篇］是直用管闚天。

【紀昀評語】

紀氏在篇首上方題曰："此全書之總序。古人之序皆在後。《史記》《漢書》《法言》《潛夫論》之類，古本尚斑斑可考。"

在"文體解散，辭人愛奇"數句上，紀氏題曰："全書對針此數語立言。"

在"及其品列成文"數句之上，又題曰："平允之見！如此乃可以著書，亦如此其書乃傳。"又題曰："結處自負不淺！"

原本"精而少巧"後注云："《梁書》作'功'。"紀氏題曰："'功'字是。"又原本"既沈予聞"句"沈"下注"一作'洗'"，紀氏題曰："'洗'字是。"

【劉永濟校字】

夫有肖貌天地，稟性五才。

此彥和用《漢書·刑法志》。彼文曰："夫人肖天地之貌，懷五常之性。"此文"有"字一作"自"，皆"肖"字之誤而衍者。"五才"一作"五行"，五行，即五常也。

生人。

鮑崇城刻《太平御覽》六百一引《梁書》作"生靈"，今《梁書》作"人"，《南史》作"靈"，疑本作"民"，蓋用《孟子·公孫丑》篇"自生民以來，未有孔子者也"。作"人"者，唐人避太宗李世民諱改。

五禮資之以成。

宋本《太平御覽》五八五作"以成文"，下句"之"字下亦有"以"字，當據改。

辭訓之異。

"異"疑"奧"誤。《史記·屈原列傳》："文質疏內兮，衆不知予之異采。"《集解》引徐廣曰："異一作奧。"此異、奧形近易誤之證。辭訓二句，即總上《周書》論辭，尼父陳訓四句之義而言之也。《周書·畢命》曰："辭尚體要，不惟好異。"惡異端即不好異，故此總說奧義，惟舉體要耳。

割情。

嘉靖本"割"作"剖"，是。

既沈予聞。

盧文弨《文心雕龍輯注書後》曰："沈，謝耳伯云'沈一作洗'，余疑皆未是，似當作況，況、覞古通用。"按作"沈"不誤，《梁書》作"洗"，亦"沈"之訛，盧校非也。《戰國策·趙策》趙武靈王曰："常民溺於習俗，學者沈於所聞。"即彥和所本。

【劉永濟釋義】

　　此篇揭櫫著書之宗旨與其書之體例，實全書之總序也。共分三段：初序論文所由。中分三節：一、詮命名之義，二、言人貴立言，三、序己著書之緣起及其旨趣，而歸本於體要。劉知幾《史通自序》曰："詞人屬文，其體非一，譬甘辛殊味，丹素異彩，後來祖述，識昧圓通，家有詆訶，人相掎摭，故劉勰《文心》生焉。"是則舍人著書，以時流好辯，致文理不彰，篇體訛失，特著此書，平章粲作，以明體要耳。其稱仲尼垂夢者，殆亦莊生重言爲真之意乎？次段明全書體例。中分二節：首敍前代論文各家，未盡精當，次述本書上下二篇，體例各殊。末段申論著書之難易同異，而寄慨於往古來今知音難遇也。

　　是非爲天下公理，故不以同爲病而立異以矜矯，不以異爲嫌而求同以依附，此論學所當知者一也。舍人幾乎備言之矣。即陸士衡"蓋所能言者，具於此云"之意。言不盡意之論，亦即《文賦》"隨手之變，良難辭逮"之説。蓋文藝之事，貴有會心，不傳之巧，雖親難告，何可拘此成規，範彼靈識邪？此又論學所當知者二也。舍人懼斯文之日靡，攄孤懷而著書，其識度閎闊如此，故其所論，千載猶新，實乃藝苑之通才，非止當時之藥石也。或者以求知沈約疑之，豈知言哉？

　　魏晉以來，文人每好爲子書。陳思王以辭賦爲小道，不足傳世，欲"采庶官之實録，辨時俗之得失，定仁義之衷，成一家之言"（見《與楊德祖書》），陸士衡臨没，猶恨所作子書未成（見《抱朴子》）。然而傳世寥寥者，何邪？蓋秦漢以後，作者類多依採舊文，雷同一響，故顔之推譏之曰："魏晉以來，所著子書，理重事複，遞相模效，猶屋下架屋，牀上施牀。"而陸喜自敍，亦曰："劉向省《新語》而作《新序》，桓譚詠《新序》而作《新論》。"然則此風之成，不自魏晉矣。詳觀舍人此篇，蓋亦有慨夫性靈不居，思制作以垂世，乃脱去恒蹊，別啟户牖，專論文章，羽翼經典，其自許之高如此。後世目録家乃以其書與宋明詩話爲類，故知舍人麟鏖雉鳳之歎，實非虛發。合《諸子》《知音》兩篇觀之，其意愈顯。此亦辨章學術者所當留意也。

舍人仕履，《梁書·文學傳》較《南史》爲詳。其《傳》曰："天監初，起家奉朝請，中軍臨川王宏引兼記室，遷車騎倉曹參軍，出爲太末令，政有清績，除仁威南康王記室，兼東宮通事舍人。"按史稱舍人書成，未爲時流所稱，欲取定於沈約，無由自達，乃負書候約於車前，狀若貨鬻者，約取讀，大重之。考沈侯貴盛在天監以前梁臺初建之時（據劉毓崧《通義堂集·書文心雕龍後》考定沈約在齊和帝時官驃騎司馬，遷梁臺吏部尚書兼右僕射。維時武帝尚居藩國，而久已帝制自爲。約名列府僚，實則權侔宰輔。舍人干謁當在此時），然則舍人此書，成於齊代可知。《四庫書目提要》據《時序》篇論歷代文學崇替，止於齊世，謂今本署梁通事舍人，乃後人追題，是也。

舍人著述，《文心》而外，惟梁僧祐《弘明集》八載《滅惑論》一首，唐歐陽詢《藝文類聚》七十六載剡縣石城寺《彌勒石像碑銘》一首而已。《南史·本傳》稱勰有《定林寺經藏序録》，又言勰爲文長於佛理，都下寺塔及名僧碑誌，必請其製文。今考梁釋慧皎《高僧傳》八《釋僧柔傳》，又十一《僧祐傳》，又十二《超辨傳》，皆言舍人爲撰墓碑，蓋其文之遺佚者多矣，致可惜也。至北齊劉晝所爲《劉子》十卷，《舊唐志》誤作舍人所撰，《新唐志》同，陳振孫《書録解題》、晁公武《郡齋讀書志》俱據唐播州録事參軍袁孝政序，已疑其誤，詳見《四庫書目提要》，茲不具述。又廖寅于《尚友録》稱："勰撰自古帝王賢達至於魏世，通三十卷，名曰《要略》。"考《隋志》有《帝王要略》十二卷，環濟撰。廖氏所言，蓋誤以北魏之元勰爲舍人。元勰亦字彥和，史稱其"敦尚文史，撰古帝王賢達至於魏世子孫族從，爲三十卷，名曰《要略》"。

【劉永濟批語】

在《劉舍人文心雕龍十卷》（下册）之《序志》上的題語：

在"昔涓子琴心，王孫巧心"句上，劉先生題曰："《列仙傳》：涓子，齊人，著《天地人經》三十八篇，又《琴心》三篇。"又題曰："《巧心》乃專篇名。《漢志》入'儒家'，今亡。嚴可均《鐵橋漫稿》曰：從《北堂書鈔》録出五事，蓋七十子之後，言治道者。"

在"不得已也"句上題曰："歐序大意謂修身爲上，施於事且不必，況見於言而可恃乎！"

在"文章之用……以成六典"數句上，劉先生題曰："五禮：謂吉禮、嘉禮、賓禮、軍禮、凶禮也。六典：《周禮·天官》'大宰之職掌建邦之六典'。謂治典、禮典、教典、政典、刑典、事典也。"又題曰"治典：以治官府，以理萬民；教典：以安邦國，以教官府，以接萬民；禮典：以和邦國，以統百官，以諧萬民；政典：以平邦國，以正百官，以均萬民；刑典：以法邦國，以刑百官，以糾萬民；事典：以富邦國，以任百官，以生萬民。"又曰："總理國政：行政、司法、理財。"

在"辭人愛奇，言貴浮詭"數句上，劉先生題引《論語》曰："攻乎異端，斯害也已。"

又題引《莊子·列御寇篇》曰："哀公問於顏闔曰：'吾以仲尼爲貞幹，國其瘳乎？'曰：'殆哉圾乎！仲尼方且飾羽而畫，從事華辭，以支爲旨。夫何足以上民！'"又題引《尚書·畢命》曰："辭尚體要，不惟好異。"又題曰："《詩·烝民》：'有物有則'，物體也，則要也。"又題曰："《法言·寡見第七》：'古之學者耕且養，三年通一經。今之學者非獨爲之華藻也，又從而繡其鞶帨也。'按：鞶，大帶；帨，佩巾也。"

在"或泛舉雅俗之旨，或撮題篇章之意"數句上，又題曰："漢桓譚，字君山，沛國相人。父成帝時爲太樂令。譚以父任爲郎，能文章，著書廿九篇，曰《新論》。三國魏劉公幹，名楨，以文章見重。與王粲等號建安七子。論文語見《定勢篇》引數言。晉應貞，字吉甫，汝南南頓人。魏侍中璩之子也。貞善談，論以才學稱。論文無考。"又題曰："陸厥《與沈約書》亦有'劉楨奏書，大明體勢之致'語，當即《定勢篇》所舉。"

在"若乃論文敘筆"句上，又題曰："有韻爲文，無韻爲筆。有文采爲文，無文采爲筆。"

在"下篇以下，毛目顯矣"數句上，又題曰："《時序》論世，《才略》知人，《知音》歎遇難，《程器》辨品重。《易》大衍之數五十，其用四十有九。此乃蓍揲之法。"

在"豈取騶奭之群言雕龍"句"豈"字旁題曰："疑'蓋'誤。"又其下題曰："嘉靖本作'豈效'。"

在"夫有肖貌天地"句"有"字旁題曰"人"，其上又題曰："夫有：出《漢書·刑法志》，彼文曰：'夫人肖天地之貌，懷五常之性。'則此'有'字，當作'人'字。鄭玄注禮'道五常之行'曰：五常，五行也。"

在"旦而瘱"句上題曰："'旦而瘱迺怡然而喜'八字《御覽》作'瘱而喜曰'。"

在"割情析采"句上題曰："割，嘉靖本作'剖'。"在"崇替於時序"句上題曰："崇替，《梁書》作'崇贊'。"在"既沈予聞"句上題曰："'沈'字不誤。'沈聞'，溺於所聞也。"

在本篇之末，劉先生題曰："文質論，見嚴輯古文。按其文論文質謂：質者不足，文者有餘。蓋取孔子'文質彬彬'之意。嚴輯從《藝文類聚》二十二來。"

又題曰："《唐書·藝文志》曰：晉代摯虞，苦覽者之勞倦，於是采摘孔翠，芟翦繁蕪，自詩賦下，各為條貫，合而編之，謂為《流別》。是後又集總鈔。《文章流別集》四十一卷，梁六十卷，志二卷，文章流別志論二卷。"

又題曰："《唐書·藝文志》翰林論三卷，李充撰，梁五十四卷。"又抄錄李充《翰林論》見於嚴輯古文者如下："或問曰：何如斯可謂之文？答曰：孔文舉之書，陸士衡之議，斯可謂之成文矣（《初學記》二十一，《御覽》五百八十五）。潘安仁之為文也，猶翔禽之羽毛，衣被之綃縠（《初學記》二十一，《御覽》五百九十九）。容象圖而贊立，宜使辭簡而義正，孔融之贊楊公，亦其義也（《御覽》五百八十八）。表宜以遠大為本，不以華藻為先。若曹子建之表，可謂成文矣；諸葛亮之表劉主，裴公之辭侍中，羊公之讓開府，可謂德音矣（《御覽》五百九十四）。駁不以華藻為先，世以傅長虞每奏駁事，為邦之司直矣（《御覽》五百九十四）。研玉名理，而論難生焉，論貴於允理，不求支離，若嵇康之論文矣（《御覽》五百九十五。原注：'玉'字疑誤……按：'玉'字非誤。）。

在朝辨政而議奏出，宜以遠大爲本，陸機議晉斷，亦名其美矣（《御覽》五百九十五）。盟檄發於師旅，相如喻蜀父老，可謂德音矣。誡誥施於弼違（《御覽》五百九十七）。"

在涵芬樓本《文心雕龍·序志篇》上的題語：

在原本"齒在踰立，則常夢"句上題曰："'常夢'下缺一大段，今録如後：執丹漆之禮器，隨仲尼而南行。旦而寤，迺怡然而喜。大哉聖人之難見也，乃小子之垂夢歟！自生民以來，未有如夫子者也。敷讚聖旨，莫若注經。而馬鄭諸儒，弘之已精，就有深解，未足立家。唯文章之用，實經典枝條。五禮資之以成文，六典因之以致用。君臣所以炳焕，軍國所以昭明。詳其本原，莫非經典。而去聖久遠，文體解散。辭人愛奇，言貴浮詭。飾羽尚畫，文繡鞶帨。離本彌甚，將遂訛濫。蓋周書論辭，貴乎體要；尼父陳訓，惡夫異端。辭訓之奥，宜體於要。於是搦管和墨，乃始論文。詳觀近代之論文者多矣。至於魏文述典，陳思序書，應瑒文論，陸機《文賦》，仲洽《流別》，宏範《翰林》，各照隅隙，鮮觀衢路。或臧否當時之才，或銓品前修之文。或泛舉雅俗之旨，或撮題篇章之意。魏典密而不周，陳書辨而無當。應論華而疏略，陸賦巧而碎亂。《流别》精而少功，《翰林》博而寡要。又君山公幹之徒，吉甫士龍之輩，泛議文意，往往間出。並未能振葉以尋根，觀瀾而索源。"

在本卷之末又題曰："此本（指涵芬樓本）雖出明刊，而其中訛字脱文甚夥。其尤可怪者，《序志》'常夢'以下，脱去一大段，而校者不知。如太學生錢日省者，豈無目之人邪？一九六一年夏永濟校後記。"（案：本卷末題"太學生錢日省校"，故云）

又在卷末背葉題曰："楊明照《文心雕龍校注》附録六謂卷首有張之象序，乃萬曆七年刻涵芬樓景印者，即此。惟因闕張序，遂誤爲嘉靖本。"

在卷末又摘録《才略》曰："陸機：思能入巧而不制繁；摯虞：其品藻流别，有條理焉。"

在原本"夫故用之"句後加"焉"字。在原本"若論文敘筆則品别區分，原始以表時"句"品"字旁題曰"囿"，在"時"字旁題曰"末"。在"一篇以上"句"一"字旁題曰"上"。在原本"怡暢於知音"句"怡暢"二字旁題曰"怊悵"。

在原本"何能規短"句"規短"二字旁題曰"矩矱"。

【劉永濟本篇摘録語詞】

  文心 雕縟 文章 性靈 雕龍 籠圈 文章 耿介 怊悵
  體要 奧 彌綸 骨髓 曲意 密源 體要 訛濫 不屑
  折衷 矩矱

附錄一　劉永濟"龍學"論文及相關論述

《文心雕龙校释》例言

本書之作，原爲大學諸生研習漢魏六朝文者之助，故求講論文之便，於舍人五十篇次第，略有更易，茲發其說於此，首以《序志》者，所以識著者之指歸與其書之體例也。次以《原道》以下五篇者，舍人自謂五篇爲文之樞紐也。先下篇而後上篇者，下篇通論文理，多精湛之言，學者所當先明。上篇別擇文篇，事資賞會，即以取證下篇也。且欲明精義，則辭說不得不繁，若賞文篇，則選錄不得不備，故別鈔選定諸作，以供衡鑒之用，而本書則於《神思》以下二十五篇加詳焉。惟是舍人博綜，辭旨隱奧，蠡測有闕，尚待學者之自得。茲所詮釋，聊備文路之前驅云爾。

舍人此書，傳世唯見明刻，文字異同，無甚差別，海外有唐鈔殘卷，往曾取校御覽所引，同者十八，今茲校字，以黃叔琳本爲主，唐本及御覽所引者，擇要錄入，其有管窺所得，爲前代諸家所未及舉者，則附載之。諸家舊校有可疑者，則辨明之，未能備也。

各篇綱領，皆爲提挈出之，大綱爲段，其次爲節，俾初學者易於領會。篇中要義有待詳論者，悉別條具，務在發明舍人本意，以資研習漢魏六朝文者之用。世有章實齋，知不免陋習之譏矣。

舍人《序志》稱上篇綱領有四，三曰選文定篇。蓋自《明詩》至於《書記》，每篇之中，皆有選定文篇一段，間嘗鈔撮爲選定文錄，欲附本書以行，惟舍人所見之文，今多亡佚，昔曾本舍人論文之旨，爲之補其未備，有補文、補體、補人之作，草創未定，當竢諸異日矣。

（原載《文心雕龍校釋》，正中書局1948年版，第1~2頁。）

《文心雕龙校释》前言

劉勰《文心雕龍》一書，爲我國文學批評論文最早（約成於西元五〇〇年以前）、最完備、最有系統之作。由今觀之，其優點有四：其一，此書總結齊、梁以前各代文學而求得其規律，復以其規律衡鑒各體文學而予以較正確之品評。其書分上下兩編，各二十五篇。上編除前五篇彦和自稱爲"文之樞紐"外，由《明詩》至《諧讔》屬有韻之文，《史傳》至《書記》屬無韻之文。各篇闡述之大旨，均有四端：一曰"原始表末"，二曰"釋名章義"，三曰"選文定篇"，四曰"敷理舉統"。下編則除《序志》一篇爲全書之自序外，由《神思》以迄《程器》，皆論文學原理、原則之文，中間對於文學與文心之關係、內容與形式之關係、作品與時代之關係、作者與讀者之關係，以及文學上各項問題，皆闡述至詳，議論亦最爲精闢。以此之故，歷代目錄學家皆將其書列入詩文評類。但彦和《序志》，則其自許將羽翼經典，於經注家外，別立一幟，專論文章，其意義殆已超出詩文評之上而成爲一家之言，與諸子著書之意相同矣。其二，彦和之作此書，既以子書自許，凡子書皆有其對於時政、世風之批評，皆可見作者本人之學術思想（參看《諸子篇》），故彦和此書亦有匡救時弊之意。吾人讀之，不但可覘知齊、梁文弊之全貌，而且可以推見彦和之學術思想。蓋我國文學傳至齊、梁，浮靡特甚，當時執政者類皆苟安江左，不但不思恢復中原，而且務爲淫靡奢汰，其政治之腐敗，實已有致亡之勢；彦和從文學之浮靡推及當時士大夫風尚之頹廢與時政之隳弛，實懷亡國之懼，故其論文必注重作者品格之高下與政治之得失（參看《時序》、《才略》、《程器》等篇）。按其實質，名爲一子，允無愧色。其三，彦和此書，思緒周密，條理井然，無畸重畸輕之失，其思想方法，得力於佛典爲多。全書於有韻、無韻兩類之文，各選其本來面目，予以應有之位置及作用，既不同於當時文士尊駢體而抑散文，亦不同於後世文人崇古文而輕駢儷。雖其自著書仍用駢體，而能運用自如，條達通明，能以瑰麗之詞，發抒深湛之理。蓋論文之作，究與論政、敍事之文有異，必措詞典麗，始能相稱。然則《文心》一書，即彥和之文學作品矣。其四，此書尤可貴者，在其論文，每側重内容而詆斥徒具形式之作。此點與今世文學理論不謀而合。而彥和生於一千四百餘年之前，其見解如此，實足驚歎。蓋形式所以表達内容，内容貧乏而單純追逐形式上之美觀，正是當時文學上最大流弊。彥和著書，心存補救，自當於形式與内容之關係，有所研討，原無足怪。特能立論正確，如《文心》各篇，隨處所見者，卻非易事。同時學者，非無見及此者，如著《詩品》之鍾嶸，但不及彥和之博通。彥和於其以前論文各家，如曹子桓之《典論·論文》，陸士衡之《文賦》，摯仲洽之《文章流別》，李弘範之《翰林論》，皆有所不滿，則其自視頗高，而欲總攬以前諸家之精華而揚棄其糟粕可知。即此一端，亦可謂豪傑之士矣。

雖然，彥和此書亦非無缺點者。今統觀全書，似於唯心、唯物兩者，往往雜糅不分。推原其故，實不免爲傳統之學術思想所囿。而就其思想總體觀之，唯物之説，實其主導，唯心之論，退居次要。蓋當其論及文學作品之形成與文學作品之功能時，仍不離於客觀現實。蓋彥和以爲文學作品之形成，必先由作者對客觀現實有所感受，而此種感受，在作者思想上必有是非之抉擇，在情感上又必有順逆之不同，作品即由此而產生。此其説，已略似於現代之"反映論"矣。然則彥和此書，唯心論點部分，乃受傳統思想之支配，而彥和本人之思想實質，則實近於唯物論者。此等唯物論點，在本書下編各篇中，皆可尋得（參看《明詩》、《詮賦》、《物色》各篇）。其他論作者内心與外物之關係、論作品與時代之關係各文，亦以"反映"爲準則者。由此可知，此種思想，實彥和論文之主要思想也。昔韓愈謂荀子之學"大醇而小疵"，若移以論彥和之《文心》，亦正允當。

以上係談有關《文心》本書之性質和内容，以下略談我作校釋之用意和經過。

校釋之作，原爲大學諸生講習漢、魏、六朝文學而設。在講習時，不得不對彥和原書次第有所改易。所以校釋首《序志》者，作者自序其著書之緣起與體例，學者所當先知也。次及上編前五篇者，彥和自序所謂"文之樞紐"也。其所謂"樞紐"，實乃其全書之綱要，故亦學者所應首先瞭解者。再次爲下編，再次則上編者，下編統論文理，上編分論文體，學者先明其理論，然後以其理論與上編所舉各體文印證，則全部瞭然矣。此校釋原稿之編製也。此次中華書局印行時，又接受編輯部同志意見，爲便於一般讀者計，仍將校釋依劉氏原書次第排列，蓋供一般讀者之閱讀，與專爲課堂少數同學講習應有所不同也。附此表達謝意。

　　此外尚有應加說明者，彥和此書傳世，唯見明刻，文字異同，尚無大差別。海外有唐寫殘卷，原出鳴沙石室。我曾取國人錄回之文字異同，校《太平御覽》所引，同者十之七八。本書校字所據《太平御覽》有二：一爲商務印書館《四部叢刊》三集影印宋本，一爲清代鮑崇城校刻小字本。兩書所引與今本《文心》異者，校字中但曰《御覽》作某，兩本互異者，從宋本則曰宋本作某，從鮑本則曰鮑本作某。我所據明刻本，有嘉靖庚子汪一元本，天啓壬戌梅子庚本及合刻五家言本；所據明、清兩代各家校字，則悉於校注中載明，不及一一臚列。其有管見所及，爲古代諸家所未及舉出者，則附載之。諸家舊校有未恰當，或我仍以爲可疑者，則略加辨明之，未能全備也（如作此書校記，則必徧舉各家所校文字異同，我之校字，未能如此，亦本書一缺點）。

　　釋義部分，則除下編各篇之段落皆爲提挈出之外，凡一篇中之要義，有須詳論者，悉別條具，務在隨文訓釋，發明彥和論文大旨，即有引申補充之處，亦力求不背原書之意，即不敢妄作主張，亦非欲批評原書。但彥和之作，博大精深，其所涉徧及四部，其辭旨隱奧，非淺學如我者所能探索無誤，因此其中必有亟待糾正者，望讀者不吝指教爲幸。

永濟記於武昌武漢大學寓樓
一九五九年十月

（原載《劉永濟集・文心雕龍校釋・附徵引文錄卷上》，中華書局2010年版，第1~4頁。）

《文心雕龍徵引文錄》小引

　　昔摯虞撰《文章流別志論》而外，復有集四十一卷。《隋書·經籍志》注：梁六十卷，志二卷，論二卷，摯虞傳。雖其書弗傳，大抵志以傳人，論以詮理，集者所撰錄之篇章也。竊嘗歎其立體之精，包舉之大，而恨其散佚之早也。後有作者，類多偏主。今所存昭明《文選》，撰錄之類也；《文心雕龍》，詮品之流也。然彥和《序志》自述論文敘筆，約以四綱：一曰原始以表末，二曰釋名以章義，三曰選文以定篇，四曰敷理以舉統。今觀其書，《明詩》以下二十篇，每論一體，輒標舉篇章，用相衡鑒。則撰錄雖無專書，苟就其所論列之文，撮錄爲一編，亦猶流別之有集也。因以暇日，次錄其目。凡所徵引，泛濫四部。篇章繁富，什倍蕭選。然後知古人之宏博，爲不可及，蓋非讀破萬卷者，未容輕易揚抑前修也。惜歷世久遠，舊籍散亡，及今採輯，泰半淪佚。茲編所錄，殊不足以彌縫其闕，聊用省學者繙檢之勞，且以資研習劉書者考鏡云爾。

　　　　　　　　　　　癸酉九月，永濟自識於珞珈山易簡齋
　　（原載《劉永濟集·文心雕龍校釋·附徵引文錄卷上》，中華書局2010年版，第21頁。）

《文心雕龍徵引文録》凡例

　　一、彦和全書分上下二篇，上篇論述體製，下篇詮品才藝。述體製，故選文以定篇；品才藝，故稱美而指瑕。今兹撰集，重在選文，凡所取材，悉在上篇。而上篇選文，亦有六例：一曰辨章正變，如《頌贊篇》舉咸黑公旦之頌以示正始，述晉輿頌、魯謗頌以明流變是也；二曰衡論名篇，如《明詩篇》之詮敘八氏，《詮賦篇》之論列十家是也；三曰附論雜體，如《明詩篇》兼及道原回文、柏梁聯句是也；四曰舉人而不選文，如《詮賦篇》舉仲宣以下八家是也；五曰論體而未定篇，如《奏啟篇》略論啟體而未舉篇章是也；六曰虛述而不指實，如《明詩篇》之憐風月、狎池苑、述恩榮、敘酣宴是也。兹編所録，以第一、第二例爲主，於第三例則闕之，於四、五兩例則補之，於第六例則實之。補實之文，參以下篇所論列。論列未及者，佐以蕭選。蕭選所無者，始取之後人撰録之總集。

　　二、彦和自述，論文敘筆雖分四綱，而二、三兩綱，每以行文之便，合而不分。然細審文意，往往側重表末，蓋寓選文於表末之中也。例如《頌贊篇》後論贊體一段，即"古之遺語"以上，原始也；至如"相如屬筆"以下，表末也。而論列相如、遷、固、景純之作，則又選文定篇之事也。兹編於其兩綱不分之處，亦視文意輕重以定取捨，非有所不備也。

　　三、彦和徵引之文，由今撰録，略有區別。兹編括以七類：一曰存，文之首尾完具者也；二曰殘，全篇雖佚而殘文猶見引於他書者也；三曰佚，文已全佚者也；四曰闕，文存而彦和未及舉者也；五曰疑，彦和雖舉以實某代某人，而尚可疑者也；六曰僞，彦和雖舉某代某人之作，而實僞製者也；八曰誤，彦和此書包羅十代，篇章繁賾，時有小誤，而經後人訂正者也。凡此七類，隨文標明。

四、撰集此編，亦有四例：一不錄，二補錄，三附見，四存目。茲條列如後。

不錄者四條

凡屬經、史、子三部者不錄惟頌贊類選錄遷、固紀傳後贊辭，用蕭選例也；子部惟取《荀子》五賦用《班志》別出全書例；

凡見《楚辭》《文選》者不錄；

凡涉及全書者不錄；

凡詩歌樂府不錄。

補錄者六條

凡彥和所舉之文已佚，而有他文可代者補錄；

凡彥和僅舉作家，而未及作品者補錄；

凡彥和僅論文體，而未及作家作品者補錄；

凡其人其文有足證彥和之說者，彥和雖闕舉亦補錄；

凡其人其文有關一體之流變者，彥和雖闕舉亦補錄；

凡與彥和同時之人，彥和但舉大較者亦補錄。

附見者一條

凡殘文斷句附見之。

存目者三條

凡彥和所舉之文今已全佚者，存其目於錄中；

凡彥和所舉之人其文已佚者，存其人於錄中；

凡其文見於《文選》者，今雖不錄，存其目於錄中。

五、彥和以前論文之作，雖經徵引，而事異選文，然錄而存之，可資參會。今別為一卷，附諸編末。論詩之作，姑從闕焉。後世史臣論述，文士命篇，凡足以發明舍人緒餘、羽翼文心者，亦依例選錄。

（原載《劉永濟集·文心雕龍校釋·附徵引文錄卷上》，中華書局2010年版，第213~215頁。）

論劉勰的本體論及文學觀

提綱和論點

（1）提綱：

甲、道的概念在周秦諸子認識中的種種過程。

乙、儒道兩家對道的認識既有區別亦有關聯。

丙、劉勰的主導思想是儒家而交織著道佛兩家的思想。

丁、劉勰的本體論可歸入唯心論的範圍而他的文學觀卻又有唯物論的傾向。

戊、近來評論劉勰的約有三說。

己、劉勰與黑格爾的"絕對觀念"、"絕對精神"及朱熹的理氣說是否相同？

庚、簡單的結論。

（2）主要論點：

甲、儒道兩家的同異，在本體與作用上注意有所不同。

乙、學識通博的學者除主導思想外必交織著其他各家的思想，劉勰即此類的學者。

丙、劉勰的本體論與文學觀有矛盾，如何統一的？

丁、我國先哲對於精神物質誰先誰後的問題絕少注意，與西哲不同，因此衡論古代學者是否唯心唯物頗難斷定。

戊、不同時地的學說有偶合的，有不合的，不合的或許是主要的。

己、劉勰有救世的宏願，借論文學而發揮，其書是子家，即實現他的文原於道、文以明道的主張的作品。

(1)説自己對學術研究的情況如下詩：

"譬彼捕鳥人，布網彌山岑。

叵耐網目疎，向晚無隻禽。"

(2)本文的緣起：

本爲古典文學教研室青年教師講小課而作。

本擬將《文心雕龍》全書中重要問題提出綜合説明，如道與文，創作方法，内容與形式，作者與作品，聲律論，批評方法，藝術技巧等。

(3)劉勰的道的概念是繼承周秦諸子的，周秦諸子對於道的概念，是經過積累而認識的，這種種過程是諸子各人的，不是某一時期的。

(4)道家以虚無爲體來衡量作用，其所衡量者仍不外政治。老子書中有論治國、論刑、論禮、論兵、論經濟的話。

論治國的如"以正治國"，"治大國若烹小鮮"。

論刑的如"民不畏死，奈何以死懼之"。

論禮的如"夫禮者忠信之薄而亂之首也"。

論兵的如"夫佳兵不祥……聖人不得已而用之"。

論經濟的如"民之饑以其上食税之多是以饑"，又"是以聖人不貴難得之貨"。

劉勰精於佛學，故他立論能圓到周徧，不倚不偏。但有時用佛經中的詞匯如"圓通""般若"是也。

"義貴圓通，辭忌枝雜"。(《論説》)

"動極神源，其般若之絶境乎"。(《論説》)

(5)不合的是主要的之證：

從文學發展看，西方文學史詩、戲劇、小説發展最早，我國則抒情詩發展最早、最盛，其原因不同。西方最古有所謂游行詩人以唱詩爲業，其所唱的詩乃長篇故事，其中有説有唱又伴以音樂，故其發展爲史詩、戲劇、小説。我國最古即以"頌美譏過"爲詩，以"勞者歌其事"爲詩，皆抒情攄思之作，與西方分道揚鑣，各自發展。

(6)與朱熹理氣説不全同之證：

亦可從論文與道一事上看：文以載道與文原於道之别，宋周敦頤

《通書》曰："文所以載道也，而輪轅飾而人弗庸，徒飾也，識虚車乎！"

文以載道的比喻未嚴，其弊必至將道與文分爲兩事，如車之載物然。劉勰以文原於道，則是文乃道所發生的作用，道與文惟有體用之分而非截然兩事。

周説與朱子"舍欲言理"的主張及"理在氣先""氣外有理"等説法皆相關聯，這些説法皆將理與氣分開，所謂氣又即情，文原於道與文以明道之文由道生亦即由情生，情與理之在文中的關係，非物與車之比，而是經與緯之比，故劉勰《情采篇》有"故情者文之經，辭者理之緯"之説，二者非可分，亦如經之不可離緯而成布也。

論劉勰的本體論及文學觀

甲、道的概念在周秦諸子認識中的種種過程。

道的概念在周秦諸子的認識中，有如下一些過程：

1. 道之本義爲"路"，《禮記·緇衣》"是民之道也"《疏》，又《中庸》"道也者，不可須臾離也，可離非道也"《注》，又《雜記上》"如於道"《疏》。爲"徑"，《書·大禹謨》"道心惟微"《疏》。爲"所繇適於治之路也"，《漢書·董仲舒傳》（董雖漢人，其説則本於前哲）。

以上諸説皆道的本義，故《説文》釋道爲"所行道也"。惟《董仲舒傳》指實爲所由適於治之路。

2. 引申之爲"通"，《中庸》"極高明而道中庸"《疏》，又《左氏·襄三十一年傳》"不如小決使道"《注》，又《荀子·禮論》"道及士大夫"《注》。爲"開通"，《易·繫辭上傳》"道義之門"《疏》，又《禮記·祭義》"爲其近於道也"《疏》。

此乃從路徑引申而出之義也。

3. 又引申之爲"由"，《禮記·禮器》"則禮不虚道"《注》，又《管子·制分》"富者所道强也"《注》。爲"物之所由"，《老子》"尊道"《注》，《莊子·漁父》"道者萬物之所由也"。爲"從"，《管子·白心》

"必道其道"《注》，又《任法》"民不道法則不祥"《注》，又"道法以從其事"《注》，又《七臣七主》"天下得失道一人出"《注》，又"皆道此始"《注》。

此亦從路徑之本義引申者。由也，從也，皆言可由此路，可從此路而行也。惟《管子》指實所從行者爲法。

4. 又引申之爲"行"，《荀子·王霸》"故古之人有大功名者必道是者也"《注》，又《禮記·射義》"旄期稱道不亂者"《注》。爲"行所由"，《大學》"是故君子有大道"《注》。爲"行於萬物者"，《莊子·天地》。

以上亦由道路之義引申，言可行者方爲道，《莊子》之言則以道乃行於萬物之中者，意義微有不同。從通、由、從、行諸義總言之，皆以行必由之，由之則行可通爲義，從董仲舒、管子之言觀之，儒法兩家所謂必由之路，爲政治與法律。亦即韓康伯注《易經·繫辭上傳》所謂"君子體道以爲用"，孔穎達《易經正義》所謂君子"法道以施政"也。（按體、用二詞原出佛書，魏晉間人始採用之以説《易》義）

5. 再進而指實道之內容而有爲"禮"，爲"禮樂"，爲"禮義"，爲"仁義"諸説。皆屬道之作用，亦即道所體現者。（體道以爲用）

以爲禮者，《禮記·檀弓上》"道隆則從而隆"《疏》，又《檀弓下》"斯道也"《注》，又《荀子·天論》"故道無不明"《注》，又《議兵》"由其道則行，不由其道則廢"《注》。以爲禮樂者，《論語·陽貨》"君子學道則愛人"，《集解》引孔《注》。以爲禮義者，《荀子·解蔽》"何謂曰道"《注》。以爲仁義者，《禮記·樂記》"君子樂得其道"《注》，又《孟子·滕文公下》"行天下之大道"《注》，又《禮記·檀弓上》"行道之人皆弗忍也"《注》。

6. 此外以道爲"無"而有"無形"、"無爲"、"自然"、"一元之至理"、"先天地生"諸説。

以無爲道者，《易·繫辭上傳》"一陰一陽之謂道"《注》，又《老子》"道生之"《注》。以道爲無形者，《管子·心術》"虛無無形之謂道"，又《兵法》"此之謂道"《注》。以道爲無爲者，《老子》"道常無爲而無不爲"，《管子·心術上》"上以無爲之謂道"《注》，又"虛無無爲謂之道"

《注》。以道爲自然者，《老子》"道法自然"，又"爲道日損"《注》。以道爲一元之至理者，《老子》"道可道非常道"《注》。以道爲先天地生者，《老子》"道生天地之先"《釋文》，又《管子·四時》"道生天地"《注》。

此皆道家之本體論。管子乃法家。法家原出於道，故司馬遷以老子與韓非同傳。此法家之言所以與道家同也。

7. 由本體論推之而有"萬物之始"、"萬物之奧"、"萬物所然"、"萬物之所以成"諸說。

以爲萬物之始者，《韓非子·主道》，以爲萬物之奧者，《老子》，以爲萬物所然者，《韓非子·解老》，以爲萬物之所以成者，同前。

乙、儒道兩家對道的認識既有區別亦有關聯。

總括以上所述，得著儒道兩家對道的結論。

儒家之言多注重道之作用，從作用以體現本體。其所體現者主要爲政治。（法家重法，亦政治也，故不分別。）道家之言多闡發道之本體，據本體以衡量作用。其所衡量之作用，仍不外政治。因政治措施之善否，其影響所及，凡人生之苦樂，世風之隆汙，國家之盛衰，與夫社會發展的法則，歷史運行的規律，息息與之有關。故二家之言，雖似重點不同，其實歸趣無二，皆不離政治措施也（法家既與道家同源，故韓非、管子論及本體之處，每與道家相發明，故不另提出）。是故儒道二家之言，似相反而實相成者，此《易》所謂"同歸而殊塗，一致而百慮"也。

二家之區分與其相互之關係，雖如上述，實際上，凡學識廣博明通之士，其思想至爲複雜，雖其主導思想常屬於某一家，其他各家之思想往往交織其中，不易劃分其界限，甚至極端相反之思想亦往往同時存在於一人之身，而矛盾衝突發於不自覺。此種矛盾有時能辯證地統一，亦有時竟無法調和。因此論人者不可簡單地認識其主導思想而忽視其交織的思想，或但見其調和統一的一面而未見其矛盾衝突的一面。因此之故，既不可認爲純屬唯心或唯物，又不可便以爲是二元論者。

丙、劉勰的主導思想是儒家而交織著道佛兩家的思想。

劉彥和即此類學識廣博明通之學者。其主導思想屬於儒家固無可置疑，即其交織著的思想爲道佛二家，亦甚明白。因彥和所處之時代，道學、佛學皆流行於士大夫之間，與儒家爭辨之風亦極盛（拙著《文心雕龍論説篇校釋》曾搜集彼時三教論題甚多，可以參看），他不能不受影響。從他的《滅惑論》看，他是想調和儒、佛兩家，從他的《文心雕龍》看，他的主導思想固然是傳統的儒家思想，然而他的主導思想之中，關於道的本體方面交織著玄學的意味。（道佛皆稱玄學。）這可從《原道篇》得到證明。蓋儒家的經典，雖多討論道之作用，而《易經·繫辭上下傳》中卻涉及本體論。雖解釋《易·繫》的晉代學者韓康伯喜以道家理論説《易》，然《易·繫》確有與道家之言相通者。例如《原道篇》有"人文之原，肇自太極"之説，係用《易·繫上傳》"《易》有太極，是生兩儀"的理論，韓《注》就説："有必始於無……太極者，無之稱。"孔穎達《正義》也就引用《老子》"道生一，一生二"來申明韓《注》。又道家認爲道是恒久不變的，在《宗經篇》中有"《經》也者，恒久之至道，不刊之鴻教也"的説法。彥和是認爲《經》乃明道之書，道是恒久不變的，故《經》也是恒久不變的。這就是"經"有經常的意義的緣故。至於佛理在《文心雕龍》一書中，雖無顯著的跡象可稽，但彥和心目中的佛理與儒道兩家的本體論，無甚區別。所以在《滅惑論》中有"至道宗極，理歸於一，妙法真境，本固無二。佛之至也，則空玄無形而萬象並應，寂滅無心而玄智彌照"的話。這固與道家"無形"、"無爲"、"一元之至理"沒有什麼不同，且與《易·繫》所謂之"太極"無別。然則説彥和的本體論是屬於唯心論的範圍的，大致不錯。

　　彥和的本體論既如此，根據"道者萬物之始"，"道者萬物之所以成"的理論，則是客觀存在中的一切皆從自然（道）而發生，乃必然的趨勢。所以"日月疊璧，山川煥綺"以及"龍鳳以藻繪呈瑞，虎豹以炳蔚凝姿"，"雲霞雕色，草木賁華"，"林籟結響"，"泉石激韻"，凡有聲有色之物，皆自然（道）之文，非從"外飾"者。再以此理推之"人文"亦"神理"所尸。"神理"猶言天道，也就是"自然"。所以他又説："爰自風姓，暨於孔氏，玄聖創典，素王垂訓，莫不原道心以敷章，研神理而設教。"這段話是説道是典訓之原，聖人乃是能研精神理者。所以他又説："道沿聖以垂文，聖因文以明道。"這就將聖與道、道與文、聖與文三層關係都説明了。原道之根本意義,論文的思想基礎,即在於此。且由此可知道與文的樞紐皆在聖,聖人的絶大本領,即在"研神理而設教。"所謂"研神理而設教"就是"體道以爲用","法道以施政"。他説:"人爲五行之秀,實天地之心,心生而言立,言立而文明,自然之道也。"就是説,道也,神理也,必有"五行之秀"、"天地之心"的人,方能"心生而言立,言立而文明",必須通過這樣的人,方能爲道與文的樞紐。彦和所謂"五行之秀","天地之心"的人,只不過是萬物之靈的人而已。因爲人是有感情、有思想的高級動物。他能把握自然規律,發揮它,運用它。他有勞動創造一切的力量,有創作藝術技巧的靈思。彦和所謂聖,並非什麽全知全能的神秘人物,只不過萬物之靈中最優越的人,只不過在一般人中是先知先覺者,是人類的導師,對一切事物,他又是善感善覺者,所以他能作爲經典,垂訓後世。從前一點説,他是政治思想家,從後一點説,他又是文學創作者。這就是彦和《原道》之後,繼以《徵聖》、《宗經》的根本思想。彦和固然視文學同自然現象一樣,皆是"道之所以成"。但他又説與"無識之物,鬱然有彩"者不同,説"有心之器,其無文歟?"這就不僅説明了人文發展的因素,即他論文所以每重視"爲文之用心"的道理也昭然若揭。他所以重視文心,因爲他認爲内心必感於外物而後形成作品。從這點看,他的文學觀卻是傾向於唯物論的。

丁、劉勰的本體論可歸入唯心論的範圍而他的文學觀卻又有唯物論的傾向。

於此尚有一問題,即彦和的本體論既可歸入唯心論的範圍,何以他的文學觀又有唯物論的傾向?答復這個問題,當知二事:一、儒家的本體論與道家無異,皆有唯心論的傾向,而儒家的作用論卻特重視客觀存在中的事物,且認爲是道所體現,此《中庸》所以説"君臣也,父子也,夫婦也,昆弟也,朋友之交也,五者天下之達道也"。"達道"就是行而可通的道路,可知儒家以倫常日用之間,即道之所體現①。孟子也常斥

---

① 孔子不言性與天道,蓋皆在文章中體現出來也。

"道在邇而求諸遠"者。他所指的"邇"，就是"人人親其親，長其長"（《離婁上》）。皆與以虛無玄漠爲道之説異。老子雖喜言"無爲""無名""無形"，然其用意主要在反對儒家之禮樂政刑，節目過於煩苛①，故矯之以清净。此近人所以有認老子爲樸素的唯物論者。二、近世唯心、唯物的區畫，乃從西方哲學流派中分析而出，他們所爭的主要是意識與物質誰爲第一性，誰爲第二性的問題。再推之以論社會學、經濟學、科學、文學等，而形成兩大極相反的派別。但東方哲人如孔、孟、老、莊諸家，於心物二者，非所論辨，而有人性善惡之爭，政刑繁簡之辨，禮樂厚薄之論，其問題皆切近人生日用者。以此之故，用西方之説衡量我國學人，不能如符契之相合。以此之故，古代學人於心物二者，常雜糅交錯而不分。以此之故，彦和的本體論與文學觀不同，原不足怪，非但不足怪，而且二者在彦和心目中，並不覺其有矛盾，非但不覺其有矛盾，反而覺得很自然。儘管如此，但從《文心雕龍》全書檢查，他的主要觀點是傾向於唯物論者，不特《時序篇》有"時運交移"爲"質文代變"的原因，《明詩篇》有"人稟七情，應物斯感，感物吟志，莫非自然"，《物色篇》有"詩人感物，聯類不窮，流連萬象之際，沈吟視聽之區，寫氣圖貌，既隨物以宛轉，屬采附聲，亦與心而徘徊"等説法，有唯物論的傾向而已也。

再者，本體與作用的關係是不可分割開來看的，没有本體就不會發生作用，没有作用也就不能體現本體。本體是原則，是規律。這種原則、規律是人的智慧從經驗事物中積累和總結出來的，觀上述周秦諸子對於道的認識過程而得著證明。作用是運用原則，依據規律而發生的功能。但談本體不涉及作用則是抽象的理論，但談作用不歸根到本體則不外具體的事物。談抽象的理論而不聯繫實際具體的事物則容易流入唯心的範圍，談具體的事物影響著意識則自然帶有唯物的傾向。因此從本體與作用不可分割開來看，則實係一脈相承，無任何矛盾，若從其流入唯

---

① 《中庸》有"禮儀三百，威儀三千"之説，其節目之煩苛，有窮年白首而不得通者。

心的範圍與帶有唯物的傾向這點來看，則又不免有相反的矛盾的現象。劉勰論文學既是原於道，則是體現本體的，是本體發生的作用，所以他的本體論與文學觀似乎矛盾，但這種矛盾在本體與作用上說卻又是統一的，一脈相承的。我的粗淺看法是如此。

戊、近來評論劉勰的約有三說。

至於近來有從階級立場分析彥和，說他是沒落了的士大夫階級，他的立場不外維護統治者。又或有說他不能從階級鬥爭看文學發展。又或則說他因反對當時統治者的荒淫，遂反對當時的唯美文學，專重形式，脫離實際。以上三說，各不相同，唯第三說最近真。試觀《文心雕龍》全書各篇，於齊梁文風衰弊，隨處都有批評。例如《情采篇》的"故有志深軒冕，而汎詠皋壤，心纏機務，而虛述人外"，則斥其虛偽也。《時序篇》的"世極屯邅，辭意夷泰"，則病其不關心國家危殆，人民憔悴也。《明詩篇》的"儷采百字之偶，爭價一句之奇，情必極貌以寫物，辭必窮力而追新，此近世之所競也"。《詮賦篇》的"然逐末之儔，蔑棄其本，雖讀千首，愈惑體要，遂使繁華損枝，膏腴害骨，無貴風軌，莫益勸戒"。皆責其偏重形式而忽視內容也。而《程器篇》更於文德之義，特著專篇，而怪"丈夫學文而不達於政事"，謂"君子藏器，待時而動，發揮事業，固宜蓄素以弸中，散采以彪外，梗楠其質，豫章其幹，摘文必在緯軍國，負重必在任棟梁"。則於文人器識，文學功用，特加重視，其補偏救弊的苦心孤詣，躍躍紙上。但當彥和著書之時，顯貴文人尚多生存，彥和雖於此輩多所不滿，只能旁敲側擊，不便提名道姓去指摘，所以他每箴砭當世作者，皆用陳古諷今之法，以求言之者無罪，聞之者足戒。然而其書既成，知者殊鮮，所以他有"麟鳳""麕雉""珠玉""礫石"之歎①，而寄希望於"渺渺來世"②也。第二說從階級鬥爭看文學發展的道理，在今日看來是極其正確的，但以之責望於千多年前的古人，則不免過分些。至於第一說以彥和既係沒落了的士大夫階級，他的立場

---

① 《知音》："夫麟鳳與麕雉懸絕，珠玉與礫石超殊。"
② 《序志》："茫茫往代，既沈予聞，渺渺來世，倘塵彼觀也。"

是站在本階級一方來維護統治者的。但在全書中，尋不出顯著的跡象。不過因爲他是生在封建社會裏，據歷史唯物主義看來，必然要維護統治者的，彥和不能例外。這種說法，固然有理，但分析個人，似乎不可專憑一般的現象，根據一般的理論去判斷。或又舉《時序篇》末段"皇齊馭寶，運集休明，太祖以聖武膺籙，高祖以睿文纂業，文帝以貳離含章，中宗以上哲興運"等語，爲歌頌帝王，與世憤疾俗的心情，迥然不同，是否猶有干祿求榮之意。其實這些通套話不都是出於真心，不過敷衍當代帝王幾句，不足爲彥和病，更不足貶損《文心雕龍》的價值。彥和即有求仕之心，寫了這些話也不中用。

己、劉勰與黑格爾的"絕對觀念"、"絕對精神"及朱熹的理氣說是否相同？

還有一個問題，不能得著明確的解答，附述於此：近人有說彥和所謂道與黑格爾的"絕對觀念""絕對精神"及朱熹的理氣說同。對於這點，有一事須先知者，應當注意，即不同時代，不同地域的學說，不能無同異。黑格爾的學說，據尤金的《哲學詞典》的說明，大略如下：黑格爾把人類意識與自然界分割開來，成獨立的主體，把它神化了。《詞典》說："黑格爾的'絕對'、'絕對精神'、'絕對觀念'，無非是神的新名稱。""他把它神化並硬要它在發展過程中產生出自然界、社會、人類本身等等來。"而老子所謂"道生一，一生二，二生三，三生萬物"，"有物混成，先天地生，寂兮寥兮，獨立而不改，周行而不殆，可以爲天下母，吾不知其名，字之曰道。"這似乎與"絕對精神"同了。但老子的道即無。他重視無，說"天下萬物生於有，有生於無"。又有一章對無之用說得更明白。他說："三十輻共一轂，當其無有車之用，埏埴以爲器，當其無有器之用，鑿戶牖以爲室，當其無有室之用。"這就不是"絕對精神"與自然界分割之說了。蓋車之用不能離三十輻與轂，又不是三十輻與轂，其他器與室同，是則無（道）與無之用（道之用），非離非即，不一不二，顯然無（道）不能離有（自然界）而存在，無（道）不是絕對的，故不能以黑格爾的"絕對精神"來比附。因之也不能說彥和的道同於黑格爾的"絕對精神"。舉此一例，可見不同地域的學者，其主張固有偶合的，但不合的或更主要些。以此推之，朱熹之理氣說也是與彥和的道及周秦時儒家的本體論不能全同。所以論某一人只得就某人的具體情況，全面地考察，不必以時地不同的人之說來比附，比較妥當。所以這個問題，如果要提出來討論，就太複雜了，不容易得著很明確的解答，暫且不談。

　　庚、簡單的結論。

　　從以上所論述看，從劉勰的全書看，他之所以必首先提出文原於道的理論來是有深切的意味的。他眼見國家日趨危亡，世風日趨澆薄，文學日入於淫靡之途，皆由文與道相離所致，而曾無一人覺察，心懷恐懼，思所以挽救之而無權位，故憤而著書。所以他這部書雖則是專談文學理論，雖則是總結以往文學的經驗，雖則是評隲以往作家的優劣，然而可說是一部救世的經典著作，是一部諸子著述。所以我說後人將他這書與宋以來詩話文評看待，是祇得其一方面的道理而忽略了其他更重要的一面，不免孤負了作者的苦心，降低了他的作品的價值。他雖在梁朝做到南康王記室兼東宮通事舍人，他這書未爲時人所重，沈約是當時的顯貴，雖然欣賞他這書，卻也不過從文字上贊美，對於他的整個學術並無所知，因此對於他這人並不重視。而那時的國勢更衰落，文風更頹靡，而上下習爲苟且偷安更甚於齊世，他自己無從發展其才能，不得不辭官而走入空門，披鬀成和尚以終其身，其情懷抑塞，可以想見。我們知人論世，對他的思想，他的主張，既極其欽佩，對他的人格更極其崇敬，對他處境的不幸更寄以無限的惋惜。我校釋他的《文心雕龍》時，對此還是認識不夠，現在研究他的思想和文學觀，方始體會到他的著書的宏識深旨和他的苦心孤詣，因而補充論述於此，望覽者鑒察爲幸。

一九六一年秋初稿
一九六二年十一月改稿
劉永濟作於易簡齋

　　（原載《劉永濟集·文心雕龍校釋》，武漢大學出版社 2013 年版，第 154~164 頁。）

釋劉勰的"三準"論

劉勰《文心雕龍・鎔裁篇》，論作者創作時，必須注意的方法有兩種：一曰"鎔"，二曰"裁"。他於論"鎔"的方法時，着重地提出所謂"三準"。他所謂"三準"，乃是指從作者内心形成作品的全部過程中所必然有的三個步驟。這三個步驟都各有其適當的、一定的準則，所以謂之爲"三準"，他説：

> 凡思緒初發，辭采苦雜。心非權衡，勢必輕重。是以草創鴻筆，先標三準。履端於始，則設情以位體，舉正於中，則酌事以取類，歸餘於終，則撮辭以舉要。然後舒華布實，獻替節文。繩墨以外，美材既斷，故能首尾圓合，條貫統序。

在他這段話中，我們可以知道從作者的"思緒初發"到作品的"首尾圓合"，其全部經過中，所涉及的有三件事：第一是"設情以位體"，第二是"酌事以取類"，第三是"撮辭以舉要"。這三件事中的"情"、"事"、"辭"，都各有其一定的、適當的準則，就是"設情"是要能"位體"，"酌事"是要能"取類"，"撮辭"是要能"舉要"。我們且先看什麼是"情"、"事"、"辭"，然後再研究怎樣"位體"、"取類"、"舉要"，最後根據他的説法舉證來證明他所説的正確。

初釋名：

在劉勰以前，遠在春秋戰國時代，孔子、孟子即有涉及這三件事的言論。在《易經》的《繫辭下》記載孔子贊《易》的話，有這樣兩句：

> 書不盡言，言不盡意。

襄公二十五年《左傳》記孔子稱美子產，又有"言以足志，文以足言，不言誰知其志"的言論。而《孟子·萬章篇》上載孟子論《詩》，有常被文家引用的名言如下：

  不以文害辭，不以辭害志，以意逆志，是爲得之。

又《離婁篇》下孟子論《春秋》有曰：

  其事則齊桓晉文，其文則史，其義則丘竊取之矣。

其次，則《莊子·天道篇》有：

  世之所貴者書也，書不過語，語有貴也，語之所貴者意也，意有所隨，意之所隨者，不可以言傳也。

揚雄的《法言·問神篇》也有"言不能達其心，書不能達其言，難矣哉"的話。以上所舉各文，其中皆有三項：孔子的"意"、"言"、"書"，"志"、"言"、"文"，即孟子的"志"、"辭"、"文"，"義"、"事"、"文"，也即是莊子的"意"、"語"、"書"，揚雄的"心"、"言"、"書"。諸家所指的三項，就是劉勰所說的"情"、"事"、"辭"。今且以類相從，表列於下，然後加以解釋。

孔子	志	意	言	文	書
孟子	志	義	辭	事	文
莊子	意		語		書
揚雄	心		言		書
劉勰	情		事		辭

我們檢查上表中的名詞，有字同而義異的，此如孟子所說的"辭"與劉勰所說的"辭"，義不相同。孟子說的是言辭，劉勰說的是文辭。有義同而字異的，此如孔子所說的"文"與"書"，"志"與"意"，孟子所說的"志"與"義"，孔子、孟子、莊子所說的"志"、"意"，與揚雄所說的"心"，劉勰所說的"情"，字都不同，而義皆無異。有用字雖不同而含義可以通貫的，此如孟子所說的"辭"與"事"，各從其本義看，顯然不同，然而"事"即"辭"中所說的，而"辭"則是已具有"事"的內容的，義本一貫。至於劉勰說的"事"則與孟子說的"事"含義全同。蓋我國文人用字與訓詁家釋詞，都有一定的規律。我國的字有單用有別，復用無異的規律，例如《說文》："心，人心也，土臧（臟），在身之中。""志，心之所之也。""意，志也。"（段玉裁《注》："志即識，心所識也。"）皆單用的字，各有本義，而"思其意志"（《禮記·祭義》）"心志專於內"（《淮南子·精神篇》），則復用的字，含義無異。我國訓詁家解釋文詞有對文則別，散文則通的規律，例如《說文》："直言曰言，論難曰語"，此言與語對文，故含義各別。而《禮記·文王世子篇》："語，使能也。"鄭玄《注》："語，言也。"又《哀公問篇》："然後言其喪算。"鄭玄《注》："言，語也。"此則"言"與"語"爲散文，故二字義可通釋。此理既明，則上表所用的名詞雖有不同，而所指的不出三項。表中第一格的"意"、"志"、"心"、"情"、"義"爲一項，第二格的"言"、"辭"、"語"、"事"爲一項，第三格的"文"、"書"、"辭"爲一項。第一項係指作者有什麼思想感情要發表成作品；第二項則是作品中要說些什麼事實或道理，才能表達出作者的思想感情；第三項則是要用怎樣的體裁，怎樣的詞句去描寫這些事實或道理，才能使作者的思想感情表達得分明易曉。從這三項的關係來看，第二項恰好居於作者與作品的中間，它一面與作者的思想感情有關，一面又與作品的體裁和詞句聯繫着。故劉氏說"設情"是"履端於始"，"撮辭"是"歸餘於終"，而"酌事"則是"舉正於中"。

以上釋名竟。

次申義：

劉勰所說的三件事，在創作過程中，各命其適當的、一定的準則。

這三項準則，他在全書各篇中，是常常應用的，因此，可以説劉氏的"三準"論是他的創作理論的中心，今且就我所能理解的，引申説明之如下。

在未説劉氏的理論之先，我還須説明一點，那就是劉氏所説的"情""事""辭"都是臨文時的事，在臨文之先，作者的思想感情（"情"）是如何形成的，劉氏在這裏没有提到，而在他篇中，却有説明。此如：

　　人稟七情，應物斯感。感物吟志，莫非自然。（《明詩》）
　　原夫登高之旨，蓋觀物興情。情以物興，故義必明雅，物以情覩，故辭必巧麗。（《詮賦》）
　　是以詩人感物，聯類不窮。流連萬象之際，沈吟視聽之區。寫氣圖貌，既隨物以宛轉；屬采附聲，亦與心而徘徊。（《物色》）

從上面所引三段文字看來，劉氏主張"情"是從屬於"物"的。作者的思想感情（"情"）是從觀察"物"的"萬象"而興起的（覩物興情）。而且作者的思想感情與他所處的時代及環境是分不開的。所以他的作品中的"氣"與"貌"就不能不依着他"視聽"所感受的"物"而"宛轉"，而他的作品中的"采"與"聲"不能不隨着他內心所興起的"情"而"徘徊"。這就與唯物主義的"反映論"有着相似的意義了。這裏所説的"物"在文家用字的慣例上，是常包括具體的事，或抽象的理。那末，這裏所説的"物"及"三準"中的"事"，就是指客觀存在，當不成問題。不過劉氏所用的語言與我們用的語言不同而已。

以上所説的一點，在引申説明"三準"的理論之先，必須理解，否則就會誤認劉氏所謂"情"是純出於主觀唯心，没有來源，而不知是客觀事物通過作者的主觀而後表達出來的。現在我們再來研究他所説的三個步驟的準則。他所謂"位體"，是説作者內心懷抱着的某種思想感情的整個體系，首先，要將他建立起來，作爲全篇的骨幹，然後"酌事"方有所依據，所以説"設情以位體"。其次，作品中所用的事或理又必須與他的思想感情極其相類，非常切合，也就是必須與形成他的思想感

455

情的客觀事物一致，所以説"酌事以取類"。再次，有了與"情"相類的"事"，然後方能依據這些"事"的内容和性質來"屬采附聲"。這裏所説的"采"與"聲"，就是作品中的詞藻。凡是美的文學作品必然具有采色與音聲之美。而這種"屬采附聲"的工拙，是關於作者的藝術手段的高下。作者的藝術手段高，則他的作品中的"事"與"物"，就能光輝燦爛，發生搖蕩人們心靈的力量。就能"吟詠之間，吐納珠玉之聲，眉睫之前，卷舒風雲之色"(《神思》)。這樣，必然是作品中所敷設的詞句都最精煉，都是"事"與"物"的最主要的部分。所以説"撮辭以舉要"。

劉氏的"三準"論，雖然看來似乎是三者平列的，但他卻是以"情"爲其餘兩者的根本。所以他在《情采篇》中特着重地提出下面的語句：

> 文采所以飾言，而辯麗本於情性。

這就把"文采"與"言"對"情性"的關係，説得非常分明。這裏的"文采"、"言"、"情性"顯然就是"三準"中的"辭"、"事"、"情"。他説文學作品的色采，固然是用來修飾其中的"言"("言"即前表列於第二格中的"言")的，但作品的美麗卻是以"情性"爲根本，必須"情性"美而後文仍"辯麗"。他在《附會篇》更説得非常清楚。他説：

> 夫才量學文，宜正體制。必以情志爲神明，事義爲骨髓，辭采爲肌膚，宫商爲聲氣。

這裏是用人身來作比擬，顯然"情志"是最重要的，這裏所説的"事義"，即是事實與事理的總稱。但加上"宫商"一項，實即"辭"中的"采"與"聲"的分説。劉氏自名其書爲《文心雕龍》，他常常把"文"與"心"相提並論，而側重在"心"。意思是説要"文"美，先必"心"美，"心"是"文"的主宰。從上舉各點看來，劉氏是主張内容重於形式的，内容是主，形式是從，要形式美必先内容美，内容是决定形式的。這可説是劉氏的文藝理論最精粹的部分了。

456

我們試考察劉氏何以有此精粹的理論，固然是由於他的博學和特識，然而當時的文學風氣，卻是對他有極大的刺激。他是針對着齊梁文風衰敝而感發的。那時的文學流於"淫麗煩濫"（《情采》），那時的作者，都是"體情之制日疏，逐文之篇愈盛"（同上）的人。所以他斥責他們都是"志深軒冕而汎詠皋壤，心纏機務而虛述人外"（同上）。這就是說他們都是追逐辭采之末而沒有真性真情，因而都是虛偽的文學，都是"繁采寡情，味之必厭"的東西。

此外"三準"的理論，見於《文心》各篇的頗多，但不一定是用"情""事""辭"這三個名詞。例如《宗經篇》說宗經的"六義"，即可用"三準"的"情"、"事"、"辭"概括它。《情采篇》的"情性"、"言"、"文采"，就是"情"、"事"、"辭"三項的別稱，《風骨篇》用了許多名詞，歸納起來，則"風"、"氣"、"情"、"意"、"義"、"力"，屬於"情"。"骸"、"體"、"骨"、"言"、"辭"，屬於"事"。"采"、"藻"、"字"、"響"、"聲"、"色"，屬於"辭"。由此可知"三準"的理論，是劉氏的創作論的中心。"三準"的理明，則他篇與之相關的理也就容易了解。且有時不致因爲他用的名詞不同而生迷惘，如《風骨篇》之類。

以上申義竟。

次舉證：

劉氏稱"規範本體謂之鎔"，他是以鎔金製器來比方創作文學作品的。根據他的說法，凡是抒寫情思的佳篇，必然鎔範成爲"首尾圓合，條貫統序"的整體。今取宋玉的《風賦》爲例，證明他的理論是正確的。

一、"設情以位體"：《風賦》的整個意義，在諷刺楚襄王淫樂驕縱，人民已極其窮困而不知恤。全篇"酌事"、"撮辭"，都是表明這個意思。這個意思就是全篇的整個骨幹，故曰"位體"。

二、"酌事以取類"：《風賦》全篇，主要分爲兩層，兩兩比寫，一爲"大王之風"，一爲"庶民之風"。他假設兩種風因發生的處所不同，經過的地方不同，所以吹在人們的身上的影響也不同。由於他這種兩兩相形的寫法，又由於他假設的兩種風是代表兩種極不同的生活環境，使得讀者易於感覺他作賦的本意。這就是他所"酌"的"事"能切合於他所要表達的"情",故曰"取類"。

　　三、"撮辭以舉要":《風賦》所加以描寫的是兩種不同的風,所以在"撮辭"上必須把這個不同突出地描畫,必須選擇可以表達出這不同的辭采來,使全篇的意思更爲分明。所以他寫大王的雄風,"起於青蘋之末,侵淫溪谷,盛怒於土囊之口,緣泰山之阿,舞於松柏之下",皆是高爽清涼的處所。寫庶人的雌風,"瀚然起於窮巷之間,掘堁揚塵,勃鬱煩冤,沖孔襲門",皆是穢惡污濁的處所。以下寫兩種風所經過的地方,也是根據這不同來描寫的。寫大王的雄風,則以"升高城,入深宮,邸華葉,徘徊桂椒之間,翱翔激水之上,擊芙蓉,獵秦蘅,檗新夷,被荑楊,然後游中庭,上玉堂,躋羅幬,經洞房"等"辭",以見其清涼芬芳,故其中於人身涼爽而愉快。寫庶人的雌風,則以"動沙堁,吹死灰,駭溷濁,揚腐餘,然後入甕牖,至室廬"等"辭",以見其窮蹙穢濁,故其中於人身慘怛而成疾。這裏所"撮"取來描寫兩種不同的風的那些辭采,都是極其精煉而又最主要的,故曰"舉要"。

　　從上舉的例證看,宋玉作這賦的本意是很明顯的。他所描寫的兩種不同的風,實際上是兩種不同的生活環境:一種是華貴享樂的生活,一種是窮苦困瘁的生活。這顯然是他平日所感受的客觀事物中有這兩種不平的景象,不過寫入賦篇這種體裁,只能假設成兩種不同的風,以便於盡量地描寫,而不致激起楚王的憤怒,或者可以引出他的良心來,施行些愛民的政策。這就是"主文而譎諫,言之者無罪,聞之者足以戒"(《毛詩序》)的作法。他這篇賦中,所"設"的"情"能樹立成全篇的骨幹,所"撮"的"辭"能表出"事"的主要部分,所"酌"的"事"能切合"情"的整個體系,"情"、"事"、"辭"三項都合於適當的、一定的準則,都"首尾圓合,條貫統序",融成一個整體,正與鎔金製器相同,故劉氏謂之"鎔"。

　　以上舉證竟。

　　上舉宋玉《風賦》,乃是劉氏"三準"論的最好的例證。其他文家雖在其創作過程中,也不能不具有這三個步驟,不能不符合這三個準則,不能不使他的作品"首尾圓合,條貫統序",卻有時不必定如《風賦》那樣的顯明易見，因此，我們分析一篇作品，自然不能用一種機械的方式，必須靈活地運用劉氏的理論。這點也是應當補充說明的。

一九五七年二月二十八日草成

（原載《文學研究》1957 年第 2 期。）

論"風骨"答某君

關於我在《風骨篇》所製一圖是否與劉勰原意相符,以及是否與列寧的反映論相違的問題,我且略加說明如下:我因此篇首段劉勰反復闡明"風"與"骨"的關係,用了許多名義,初學或不易得着一清晰的概念,乃從《鎔裁篇》的"三準"體會,把這些名義以類相從,分屬"情思"、"事義"和"聲色"三項。這三項的相關,我在《鎔裁篇》有比較詳細的説明,此篇圖也即是想表明它們之間的關係與區別。我以爲"三準"中的"情",可包括作者的情感思想,"三準"中的"事",乃作者的"情思"託之以見的東西。我稱之爲"事義",乃據劉勰在《附會篇》所説的"事義爲骨髓"説的,其中本含兩意:一爲文中所用的具體之事,一爲文中所説的抽象之理。比如宋玉《風賦》中所用的"大王之雄風"與"庶人之雌風"即爲"事",莊子的《齊物論》中所説的物論本不齊的理即爲"義",《風賦》中的"事",乃宋玉有感於襄王淫樂,不惜人民困苦,因設爲雄風清涼,雌風穢惡,人之受其影響者因而不同以爲諷諭也。《齊物論》中的"義"則爲莊周對宇宙中一切事所懷的平等觀也。"三準"中的"辭"乃指文中所敷設的藻采,即文中的語法、詞彙等,亦即韻文家所用的修辭方法也。這些都必須根據"事"與"義"而敷藻設色。比如《風賦》中所用的藻采,形容雄風、雌風不同的詞句,《齊物論》中所用以辨論説明的詞句皆是。我用"聲色"二字乃因彦和文中用"采"、"藻"、"字"、"響"、"聲"、"色"諸名,可以"聲色"二字概括之,亦因古典韻文家常用"聲音色澤"四字以指文中的詞藻,故以"聲色"二字爲此四字的簡稱。至於它們相關之處,如圖所示,以"事義"爲"情思"與"聲色"的樞紐。這就是説作者選擇與其情思相配合的"事"或"義"來表達他内心的"情"或"思",故我説"情思"是"屬内者",有了"事"或"義",作者又根據它來構造字句篇章,敷藻設色,使所用的"事"或"義"更爲突出,更爲有力,因之他的"情"或"思"也表達得更爲美觀動人。而這些字句藻采(聲色)是屬於作品的外形的，故我說"聲色"是"屬外者"。我說"事義"是"聲色"所因依者，作品中敷設的"聲色"，要與"事義"相稱，是依據"事義"而成的，否則即係"浮藻"。我又說"事義"是"情思"賴以表現者，作品所選用的"事義"，要與"情思"相符，是表達"情思"所需的，否則即係"濫言"。總的說來，"事義"是一面與"情思"有關，一面又與"聲色"連繫，所以我說是二者的樞紐，就是說由"情思"發而爲"聲色"，必須看"事義"的選擇與運用如何，也就是說由作者內心的"情思"形成美觀動人的作品，中間重要的環節是通過"事義"的選擇與運用的。故劉勰說："是以怊悵述情，必始乎風，沈吟鋪辭，莫先於骨，故辭之待骨，如體之樹骸，情之含風，猶形之包氣。"這是我當時體會彥和原意的大略。但我所製的圖，在說明時太略些，不能不說是缺點。至於此篇所說的"事義"，實在就是作者用於作品中的材料。作者用了這些材料來構成作品，也就是爲了要表達"情思"。這與作者在未作文以前所感受的客觀的具體事物，不一定不同，也不一定全同，可能是他所感受的再現，也可能是他所感受的托影，也可能是他臨時創造出來用以表達他所感受的。但是都是論作者寫作時的事，論作品構成的次第的事，與作者在寫作以前感受客觀存在的事物，雖有關聯，但也有所區別。因爲作者選用的這些材料的來源不能不與他的生活與經驗有關，無論是再現也好，托影也好，創造也好，不能不是他所感受的反映，這樣說來，與列寧的反映論似乎沒有違背。至於引起您的懷疑，都是由於我的說明太不夠了。我謝謝你這一問，使我重新加以補充說明，或者可以解除你的疑慮。

編輯同志：

以上這段話是由我從前答復某君的信中節錄來的，這段話着重在補充說明我在《校釋》中所製一圖的用意，以及我爲什麼用"三準"來歸納這篇中許多名義的意思，而尤重要的則是關於"風"、"骨"、"采"三者的區別與關聯的說明，因三者之在文學作品中是不可缺一的，不能混淆，又不能割裂，所以劉勰全書中貫穿這三者之處甚多，這是我們應當注意的。至於我的體會是否符合劉勰的原意，是否違背了反映論的原則，皆可讓大家來批評。我自當擇善而從，決不固執己見。我因近來讀《文心雕龍》的人，每以此事來信問我。我想借《文學遺產》的園地來答復一下，如無不可，即請發表。

　　此致
敬禮！

劉永濟啟

（原載《光明日報》1962年12月30日"文學遺產專欄"。）

《十四朝文學要略》(摘録)

卷首　叙論

　　文學之有專史，徵之往籍，不少概見。其近似者，則有若仲洽《流別》之傳，公曾《叙録》之類，雖名高往代，而零落殆盡，千載而下，莫由尋討。其僅存者，厥惟彦和舍人《文心雕龍》，都五十篇，如精金美玉，稱文苑之鴻寶焉。

　　……

　　綜上六端，文之涵義，可得而論矣。蓋文之爲訓，本於交錯，故有經緯之義焉；文之爲物，又涵華采，故有修飾之説焉。以道德爲經緯，用辭章相修飾，在國則爲文明，在政則爲禮法，在人則爲文德，在書則爲書辭，在口則爲詞辨。五者大小不同，體用無二，所以彌綸萬品，條貫羣生者，胥此物也。故彦和稱文之爲德，與天地並生，亦言其圍範之廣而已。今兹討論，若本斯旨，則舉凡天文地理，物曲人官，胥應涵蓋無遺，遑論體例太寬，亦非理勢所許。正名定義，要以第六爲體，以前五爲用，庶幾約而無漏於義，要而不違乎本，實文家之首務，而著述之大綱矣。

　　(二)曰體類　文無類也，體增則類成。體無限也，時久而限廣。……舍人論藝，稱類六三。

　　按梁劉勰《文心雕龍》論及之文有經、緯、騷、詩、樂府、賦、頌、贊、祝、盟、銘、箴、誄、碑、哀、弔、對問、七發、連珠(此三品總稱雜文)、諧、䜩、史、傳、諸子、論、説、詔、策、檄、移、封禪、章、表、奏、啟、議、對、書、記，共三十九品。而《書記》一篇附論有譜、籍、簿、錄、方、術、占、試、律、令、法、制、符、契、券、疏、關、刺、解、諜、狀、列、辭、諺，共二十四品。

……
彥和之評諸家，明其體性；

劉勰《文心雕龍·體性篇》："若夫八體屢遷，功以學成。才力居中，肇自血氣。氣以實志，志以定言，吐納英華，莫非情性。是以賈生俊發，故文潔而體清；長卿傲誕，故理侈而辭溢；子雲沈寂，故志隱而味深；子政簡易，故趣昭而事博；孟堅雅懿，故裁密而思靡；平子淹通，故慮周而藻密；仲宣躁銳，故穎出而才果；公幹氣褊，故言壯而情駭；嗣宗儻儻，故響逸而調遠；叔夜儁俠，故興高而采烈；安仁輕敏，故鋒發而韻流；士衡矜重，故情繁而辭隱。觸類以推，表裏必符，豈非自然之恒資，才氣之大略哉？"

……
四綱既立，次明經緯。

經緯者，取譬於組織，所以繫綱維，貫綱目，紀理文心，綢繆藝事者也。夫文章之道，散爲萬殊，執要御繁，當有總術，必使雜而有統，約而不孤，庶幾可以裁量大雅，研閱精微矣。嘗考昔賢傳詩，厥有六義。説之者曰：賦比興者，詩之所用。風雅頌者，詩之成形。用彼三事，成此三事也。推斯義也，實文學之大經矣。昔彥和《詮賦》，謂六義附庸，蔚成大國。

劉勰《文心雕龍·詮賦篇》："於是荀況禮智，宋玉風釣，爰錫名號，與詩畫境，六義附庸，蔚成大國。述客主以首引，極聲貌以窮文。斯蓋別詩之原始，命賦之厥初也。"

……

經緯既明，次標三準。

……

及至彥和，極論鎔裁，始標三準。辭情終始，條理粲然，可謂述者之明矣。

劉勰《文心雕龍·鎔裁》："是以草創鴻筆，先標三準。履端於始，則設情以位體；舉正於中，則酌事以取類；歸餘於終，則撮辭以舉要。"

然而先哲宏旨，尚多藴蓄，比類合誼，可得而詳也。

……

莊生之意語書，揚子之心言書，彥和之情事辭，亦即孔子之志言文，孟子之義事文也。其或不曰辭而曰事者，辭乃説事之言。

……

三訓既終，重以餘義。

文學者，通先哲精神之郵，啟後學情思之鍵者也。樞機所存，厥惟諷賞。

……

楚騷方經合傳，辨騷者從來異辭。

按劉彥和《辨騷》曰："淮南作傳，以爲《國風》好色而不淫，《小雅》怨悱而不亂，若《離騷》者可謂兼之。蟬蜕穢濁之中，浮游塵埃之外，皭然涅而不淄，雖與日月爭光可也。班固以爲露才揚己，忿懟沉江。羿澆二姚，與左氏不合。崑崙玄圃，非經義所載。然其文麗雅，爲詞賦宗。雖非明哲，可謂妙才。王逸以爲詩人提耳，屈原婉順，《離騷》之文，依經立義。駟虯乘鷖，則時乘六龍；崑崙流沙，則禹貢敷土。名儒辭賦，莫不擬其儀表。所謂金相玉

465

質，百世無匹者也。及漢宣嗟歎，以爲皆合經術。揚雄諷味，亦言體同詩雅。四家舉以方經，而孟堅謂不合傳。褒貶任聲，抑揚過實，可謂鑒而弗精，翫而未核者矣。"彦和復陳四事，謂其同於風雅。摘四事，謂其異於經典。大抵以爲騷辭雖奇華，而其旨則真實，非後代浮豔所可比附也。

……

卷一　上古至秦

一　古代茫昧難徵

昔彦和論文，徵引古作。於文始元首載歌，於筆始益稷陳謨。

　　劉勰《文心雕龍·原道篇》："自鳥迹代繩，文字始炳。炎皞遺事，紀在三墳。而年世渺邈，聲采靡追。唐虞文章，則煥乎爲盛。元首載歌，既發吟詠之志；益稷陳謨，始垂敷奏之風。"

竊嘗歎其識美千古，得孔子刪述微旨。蓋唐虞以前，河圖洛書，既事鄰神怪；墳典邱索，又迹在渺茫。雖傳之史乘，可增民族先進之光，要不足資學者師範之用也。然班孟堅志藝文，多載依託炎黄之書。

……

三　詩經爲後世感化文學之祖

……

體物者博麗而瀏亮；

　　劉勰《文心雕龍·物色篇》："是以詩人感物，聯類不窮。流連萬象之際，沈吟視聽之區。寫氣圖貌，既隨物以宛轉；屬采附聲，亦與心而徘徊。故灼灼狀桃花之鮮，依依盡楊柳之貌，杲杲爲出日之容，瀌瀌擬雨雪之狀，喈喈逐黃鳥之聲，喓喓學草蟲之韻。皎日慧星，一言窮理；參差沃若，兩字窮形，並以少總多，情貌無遺矣。雖復思經千載，將何易奪。"

……

六　論著文之肇興

立體次於詠歌，而爲用毗於載記者，其論著之文乎？上古淳樸，斯文未興，姬周以降，厥體漸著。彥和謂聖哲彝訓曰經，述經叙理曰論，斯乃尊聖之通，並崇其文也。若覈其實，則道沿聖以垂文，聖因文以明道。六經之中，豈少析理之文，玄聖之言？大抵原道之作，是以孔子學易，贊聖人之意難見。

……

蓋論者，綸也，輪也，理也，次也，撰也。經綸世務曰論，圓轉無窮曰輪，蘊含萬理曰理，篇章有序曰次，群賢集定曰撰。

……

本斯五義，論箸之用，廣博可知。是以彥和衡其條流，乃著八品。

　　劉勰《文心雕龍・論說篇》："詳觀論體，條流多品。陳政則與議說合契；釋經則與傳注參體；辨史則與贊評齊行；詮文則與叙引共紀。故議者宜言，說者說語，傳者轉師，注者主辭，贊者明意，評者平理，序者次事，引者胤辭。八名區分，一揆宗論。論也者，彌綸群言而研精一理者也。"

識鑒之精，後來鮮及。迨夫丙部寖微，文集承變。論名既專，其義始隘。亦猶賦之爲用，廣被眾製。而屈、宋之作，乃擅賦名，所謂以貌取人，失之子羽者也。

七　諸子文學之影響

諸子者，六藝之支流。
……

　　劉勰《文心雕龍·諸子篇》："然繁辭雖積而本體易總，述道言治，枝條五經。"

……

文章之淵藪也。

　　劉勰《文心雕龍·諸子篇》："研夫孟、荀所述，理懿而辭雅。晏、管屬篇，事覈而言練。列禦寇之書，氣偉而采奇。鄒子之說，心奢而辭壯。墨翟、隨巢，意顯而語質。尸佼、尉繚，術通而文純。鶡冠綿綿，亟發深言。鬼谷眇眇，每環奧義。情辨以澤，文子擅其能。辭約而精，尹文得其要。慎到析密理之巧，韓非著博喻之富，呂氏鑒遠而體周，淮南泛采而文麗。斯則得百氏之華采，而總辭氣之大略也。"（總辭氣原作辭氣，文疑誤，以意改之。）

……

是蓋不知文之涵義，有非純取藻繢者矣。且自官守降爲私學，著述之風彌烈。觀其含章抱質，莫非絕世之才；霞蔚雲蒸，已極一時之盛。舍道言文，亦壯闊矣！是以文心備論九流，著其華采，曉嵐詆爲謂入，豈知言哉？

　　紀昀《評〈文心雕龍·諸子篇〉》："此亦泛述成篇，不見發明。蓋子書之文又各自一家，在此書原爲謂入，故不能有所發揮。"

……

然則彥和所謂覽華而食實，棄邪而採正，極睇參差，亦學家之壯觀者，不其然乎？

八　戰代文學風氣有三大宗主

戰國晚季，學術宗主，大別之有三。而文學風氣亦同其塗軌焉。(一)曰齊風。……(二)曰楚風。……(三)曰秦風。

……

彥和衡論文運升降之故，於戰國文學，極稱齊楚，而獨不數秦，殆亦以此少之歟？

劉勰《文心雕龍·時序》："春秋以後，角戰英雄，六經泥蟠，百家飆駭。方是時也，韓魏力政，燕趙任權，五蠹六蝨，嚴於秦令。唯齊楚兩國頗有文學，齊開莊衢之第，楚廣蘭臺之宮，孟軻賓館，荀卿宰邑，故稷下扇其清風，蘭陵鬱其茂俗，鄒子以談天飛譽，騶奭以雕龍馳響，屈平聯藻於日月，宋玉交彩於風雲。"按彥和於《詮賦》曰："秦世不文，乃有雜賦。"於《奏啟》曰："秦始立奏，而法家少文。觀王綰之奏勳德，辭質而義近；李斯之奏驪山，事略而意誣(原作逕，此從《太平御覽》)，政無膏潤，形於篇章矣。"于《封禪》曰："秦王銘岱，文自李斯，法家辭氣，體乏弘潤。"大都以法家之辭，質直嚴酷，而少之也。然李斯《諫逐客》一書，亦辨麗可觀，則又縱橫之餘習矣。且斯楚上蔡人也，然則此書殆猶楚風歟？

……

九　楚辭爲賦家之祖

……

鬻熊遺美，邈焉無徵。

按《漢志》道家有《鬻子》二十二篇，班固自注，名熊，爲周師，自文王以下問焉，周封爲楚祖。《文心雕龍·諸子篇》曰："鬻熊知道，文王諮詢，遺文餘事，録爲《鬻子》。"蓋書出後人，非由熊手。然徵楚邦文獻，要自鬻熊始也。

屈子襲蘭茝之奇芳，懷琬琰之麗質，抱匡濟之高志，遭流放之幽憂，行吟荒澤，眷念宗邦。其不能自已之情，與無可告愬之語，一託之於文辭以見。遂能承風人之緒，開辭家之宗，而爲百代之儀表焉。

劉勰《文心雕龍·辨騷》："自風雅寢聲，莫或抽緒，奇文鬱起，其離騷哉？固已軒翥詩人之後，奮飛辭家之前，豈去聖之未遠，而楚人之多才乎？"

其學識之正，則就重華而陳詞，述三后之純粹，思堯舜之耿介，陳禹湯之祗敬。
……
言契經典，體符詩雅。
……

劉勰《文心雕龍·辨騷篇》："及漢宣嗟歎，以爲皆合經術；揚雄諷味，亦言體同詩雅。"
又曰："將覈其論，必徵言焉。故其陳堯舜之耿介，稱禹湯（原作湯武，據《離騷》改）之祗敬，典誥之體也。譏桀紂之猖披，傷羿澆之顛隕，規諷之旨也。虯龍以喻君子，雲蜺以譬讒邪，比興之義也。每一顧而掩涕，歎君門之九重，忠怨之辭也。觀茲四事，同乎風雅者也。"
……

雖曰接軌風人，實已別啓土宇矣。彥和謂屈子之文，體憲於三代，風雜於戰國，知言哉。

……

　　然太史公曰："余讀《離騷》、《天問》、《招魂》、《哀郢》，悲其志。"彥和論屈子之文："摘其四事異乎經典，而士女雜坐等句出《招魂》篇中。"是彥和與太史公皆以《招魂》爲屈子之作矣。

……

彥和稱其瑋燁。

　　劉勰《文心雕龍·時序》："屈平聯藻於日月，宋玉交彩於風雲，觀其豔説，則籠罩雅頌，故知瑋燁之奇意，出乎縱橫之詭俗也。"
　　按彥和此論，雖兼包屈、宋，然瑋燁奇意出乎縱橫之俗，要以宋玉爲多。合馬、班、仲洽之説觀之，可知也。

……

十　嬴秦統一與文學

……

其風及於文學，遂亦矯焉自異。是以李斯、王綰之作，銘金刻石之文，嚴峻渾重，曠世無兩。雖乏弘潤，殊有霸才。申耆李氏謂其辭氣，便欲破除詩書，自作古始，信矣！

……

　　按彥和論秦文，多貶辭，而獨稱始皇勒岳，政暴而文澤，有疏通之美。李申耆評泰山刻石，謂秦相他文無不詄麗。頌德立石，一變爲樸渾，知體要也。其詞其氣，便欲破除詩書，自作古始。今觀刻石各文，渾重之外，殊有法家嚴峻之氣。彥和許其文澤，似未盡

471

當。申耆謂爲樸渾，亦對斯他文詇麗而言耳。惟其破除詩書自作古始之論，獨具卓識。

······

卷二　漢至隋

一　辭賦蔚蒸之因緣

漢承秦火之後，周文久墜，楚豔方蔚。立國之初，王伯並用。大抵政承秦制，文尚楚風。故辭賦之士，蔚然雲起。彥和所謂循流而作，勢固宜矣。

　　劉勰《文心雕龍·詮賦》："漢初詞人，循流而作，陸賈扣其端，賈誼振其緒，枚、馬同其風，王、揚騁其勢，皋、朔已下，品物畢圖。繁積於宣時，校閱於成世。進御之賦，千有餘首。討其源流，信興楚而盛漢矣。"

······

二　兩京賦體之流別及其作家之比較

······

考騷之變賦，不自漢人。荀、宋之作，已肇其始。故彥和究賦之本原，謂荀、宋始錫名號，極聲貌。

　　劉勰《文心雕龍·詮賦》："於是荀況禮智，宋玉風釣。爰錫名號，與詩畫境，六義附庸，蔚成大國。述客主以首引，極聲貌以窮文。斯蓋別詩之原始，命賦之厥初也。"

皋文論賦之流別，謂相如以下，多出於荀、宋。
……
至兩京之彥，玄晏序列者七子。
……
舍人揚榷者八家，可謂斯體之典型，才人之軌範，合以皋文之所評騭，亦可以得其要略也。

  劉勰《文心雕龍・詮賦》："觀夫荀結隱語，事義自環；宋發誇談，實始淫麗；枚乘《兔園》，舉要以會新；相如《上林》，繁類以成豔；賈誼《鵩鳥》，致辨於情理；子淵《洞簫》，窮變於聲貌；孟堅《兩都》，明絢以雅贍；張衡《二京》，迅拔以宏富；子雲《甘泉》，構深瑋之風；延壽《靈光》，合飛動之勢。凡此十家，並辭賦之英傑也。"按此所舉十家，去荀、宋二家，皆兩京之彥也。

……

三　賦家之旁衍

……

茲三體者，舍人目爲雜文，繫諸儷辭之末。以爲文章之枝派、暇豫之末造也。然核其託體之初，固皆賦家之所洋溢。又其作者蠭起，轉輾因襲，遂亦盛極一時。《文心》所評，最爲允當。

  劉勰《文心雕龍・雜文》："自對問之後，東方朔效而廣之，名爲《客難》，託古慰志，疏而有辨；揚雄《解嘲》，雜以諧謔，迴環自釋，頗亦爲工；班固《賓戲》，含懿采之華；崔駰《達旨》，吐典言之式；張衡《應間》，密而兼雅；崔寔《客譏》，整而微質；蔡邕《釋誨》，體奧而文炳；景純《客傲》，情見而采蔚。雖迭相祖述，然屬篇之高者也。至於陳思《客問》，辭高而理疏；庾敳《客咨》，意榮而文悴。斯類甚眾，無所取裁矣。"

按彥和所評，自景純而下，皆魏晉以後作者。

……
用之述哀，即有弔屈弔李之作。

劉勰《文心雕龍·哀弔》："自賈誼浮湘，發憤弔屈。體同而事覈，辭清而理哀，蓋首出之作之。及相如之弔二世，全爲賦體。桓譚以爲其言惻愴，讀者歎息。及卒（原作平，據唐本改）章要切，斷而能悲也。"

按曰體同者，謂其同於屈賦也。故《漢書》謂誼渡湘水爲賦以弔屈原，而武帝悼李夫人亦用賦體也。

又或與箴頌合流。

……
或將論説同駕。

按賈誼《過秦論》，項安世已謂爲賦體。……至説之爲體，原出於遊士之説諸侯，固賦家之濫觴。彥和所謂縱橫參謀，長短角勢，亦此體之所宜也。

凡斯之類，率名異而實同。夫文體之爲物，或滋乳而寖多，或蕃衍而益大。苟核之以實質，參之以世風，自不難知其正變，通其消息也。雖或義嫌泛濫，迹同侵軼，君子於此，蓋有以覘賦家之隆盛矣。

按彥和覈論文體正變，最有分際。故於弔文，則曰：弔雖古義，而華辭未造。華過韻緩，則化而爲賦。於頌文，則曰：馬融之《廣成》《東巡》（原作《上林》，誤），雅而似賦。何弄文而失質乎？

……

五　兩京當詩體窮變之會

夫道窮則變，文亦宜然。兩京之時，其詩體窮變之會乎？自風雅寢聲，騷賦接軌，四字短韻，易爲長言。漢人循流，咸尚斯體。樂府既立，雜言復興。三五六七，一篇間出。

　　劉勰《文心雕龍·章句》："尋二言肇於黃世，竹彈之謠是也。三言興於虞時，元首之詩是也。四言廣於夏年，洛汭之歌是也。五言見於周代，行露之章是也。六言七言，雜出詩、騷。而□體之篇，成於兩漢。情數運同，隨時代用矣。"（體上脫文，疑是雜字。指兩漢樂府多以雜言成篇也。）……《鐃歌》十八曲，句尤參差，《悲歌》、《滿歌》、《西門》、《東門》、《孤兒》、《病婦》等曲皆然，故舍人云然也。

而四言一體，作者蓋希。世傳韋孟諷諫，蔚爲首唱。雖義符風雅，而文乏蘊藉。

　　劉勰《文心雕龍·明詩》："漢初四言，韋孟首唱。匡諫之義，繼軌周人。"

　……

然此體之在西京，不出俳諧倡樂之間，未爲辭人才士所重，

　　摯虞《文章流別論·論詩》："古之詩有三言四言五言六言七言九言。古詩率以四言爲體，而詩有一句二句雜在四言之間。……"
　　劉勰《文心雕龍·明詩》："成帝品錄，三百餘篇。朝章國采，亦云周備。而辭人遺翰，莫見五言。所以李陵、班婕，見擬於前代也。"（此句通行本皆作李陵、班婕妤，見疑於後代也。今改從《御覽》，文意爲長，說見後論蘇、李詩下。）

儻亦太白不爲律近之意歟？

……

故李陵、婕妤，見擬前代。

按合仲洽、彥和二說觀之，西京五七言體，多用於俳諧倡樂，不爲辭人所重。故李陵、婕妤之作，但有前代擬作之篇，非出當時本人之手。彥和明言五言不重於西京，所以李陵、班婕妤之作見擬於前代。惟今本前擬兩文，訛爲後疑，致失彥和之意。蓋自子雲爲文，好與古人爭勝，遂開擬古之風。……至紛紛驗地理，論帝諱，以求正其真僞者，殊爲支離矣。今據彥和擬作之言，證以當時風會，斷其非出西京。著其說於此，而附載諸家論辯之言於後，各加按語，以備參考焉。

……

按仲洽、仲偉、彥和三君，淵雅多識，文家董狐。皆論都尉而不及屬國，殆彼時獨致疑於李詩耳。昭明愛奇，兼收蘇作，亦未嘗有贈別之說也。

……

古詩十九首，致疑枚叔。

劉勰《文心雕龍·明詩》："古詩佳麗，或稱枚叔。其《孤竹》一篇，則傅毅之詞，比采而推，固兩漢之作乎？"按細繹彥和此語，曰或稱，曰比采而推，則亦未定之詞，特推測如是耳。

……

七　篇體變古之漸

漢世群才，造作日富。餘力未深，體制遂繁。是故悅豫之懷宣而頌贊作，悼痛之情發而哀誄興。銘以稱功，著弘潤之能；箴以補闕，昭敬慎之美；碑以崇德，極揄揚之才。莫不隨事命名，稱情立體，含章耀采，緯詩經文，觀彥和之所評騭。

　　劉勰《文心雕龍·頌贊》："漢之惠、景，亦有述容，沿世並作，相繼於時矣。若夫子雲之表充國，孟堅之序戴侯，武仲之美顯宗，史岑之述熹后，或擬《清廟》，或範《駉》、《那》。雖淺深不同，詳略有異，其褒德顯容，典章一也。至於班傅之《北征》、《西征》（'征'原作'巡'，據《御覽》改），變爲序引，豈不褒過而謬體哉？馬融之《廣成》、《東巡》（原作《上林》，據《藝文類聚》、《初學記》、《御覽》改），雅而似賦，何弄文而失質乎？又崔瑗《文學》，蔡邕《樊渠》，並致美於序，而簡約乎篇。摯虞品藻，頗爲精覈。至云雜以風雅而不變旨趣，徒張虛論，有似黃白之偽説矣。"

　　又："至相如屬筆，始贊荆軻，及遷史、固書，託贊褒貶。約文以總録，頌體而論辭。"

　　又："紀傳後評，亦同其名。而仲洽流別，謬稱爲述，失之遠矣。"

　　又《銘箴》："若班固燕然之勒，張旭（原作'昶'，據唐本改）華陰之碣，序亦盛矣。蔡邕之銘（原作'銘思獨冠古今'，據《御覽》改），思燭古今；橋公之鉞，則吐納典謨；朱穆之鼎，全成碑文，溺所長也。至於敬通雜器，準矱武銘（原作'戒銘'，據唐本改），而事非其物，繁略違中。崔駰品物，贊多戒少；李尤積篇，義儉辭碎；蓍龜神物，而居博弈之中；衡斛嘉量，而在臼杵之末。曾名器之未暇，何事理之能閑哉？"

　　又："戰代以來，棄德務功。銘辭代興，箴文委絶。至揚雄稽古，始範《虞箴》，作《卿尹》、《州牧》二十五篇。及崔胡補綴，總稱百官，指事配位，擎鑑有徵，可謂追清風於前古，攀辛甲於後代者也。"

　　又《誄碑》："暨乎漢世，承流而作。揚雄之誄元后，文實煩穢。沙麓撮其要，而摯疑成篇，安有累德述尊，而闕略四句乎？杜篤之誄，有譽前代。吳誄雖工，而他篇頗疏。豈以見稱光武，而改盼千金哉？傅毅所製，文體倫序。孝山崔瑗，辨絜相參。觀其序事如傳（據唐本增'其事'二字），辭靡律調，固誄之才也。"

又："自後漢以來，碑碣雲起。才鋒所斷，莫高蔡邕。觀楊賜之碑，骨鯁訓典。陳、郭二文，句無擇言。周胡（原作'乎'，據唐本改）眾碑，莫非清允。其叙事也該而要。其綴采也雅而澤，清詞轉而不窮，巧義出而卓立。察其為才，自然而至矣。孔融所創，有慕伯喈。張、陳兩文，辨給足采，亦其亞也。"

又《哀弔》："暨漢武封禪，而霍嬗（原作'子侯'，據唐本改）暴亡，帝傷而作詩，亦哀辭之類矣。降及後漢，汝陽王亡。崔瑗哀辭，始變前式（原作'代'，據唐本改）。然履突鬼門，怪而不辭。駕龍乘雲，仙而不哀。又卒章五言，頗似歌謠。亦彷彿乎漢式也（原作'武'，據唐本改）。至於蘇順、張升並述哀文，雖發其情華，而未極其實。"

又："自賈誼浮湘，發憤弔屈。體同而事核，辭清而理哀，蓋首出之作也。及相如之弔二世，全為賦體。桓譚以為其言惻愴，讀者歎息。及卒（原作'平'，據唐本改）章要切，斷而能悲也。揚雄弔屈，思積功寡，意深反騷（原作'文略'，據唐本改），故辭韻沈膇。班彪、蔡邕，並敏於致詰（原作'語'，據唐本改），然影附賈氏，難為並驅耳。"

流別之所品藻，
……
既有以得其高下矣。而二氏所評各家，大都東京之彥。故班志藝文，於此諸作，不與詩賦，比量同觀。

按《藝文志》，於"六藝""諸子"之外，特立"詩賦"一略，不以屬之"六藝"之詩家、樂家。……司馬相如之《荊軻贊》（按《漢志·

雜家荊軻論》五篇。自注，司馬相如等論之。王應麟曰：文章緣起，司馬相如作《荊軻贊》。《文心雕龍》：相如屬筆，始贊荊軻。……)

……

若夫名實之異，體用之殊，後賢於此，每多詬病。斯固綜核之正術，非變通之微旨矣。

按彥和論頌則謂告神之體，浸被於人物。論贊則稱明助之用，漸變為貶褒。論銘箴則譏矢言之道蓋闕，庸器之制久淪。論誄碑則申貴賤長幼之義，詳褅岳麗牲之用。仲洽論頌致意於古頌之義，論銘反復於銘器之文。論碑辨析於廟墓之制。可謂能正名辨物者矣。然詳觀二氏所論，雖於名實體用之間，辨別至明，亦未嘗不以為古今質文之變也。

……

自餘樂松之徒，其淺陋妖偽，更不足論矣。斯則人心風俗之憂，所謂衰世之文也已。

劉勰《文心雕龍·時序》："降及靈帝，時好辭製。造羲皇之書，開鴻都之賦，而樂松之徒，招集淺陋。故楊賜號為驩兜，蔡邕比之俳優，其餘風遺文蓋蔑如也。"

……

八　建安文學之殊尚

漢自桓、靈失德，方宇崩潰。學術則拘墟成說，靡所發明；文章則馳騁華詞，漸入煩濫。蓋道文已離，而情性亦舛矣。魏武以命世之才，值喪亂之運，長懷慷慨，雅尚篇章，雄圖所屆，不特鷹瞵寰區，直欲虎變文囿。是以海內才傑，咸萃洛都，武略既宣，文風斯盛。

　　劉勰《文心雕龍·時序》："自獻帝播遷，文學蓬轉，建安之末，區宇方輯。魏武以相王之尊，雅愛詩章；文帝以副君之重，妙善辭賦；陳思以公子之豪，下筆琳琅；並體貌英逸，故俊才雲蒸。仲宣委質於漢南，孔璋歸命於河北，偉長從宦於青土，公幹徇質於海隅，德璉綜其斐然之思，元瑜展其翩翩之樂。文蔚、休伯之儔，于叔、德祖之侶，傲雅觴豆之前，雍容衽席之上，灑筆以成酣歌，和墨以藉談笑。觀其時文，雅好慷慨。良由世積亂離，風衰俗怨，並志深而筆長，故梗概而多氣也。"

　　……

雖四曹競爽，互有短長。

　　劉勰《文心雕龍·才略》："魏文之才，洋洋清綺。舊談抑之，謂去植千里。然子建思捷而才儁，詩麗而表逸。子桓慮詳而力緩，故不競於先鳴。而樂府清越，典論辯要，迭用短長，亦無懵焉。但俗情抑揚，雷同一響，遂令文帝以位尊減才，思王以勢窘益價，未為篤論也。"

　　鍾嶸《詩品·上品》："魏陳思王植，其源出於國風。骨氣奇高，詞彩華茂。情兼雅怨，體被文質。粲溢今古，卓爾不群。嗟乎，陳思之於文章也，譬人倫之有周孔，鱗羽之有龍鳳，音樂之有琴笙，女工之有黼黻。俾爾懷鉛吮墨者，抱篇章而景慕，映餘暉以自燭。故孔氏之門如用詩，則公幹升堂，思王入室，景陽、潘、陸，自可坐於廊廡之間矣。"

　　又《中品》："魏文帝，其源出於李陵，頗有仲宣之體。則新奇百許篇，率皆鄙直如偶語。惟《西北有浮雲》十餘首，殊美贍可玩，始見其工矣。不然，何以銓衡群彥，對揚厥弟者耶？"

　　又《下品》："魏武帝，魏明帝，曹公古直，甚有悲涼之意。叡不如丕，亦稱三祖。"

按彥和、仲偉持論不同。若覈其實：文帝才麗而思放，思王藻深而情鬱，藻麗乃當世之同風，放鬱則二人之殊致。然放者易流，鬱者難盡。放者近誕，鬱者彌真。以此論之，鍾評差勝。惟列孟德於下品，以為劣於二子，則不免囿於重文輕質之見，實則武帝雄才雅量，遠非二子所及。雖篇章無多，而情韻彌厚。悲而能壯，質而不野。無意於工，而自然諧美，猶有漢人遺風。此乃天機人力之分，非可同日而語也。若明帝之居下品，庶無可譏者。後人如王元美，亦發子建不如父兄之論。大抵喜丕之俊放，病植之溫雅耳。

七子聯珠，各懷偏至。
……

劉勰《文心雕龍·才略》："仲宣溢才，捷而能密。文多兼善，辭少瑕累。摘其詩賦，則七子之冠冕乎？琳、瑀以符檄擅聲，徐幹以賦論標美，劉楨情高以會采，應瑒學優而得文。"

按合二氏所論，仲宣兼善而詩賦尤美，故能獨冠群才。偉長之賦，其匹敵也。而子桓稱其有齊氣，殆以其才辯，有稷下諸子之風歟？（齊或作奇，非。）琳、瑀長於章表符檄，書記之美者也。公幹五言，仲偉以輔思王，德璉和而不壯。彥和所謂學優之文，又其貳也。此皆前世的評，較然可信者矣。

而大抵所歸，皆主氣質。矩度裁成，雖足振蕩衰劫，猶未追蹤典則。蓋偏霸之雄才，非休明之極軌也。
……

按彥和《風骨》，暢發主氣之旨。謂魏文稱文以氣為主，故其論孔融則云體氣高妙，論徐幹則云時有齊氣，論劉楨則云有逸氣。公幹亦云孔氏卓卓，信含異氣。而彥和論建安文士，亦多舉氣為言。如論詩有慷慨以任氣之語,論樂府有魏之三祖氣爽才麗之言,論才略有孔融氣盛,論體性有公幹氣褊之説。然則主氣之論,實建安文學之殊尚矣。竊常論之,文帝所謂氣,即彥和所謂風。風者文中所述之情思,有運行流暢之力者也,亦即文家所謂意,意者志也。志亦兼情思爲言,故在人則爲情思,爲氣質,爲意志。在文則爲氣,爲風,爲力。言各從其便,皆與文章之采色對稱。故彥和申論重氣之旨,舉翬翟備色而力沈,鷹隼乏采而氣猛爲喻。東漢文敝,作者好騁詞華,絶無新意。雖藻采鋪葉,而情思索莫。緣經術久漸,文尚和緩。辭賦已盛,人競敷陳。二者之弊,遂成庸凡漫衍之習。且於時民俗,偷薄散緩,魏武救之以刑名,務爲清峻。而海宇多事,才士皆有慷慨靖亂之心。言爲心聲,發而不覺。文舉、正平已肇其端,建安諸子益張其勢。是則文氣之論,雖發自子桓,實得於人心所同然,蓋亦有補偏救弊之意也。

故彥和論文,於此諸家,微存貶抑。

> 劉勰《文心雕龍·明詩》:"暨建安之初,五言騰踴。文帝、陳思,縱轡以騁節。王、徐、應、劉,望路而爭驅,並憐風月,狎池苑,述恩榮,叙酣宴。慷慨以任氣,磊落以使才。造懷指事,不求纖密之巧;驅辭逐貌,唯取昭晰之能,此其所同也。"

> 又《樂府》:"至於魏之三祖,氣爽才麗,宰割辭調,音靡節平。觀其北上衆引,秋風列篇,或述酣宴,或傷羈戍,志不出於淫蕩,辭不離於哀思。雖三調之正聲,實韶夏之鄭曲也。"

豈非術兼名法,士崇跅弛之所致乎?

按彥和謂魏之初霸,術兼名法,風聲所被,人務校練,未能和雅,而好臧否異同,論辨之風以著。其後遂有鍾傅校練一流。又魏武自得冀州,崇獎跅弛之士。雖負汙辱之名,見笑之行,不仁不孝，而有治國用兵之術者，皆在所甄拔。世俗化之，相矜以通悦，不檢束於禮義。自是以來，儒術日輕，玄風漸啟。故其志意淫蕩，情辭哀急，而士風放矣。其後遂有裴荀玄遠一派。

……

其餘衆製，若賦頌碑銘之流，檄表哀誄之類，體必恢宏，辭每繁博，則因增華於漢式者也。雖亦未乏宏才，不足獨標世美矣。

按《文心雕龍》論賦但舉仲宣、偉長，論誄但稱陳思，論章表但列孔璋、陳思。論碑碣則謂孔融所創，有慕伯喈，論頌贊則稱魏晉辨頌，鮮有出轍，或踵武前修，或增華後代。要不足比隆五言也。故論魏代文學者，當於彼不於此。亦猶漢主於賦，唐主於詩，各有殊美，以爲一代標目也。

九　魏晉之際論著文之盛況

……

凡此二家，亦論著之盛軌矣。然其圍範所及，不出六學。又必依經敷旨，本師著説，未能別出胸懷，自闢户牖。至於陸賈以降，辨事議政之作，箴時方人之論，雖亦條支九流，而皆蔓延雜説。上焉者固足發明己志，垂聲來葉；下焉者則體勢漫弱，依採貽譏矣。

劉勰《文心雕龍·諸子》："若夫陸賈《新語》、賈誼《新書》、揚雄《法言》、劉向《説苑》、王符《潛夫》、崔實《政論》、仲長《昌言》、杜夷《幽求》，咸叙經典，或明政術，雖標論名，歸乎諸子。何者？博明萬事爲子，適辨一理爲論。彼皆蔓延雜説，故入諸子之流。夫自六國以前，去聖未遠，故能越世高談，自開户牖。兩漢以後，體勢漫弱，雖明乎坦塗，而類多依採，此遠近之漸變也。"

……

有品評文藝者焉。

　　按論文之風，兆於東漢之末。揚子雲、桓君山、王仲任，著書皆有論文之語，而蔡邕《銘論》，則爲單篇持論之始。其後如魏文《典論》，有《論文》之篇。摯虞輯文，有流別之論。李充之《翰林》，荀勖之《叙錄》，相繼而作。至鍾嶸《詩品》，劉勰《文心》，遂成傑構矣。

　……

或敵我往復，而精義泉湧，或數家同作，而妙緒紛披。雖勝劣不同，妍媸互見，而窮理致之玄微，極思辨之精妙。晚周而下，殆無倫比。世之徒以清談病之者，蓋猶未察夫此也。至其文體，雖難盡同，而後之論者，莫不以事義圓通，鋒穎精密，爲此體正宗。麗辭枝義，無取焉爾。

　　劉勰《文心雕龍·論說》："詳觀蘭石之《才性》，仲宣之《去伐》，叔夜之《辨聲》，太初之《本元》，輔嗣之《兩例》，平叔之《二論》，並師心獨見，鋒穎精密，蓋人倫之英也。（中略）原夫論之爲體，所以辨正然否，窮於有數，追及無形，鑽堅求通，鉤深取極。乃百慮之筌蹄，萬事之權衡也。故其義貴圓通，辭忌枝碎。必使心與理合，彌縫莫見其隙；辭共心密，敵人不知所乘，斯其要也。"

　……

十　六朝詩學之流變

　　昔孟堅志民俗，兼著其風詩。彥和論文變，必資乎時序。故知文運之升降，關乎世風矣。

　　按孟堅《地理志》，每兼著其國風詩，已見卷一第三節論《詩經》所引。彥和《文心雕龍》有《時序》一篇，總論十代文學升降之故。謂文變染乎世情，興廢繫乎時序，原始以要終，雖百世可知也。

……

然而情有貞淫，義有邪正，言有文質，聲有俗雅。文家優劣，於焉分塗。然則六朝詩變雖繁，其消息固在此矣。蓋自建安主氣，辭貴昭晰。

> 按劉彥和謂建安諸子之詩，造懷指事，不求纖密之巧；驅辭逐貌，唯取昭晰之能。蓋對後文潘、陸采縟力柔立論也。大抵魏代五言，雖已微見構結之迹，不如漢人渾厚天成。然對偶未成，用典未著，聲律未興，凡齊梁以下，雕琢字句之功，非其所重。故彥和云然也。

正始明道，義切虛玄。故曹王以風力稱雄，何晏以浮淺蒙誚。

> 劉勰《文心雕龍·明詩》："及正始明道，詩雜仙心。何晏之徒，率多浮淺。"

易代之際，惟嵇志清峻，而辭復壯麗，足矯正始之頹風。阮旨遙深，而文亦豔逸，上接建安之芳軌，故後世並美焉。

> 按《文心雕龍·明詩》謂嵇志清峻，阮旨遙深。《三國志·魏·王粲傳》，稱阮才藻豔逸，嵇文辭壯麗。劉論情志，陳辨體裁，合而觀之，尤能窺見二子之全體。

逮晉世尚文，而潘、陸肆以繁縟。雖亦遠紹曹、王，實同流而異波也。

......

　　彥和亦云：晉世群才，稍入輕綺。張、潘、左、陸，比肩詩衢。采縟於正始，力柔於建安，或析文以爲妙，或流靡以自妍，此其大略也。又有張華茂先，彥和謂其短章弈弈清暢。……

江左好玄，而孫、許參以佛理，雖則近習潘、陸，又交枝而殊本也。

......

　　劉勰《文心雕龍·明詩》："江左篇製，溺乎玄風。嗤笑徇務之志，崇盛忘機之談。袁、孫以下，雖各有雕采，而辭趣一揆，莫與爭雄。"
　　又《時序》："自中朝貴玄，江左稱盛。因談餘氣，流成文體。是以世極迍邅，而辭意夷泰。詩必柱下之指歸，賦乃漆園之義疏。"

......

大抵兩晉風尚，江右以放誕爲歸，彌近嗣宗。江左用名理相尚，微同叔夜。而識者多許嵇生爲論宗，推阮公爲詩傑。

　　劉勰《文心雕龍·才略》："嵇康師心以遣論，阮籍使氣以命詩，殊聲而合響，異翮而同飛。"
　　......
　　按李充《翰林論》以論推嵇，與彥和之言合。

......

及劉宋篡統，顏、謝騰聲。雖組練之工益精於太康，曠達之情猶規乎正始，而寄玄思於山水，運人巧出天然，殆將合二流而並新之者矣。然觀延年之雕繢滿眼，豈爲之而未至者歟？

......

劉勰《文心雕龍·時序》："自宋武愛文，文帝彬雅，秉文之德，孝武多才，英采雲構。自明帝以下，文理替矣。爾其縉紳之林，霞蔚而飆起。王、袁聯宗以龍章，謝、顏重葉以鳳采，何、范、張、沈之徒，亦不可勝數矣。"

......

彥和謂莊老告退，蓋比晉賢純主玄言者為退耳。究之顏、謝玄言，篇中尚多有也。仲偉論顏一句一字皆致意，與彥和所謂儷采百字爭價一句正同。

......

仲偉一概斥之，亦過矣。史稱追憾報復，儻其然乎？若彥和《文心雕龍·聲律》，極論聲律之理，足與休文相發。或謂其特著此篇，取悅沈氏，則為妄揣，要當視其持論之是非，未可概以恩怨定之也。

......

劉、郭當永嘉之世，同以挺拔見稱；

......

按彥和謂江左篇製，辭趣一揆，莫與爭雄。所以景純仙篇，挺拔而為俊矣。……二子風尚相同可知。故彥和雖專以清拔目景純，而仲偉則有贊成厥美之論也。

......

皆可謂逸群之才矣。而陶公之天情高朗，雅志淵深。直將糠秕曹、王，遑論潘、陸？固蓋世之英傑也。然而以光祿之深交，昭明之雅好，記室之精識，舍人之博聞，或未之得知，或知之未盡，其故可思矣。

按淵明之詩，在六代為鳳麟。然晉宋以下，知者已稀，好者尤鮮。至唐人王摩詰、韋應物、柳子厚、杜少陵、白樂天諸公，始知尊崇。以東坡之絕識高才，亦至晚歲始知好之。蓋由其意境至高，而出語平淡，非易識其旨趣也。故延年與爲深交，而其誄陶，但曰學非稱師，文取指達。昭明雅好陶集，爲之作序，猶云閒情一賦，白璧微瑕。仲偉評陶，惟曰文體省静，殆無長語。篤意真古，辭興婉愜。觀其列居中品，則亦知之不深。彦和博洽，而《文心》無一語及陶，殆爾時陶集未出，未之見也。惟今本《文心》明人補抄《隱秀篇》，有"彭澤之豪逸"一句（"豪逸"二字，錢功甫本闕，一本補此二字），語出後人，足證補抄之僞。

十一　南北風謠特盛及樂聲流徙之影響

……

　　劉勰《文心雕龍·樂府》："子建、士衡，咸有佳篇。並無詔伶人，故事謝絲管。俗稱乖調，蓋未之思也。"
　　按彦和之論，重在辭意，故不以乖調之説爲然。時人之論，雖未詳所出，窺其用意，蓋主於聲。曹、陸之作，既不協律，而亦名樂府，乖於樂調，故稱乖調也。

……

（原載《劉永濟集·十四朝文學要略》，中華書局2010年版。）

文學論（摘錄）

劉勰《文心雕龍·總術》"贊"
　文場筆苑，有術有門。
　務先大體，鑒必窮源。
　乘一總萬，舉要治繁。
　思無定契，理有恒存。

自　序

　　古人論文，不尚細碎。宋賢詩話，論乃稍卑，而後世謂詩亡於話。桐城文家嚴義法，而文即弊於義法。蓋文藝之妙，規矩而外，有不可言說者存，陸士衡所謂難以辭逮也。故有師友雅談，間標精義，亦皆機緘之秘，啟自無心。深造之士，自能理契象外，悟超言表。然而詞留興往，文約旨幽，末學膚聞，轉生曲解。固知一落蹄筌，便成糟粕。非言不足以盡義，殆義難於心通也。今人執筆，好詆前修，以矜新異，雖言或媚俗，而義已違真，是又士衡所謂笑古人之未工，忘己事之已拙者矣。昔劉彦和有言："不述先哲之誥，無益後生之慮。"今茲所述，竊取斯義。其有參稽外籍，比附舊說者，以見翰藻之事，時地雖囿，心理玄同，未可是彼非此也。間亦自忘譾陋，妄下己意。以期引申哲誥，黜其曲解，免夫士衡之譏，而遠師彦和之意云爾。

　　……

第一章　何爲文學

第七節　我國歷來文學之觀念

……

諸家所論皆與孔子相發明。其不同者，由言志之旨進而爲明道之義。後之拘泥者，遂至見詩文之內容非質言道德者，即叱爲無用。而藝術之真義，遂缺而不全。

劉勰生於梁代，其時當莊老盛倡之後，繼以佛學，故其思理精湛，雖不背於佛門，實已別有途徑。今略摘《文心雕龍》數條如下，以概其餘。

《體性篇》：夫情動而言形，理發而文見，蓋沿隱以至顯，因內而符外者也。然才有庸儁，氣有剛柔，學有淺深，習有雅鄭。並情性所鑠，陶染所凝。是以筆區雲譎，文苑波詭者矣。

《風骨篇》：詩志六藝，風冠其首。斯乃感化之本源，志氣之符契也。

《情采篇》：聖賢書辭，總稱文章，非采而何？……故立文之道，其理有三：一曰形文，五色是也。二曰聲文，五音是也。三曰情文，五性是也。五色雜而成黼黻，五音比而成韶夏，五情發而爲辭章。

《物色篇》：是以詩人感物，聯類不窮。流連萬象之際，沉吟視聽之區。寫氣圖貌，既隨物以宛轉。屬采附聲，亦與心而徘徊。

《明詩篇》：人稟七情，應物斯感。感物吟志，莫非自然。……觀其結體散文，直而不野。婉轉附物，怊悵切情。

《詮賦篇》：因夫登高之旨，蓋睹物興情。情以物興，故義必明雅。物以情觀，故辭必巧麗。麗辭雅義，符采相勝，如組織之品朱紫,畫繪之著玄黃。文雖新而有質,色雖糅而有本。此立賦大體也。

彥和論文,重於情感,工於圖寫,明於內外,文質並稱,聲形俱要,文學之大概已是。其形文、聲文、情文之説,則頗與黑吉爾(Hegel)目藝、耳藝、心藝之論暗合。蓋文學與繪畫、雕刻、音樂初實同源,後乃分立,故皆屬於藝(Art)。初民之文字皆象形,故與繪畫同源;其時文字皆刻木範泥爲之,故與雕刻同源;文學先有詩歌,詩歌傳述以口,必音調和協,可以悦耳而順口,故與音樂同源。其分立之故,亦文化發展必然之勢。

……

第二章　文學之分類

第四節　我國文學體制構成之源

……

章氏乃史家,故以歷史家之眼光推論其源流如此,亦班固《藝文志》之類也。至於後世文體源本經文之迹甚明,其故則歷代尊經之影響也。在章氏之前者,有劉勰、顔之推亦有文體出於五經之言:

劉勰《文心雕龍·宗經篇》曰:論説辭序,則《易》統其首。詔策章奏,則《書》發其源。賦頌歌贊,則《詩》立其本。銘誄箴祝,則《禮》總其端。紀傳銘當作移檄,則《春秋》爲根。

……

第六節　文學體制變遷與其外形之關係

文學之變遷,雖不可據外形爲準的,然體制一變,外形必受其影響，故亦不可置外形於不論。但外形之變，亦有因文學的工具之性質而成者，第四章於此點言之特詳。今惟略述其受體制變遷之影響於此。

我國古代文學，本無駢、散之分。但用字造句之間，自有奇、偶之迹。奇、偶乃生於自然，由於聲氣之諧和調適。後人喜偶，則成詩賦一流；喜奇，則爲散文一派。又或合樂則以韻語，記事則以散行。而純主偶者爲駢體，純主奇者稱散文。散文後又稱曰古文。實則六朝以前，只以文筆對舉，或以詩筆並稱，尚無古文之目也。

《文心雕龍·總術篇》曰：今之常言，有文有筆，以爲無韻者，筆也，有韻者，文也。夫文以足言，理兼詩書，別目兩名，自近代耳。……余以爲發口爲言，屬筆曰翰，常道曰經，述經曰傳。經傳之體，出言入筆。筆爲言使，可強可弱。
……

然自屈原作《離騷》，其體合詩文爲一，而用比興，寓諷諫。漢人宗之，遂爲賦家之祖，此體以大。劉勰所謂"六義附庸，蔚成大國"也。且由第三節觀之，兩漢至唐，賦與詩歌，同爲文學正宗。向唐迄清，代有作者，不少佳制，此體遂與古文遞爲升降。雖品格或有高下，而源流固自深遠也。
……

第四章　文學與藝術

第四節　表現之法

表現之事，乃心理之自然。蓋人心有所感，自以抒而出之爲快。至於抑鬱之情，尤必有所告訴，如得人之同情，亦可以自慰而減其愁苦。但表現於文字必有方法，亦不可率然而成。因真摯之情，冥渺之意，欲以能力有限之工具而傳達之，其事亦非甚易。故表現約有三事，皆不可少者：

一、選材料。

二、擇體制。

三、工修詞。

選材料者，作者之情必附麗於事物以現。……

擇體制者，材料既選得，求所以位置之工具也。……

工修辭者，材料已得，體制已定，而能力有限之文字，往往使人有不足應用之苦，必至表現者與所表現者，不能錙銖相等，纖毫不遺。於是表現之事乃生困難。文學家感此困難，於是有修辭之法。修辭之法乃就文字之短處而利用之，即以有限能力之文字，用成無限。故用字之功，為文學家不可少之事。能講修辭之功，則少字可以表多意，常字可以言深情，一切可喜可愕之景、可歌可泣之事，皆可畢現，而幽深之情，亦躍躍紙上。故沈約稱司馬相如工為形似之言，即修辭家所謂比方（simile）、類狀（metaphor）也。劉彥和所謂夸飾，胡仔所謂激昂之言，即 hyperbole 也。……茲略舉古人所論數條於後：

……

《文心雕龍·夸飾篇》曰：神道難摹，精言不能追其極。形器易寫，壯辭可得喻其真。才非短長，理自難易耳。故自天地以降，豫入聲貌，文辭所被，夸飾恒存……至如氣貌山海，體勢宮殿，嵯峨揭業、熠燿焜煌之狀，光采煒煒而欲燃，聲貌岌岌其將動矣，莫不因夸以成狀，沿飾而得奇也。

至於情感之表現，尤貴能出之以含蓄。……

大抵文學的表現，必趣味深厚。而深厚之趣味，必使人於其所表現者之中，自能領略。……我國評論文學者論及此點，頗有精粹之語，今錄數條於後，以見一斑。

《文心雕龍·隱秀篇》曰：情在詞外曰隱，狀溢目前曰秀。

……

以上三家之論，皆於表現之法，得其要領，發其精義矣。持此義以評論文學之工拙，無遁形矣。……

第五節　精神

"spirit"一語，爲文學所最要。未作之時，精神屬於作者。既作之後，則精神附於作品。屬於作者之精神，乃作者之道德、智慧、情感所蘊結。屬於作品之精神，乃作者之道德、智慧、情感所發泄，故必兼表現之法。表現之法不工，則精神之發洩不顯。是故作品之精神，往往視表現之法工拙而分强弱。

古人謂文必可品藻(taste)乃佳。……

凡此種形容之字，乃從古人作品以見其精神也。《文心雕龍·體性篇》，《史記·屈原列傳》司馬遷評屈原數語，及王通《中說》論文一段，於作品之精神與作者之關係，言之尤切：

《體性篇》曰：若夫八體屢遷，功以學成。才力居中，肇自血氣。氣以實志，志以足言。吐納英華，莫非性情。是以賈生俊發，故文潔而體清；長卿傲誕，故理侈而辭溢；子雲沉寂，故志隱而味深；子政簡易，故趣昭而事博；孟堅雅懿，故裁密而思靡；平子淹通，故慮周而藻密；仲宣躁銳，故穎出而才果；公幹氣褊，故言壯而情駭；嗣宗俶儻，故響逸而調遠；叔夜俊俠，故興高而采烈；安仁輕敏，故鋒發而韻流；士衡矜重，故情繁而辭隱。觸類以推，表裏必符。豈非自然之恒資，才氣之大略哉！

……

且作者之精神，固賴作者之性情、才學與表現之法而見，亦須由讀者之性情、才學與品藻之力而分。故讀者之心，必與作者之心相契合，然後得見其精神。……如屈原之《離騷》，太史公則稱其志廉行潔，文約辭微。……劉彥和則既謂其典誥，又稱其夸誕。此所謂智者見之謂之智，仁者見之謂之仁也。……

……

毛爾登(Moulton)謂批評文學作品之真美，往往因"作者創造之才"(the creative faculty of the artist)，與"閱者鑒別之力"(the percipience of the reader)有關而難明確，誠爲至論。……故古人有希賞音之人於千載之下，而不以一時之毀譽動其心者，豈亦如俗人之好名哉！劉勰《知音》一篇，尤慨乎其言之也。今錄於下：

《文心雕龍·知音篇》曰：知音其難哉。音實難知，知實難逢。逢其知音，千載其一乎。……文情難鑒，誰曰易分。夫篇章雜遝，質文交加。知多偏好，人莫圓該。慷慨者逆聲而擊節，醞藉者見密而高蹈，浮慧者觀綺而躍心，愛奇者聞詭而驚聽。會己則嗟諷，異我則沮棄。各執一隅之解，欲擬萬端之變，所謂東向而望不見西牆也。……夫綴文者，情動而辭發。觀文者，披文以入情。沿波討源，雖幽必顯。世遠莫見其面，覘文輒見其心。豈成篇之足深，患識照之自淺耳。夫志在山水，琴表其情。況形之筆端，理將焉匿？故心之照理、譬目之照形。目了則形無不分，心敏則理無不達。然而俗監之迷者，深廢淺售。此莊周所以笑《折楊》，宋玉所以傷《白雪》也。

第六節　創造與摹仿

創造之語，傳自西籍，英文爲"create"。英文"poetry"一字，源出希臘，其意爲有所造作(something made)或創造(created)。故西方《聖經》"我等乃上帝所造之物"一句，希臘原文爲"We are God's poem"。彼方釋此意謂我等乃上帝所造，上帝即宇宙之創造主，而詩人乃想像的宇宙之創造主(the creator of an imaginary universe)，故同用一字。而想像

imaginary 一字，乃從"image"來。"image"一字，又源出"imitari"，訓爲摹擬。是詩人之想像的宇宙，即摹擬上帝之宇宙而成。換言之，即創造生於摹仿。

上段所言，證以劉彥和之説益明：

《文心雕龍·原道篇》曰：文之爲德也，大矣。與天地並生者，何哉？夫玄黄色雜，方圓體分。日月疊璧，以垂麗天之象；山川焕綺，以鋪地理之形，此蓋道之文也。按：此"道"字，即上帝之意。但儒家不同宗教，第一章可證。仰觀吐曜，俯察含章，高卑定位，故兩儀既生矣。惟人參之，性靈所鍾，是謂三才。爲五行之秀，實天地之心。心生而言立，言立而文明，自然之道也。傍及萬品，動植皆文。龍鳳以藻繪呈瑞，虎豹以炳蔚凝姿。雲霞雕色，有逾畫工之妙；草木賁華，無待錦匠之奇。夫豈外飾，蓋自然耳。

彥和所謂仰觀俯察，傍及萬品，即文學家摹仿之事。謂人實天地之心，與我等乃上帝之創造物，意同。……

第六章　研究我國文學應注意者何在

第五節　主善的文學所長

此種文學所長，約數之有二：
一、切近人生……
二、温柔敦厚……
……

譎諫之文，再變而爲滑稽之文。滑稽之文，則非專以之諷君上，實以之刺當世。如王褒之《僮約》，可以代勞民之呼籲。孔德璋之《北山移文》，可以羞作僞之隱逸。此類詩文，或出遊戲之筆，或寄笑駡之情，千狀萬態，不可比方，側出橫生，惟貴體會。故劉勰特著《諧讔》一篇論之，其略曰：

> 夫心險如山，口壅若川，怨怒之情不一，歡謔之言無方。……諧之言皆也。辭淺會俗，皆悦笑也。讔者，隱也。遯辭以隱意，譎譬以指事也。……隱語之用，被於紀傳，大者興治濟身，其次弼違曉惑。……義欲婉而正，辭欲婉而顯。……文辭之有諧讔，譬九流之有小説。蓋稗官所采，以廣視聽。若效而不已，則髡袒而入室，旃孟之石交乎！

據劉氏之論，則滑稽之文，實與小説戲劇同一作用。劉歆《七略》，謂小説出於稗官者流，不如謂其出於譎諫之變體爲更確切也。
……

(原載《劉永濟集·文學論 默識錄》，中華書局 2010 年版。)

附錄二　學界對劉永濟"龍學"研究的評介

劉永濟的《文心雕龍校釋》

張少康　汪春泓　陳允鋒　陶禮天

《文心雕龍校釋》（以下簡稱《校釋》）是劉永濟爲大學諸生講習漢魏六朝文學而寫成的講義稿。最初於1948年由正中書局出版，1962年中華書局再版。《文心雕龍校釋》雖由"校"與"釋"兩部分組成，但在文字校勘方面甚爲簡略，亦非著者重點所在，釋義方面則頗有特色，不少簡明扼要的見解能發明劉勰論文大旨，從而成爲繼黃侃《文心雕龍札記》之後又一部影響廣泛的"龍學"理論研究的力作。

據著者1962年版《前言》可知：《文心雕龍校釋》原先的編排順序是先"序志"，次以"文之樞紐"五篇，再繼之下編（論文理），最後殿以上編（論文體），其目的在於使"學者先明其理論，然後以其理論與上編所舉各體文印證，則全部了然矣"。此種篇目上的變動重組，固然出於授業之便利，但作者研究《文心雕龍》之傾力處亦灼然可知，那就是着重闡明劉勰文論的精要。這從著者的研究方法上也可以明顯見出。對於"文之樞紐"及《神思》以下二十五篇，首段釋義總是概括一篇要旨，分析其中段落大義，而於文體論部分則直接"悉別條具""隨文訓釋"（《前言》）。就《文心雕龍校釋》的理論研究成就而言，可以從以下三方面進行論析。

首先一點，就是對《文心雕龍》論文之根本的理解與把握。《原道》篇釋義曰："舍人論文，首重自然。"即是對劉勰文論之根本的界定。但在"自然"之道的理解上，著者有自己的看法。故曰："（自然）二字含義，貴能剖析，與近人所謂'自然主義'，未可混同。此所謂自然者，即道之異名。道無不被，大而天地山川，小而禽魚草木，精而人紀物序，粗而花落鳥啼，各有節文，不相凌雜，皆自然之義也。"這是廣義的自然之道的内涵。就其狭义而言，则指作家的作品，"文家或寫人情，或模物態，或析義理，或記古今，凡具倫次，或加藻飾，閱之動情，誦之益智，亦皆自然之文也。文學封域，此爲最大。故舍人上篇舉一切文體而並論之"。這就把《文心雕龍》的"自然"宗旨與近代以來西方傳入的"自然主義"文學觀念作了區別，並揭示出"自然"之義與劉勰文體論的内在關係。

本着"自然者即道之異名"的觀點去分析《徵聖》《宗經》篇，著者所得出的結論也顯得別具識力。《徵聖》篇釋義云："此篇分三段。初段論文必徵聖之理。中分二節：首渾言，次舉例。次段明聖心精微，故其文曲當神理。中標四義：即簡、博、明、隱。末段言聖文易見，以足成文必徵聖之論。……聖人之心，合乎自然，聖心之文，明夫大道。……然則聖心之道雖不可見，而聖人之文尚可得聞。《徵聖》者，由文以見道可也，故次於《原道》。"這段論述，實際上把"自然之道"具體化了，以"聖心精微，故其文曲當神理"釋"自然"之内涵，"自然之道"也就成爲統領爲文之術的根本原則。因此《徵聖》篇釋義又説："文之爲術，廣有多途，約而數之，隱、顯、繁、簡四者而已。四者各有至當，一皆準之自然。……然苟非聖心深體自然之道，安能立言有則若此？然則後世徒事駢偶者，固未可托詞文言之爲儷語，而推崇古文者，亦不可假借訓詁之爲單行矣。此亦舍人立論圓通之處。"從這樣的角度闡發劉勰的自然之道觀，應當説是既盡其意又能落於實處，足資借鑒。其中以"聖心深體自然之道"爲聖人經書"立言有則"之根源，亦屬探本之論，與那些以倫理教義爲劉勰之道的内涵者不可同日而語。《宗經》篇"釋義"曾引章學誠《文史通義・詩教篇》論戰國諸子源出六經之説，以爲諸子之旨趣内容皆源於六經，劉永濟指出："此固歷代尊經所致，而經文自有典則，足爲後人楷模，實其真因也。"此論深入一層，從經文堪爲"典則"的層面説明後世尊經之"真因"，此"典則"即爲文自然之道的體現，亦是劉勰尊經徵聖的最根本動因。

《文心雕龍校釋》所揭示的劉勰首重自然的文論根本，在創作論領域的主要表現就是強調師心重情。《情采》篇論"立文之本源"時就提出：

"情者文之經"和"理定而後辭暢"。這是劉勰文論根本的又一層面的内涵。《校釋》著者對這一點非常重視。《哀弔》篇釋義:"舍人論文,以情性爲本柢,以理道爲準則。全書斥浮詭,黜繁縟,不一其詞。"《神思》篇釋義:"舍人論文,輒先論心。故《序志》篇曰:'夫文心者,言文之用心也。'蓋文以心爲主,無文心即無文學,善感善覺者,此心也;模物寫象者,亦此心也;繼往哲之遺緒者,此心也;開未來之先路者,亦此心也。"劉勰所說的"爲文之用心",包括神思、鎔裁、附會等諸多方面,而其根本所在則是心有所感,情有所動,爲文之種種技巧均應以此心此情爲基礎,否則即爲文而造情。因此,劉永濟認爲"文以心爲主,無文心即無文學",可謂深契劉勰之本旨。《文心雕龍·聲律》篇是技巧因素很濃的一篇文術專論,但劉勰首先就指出:"聲含宫商,肇自血氣",贊語又説:"標情務遠,比音則近。吹律胸臆,調鐘唇吻。"説明了情氣與宫商音律的表裏關係。《校釋》該篇"釋義"對此深有領悟,故曰"文貴有聲,聲貴調協","但用之者首重切情,必使誦者無詰屈聱牙之病,聞者有聲入心通之妙,斯爲至善耳";又曰"蓋文藝之美,既貴整齊,又須錯綜,而其本柢仍在情思。準情思以爲文,則疾徐高下,錯綜整齊,自然有序"。

其次一點,是對劉勰《文心雕龍》中一些具體的文學原理的研究。這方面的内容較爲豐富,約舉數端而論之。

(1) 關於《總術》篇

《總術》篇在《文心雕龍》中佔有很重要的地位,黄侃《札記》謂"此篇乃總會《神思》以至《附會》之旨",范注釋"術"爲"規則",仍認爲《總術》篇屬於《神思》以下之總論,一般論者也都傾向於把該篇看做文術論的總論,而紀昀對此篇則譏批頗多,謂其"文有訛誤,語多難解","其言汗漫,未喻其命意之本"。劉永濟的看法均與此不同,他通過對"術"之本義的考察,認爲"術有二義:一爲道理,一指技藝"。而"本篇之術屬前一義。猶今言文學之原理也。下文'圓鑒區域,大判條例'八字,曉術者之能事。本書各篇,凡涉及原理者,皆其事也。……至'多欲練辭,莫肯研術'云云,則斥但講枝末,而忽視本原者之辭也"。以"原理"釋"術",頗有理論高度,盡管劉勰之"術"並不排除具體的技巧,但若直接以技巧爲劉勰之"術",顯然是膚淺之論。劉永濟指出:黄侃《札記》"此篇乃總會《神思》以至《附會》之旨,而丁寧鄭重以言之,非別有所謂總術"之説,並没有説透問題的實質,而紀昀所譏評則更無所見,原因即在於"辨術字之義未真耳"。

不僅如此,劉永濟還從"總"字之義入手,揭示了《總術》篇的方法論意義。該篇釋義又説:"舍人論文,每以文與心對舉,而側重在心。本篇所謂總者,即以心術總攝文術而言也。夫心識洞理者,取舍從違,咸皆得當,是爲通才之鑒;理具於心者,義味辭氣,悉入機巧,是爲善弈之文。然則文體雖衆,文術雖廣,一理足以貫通,故曰'乘一總萬,舉要治繁'也。紀氏既以文章技藝視此術字,又於所謂總者,未能致思,故謂辨明疑似一段,與上下文不相屬。"這一段對"總"字之義的剖析,極爲精彩,發前人所未發。不管我們是否同意此説,有一點却不能否定,那就是以"一理"統"衆術"的思想在《文心雕龍》中確有體現,而此種思想又是受當時玄學思辨影響所致。因此,劉永濟對《總術》之義理的剖析,至少有助於我們更爲具體地認識《文心雕龍》思辨方法與玄學"舉本統末"思想的淵源關係。

(2)關於創作過程中"虛静"之心的論述

虛静理論在《文心雕龍》中被運用於創作論領域,是劉勰文論的一大重要内容。《校釋》一書對此頗爲關注,且能發其精義。《神思》篇釋義指出劉勰論文"輒先論心"之後,著者即對此"心"之特點予以深論:"然而心忌在俗,惟俗難醫。俗者,留情於庸鄙,攝志於物慾,靈機窒而不通,天君昏而無見,以此爲文,安從窺天機而盡物情哉?故必資修養。舍人虛、静二義,蓋取老聃'守静致虛'之語。惟虛則能納,惟静則能照。……養心若此,湛然空靈。及其爲文也……尚何難達之辭,不盡之意哉?故曰'馭文之首術,謀篇之大端'也。"又《聲律》篇釋義針對劉勰"内聽"之説亦發此論:"舍人'内聽'之説最精。蓋言爲心聲,言之疾徐高下,一準乎心。文以代言,文之抑揚頓挫,一依乎情。然而心紛者言失其條,情浮者文乖其節,此中機杼至微,消息至密,而理未易明。故論者往往歸之天籟之自然，不知臨文之際，苟作者襟懷澄澈，神定氣寧，則情發肺腑，聲流唇吻，自如符節之相合。"此處把"内聽"之説與"神定氣寧"結合起來，具體而微地闡述了聲情關係之理，雖有所發揮，但仍能切中劉勰聲律論之關鍵，體現出著者"以心術總文術"的理論旨趣。《物色》篇釋義、《養氣》篇釋義乃至《知音》篇釋義，均論及此。

（3）關於"隱秀"之義

《文心雕龍·隱秀》篇雖是殘文，但義關重大，故論者每多注意。劉永濟於此首先肯定《隱秀》補文之僞，並提供一新證，即《文心雕龍》全書"品列成文，未及陶公只字"，而補文中有"彭澤之□□"句，此"適足成其僞託之證"。《校釋》對"隱秀"之義的闡釋，在理論深廣度方面較前人有所拓展。劉氏不僅論隱秀之内涵，而且還從創作論和鑒賞論的角度論述隱秀之特徵。比如他認爲欲求"情在詞外"之隱，貴在"言當"，既不"傷淺"亦不"犯晦"；而"狀溢目前"之秀，要在"憑情顯"，若"情喪其用，則景虚設而無功"，因而"狀物之功，首在善感，感入精微，心生眼處，自能擷取菁英，棄其瑕穢，故能物色昭晰，光景如新"。這就把隱秀之境的創造與劉勰的重情與貴言結合起來了。劉永濟還從讀者欣賞的角度論及隱秀，所謂"言當者，作者之情懷雖未盡宣，而讀者之心思已足領會"，即是隱秀之妙處。他又認爲："文家言外之旨，往往即在文中警策處，讀者逆志，亦即從此處而入。蓋隱處即秀處也。"這樣的觀點也是前人所未曾道及的。

（4）關於"心物交融"問題

《文心雕龍》雖然並未明確地提出"意境"這一美學範疇，但許多論述實際上已經涉及"意境"的創造問題，對後代意境理論的形成發展具有極爲重要的啓迪作用，而較早較深入地探討此一問題的，則是劉永濟的《文心雕龍校釋》。

《神思》篇釋義謂"此篇最要者有二義"，一則"論修養心神乃爲文要術之故"，二則"論内心與外境交融而後文生之理"。他分析道：人心居於内，"與物接而生感應；志氣者，感應之符也"，這是心由物感而興情氣；接着是物"與神會而後成興象；辭令者，興象之府也"，這是情與物合而生興象,實即《神思》所謂"意象",而"意象"必資"辭令"以傳達之、安宅之。由此可見,"辭令之工拙,興象之明晦係焉;志氣之清濁,感應之利鈍存焉。……志氣清明,則感應靈速;辭令巧妙,則興象昭晰。……千古才士,未有舍是而能成佳文者。然而能言其理者,獨於此篇見之。此舍人之所以卓絕也"。一般論者均從《神思》篇對想像問題的論述入手分析其旨意,而劉永濟則另辟蹊徑,從文學作品興象之產生、傳寫的角度論其"最要"之義,把《神思》的理論要旨與重情興、重興象的意境論聯繫起來。

《校釋·物色》篇題下小注曰:"按此篇宜在《練字》篇後,皆論修辭之事也。"調整次序與范注置於《附會》後不同。"釋義"謂"本篇申論《神思》篇第二段論心境交融之理。《神思》舉其大綱,本篇乃其條目"。著者認爲"神物交融"有兩種形態:一是"物來動情",二是"情往感物"。《物色》篇所謂"隨物宛轉"即是指"物來動情者,情隨物遷,彼物象之慘舒,即吾心之憂虞";而"與心徘徊"則指"物因情變,以内心之悲樂,爲外境之歡戚"。於是文學作品之境亦分爲兩類:物來動情即"文家謂之無我之境,或曰寫境";情往感物即"文家謂之有我之境,或曰造境"。但無論是"寫境"還是"造境",均離不開"情、境"二端,因此劉永濟又説:"純境固不足以謂文,純情亦不足以稱美,善爲文者,必在情境交融,物我雙會之際矣。"著者論《物色》而獨標其"心境交融之理",並從"物我雙會"的角度論文美之生成,實際上已經將劉勰的物色論與神思論納入了古代意境論發展的歷史進程中。

第三點,關於《文心雕龍》的現實針對性問題

這一點,劉知幾《史通》已經指出,黄侃《札記》、范注也都涉及這個問題。但由於立論的層面不同,各家的觀點也未必前後合轍。劉勰《文心雕龍》的現實針對性,大致可分三層:一層是如劉知幾所説的文評之準的無依,二層是如黄、范二家所説的文壇諸多流弊,三層則是就社會政治習俗而言。劉永濟《校釋》對於第二層、第三層所論尤多,第一層也有論及,即批評論。

《校釋·前言》曾論及《文心雕龍》的性質,目之"爲我國文學批評論文最早、最完備、最有系統之作"。但對目錄學家列之於"詩文評類"的

做法似有微詞,認爲《序志》篇表明劉勰著論"自許將羽翼經典,於經注家外,別立一幟,專論文章,其意義殆已超出詩文評之上而成爲一家之言,與諸子著書之意相同矣",原因在於該書與諸子書一樣,"有其對於時政、世風之批評","亦有匡救時弊之意",具體地説就是"彥和從文學之浮靡推及當時士大夫風尚之頹廢與時政之隳弛。實懷亡國之懼,故其論文必注重作者品格之高下與政治之得失"。此前言雖寫於1959年10月,實代表着40年代著者撰《校釋》時的思想觀點。因而書中對劉勰論文的社會現實針對性頗加重視。《樂府》釋義謂"其持論嚴正,實與荀卿《樂論》同一旨歸","故於雅鄭之防,未容稍軼。世之僅以文士目舍人者,其亦可以自反矣"。《議對》篇釋義認爲:"晉、宋以後,文體漸尚藻麗,於是有不切事情而騁華辭者,故彥和以貴騰、還珠譬況之,猶今世所謂脱離實際之文也。彥和之時,文浮末勝,尤無足觀,故其此篇,雖揚榷前代作者,實針砭當世文風,最爲切要。顧亭林謂:'文須有益於天下。'彥和有焉。讀此書者,未可純以齊梁文士目之也。"《正緯》篇釋義也指出:"舍人之作此篇,以箴時也。"以爲讖緯之説在宋齊之世未絶,"足以長浮詭之習,揚愛奇之風",劉勰此論"列四僞以匡謬,述四賢而正俗"。這種解釋雖然忽略了劉勰論緯書"有益文章"的一面,但指出其社會現實針對性,還是有一定的意義的。

又如《程器》篇,一般論者大都注意其所論及的文人品行問題,但劉永濟在釋義中指出:"舍人此篇,尚有一義,讀其書者,或未留意。"那就是《程器》篇有"豈以好文而不練武""豈以習武而不曉文"二語,著者認爲:"此以文事武備並重,初觀之甚異,實亦深中時弊之論也。"此所謂"時弊"不是指文弊,而是指貴族子弟及齊梁士大夫頹靡柔弱之弊,亦即著者所引《顔氏家訓·涉務》篇所云:"梁世士大夫,皆尚褒衣博帶,大冠高履……及侯景之亂,膚脆骨柔,不堪行步,體羸氣弱,不耐寒暑,生死倉卒者,往往而然。"《顔氏家訓·勉學》篇亦曰:"夫射御書數,古人並習,未有柔靡脆弱如齊梁子弟者。"這就把劉勰所論的柔靡文風與南朝貴族的生活習尚有機地聯繫起來,對我們瞭解《文心雕龍》產生的更深層的社會原因是很有啟發的。釋義又曰:"然則舍人此論,不特有斯文將喪之懼,實懷神州陸沉之憂矣,安可謂之不爲典要哉?學者借古鏡今，於世風俗尚，孰是孰非，當知所取舍矣。"由此可見，廣義的社會政治的研究思路，對《文心雕龍》研究也是很有助益的。强調《文心雕龍》針砭時弊的理論旨趣，有助於説明劉勰注重文學社會功用的思想。但僅注意到這一點顯然又是狹隘的、偏頗的。《養氣》篇釋義則不如此。該篇釋義除了闡述劉勰"求令虚静之旨"外，又指出："然細繹篇中示戒之語，如曰'鑽礪過分'，曰'争光鬻采'，曰'慚鳧企鶴，瀝辭鐫思'，言外蓋以箴其時文士，苦思求工，以鬻聲譽之失也。蓋古人爲文，或以明世要，或以抒幽情，皆發憤而作，如不得已。亭林顧氏謂'文須有益於世'也。"此處之針時，則是指文士爲沽名釣譽而思苦求工，爲文而造情。著者予以發揮，但本旨仍在求虚静，不過是從棄功名利禄之心和發憤而作的角度予以論述。總而言之，《校釋》能够從《文心雕龍》的立意上把握劉勰文論與社會現實的關係，并且從多方面闡述了劉勰論文的針時之旨趣，給後來者以不少有益的啓示。除此以外，《文心雕龍校釋》一書在批評論、文體論研究方面也有貢獻，如對劉勰評文"衡鑒之精"特徵的把握，對劉勰評論作家時"單論"、"合論"之方法意義的揭示以及《知音》篇釋義對批評論的闡述，文體論部分對各文體源流特點的評析，均能補前人之不足，簡而精當。

　　《文心雕龍校釋》的優勝處在於析理簡明精要，善於提綱挈領，但有時也因此而失於偏頗。比如《風骨》篇"釋義"把紛紜滿目的衆多詞語概念納入"三準"説，以爲"風"、"氣"、"意"、"義"、"力"諸名"屬'三準'之情，而大要不出情、思二者"；"骸"、"體"、"骨"、"言"、"辭"諸名"屬'三準'之'事'，而大要不出事、義二者"。這樣的歸類，科條分明，但確有簡單化的弊病，對其間的諸種關係缺乏更細緻的分析。在一些重要術語的闡釋方面，《校釋》也有可商榷之處。如《定勢》篇"釋義"把"勢"釋爲"姿"、"姿態"，並與作者的"才氣"、"情韻"聯繫起來，就忽視了"勢"之爲義跟文體規定性的内在關係。

　　(節選張少康、汪春泓、陳允鋒、陶禮天著《文心雕龍研究史》第二章《近現代的〈文心雕龍〉研究》，北京大學出版社2001年版，第166~173頁。)

劉永濟《文心雕龍校釋》

張文勛

劉永濟(1887—1966),字弘度,湖南新寧人,著名古典文學專家。1928年任瀋陽東北大學國文系教授,九一八事變後,到武漢大學任教,曾任武漢大學文學院院長。他博學多識,研究涉及中國古典文學諸多領域,卓有建樹,著述豐富。30年代在武漢大學任教,致力於《文心雕龍》研究,並講授此課程,先著有《文心雕龍徵引文録》上下兩卷(武漢大學内部鉛印),到40年代成《文心雕龍校釋》(1948年正中書局初版),1962年由中華書局上海編輯所出版。作者在"前言"中説:

> 《校釋》之作,原爲大學諸生講習漢魏六朝文學而設。在講習時,不得不對彦和原書次第有所改易。所以校釋首《序志》者,作者自序其著書之緣起與體例,學者所當先知也。次及上編前五篇者,彦和自序所謂"文之樞紐"也。其所謂"樞紐",實乃其全書之綱領,故亦學者所應首先瞭解者。再次爲下編,再次則上編者,下編統論文理,上編分論文體,學者先明其理論,然後以其理論與上編所舉各體文印證,則全部瞭然矣。此校釋原稿之編制也。

劉永濟寫《校釋》的用意和對《文心》五十篇的結構系統,在這裏説得很清楚。本書出版時,已恢復《文心》原來的編排順序。劉氏此書的特點是有校有釋,校的部分雖然也有一些成績,但其主要價值是在"釋義"部分。作者已不滿足於一般性的校注,而是在黄侃《札記》的基礎之上前進了一步,對《文心雕龍》的内容作逐篇闡釋,這是前人所未做過的。作者在"前言"中説:"釋義部分,則除下編各篇之段落皆爲提挈出之外,凡一篇中之要義,有須詳論者,悉別條具,務在隨文訓釋,發明彥和論文大旨，即有引申補充之處，亦力求不背原書之意，既不敢妄作主張，亦非欲批評原書。"可見作者的態度是嚴肅認真的，因此，他對《文心》的理論多有所闡發，但力避任意發揮，所以，這本講義式的著作，具有其獨創的學術價值，這就是"釋義"。例如對《原道》的闡釋，作者力圖忠實原意。他說："此篇分三段。……三段明道與文相關之理。中涵二義：一、道沿聖以垂文；二、聖因文以明道。蓋自然妙道，非聖不彰，聖哲鴻文，非道不立，此舍人以《原道》冠冕全書之故也。"關於自然之旨，他進一步作了闡釋：

> 舍人論文，首重自然。二字含義，貴能剖析，與近人所謂"自然主義"，未能混同。此所謂自然者，即道之異名。道無不被，大而天地山川，小而禽魚草木，精而人紀物序，粗而花落鳥啼，各有節文，不相凌雜，皆自然之文也。文家或寫人情，或模物態，或析義理，或紀古今，凡具倫次，或加藻飾，閱之動情，誦之益智，亦皆自然之文也。文學封域，此為最大。

這樣解道與自然，並未作現代化的引申，但是以闡明彥和原意。又如釋"神思"，作者認為："此篇最要者二義：一論內心與外境交融而後文生之理，次論修養心神乃為文要術之故。總此二義，而後知舍人論文之精微。"可以說這是抓住了劉勰論神思的要領，其第一義即是"神與物游"的關係，為了便於讀者瞭解內心與外境交融的過程，劉永濟特示圖如下：

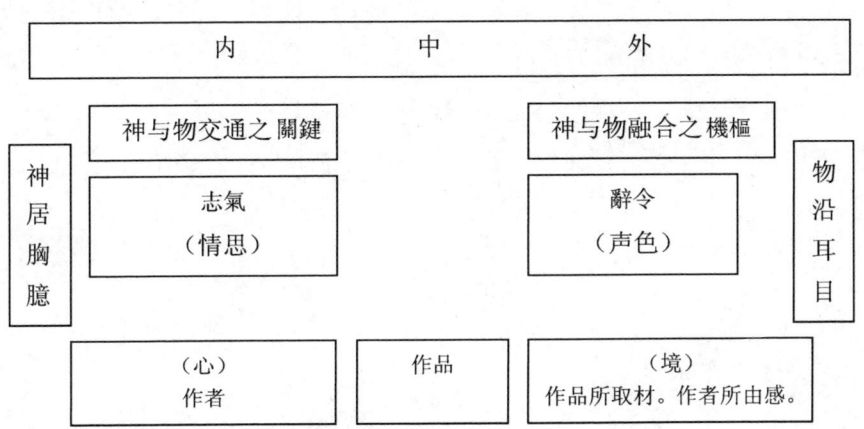

接着，又作了這樣一段解釋：

> 蓋"神居胸臆"，與物接而生感應；志氣者，感應之符也。故曰"統其關鍵"。"物沿耳目"，與神會而後成興象；辭令者，興象之府也，故曰"管其樞機"。然則辭令之工拙，興象之明晦係焉；志氣之清濁，感應之利鈍存焉。易詞言之，即內心外境之表見，其隱顯深淺，咸視志氣、辭令爲權衡；志氣清明，則感應靈速；辭令巧妙，則興象昭晰。二者之於文事，若兩輪之於車焉。

須知，劉永濟的《校釋》寫於20世紀40年代，在那時對《文心雕龍》的理論能作這樣的闡釋，而且能探幽發微，也算是難能可貴了。

（張文勳：《文心雕龍研究史》，雲南大學出版社2001年版，第135~138頁。）

評劉永濟《文心雕龍校釋》

牟世金

現代"龍學"已有近百年的歷史，20世紀即將結束，21世紀即將來臨。在這世紀交替之際，回顧一下近百年《文心雕龍》研究的狀況，總結其成績與不足，這對未來的"龍學"研究不無裨益。

一

1914—1949年爲現代"龍學"的開創期。這一時期處於文本清理和資料積累的階段，雖然產生了黃侃的《文心雕龍札記》和范文瀾的《文心雕龍注》兩部不朽的著作，但總體研究水平尚低，大部分論著和文章都屬於評介性質，缺乏深入的理論研究和問題討論。當然，這種情況也是草創時期所難免的。

"龍學"界一般認爲：1914年黃侃把《文心雕龍》作爲一門學科搬上大學講壇，標誌着現代意義"龍學"的誕生；而他爲授課撰寫的講義《文心雕龍札記》(以下簡稱《札記》)，則成爲現代"龍學"研究的奠基作。《札記》從傳統的校注、評點中超越出來，開創了把文字校勘、資料箋證和理論闡述三者結合起來的研究方法，給人以全新視野，"從而令學術思想界對《文心雕龍》之實用價值，研究角度，均作革命性之調整"(李曰剛《文心雕龍斠詮》)。全書重點落在三十一篇主旨的闡釋上，因爲黃氏學殖深厚，又頗具創作經驗，故其主旨探求多有創獲，對《文心雕龍》現代文學理論研究啟迪尤甚，至今仍是《文心雕龍》研究的必備參考書。

范文瀾的《文心雕龍注》是緊隨黃侃《札記》而出的又一部"龍學"研究力作，被認爲是《文心雕龍》研究史上的一座里程碑。梁啓超曾爲之序云:"其徵證詳核,考據精審,於訓詁義理,皆多所發明,薈萃通人之説而折衷之,使義無不明,句無不達,是非特嘉惠於今世學子,而實有大勛勞於舍人也,爰樂而爲之序。""范注"是《文心雕龍》注釋由傳統向現代轉型的開始,它繼承黃侃的三結合研究方法,在校注方面網羅古今,擇善而從,上補清人黃叔琳、李詳的疏漏,下啟今人楊明照、王利器的精審,具有承前啟後、繼往開來的重要意義。此外,"范注"之被視爲《文心雕龍》研究史上劃時代之作,還得力於以下三點:一是"范注"開始重視釋義研究,對書中的一些重要名詞概念和理論術語作了較爲清晰的闡釋;二是"范注"仿裴松之《三國志注》和劉孝標《世説新語注》的體例,對劉勰所論作品"悉爲抄入",這不僅有利於對原文的理解,而且便於讀者翻檢;三是"范注"在《文心雕龍》理論研究方面提出了一些具有較高學術價值的深刻見解,如關於《文心雕龍》寫作方法受到釋書影響的問題,關於《文心雕龍》結構體系的問題等,都對後來的研究產生了很大的影響。雖然"范注"還存在一些明顯的不足,中外學者爲之增補駁正者代不乏人,但是"范注"至今仍是最通行的《文心雕龍》讀本,仍是"龍學"入門的階石。

《札記》和"范注"的相繼問世不僅揭開了現代"龍學"的序幕,而且爲現代"龍學"研究確立了一個高水準的起點,致使本期其他一些《文心雕龍》注釋和研究著作顯得黯然失色。例如:葉長青的《文心雕龍雜記》(1933)、莊適選注的《文心雕龍》(1934)、朱恕之的《文心雕龍研究》(1944)、杜天縻的《廣注文心雕龍》(1947)等,在《文心雕龍》研究史上雖小有貢獻,然均未產生什麽影響。其中只有劉永濟的《文心雕龍校釋》(1948)頗具特色,解放後修訂重版產生較大影響。

二

1950—1964年爲現代"龍學"的發展期。經過幾十年的積累和發展,本期的"龍學"研究有了長足的進步,主要表現在:校、注、釋方面的力作相繼出現,爲普及而進行的今譯工作初見成效,論文的數量、質量和視野都較前期有了很大的提高。

本期《文心雕龍》校注、釋義方面的重要著作有王利器的《文心雕龍新書》(1951)、楊明照的《文心雕龍校注》(1958)、劉永濟的《文心雕龍校釋》(1962)。《文心雕龍新書》爲作者在北大講授《文心雕龍》時寫成，所謂"新書"，取法劉向，謂如先秦古籍一經劉向校勘，遂稱爲"新書"。該書爲巴黎大學北京漢學研究所出版，國內很少流傳，後經作者加工，改名爲《文心雕龍校證》由上海古籍出版社於1980年出版，方在"龍學"界廣爲流傳。《文心雕龍校注》是在清人黃叔琳注和李詳補注的基礎上進行"校注拾遺"，全書先印《文心雕龍》原文，次附黃注和李氏補注，末以作者的校注拾遺殿後。該書貢獻有三：一是首次完全地徵錄了李詳補注全文，使廣大讀者在補注很難見到的情況下得以窺其全貌；二是補"范注"之罅漏，校字徵典更精更細且多發前人所未發；三是附錄"歷代著錄與品評"、"前人徵引"、"群書襲用"、"序跋"、"版本"五個部分，以見《文心雕龍》在歷史上的流傳與影響並給研究者提供相當多的便利。《文心雕龍校釋》初版時爲適應教學需要，對《文心雕龍》篇次有所調整；新版則恢復原書篇次順序，校字釋義也有較大的增補。該書主要價值在釋義方面，作者已不滿足對本文的字句進行校勘和典故引證，而是在黃侃《札記》的基礎上，沿着釋義的路子向前拓進，力求闡明劉勰論文之大旨，發揮本文幽深之意蘊，使《文心》義理闡釋向前邁進了一大步。

　　（牟世金：《20世紀中國〈文心雕龍〉研究的回顧與反思》，《社會科學戰綫》1987年第3期。）

鈎沉致遠　歷久彌光
—— 論析劉永濟對"龍學"發展的貢獻

羅立乾

　　劉勰的《文心雕龍》，是中國傳統文學理論批評巨著。自它問世於公元 6 世紀之初以來，研究者雖代不乏人，但都停留在版本校勘、文字訓詁、品解評論上，真正稱得上對其"體大慮周，籠罩群言"的文論思想，進行系統的、科學的理論研究，却是在 20 世紀初期至 40 年代，才逐漸形成的。而定稿於辛亥革命之後不久的黄侃《文心雕龍札記》，則是形成這種現代科學的《文心雕龍》研究的第一部奠基之作。其後接踵而起的，有師從黄侃的范文瀾所著《文心雕龍注》（最先出版於 1929 年，是天津新懋印書館在 1925 年印行的范撰《文心雕龍講疏》基礎上修訂而成，後又幾經增補，由人民文學出版社 1958 年出版），又有劉永濟的《文心雕龍校釋》（正中書局 1948 年初版，中華書局 1962 年再版）。可以説，黄侃《文心雕龍札記》、范文瀾《文心雕龍注》、劉永濟《文心雕龍校釋》，加上稍後出版的楊明照《文心雕龍校注》（原爲作者於 30 年代，在燕京大學研究院師從郭紹虞時完成的畢業論文，由古典文學出版社 1958 年出版，後又增補修訂爲《文心雕龍校注拾遺》，由上海古籍出版社 1982 年出版），成爲了 20 世紀中下葉《文心雕龍》研究的四大基石。研究者莫不以它們作主要的參考書，從中獲益良多，從而促使《文心雕龍》研究發展到 20 世紀之末，已成爲"一門有校勘、考證、注釋、今譯、理論研究，並密切聯繫着經學、史學、子學、佛學、文學和美學等複雜系統的學科"①，蔚爲顯學，號稱"龍學"。而這四大基石中，尤以

---

① 牟世金：《文心雕龍研究論文集》，人民文學出版社 1990 年版，第 2 頁。

劉永濟《文心雕龍校釋》對劉勰文論思想作出的理論研究成就，最爲突出。誠如張文勛《文心雕龍研究史》中所作評介："劉氏此書的特點是有校有釋，校的部分雖然也有一些成績，但其主要價值是在'釋義'部分。作者已不滿足於一般性的校注，而是在黄侃《札記》的基礎之上前進了一步，對《文心雕龍》的内容作逐篇闡釋，這是前人所未做過的。""因此，他對《文心》的理論多有所闡發"，"具有其獨創的學術價值"①。我則深深感到：劉永濟先生國學造詣極深，既具有胸羅萬卷的學術識力，又精於古典詩詞創作，富有創作古典文學的實踐經驗，因而早已察知劉勰文論思想的背後有着以融合儒、道、玄三家之學，去總結從遠古到齊代所積累的文章寫作與文學創作實踐經驗的雄厚基礎。因此，他對《文心雕龍》的理論內容作逐篇闡釋所提出的許多創見，皆爲厚積薄發，既具有簡明扼要、言近旨遠、最耐人玩味其中底藴的特點，又具有廣大悉備、鈎深致遠、金針度人，而歷久彌光的獨特學術價值。同時，還覺得近二十多年以來，涌現出不少爲大家所公認具有高水平的"龍學"創新之作，有的乃是在不同程度上或明或隱地吸收了《文心雕龍校釋》中的理論研究成果，而又在新時期的歷史條件下，給予了開拓與發展；有的則是進一步闡發了那些言近旨遠的底藴；有的則是受其金針度人的啓迪，而作出了更爲系統而科學的研究與論述。所以，本文特從三個方面，對這具有獨特學術價值的"龍學"研究成果，及其對"龍學"發展已經產生或還將產生的作用，都作些論析。其中，還間或與黄侃《文心雕龍札記》、范文瀾《文心雕龍注》，作點必要的比較。

一、對《文心雕龍》理論綱領之大旨的深入闡釋與全面把握

劉勰在《序志》篇中説："夫'文心'者，言爲文之用心也。"又在此篇中，自稱《文心雕龍》全書開頭《原道》、《徵聖》、《宗經》、《正緯》、《辨騷》五篇，爲"文之樞紐"，即這五篇是《文心雕龍》論述"爲文之用心"的理論綱領。但范文瀾《文心雕龍注》却認爲，此《辯騷》篇不屬於"文之樞紐"，而將它列爲"文類之首"，歸入《文心雕龍》從《明詩》篇至

---

① 張文勛：《文心雕龍研究史》，雲南大學出版社 2001 年版，第 136 頁。

《書記》篇共20篇的文體論。劉永濟則別有識力地認識到：作爲"文之樞紐"的這5篇，具有意脈相聯繫的整體性，並認爲《辨騷》篇"與《明詩》以下各篇，立意迥别"，因而能從把握住這5篇具有其整體性的視角，去闡明它們各自的主旨，又去剖析它們的旨意之間的聯繫，以圖做到全面而深入地闡釋出這理論綱領的大旨，從而提出了不少卓識創見。

（1）認爲《原道》篇中所"原"之"道"，都是指"自然之道"，有時稱爲"神理"或"天道"，亦即指天地萬物内在的自然規律。這與黄侃《文心雕龍札記》、范文瀾《文心雕龍注》對"道"之含義的闡釋，大致一樣。但對《原道》篇的根本主旨，則别有慧眼獨觀之見。首先，他指出《原道》篇初段的本旨，並非僅僅只專門論述"文"本原於"自然之道"，而是旨在闡明"爲文之用心"的"文心"本原於"自然之道"。此即《文心雕龍校釋》的《原道》篇"釋義"中所說：

> 此篇分三段。初段明文心原道，蓋出自然。中分三節：首標文德侔天地之義，是文之原夫道也。次論人心參兩儀之理，是亦心之原夫道也。夫推闡無心之物，聲采並茂者，莫非自然，以見文心原道，亦自然之符也。

按：劉勰在此篇初段次節中，將儒家經典《周易》所創人與天地並列的"三才"説，與另一儒家經典《禮記·禮運》中的人爲"五行之秀氣"和"天地之心"的命題，串連在一起，又融會魏晉玄學強調"至人"或"大人"能"智周宇宙，與道同體"的觀念，以及玄學的"自然之道"，構建爲置"人心"於首要地位，而凸顯"人心"與天地（即"兩儀"）"參"的理論，從而得出了"心生而言立，言立而文明，自然之道也"的結論。此結論既強調"心"產生出"文"的主導作用，又揭示出"心"也與"文"一樣，都本原於"自然之道"："心"即是"自然之道"的體現。而劉永濟以其國學功底極深的學術識力，看出劉勰會通融合上述儒學與玄學的那些思想觀點，構建爲有突出"人心"作用的"三才"説，故而鈎沉致遠地將此節理論内容的底蘊，用言近旨遠之語，概括爲"論人心參兩儀之理，是亦心之原夫道也";又接着闡明劉勰在第三節中專論"無心之物,聲采並茂"的用意,在於論證無心之物的聲采,都是由"自然之道"所自然而然體現出的,借以見出"爲文之用心"的"文心"之本原於"自然之道",也是"自然之道"的體現。換言之,無心之物尚且鬱然有采,何况人爲萬物之靈,有着與天地"參"的心,因而心就更是合於"自然之道"的。由此可見,劉永濟實際上闡發出劉勰"原道"論的精神實質,乃是揭示"文"以合於"自然之道"的"心"爲本原。因此,他還在《神思》篇"釋義"中指出:"舍人論文,輒先論心,故《序志》篇曰:'夫文心者,言爲文之用心也。'蓋文以心爲主,無文心即無文學。"這確乎是對"文之樞紐"中的核心思想,作出的鈎沉致遠的探本之論。

(2)基於這一探本之論解析《徵聖》篇而得出的一些結論,更是別具學術識力的創見。其《徵聖》篇"釋義"開首兩段云:

> 此篇分三段。初段論文必徵聖之理。中分二節:首渾言,次舉例。次段明聖心精微,故其文由當神理。中標四義:即簡、博、明、隱。末段言聖文易見,以足成文必徵聖之論。……聖人之心,合乎自然,聖心之文,明乎大道。事本同條,不容疑似。然則聖心之道雖不可見,而聖人之文尚可得聞。《徵聖》者,由文以見道可也,故次於《原道》。
>
> 蓋《徵聖》之作,以明道之人爲證也,重在心。《宗經》之篇,以載道之文爲主也,重在文。聖心合天地之心,故繁、簡、隱、顯、曲當神理之妙。經文即自然之文,故詳、略、先、後,無損體制之殊。二義有别,顯然可見。

對此篇的三段理論内容及全篇的主旨,前代學者多只重視末段的理論内容,且認爲全篇之主旨,就在末段所説"聖文之雅麗,固銜華佩實者也"。黄侃《文心雕龍札記》即云:"銜華佩實,此彦和《徵聖》篇之本意。文章本之聖哲,而後世專尚華辭,即離本浸遠,故彦和必以華實兼言。"黄侃此説影響到當代有些"龍學"家,更只專門重視這末段兩句。

但劉永濟却特别重視此篇次段的理論内容，而且看出此段論聖人文章能具有博、簡、顯、隱四種爲文法則之原因的四句話"夫鑒周日月，妙極幾神，文成規矩，思合符契"，是以援儒釋道又還援道釋儒所建立的魏晉玄學家的天人之學，作這四句話之理論基礎的。所以，他能闡明四句話旨在概括聖人文章所以具有這四種爲文法則的原因，乃是"聖心精微，故其文曲當神理"，并且還指出："聖人之心，合乎自然，聖心之文，明乎大道。"這實際上是説，由於"聖心精微"和"聖人之心，合乎自然"，故而不但"其文曲當神理"，即其文曲折周到地順應"自然之道"，而且"自然之道"也就成爲"聖心之道"，即成爲聖心就是指導爲文之根本原則的"自然之道"；同時還成爲"聖心之文，明乎大道"，即成爲聖心所制之文鮮明地體現出指導爲文之根本原則的"自然之道"。接着指出："事本同條（即同一條貫），不容疑似。然則聖心之道雖不可見，而聖人之文尚可得聞。《徵聖》者，由文以見道可也，故次於《原道》。"這就是説，由聖人之文可以見到體現於其中的指導爲文之根本原則的"自然之道"，因而也就是見到了使聖人之文能曲折周到地適應"自然之道"的聖心。因此，他還一則在上面所引之文中説："聖心合天地之心，故繁、簡、隱、顯，曲當神理之妙"；一則在此篇"釋義"的末段説："文之爲術，廣有多途，約而數之，隱、顯、繁、簡四者而已。四者各有其至當，一皆準之自然。故《春秋》、《喪服》之文，不嫌其簡。《廟詩》、《儒行》之篇，不病其繁。書契取决斷之用，文章象離麗之義，當顯者也。《易》之爲書，以假象設教。《春秋》之作，以微婉起例，當隱者也。然苟非聖心深體自然之道，安能立言有則若此？"這以"聖心深體自然之道"爲聖人經書"立言有則"的根本原因，確乎如實地揭示出了劉勰在此篇中要凸顯"聖心"是由"自然之道"到"聖人之文"的主導因素的用意。而所説"《徵聖》之作，以明道之人爲證，重在心"，並以此概括揭示此篇主旨，更實爲超越前人之創見。所以綜合以上所述來看，劉永濟闡發出劉勰"徵聖"觀之要義，乃是既强調"聖人之心，合乎自然"，"聖心合天地之心"，又强調爲文必須師法深體"自然之道"，而"立言有則"的聖心，並以順乎"自然之道"，作爲指導爲文的根本原則。

(3)劉永濟認爲,"《宗經》之篇,以載道之文爲主,重在文"。此處所說之"道",雖是指儒家政治倫理道德原則,但又純粹從劉勰在此篇中所說"五經之含文"的視角,指明此篇的主旨"重在文",重在"經文即自然之文"。本着以上觀點,他對"宗經六義"的内涵,以及何以《徵聖》篇之後次以《宗經》的原因,作出了一段頗有獨到之見的論述:

舍人所標宗經六義,中包三事。三事者,孔子贊《易》所謂"意"、"言"、"書",孟子論文所謂"志"、"辭"、"文"也。舍人《鎔裁》篇亦有"設情"、"酌事"、"撮辭"之文,謂之"三準"。此篇(指《宗經》篇)之情深風清,"志"之事也。事信義直,"辭"之事也。體約文麗,"文"之事也。三者旨約而義宏,不但爲論文之標準,且已盡文家之能事。竊嘗推闡其義:"志"者,作者之情思也。"辭"者,情思所托之以見之事也。"文"者,所以表其"事"而因以見其"志"者也。孔子之言,文學當然之定理也。孟子之言,讀者鑒賞之南針也。……由此觀之,舍人"三準"之論,固已默契聖心;而此篇"六義"之説,實乃通夫衆體。文之樞紐,信在斯矣。故《徵聖》之後,次以《宗經》。

這段論述,把孔孟關於意、言、辭的文論思想,與此篇的"宗經六義"説、《鎔裁》篇的"三準"説,連結在一起,貫穿了從整體上去把握《文心雕龍》論文之根本原則的思路,同時還貫穿了對"文之樞紐"前三篇旨意之間内在邏輯關係,以及與其他篇之關係的理解。劉永濟認爲,劉勰是把"聖心"作爲溝通這前三篇旨意之間邏輯關係的根本環節。所以,他又説:"蓋自然妙道,非聖不彰,聖哲鴻文,非道不立(指非符合'自然之道'不立),此舍人以《原道》冠冕全書之故也";"蓋《徵聖》之作,以明道之人爲證也,重在心","聖心之道雖不可見,而聖人之文尚可得聞。《徵聖》者,由文以見道可也,故次於《原道》";而且還特在這段論述中指出:"舍人'三準'之論,固已默契聖心,而此篇'六義'之説,實乃通夫衆體,文之樞紐,信在斯矣。故《徵聖》之後,次以《宗經》。"這就不僅將這"文之樞紐"前三篇旨意之間的邏輯關係,以及"聖心"是溝通此關係的根本環節,揭示得極為分明,而且還揭示出建立在"聖人之心,合乎自然"之基礎上的"宗經六義",是"通乎衆體"的綱領。對於何以要尊奉經書的原因,他也別有見地指出"經書自有典則,足為後世楷模",實為尊奉經書的"真因"。而聯繫《徵聖》篇"釋義"所說"苟非聖心深體自然之道,安能立言有則若此?""經文即自然之文",就可知道:此"典則"即聖心深體"自然之道"而為文的體現,從而從論述為文的角度,揭示出了劉勰強調宗經的根本原因,乃是經書為後人樹立了深體"自然之道"以為文的榜樣。

(4)為什麼劉勰還以《正緯》、《辨騷》為"文之樞紐"的專篇,又如何理解此兩篇的本旨及其與前三篇旨意之間的邏輯關係?劉永濟對此也提出了自己的獨創見解。概括起來,要者有三:一是認為《正緯》的本旨,即在箴貶推崇讖緯之書的"時俗","疾其'乖道謬典'","故列四偽以匡謬,列四賢而正俗","正所以足成《徵聖》、《宗經》之義也,故次之以《正緯》"。二是特別強調指出《辨騷》篇所說"酌奇而不失其貞,翫華而不墜其實"中的"'奇華貞實'二語,即屈子與後代辭人分疆之故。舍人以四字揭明,尤為特識"。又指出:"舍人論文,每反復於奇華貞實之間。奇華者,采之外彰者也。貞實者,道之内蘊者也。屈子'取鎔經旨',故不失其貞,不墜其實。屈賦'自鑄偉詞',故可酌其奇,可玩其華。"但後之"自命出入風雅,接武屈子"的作者,"以浮詭之辭,被之艷質","徒顯妖冶",故舍人將"《辨騷》一篇,列入總論之末,不與漢賦同倫,其意可知矣"。顯然,這"可知"的"其意",就是指劉勰作《辨騷》並列於總論的用意,乃是箴貶漢代一些辭人違背屈原的創作精神,而追求文采艷麗的淫靡文風,以維護和堅持宗法經書的純正文風。三是指出這二篇與前三篇在"義脈"上"仍相流貫"的連接關係乃是"五篇之中,前三篇揭示論文要旨","後二篇抉擇真偽同異","蓋《正緯》者,恐其誣聖而亂經也。誣聖,則聖有不可徵;亂經,則經有不可宗,二者足以傷道,故必明其真偽,即所以冀聖而尊經也。《辨騷》者,騷辭接軌風雅,追跡經典,則亦師聖宗經之文也。然而後世浮詭之作,常托依之矣。浮詭足以違道，故必嚴辨其同異；同異辨，則屈賦之長與後世之文家之短，不難自明。然則此篇之作，實有正本清源之功，其於冀聖尊經之旨，仍成一貫"。這所謂"冀聖尊經之旨"，並非是維護儒家聖人與經書的政治倫理道德學説的純潔性與神聖地位，而是維護與尊奉前三篇所揭示出的"論文要旨"的純潔性與神聖地位。從這樣的角度闡發劉勰列《正緯》、《辨騷》兩篇於"文之樞紐"的用意，説明前三篇與這兩篇在邏輯上的關係，還是有合乎劉勰本意之處的。

綜上所述，劉永濟從把握"文之樞紐"五篇整體性的視角，而闡發的《文心雕龍》的理論綱領之大旨，可概括爲具有邏輯聯繫的四條：一、文章和文學以合乎"自然之道"的"心"爲本原；二、"聖人之心，合乎自然"，"聖心合乎天地之心"，必須師法深體"自然之道"而"立言有則"的"聖心"，並以順乎"自然之道"作爲指導爲文的根本原則；三、"經文是自然之文"，必須尊奉和堅持"宗經六義"；必須破除讖緯誣聖亂經，又嚴格區分《楚辭》與經書的同異，做到"酌奇而不失其貞，翫華而不墜其實"，以維護和尊奉聖心與經書的神聖地位。而其中的那個在爲文中起主導作用的"心"和"自然之道"，則是這大旨中的核心思想。因此，他一則在上面已經引述的文中説"舍人論文，輒先論心"；又一則在《原道》篇"釋義"末段指出：

  舍人論文，首重自然。二字含義，貴能剖析，與近人所謂"自然主義"，未可混同，此所謂自然者，即道之異名。道無不被，大而天地山川，小而禽魚草木，精而人紀物序，粗而花落鳥啼，各有節文，不相凌雜，皆自然之文也。文家或寫人情，或模物態，或析義理，或記古今，凡具倫次，或加藻飾，閲之動情，誦之益智，亦皆自然之文也。文學封域，此爲最大。

這段論述中的"所謂自然者，即道之異名"，就是來自老莊道家的命題。案《老子·二十五章》所説"道法自然"中的"自然"二字，即爲"道"之異名，而所謂"道法自然"，則是謂"道以道的自身爲法"。故魏晉玄學家王弼《老子道德經注》中說:"道不違自然,乃得其性。法自然者,在方而法方,在圓而法圓,於自然無所違也。"又《老子》中已有"道無不被"的觀點,到《莊子》中,更強調"道無所不在",甚至說"道在矢溺"(見《知北游》篇)。劉永濟看出劉勰的"原道"論融合了《周易》的"天道自然無爲"論、老莊與玄學的"道"論,所以作出這段論述,深入地揭示出了《文心雕龍》理論綱領中的這一首重"自然之道"的核心思想。

劉永濟對《文心雕龍》理論綱領之大旨,作出的這些深入闡發與全面把握,在"龍學"界確實產生了促進對這大旨作出更爲深入研究的作用。鄙見以爲,其所產生的促進作用,主要表現在兩個方面:一是促進當代"龍學"研究者認識到:"文之樞紐"五篇具有其整體性,并力圖從把握其整體性的視角,去深化對《文心雕龍》理論綱領之內涵的研究。例如,石家宜先生的《且莫小視了"文之樞紐"的整體性》,針對個別研究者依據范文瀾《注》將《辨騷》篇歸屬文體論的說法,而提出只有前三篇方爲"文之樞紐"總論的見解,認爲《原道》到《辨騷》五篇,確是一個完整的指導思想,表現了劉勰對文學發生、發展、變化全過程的整體認識和規範,而成爲全書的理論綱領,就正是強調應從把握住"文之樞紐"五篇有其整體性的視角,去研究、闡釋其內涵,並從而提出不少深化了對《文心雕龍》理論綱領之研究的見解;而且還在此文中稱贊道:"劉永濟先生看到了它們五位一體的統一性,說'五篇義脈,仍相連貫'。"①二是促使當代"龍學"研究者認識到:"心"這一因素是《文心雕龍》理論綱領之內涵的核心理念,並對此作出了更爲深入而系統的研究。例如,著名學者王元化在其《文心雕龍創作論》中,就是受到劉永濟在《原道》、《徵聖》等篇"釋文"中所闡發的劉勰以"心"爲其文論中之核心理念的啓發,且以之爲依據而作出進一步地論述。王氏說:"在劉勰的文學起源論中,'心'這一概念是最根本的主導因素","通過'心'這一環節,他使道—聖—文三者貫通起來,構成原道、徵聖、宗經的理論體系"。又說:"《徵聖》篇全文主旨即在闡明聖人之心合於天地之

---

① 石家宜:《文心雕龍整體研究》,南京出版社1993年版,第117~118頁。

心";"照劉勰看來,儒家聖人之心合於天地之心,所以儒家經典之文即是自然之文"。但是,王元化先生却又批判劉勰對"心"這一概念"作了荒謬的夸大",是"儒學唯心主義觀點"①。後來,張少康先生於1991年左右專門撰有《文心略論》一文,着重從美學角度,發展劉永濟的見解,認爲"心"在《文心雕龍》中是一個地位極其重要的核心概念。然而,劉勰又沒有簡單地把文看作僅僅是心的表現,而是以心爲文之本作爲基點,進一步闡明了心與道、物、辭、象之間的關係,所以"在劉勰的思想裏,文學的本體乃是作爲主體的心和作爲客體的道與物以及作爲形式的辭與象之和諧而完整的統一體",而且對這統一體作了較全面的論述。

二、對《文心雕龍》中文學創作原理的深入闡釋與整體把握

劉永濟不僅揭示出了強調"心"在爲文中的主導作用與爲文首重自然,是《文心雕龍》理論綱領中的核心思想,而且還能本着這一核心思想,既去闡發《文心雕龍》中文學創作論部分的理論内涵,又將他論述這一核心思想的意識,貫徹於對此文學創作論部分之理論内涵的内在邏輯關係的理解與把握之中。這是劉永濟對《文心雕龍》中一些最重要的文學創作原理之研究成果,具有鈎沉致遠、金針度人,而歷久彌光的獨特學術價值的顯要之處。因爲這個方面的内容甚多,故只舉三例,以作一斑窺豹之用。

(1)劉勰在《文心雕龍》創作論部分的首篇《神思》第二十六,到《附會》第四十三之後,特別設置了第四十四《總述》篇。前人對此篇之要旨,都不了了之,而清人紀昀則更譏批此篇爲:"文有訛誤,語多難解","其言汗漫,未喻其命意之本"。黄侃《札記》則別有識力,首次指出劉勰設置此篇的用意,乃是"總會《神思》以至《附會》之旨,而叮嚀鄭重以言之,非別有所謂總術也"。范《注》除全録其師此説之外,又注釋"術"爲"規則"。自此以後,"龍學"研究者都依《札記》與《注》的見解,視此篇爲創作論(或曰文術論)的總論,有個別研究者,如周振甫先生

---

① 以上引文均見王元化:《文心雕龍創作論》,上海古籍出版社1979年版,第49、50頁。

則説：此篇"相當於創作論的序言"①。劉永濟則對"總術"二字的含義及此篇的要旨，都提出了與這些見解不同的創見，認爲此篇的要旨乃是："以心術總攝文術。"首先，他以深厚的"小學"功底，通過對"術"字的本義與引申義的考察，指出："術有二義：一爲道理，一指技藝。本篇之術屬前一義，猶今言文學之原理也。下文'圓鑒區域，大判條例'八字，曉術者之能事。本書各篇，凡涉及原理者，皆其事也。"接着，又從明辨"總"字入手而闡述道："舍人論文，每以文與心對舉，而側重在心。本篇所謂總者，即以心術總攝文術而言也。"這個依據劉勰論文"側重在心"而提出的"心術"概念，其含義即是指心主宰文學創作原理。而東漢末年之徐幹所著《中論》中有云：大賢"其異乎人者，謂心統乎群理而不謬，智周乎萬物而不過"；同時又認爲："人心莫不有理道，至乎用之則異矣"，即謂人心皆含辨是與非、當與不當之理，但運用之則有差異。晉代傅玄所著《傅子》亦云："心者，神明之主，萬理之統"，"古之達治者，知心爲萬事主，動而無節則亂，故先正其心。其心正於内，而後動静不妄"。《文心雕龍》"籠罩群言"，當然吸收了這種心統群理而主宰萬事之論。而劉永濟國學造詣篤厚，察知劉勰論文"側重在心"就是以這種關於心之觀念的哲學爲理論基礎的，故而能發前人所未發，既揭示出《總術》篇的要旨，乃是以心所主宰的文學創作原理總攝爲文時應遵循的文學原理，又強調地指出："夫心識洞理者，取舍從違，咸皆得當，是爲通才之鑒；理具於心者，義味辭氣，悉入機巧，是爲善弈之文，然則文體雖衆，文術雖廣，一理足以貫通，故曰'乘一總萬，舉要治繁'也。紀氏既以文章技藝視此術字，又於所謂總者，未能致思，故謂辨明疑似一段，與上下文不相屬"，"蓋原理既明，則辨體必精，安有疑似違誤之論。篇中'精'、'博'、'辨'、'奥'四者，即疑似之例也。顔氏以經典非言之文者，則違誤之證也。至'多欲練辭，莫肯研術'云云，則斥但講技末，而忽視本原者之辭也。講技末者，但求敷藻設色之法，諧聲協律之功。……舍人當時，類此者定多，故作

———

① 見周振甫：《文心雕龍選譯》，中華書局1980年版，第121頁。

《總術》一篇,以明體要也"。這樣密切地扣緊《總術》篇的原文,來揭示此篇的主旨並非是"全面地説明研術的重要"①,而是"以明體要",即主旨在於闡明"以心術總攝文術",是符合劉勰原意之内涵的。他還指出:上面所引黄侃對此篇主旨的闡釋,是"説猶未瑩",即没有説透此篇用意的實質。而劉永濟的闡發則頗有鈎沉致遠的理論深度,更有助於從劉勰論文"側重於心"這一理論綱領中的核心觀念出發,去深化對《總術》篇的研究。如臺灣學者張嚴先生,於1972年出版的《文心雕龍文術論詮》中,對《總術》篇的"總術"之闡釋,即謂"以心術總攝文術"。可見,劉永濟於1948年提出的此説,確乎對海峽兩岸"龍學"研究者,都產生了金針度人的作用。

(2)劉永濟認爲,論修養"虚静"之心乃爲文之首術,是《文心雕龍·神思》的要義之一。其《神思》篇"釋義"在指出劉勰論文"輒先論心"之後,即從兩個方面對此"心"作出深論。第一,論此"心"在文學創作中的主導作用:"蓋文以心爲主,無文心即無文學。善感善覺者,此心也;模物寫象者,亦此心也;繼往哲之遺緒者,此心也;開未來之先路者,亦此心也。"第二,論此"心"必須有"忌俗"而保持"虚静"的修養,"心忌在俗,惟俗難醫。俗者,留情於庸鄙,攝志於物慾,靈機窒而不通,天君昏而無見,以此爲文,安從窺天巧而盡物情哉?故必資修養。舍人虚、静二義,蓋取老聃'守静致虚'之語。惟虚則能納,惟静則能照。能納之喻,如太空之涵萬象;能照之喻,若明鏡之顯衆形。一塵不染者,致虚之極境也;玄鑒孔明者,守静之篤功也。養心若此,湛然空靈。及其爲文也。……不待規矩繩墨,而有妙造自然之樂,尚何難達之辭,不盡之意哉?故曰'馭文之首術,謀篇之大端'也。"又《養氣》篇"釋義"説:"本篇'率志委和'、'優柔適會',及'清和其心,調暢其氣',亦即求令虚静之旨。"此外,他在《物色》篇"釋義"中,針對此篇"貴閑"之説,也申"虚静"之旨:"舍人論文家體物之理,皆至精粹,而'入興貴閑,析辭尚簡'二語尤要。閑者,《神思》篇所謂虚静也。虚静

---

① 見周振甫:《文心雕龍選譯》,中華書局1980年版,第122頁。

之極，自生明妙。故能攝物象之精微，窺造化之靈秘，及其出諸心而形於文也，亦自然要約而不繁，尚何如印印泥之不加抉擇乎？"在《聲律》篇"釋義"中，還針對此篇"內聽"之說，闡述了"虛靜"之心與抒寫情感和安排音律之間的關係。他說："舍人'內聽'之說最精。蓋言爲心聲，言之疾徐高下，一準乎心。文以代言，文之抑揚頓挫，一依乎情。然而心紛者言失其條，情浮者文乖其節。此中機杼至微，消息至密，而理未易明。故論者往往歸之天籟之自然，不知臨文之際，苟作者襟懷澄徹、神定氣寧，則情發肺腑，聲流脣吻，自如符節之相合。後世詞曲家論韻部之字聲，各有特質。……作者用得其宜，則聲與情符，情以聲顯。文章感物之力，亦因而更大。然其本要在乎澄神養氣，不可外求，故曰'內聽'。"此處"襟懷澄徹、神定氣寧"，"澄神養氣"，即是講要修養成"虛靜"之心，方不會"聲萌我心，更失和律"，而會"乃得克諧"。而舍人的"內聽"說，是基於"聲含宮商，肇自血氣"之立論的前提下提出的。所以，劉永濟把修養"虛靜"之心與"內聽"之說聯繫起來，闡發人心、情思、音律之間的關係，強調聲情相諧而又情以聲顯之本"在乎澄神養氣"，是切中劉勰聲律論之肯綮的。總而言之，劉永濟能夠從《文心雕龍》理論綱領中強調"心"在創作中之主導作用的立論上，去全面把握與闡發劉勰"虛靜"理論的精義，因而給後來者以不少有益的啟示。尤其，他將修養"虛靜"之心，與劉勰"聲律"論中的"內聽"說聯繫起來，而闡發出的此說之精義，實際上已說明劉勰實開"內在韻律訴諸心而不訴諸耳"之理論的先河。僅此一說，即可見劉永濟給"龍學"研究注入了新見解，從而使劉勰許多融而未明的文論思想能夠得以充分而精闢的闡發，並在新的歷史條件下顯示出歷久彌光的理論價值。

（3）"意象"這一藝術概念，雖然在《文心雕龍》中只出現過一次，但劉勰的許多論述實際上都是講"意象"的創造問題，創立了較有系統的"意象"理論。而最早較爲深入闡發劉勰此論之精義者，則是劉永濟的《文心雕龍校釋》。

《神思》篇"釋義"說："論內心與外境交融而後生文之理"，是此篇的另一要義。他闡發道："蓋'神居胸臆'，與物接而生感應；志氣者，感應之符也。故曰'統其關鍵'。'物沿耳目'，與神會而後成興象；辭令者，興象之府也，故曰'管其樞機'。然則辭令之工拙，興象之明晦係焉；志氣之清濁，感應之利鈍存焉。易詞言之，即内心與外境之表見（現），其隱顯深淺，咸視志氣、辭令爲權衡；志氣清明，則感應靈速；辭令巧妙，則興象昭晰。二者之於文事，若兩輪之於車馬。千古才士，未有舍是而能成佳文者。然而能言其理者，獨於此篇見之。此舍人之所以卓絶也。"這是與劉勰原意"一氣流通"的闡發。因爲一則此處所説的"興象"，實即劉勰在此篇所説"獨照之匠，窺意象而運斤"中的"意象"；二則劉勰在此篇的"贊"中還説"神用象通，情變所孕。物以貌求，心以理應。刻鏤聲律，萌芽比興"；三則劉永濟所説的"外境"之含義並非外在境界，亦非"意境"之"境"，而是本於孔穎達在《札記·樂記》"其本在人心之感於物也"的《疏》中所説的："物，外境也。"可見，是指與内心没有交融以前的外在物象，即包括事物、景物、人物等等在内的客觀物象。所以，劉永濟確乎將劉勰所創"内心與外境交融"而生"意象"的理論，揭示得很分明，應該説是真能切實闡明《神思》篇之要旨的卓識。

他還在《物色》篇"釋義"中説："本篇申論《神思》篇第二段心境交融之理。《神思》舉其大綱，本篇乃其條目。"他認爲："神物交融"有兩種形態：一爲"物來動情者"；二爲"情往感物者"。而《物色》篇中的所謂"隨物宛轉"，就是指"物來動情者，情隨物遷，彼物象之慘舒，即吾心之憂虞也"；至於所謂"與心徘徊"，則是指"情往感物者，物因情變，以内心之悲樂，爲外境之歡戚也"。在分别闡釋了這兩種形態之後，他又特别强調地指出："純境固不足以謂文，純情亦不足以稱美，善爲文者，必在情境交融，物我雙會之際矣。"可見，劉永濟所闡發《物色》篇中的"心境交融之理"，亦即"心物交融"之説。王元化先生所撰《釋〈物色篇〉心物交融説——關於創作活動中的主客關係》一文中的觀點，就是受劉永濟的上述卓識的啓迪，而作出的進一步闡説，並非如有人説是王元化先生"熔鑄'心物交融'一語"，方深入闡説了劉勰心物關係理論。因爲劉永濟所説的"心境交融"或"内心與外境交融"中的"境"或"外境"，即是指物。上面所引孔穎達《疏》"物，外境也"，即是確證。所以，我認爲，劉永濟的《文心雕龍校釋》在闡發劉勰心物關係理論上的不少卓見，至今仍有金針度人作用，研究者不可不察也。

三、對《文心雕龍》的微觀研究與整體宏觀理論研究相互結合的研究方法

在《文心雕龍校釋》中，劉永濟創設了一種新的校釋方法，即把對《文心雕龍》的版本校勘、對每篇主旨與各段旨意的闡釋、對每篇要義的理論闡發，這四項內容都合而爲一於每篇的校釋之作中，且以理論闡發的文字爲多。而最初於1948年由正中書局出版的此《校釋》的原先編排順序，則是首列《序志》篇，次列"論文之樞紐"五篇，再次列"統論文理"的下編，最後則列"分論文體"的上編。劉永濟在1962年中華書局版的"前言"中說，原先作這樣安排的原因乃是："其所謂'樞紐'，實乃其全書之綱領……下編統論文理，上編分論文體，學者先明其理論，然後以其理論與上編所舉各體文印證，則全部了然矣。"又說："釋義部分，則除下編各篇之段落皆爲提挈出之外，凡一篇中之要義，有須詳論者，悉別條具，務在隨文訓釋，發明彥和論文大旨，即有引申補充之處，亦力求不背原書之意。"由此可知，劉永濟不但創設了上述的校釋方法，而且特別重視從微觀入手，對《文心雕龍》每篇文本作從文字校勘到該篇各段旨意及全篇主旨的研究，又很重視對《文心雕龍》全書各個部分之理論內容的整體把握，因而能在這種整體把握之宏觀視野的觀照下，着重致力於劉勰文論思想的理論研究，尤其傾力於"篇中之要義"的鈎深致遠的理論研究，并且做到了文本的微觀研究與整體宏觀的理論研究相互結合。這種相互結合的研究方法，在對研究對象之不同層面的內容上，我覺得有如下兩個重要特點：

（1）在校勘文本的文字層面上，特別着意於每篇中歷來考校欠密而與真正理解和把握住《文心雕龍》之精義有重大而密切的關係者，對其作出底本而佐以輔本或旁證的校勘，或者作出推理而援證以立說的校勘，從而充分注意到了對文字的校勘與對理論研究的內在密切關係。如《徵聖》篇校"是以子政論文，必徵於聖，稚圭勸學，必宗於經"句云："舊校'子'、'稚圭勸學'五字原脫，楊慎補。唐寫本作'是以論文必徵於聖，窺聖必宗於經'，當從。昇庵所補非也。"這一句關係到對劉勰論文綱領中的"徵聖"與"宗經"兩個最重要的觀點，是否爲他們自己提出的正確理解問題，也涉及對"徵聖"與"宗經"的義脈聯繫貫通的正確詮釋問題，經過這一校勘，正確地表明爲劉勰所提出，而其義脈又正可聯繫貫通。

（2）在逐篇釋義與對"篇中要義"的理論闡發的層面上，既提要鈎玄地闡明每篇的主旨與各段的旨意，以及段中各小節的大意，又更充分注意從文學發展史的背景上，聯繫考察篇中的理論內容或"篇中要義"的提出及其內涵，與文學發展、具體作家作品的內在關係，去對其內涵作出精深的理論闡發，而且還有對具體文學史實的分析，做到了釋義、闡理、文學史實三者結合。以《定勢》篇"釋義"爲例來看，開首僅用二百來字，不僅將"此篇分三段"的每段旨意，一一作出扼要說明，而且還將每段分爲若干小節的大意，小節中又分爲若干層次的意義，都一一作出扼要說明。如說此篇"首段言文之有勢，乃出自然。中分二節：初論勢生於體，次明勢由體定，皆自然之符也"。再如此篇"末段補論文弊，蓋剛柔奇正，總之皆勢，要當用得其當，否則皆足害文事。中分二節：初駁昔人以剛健爲勢之失，又分二層，一以慷慨爲勢之失，二尚勢不取悅澤之失；次斥時文訛勢，競尚新奇之弊"。這是在逐字逐句真正讀懂文本之原意的基礎上，經過對全篇原意作出理性的提煉概括，方對此篇理論內容，作出這種從各段的旨意、到段中各節的大意、再到節中各層次的意義，一一提要說明的。其實證功夫之深厚，弄通弄懂之"信"與"達"，都自不待言，這就爲其進一步地作出理論闡發，打下了堅實篤厚的基礎。至於在此基礎上，對此篇中之要義的理論闡發，重點則在闡明"舍人論體勢相因之理"。爲此，他首先就密切聯繫魏晉六朝文學的創作實際，詮釋"體勢之義"，認爲黃侃《札記》"說勢爲法度，雖合雅詁，非舍人之旨也。統觀此篇，論勢必因體而異，勢備剛柔奇正，又須悅澤，是則所謂勢者，姿也，姿勢爲聯語，或稱姿態；體勢，猶言體態也。齊梁之文，以諧麗對偶取姿，競爲新巧。公幹、士衡以慷慨激越之姿，不務悅澤，二者皆非，故舍人通斥之。觀其圓轉方安，水漪木陰之喻，非姿而何？"又云："此篇首曰：'因情立體，即體成勢。'今析其義：情者，作者之情思；體者，作品之篇體；勢者，篇體之姿態，三者事如連環，故曰'因'、曰'即'，明其出於自然，未容假借也。"接著則歷史地聯繫作家作品的"文勢"特徵及"文勢"發展趨勢，來闡明"體勢相因之理"。這比空泛地議論"體"與"勢"之關係及其"相因之理"，更易於啟發人們理解《定勢》篇的主旨。尤其在劉勰文體論的各篇"釋義"中，還更結合作家作品的創作實踐及文體發展的史實，作出對各篇內容的理論闡述，而且撰有《文心雕龍》徵引文錄上下兩卷，徵引文凡530篇，皆基於劉勰之"選文以定篇"者也。由此可見，釋義、闡理、文學史實三者結合，是劉永濟研究《文心雕龍》之方法的一個最重要的特點。

最後還應特別指出：劉永濟之所以對《文心雕龍》的研究能獲得有獨特學術價值的成果，而且促進了"龍學"的發展，其主要原因之一就在於：他在治"龍學"中，既牢固地把握住了中國古代文學重在表現情感的民族特色，也牢固地把握住了劉勰總結這種文學創作經驗的文學理論所具有的民族特色，同時還充分注意到了劉勰文論所受中國特有的哲學思想及外來佛典思維方式的深刻影響，故其研究成果不是用西方敘事文學的理論框架及其概念或範疇，去分析或比附《文心雕龍》的理論內容及理論體系，而得出的結論，更不是把此書中的理論內容消融和分割到西方敘事文學的理論框架之中，而是從把握上述民族特點及注意上述劉勰所受影響出發，在對《文心雕龍》作出深入的實證研究的基礎之上，方作出理論研究而得出的結論。因此，其研究成果對於《文心雕龍》全書的個案研究來說，還是繼續進行此書個案研究者以應把握住上述民族特點去作研究的治學途徑，方能進一步地開創出當今"《文心雕龍》研究要有新的重大突破，必須解決好'實證研究和理論研究的高度統一問題'"（張少康語）的新途。

（原載《長江學術》2004年第六輯，武漢大學出版社2004年版。）

劉永濟"龍學"研究法初探
——紀念劉永濟先生逝世五十周年

熊禮匯

題記：

  劉永濟（1887—1966），字弘度，號誦帚，晚年號知秋翁，湖南新寧人。先生後半生一直在武漢大學文學院執教，爲國內有數的著名古代文學專家之一。先生1966年10月逝世於武大珞珈山，至今已50周年。先生生前潛心學問，著作等身，可謂爭分奪秒，成就千秋功業。半個世紀以來，雖然斯人已去，但其著述却在諸多領域産生越來越大的影響，而且這種影響還將與日俱增。先生嘗言："人前有千年，後有千年。"或即其生前生後之事之謂也。今年"十一"長假，正逢先生50周年忌日（10月2日），無以爲祭，即記此讀書心得以作紀念。熊禮匯2016年10月2日記於武昌南湖山莊梅荷苑。

  劉永濟（1887—1966）研究古代文學，在多個領域取得了重大成就，影響深遠。先生能有此建樹，除學養豐厚、長於思辨、才略優異、勤於撰著外，還與他研究學問所用方法較爲合理有關。一般來説，劉先生研究古代文學所有課題，都曾致力於喫透文本、理性分析、系統把握、洞微燭幽，而根據研究對象的不同特點，采用不同的研究方法。用心籀讀《劉永濟集》中的多種學術專著，旁及相關資料，其治學方法，實可細分爲"龍學"研究法、屈賦研究法、詞學研究法、詩學研究法、曲學研究法等。近年來，因參與整理劉先生研讀元黄昆圃校、清紀文達評《劉舍人文心雕龍》和涵芬樓影印明嘉靖刊本《文心雕龍》之批注、評語，得以反復通讀《文心雕龍校釋》（以下簡稱《校釋》）和先生研究"龍學"之論文及相關著述，又取學界後出數種"龍學"研究頗具規模之巨著對觀，深感先生研究"龍學"，自得其法，特色顯著。

研究"龍學"，最重要的工作自是研究《文心雕龍》。而要真正讀懂、準確理解、全面把握其要義，至少要解決五方面的問題。即一要弄清劉勰撰著的動機、"文心雕龍"一書的性質及價值之所在；二要鉤玄提要，厘清《文心雕龍》所講的文學原理，揭示其理論體系，並對其基本觀念有正確理解；三要聯繫社會文化背景、文學創作實際理解《文心雕龍》的文體論、創作論，且深明其"原始以表末"的意義；四要界定各篇關鍵詞的内涵與外延，觀其會通，審其名用，以得其真意；五要瞭解"龍學"的研究史，對歷代"龍學"研究者的見解采取重視而不盲從的態度。可以說，劉先生研究《文心雕龍》，在這五方面都作出了圓滿的答案。其答案大都見於《文心雕龍校釋》。先生嘗謂黃侃弟子程千帆云："季剛的《札記》，《章句篇》寫得最詳；我的《校釋》，《論說篇》寫得最詳。"學者以爲"劉永濟與黃侃各擅勝場，他以精於小學推黃侃，而以長於評議自許"（張清河語）。先生原話未必有"以長於評議自許"意，但其《校釋》，尤其是釋義"長於評議"，却是不争的事實。無疑，他校勘、釋義所用的方法，正是他研究"龍學"的方法。其方法多種多樣，現揀其犖犖大者陳述於下。爲讀者全面瞭解、深入思考計，陳述方式則以博引例證，徵録原文爲主。

一是從本體論角度闡釋劉勰"原道"、"宗經"、"徵聖"的理論思維方式。《文心雕龍·序志》謂"蓋《文心》之作也，本乎道，師乎聖，體乎經"，故首篇即爲《原道》，開宗明義講文原於道，而繼以《徵聖》、《宗經》。劉勰既視道爲文之本體，又認爲文之爲文，離不開人心的感於外物。如何理解這看似矛盾的説法？劉永濟先生即從本體論的角度闡釋其"原道"、"宗經"、"徵聖"的理論思維方式。指出："儒家之言多注重道之作用，從作用以體現本體。其所體現者主要爲政治。道家之言多闡發道之本體，據本體以衡量作用。其所衡量之作用，仍不外政治。是故二家之言，似相反而實相成。"而劉勰"主導思想固然是傳統的儒家思想，然而他的主導思想之中，關於道的本體方面交織着玄學（道、佛皆稱玄學)的意味"。"彥和的本體論既如此，根據'道者萬物之始'、'道者萬物之所以成'的理論，則是客觀存在中的一切皆從自然(道)而發生，乃必然的趨勢。所以……凡有聲有色之物，皆自然(道)之文，非從外飾者。再以此理推之'人文'，亦'神理'所尸。'神理'猶言天道，也就是'自然'。所以他……又説：'道沿聖及垂文，聖因文以明道。'這就將聖與道、道與文、聖與文三層關係都説明了。原道之根本意義，論文的思想基礎，即在於此。且由此可知道與文的樞紐皆在聖，聖人的絶大本領即在'研神理而設教'。所謂'研神理而設教'就是'體道以爲用'，'法道以施政'。……彥和所謂聖，並非什麼全知全能的神秘人物，只不過萬物之靈中最優越的人，只不過在一般人中是先知先覺者，是人類的導師，對一切事物他又是善感善覺者，所以他能作爲經典垂訓後世。從前一點説，他是政治思想家；從後一點説，他又是文學創作者。這就是彥和《原道》之後，繼以《徵聖》、《宗經》的根本思想。彥和固然視文學同自然現象一樣，皆是'道之所以成'，但他又説與'無識之物，鬱然有彩'者不同，説：'有心之器，其無文歟?'這就不僅説明了人文發展的因素，即他論文所以每重視'爲文之用心'的道理也昭然若揭。他所以重視文心，因爲他認爲内心必感於外物而後形成作品。從這點看，他的文學觀却是傾向於唯物論的。"① 先生説徵聖、宗經皆緣於原道。因爲道爲文之本體，屬性歸於自然。聖人實爲最優秀的"體道以爲用"者，亦爲最傑出的"文學寫作者"，代表作就是"經"。如此，主張爲文原道、徵聖、宗經，當然順理成章；作爲文學觀，也確實有唯物論傾向。

二是聯繫齊梁時風，揭示劉勰撰著《文心雕龍》針砭時弊的動機和確定其書的子書性質。劉勰的《文心雕龍》，是我國出現最早、體系最爲完備的文學批評專著。前人多視其爲詩文評類的著作，近人或"當作論文章作法的書"，或"當作講修辭學的書"，或認爲"主要是一部講寫

---

① 劉永濟：《論劉勰的本體論及文學觀》，《文心雕龍校釋》附録，武漢大學出版社2003年版，第158、159、160頁。

作的書"①。劉永濟先生卻另有看法。他在《校釋·前言》中說到該書的四大優點，有云："歷代目錄學家皆將其書列爲詩文評類，但彥和《序志》，則其自許將羽翼經典，於經注家外，別立一幟，專論文章，其意義殆已超出詩文評之上而成爲一家之言，與諸子著書之意相同矣。彥和之作此書，既以子書自許，凡子書皆有其對於時政、世風之批評，皆可見作者本人之學術思想（參看《諸子》篇），故彥和此書亦有匡救時弊之意。吾人讀之，不但可覘知齊梁文弊之全貌，而且可以推見彥和之學術思想。蓋我國文學傳至齊梁，浮靡特甚，當時執政者類皆苟安江左，不但不思恢復中原，而且務爲淫靡奢汰，其政治之腐敗，實已有致亡之勢。彥和從文學之浮靡推及當時士大夫風尚之頹廢與時政之隳弛，實懷亡國之懼，故其論文必注重作者品格之高下與政治之得失（參看《時序》《才略》《程器》等篇）。按其實質，名爲一子，允無愧色。"此乃概述齊、梁時風之弊，言彥和撰著有通過針砭文風之弊而匡救時政之弊的用意，稱其書誠爲子書。《校釋》循此觀念作論者尤多。《正緯釋義》云："舍人之作此篇，以箴時也。蓋讖緯之説，宋武帝禁而未絕，梁世又復推崇。其書多僞託仲尼，抗行經典，足以長浮詭之習，揚愛奇之風。故列四僞以匡謬，述四賢而正俗。疾其'乖道謬典'，正所以足成《徵聖》《宗經》之義也。故次之以《正緯》。"《哀弔釋義》云："全書斥浮詭，黜繁縟，不一其詞。而'華過韻緩，化而爲賦'，尤齊梁文之通病。會通全書，而後舍人意旨所在，灼然可見也。"《鎔裁釋義》云："舍人專重裁辭，蓋此篇之作，在針砭時人篇章繁縟冗長之弊，而繁縟冗長之作，實起於士衡。……舍人指斥時人，而推論及於士衡，不特深明流變，且亦正本清源之意也。"《時序釋義》云："舍人'世積亂離，風衰俗怨，並志深而筆長，故梗概而多氣'四語，識解甚高，誠溯河窮源之論矣。參以《風骨》篇之言，知舍人之志，蓋欲以氣質卓犖之文，一救當世靡麗闡緩之弊，特以人微言輕，曲高和寡，不足以振盪一世豪杰，故雖邀遇休

---

① 詹鍈：《文心雕龍義證·序例》，《文心雕龍義證》，上海古籍出版社1989年版，第1頁。

文,亦不過賞其深得文理而已,不足以起衰之任也。""合而參之,知爾時(指齊梁之時——筆者按)作者,非無佳篇,領袖諸人,亦非悉中此弊,特風會之衰,實由西施工顰,遂令東施獻醜。然則舍人諸論,雖未揭舉名氏,而其意固在指斥當時領袖諸賢也。"《程器釋義》云:"三段言器用文采,與位之崇卑所關,以見位尊者不必以文采邀譽,言外有箴其時顯貴之意。""全篇文意,特爲激昂,知舍人寄慨遥深,所謂發憤而作者也。乃後世視其書與文評詩話等類,使九原可作,其憤慨又當何如邪?""是六朝甄拔冗長,終不出此制,於是士流咸重門第,而寒族無進身之階,此舍人所以興嘆也。於後義可見爾時顯貴,但以辭賦爲勛績,致國事廢弛。蓋道文既離,浮華無實,乃舍人之所深憂,亦《文心》之所由作也。"又《程器釋義》云:"舍人曰:'文武之術,左右惟宜……'此以文事武備並重,初觀之甚異,實亦深中時弊之論也。舍人此論,不特有斯文將喪之懼,實懷神州陸沉之憂矣。"此類論述,真可謂知人論世,能説透劉勰著書的最終目的。

三是洞察《文心》總體建構,厘清各篇内在聯繫。《文心雕龍》五十篇,内容紛繁複雜,要讀懂它,把握其總體結構十分重要。劉先生對其結構的瞭解,可謂洞察底裏。《校釋前言》云:"其書分上下兩編,各二十五篇。上編除前五篇彦和自稱爲'文之樞紐'外,由《明詩》至《諧讔》屬有韻之文,《史傳》至《書記》屬無韻之文。各篇闡述之大旨,均有四端:一曰'原始表末',二曰'釋名章義',三曰'選文定篇',四曰'敷理舉統'。下編則除《序志》一篇爲全書之自序外,由《神思》以迄《程器》,皆論文學原理、原則之文,中間對於文學與文心之關係、内容與形式之關係、作品與時代之關係、作者與讀者之關係,以及文學上各項問題,皆論述至詳,議論亦最爲精闢。"因此,爲便於學習,先生《校釋》原稿目次爲首列《序志》,次及上編前五篇,再次爲下編前二十四篇,再次爲上編後二十篇。"首《序志》者,作者自序其著書之緣起與體例,學者所當先知也。次及上編前五篇者,彦和自序所謂'文之樞紐'也。其所謂'樞紐',實乃其全書之綱領,故亦學者所應首先瞭解者。再次爲下編,再次則上編者。下編統論文理,上編分論文體,學者先明其理論，然後以其理論與上編所舉各體文印證，則全部瞭然矣。"此乃對全書總體結構之洞察。先生洞察結構的精準還表現在對各篇組合、編次内在聯繫的分析上。前者如《辨騷釋義》説上編前五篇關係，云："五篇之中，前三篇揭示論文要旨，於義屬正；後二篇抉擇真僞同異，於義屬負。負者箴砭時俗，是曰破也。正者建立自説，是曰立己。而五篇義脈，仍相流貫。蓋《正緯》者，恐其誣聖而亂經也。誣聖，則聖有不可徵；亂經，則經有不可宗。二者足以傷道，故必明正其真僞，即所以翼聖而尊經也。《辨騷》者，騷辭接軌風雅，追迹經典，則亦師聖宗經之文也。然而後世浮詭之作，常托依之矣。浮詭足以違道，故必嚴辨其同異。同異辨，則屈賦之長與後世文家之短，不難自明。然則此篇之作，實有正本清源之功。其於翼聖尊經之旨，仍成一貫。而與《明詩》以下各篇，立意迥别。"後者如《養氣釋義》云："本篇申《神思》未竟之旨，以明文非可强作而能也。"《附會釋義》云："其義與《神思》篇尤相關切。《神思》所論，即《附會》之前因，此篇所言，則前因既具之結果也。合而參之，爲文之能事畢矣。"《時序釋義》云："本書《通變》篇、《才略》篇，皆有都舉歷代文變之詞。《通變》篇有九代六變之説……《才略》篇歷舉……九代文人之辭令華采以衡論……其分割止四，似與六變、九變之旨不合。蓋本篇與《通變》論其異，《才略》篇則標其同，言各有當也。"《物色釋義》云："本篇申論《神思》第二段論心境交融之理。《神思》舉其大綱，本篇乃其條目。""復次，本篇與《情采》篇雖同而實異。同者，二篇所論，皆内心與外境之關係也；異者，《情采》論敷采必準的於情，所重仍在養情，本篇論體物必妙得其要，所重乃在摛藻。"《才略釋義》云："本篇與《時序》篇相輔。《時序》所論，屬文學風尚之高下流變，論世之事也。本篇所重，在比較作品之長短、作家之同異，知人之事也。"正因先生洞察各篇内在聯繫，故其釋義、論理能撤掉各篇篇章藩籬，將所説之理打成一片考慮，從中理出頭緒，彼此佐證、融會貫通，以求全面、準確把握《文心》之義。這樣做的好處，一是能準確揭出各篇編次之義，如《檄移釋義》引《左傳》"國之大事，在祀與戎"，説《文心》"詔策"至"書記"編次之義，云："威讓之文，銘勒之制，皆王言之大者，次於布政垂教一等。故《詔策》之後，次以《檄移》、《封禪》之文。而臣工陳謝糾彈之作，儕類酬獻往復之書，又其次焉。其大本仍歸之體要，不尚夸異。此舍人大旨，不厭反復伸説者也。"二是能看出編次之失，如《物色釋義》前云："此篇宜在《練字》篇後，皆論修辭之事也。今本乃淺人改編，蓋誤認《時序》爲時令，故以《物色》相次。"三是能借他篇所言助解本篇真義，即先生所謂"證以舍人他篇"或"證以本書他篇可知"。如《體性釋義》即云："舍人此篇雖標八體，非謂能此者必不能彼也。今任舉其書評文之語如下，以見其變之繁。"四是便於"合觀比論"，以得其義之真、之全。如《練字釋義》云："此篇所舉'四忌'，雖似無關大體，然在詩家亦爲要務。特其所論乃在形體之間，初無關於意義，當合《章句》、《麗辭》、《指瑕》、《物色》等篇觀之，而後文家字句之精藴始得也。"

四是慣用系統思維模式，整合文論觀點。這是劉先生研究古代文學的長項，也是他學術眼光鋭利、思維縝密、見識往往高人一籌的秘訣之一。淺人治學，一葉障目，不見森林，或者只知圍着一棵樹轉圈圈，不知樹下有地，樹上有天，樹前有水，樹後有山。如《才略釋義》就將篇中諸多術語歸納爲文學批評的四個方面，云："篇中評騭之語，或稱'才穎'，或稱'學精'，或稱'識博'，或稱'理贍'，或稱'思鋭'，或稱'慮詳'，或稱'氣盛'，或稱'力緩'，或稱'情高'，或稱'文美'，或稱'辭堅'，或稱'體疏'，或稱'采密'，或稱'意浮'，用字甚雜，似無分於本末，然細繹之，要不出性情學術、才能識略、辭令華采諸端。蓋衡文者操術有四：一論其性情，二考其學術，三研其才略，四賞其辭采。本篇隨文立言，蓋亦互文見義之例也。"先生用系統思維模式整合劉勰文論觀點，例子較多，而以《宗經》、《風骨》、《鎔裁》三篇釋義説創作理論最爲突出。《宗經釋義》有云："舍人所標宗經六義，中包三事。三事者，孔子贊《易》所謂'意'、'言'、'書'，孟子論文所謂'志'、'辭'、'文'也。舍人《鎔裁》篇亦有'設情'、'酌事'、'撮辭'之文，謂之'三準'。此篇之情深風清，'志'之事也；事信義直，'辭'之事也；體約文麗，'文'之事也。三者旨約而義宏，不但爲論文之標準，且已盡文家之能事。竊嘗推闡其義：'志'者，作者之情思也；'辭'者，情思所托之以見之事也；'文'者，所以表其'事'而因以見其'志'者也。孔子之言，文學當然之定理也。孟子之言，讀者鑒賞之南針也。而孔子稱子產二言與孟子《春秋》三語，又爲作者行文之要法。以文理言之，則不盡爲當然。以作法言之，則一'足'字已可使不盡者盡矣。至鑒文之道，必先不'害辭'，斯可以不'害志'。由此觀之，舍人'三準'之論，固已默契聖心；而此篇'六義'之説，實乃通夫衆體。文之樞紐，信在斯矣。"《鎔裁釋義》又詳引孔子、孟子、莊子、揚雄之言，云："合以舍人'設情'、'酌事'、'撮辭'之説，雖同舉三項，而名義紛如。蓋訓詞之例有通別，用字之式有單復。明乎此，則孔子之'意'與'志'，孟子之'志'與'義'也。孔子之'書'與'文'，孟子之'文'也。孟子之'辭'與'事'，孔子之'言'也。莊子之'意'、'語'、'書'，揚雄之'心'、'言'、'書'，舍人之'情'、'事'、'辭'，亦即孔子之'志'、'言'、'文'，孟子之'志'、'辭'、'文'也。"這實際上是對古代文論的一種整合。他把孔、孟、莊及揚雄的文論術語和劉勰的"三準"説打成一片考慮，理清彼此關係，找到同有的思想脈絡，不但揭示出"三準"説的系統理論依據，還因對"三準"説的認知，對古代哲人的創作理論作了系統的歸納。尤爲難得的是，先生還熟練利用他所歸納出的系統理論，來關照《文心》"名義紛如"的術語，以避免理解時的歧義紛呈，莫衷一是。如《風骨釋義》云："本篇所用名義甚多，紛紜滿目，幾難尋釋其意旨。凡此諸名，統歸'三準'，特以用異而名異，或以行文避復而名亦異。明夫此理，則名用雖繁，而條理自在。兹悉以'三準'歸納諸名如後。凡篇中所用'風'、'氣'、'情'、'思'、'意'、'義'、'力'諸名，屬'三準'之'情'，而大要不出情、思二者。凡篇中所用'骸'、'體'、'骨'、'言'、'辭'諸名，屬'三準'之'事'，而大要不出事、義二者。凡篇中所用'采'、'藻'、'字'、'響'、'聲'、'色'諸名，屬'三準'之'辭'，而大要不出聲、色二者。風者，運行流蕩之物，以喻文之情思也。情思者，發於作者之心，形而爲事義。就其所以運事義以成篇章者言之爲'風'。'骨'者，樹立結構之物，以喻文之事義也。事義者，情思待發，托之以見者也。就其所以建立篇章而表情思者言之爲'骨'。'氣'者，大體同'風'。本篇所指，則在事義得情思之運行而生之力量，可以搖蕩性靈者也。'采'者，大體不出聲色。本篇所指，則在聲色因事義之充實而發之光輝，可以發皇耳目者也。氣與采皆不能離事義，故事義之在文章，實雙關情思與聲色。若情思不能運事義，則文風荏弱；事義不能表情思，則文骨萎靡，故曰：'風骨不飛。''風骨不飛'則符采無發皇耳目之效，故曰：'振采失鮮，負聲無力。'復次，精於析辭者，文中事義，剖析微茫，文體因而整練，故曰：'練於骨。'善於述情者，文中情思，含孕醇厚，文意因而淵深，故曰：'深乎風。'而骨練風深者，色澤聲音亦緣之而並美，故曰：'捶字堅而難移，結響凝而不滯。'由此觀之，'情'、'事'、'辭'三名，從其用言之，則爲'風'，爲'骨'，爲'采'，而'采'又以風骨爲其根本。是魏文所謂'氣'，即風力也。《宋書·謝靈運傳》'氣質，即風骨也'，或曰體氣，或曰骨氣，或曰體度風格。大抵名因所用而異稱，義因所名而微別。古人於此，心知其意，而隨文取便。學者貴能觀其會通，正其名用，庶得古人論文之真意。""觀其會通，正其名用"，自是先生運用系統思維方法，對《文心》"名義紛如"之觀念、術語，加以厘清、整合的具體做法。能如此觸類旁通，分析歸納，學者不但能化繁爲簡，舉綱張目，透過現象看清真相，避免墮入五里霧中，還能激活自己的理性思維，完整準確地體認"古人真意"。先生所言，誠屬難得。

五是結合文學史實，理解劉勰的文論觀點。劉勰論文，有些説法不易理解，甚至引人生疑，先生則結合文學史實，以明其説，或以釋其説。如《諸子釋義》言劉勰於子書何以揚戰國而抑漢、晉，云："戰國諸子，學有本源，文非苟作，雖各得大道之一端，而皆六經之枝條也。漢代已遜其宏深，魏、晉尤難與比數。陸《語》則粗述存亡，賈《書》亦雜編奏議，揚雄規模仲尼，劉向采摭往事，衡以著述之體，已非莊墨之儔。《潛夫》、《昌言》以下，大多務切時要之作，別無新義，未屬研求。故顏之推亦謂'魏晉以來，所著諸子，理重事復，遞相模效，猶屋下架屋，床上施床耳'。洵爲確論。且魏晉子書，皆文士之篇章，非學人之述造。其間或雜以求名後世之心，或參以爭勝前賢之意……然有意於爲文，與不得已而著書，其間差別甚遠。此舍人所以抑之歟？"又如《詔策釋義》釋劉勰何以獨推魏、晉詔策，云："舍人於詔策一體，獨推魏、晉，論者疑之。不知此正舍人論世至精之處。蓋一代文章，因革盛衰，必與其時政俗有關，故論文者必當論世。考喉舌之官，在西漢謂之尚書，屬於少府，主發書，承秦制也。其位甚卑。及武帝遊宴後庭，始用宦者主中書，謂之中書謁者。……至成帝建始四年，罷中書宦者，復以士人爲之。……其任猶輕。及至後漢，則較爲優重，出納王命，賦政四海，猶天之有北門焉。迨魏武爲魏王，置秘書令，典尚書奏事。文帝改爲中書，又置中書監，並掌機密。晉代因仍未改。蓋自魏晉以來，中書監令掌詔命，記會時事，典作文書，地在樞近，多承寵任，清貴華重，非才地俱美者，不緒斯任。……自晉建國，常令宰相參領，中興以來，益重其任，故能王言彌燠，德音四塞者焉。魏晉詔命，極盛一時，其故在此。"如此還原文學史實，解說劉勰論斷，自能消除讀者之疑。他如《論說釋義》臚列六朝以三學(指《易》學、老莊之學和佛學)爲宗之論著文，《時序釋義》圍繞劉勰"十代九變(列代有十，而論不及齊梁)"之說而詳言梁陳之前文學風氣之變，《練字釋義》取相如《上林》、孟堅《西都》、平子《南都》、休文《郊居》，比而觀之，以見六朝以降賦家修辭之工，遠勝於漢，皆是用文學史實助解劉勰論斷，或謂結合文學史理解《文心》要義。顯然，這種認知方法，較之拈弄名詞術語，死摳字眼，憑空琢磨，所得結論要深刻得多，準確得多。

六是通過分析文學作品、總結前人創作經驗，理解劉勰文論觀點，或詮釋其說，或驗證其言。劉勰作《文心雕龍》，本來就是從古代文學創作的實際出發，通過對歷代名作的分析，總結出文學發展一些帶規律性的特點，形成系統的文學理論。因而借助作品分析、理解、驗證劉勰之言，是十分合理而且行之有效的做法，故先生撰寫《釋義》，分析、品評作品處極多。如《情采釋義》云："因情敷采之例，舉《詩》爲證則易明。今取《衛風·碩人》篇與《秦風·小戎》篇論之。《碩人》篇寫莊姜之華貴……可謂盡態極妍矣。而不得目之爲浮艷者，作者之意極力形容莊姜之華貴美麗，即以譏莊公惑於嬖妾，不答莊姜之非也。不如此，則譏意不顯矣。《小戎》篇寫秦國車甲之盛……其賦物處，可謂極瑣細矣，而不得目之為繁縟者，作者之意極力形容車甲戎馬器仗之鮮明盛麗，正以美襄公用兵西戎，國人不特不厭苦，且矜誇之也。不如此，則美意不明矣。由上二例觀之，采固以稱情敷設為貴，情亦因敷采得當而顯。不足，固情不能達；太過，亦情為之掩。不足達情者，自古傳誦之文絕少見，而情因采掩者，則雖名家亦所不免。宋玉之《高唐》、《神女》，相如之《大人》、《上林》，皆以敷采之功過於述情，遂致本諷而反勸。齊、梁以下，純以采藻相尚者，更無論矣。"《聲律釋義》云："辭賦用韻之法，後世多以間句韻為正則，惟古賦之變最繁，今取相如《子虛》、孟堅《西都》、太沖《蜀都》、休文《郊居》各一段比觀之，略可見其流變之迹。……"《事類釋義》云："文家用典，亦修辭之一法。用典之要，不出以少字明多義。其大別有二：一用古事，二用成辭。用古事者，援古事以證今情也；用成辭者，引彼語以明此義也。"前者"約有四端"，後者"約分四項"，"舉例"皆用作品。《章句釋義》云："舍人釋章為'明'，釋句為'局'，雖非章句之本義，樂竟為一章。句者，曲也。然最足明章句之用。蓋情思之發，必有其曲折次序，而章以宅情，必隨其曲折次序而分布之，貴能昭晰。故詩文之章數無定，其施設之變亦至夥。例如《芣苢》三章，初言往采，故曰'采之'、'有之'，次言采事，故曰'掇之'、'捋之'，末言采獲已多將歸之事，故曰'袺之'、'襭之'。三章不可減為二，不必增為四，而春原采芣之事如見矣。其他一意而數章者，非複也，所謂一唱三嘆，言之不足，故重言之，所以盡其致也。至句之訓'局'，其義亦精。一句之字，短或二三，長不過八九，意行其中，彌見局促。故造句貴無冗字，而前後句相承之間，尤貴有次。如'隕石於宋五'、'六鶂退飛過宋都'者，幾乎一字不可易，此《春秋》所以謹嚴也。""至於賦家之文，往往累句一意，則亦同於一意數章。例如相如《檄巴蜀文》曰：'夫邊郡之士……'此段皆盛陳漢兵衛國之勇，故詞多重置。又如賈誼《過秦論》曰：'秦孝公據崤函之固……'此段極形秦勢之強，故語亦不厭複。又有詞雖屢更而意無二致者，義亦同此。例如班孟堅《西都賦》曰：'神明鬱其特起……'此段狀建章之高峻，以與前文寫昭陽之富麗相映成文，雖遣詞不同，而用意無別，不得病其冗複。蓋詞以發意爲主，意有未盡，則詞不得休。此中消息，在作者斟酌寸心之間，初無一定之式也。"又如《隱秀釋義》云："文家言外之旨，往往即在文中警策處，讀者逆志，亦即從此處而入。蓋隱處即秀處也。例如《九歌·湘君》篇中'心不同兮媒勞，恩不甚兮輕絶'及'交不忠兮怨長，期不信兮告予以不閑'，言外流露黨人與己異趣，信己不深，故生離間。而此四句即篇中秀處。又如《少司命》篇中，'悲莫悲兮生別離，樂莫樂兮新相知'二句，爲千古情語之祖，亦篇中秀處也。而屈子痛心於子蘭與己異趣，致再合無望之意，亦即於此得之。又如相如《大人賦》：'吾乃目睹西王母暠然白首，戴勝而穴處兮……'皆篇中秀處。而相如諷武帝求仙無益之意，亦即於此得之。且前文盛誇大人仙遊之適，皆爲此而設也。又如子建《洛神賦》'恨人神之道殊兮……'等句，子建惓惓於文帝之意最深切，而措詞亦最沉痛。略舉四例，以爲隅反。"先生借對前人作品的分析闡説《文心》要義，不但舉例多，且分析深入準確，讀《釋義》，豈只明《文心》之義，分明還能學到作品賞析的訣竅。

學者欲知先生如何聯繫作品解説《文心》要義，不可不讀《鎔裁釋義》。此文釋"鎔"、釋"裁"，均以前人作品爲例。前以宋玉《風賦》爲例以説"規範本體之法，在定'三準'"，云："一、'設情以位體'。《風賦》之作，在諷襄王淫樂驕縱，民已困頓窮悴，而不知恤也。全篇'酌事'、'撮辭'，務以明此旨。'位體'，猶言立幹也。二、'酌事以取類'。託意於風所經歷有芬芳穢惡之不同，故其中人亦有清凉慘怛之差異，以類君民苦樂懸殊之情。以大王之雄風與庶人之雌風對舉互照，使人易悟。'取類'者，取事之與情相類者而用之也。三、'撮辭以舉要'。欲狀大王雄風之所經歷，故以'凌高城'、'入深宫'、抵華葉、'徘徊於桂椒之間，翱翔於激水之上'、'擊芙蓉'、'獵蕙草、離秦衡、槩新夷、被荑楊'、'然後倘佯中庭，北上玉堂，躋於羅帷，經於洞房'等辭，以見其高爽芬芳，故其中人也，清凉而愉快。欲狀庶人雌風之所經歷，故以'起窮巷'、'動沙堁、吹死灰、駭溷濁、揚腐餘，邪薄入甕牖，至於室廬'等辭，以見其窮蹙穢惡，故其中人也，慘怛而成疾。凡此所撮諸辭，皆事之切要者，故曰'舉要'也。由上例觀之，撮辭必切所酌之事，酌事必類所設之情。辭切事要而事明，事與情類而情顯。三者相得而成一體，如鎔金之製器，故曰'鎔'也。"後以《史記·屈賈列傳》爲例説其鎔裁之妙，云："《屈賈列傳》以悲屈原信而見疑、忠而被謗爲主旨。首著原爲楚之同姓，次述原之謀國，次述原既被黜，張儀連衡之説得成，以見懷王之誤國與原被斥之由。於原之文，獨載《懷沙》之賦，著其處死之審，以見死之非得已。於原既死之後，著宋玉、唐勒、景差之徒，以見諸人之不能直諫，而楚之削滅繫焉。於《賈傳》首載《弔屈文》，以見其悲原之志與己同也。次著《鵩賦》，以見同生死，輕去就，非原所願，則原之不棄其君國，不苟生死之志愈明，而悲原之旨亦愈顯。凡此皆'鎔'之法也。於《屈傳》不著其他篇，於《賈傳》不著其策奏，皆以防與前意紛歧也。凡此又'裁'之法也。故'鎔'者，'酌事'、'撮辭'，以明所設之情之謂也；裁者，删落枝節，去其繁濫，使所設之情易明之謂也。"通過分析作品理解文論要義應是研習古代文學批評理論的必由之路，而能否取徑於此，能否得之於心而辭能達意，加以闡釋，就不但與學者的文學理論修養和作品藝術感悟能力密切相關，還與其表達能力的高超分不開。而劉先生在這幾方面都有過人之處，故言之娓娓，如道家常。

　　七是通過對關鍵詞的界定理解《文心》要義。《文心雕龍》各篇，無論揚榷古今，還是叙説新論，行文必有關鍵之詞。可以説，劉勰的許多重要見解，主要是靠這些關鍵詞表達出來的。弄清楚關鍵詞的含義，文中諸多難解之結就會不攻自破。很難想象，一個號稱能讀懂《文心雕龍》的學者，却對書中的關鍵詞莫名其妙或一知半解。所以從準確界定關鍵詞入手理解《文心》要義，也是研習"龍學"行之有效的重要方法，劉先生的成功嘗試就證明了這一點。不過，要準確界定《文心》一書的關鍵詞，絕非易事。首先對何爲關鍵詞就不易判定。各篇關鍵詞除篇名赫然在目外，其他的多以各種名義、説法存在於行文中，因而要把關鍵詞選的精準，這"名義紛如"、"用字甚雜"的困難就很難克服。其次是對關鍵詞內涵、外延的界定，它需要學者學養豐厚，思維敏捷，善於悟入，而且思辨周密，分析透徹，鉤玄提要，識見卓犖。即使博學、聰慧如劉先生，其治"龍學"，於關鍵詞之界定，亦用功甚多。而其《釋義》重點、亮點所在，往往也是對關鍵詞的界定。如《原道釋義》以"道"爲關鍵詞，謂"此所謂自然者，即道之異名"云云。《體性釋義》以"體性"爲關鍵詞，謂其討論"文體（風格）與心性之關係"。《風骨釋義》以風、骨、氣、采爲關鍵詞，將其納入"三準"理論而界定之。《定勢釋義》以"勢"、"體"爲關鍵詞，謂"所謂勢者，姿也，姿勢爲聯語，或稱姿態；體勢，猶言體態也"。"體者，作品之篇體；勢者，篇體之姿態"。《隱秀釋義》以隱、秀爲關鍵詞，謂"《隱秀》之義，張戒《歲寒堂詩話》所引二語最爲明晰。'情在詞外曰隱，狀溢目前曰秀。'""隱處即秀處也"。《附會釋義》以"附會"爲關鍵詞，謂"其義即今所謂謀篇命意之法"云云。《總術釋義》以"總術"、"九變復貫"之"貫"爲關鍵詞，謂"總括言之，術有二義：一爲道理，一指技藝。本篇之術屬前一義，猶今言文學之原理也"。"舍人論文，每以文與心對舉，而側重在心。本篇所謂總者，即以心術總攝文術而言也。""'九變復貫'，語本逸《詩》。《荀子·天論》有'不知貫不能應變'之文，楊倞注曰：'貫，條貫也。'條貫即一貫。一貫者，不變之常理，與'九變'對文，意甚分明。舍人所謂'九變'之'貫'，即指文學原理而言。""逸《詩》'九變復貫'，貫亦一也，猶言九變而復於一也。數極於九，至九則復歸於一，故曰'復貫'也"，等等，即爲顯例。

八是通過拾遺、申論、指瑕和陳述自得之見，以補《文心》論述之不足。顯然，就先生言，他只能真正讀懂了《文心雕龍》，才有可能這樣做；就學者言，他這樣做，實在大有利於讀懂《文心雕龍》。此類材料在《釋義》書中不少，如《明詩釋義》云："自揚子雲爲文，好與古人爭勝，遂開擬古之風。……擬古一體，或曰依，或曰學，或曰代，或曰效，或雖未標明擬代，而實爲擬古；或雖不用古題，而實詠古事，大抵不出以上四義。及其後也，作者在主名既逸，遂疑真出古人所自爲矣。蘇李《贈別》，班姬《團扇》，即此類也。柏梁聯句，亦屬後人擬古事而作者。……舍人習而未察，亦智者千慮之一失也。"《詮賦釋義》云："本篇論賦，列舉十家，目爲英傑，義深例明，所當研討。兹爲申明其旨如次：首舉荀宋者……"《頌讚釋義》云："舍人此篇，辨章頌之源流，乃舉原田裒鞾，皆謂之頌。考原田裒鞾本屬誦體，故美刺可用。……舍人原本固是"頌"字，豈當時傳寫《左傳》《吕覽》有作"頌"者，舍人因據以入文，又於誦、頌通用之故，有所未照，是以文意不免小疵。"《銘箴釋義》云："銘之始制……此體之在晉宋，實乃初盛之時，舍人之世，作者已夥。《文心》略而不及，故略考其流別於此。"《雜文釋義》云："七體之興，舍人謂始於枚乘……近世章太炎獨以爲解散《大招》《招魂》之體而成。今覈其實，文體孳乳，必與其類近。……辨章之功，吾許太炎矣。連珠之體，傅玄謂……與舍人肇始子雲之説，舉人雖異，論時則同。然楊慎……章實齋亦謂韓非《儲説》，爲此體之所始，蓋其結體頗同，特子雲加以藻飾之辭耳。"《諧讔釋義》云："舍人此書，所涉文體，封域至廣，獨不及小説。惟《諸子》篇有'《青史》曲綴以街談'一語耳……舍人謂'文辭之有諧讔，譬九流之有小説'，雖非專論小説，而小説之體用，固已較然無爽，不得以罅漏譏之也。"《論説釋義》云："《通史》(即《十四朝文學要略》)所舉六代論文篇目，略而不備，今詳著之於此，或可補舍人之遺也。"《體性釋義》云："舍人所論者理之常，遺山所譏者文之僞。此孟子誦詩讀書，所以必論世知人也……未可致疑於舍人'表裏必符'之論也。"《麗辭釋義》云："舍人本謂言、事二對，皆有反正，篇中但舉事對反正之例，未及言對，今補舉於此。……"《知音釋義》云："往嘗撰《文鑒篇》，論知音難遇之故有三，而不學無識者不與焉。一曰：人之性分、學力各異，即舍人'知多偏好，人莫圓該'之義也。二曰：習俗移人，賢者不免，此義爲舍人所未論及，略舉其説。……三曰：知識詮别，與性靈領受殊科，此義最要，亦舍人所未言……"《時序釋義》云："'故知暐燁之奇意，出乎縱横之詭俗'二句，深得屈宋文體流變之故，與實齋章氏論戰國文體出於行人辭命之説，可謂曠世同調。……惟漢初縱横馳説之士，雖不容於王朝，而其時諸侯，如吴、梁、淮南，皆承戰國養士之風，士之習長短、善辭賦者，遂乃遊食藩封，以資貴顯。故武帝以前，王朝雖辭人勿用，藩國則文彩足觀。本篇於此，付之闕如，似不免於疏闊。"此類材料既能補《文心》論述所不及，自能擴大讀者的學術視野，增強對《文心》要義的理解。

九是通過對前人說法的辨析，以正確理解《文心》要義。"龍學"研究，歷史悠久，古今學者貢獻多多，是他們奠定了"龍學"研究的基礎，也是他們一次又一次把"龍學"研究推向高峰。當然，他們的看法有得有失，即使是影響很大的"龍學"大家、名家，也在所難免。辨析其得失，無疑是探求《文心》要義之真的一種方法。劉先生辨析前人得失，有兩個特點：即辨析對象多爲影響較大的"龍學"專家，而所謂辨析，雖也有贊同其說、助益其說者，如《隱秀釋義》云："此篇自'始正而末奇'，至'此閨房之悲極也'，爲明人僞託。紀評謂其'詞句不類舍人'。黃氏《札記》復舉張戒所引二語，不見文中，證爲贋品，已無可疑。今復得一證。文中有'彭澤之□□'句，此彭澤乃指淵明。然細檢全書，品列成文，未及陶公隻字。蓋陶公隱居息游，當時知者已鮮。又顏謝之體，方爲世重，陶公所作，與世異味，而《陶集》流傳，始於昭明，舍人著書，乃在齊代，其時《陶集》尚未流傳，即令入梁，曾見傳本，而書成已久，不及追加。故以彭澤之閒雅絕倫，《文心》竟不及品論。淺人見不及此，以陶居劉前，理可援據，乃於此文特加徵引，適足成其僞託之證。此則紀黃二氏所未及舉者也。"但大量的是指明其不是而加以否定。如《徵聖釋義》云："紀昀評此篇爲裝點門面，謂：'推到究極，仍是《宗經》。'非也。蓋《徵聖》之作，以明道之人爲證也，重在心；《宗經》之篇，以載道之文爲主也，重在文。聖心合天地之心，故繁、簡、隱、顯，曲當神理之妙。經文即自然之文，故詳略先後，無損體製之殊。二義有別，顯然可見。"《宗經釋義》云："黃叔琳謂：'《爾雅》本以釋《詩》，無關《書》之訓詁。且五經分論，不應獨舉《書》與《春秋》……宜從王惟儉本。'按黃氏謂宜從王本。今行養素堂及粵東節署本，仍用梅氏本，何也？姚範《援鶉堂筆記》曰：'《前漢書·藝文志》：古文應讀《爾雅》，故解古今語而可知也。……何得云《爾雅》無關《書》之訓詁？'是也。至謂不應獨舉《書》與《春秋》，亦非。舍人於分論五經之後，復提此二經並論者，正以二經隱顯有別，比論之以見聖文殊致，表裏異體，而各當神理也。近人張孟劬《史微》亦謂：'此篇論六藝之文，缺論《易》《禮》《詩》三經，疑有脫文。'其誤亦同。且上文明有論五經一段，何得曰缺邪？"《樂府釋義》云："舍人此篇……論《桂華》則曰'麗而不經'，評《赤雁》則曰'靡而非典'。證以後世通人評騭之語，益足見舍人衡鑒之精。……紀評乃謂'《桂華》尚未至於不經，《赤雁》亦不得目之曰靡'。其言乖違如此，異哉！"《頌讚釋義》云："李詳《黃注補正》，引班固《漢書·藝文志》，有《荊軻論》五篇，自注：'軻爲燕刺秦王，不成而死，司馬相如等論之。疑彥和所見《漢書》，本作《荊軻贊》。'章太炎則謂：'司馬相如始爲《荊軻贊》，以輔助論者。據彥和此文，贊應與論相系屬者。'按李說臆斷不足信，章說從舍人明助之義悟入，說似可通。然觀遷、固紀傳後文，意存褒貶，舍人謂其'頌體而論辭'。相如之作，或亦同此。又《論說》篇辨論有四品八名，其三品曰'辨史則與贊評齊行'，是則贊之爲體，原論說之枝條，未必定系屬於論後也。"《祝盟釋義》云："本篇立論，獨崇實而黜華。所謂'因情立體'，理所宜然也。紀評許其識高之士，見猶未瑩。"《論說釋義》云："其時傳記故訓，大多別行，後世始分繫經文之下。蓋本師儒論學辨理之文，非後世注家但以徵故實爲事者可比也。舍人列之四品之一，可謂識前代之文體矣。紀氏譏之，不當。"《書記釋義》云："紀評謂：'二十四品，與《書記》不倫，未免牽合。'非也。"《通變釋義》云："紀評謂劉氏'復古而名通變者……'黃侃《札記》即申是說。然舍人首言'資於故實，酌於新聲'，贊語復發文律日新，變則可久，趨時乘機，望今參古之義，則'競今疏古'，固非所尚，泥古悖今，亦豈所喜？證以舍人他篇，每論一理，鑒周識圓，不爲偏頗，知紀黃所論，尚未得當。"《情采釋義》云："文藝之事，自古有難言之妙，論文之理，從來鮮圓到之言。舍人但譏浮僞晦昧之失，未呵淺露樸陋之過者，固爲當時立言，所重在乎救弊，而學者要能舉一反三。黃氏《札記》指爲矯枉過直，豈知言哉？"《章句釋義》云："紀評此書，頗多淺語。即如此篇，乃有二誤。次段本兼包章句，紀評以爲先論章法，而指筆句無常以下爲論句法。謂

545

'論句法但考字數,無所發明'。不知'筆句無常'以下爲另一段,'筆句'實'章句'之譌,一誤也。末段三節,一論字數,二論轉韻,三論發聲助語之詞,皆於分章造句,所關至切,紀評乃指爲'類及','無甚高論',二誤也。"《指瑕釋義》云:"注解之文,亦論説之一體。舍人《論説》篇言之甚明,故此篇申論瑕疵,舉謬解之例。紀評詆其'無與文章',乃後世文士辨體未精之見也。"《總術釋義》云:"黄氏《札記》謂:'此篇乃總會《神思》以至《附會》之旨,而丁寧鄭重以言之,非别有所謂總術。'説猶未瑩。紀評更無所見,故謂'此篇文有訛誤,語多難解'。又謂'辨明文章,其言汗漫,未喻其命意之本'。又於次段謂'前後二段不甚相屬,未喻其意'。推原其故,皆在辨'術'字之義未真耳。""紀氏既以文章技藝視此'術'字,又於所謂'總'者,未能致思,故謂'辨明疑似'一段,與上下文不相屬。"《程器釋義》云:"紀評謂舍人'此篇亦有激之談,不爲典要',真所謂俗鑑之迷者也。今細繹其文,可得二義:一者,嘆息於無所憑藉者之易召譏謗;二者,譏諷位高任重者,怠其職責,而以文采邀譽。……蓋道文既離,浮華無實,乃舍人之所深憂,亦《文心》之所由作也。……然則舍人此論,不特有斯文將喪之懼,實懷神州陸沉之憂矣,安可謂之不爲典要哉?學者借古鏡今,於世風俗尚,孰是孰非,當知所取舍矣。"此類辨析,大都結語果斷,是非分明,而言之有理有據,切中肯綮。讀之,不單增長知識,擴大視野,還能學到治學方法,故盡引其例,以便讀者揣摩。

十是通過校勘字句恢復《文心》文本原貌,以得其要義之真。這本是讀古書的基本方法,不過劉先生校勘亦有特點。其校字所據之書,有唐寫殘卷一種,《太平御覽》兩種(商務印書館《四部叢刊》三集影印宋本和清代鮑崇城校刻小字本),明刻本三種(嘉靖庚子汪一元本、天啟壬戌梅子庚本及合刻五家言本),而參校所用明、清學者之書則不勝枚舉。先生長於校勘,自言校定屈賦之字,改字之法就有十一種,且謂:"我最欣賞段玉裁説的'夫校經者將以求其是也。審知經字有訛則改之,此漢人法也。漢人求諸義而當改則改之,不必其有佐證'(《答顧千里書》)。我校讀屈賦,頗有不必佐證而改者,如以'鴟龜曳銜,鯀何聽焉'爲'聖焉',就別無可證,然按之屈子全部作品及屈子整個思想是相合的,却與習於儒家之説者以鯀爲四凶之一,則絶然不同。謂我有'悍氣',我是樂於承受的。"(《屈賦篇章疑信諸問題答席啓駰先生》,《屈賦通箋》附《箋屈餘義》第273、274頁,武漢大學出版社2013年版)實則先生校勘,既有"悍氣",又極"小心",嚴謹務實,惟是是求。這從《文心雕龍釋義》279處校字即可看出。如此校字,自爲準確理解《文心》要義提供了可靠前提。

劉永濟先生治"龍學",所用方法甚多,上舉十條,僅爲讀《文心雕龍釋義》觸目可見者。至於其鈎玄發微、巧心獨運、無行迹可按之路徑更不知凡幾。除撰寫《釋義》外,先生還寫有研究《文心》的論文,還在不少著作中,論及《文心雕龍》,或運用治"龍學"的心得研究相關課題。探討先生研究"龍學"的方法,這些都應該納入考察範圍。單就《釋義》所見,先生研究一個問題,有單用一法者,也有多管齊下者,總的特點是根據需要,靈活運用,而用則遊刃有餘,事半功倍。聯繫先生治學經歷來看,他能卓有成效地運用上述方法研究"龍學",除與其深厚的小學、史學(著有《南史鈎沉》)功底有關外,還與他四方面的經驗積累和不斷優化《文心》研究方法分不開。

四方面的經驗積累分别爲:

一、古代文學理論研究方面經驗的積累。劉永濟先生公開發表的文章,現存寫作時間最早的,是1920年1月發表於《太平洋》的《對於改良文字的意見》。最早出版的專著,是1922年4月由湘鄂印刷公司印行的《文學論》(此前曾編撰《修辭淺説》一書)。前者"先論文,後論字,再後論改良文字應有的六種書",實則討論的是關於文學、語音方面的改革問題。後者則爲文學理論專著。在《文心雕龍釋義》成書之前(《釋義》1935年由國立武漢大學出版部印行,1948年由正中書局出版),先生公開發表研討古代文學理論的論文有:《論文學中相反相成之義》《文鑒篇》《文詣篇》《文學通變論》等。此類專著、專論,研討的問題涉及古代文論諸多領域,寫法亦有特點。像《文學論》,實爲我國現代最早出現的吸收西方文學觀念構建中國古代文學理論體系的著作。全書六章四十五節，論述雖參用西人説法，但立論綱領、要義皆從領會古代文論名著、名篇中來。故行文除博引前人言論以助其説外，還在書末附録《古今論文名著選》（論者以爲其"堪稱一部初具規模的《中國歷代文論選》"）。其他論文作專題研究，如《文學通變論》討論文學之功用，崇古與變新，言志與載道；《論文學中相反相成之義》討論模仿與創造，雕琢與自然；《文鑒篇》討論文學批評中"知音難遇之故"及正確批評之方法，《文詣篇》討論文家創作之三種境界，皆援引古代作家創作經歷和作品爲例以作論。此類著述的出現，對讀者自會帶來有益的影響（如郭紹虞先生就説《文學論》的立論和寫法對他寫《中國文學批評史》有啓發），而它們的完成，當然會使劉先生積累研究古代文學理論的豐富經驗。

二、研究古代文學史經驗的積累。研究古代文論，没有良好的文學史修養是不行的。《釋義》成書前，劉永濟先生著有《説部流別》《唐樂府史綱要》和《文學通史綱要》（即《十四朝文學要略》）。不但對研究對象十分熟悉，而且對小説、唐樂府、十四朝文學的發展、演變特點及其成因了然於心。研究方法和表述方式，則因對象之不同而判然有別。如《文學通史綱要·叙論》所言"恢之以四綱，以統其紀；錯之以經緯，以究其變；建之以三準，以立其極；約之以三訓，以總其要；輔之以二義，以釋其惑"，當爲其治文學史之基本方法。《凡例》所言"凡本文，若史之有本紀""凡證例，若史之有列傳""凡按，若史之有論贊"云云，亦涉及研究方法，但更多的是講通史的表述方式。這些對研治"龍學"或有間接引發作用，直接起作用的，自然是先生因撰寫《文學通史綱要》，而對《文心雕龍》寫作背景（政治、思想、文學）的深入瞭解和十分熟悉。還要指出的是，先生治文學史，許多文學觀念、見解，包括對齊梁以前文學的基本看法，衡文標準、方式，多來自《文心雕龍》。同時，他治文學史諸多知人論世、通古今之變的體會，和對歷史上諸多文學現象的認知，又爲他研究"龍學"展開理論思維和深入、準確理解《文心》要義，以至補劉勰之不足，奠定了厚實基礎。這也是我們拿《通史》《釋義》合讀比論，感到先生許多論斷、表述方式完全一致的原因。

三、古代文學作品鑒賞經驗的積累。劉先生深知文學創作藝術的微妙，亦知其品鑒之難。其《文學論·自序》即云："蓋文藝之妙，規矩而外，有不可言説者存，陸士衡所謂難以辭逮也。"不但寫過《文鑒篇》，討論文學作品正確鑒賞之難的原因，以及正確鑒賞的態度和方法；還寫過《修辭淺説》，總結古代文學創作中修辭手段的功用、用法，以及各家各類作品運用修辭手段之得失；而且在《屈賦通箋》《唐樂府史綱要》《文學通史綱要》等著述中，或箋釋作品以明其義、稱其美，或廣舉衆家名作以言時風，或品評作品以見作者藝術個性。因而他深諳古代文學作品的鑒賞之道，有極爲豐富的作品鑒賞經驗，對古代作品，特别是對《文心雕龍》所涉及的齊梁以前的作品，大都有自己的品鑒心得。所以《釋義》常引作品以驗證舍人之言，且凡言及作品立意和藝術特色時，總給人一種駕輕就熟、輕鬆自如的感覺。

四、詩詞創作經驗的積累。劉永濟先生年輕時就愛好文學創作，除翻譯過俄國短篇小説外，尤其喜愛詩詞寫作，後來專門師從朱祖謀、況周頤研習詞學。自少及老，不廢吟哦，所作甚多，先後結集爲《雲巢詩存》《誦帚庵詞》。其詩詞流播海内，久爲專家所稱。其詞尤負盛名，繆鉞謂之"蕃艷其外，醇至其内"；朱光潛則激賞其風骨美，謂其"諧婉、明快、冷峭，洗盡鉛華，深秀在骨"。創作之餘，先生還寫有融會其創作體會在内的《舊詩話》，在雜誌上連續刊載。又先生治學，勤於著述，《釋義》成書前所作學術論文亦多。正因他積累了豐富的詩文創作經驗，有過甘苦自嘗、"得失寸心知"的體驗，故於劉勰"言爲文之用心"皆能心領神會，而常有深切、獨到的感悟，且能抽思於心，見諸於文。

先生研究"龍學"得心應手，離不開上述四方面的經驗積累。此外，他在研習《文心雕龍》的過程中不斷優化研究方法，也起了很大作用。可以説，劉先生初治古代文學就從研習《文心雕龍》開始，并且很注意研習方法。他1922年6月所撰《學文初步之書目提要》，"批評類"按語即謂"此類必兼習西洋文學批評之書則更有條理"，而列於首位者就是《文心雕龍》，且稱其"爲文學批評之杰作"。1922年4月出版之專著《文學論》，扉頁題詞即爲《文心雕龍·總術》"贊"語："文場筆苑，有術有門。務先大體,鑒必窮源。乘一總萬,舉要治繁。思無定契,理有恒存。"《自序》亦謂其書作法,乃"遠師彥和之意(即'不述先哲之誥,無益後生之慮')",而"妄下己意,以期引申哲誥,黜其曲解"。而書中章節多引《文心》原文以作論。第一章第七節敘說"我國歷來文學之觀念",就引用了《文心雕龍》六篇論文中的語錄。而在《文鑒篇》已將孔門論文"樞要"歸納爲"以三事爲最要。三事維何?曰志也,辭也,文也"。且謂"情感思想,志之屬也。志託於事物而言,爲辭。辭寄於筆墨而見,爲文"。(後於《論文學中相反相成之義》亦云:"文學家之自爲也,必其志有所存,其辭有所寄,而後抒之於文也。志者,其思想情感也。辭者,其志所附麗以見之事物也。文者,此事物由之以表現之字句篇章也。")顯現出先生系統思維的特點。而謂"至於因文而見辭,因辭而得志,以吾之意逆而求之,不及見作者之志不止者,彥和所謂'沿波討源,雖幽必顯。世遠莫見其面,覘文輒見其心'也",表明先生已有將彥和觀念納入孔門論文理論系統的動向。《屈賦通箋·叙論·屈賦讀法第六》舉孔、孟、莊、揚雄有關志、辭、文論述,而云:"及至彥和極論鎔裁,始標三準。'履端於始……則撮辭以舉要。'是知古今鴻筆,上聖玄文,雖曰條理萬千,三事實其準則。"實已將劉勰"三準"說與孔門論文"樞要"並論,找到了它們之間的一致性。又《文學通變論》云:"劉彥和《文心》首篇,論文原於道之義,既以日月山川爲道之文,復以雲霞草木爲自然之文。是其所謂道,亦自然也。此義也,蓋與文之本訓,適相吻合。"實爲先生關於劉勰文學本體論的最初說法。而云:"劉勰著《文心雕龍》,每嘆息痛恨於齊梁文風之遊詭。"則說明先生已聯繫齊梁文風之弊,考察劉勰文風取向的由來,揭示其寫作動機和判斷《文心》的子書性質。其《文學通史敘論》既謂"彥和舍人《文心雕龍》,都五十篇,如精金美玉,稱文苑之鴻寶焉",故論述十四朝文學,持論、依據出自《文心》者極多,當然也有引申其說而另創新說者。總而言之,先生研習"龍學"、應用"文心"理論研究古代文學,經歷了一個漫長的過程。其間對《文心》要義的理解,並非一步到位,而是年復一年地反復琢磨,仔細推敲,終至由點到面、由淺到深、由粗到精,有了對《文心》要義深入、準確的系統把握。拿他校讀清刻元至正本、四部叢刊本上的眉批，和《釋義》中"校字"、"釋義"比對，就會發現：後書中的内容大部分在前二書眉批中有，前二書中眉批的很多内容在後書中没有。突出的例子是四部叢刊本各篇摘録語詞幾乎逢術語必摘，而《釋義》選擇的關鍵詞却爲數不多。而他多年在多種著述中應用"文心"理論研究文學，也表明他曾嘗試用多種方法研究"龍學"，方法有工有拙，效果有好有壞，到系統研究《文心》、撰寫《釋義》時，自然優勝劣汰，下意識地取用行之有效者。事實上這種做法也表現在對其他文學研究法的取用上，如編《徵引文録》以助解《文心》要義，就是沿襲《文學論》後附録《古今論文名著選》的做法。通過詮釋關鍵詞理解《文心》要義，就與通過《屈賦釋辭》解讀屈賦路數大體相同。

（原載《人文論叢》2017 年第 1 輯（總第 27 卷），武漢大學出版社 2017 年版。）

劉永濟《文心雕龍校釋》的學術貢獻

陳允鋒

《文心雕龍校釋》①(以下簡稱《校釋》)是劉永濟先生爲大學諸生講習漢魏六朝文學而寫成的講義稿。最初於1948年由正中書局出版,1962年中華書局重印。《校釋》雖由"校"與"釋"兩部分組成,但在文字校勘方面甚爲簡略,亦非著者重點所在,釋義方面則頗有特色,不少簡明扼要的見解能發明劉勰論文大旨,成爲中國現代"龍學"史上繼黃侃《文心雕龍札記》之後又一部影響廣泛的理論研究力作。據著者爲中華書局1962年版所作《前言》可知:《校釋》原先的編排順序是先《序志》,次以"文之樞紐"五篇,再繼之下編(論文理)、最後殿以上編(論文體),其意在於使"學者先明其理論,然後以其理論與上編所舉各體文印證,則全部了然矣"。此種篇目上的變動重組,固然出於授業之便利,但作者研究《文心雕龍》之傾力處亦灼然可知,那就是着重闡明劉勰文論的精要。這從著者的研究方法上也可以明顯見出:對於"文之樞紐"及《神思》以下二十五篇,首段釋義總是概括一篇要旨,分析其中段落大義,而於文體論部分則直接"悉別條具""隨文訓釋"。……就《校釋》的重要成就及其對《文心雕龍》研究史發展的學術貢獻而言,主要表現在以下三方面。

首先是對《文心雕龍》論文之根本的理解與把握。《原道篇》釋義曰:"舍人論文,首重自然。"這是對劉勰文論之根本的界定。但在"自然"之道的理解上,著者有自己的看法,故曰:"(自然)二字含義,貴能剖

---

① 劉永濟《文心雕龍校釋·前言》,中華書局上海編輯所1962年版,第4頁。本文所引《校釋》文字均從該版本,下不出注。

析,與近人所謂'自然主義',未可混同。此所謂自然者,即道之異名。道無不被,大而天地山川,小而禽魚草木,精而人紀物序,粗而花落鳥啼,各有節文,不相凌雜,皆自然之文也。"這是廣義的自然之道的內涵。就其狹義而言,則指作家的作品,"文家或寫人情,或模物態,或析義理,或記古今,凡具倫次,或加藻飾,閱之動情,誦之益智,亦皆自然之文也。文學封域,此爲最大。故舍人上篇舉一切文體而並論之"。這就把《文心雕龍》的"自然"宗旨與近代以來西方傳入的"自然主義"文學觀念作了區別,並揭示出"自然"之義與劉勰文體論的内在關係。本着"自然者即道之異名"的觀點去分析《徵聖》《宗經》篇,著者所得出的結論也顯得別具識力。《徵聖》篇釋義云:"聖人之心,合乎自然,聖心之文,明夫大道。……然而聖心之道雖不可見,而聖人之文尚可得聞。《徵聖》者,由文以見道可也,故次於《原道》。"這段論述,實際上把"自然之道"具體化了,以"聖心精微,故其文曲當神理"釋"自然"之内涵,"自然之道"也就成爲統領爲文之術的根本原則。因此《徵聖》篇釋義又説:"文之爲術,廣有多途,約而數隱、顯、繁、簡四者而已。四者各有至當,一皆準之自然。……然苟非聖心深體自然之道,安能立言有則若此?"《宗經》篇"釋義"深入一層,從經文堪"爲典則"的層面説明後世尊經之"真因",此"典則"即爲文自然之道的體現,亦是劉勰尊經徵聖的最根本動因。《校釋》所揭示的劉勰首重自然的文論根本,在創作論領域的主要表現就是強調師心重情。《情采》篇論"立文之本源"時就提出"情者文之經"和"理定而後辭暢",這是劉勰文論根本的又一層面的内涵。《校釋》著者對這一點非常重視。《哀悼》篇釋義:"舍人論文,以情性爲本柢,以理道爲準則。全書斥浮詭,黜繁縟,不一其詞。"《神思》篇釋義:"舍人論文,輒先論心。"劉勰所説的"爲文之用心",包括神思、鎔裁、附會等諸多方面,而其根本所在則是心有所感,情有所動,爲文之種種技巧均應以此心此情爲基礎,否則即爲文而造情。因此,劉永濟認爲"文以心爲主,無文心即無文學",可謂深契劉勰爲文本旨。《文心雕龍·聲律篇》是技巧因素很濃的一篇文術專論,但劉勰首先就指出"聲含宫商,肇自血氣",説明了情氣與宫商音律的表裏關係。《校釋》該篇"釋義"對此深有領悟，故曰"文貴有聲，聲貴調協"，"但用之者首重切情，必使誦者無詰屈聱牙之病，聞者有聲人心通之妙，斯爲至善耳"。又曰："蓋文藝之美，既貴整齊，又須錯綜，而其本柢仍在情思。準情思以爲文，則疾徐高下，錯綜整齊，自然有序。"

其次是對劉勰《文心雕龍》中一些具體的文學原理的研究。這方面的內容較爲豐富，其中關於《總術》篇義理的深刻剖析、關於創作過程中"虛靜"之心的論述、關於"隱秀"之義的多角度闡述以及關於"心物交融"問題，均有許多前人未曾道及的卓見，特別是對《物色》篇"心境交融道理"的揭示，充分說明了《文心雕龍》雖然並未明確地提出"意境"這一美學範疇，但許多論述實際上已經涉及"意境"的創造問題，對後代意境理論的形成發展具有極爲重要的啓迪作用。

第三是關於《文心雕龍》的現實針對性問題。這一點，劉知幾《史通》已經指出，黃侃《文心雕龍札記》、范文瀾《文心雕龍注》也曾論及。但由於立論的層面不同，各家的觀點也未必合轍。劉勰《文心雕龍》的現實針對性，大致可分三層：第一層是如劉知幾所說的文評準的無依，第二層是如黃、范二家所說的文壇諸多流弊，第三層則是就社會政治習俗而言。劉永濟《校釋》對於第二層、第三層所論尤多，第一層也有論及，即批評論。

《校釋·前言》曾論及《文心雕龍》的性質，目之"爲我國文學批評論文最早、最完備、最有系統之作"。但對目錄學家列之於"詩文評類"的做法似有微詞。他認爲《文心雕龍》也與諸子一樣，"有其對於時政、世風之批評"，"亦有匡救時弊之意"，具體地說就是"實懷亡國之懼，故其論文必注重作者品格之高下與政治之得失"。此言雖寫於1959年10月，實代表着40年代著者撰《校釋》時的思想觀點。因而書中以對劉勰論文的社會現實針對性頗加重視。《議對》篇釋義認爲："晉宋以後，文體漸尚藻麗，於是有不切事情而騁華辭者，故彥和以貴腴、還珠譬況之，猶今世所謂脫離實際之文也。彥和之時，文浮末勝，尤無足觀，故其此篇，雖揚榷前代作者，實針砭當世文風，最爲切要。顧亭林謂'文須有益於天下'，彥和有焉。讀此書者，未可純以齊梁文士目之也。"《正緯》篇釋義也指出："舍人之作此篇，以箴時也。"以爲讖緯之説在宋齊之世未絶，"足以長浮詭之習，揚愛奇之風"，劉勰此論"列四僞以匡謬，述四賢而正俗"。這種解釋雖然忽略了劉勰論緯書"有益文章"的一面，但指出其社會現實針對性，説明了《正緯》之所以作的社會風尚之根源，並非牽强附會。又如《程器》篇，一般論者大都注意其所論及的文人品行問題，但劉永濟在釋義中指出："舍人此篇，尚有一義，讀其書者，或未留意。"那就是《程器》篇有"豈以好文而不練武"、"豈以習武而不曉文"二語，著者認爲："此以文事武備並重，初觀之甚異，實亦深中時弊之論也。"此所謂"時弊"不是指文弊，而是指貴族子弟及齊梁士大夫頹靡柔弱之弊。這一點對我們瞭解《文心雕龍》產生的更深層的社會原因是很有啓發的。"釋義"又曰："然則舍人此論，不特有斯文將喪之懼，實懷神州陸沉之憂矣，安可謂之不爲典要哉？學者借古鏡今，於世風俗尚，孰是孰非，當知所取舍矣。"由此可見，廣義社會政治學的研究思路，對《文心雕龍》研究是很有幫助的。强調《文心雕龍》針砭時弊的理論旨趣，有助於説明劉勰注重文學社會功用的思想。但僅注意到這一點顯然又是偏頗的。《養氣》篇釋義則不如此。該篇釋義除了闡述劉勰"求令虚静之旨"外，又指出："然細繹篇中示戒之語，如曰'鑽礪過分'，曰'争光鬻采'……蓋古人爲文，或以明世要，或以抒幽情，皆發憤而作，如不得已。亭林顧氏謂'文須有益於世'也。"此處之針時，則是指文士爲沽名釣譽而思苦求工，爲文而造情。著者予以發揮，但本旨仍在求虚静，不過是從棄功名利禄之心和發憤而作的角度予以論述。總而言之，《校釋》能够從《文心雕龍》的立意上把握劉勰文論與社會現實的關係，并且從多方面闡述了劉勰論文的針時之旨趣，給後來者以不少有益的啓示。除此之外，《校釋》一書在批評論、文體論研究方面也有貢獻，如《知音》篇釋義對批評論的闡述，文體論部分對各文體源流特點的評析，均能補前人之不足，簡明而精當。

《校釋》的優勝處在於析理簡明精要，善於提綱挈領，但有時也因此而失於偏頗。比如《風骨》篇"釋義"把紛紜滿目的衆多詞語概念納入

"三準"説，以爲"風"、"氣"、"意"、"義"、"力"諸名"屬'三準'之情，而大要不出情、思二者"；"骸"、"體"、"骨"、"言"、"辭"諸名"屬'三準'之'事'，而大事不出事、義二者"。這樣的歸類，科條分明，但對其間的諸種關係缺乏更細緻的分析，確有簡單化的弊病。

（原載《晉陽學刊》2001年第3期。）

劉永濟與珞珈龍學

李建中　李　鋒

2010年7月《劉永濟集》由中華書局出版①，作爲先生學術生涯的代表著作之一，《文心雕龍校釋附徵引文録》自然也入選其中。由此上溯到1933年，劉永濟先生首次在武漢大學開設《文心雕龍》的課程，時間已經過去了77年。在這77年中，武漢大學的"龍學"取得了豐碩的成果，與京派龍學重在章句注釋、巴蜀龍學專於校勘考訂、海派龍學傾心具體理論之解讀、齊魯龍學着力學術史之研究不同②，珞珈龍學的特色在於強調對劉勰思想的宏觀把握，將其與《文心雕龍》的理論闡釋相結合，突出研究的現實品格和整體性特徵，並十分注重學術與教學的結合。在這種研究思想的指引下，衆多學者在珞珈山下"按轡文場、試手雕龍"，武漢大學亦成爲20世紀以來龍學的重鎮之一③，而當我們"振葉尋根，觀瀾索源"之時，可以看到正是劉永濟先生在武漢大學的龍學

---

① 2007年中華書局出版過平裝本《劉永濟集》，但由於錯訛之處較多，又於2010年重新出版了精裝本。

② "京派龍學"以黄侃《文心雕龍札記》和范文瀾《文心雕龍注》爲代表，重在章句、注釋；"海派龍學"以王元化《文心雕龍創作論》影響最大，其書側重於具體文論的解讀，並擅長結合西方文論闡釋《文心雕龍》；"巴蜀龍學"的標誌是楊明照的《文心雕龍校注》，其書以"一字一句事關宏旨"之精神，在龍學的校勘考訂方面作出了突出的貢獻；"齊魯龍學"的特色在龍學學術史的研究，代表是牟世金的《文心雕龍研究》。需要說明的是，這種劃分是就其最富特色和代表性的研究傾向而言，並不是嚴格以此爲界。其實，各個地域的龍學研究是互相聯繫並彼此影響的。

③ 關於近代龍學的確立，學界普遍認爲是以黄侃在北京大學講授《文心雕龍》及其《文心雕龍札記》的發表爲標誌，但亦有學者持不同意見，如户田浩曉《文心雕龍研究》認爲近代龍學開始於1909年李詳的《文心雕龍黄注補正》，張文勛《文心雕龍研究史》則認爲龍學的真正確立是1949年以後的事。

傳播，才真正奠定了珞珈龍學的"學統"，而且他在理論和教學兩方面的巨大貢獻對珞珈龍學發展產生了深遠影響。

劉永濟在武漢大學的龍學傳播主要是通過開設課程和學術研究兩種方式進行，其傳播過程又可以分成兩個時期，前一時期是從 1933 年至 1949 年，劉永濟先生通過編寫和傳播《文心雕龍校釋》等研究成果，開始養成珞珈龍學重宏觀研究的學術傳統；後一時期從 1949 年至 1962 年，劉永濟先生通過給中、青年教師開小課的方式，培養了大批龍學後進，爲珞珈龍學的發展打下了堅實基礎。

一　講學珞珈，初興龍脈

1933 年至 1949 年，這 16 年間，劉永濟先生在珞珈講壇的龍學傳播，主要是通過爲文學院中文系三四年級學生開授"漢魏六朝文"①。1933 年，在《國立武漢大學一覽》文學院課程內容介紹中，先生寫道："《漢魏六朝文》(每周 3 小時，一年授完)，本課講述漢魏六朝文體之流變，詮品當時作家之異同。論理以《文心雕龍》爲主，而參以他家之評隲；選文以彦和所標舉者爲本，而補以文心所未及，俾諸生得欣賞藝術，而抉擇其高下。其有待研求者，則隨時指示，以爲自學之助。"②可見，先生對漢魏六朝文的講授，以《文心雕龍》爲其品評和取舍的主要參照係，大凡劉勰標舉之作品，則得以進入他的講授範圍，該門課程的設立，使得《文心雕龍》成爲漢魏六朝文學講述的中心，珞珈山的龍學之脈亦就此發端。③ 同年，該門課程的講義《文心雕龍徵引文錄》(以下簡稱《文錄》)由國立武漢大學出版部印行，《文錄》分爲"徵引文錄"和"參考文錄"兩大部分。在《文錄》的"凡例"中，先生將《文心雕龍》選列

---

① 這一時期，劉永濟先生爲中文系三四年級輪流開設"楚辭"和"漢魏六朝文"課程，所以"漢魏六朝文"的開設時間實際只有 8 年。

② 劉永濟：《劉永濟集·誦帚詞集·雲巢詩存》附《年譜·傳略》，中華書局 2010 年版，第 321 頁。

③ 據《劉永濟年譜》，國立武漢大學文學院的"漢魏六朝文"課程設立於 1932 年，但苦無教師，未能開課，直到劉永濟先生到校。故先生爲開設此課第一人。

作品的情況，分爲六類："一曰辨章正變，二曰衡論名篇，三曰附論雜體，四曰舉人而不選文，五曰論體而未定篇，六曰虛述而不指實。"又根據存世情況將作品分爲存、殘、佚、闕、疑、僞、誤七種①，這是"龍學"史上，較早系統地對《文心雕龍》徵引作品進行分類和考訂，而且所録的作品，也遠較范文瀾《文心雕龍注》爲詳備。《文録》不僅使"漢魏六朝文"課程的講授有了一個核心標準，而且爲後世龍學的研究者打開了一個新的領域——《文心雕龍》選録作品研究。② 惜乎，《文録》自此次印行之後，再未正式出版，直到 2010 年《劉永濟集》的出版，才終於填補了這一空白。這也導致相當長一段時間裏，學界忽略了對《文心雕龍》的作品研究。1983 年詹鍈發表《〈文心雕龍〉對作家作品風格的評論》一文③，才使劉永濟先生的研究思路有了接續之人，一些學者也開始注意到這個問題，如王運熙曾著文提出對劉勰徵引的作品要有全面的瞭解④，胡大雷在《〈文心雕龍〉的批評學》（廣西大學出版社 2004 年版）中也專闢《劉勰的作品批評》一章，從"文之樞紐"、"文體論"、"創作論"、"雜論"四個部分對劉勰的作品批評進行研究。

如果説《文録》只能算龍學的外圍研究成果，那麽 1948 年印行的《文心雕龍校釋》（以下簡稱《校釋》）則是名副其實的龍學研究專著。該部在龍學史上佔有重要地位的著作，分爲"校"和"釋"兩部分。"校"的部分，是根據唐寫殘卷、宋《太平御覽》所引各篇以及明清諸種刻本，校勘文字、辨明真訛；"釋"的部分，則是"務在隨文訓釋，發明彥和論文之大旨"。⑤（《文心雕龍校釋前言》）"校"的部分，因爲内容相對簡

---

① 劉永濟：《劉永濟集·文心雕龍校釋附徵引文録》，中華書局 2010 年版，第 213~214 頁。
② 劉師培的《中古文學史講義》論漢魏六朝文學，也大量徵引《文心雕龍》的材料，但並未對《文心雕龍》的選録作品進行專門研究。
③ 詹鍈：《〈文心雕龍〉對作家作品風格的評論》，《〈文心雕龍〉學刊》（第 1 輯），齊魯書社 1983 年版，第 306~307 頁。
④ 王運熙：《研究〈文心雕龍〉應全面瞭解其作家作品評價》，中國文心雕龍學會編：《論劉勰及其〈文心雕龍〉》，學苑出版社 2000 年版。
⑤ 《文心雕龍校釋》"前言"部分，雖寫於 1959 年，但其主要内容實是 20 世紀 40 年代劉永濟先生的思想。

略,並非主旨所在,而"釋"的部分,對於劉勰的文學思想則多有發明,許多論點非常具有啟發性。如《原道篇》的釋義,"所謂自然者,即道之異名。道無不被……各有節文,不相凌雜,皆自然之文也。文家或寫人情,或模物態……亦皆自然之文也。文學封域,此爲最大。故舍人上篇舉一切文體而並論之。此亦其識度通圓,無畸輕畸重之失,與後世駢文家輕古文、散文家詆駢體者異矣。"通過對道的自然性和普遍性的體認,來説明作爲自然(道)之一部的文,理應如同自然之涵育萬物一樣包容所有文體,而劉勰正是由此見識,所以才没有後世文論家或輕蔑古體、或詆毀時文的毛病。劉永濟先生對於《原道》一篇的解讀,可以説抓住了劉勰"文道"之精義,《原道》從開篇就在建構關於"文"的宏大叙事,所謂"與天地並生""爲五行之秀,實天地之心","旁及萬品,動植皆文"等等,無不是在説明天地之"文"的普遍性,並由此來類推出文章之"文"的普遍性,這也是劉勰在"論文叙筆"之時能够"唯務折衷"的基礎。另外,本書對劉勰創作動機的申發亦頗有新意,所謂"彦和之作此書,既以子書自許,凡子書皆有其對於時政、世風之批評,皆可見作者本人之學術思想,故彦和此書亦有匡救時弊之意"(《文心雕龍校釋前言》)。從劉勰的文學思想中挖掘出政治與社會意義。這種理論也貫穿了《校釋》的始終,如《正緯篇》釋義中指出,讖緯之説的風行,"足以長浮詭之習,揚愛奇之風"。所以劉勰作此篇之目的,在於"針時"。《程器篇》釋義亦着重强調"文武之術,左右惟宜却縠敦《書》,故舉爲元帥,豈以好文而不練武?孫武兵經,辭如珠玉,豈以習武而不曉文也?"一句,認爲是針對當時士大夫文弱之弊而發。"舍人此論,不特有斯文將喪之懼,實懷神州陸沉之憂矣,安可謂之不爲典要哉?"由此可見,劉永濟先生的《校釋》,不滿足於就論文而論文,而要從劉勰的文學觀中讀出政治、社會乃至哲學的内涵,强調從整體上把握劉勰的思想,以此來"發明彦和論文大旨"。正是由於理論上的獨樹一幟,該書自 1948 年由正中書局正式出版後,又在大陸和臺灣多次再版。① 需要指出的是,

---

① 《文心雕龍校釋》1957 年又在臺灣印行一版,列爲《中華文史叢書》之一。1968 年 5 月,在臺灣印至第 4 版。1962 年又由上海中華書局修訂再版。

《文心雕龍校釋》也是在"漢魏六朝文"課程講義的基礎上形成的,"校釋之作,原爲大學諸生講習漢、魏、六朝文學而設"。所以原來的《校釋》是將《序志》放在篇首,次之以"文之樞紐"五篇,再次爲下編(即從《神思》到《程器》24篇),再次爲上編(即《明詩》到《書記》20篇)。這樣編排是要讓"學者先明其理論,然後以其理論與上編所舉各體文印證,則全部瞭然矣"。可見,《校釋》著述的初衷,非純爲理論研究,而是從教學出發,以龍學的傳播爲主要目的。所以才造就了該書極富層次性和條理性的特點,每章的釋義,多先分段分節講述其主要内容①,然後再據此深入討論其思想。這種著述模式,使得《校釋》比之於其他理論著作,更易爲人接受和理解,有助於擴大龍學的影響,這種將教學與學術結合的做法,也就此成爲珞珈龍學的特徵之一。

專著之外,劉永濟先生還曾就《文心雕龍》的個別篇章或具體問題單獨具文討論,寫有《文心雕龍時序篇述義》(《國立武漢大學文哲季刊》1936年第5卷第4號)、《文心雕龍論説篇述義》(《國立武漢大學文哲季刊》1936年第6卷第1號)、《文學通變論》(《文哲季刊》1937年第6卷第2號)、《文心雕龍校字記》(《學筌期刊》1937年第1卷第1期)、《文心雕龍明詩篇釋義》(《新中華》1944年第2卷第1期),其中涉及《文心雕龍》具體篇章的論文,係由《校釋》中直接摘出,其立論固然以整體性見長。《文學通變論》雖然討論的是當時的文學承變問題,但是先生強調文學的"通"與"變"不可偏廢,並從文學與社會的關係方面,提出文學"其爲利益,豈僅文運得以昌明,其力之所及,固足以正人心,厚風俗,起衰敝,挽汪瀾,所謂轉移時運之業在是矣"。其折衷之論與劉勰的文學觀有相通之處,其立論之宏觀亦與其龍學研究血脈相連。

此一時期,劉永濟先生的龍學傳播,還體現在指導學生畢業論文上,計有徐作驥的《劉勰論文與漢魏六朝諸評家之比較》,高吉人的《六

---

① 分段分節講述的模式在下編部分體現的尤爲明顯,在上編部分,則多以文體的歷史梳理爲主。

朝文論述要》、袁瓊玉的《文心雕龍通變篇發微》3篇，雖然數量不是很多，但是却在學生當中播下了龍學研究的星星之火。值得一提的是這三人中，袁瓊玉還成爲國立武漢大學文科研究所首屆招收的七名研究生之一。

二 提携後進，扶植龍學

劉永濟先生在1949年至1962年的龍學傳播，主要是通過給中青年教師講授《文心雕龍》。

在爲中青年教師開設小課的過程中，劉永濟先生寫成了《論劉勰的本體論及文學觀》一文，先生在談到該文的緣起時説"本爲古典文學教研室青年教師講小課而作"。其主要内容是對《文心雕龍》全書中重要問題提出綜合説明，如道與文、創作方法、内容與形式、作者與作品、聲律論、批評方法、藝術技巧等。文中對劉勰的思想分析頗能反映此一時期，劉永濟先生的複雜心態。他在文中寫道："劉勰的本體論可歸入唯心論的範圍而他的文學觀却又有唯物論的傾向。"可見先生當時亦受到唯物、唯心之争的影響，並試圖用這種理論來闡釋《文心雕龍》，但同時他又明顯感覺到了這種理論與中國傳統文論難以契合，"近世唯心、唯物的區畫，乃從西方哲學流派中分析而出，他們所争的主要是意識與物質誰爲第一性，誰爲第二性的問題。……但東方哲人如孔、孟、老、莊諸家，於心物二者，非所論辯……以此之故，用西方之説衡量我國學人，不能如符契之相合。"其表述的矛盾正反映了他内心中新進與傳統思想的尖鋭對立。與其説劉永濟先生是要用新理論來闡釋龍學，毋寧説他是想借這個理論的外衣來保護龍學和劉勰。對於有人用階級立場分析劉勰，他提出"從階級鬥争看文學發展的道理，在今日看來是極其正確的，但以之責望於千多年前的古人，則不免過分些"。雖然其語氣中仍然透露着謹慎與小心，但在當時的環境下，其持論之公允、識見之超越，實屬不易。對於有人將劉勰的思想與黑格爾的"絶對觀念"、"絶對精神"相比擬的説法，劉永濟先生指出："不同時代，不同地域的學説，不能無同異。……不同地域的學者，其主張固有偶合，但不合的或更主要些。"①對這種"爲比較而比較"研究方法的批駁，今天聽起來，仍然有警示和啟迪意義。在特殊的歷史時期和學術環境中，劉永濟先生用《論劉勰的本體論及文學觀》一文對干擾龍學正常發展的學風進行了批駁，雖然這種聲音在當時顯得過於弱小，却也彰明了先生堅持龍學獨立自由發展的態度。

除了對劉勰文學理論的整體觀照外，劉永濟先生還針對《文心雕龍》中的具體問題進行了討論。發表於1957年第6期《文學研究》的《釋劉勰的"三準"論》就是一例。"三準"論是龍學的熱門話題，衆説紛紜。有人認爲是指構思的三個步驟，如范文瀾説："此謂經營之始，心中須先歷三層程序……始中終非指一篇之首中尾而言。"②有人認爲是指創作中的三個階段，如王元化《文心雕龍創作論》："從'情志'轉化爲'事類'，再由'事類'發揮爲'文辭'，這就是劉勰所標明的文學創作過程中的三個步驟。"③也有人認爲是指從構思到創作的三個問題，如黄侃説"三準"是"設言命意謀篇之事"。④ 周振甫也説："這三準，一指練意，三指練辭，二是介於練意練辭之間。"⑤劉永濟先生的觀點近於第一類。"'三準'，乃是指從作者内心形成作品的全部過程中所必然有的三個步驟。"但他强調"三準"之中，應以"情"爲根本，"事"、"辭"從屬於"情"，并且認爲以情爲本，是劉勰針對齊梁時期文學"繁采寡情"現象有感而發。這不僅明確了"三準"之間的關係，也更符合劉勰的論文精神。同時，先生還指出"三準"論是劉勰創作理論的中心，並將其與《宗經篇》、《情采篇》、《風骨篇》進行横向比較，指出其中的理論都可用"三準"論進行概括。⑥ 這典型體現了先生的治學特色，即注重對理論

---

① 劉永濟：《論劉勰的本體論及文學觀》，《劉永濟集·文心雕龍校釋·附徵引文録》，中華書局2010年版，第185、187、188頁。
② 范文瀾：《文心雕龍注》(下)，人民文學出版社1958年版，第546頁。
③ 王元化：《文心雕龍創作論》，上海古籍出版社1984年版，第244頁。
④ 黄侃：《文心雕龍札記》，中華書局2006年版，第139頁。
⑤ 周振甫：《文心雕龍注釋》，人民文學出版社1981年版，第362頁。
⑥ 1995年，楊明照主編《文心雕龍學綜覽》(上海書店)一書中，將先生的《釋劉勰的"三準"論》與《文心雕龍論説篇釋義》、《文學通變論》、《文心雕龍時序篇述義》4篇論文稱爲龍學領域的開山之作。

的宏觀把握，而不是陷入到篇章句讀之中，劉永濟先生將每一個章節的內容，都理解成是劉勰整體文學思想和精神的組成部分。1962 年 12 月 30 日發表於《光明日報·文學遺產專欄》的《論"風骨"答某君》，則是對龍學的另一個熱點問題"風骨"的探討，亦體現了劉永濟先生從整體立論的特色。

三　奠定學統，垂範後世

通過對劉永濟先生龍學傳播歷史的簡單梳理，可以看出先生對於珞珈龍學學統和學術地位的奠定，以及他對後世珞珈龍學乃至世界龍學的影響，主要分爲理論和教學兩個方面。

理論上的貢獻，主要表現在他的學術研究上。先生的學術成果，尤其是《文心雕龍校釋》，在學術界產生了廣泛而深遠的影響。詹鍈評價《校釋》在"釋文方面每有卓見"，使得他在自己的著作中也"時有引錄"。① 亦有學者指出"(校釋)主要價值在釋義方面，作者已不滿足對本文的字句校勘和典故引證，而是在黃侃《札記》的基礎上，沿著釋義的路子向前拓進，力求闡明劉勰論文之大旨，發揮本文幽深之意蘊，使《文心》義理闡釋向前邁進了一大步"。② 可見，學者對於劉永濟先生對於《文心雕龍》的釋義非常推崇，先生自己也曾說"季剛的《札記》，《章句篇》寫得最詳；我的《校釋》，《論說篇》寫得最詳。"③劉永濟先生治學擅於從整體上把握理論之體系，並長於論說分析，這種研究思想和方法深刻影響到了後世龍學的學者，從而使龍學的研究在章句和譯釋之外，又分出理論闡釋一支，產生了《文心雕龍創作論》、《文心雕龍研究》、《文心雕龍風格學》、《文心雕龍新探》等一批代表性著作。牟世金在回顧 20 世紀《文心雕龍》學術史時，提出"1955 年至 1964 年的十年間，出現了《文心雕龍》研究的全新面貌。楊明照的《文心雕龍校注》和劉永濟

---

① 詹鍈：《文心雕龍義證·序例》，上海古籍出版社 1989 年版。
② 李平：《〈文心雕龍〉研究史論》。黃山書社 2009 年版，第 4 頁。
③ 程千帆：《劉永濟傳略》，《晉陽學刊》1982 年第 5 期。

的《文心雕龍校釋》是這十年内《文心雕龍》研究的重要收穫。兩書都是他們多年研究的碩果，在國内外都有深遠的影響"。① 張少康等人所著《文心雕龍研究史》從三個方面：對劉勰論文之根本的理解與把握、對具體的文學原理的研究、關於《文心雕龍》現實針對性問題的研究，總結了劉永濟先生的龍學成就，提出先生的《校釋》是"繼黄侃《文心雕龍札記》之後又一部影響廣泛的'龍學'理論研究的力作"。② 劉永濟先生的龍學不僅對大陸學界影響深刻，其"美名"還遠播臺灣。臺灣著名龍學學者王更生認爲劉永濟先生對於推動龍學成爲"顯學"，"盡了催生的力量"。③ 牟世金在對臺灣龍學的研究中發現："臺灣出版的多種《文心雕龍》論著，都列范文瀾、楊明照、王利器、劉永濟等人的著作爲'重要參考書'。"④有些臺灣學者的研究直接就取材於劉永濟先生的研究成果，如"臺灣學者論風骨，是在黄侃與劉永濟二家論述上展開的，有遵從黄《札》，有兼採二家，也有析論二家説法而另樹己見的……臺灣多校、注兼行，且是在黄注紀評《文心雕龍輯注》、黄侃《文心雕龍札記》……劉永濟《文心雕龍校釋》等基礎上展開的"。⑤

《校釋》是先生在珞珈進行龍學傳播中收穫的碩果，它的誕生不僅爲武大學子開啓了通向龍學的大門，還因其在學術界廣泛而深遠的影響，體現了珞珈龍學的理論水準，奠定了珞珈龍學在龍學界的地位和影響，也爲後世的珞珈學者樹立了一個標杆。

劉永濟先生在教學上的貢獻，主要體現在學風培養和人才培養上。

---

① 牟世金：《文心雕龍研究》，人民文學出版社1995年版，第11頁。牟世金爲1988年文心雕龍國際研討會論文集所作的序言《"龍學"七十年概觀》中亦稱劉永濟先生的《校釋》與王利器的《文心雕龍新書》、楊明照的《文心雕龍校注》對"龍學的新發展，都發揮了極爲重要的作用"（饒芃子主編：《文心雕龍研究薈萃》，上海書店1992年版）。
② 張少康等：《文心雕龍研究史》，北京大學出版社2001年版，第166~173頁。
③ 王更生：《文心雕龍導讀》，臺北華正書局1977年版，第97~98頁。
④ 牟世金：《文心雕龍研究》，人民文學出版社1995年版，第538頁。
⑤ 劉渼：《臺灣近五十年來"〈文心雕龍〉學"研究》，萬卷樓圖書有限公司2001年版，第158頁。

就學風培養而言，早在1946年，先生就在國立武漢大學總理紀念周上爲師生演講《今日治學易犯之過失》①，將治學易犯過失的原因歸爲五種：一是"不自力學而喜出名"；二是"厭平正之道而競新奇"；三是"當國體改革之際，革命之風甚盛，影響及於學術，遂不暇辨其是非，務推翻向來一切爲快"；四是"西學東來，淺嘗之徒，習其皮毛，自料不足見好於世，乃轉向故紙堆中討生活，以欺世盜名"；五是"以一己所遇之環境推論，以一偏之思想及所好之學術測度古人之思想學術"。對治學中浮躁、膚淺、急功近利的現象進行了痛斥，先生自己治學也正是以嚴謹、平實著稱。"他的著作，沒有一部不是精心草創，然後又反復加以修改的。蠅頭細字，在稿本的天地頭上都批得滿滿的，加以謄清，然後再改，爲的就是求真。"②這種謹嚴的學風以及先生的博學、勤奮深深影響着武大學人，使珞珈龍學的發展一直處於良好的學術風氣之中。就人才培養而言，33年執教於珞珈講壇，先生培養出了一批優秀的學者，很多都成爲龍學領域的知名專家，如劉綬松、胡國瑞、李健章、周大璞、李格非等，他們接過前修之衣鉢，宣講文心於後進，其間雖屢受政治風波之影響，但因爲他們的存在，使得珞珈"龍脈"在60年代至70年代得以延續。80年代開始，曾一度蟄伏的文心之"龍"又在珞珈山上重新起舞，很多學者加入到龍學的行列，如劉禹昌、吳林伯、王文生、蔡守湘、羅立乾等，其中吳林伯教授的《〈文心雕龍〉字義疏證》和《〈文心雕龍〉義疏》（分別於1994年、2002年由武漢大學出版社出版），以及羅立乾教授的《新譯文心雕龍》（1994年由臺灣三民書局出版）堪稱其中的代表。《〈文心雕龍〉義疏》歷時42年方才寫定，該書將訓詁、辭章、義理熔於一爐，展開對《文心雕龍》的研究，頗多創獲，從其治學的思想與廣博的學識中可看到劉永濟先生的影子。《新譯文心雕龍》則分段闡明主旨、進行注譯，意在讓更多年輕學子瞭解龍學，這與劉永濟先生

---

① 該演講稿於1946年2月20日發表在樂山《國立武漢大學周刊》第357期。又收入徐正榜主編《名人名師武漢大學演講錄》一書，由武漢大學出版社2003年出版。

② 程千帆：《劉永濟傳略》，《晉陽學刊》1982年第5期。

重視龍學傳播的精神是一致的。進入到 21 世紀，筆者(李建中)帶領的學術團隊既祖述前人，又獨發新見，使珞珈龍學開創出新的局面。拙著《文心雕龍講演錄》(2008 年由廣西師範大學出版社出版)是珞珈龍學研究的最新成果。該書從思想資源、思維方式、話語方式、文體理論等八個方面，對《文心雕龍》進行了全面的梳理和闡釋，其與劉永濟先生的《校釋》在學術風格上有諸多共同之處，如都側重於從整體上進行理論闡發，都具有很強的現實品格①，而且二者都是由《文心雕龍》課程的講義轉化而來，體現了教學與科研的結合。《文心雕龍講演錄》全面繼承并發揚了劉永濟先生所開創的珞珈龍學的優良學統，21 世紀的珞珈龍學在用這部著作，向劉永濟先生致敬。

  2011 年是劉永濟先生誕辰 123 周年，近代龍學也快步入第 100 個年頭。此時，回顧先生與珞珈龍學的歷史，使我們感念先生卓越貢獻的同時，也多了一份沉甸甸的責任感。

（原載《中國文化研究》2011 年冬之卷，第 1~7 頁。）

---

  ① 劉永濟先生在《校釋》中一再強調劉勰論文意在批判時政、世風，是將劉勰的思想與其所處的歷史之現實相聯繫；李建中教授的《文心雕龍講演錄》則直接提出《文心雕龍》的詩性特徵對 21 世紀中國文論重建的意義，是將劉勰的思想與當下之現實相聯繫。

從《文心雕龍校釋》看劉永濟先生的學術風範

何念龍

劉先生的學術風範，首先集中體現在對《文心雕龍》的評價上。在前言中，先生將該書的優點歸納爲四點，他認爲：《文心雕龍》一是總結了自齊梁以前各代文學而求得其規律，復以其規律衡鑒各體文學而于以較正確之評價；二是該書有匡求時弊之意，論文必注重作者品格之高下與政治之得失；三是其書思緒周密，條理井然，無畸重畸輕之失，且能以瑰麗之詞，發抒深湛之理，故此書可稱是彥和之文學作品；四是該書在論文時所表現的側重內容而詆斥徒具形式之作的觀點。應當說，劉先生的這四方面的概括，相當全面而準確地指出了《文心雕龍》的特色，尤其是二四這兩方面的論述，可以説深得彥和作書之用心。值得注意的是，20世紀50年代末的中國古典文學的批評幾乎是將反映現實和是否具有人民性作爲惟一準則，而對所謂"形式主義文學"的批判更是不遺餘力。而劉先生對劉勰"匡救時弊"和"論文必注重作者品格之高下與政治之得失"的評論，完全是從對漢魏以來文學發展的實際進行考察．同時又對劉勰的文學思想進行了實事求是的分析而得出的結論，沒有絲毫趨時跟風的傾向。更爲難能可貴的是，在當時批判所謂"形式主義文學"的大潮中，劉先生却充分肯定了《文心雕龍》"仍用駢體，而能運用自如，條達通明，能以瑰麗之詞，發抒深湛之理"，並大膽提出"蓋論文之作，究與論政叙事之文有異，必措辭典麗，始能相稱"。顯然，這在當時是不合時宜的不協之音。同樣對於《文心雕龍》的缺點，囿於當時的學術環境，劉先生進行了既實事求是又頗爲策略巧妙的分析。比如，對於該書的唯心與唯物的問題，劉先生認爲雖然有"兩者往往雜糅不分",但這只是"實不免爲傳統之學術思想所囿",隨即劉先生指出:"但就其思想總體觀之,唯物之説,實其主導,唯心之論,退居次要。"在今天的學人看來,也許這只是一個簡單的符合實際的評價,然而要知道在當時的政治氛圍中,唯心主義簡直是思想領域裏窮兇極惡的敵人,承認此書有唯心,那就該列入掃蕩之列,誰敢爲此辯解,豈不是惹火燒身?但劉先生却偏偏要爲這樣一本深受佛學思想影響,"其思想方法,得力於佛典爲多"的書辯護,找出其"仍不離於客觀現實"的依據,並進而指出其"已略似於現代之'反映論'",最後得出"彦和本人之思想實質,則近於唯物論者"的論點,並説唯物"實彦和論文之主要思想也"。這就充分顯示出一位堅持真理的正直學者的勇氣、良知和睿智。

　　劉先生的學術風範也體現在《文心雕龍校釋》(以下簡稱《校釋》)一書的用意及體例上,在這裏顯示出一位學者的通達和嚴謹。《校釋》原是爲大學生開設漢魏六朝文學而寫的講稿,當時爲了使學生便於掌握接受,先生對原書的次第有所調整,先以《序志》爲首,讓學生先了解劉勰作書之緣起和該書之體例,然後再講授"文之樞紐"的原書前五篇,接着再展開統論文理的下編(即《神思》第二十六以下),使學習者先明其理論,最後才講解分論文體的下編(即從《明詩》第六至《書記》第二十五)。這種講授次第的安排,顯然十分切合學生的實際,體現了一位長者對學子認真負責的良苦用心。但後來中華書局在出書時,爲照顧廣大一般讀者的需要,便於與原書對照翻閲,決定將《校釋》仍按原書次第排版,得到先生允諾,足見學者的通達。對於此書的"校",先生尋求多種版本,力求完備。從海外的唐寫殘卷,到明清刻本,僅明刻本就有嘉靖庚子汪一元本、天啟壬戌梅子庚本以及合刻五家言本。又所參校的《太平御覽》,便有商務印書館四部叢刊三集影印宋本和清代鮑崇城校刻小字本。對於此書的釋義部分,條貫分明。先分段剖白,逐層析説:接着點明一篇之宗旨,爲立文之要;最後引申辯難,時發己見。凡原書之重要論點,均有詳明的訓釋,以"發明彦和論文大旨",但《校釋》作者如有補充引申,也力求不背原書之意,即作者所云:"即不敢妄作主張,亦非欲批評原書。"然而對辯難之文,我們往往於簡明扼要之中,時見先生的真知灼見。如在《徵聖》篇中，先生對於紀昀評此篇爲裝點門面"推到究極，仍是宗經"之説，直接提出不同看法，以爲"《徵聖》之作，以明道之人爲證也，重在心；《宗經》之篇，以載道之文爲主也，重在文。聖心合天地之心，故繁、簡、隱、顯，曲當神理之妙；經文即自然之文，故詳、略、先、後，無損體制之殊"。真可謂數語撥暗，區別分明，如醍醐灌頂，頓覺警醒。以上均可見先生嚴謹、審慎、求實、睿智的學風。聯繫先生另一部選編的《唐人絶句精華》，在其《緣起及取舍標準》一文中，辨説王漁洋"神韻説"之得失，旁徵博引，探幽發微，審視明辨，顯現出老一代學人之風範。

毋庸諱言，在當前世風日頹的大環境下，學界的污染也是不争的事實。昔日秉承阿順之風尚未盡除，新近追名逐利之勢方興未艾，而急功盡利心態的驅使，已使老一輩學人的良好學風喪失殆盡，今天重讀劉先生的遺著，當使我輩深省。短文寫就，意猶未盡，賦七絶二首：

　　親聆教誨我無緣，賴有真知見遺篇。良苦用心窮至奧，反思今日愧前賢。

　　先生大作置窗前，闡發文心字字妍。讀罷低眉生浩嘆：成全著述命難全！

（原載《長江學術》第六輯，長江文藝出版社2004年第一版。）

淺析劉永濟《論劉勰的本體論及文學觀》

朱燕玲

劉永濟先生是"龍學"研究大家,臺灣學者王更生曾説,使《文心雕龍》成爲中國文論研究顯學者,劉永濟先生是盡了催生力量的一家。牟世金先生指出,臺灣出版的多種《文心雕龍》論著,憑據的重要參考書之一即是劉永濟先生的《文心雕龍校釋》。① 可見劉永濟先生的龍學研究不僅廣爲流傳,而且頗受贊可。本文擬對劉永濟先生1961年開始撰寫的《論劉勰的本體論及文學觀》一文作簡要分析,探知劉永濟先生的龍學洞見及卓識。

在《論劉勰的本體論及文學觀》一文中劉永濟先生提出這樣一個觀點:劉勰的本體論可歸入唯心論的範圍而他的文學觀有唯物論的傾向。劉先生何以會寫這篇文章?何以得出這種結論?他是如何論證這種觀點的?論證這種觀點的用意是什麽?這些都值得深研細究。

據張連科先生説:"1949—1955前後七年中没有一篇研究《文心雕龍》的論文,此後才逐漸恢復發展,到五十年代末、六十年代初,形成了一個小小的高潮。"②而當時的研究熱點之一就是關於劉勰世界觀的探討。1961年,陸侃如先生在《〈文心雕龍〉論"道"》一文中也説:"關於《文心雕龍》作者劉勰的思想體系,在學術界曾引起熱烈的争論。范文瀾同志在《中國通史簡編》裏説他'完全站在儒學古文學派的立場上',而這一學派的特點是'哲學上傾向於唯物主義,不同於玄學和佛學'。

---

① 牟世金:《臺灣學者〈文心雕龍〉研究鳥瞰》,《中國社會科學》1985年6期,第110頁。
② 張連科:《20世紀〈文心雕龍〉研究》,《遼寧大學學報》(哲學社會科學版)2001年第29卷4期。

茅盾同志則指出他的'二元論傾向'。最近《文學遺產》上發表了張啟成、炳章、曹道衡等同志的文章，一致認爲他的思想本質是唯心主義的，而且炳章和曹道衡兩位同志還明確指出是近於黑格爾類型的客觀唯心論。"①可知，劉勰的思想是當時學術界熱議的話題，大致存在唯物論、二元論、唯心論或客觀唯心論幾種看法，陸先生自己的意見是"劉勰的思想以唯物主義爲主，但也有濃厚的唯心主義因素，這是他思想上的矛盾。我們既不能說他完全是唯心主義的，也不能說他完全是唯物主義的。我們的任務正是要發揚他的唯物主義論點而剔除他的唯心主義論點。"②1962年，逯欽立先生在發表的《〈文心雕龍〉三解》中說："劉勰的文學思想即他的宇宙觀和文學觀，並不是唯物主義的，恰恰相反，它屬於形而上學唯心論。"③同年，《文史哲》雜誌摘要發表了幾位作者對劉勰世界觀的討論的文章，張啟成先生"認爲就《文心雕龍》本身來看，可以證明劉勰的文學思想基本上是傾向於唯物主義的，但劉勰的世界觀，他的哲學思想，他對'道'的認識，他對文學起源的理解，如説'玉版金鏤之實，開文緣牒之華，誰其屍之？亦神理而已！'却不能認爲基本上是唯物主義的"。④ 龔仁貴先生"同意茅盾同志的意見，《文心雕龍》有二元論的傾向"。⑤ 謝祥皓先生覺得劉勰的思想體系，就文學觀來看，"是一種自發的樸素的唯物主義觀點，但有很大的局限性和鮮明的原始性"。與此同時，"劉勰也有佛家的唯心主義的哲學觀和人生觀"，"總之，劉勰的世界觀是複雜的，其中有鮮明的矛盾"。他最後得出的結論是："劉勰沒有一個作爲其一切活動的支配思想的明確的統一的世界觀。"⑥諸如此類的文章前後還有很多，顯而易見當時學界流行用唯心、唯物等西方哲學特別是馬列主義哲學的術語分析中國文學，劉永

---

① 陸侃如：《〈文心雕龍〉論"道"》，《文史哲》1961年第3期。
② 陸侃如：《〈文心雕龍〉論"道"》，《文史哲》1961年第3期。
③ 逯欽立：《〈文心雕龍〉三解》，《學術月刊》1962年第4期。
④ 張啟成等：《關於〈文心雕龍〉的"道"的討論》，《文史哲》1962年第6期。
⑤ 張啟成等：《關於〈文心雕龍〉的"道"的討論》，《文史哲》1962年第6期。
⑥ 張啟成等：《關於〈文心雕龍〉的"道"的討論》，《文史哲》1962年第6期。

濟先生正是在這樣一種文化背景和氛圍下撰寫此篇文章的。

　　劉永濟先生雖然也使用唯心、唯物的概念，但與一般學者嚴格界定劉勰思想的做法存在不同，原因在於他對劉勰思想體系的複雜性有深刻的認識。范文瀾先生"認爲劉勰在《文心》中'嚴格保持儒學的立場，拒絕佛教思想混進來，就是文字上也避免用佛書中語'"。① 逯欽立先生認爲"劉勰本身就是個玄學論者"，"玄學成爲劉勰闡述文學本質與源泉的主要理論根據"。② 劉永濟先生指出，劉勰的主導思想是儒家，但交織着佛、道兩家的思想。范文瀾先生確立劉勰的思想以儒家爲宗是正確的，但據此説劉勰拒絶佛教思想，甚而説《文心雕龍》在文字上避免使用佛家語彙則失之公允，劉永濟先生没有把佛、道兩家從劉勰的思想系統中排除出去，他説："劉勰精於佛學，故他立論能圓到周遍，不倚不偏。但有時用佛經中的詞彙如'圓通'、'般若'是也。"③並隨手舉出兩側實例。還説劉勰所處的時代，道學、佛學在士大夫中都非常流行，兩家與儒家爭辨之風也很盛行，劉勰自然難免受這種風氣的影響。"從他的《滅惑論》看，他是想調和儒、道兩家，從他的《文心雕龍》看，他的主導思想固然是傳統的儒家思想，然而他的主導思想之中，關於道的本體方面交織着玄學的意味。（道佛皆稱玄學）"④劉永濟先生絶不否認劉勰受佛、道思想的影響，甚至認爲劉勰在道的本體的討論上有玄學的意味，但與逯欽立先生的觀點不同，他特別強調劉勰的主導思想是傳統的儒家思想。劉永濟先生還有一段通達的論述："凡學識廣博明道之士，其思想至爲復雜，雖其主導思想常屬於某一家，其他思想往往交織其中，不易劃分界限，甚至極端相反之思想亦往往同時存在於一人之身，而矛盾衝突發於不自覺。此種矛盾有時能辯證地統一，亦有時竟無法調和。因此論人者不可簡單地認識其主導思想而忽視其交織的思想，或但見其調和統一的一面而未見其矛盾衝突的一面。因此之故，既不可認爲

---

① 陸侃如：《〈文心雕龍〉論"道"》，《文史哲》1961年第3期。
② 逯欽立：《〈文心雕龍〉三解》，《學術月刊》1962年第4期。
③ 劉永濟：《文心雕龍校釋：附徵引文録》，中華書局2010年版，第178頁。
④ 劉永濟：《文心雕龍校釋：附徵引文録》，中華書局2010年版，第183頁。

純屬唯心或唯物,又不可便以爲是二元論者。"①所以即使他有劉勰本體論是唯心的範疇而文學觀有唯物論的傾向的論點,骨子裏他仍然不同意將劉勰的世界觀徹底地劃入唯心、唯物或是二元論的苑圍。

　　正因如此,劉永濟先生承認劉勰的本體論與文學觀不同,但不認爲二者處於極端矛盾對立的狀態。這裏首先涉及劉永濟先生關於先秦儒、道兩家對於"道"的認識的把握,在他看來,儒、道兩家對"道"的認識是既有區別又有聯繫的。區別在於儒家比較重視"道"之作用,從外在作用的角度來體現"道"之本體;而道家主要闡發"道"之本體,以本體來衡量"道"所能產生的作用。但二者立論着眼點都在於政治,以政治措施當否與否關係重大,舉凡人生苦樂、世風隆汙、國家盛衰等都與之聯繫緊密而不可分割。儒、道"二家之言,雖似重點不同,其實歸趣無二,皆不離政治措施也"。② 是則儒家的本體論與道家一樣雖然都有唯心論的傾向,但儒家的作用論特別強調百姓日用倫常之間即是道的體現,與以虛無玄漠爲道的説法存在根本差異,而老子説"無爲"、"無名"、"無形"等概念,是有着深刻用意的,目的在於以清净來矯正儒家禮樂政刑的過於煩苛,也即是説,從作用論的角度來看,儒、道兩家皆有現實關懷的一面。其二,唯心、唯物的區劃是從西方哲學流派中分析而出,爭論的是物質與意識誰爲第一性誰爲第二性的問題。而中國古代聖哲並未論辯心物二者之間的關係,他們關心的是諸如人性善惡、政刑繁簡、禮樂厚薄等切近於人生日用的話題。"以此之故,用西方之説衡量我國學人,不能如符契之相合。以此之故,古代學人於心物二者常雜糅交錯而不分。以此之故,彦和的本體論與文學觀不同,原不足怪,非但不足怪而且二者在彦和心目中,並不覺其有矛盾,非但不覺有矛盾,反而覺得很自然。"③再者,就本體與作用不可分割的角度而言,本體是原則、規律,作用是人們運用原則,依據規律發生的功能。空談本體而

---

① 劉永濟:《文心雕龍校釋:附徵引文録》,中華書局 2010 年版,第 182 頁。
② 劉永濟:《文心雕龍校釋:附徵引文録》,中華書局 2010 年版,第 182 頁。
③ 劉永濟:《文心雕龍校釋:附徵引文録》,中華書局 2010 年版,第 185 頁。

不涉及作用只是抽象的理論，空談作用而不歸根於本體只不過是具體的事物而已。劉勰的《文心雕龍》有談抽象的理論的部分，也有討論意識受具體事物影響的方面，因而既有流入唯心的範圍之處，也有帶有唯物傾向之處，這樣看來似乎不免矛盾，但"劉勰論文學既是原於道，則是體現本體的，是本體發生的作用，所以他的本體論與文學觀似乎矛盾，但這種矛盾在本體與作用上説却又是統一的，一脈相承的"。①

由此可見，劉永濟先生雖然没能旗幟鮮明地反對以唯心、唯物的區分方式研究中國文學，但他能接受劉勰的思想具有復雜性這一客觀事實，進而辯證地看待這種復雜性，不一刀切一邊倒地認爲他的思想唯心或是唯物或是有二元論傾向。另外，劉永濟先生在當時即能指出我國先哲對於精神物質誰先誰後的問題絶少注意，與西哲不同，不能完全照鈔照搬西方的學説來衡估我國的先賢聖哲。眼光的敏鋭，論斷的精覈，可見一斑。

劉永濟先生在論文中提及當時有從階級立場的角度分析劉勰思想的傾向，大致有以下三種看法。一説他是没落了的士大夫階級，立場不外乎統治者。一説他不能從階級鬥争看文學發展，又有説他反對當時統治階級的荒淫，從而反對唯美文學專重形式脱離實際的毛病和不足。先生對此一一進行辨析：其一劉勰生長於封建社會，以歷史唯物主義的觀點看來，無可避免地要維護統治階級，這種説法固然理由充足，但"分析個人，似乎不可專憑一般的現象，根據一般的理論去判斷"。② 其二，從階級鬥争的角度看文學的發展固然正確，"但以之責望於千多年前的古人，則不免過分些"。③ 先生認爲第三種説法比較趨近實際，劉勰意識到齊梁文風的衰弊，對此多有批評，劉勰於文人器識，文學功用非常重視，"摛文必在緯軍國，負重必在任棟梁"（《文心雕龍·程器》）。則自然有補偏救弊的孤詣苦心。

---

① 劉永濟：《文心雕龍校釋：附徵引文録》，中華書局 2010 年版，第 186 頁。
② 劉永濟：《文心雕龍校釋：附徵引文録》，中華書局 2010 年版，第 187 頁。
③ 劉永濟：《文心雕龍校釋：附徵引文録》，中華書局 2010 年版，第 187 頁。

劉永濟先生不反對用階級鬥爭的觀念分析劉勰,畢竟那是當時大勢所趨的先進理論,但他能同情地理解古人,不拿脫離古人生活實際的今人的觀念來衡量、苛求古人,立論不可謂不謹慎,識見不可謂不高明。

當時還有一種將劉勰所謂的"道"與黑格爾的"絕對觀念"、"絕對精神"以及朱熹的"理氣説"等同的論調。據陸侃如先生所説:"關於《滅惑論》中'至道宗極,理歸乎一'一段的理解問題。曹道衡同志認爲是説宇宙事物'歸源於一種精神或理念',我却認爲是説宇宙間最高原則只有一種,也就是儒佛統一的意思,所以下文才説到'凡語菩提,漢語曰道'的話。從《滅惑論》上下文看來,恐怕還不能馬上得出客觀唯心論的結論,因爲這個道或理還不能就算是等於'黑格爾説的絕對精神',或者是'朱熹所説的先於紀(物質)而存在的理'。"①是則曹道衡先生主張劉勰的"道"等同於黑格爾的"絕對精神"及朱熹的"理氣説",劉永濟先生於此的看法是:"不同地域的學者,其主張固有偶合的,但不合的或更主要些。以此推之,朱熹之理氣説也是與彦和的道及周秦時儒家的本體論不能全同。所以論某一人只得就某人的具體情況,全面地考察,不必以時地不同的人之説來比附,比較妥當。"②劉永濟對這種生硬的比附式研究方法持保留意見,認爲研究某一個人,就應該根據個體研究對象做實事求是的全方位分析,這樣的觀點,即使在今天的學術研究中也是頗具啟迪意義的!

此外,文中還涉及劉勰論"文"的起源問題的辨析。逯欽立先生認爲劉勰"把聖人的經典看作文學的源泉"③,楊柳橋先生1964年初撰,1975年新訂,1980年發表的《〈文心雕龍〉文章理論的唯心主義本質》一文開篇即稱"劉勰《文心雕龍》所闡發的文章(不單是文學)"理論的基本觀點,集中表現在他的頭三篇《原道》、《徵聖》、《宗經》之中。其實,這三篇只是談的一個問題:"聖人原於天地,'自然之道'而爲'文',這

---

① 陸侃如:《〈文心雕龍〉論"道"》,《文史哲》1961年第3期。
② 劉永濟:《文心雕龍校釋:附徵引文錄》,中華書局2010年版,第188頁。
③ 逯欽立:《〈文心雕龍〉三解》,《學術月刊》1962年第4期。

種'文'就是後世所謂'經',後人撰'文',必須遵從這些'經'的教義,追踪這些'經'的體制,他這種文章理論的基本觀點,歸根到底,只是'宗經'一義。"在論及"聖"與"文"的關係時說:"聖人只要'鑒周日月,妙極幾神',把這些'道之文'不加'外飾'地摹寫下來,就能够'文成規矩,思合符契',就成爲'經緯區宇,彌綸彝憲'的鴻文巨章。"緊接着楊柳橋先生斷言劉勰"這種兼其自然主義和神秘主義的文學(文章)觀,顯然是屬於唯心主義的範疇的"。然後又說:"由於他主張文章必須'宗經','經'原於'自然之道',因而他必然要提出'因文以明道'也就是後來所謂'文以載道'的反動主張。"①事實上紀昀已經先楊柳橋先生提出《徵聖》"推到究極,仍是宗經"的觀點,劉永濟先生於《文心雕龍校釋》中有所辯解,"蓋《徵聖》之作,以明道之人爲證也,重在心。《宗經》之篇,以載道之文爲主也,重在文"。② 二者側重點不同,是則劉勰《文心雕龍》首舉《原道》,次接《徵聖》、《宗經》,序文運筆,實富新意。劉勰究竟是怎樣看待"文"的起源的?這裏涉及對"文"與"道"、"聖"之間關係的理解,劉永濟先生的意思是,"道與文的樞紐皆在聖,聖人的絕大本領,即在'研神理而設教'。所謂'研神理而設教'就是'體道以爲用','法道以爲施政'"。③ "神理"就是"道",聖人方能體"道"之真,垂"文"以施教,劉勰並非把聖人的經典就看作是文學的起源了,而是認爲"文"原於"道",自然之妙道,只有通過聖人才能得到彰顯,聖人爲文,無非"道"之外現,用以淳風化民。而"彥和所謂聖,並非什麼全知全能的神秘人物,只不過萬物之靈中最優越的人,只不過在一般人中是先知先覺者"。劉永濟先生強調劉勰眼中的聖人不是全知全能的神秘人物,并且在對《文心雕龍·原道》一篇所作的校釋中首先即拈出劉勰所謂的"自然"與時人所謂的"自然主義"含義有別一義,這就比逯欽立和楊柳橋先生的理解更透徹、準確一些。劉永濟先生還認爲,文以

---

① 楊柳橋:《〈文心雕龍〉文章理論的唯心主義本質》,《文史哲》1980年第1期。
② 劉永濟:《文心雕龍校釋:附徵引文錄》,中華書局2010年版,第5頁。
③ 劉永濟:《文心雕龍校釋:附徵引文錄》,中華書局2010年版,第184頁。

載道與文原於道是有區別的,"文以載道的比喻未嚴,其弊必至將道與文分爲兩事,如車之載物然。劉勰以文原於道,是則文乃道所發生的作用,道與文惟有體用之分而非截然兩事"。① 説文以載道就比如説車之載物,車是車,物是物,文是文,道是道,決然二分,姑且不論文以載道是否就是反動的主張,劉永濟先生認爲劉勰的本意是"道"是"文"之本體,"文"是"道"之作用,"道"與"文"只有體用之分,而體用是無間的,"道"與"文"不是截然兩事。這種看法較之楊柳橋先生也要深刻得多!

在結論處,劉永濟進一步申論,劉勰之所以必定首先提出文原於道的理論,是有良苦用心的,劉勰的意思國家日陷艱難,世風日漸澆薄,文學淪於淫靡,都是文與道背離所致,故而憂憤著書,因此這一部書不止是文學批評之書,更可以説是傷懷救世之書,是一部諸子著述。劉永濟先生實則點明劉勰撰著《文心雕龍》具有現實針對性,因爲劉勰在《序志》中"自許將羽翼經典,於注經家外,別立一幟,專論文章,其意義殆已超出詩文評之上而爲一家之言,與諸子著書之意相同矣"(見《文心雕龍校釋》前言)。劉勰既然把己書自比爲子書,而子書的著作宗旨都是批評時政、世風,從中顯露作者之學術思想的,"故彥和此書亦有匡救時弊之意"(同上)。劉永濟先生對於後世將劉勰此書與宋以來詩話文評同等看待的現象痛心疾首,覺得是"只得其一方面的道理而忽略了其他更重要的一面,不免孤負了作者的苦心,降低了他的作品的價值"。② 於此,我們不僅可以經由先生的剖白見出劉勰的苦心孤詣,更可見出劉永濟先生的良苦用心,先生雖然也用唯心、唯物的概念分析劉勰的思想,但是文中又處處與誤讀劉勰的學者爭辯,力求還原劉勰的本意,發明劉勰的本心,正如李建中先生所言:"與其説劉永濟先生是要用新理論來闡釋龍學,毋寧説他是想借這個理論的外衣來保護龍學和劉勰。"③

---

① 劉永濟:《文心雕龍校釋:附徵引文録》,中華書局 2010 年版,第 179 頁。
② 劉永濟:《文心雕龍校釋:附徵引文録》,中華書局 2010 年版,第 189 頁。
③ 李建中、李鋒:《劉永濟與珞珈龍學》,《中國文化研究》2011 年第 4 期。

的確，劉永濟先生一再申明劉勰著書立説的苦心，毋寧説也體現了他的一片苦心！

總之，劉永濟先生使用唯心、唯物的概念研究劉勰，既是受當時學術風氣的影響，更是爲求方便地替劉勰辯護。劉先生對劉勰思想體系的分析，對劉勰本體論與文學觀關係的匡正，對從階級立場分析劉勰的看法的解析，對劉勰之"道"與黑格爾"絶對精神"與朱熹的"理氣説"的分别，對劉勰文學起源問題的申解，都可以見出先生維護劉勰及《文心雕龍》的用意。劉永濟先生熱愛並尊重傳統文化，其識見的明睿，學風的純粹，由此可以一斑。

（原載武漢大學、《文學遺産》編輯部、吉首大學合編《劉永濟著述整理與研究學術研討會論文集》，2011年11月，第61~67頁。）

劉永濟《文心雕龍校釋》辭采論

王鳳英

《文心雕龍校釋》(以下簡稱《校釋》)原是劉永濟先生爲武漢大學學生講習漢魏六朝文學時的講義,最早於30年代輯成《文心雕龍徵引文録》,由武漢大學於1933—1935年内部鉛印,1948年正中書局在此基礎上出版了《文心雕龍校釋》,1959年經過修訂,中華書局上海編輯所於1962年重新出版。該書對20世紀的"龍學"理論研究影響深遠。全書十二萬七千言,對《文心雕龍》(以下簡稱《文心》)逐篇進行"校"和"釋",其中尤以"釋義"最爲精彩。本文通過對《校釋》的梳理、歸納,結合其他龍學家的觀點,欲闡發其創作理論中的辭采論。《校釋》深得《文心》之旨,頗爲重視"采"的作用,認爲敷采設藻是《文心》創作論的重要組成部分,明確表達了自己對"采"的看法:"文固不厭采"、"情因聲顯","抑浮僞而崇真采"。

一、"采"之内涵

龍學研究中有一種意見,認爲"采"指文采,而特以對偶、聲律、辭藻爲文"采"的具體内容,這就把文采的内涵縮小了。如若僅以對偶、聲律、辭藻爲文采,那麽《詩經》以外以散行文爲主的經書就不合乎所謂文采的要求。但劉勰却承認經書也是有文采的。劉勰論文注意文筆的區分,在文體論部分先論及以詩賦爲主的文學形式,在他看來"文"的地位更爲重要,但也並不輕視"筆",認爲筆也有文采。《總術》說"文以足言,理兼詩書,别目兩名,自近代耳"。並指出無韻的《尚書》也有文采,這就把文采的範圍,由講究對偶、聲律、辭藻的詩賦擴大到散行的言論、文字方面。而在論述文質關係的專篇《情采》中,劉勰更明言:

"故立文之道，其理有三：一曰形文，五色是也，二曰聲文，五音是也，三曰情文，五性是也。"此處説明，"采"既兼指五色和五音，也包括作品的思想感情的色彩。形文、聲文、情文三者並列，這才是全面的"采"。另有學者認爲，按今之寫作理論看，"采"只是所謂的有文采，語言運用和修辭手段兩個方面應屬於敷采的手段。我們説，在劉勰看來，"采"涵蓋的範圍較廣，通過運用語言和修辭可以達到有文采，而它們本身却也是"采"，兩者是統一的。

《校釋》據此而全面論"采"，指出《文心》中的"采"與我們今天所説的文采不同，它是一個大概念。文采用來寫帶有感情色彩的事物，這些感情色彩本身就是文采，文采不是外加的。這與劉勰所説的"采"兼指形文、聲文、情文是不謀而合的，也確定了他所謂的"采"應該涵蓋的範圍。在此基礎上，《校釋》針對文章寫作的語言運用和修辭手段分别作了精彩闡釋。

(一)語言運用

語言是文學作品的建築材料，是文章得以述情説理的外在表現形式。劉勰這部深得文理的著作用很大的篇幅論及文學語言的一系列問題，形成頗有特色的文學語言觀。《聲律》、《練字》、《指瑕》分别從不同角度論述文學語言的音韻美、精練美、準確無誤的純潔美。《校釋》亦分别論之，新意迭出。

論聲律。齊梁時期是我國聲律理論發展的重要時期，劉勰設專篇討論詩文的聲調和韻律問題，足見其對聲律理論的重視。他曾把詩文的聲律喻爲人體中的聲氣，與神明、骨髓、肌膚共同成爲人體必不可少的重要組成部分，并且從自然之道的理論出發指出聲律乃是人的自然現象，藉助唇吻吐納，有着疾徐、抑揚、强弱之别。劉勰總結前人的寫作經驗，合理地提出了聲律運用的原則，產生了積極的影響，也爲後世借鑒。《校釋》篇亦頗費筆墨從理論層面上加以闡釋。對舍人此篇大爲贊賞曰：

> 舍人內聽之説最精。蓋言爲心聲，言之疾徐高下，一準乎心。

文以代言，文之抑揚頓挫，一依乎情。然而心紛者言失其條，情浮者文乖其節。此中樞機至微，消息至密，而理未易明。

此語深得劉勰論聲律要旨，又很有見地，揭示了詩文創作中的聲律運用與音樂不同。前者屬内聽，故"難爲聽"，後者屬於外者，故"易爲察"。即内聽"聲與心紛"，詩文創作聽不到内心的音響，因此很難判斷聲律效果。音樂就不同了，其響在彼弦，由於能聽到琴音，所以容易識別聲律是否正確。《校釋》往往能看到劉勰論文的本質所在，其"内聽之説"旨在强調聲律與文情的關係，聲律不僅是文章韻律美的表現，更是爲文情發肺腑的自然流露。依情用律，則聲與情符，情以聲顯，文章的感人之力亦深矣。

《校釋》未停留在釋《文心》的基礎上，而是分析劉勰的觀點，佐之具體的例證，加以精闢的解釋，從而深化理論。如《文心》有"雙聲不宜隔字，叠韻不宜離句"之論，《校釋》釋義特舉例説明，"芬芳、玲瓏，用時本相連綴，自無隔字之病"；叠韻之字，如徘徊、周流，用時亦本相連綴……《校釋》論和韻之理曰：

蓋和者，一句之中，平仄有相間相重之美也。韻者，各句之末，同用一韻之字也。用韻者，一韻既定，餘句從之，如首韻用東，則餘句自己可用同、從、童、紅等字，雖無韻書，而口吻易調，故曰易也。

諸如此種解釋、舉例，《校釋》在聲律篇屢屢所用，豐富、發展了劉勰的觀點。而其可貴更在於由劉勰之説溯源聲律的發展過程，總結前人用韻的經驗，得出自己的結論：運用聲律要以情思爲準；做到無法而不離法，有定而仍善變。

詩文寫作中聲律的運用是很重要也具有難度的，然研究聲律問題也是"馭篇"的重要之"術"。雖今天的聲律運用較之劉勰時代已大大減少了，但是聲律却仍然值得研究。現代的小説、散文語言缺乏優美的音律，讀之不能琅琅上口，而一些詩歌亦平仄無序，不具備應有的聲律美感。作爲我國獨具特色的語言特徵，聲律應該得到運用和發揚，而探討、研究聲律理論就尤爲必要了。

論練字。劉勰作《文心》立足創作論角度，《練字》篇亦針對寫作方面的用字問題論述。他論文一貫重視文字的功用：《風骨》篇論述風骨時指出語言文字對形成骨力的作用；《熔裁》篇論裁法強調"句有可削，足見其疏；字不得減，乃知其密"；《章句》篇更明確"字"的基礎作用"夫人之立言，因字而生句，積句而爲章，積章而成篇"。以上各篇大都從字義角度言明用字的意義，而《練字》篇是從字形的角度專論文章寫作中的用字，也是針對當時的形式主義之風而發。《校釋》有感而論道：

    文家之有文字，如梓匠之有利器，器不厭其多，惟求其精，所以便於製作也。古人謂爲文用字，蓋文字以代言語，有是語必有是字，而文章者，言語之最精者也，精語必得美字以達之。

一般文家論《練字》多對劉勰指出的用字常見弊端和用字原則進行字面闡釋，而《校釋》則往往有所引申，從語言運用的整體考慮，故而所論具有新意。上引的一段論述，《校釋》旨在説明文字是語言的載體，字精則意精，意即"精語必得美字以達之"。這就從語言運用的基礎論起，主張用字的精練，字型的美觀。

《校釋》基於劉勰作《練字》的本心，指出《文心》在篇中所舉"四忌"，雖似無關大體，然在詩家亦爲要務，並深究到當時文風，指出"六朝以降，修辭日工"，時人輕忽了用字、練字，這即肯定了劉勰該篇的價值。在《校釋》看來，"《文心》所論乃在形體之間，初無關於意義，當合《章句》、《麗辭》、《指瑕》、《物色》等篇觀之，而後文家字句之精蘊始得也"。這就從本質上認識到了辭采論部分各篇之間的緊密聯繫及不同的旨歸。

(二) 修辭手段

《校釋》從《文心》實際出發，指出其所謂的"采"包含了修辭手段在內，且強調文義待修辭而益明。《校釋》分析六朝文人創作的特點，指出其承兩漢賦體大行之後，各體文章多以敷布之法爲之，故修辭之法使"采"的內容得到發展豐富，實爲興盛。

論比興。《比興》篇專論我國詩文寫作的兩種手法。《校釋》論比興，指出"舍人此篇以比顯興隱立説，義界最精"。比者，有意者比附分明故顯，中要害的。又借《困學紀聞》佐之：敘物以言情謂之賦，情盡物也，索物以記情謂之比，情賦物也，借物以起情謂之興，物動情也。曰索、曰記，事出有意；曰觸、曰動，理本無心。這裏，《校釋》與別家釋比興角度不同。顯然，比興這兩種手法都以物爲情的媒介，無論情賦物亦或物動情，皆爲盡情而設。比興之法即是古代詩文傳情達意的重要手段。《校釋》論比興的價值在於聯繫心物交融理論，揭示出其本質内涵。兩種手法的理論基礎即建立在情物關係上，而其本身起到引導、中介作用。宋代朱熹以"比者，以彼物比此物也。興者，先言他物以引起所咏之詞也"立説，"此物"與"所咏之詞"即主要指作品傳達的情，與《校釋》所論有其相同的本質。

舍人所論乃爲比興，而文多明比法。《校釋》對此也有見解，並結合具體的例證予以説明。釋義認爲："興出無端，難以法定；賦家之文，鮮用興體。"至於比體，文家所用"乃出自然"。著者比較了比興兩種手法之功用，指出興之爲用狹於比，分析其中的原因，一是興之爲用節取與情相發之一義以發端，二是興者物來感情，出於無心，以《國風》咏"關雎"，《九歌》賦秋蘭爲例。《校釋》對爲文所用之法進行深入的分析，契合劉勰本意，也融入了個人創作的經驗。

論夸飾。《夸飾》篇專論夸張性的修飾在寫作中的運用。《校釋》以爲，夸飾作爲一種文學創作的藝術手法，在各修辭手法的運用中爲最盛。而其作用大抵以寫仿物狀爲宜，若摹繪心象，則易入浮僞。此處含義有二：一者，夸飾能夠描繪出具體事物的真實狀貌。正如劉勰所云："形器易寫，壯辭可得喻其真。"即具體事物的狀貌都可藉助夸飾加以描繪顯示。二者，夸飾能充分表達作者的情思，極具感染力。此處《校釋》補《文心》之論，尤強調夸飾手法在表達感情時易陷入浮僞之境。因爲"神道難摹，精言不能追其極"。故《校釋》提出夸飾若辭溢其情，言過其實，就會真意轉漓，近於詔，近於誣。這與劉勰提出的"夸而有節，飾而不誣"原則息息相通。實質上這裏已涉及運用夸飾手法的貴忌問題，釋義提出：夸飾戒"過理乖實"、"用乖而近誣"，貴在準情而法。這些高屋建瓴之論時至今日仍具有其指導意義。劉勰的夸飾論代表了一種較爲符合夸張修辭規律、較爲科學地觀察修辭現象的認識，對夸張在文學中的運用起到了重要作用。

二、"采"之價值

《校釋》論文往往情不離辭，因此，他的辭采觀也緊緊結合情而論。劉永濟頗爲重視文章之情，曾鮮明提出灼見"文藝之美本柢在於情思"的主張。然他也指出"文人之情義無窮，修辭之法，所以運有限之文字成無窮之妙思，達無窮之情義"。這就突出了"采"之於文的價值。

(一)情因"采"顯

《情采》篇集中論述了情與"采"的關係。情主要指文章的思想感情，也包括理論觀點，"采"即劉勰所說的辭采、文采，包括語言修辭在內的藝術形式。開篇從"文章"一詞的內涵論起，指出文章"非采而何"。之後借用形象的比喻，虎豹之皮極其珍貴，若去掉外面的毛色花紋却如同犬羊之皮，進而說明質待文的道理。此外還引用具體的例證加以闡發：如用"喪言不文"反證君子平時的言辭是不可以不注意修飾，因此其文章更應注重言辭修飾；評價莊子與韓非子的文章，認爲其文采的豐富多變已經達到了極致。總之，依劉勰之見，文章必定要具有文采，沒有華美的文采，文章就不存在了，這是不言而喻的，故而突出了"采"的價值。可以說，重質但不輕視文是劉勰一貫的主張，也是他真正要表達的意旨。《校釋》是怎樣看待這一問題的？我們看到：劉永濟在《神思》中指出：志氣(情思)與辭令(聲色)，二者之於文事，若兩輪之於車馬，千古才士未有舍是而能成佳文者。這裏用情思統指文章的質，辭令則代指文章的"采"。質爲文之根本,然"采"亦不可缺。《校釋》以爲,待文(采)之質(情),猶如治玉者對玉石的琢磨,也如繪畫者對畫面的渲染,沒有琢磨不成美玉,沒有渲染不成繪畫。《校釋》重"采"之思想毫不遜於《文心》。在釋義中曾多次表達這一觀念,從文學創作整體論之,指出"文意待修辭而益明",也即"采"具有突出情,彰顯情的功用。

(二)風骨與"采"

古代文藝理論中對風骨與辭采的關係,《文心》的論述是比較全面而有新意義的,主要是它辯證地看待二者,揭示出問題的實質。風骨一詞的内涵論者各抒己見,《校釋》首次將風與骨分開解釋,爲研究風骨開了先例。筆者贊同以下關於風骨内涵的説法:"風是以作者的思想感情精神面貌爲基礎,藉助文章表現出的感染力,在作者方面是情與氣,表現在文章中則是風,是因内而符外的内容與形式的結合體;骨也是内容與形式的結合體,在作者方面是思與義,在文章中是借辭表現出來。"文章有了風骨,就會"剛健既實,輝光乃新",反之則"振采失鮮,負聲無力"。可以説,風骨在文章寫作中是十分重要的,也是衡量其好壞的標準之一。不論文章何種風格,什麽基調,都應該具有風骨。但風骨與文采又有着密切關係,劉勰説"風骨乏采,鷙集翰林;采乏風骨,雉竄文囿"。有風骨而無文采是一種缺憾,而文采又以風骨爲根本。劉勰反對的是那種"豐藻克贍、風骨不飛"的傾向。他對一些作家的作品"風骨乏采"表示不滿,《明詩》就曾指出劉楨之作風骨高而文采不足,謂之"偏美"。之後鍾嶸《詩品序》亦繼承此説,主張"干之以風力,潤之以丹采"。劉勰生活時代,文章的主要弊病是堆砌辭藻而缺乏風骨,他針對此弊大力提倡風骨,但却沒有反其道而行,仍然刻意強調"采"的重要,論述"采"的價值,要求風骨與"采"結合,實謂鑒識圓周。《校釋》論采亦得劉勰精華。一者指出《文心·風骨》篇的用意是基於齊梁"文體日衰,而藻采獨勝",故舍人以風清骨峻矯之;二者又強調"風骨乏采"之弊,申明"采"之於風骨的重要,"采"與風骨應相成相濟,此乃"爲文之正軌"。《校釋》所論可謂言簡意賅,切中要害。

三、敷"采"原則

我們説,《校釋》釋《文心》,不僅剖析現象、揭示本質、指明原理,更立足指導寫作實踐的主旨,提出自己的看法,點明創作要求和原則,以期後學者有所受益。故而,在如何"敷采設藻"方面亦有中肯之見。

(一)采非故爲雕琢

《校釋》指出劉勰論文之根本在於"自然之道",《原道》首篇釋義:"舍人論文,首重自然。"而在論述劉勰"爲文之用心"之術時,《校釋》亦處處體現其關於自然之内藴的理解。對於文章的用"采",他認爲也應該遵循自然,隨宜遣筆,斯乃真正文采。因此,《校釋》提出"采非故爲雕琢"的原則。

《聲律》篇指出,文貴有聲,聲貴協調。必使誦者無詰屈聱牙之病,聞者有聲入心通之妙;準情思,使聲疾徐高下,錯綜整齊,自然有序。聲律的協調出於自然,"操琴不調,必知改張",故語言出自内心,更應順其自然,不可失去和諧。在《麗辭》篇,《校釋》也發揮道:"辭之偶麗,本由天成。文家之用對偶,實在由文字之性質使然,我國文字單體單音故可偶合。"故作爲六朝時期盛行的一種寫作藝術手段,其增强了文章的感染力,有着存在的價值。正如劉勰指出的:麗辭一貴"高下相須,自然成對";二貴"豈營麗辭,率然對爾"。這都意在説明不必刻意經營偶句,而以任其自然爲上。

(二)敷"采"得當

《校釋》創作理論的重要一環即是强調文以心爲本,視情爲立文之本源。這一思想貫穿其始終,可謂深契劉勰意旨。故而,他對"采"的運用也提出要"參酌文質之間,辨别真僞之際,權衡深淺之限,商量濃淡之分"。《情采》篇釋義以《詩經·衛風·碩人》爲例説明:"情應敷采得當而顯。"詩中作者之意極力形容莊姜之華貴美麗,即以譏莊公惑於妾氏之容貌而貶莊姜之非。不如此,則諷刺意味不濃。詩歌描寫莊姜的諸多語句不可視之爲浮艷,恰是表達的需要。因而説,"采"不足,情不能達;"采"太過,則情爲之掩。遂"參酌文質之間","商量濃淡之分"顯得極爲重要。再如《夸飾》篇，著者一方面肯定夸飾之法對文章的作用，另一方面也指出"夸飾逾量，則眞采匱而浮僞成"。論者此處又舉例以加強主旨："是以相如賦仙，原以諷帝，而武帝讀之，反若凌雲；子雲《美新》，原非頌莽，而後世覽者，轉機失節。"兩則反例即申明用采太過，文章感染力適得其反。《校釋》認爲，行文隨宜遣筆，用"采"貴準情而發，以使意明爲限度。否則，敷設太甚，則眞意轉漓。

綜括而言，劉永濟先生對《文心》辭采論的闡釋，用力甚勤，精細入微，屢有新見。或舉例、歸納，或補充、辨正，或指陳貴忌，不僅促進了龍學的研究，而且可以直接作用於創作實踐，其學術影響和現實意義，都是不可低估的。

（原載《内蒙古財經學院學報》（綜合版）2012年第10卷第1期。）

《文心雕龍校釋》構思論

王鳳英

劉永濟在《文心雕龍校釋》一書中多次談到構思，并且不限於《神思》一篇，而是貫通全書，深入全面地剖析了劉勰的藝術構思論，從而也形成了自己對寫作構思的獨特見解。

一、構思起——心物交融產生文思

所謂"心物交融"即"物我交融"，它是指"寫作客體與寫作主體的相互作用與有機融合"。經過二者的相互作用，誕生了一個既非物又非我的第三者——文章。"心物交融"已成爲現代寫作理論中的一條重要規律。劉勰在《神思》和《物色》篇中均有所論，即其著名的"神與物游"以及"情以物遷，辭以情發"之說。劉永濟將《神思》與《物色》相結合，聯繫自己的創作經驗，並借用王國維"境界説"中的理論術語加以發揮，對"心物交融"做了比較深入、詳細的論述。他在釋《神思》時指出："此篇最要者二義：一論内心與外境交融而後文生之理，次論修養心神乃爲文要術之故。"釋《物色》時進一步指出："《物色》申論《神思》篇第二段論心境交融之理。《神思》舉其大綱，《物色》乃其條目。"

心物交融之"物"的内涵。王元化先生在《文心雕龍創作論》中指出《文心雕龍》全書共有 48 處用"物"字，文物、神物、細物、奇物、物色等，散見於《原道》、《宗經》、《明詩》、《詮賦》、《章表》、《神思》、《情采》、《比興》、《物色》、《序志》各篇之中。而學者們對"物"的解釋也是五花八門。黃侃釋"神與物游"之"物"爲外境；范文瀾注釋該句亦取此說，但又將"物沿耳目"之"物"釋爲事、理。王元化則認爲"這些物字，除極少數外，都具有同一含義"，"這些物字亦即《原道篇》所謂鬱然有采的'無識之物',作爲代表外境或自然景物的稱謂"。這種解釋是比較符合《文心》本意的。雖然《文心》中的"物"也含《時序》篇所説的各種社會現象,但主要是以千姿百態的自然景物、外境爲主。詩賦的特點決定其所涉及的必然多是自然界的萬物,而文人們往往借自然之物咏懷,借景抒情,將情與辭結合,創作出美妙的篇章。就劉勰所處的齊梁時代而言,文學的發展造成了他的局限——忽略了廣闊的社會生活,也使得他視野中可感的"物"局限於自然景物。故而,將"神與物游"、"物色"之"物"釋爲自然萬物、外境是符合當時現實,也符合劉勰本意的。劉永濟先生肯定了劉勰所謂的"神與物游"就是作者的主觀感情與客觀的自然景物之間的相互融合,但他立足自己所處時代,給予"物"以更廣闊的内涵。他指出,作爲外境的物,其内涵可以延伸爲"作品所取材,作者所由感",即一切可作爲作品取材的内容,當然也包括社會現實,都是可與心融合的物,一切使作者有所感懷,有所觸動的境,自然可以是人、是景、是事,都能碰撞創作者的靈魂,産生創作的衝動和欲望。在劉永濟這裏"心物交融"之"物"更多的是以人生事實爲主的社會素材。

物來動情,情往感物。文思是主客觀交融的産物,構思是個雙向過程,因此其間情況就有所不同:有主體觸物感興,即物來動情;有外物爲主體驅使,即情往感物。劉永濟對此深有感觸,《校釋》指出:

  物來動情者,情隨物遷,彼物象之慘舒,即吾心之憂虞也,故曰"隨物宛轉";情往感物者,物因情變,以内心之悲樂,爲外境之襃戚也,故曰"與心徘徊"。

"物來動情,情隨物遷",旨在説明"物"的能動性,"物"是"我"構思時産生創作動機和欲望的誘因。主體總是在有所需要,有所觸動時才産生文思。劉勰《明詩》篇云:"人禀七情,應物感思。"《物色》亦説:"春秋代序,陰陽慘舒,物色之動,心亦摇焉。"其實早在劉勰之前的陸機已意識到這一現象,《文賦》中有"悲落葉於勁秋,喜柔條於芳春"的感慨。鍾嶸《詩品》也強調"氣之動物,物之感人,故搖蕩性情,形諸舞咏"。文學作品如此,非文學作品雖沒有較多的偶然感觸,却也是由於社會生活中的某些需要作誘因而產生寫作動機。

"情往感物,物因情變。"這裏體現了情對於文思產生的主動作用。從本質而言,文學是人學,因而創作者的心才是構思活動的主宰,它賦予物以生命和靈魂,使其飛揚靈動。此所謂"心"主要指作者的主觀感情、情思、内心活動。清代學者王夫之説:"烟雲泉石,花鳥苔林,金鋪錦帳,寓意則靈。"古人亦有"感人心者莫先乎情"的説法。劉勰非常注重創作者内心與情感的作用,可以説貫穿《文心雕龍》創作論始終。《序志》開篇即云:"文心者,言爲文之用心也。"論構思:神用象通,情變所孕;論風骨:情與氣偕,辭共體並;論通變:憑情以會通,負氣以適變;論體勢:因情立體,即體成勢。劉永濟心領神會。他在《校釋·神思》指出:"舍人論文,輒先論心。"之後又提出自己的看法:"文以心爲主,無文心即無文學。"主要包括以下三點:一曰"善感善覺者,此心也,模物寫象者,亦此心也"。這是説創作構思要具備善於觀察體驗,有所感悟的心態。二曰"繼往哲之遺緒者,此心也,開未來之先路者,亦此心也"。劉永濟此處談的實質是文人應該具有繼承與發展的辯證思維。顯然,劉永濟已超越了劉勰,融入了更多的個人灼見。"心物交融"之"心",不僅是感慨萬物,抒發自我的狹隘之心,而是關乎整個文壇,憂國憂民的廣闊胸襟。三曰"心忌在俗,惟俗難醫。俗者,留情於庸鄙,攝志於物慾。靈機窒而不通,天君昏而無見"。這段闡發再次看到劉永濟的"箴時正俗"思想。文學創作是高雅清净的精神活動,欲與物化,要有平和之情,是非分明之心,否則會敗筆掃興,貽笑後人。

總之,劉永濟《校釋》意在闡明物與我在構思時所體現的不同作用,物來動情,則物對心起着觸發、刺激作用,情隨物宛轉,從而產生創作的衝動;情往感物,心對物有所寓意,創作的激情需要尋找一個契合的、能與之相應的外塊依託,使物與心徘徊。兩種情況都是構思得以產生的緣起。這是《校釋》的落脚點和歸宿。

二、構思中——修養心神之術在乎虛靜

中國古代論藝術構思,特別強調創作者的精神狀態,將其看作構思過程中非常關鍵的一環。文藝理論中所謂的虛靜主要是對莊子虛靜説積極方面的運用和發揮,目的是强調作家在創作構思過程中,要有智照日月、洞鑒宇宙的高度清明的精神狀態,排除所有外界事物和内心雜念的干擾,集中精力進行復雜的藝術創造活動。心物交融産生了文思,但如何不受干擾,心平氣和,使思路更加暢通,文意如泉涌,就需要進入虛靜這種創作境界,胸中麻然無一物。陸機是第一個自覺地把虛靜説運用於文學創作的。他認爲藝術構思成敗的關鍵在於能否做到内心虛靜。"佇中區以玄覽"之"玄覽"就有虛靜之義。《文賦》指出:當作家進入玄覽虛靜的精神境界後,就能"收視反聽,耽思傍訊",一心一意開始構思活動。劉勰繼承陸機的思想,對這一文學理論進一步發揮。劉永濟闡釋《文心》時亦突出强調了這一見解。

《校釋》首先論述了統文思之關鍵的"志氣"。龍學家們對"志氣"主要有以下觀點:一種意見認爲"志氣"是指作家的世界觀而言,説"世界觀對文學創作的構思有統其關鍵的力量";一種意見認爲,"志氣"可解釋爲情志與氣質,在這裏泛指思想感情;第三種意見把"志氣"釋爲"意志力量",將全句翻譯爲"精神居住在胸中,能聚能散,其關鍵在於意志力量的統轄"。劉永濟指出,"志氣"乃"感應之符",並用"清明"、"神定氣寧"等詞語來修飾。《校釋》認爲:"志氣清明,則感應靈速。"感應是指受外界影響而引發的創作激情,這裏即指文思,故而文思的開與塞全係"志氣"是否"清明"。而"清明"是指頭腦清楚,清醒,人們常説神志清明。《校釋》用其修飾志氣,顯然,將"志氣"看作創作者的神志,亦即一種精神狀態。在《校釋·聲律》篇有更爲鮮明的論述:

> 心紛者言失其條,情浮者文乖其節。此中機樞至微,消息至密,而理未易明。故論者往往歸之天籟之自然。不知臨文之際,苟作者襟懷澄澈,神定氣寧,則情發肺腑,聲流唇吻,自如符節之

相合。

此處我們可以清晰地看到:《校釋》所謂的"志氣"恰是一種"臨文之際,襟懷澄澈,神定氣寧"的精神狀態。雖然劉永濟對"志氣"只做了簡單的闡發,沒有明確解釋其内涵,但在極少的文辭中却滲透出他對該理論術語的獨到理解。我們通過參看其他論者的觀點,會更爲深入地理解《校釋》之意。范文瀾《文心雕龍注》中釋"志氣"時援引《正義》"清,謂清静,明,謂顯著"之意,藉以闡明"志氣"的含義。而王運熙在三卷本的《中國文學批評史》中談劉勰的創作構思和修養時亦説:"一個人的文思時有利鈍通塞,他是作者精神狀態清明或昏煩的反映,因此要求:是以吐納文藝,務在節宜。清和其心,調揚其氣……"顯然,王運熙所謂的精神狀態恰是指《神思》中的"志氣"而言。范、王二位先生之言都可補充《校釋》所論。

我們再結合其他一些學者的説法來闡釋。學者馬白指出我國古代文論家十分重視"氣"在創作過程中的重要地位,而主要表現在作家進行創作時應具備一種積極奮發的精神狀態。陳思苓先生在《文心雕龍臆論》中則進一步説:"作家運用想象,能否周遊天地,貫穿古今,全在於作家主觀精神在構思時的由政治地位、社會關係、生活處境所造成的強弱低昂的狀態。"林杉先生在其《文心雕龍創作論疏鑒》一作中,將《神思》與《養氣》結合,聯繫寫作理論研究和寫作實踐作了深入的論述。文中首先從"神居胸臆,志氣統其關鍵"所處的地位分析,其上文的"思理爲妙,神與物游"是"志氣統其關鍵"的前提,只有神與物相互作用,才能產生文思,並具有開塞的問題。下文的"陶鈞文思,貴在虚静"一段又包含兩層含義:虚境狀態使臨文之前心腑澄澈,從而養成積極專注的精神;此外爲文運思要具備多方面的素養,此二意乃"志氣"的基本内涵。其次,作者結合《養氣》篇和創作實踐,闡明了"志氣"的本質内涵,作者中肯地指出:"對劉勰所謂的'志氣',不宜一般地解釋爲世界觀、思想感情、氣質或意志,而應當把它視爲一種以才、學、識等修養爲基礎,在寫作構思過程中,由精力和體力、心境和情緒、激情和欲望、勇氣和信心等諸多因素所形成的一種精神狀態。"此論對《校釋》欲言而未明的理論觀點有了更爲深入的闡釋，爲解釋"志氣"的本質內涵做了有益的探索。因此我們說，《校釋》對"志氣"的解釋是頗爲中肯的，在劉勰的基礎上更爲明確地解決了文思開塞之問題，是其構思論的必不可少的理論組成。

三、構思結——造無限之法　達無限之意

言意之辨是魏晉玄學中的主要論題之一，它對中國古代文論產生了深遠影響，劉勰在《神思》、《體性》、《隱秀》中都涉及這一論題。其言意觀也一直是學者們所爭議的。劉永濟繼承前人思想，聯繫自己的創作體會，對言意之關係作出了新的思考。他承認"言不盡意"有其存在的價值，并且認爲文學創作中的言不盡意是理所當然，且文貴含蓄；另一方面，他針對"言可盡意"的現象，又提出了一些具體的方法，力圖使言與意達到更爲和諧，趨向"密則無際"。

劉永濟認爲：言不盡意作爲一種文學現象是理所當然的，是文章寫作本身的一個特點。在《校釋》中說：

> 復以作者之情，或不敢直抒，則委屈之，不忍明言，則婉約之，不欲正言，則恢奇之，不可盡言，則蘊借之，不能顯言，則假託之，又或無心於言，而自然流露之，於是言外之旨遂爲文家所不能闕，賞會之士，亦以得其幽旨爲可樂，故意逆之功，以求志爲極則也。

這是立足於創作者主觀方面而言。中國傳統文學歷來尊崇儒家的"温柔敦厚"詩教觀，在文學創作上具體要求做到"主文而譎諫"。雖然藝術是表現情感的，但禮樂傳統對情感的表達有適度、中和的限定，要求做到"發乎情，止乎禮"。具體而言，就是"樂而不淫，哀而不傷，怨而不怒"的美學尺度。激奮的情緒被克制緩衝，隱含的表達欲言又止，無限的感喟常常被凝縮，造成"言有盡而意無窮"的效果。這種觀念雖

然在封建時代對維護統治階級的利益發揮過一定作用，但站在今天的立場，從藝術的審美角度，從文學本身的特點而言却又有其合理之處。歷代古人都曾講：文貴含蓄蘊藉。含蓄是古代抒情文學作品最重要的價值取向，講究含蓄，是中國古典詩歌的核心要求，也是"温柔敦厚"詩教觀的具體表現。嚴羽《滄浪詩話》提出詩歌創作達到的境界如"空中之音，相中之色，水中之月，鏡中之象，言有盡而意無窮"。可見，文學創作本身需要含蓄，而含蓄恰是"言外之意"所達到的一種審美效果。另一方面，劉永濟立足於客觀，從文學語言的載體文字而言，指出言不盡意的必然性。這在其《文學論》一書中有更爲詳盡的論述："文學的工具是文字，而此工具乃人力所爲，必資修正。其能力有限，而自然之景象萬千，情態交杵錯雜，道理幽深澈妙，文學家憑人爲有限之工具，欲爲無限之自然寫照，必有不能如意之苦。且真情至理之所在，見之者已少，見之者而能得其全體者尤少，見之者而能表現於文字圓滿無露者，幾不可得。有之，必非全憑文字，乃其心營意造，成種種法，以彌補文字之缺而能也。故文學家乃能造無限之法，用有限之工具爲無限之自然寫照。"①

這裏劉永濟指出了"言不盡意"存在的客觀性，但並未否定語言的表達作用，也不是消極對待，而是覺得倘若欲使言盡意也是能够辦到的，這就是"心營意造，成種種法"。劉永濟總結：使言盡意，首在善感。構思的起點是"心物交融"，無論"心"處於主動或是被動，都有一個對"物"的感知過程。《校釋》在論到構思產生時已強調了"善感善覺之心"的重要性，在闡發"言盡意"時再次指出"善感者操寫象之玄機"，可見他對於創作者的觀察感悟能力是很重視的。在其看來，眼睛是爲心服務的，感人精微，自能形象逼真地刻畫物象，抓住神韻。作家張潔在《方舟》中説："人和人的眼睛是不同的。每個人的瞳仁實際上是長在自己的心靈上，他們只能看見各自心靈所給予他們的那個界限之内的東西。"這也就説明了《校釋》"眼爲心生"的觀點。再者，寫作作爲一種藝

---

① 劉永濟：《文學通變論》，《中國青年》1942 年第 1 期。

術活動，需要具備一定的能力，這個能力包括多方面的內容，主要指"精微地觀察、認識客觀事物，抓住客觀事物的特徵，有所觸發，引起一系列的聯想和想象；進而進行綜合概括，彌綸成篇"。劉永濟所謂的"善感"觀點恰突出強調了其中最基礎最根本的兩環：精微地觀察，抓住事物的突出特徵以及有所觸發（感受）。善感善覺是作家成功的秘訣之一，是激發寫作動機和靈感的條件，亦是"寫象之玄機"。只有將生活中的經驗和事物記憶保存，讓這些特徵與自己的感情化合，這樣的形象才具有感染力。《校釋》這裏將文學創作的觀察與感受融而為一，稱之為"善感"，這也正是文學創作者與其他人觀察時的不同所在。前者戴着有色眼鏡，充滿着感性的心緒，後者却是冷静客觀的。因此，藝術家常不自覺地達到"物以貌求，心以理應"的境界。當腦海中的物象深深扎根，其細微的特徵如打過烙印，如此用語言去描繪、刻畫出的形象，應該是比較完滿的，此時的言與意是和諧無際的。

當然，《校釋》側重文學形象的表達，强調觀與感的功用，雖不是萬全之策，但却為新時期研究言意關係作着新的思考，也給予創作者以極大啓發。對於那些空有一番激情却缺乏寫作素材或是不能細膩刻畫出客觀事物形貌的創作者無疑指明了道路，傳授了寶貴的經驗：即要具備一顆善感善覺之心。

言外之意，必由言得。從劉勰的文學理論體系看，《隱秀》不僅作為創作論的一個組成部分，也是《文心》言意觀的重要體現。《校釋》引張戒《歲寒堂詩話》曰："情在詞外曰隱，狀溢目前曰秀。"又説梅堯臣的"含不盡之意見於言外，狀難寫之景如在目前"與此同義。依《校釋》所見，"秀"處將難寫之景形象地展現出來，使言充分地盡意；而"隱"處則是創作者將意蘊涵於言辭之外，造成言外之意，達到含蓄蘊藉的效果。因此《校釋》説："言外之意必由言得。"這裏揭示了隱秀與言意的内在關係。何謂隱秀，《文心·隱秀》曰："隱也者，文外之重旨也"，"夫隱之爲體，義生文外"，即文章言辭之外的另外一層意思，它是隱蔽的、潛在的。正所謂"得意於言外"。顯然依《校釋》而言"隱"以言不盡意爲理論基礎，故而達到含蓄蘊藉，言近旨遠的審美效果。"秀也者，篇中之獨拔者也。"意指文章中在思想或藝術方面出類拔萃的、富有表現力和感染力的詞句或段落。"秀以卓絕爲巧",主要指用細膩有力的筆觸對物象進行刻畫,創造出鮮明生動的藝術形象,突破語言這種有限之工具的局限性,達到"壯辭喻其真"的效果。"秀"處則是以言盡意爲理論基礎,在創作中要求狀難寫之景如在目前,得意於言中。"隱秀"作爲一種藝術表現手法爲作品增添文采,也爲讀者的閱讀帶來無限的審美感受。

作爲藝術表現手段,隱、秀是對立的範疇,而實質却又是統一交融的。《校釋》一語道出二者的辯證統一關係——隱處即秀處。釋義曰:

> 文學家言外之旨,往往即在文中警策處,讀者逆志,亦即從此而入。蓋隱處即秀處也。例如《九歌·湘君》篇中"心不同兮媒勞,思不甚兮輕絕",及"交不忠兮怨長,期不信兮告予以不閒",言外流露黨人與己異趣,信己不深,故生離間。而此四句即篇中秀處。又如《少司命》篇中"悲莫悲兮生別離,樂莫樂兮新相知"二句,爲千古情語之祖,亦篇中秀處也。而屈子痛心於子蘭與己異趣,致再合無望之意,亦即於此得之。

這一見解是頗有見地的。從表面看,作家的思想感情是通過文辭表達的,爲何會情在詞外,義生文外呢?我們說,作品的思想感情總是要通過文辭來表達,但却不是直接通過文字符號本身表現出來,而是透過文辭傳達出富有形象感的意蘊,折射出思想感情,而思想感情又依附於文辭。一方面,通過對物象的精雕細刻描繪出真境,發揮語言的最大功用,意在表達確定的含義;另一方面,在創作中發揮想象,營造空靈的虛境,造成多義性,産生言外之旨。然而,隱秀不是孤立存在,所謂"文之英蕤,有秀有隱",秀而不隱,隱而不秀,都不是文之英蕤。隱秀結合才會創造出優美的篇章。

概言之,《校釋》對言意關係的探索是極有深意的,其最終旨在闡明:言不盡意,目的是爲了追求一種藝術的審美效果;言盡意,是文學創作的必然，不論言外之意抑或篇中之秀都是藉助"言"表現出來的。

綜上，劉永濟的《校釋》，對《文心雕龍》構思論的闡釋是扼要、扎實、每有創見和新意的。它對文思產生的原因，文思開塞的關鍵以及"言不盡意"的内涵、意義和方法等重要問題的解釋和辨析，其學術價值和對創作實踐的指導意義，都值得予以特別的重視。季羨林先生在《20世紀中國文學研究》中就說："回首百年《文心雕龍》研究，其杰出成果，有目共睹。前50年的代表人物是黄侃、范文瀾、劉永濟。"這是良有用心的。①

（原載《語文學刊》2013年第5期。）

---

① 戚良德：《牟世金與文心雕龍學》，《山東大學報》2004年版第18期。

劉永濟《詞論》與《文心雕龍》之
相關性考辨(節録)

陳水雲①

第三，重視文學創作過程中意象的語符化，即"言""意"關係。劉勰論述了文學文本的文質關係及文學形象的"隱秀"特徵，劉永濟借《文心雕龍》之論"言""意"關係，分析了詞之"清空""質實"的實質及"清空"的審美意藴。

如果説心物交融説明的是藝術構思中的心理狀態，論述的主要是審美意象如何生成的話，那麽"言""意"關涉的則是文學創作中的表達問題，即作者通過什麽樣的語言方式將審美意象呈現出來。劉永濟説："蓋情物交會而後生文，《神思》一篇所論詳矣。然其交會成文之際，亦自有别。或物來動情，或情往感物，情物之間，交互相加，及其至也，即物即情，融合無間，然後敷采設藻以出之。"但意象是存於胸中的，當它以語言的方式被物化後，就會出現劉勰所説的"意翻空而易奇，言徵實而難巧"情形。"是以意授於思，言授予意，密則無際，疏則千里，

---

① 陳水雲先生的論文分爲三部分，第一部分説"《詞論》在體制上不及《文心雕龍》之宏大，但全書在體例上亦分上下兩篇，由文體論和創作論兩部分組成"。"這樣的體制安排明顯是受到《文心雕龍》的啟發。當然，在實際操作過程中，劉永濟又根據詞的文體和創作實際作了相應變動。"第三部分説《文心雕龍》對《詞論》"影響非常廣泛，除了《總術篇》集中地論述文學創作的基本原理外，《結構》、《聲采》兩篇也吸收了《文心雕龍》談文學所傳達的體勢、章句、練字的見解"。第二部分爲全文核心内容之所在，説"《文心雕龍》對《詞論》影響最爲深刻的還是它的思想，即文學見解，這集中地表現《詞論》下篇談詞的作法"。關於這個問題，作者談了三點，即"首先是對創作主體的重視"，"其次是重視構思活動過程中主客體的"心物交融"。這裏選載的是第三點。

或理在方寸而求之域表，或意在咫尺而思隔山河。"(《神思》)這是説語言表達與藝術構思之間有一種離合的關係，結合得緊密的話則猶如天衣無縫，結合得粗疏則謬以千里，但總體説來它們還是一種"因内而符外"的關係："夫情動而言形，理發而文見。蓋沿隱以至顯，因内而符外者也。"(《體興》)

"言""意"關係首先涉及的第一層意思，是内容與形式亦即文質的關係。《情采篇》説："夫鉛黛所以飾容，而盼倩生於淑姿。文采所以飾言，而辯麗本於情性。故情者，文之經；辭者，理之緯。經正而後緯成，理定而後辭暢，此立文之本源也。"劉永濟認爲"情采"的關係是"采之本在情，而其用亦在述情"，但"情"要以采而表現之，無采之文而情則無以依附。《情采篇》説："夫水性虚而淪漪結，木體實而花萼振，文附質也。虎豹無文則鞹同犬羊，犀兕有皮，而色資丹漆，質待文也。"劉永濟釋之曰："蓋人情物象，往往深賾幽杳，必非常言能盡妙，故賴有敷設之功，亦如治玉者必資琢磨之益，繪畫者在渲染之能，徑情直言，未可謂文也，雕文傷質，亦未可謂文也。必也，參酌文質之間，辨别真僞之際，權衡深淺之限，商量濃淡之分，以求其適當而不易，而後始爲盡職。"從文學表達角度而言，"言"與"意"結合得天衣無縫應該説是最佳狀態，但實際上在文學創作過程中往往出現重意輕辭或尚辭而略"意"的兩種偏向。比如在清代，以朱彝尊爲代表的浙西派，爲轉變明末清初的軟媚輕艷風氣，重提姜夔、張炎所倡導的清雅詞風，不滿吳文英之"質實"相對，也反對蘇、辛之粗豪，偏重形式格律和文辭諧美。而以張惠言爲代表的常州派後勁，不滿於浙派的"過尊白石，但主清空"，積極肯定浙派所否定的吳文英和辛棄疾，也存在着偏重内容的傾向。劉永濟從"意"與"辭"(言)的角度重新檢討了"清空""質實"之説，指出"清空"與"質實"涉及的是"煉意""煉辭"的問題："蓋作者不能不有意，而達意不能不鑄辭。及其蔽也，或意邈而不逮，或辭工而意不見焉。……必也意足以舉其辭，辭足以達其意。辭意之間，有相得之美，無兩傷之失。"

"言""意"關係涉及的第二層涵義是，語言表達的含蓄與直露的問題。語言文本有"言外之意"是文學作品的基本特徵，但在文學傳達過程中有一個"言"能否稱"意"的問題。劉永濟《文心雕龍校釋》說："言外之意，必由言得，目前之景，乃憑情顯。言失其當，則意浮漂而不定，情喪其用，則景虛設而無功。言當者，作者之情懷雖未盡宣，而讀者之心思已足領會。"當然，言首先能稱"意"，將意象傳達得生動形象，劉勰稱之爲"秀"；同時，言又要能藏"意"，將作者的意思隱蔽起來，劉勰稱之爲"隱"。他說："隱也者，文外之重旨者也；秀也者，篇中之獨拔者。隱以復意爲工，秀以卓絕爲巧，斯乃舊章之懿績，才情之嘉會也。"（《隱秀》）劉永濟認爲這裏所説的"隱""秀"，實際就是後來梅聖俞所說的"狀難寫之景如在目前，含不盡之意見於言外"，因爲張戒《歲寒堂詩話》引有《文心雕龍》之佚文"情在詞外曰隱，狀溢目前曰秀"二語，所說的意思和梅聖俞是相通的，他們主張文學作品描摹景物要生動形象（"秀"），但表達思想感情却要含蓄不露（"隱"），在中國古代向來就有重含蓄的傳統，劉勰關於"隱"的思想也最爲歷代論者所重視。什麼是"隱"呢？劉勰說"夫隱之爲體，義生文外，秘響傍通，伏采潛發；譬爻象之變互體，川瀆之韞珠玉也。"（《隱秀》）"義生文外"就是說意義隱藏在文本之外，它需要讀者在接受解讀文本的過程裏生成出來，在劉永濟看來詞家強調詞要"清空"，實際上就是主張"詞意超妙"（義生文外）；"清空云者，詞意渾脫超妙，看似平淡，而義蘊無盡，不可指實。"這一審美特徵又是《詩》《騷》傳統在詞中的具體表現，是古代詩歌比興傳統的進一步發展，也是古代文學"意在言外"傳統的進一步發揮。"其源蓋出於楚人之騷，其法蓋由於詩人之興，作者以善覺、善感之才，遇可感、可覺之境，於是觸物類情而發於不自覺者也。惟其如此，故往往因小可以見大，即近可以明遠。其超妙，其渾脫，皆未易以知識得，尤未易以言語道，是在性靈之領會而已，嚴滄浪所謂'水中之月，鏡中之象'是也。"

（原載《長江學術》第六輯，長江文藝出版社 2004 年版。）

劉永濟《文心雕龍校釋》評介

張清河

劉永濟(1887—1966)，字弘度，號誦帚，晚年號知秋翁，室名易簡齋，晚年更名微睇室、誦帚庵，湖南新寧縣人，著名古典文學專家。1911年就讀於清華大學。畢業後在長沙明德中學任教，1919年開始發表作品。1928年任沈陽東北大學國文系教授，九一八事變後，南下至武漢大學任教，曾任武漢大學文學院院長。1949年後任湖北文聯副主席、中國作家協會武漢分會理事、《文學評論》編委等職。

劉永濟治學謹嚴，博通精微，其研究涉及中國古典文學之詩、詞、曲及文論諸多領域，取得了多方面的成就，尤其對曲賦和《文心雕龍》研究頗令海內外學者矚目。著有《文學論》、《十四朝文學要略》、《文心雕龍校釋》等。劉永濟任教武漢大學後，即致力於《文心雕龍》研究，20世紀30年代即有《文心雕龍徵引文錄》之上下兩卷，徵引文達530篇，由武漢大學於1933—1935年內部鉛印。《文心雕龍校釋》(以下簡稱《校釋>)是劉永濟爲大學諸生講習漢魏六朝文學而寫的講義稿。最初於1948年由正中書局出版，1962年中華書局再版。《校釋》雖由"校"與"釋"兩部分組成，但在文字校勘方面甚爲簡略，亦非著者重點所在，釋義方面則頗有特色，不少簡明扼要的見解能發明劉勰論文大旨，從而成爲繼黃侃《文心雕龍札記》之後又一部影響廣泛的龍學理論研究的力作。

《校釋》諸詮釋，皆得劉勰論文原旨。劉勰《文心雕龍》原文是用駢體文寫成，兼以徵引浩博，在閱讀時不免有些困難，因而注釋本較多，如黃叔琳注、紀昀評本，黃叔琳注、李詳補注、楊明照校注拾遺本，范文瀾校注本、王利器校正本等。而劉永濟校釋本，是其中較有特色的一部名著。劉永濟以《太平御覽》影印宋本爲底本，以清鮑崇城刻小字本和明刻本校正，隨文訓釋，發明原文大旨。此書問世後，爲學林所推重。僅以1962年中華書局版爲例，印數15600册，僅次於范注本。其精到之論多爲治龍學者所引用闡發。如牟世金《〈文心雕龍〉研究的回顧與展望》一文中說："從1955年到1964年的十年間，出現了《文心雕龍》研究的全新面貌。楊明照的《文心雕龍校注》和劉永濟的《文心雕龍校釋》，是這十年内《文心雕龍》研究重要收穫。兩書都是他們多年研究的碩果，在國內外都有深遠的影響，臺灣之龍學諸學人也將其奉爲圭臬（見牟世金《臺灣文心雕龍研究鳥瞰》）。

劉永濟嘗語黃侃弟子程千帆說："季剛的《札記》，《章句篇》寫得最詳；我的《校釋》，《論說篇》寫得最詳！"劉永濟與黃侃各擅勝場，他以精於小學推黃侃，而以長於評議自許。據著者1962年版《前言》可知：《校釋》原先的編排順序是先《序志》，次以"文之樞紐"五篇，再繼之下編（論文理），最後殿以上編（論文體），其目的在於"（使）學者先明其理論，然後以其理論與上編所舉各體文印證，則全部了然矣"。此種篇目上的變動重組，固然出於授業之便利，但作者研究《文心雕龍》之傾力處亦灼然可知，那就是着重闡明劉勰文論的精要。這從著者的研究方法上也可以明顯見出。對於"文之樞紐"及《神思》以下二十五篇，首段釋義總是概括一篇要旨，分析其中段落大意，而於文體論部分則直接"悉別條具""隨文訓釋"（《前言》）。就《校釋》的理論研究成就而言，可從以下三個方面進行評介。

第一，《校釋》對《文心雕龍》論文之根本的理解與把握深入透闢，頗有見識。《原道》篇釋義曰："舍人論文，首重自然。"即是對劉勰文論之根本的界定。但在"自然"之道的理解上，著者有自己的看法。劉永濟說："（自然）二字含義，貴能剖析，與近人所謂'自然主義'未可混同。此所謂自然者，即道之異名。道無不被，大而天地山川，小而禽魚草木，精而人紀物序，粗而花落鳥啼，各有節文，不相凌雜，皆自然之義也。"這是廣義的"自然之道"。就其狹義的内涵而言，則指的是作家的作品："文家或寫人情，或模物態，或析義理，或記古今，凡具倫次，或加藻飾，閱之動情，誦之益智，亦皆自然之文也。文學封域，此爲最大。故舍人上篇舉一切文體而並論之。"這就把《文心雕龍》的"自然"宗旨與近代以來西方傳入的"自然主義"文學觀念作了區別，並揭示出"自然"之義與劉勰文體論的內在關係。接著，劉永濟以劉勰"自然者即道之異名"的觀點去分析《徵聖》《宗經》篇，著者所得出的結論也顯得別具識力。《徵聖》篇釋義云："此篇分三段。初段論文必徵聖之理。中分二節：首渾言，次舉例。次段明聖心精微，故其文曲當神理。中標四義：即簡、博、明、隱。末段言聖文易見，以足成文必徵聖之論。……聖人之心，合乎自然，聖心之文，明夫大道。……然則聖心之道雖不可見，而聖人之文尚可得聞。《徵聖》者，由文以見道可也，故次於《原道》。"這段論述，實際上把"自然之道"具體化了，以"聖心精微，故其文曲當神理"釋"自然"之內涵，"自然之道"也就成爲統攝爲文之術的根本原則。因此《徵聖》篇釋義又説："文之爲術，廣有多途，約而數之，隱、顯、繁、簡四者而已。四者各有至當，一皆準之自然。……此亦舍人立論圓通之處。"從這樣的角度闡發劉勰的自然之道觀，應當説是既盡其意又能落於實處，足資借鑒。

　　《校釋》所揭示的劉勰首重自然的文論根本，在創作論領域的主要表現就是強調師心重情。圍遶這個問題，劉永濟用較爲淺近的文言，深入發掘劉勰的原旨。《情采》篇論"立文之本源"時就提出"情者文之經"和"理定而後辭暢"。這是劉勰文論又一層面的根本內涵。《校釋》著者對這一點非常重視。再如：《哀弔》篇釋義："舍人論文，以情性爲本柢，以理道爲準則。全書斥浮詭，黜繁縟，不一其詞。"又如：《神思》篇釋義："舍人論文，輒先論心。故《序志》篇曰：'夫文心者，言文之用心也。'蓋文以心爲主，無文心即無文學。善感善覺者，此心也；模物寫象者，亦此心也；繼往哲之遺緒者，此心也；開未來之先路者，亦此心也。"——劉勰所説的"爲文之用心"，包括神思、鎔裁、附會等諸多方面，而其根本所在則是心有所感，情有所動，爲文之種種技巧均應以此心此情爲基礎，否則即爲文而造情。因此，劉永濟認爲"蓋文以心爲主，無文心即無文學"，可謂深契劉勰之本旨。

第二，《校釋》對《文心雕龍》一些具體的文學原理的研究較爲豐富，下面約舉數端而略作評議。《神思》、《定勢》、《情采》諸篇釋義，將《文心雕龍》蘊含的文學原理作古今打通。劉永濟指出，劉勰所用的"風"、"氣"、"情"、"思"、"意"、"義"、"力"諸概念，其内涵屬於"情"、"思"。比如《神思》裏關於"虚"、"静"的概念，"舍人'虚、静'二義，蓋取老聃'守静致虚'之語。惟虚則能納，惟静則能照。能納之喻，如太空之涵萬象；能照之喻，如明鏡之顯衆形。一塵不染者，致虚之極境也；玄鑒孔明者，守静之篤功也。養心若此，湛然空靈。及其爲文也，行乎其所當行，止乎其所當止，不待規矩繩墨，而有妙造自然之樂，尚何難達之辭，不盡之意哉？故曰'馭文之首術，謀篇之大端'也"。我們通過劉氏的梳理，可以領會古代詩文評領域内諸多關於"虚静"概念的闡釋，這便是一以貫之的文論之"道"。

　　《文心雕龍》雖然並未明確地提出"意境"這一美學範疇，但《校釋》許多論述實際上已經涉及"意境"的創造問題，對後代意境理論的形成發展具有極爲重要的啓迪作用。所謂"意境"，指的是"情景交融"。《神思》篇釋義謂"此篇最要者有二義"，一則"論内心與外境交融而後文生之理"，二則"論修養心神乃爲文要術之故"。劉永濟分析道：人心居於内，"與物接而生感應；志氣者，感應之符也"，這是心由物感而興情氣；接着是物"與神會而後成興象；辭令者，興象之符也"，這是情與物合而生興象，實即《神思》所謂"意象"，而"意象"必資"辭令"以傳達之、安宅之。由此可見，"辭令之工拙，興象之明晦係焉；志氣之清濁，感應之利鈍存焉。……志氣清明，則感應靈速；辭令巧妙，則興象昭晰。……千古才士，未有舍是而能成佳文者。然而能言其理者，獨於此篇見之。此舍人之所以卓絶也"。一般論者均從《神思》篇對想象問題的論述入手分析其旨意，而劉永濟則另闢蹊徑，從文學作品興象之產生、傳寫的角度論其"最要"之義，把《神思》的理論要旨與重情興、重興象的意境論聯繫起來。

　　第三，關於《文心雕龍》的現實針對性問題，劉永濟《校釋》多有闡釋和引申。《校釋》前言論及《文心雕龍》的性質，視之"爲我國文學批評論文最早、最完備、最有系統之作",但對目錄學家列之於"詩文評類"的做法似有微詞,認爲《序志》篇表明劉勰著論"自許將羽翼經典,於經注家外,別立一幟,專論文章,其意義殆已超出詩文評之上而成爲一家之言,與諸子著書之意相同矣",原因在於該書與諸子書一樣,"有其對於時政、世風之批評","亦有匡救時弊之意",具體地説就是"彦和從文學之浮靡推及當時士大夫風尚之頹廢與時政之蹙弛。實懷亡國之懼,故其論文必注重作者品格之高下與政治之得失"。張少康先生指出,《校釋》前言"實代表着四十年代著者撰《校釋》時的思想觀點。因而書中對劉勰論文的社會現實針對性頗加重視"。①

　　劉永濟《樂府》釋義謂"其持論嚴正,實與荀卿《樂論》同一旨歸","故於雅鄭之防,未容稍軼。世之僅以文士目舍人者,其亦可以自反矣"。《議對》篇釋義認爲:"晉宋以後,文體漸尚藻麗,於是有不切事情而騁華辭者,故彦和以貴朕、還珠譬況之,猶今世所謂脱離實際之文也。彦和之時,文浮末勝,尤無足觀,故其此篇,雖揚摧前代作者,實針砭當世文風,最爲切要。顧亭林謂:'文須有益於天下;彦和有焉。讀此書者,未可純以齊梁文士目之也。'"《正緯》篇釋義也指出:"舍人之作此篇,以箴時也",以爲讖緯説在宋齊之世未絶,"足以長浮詭之習,揚愛奇之風",劉勰此論"列四僞以匡謬,述四賢而正俗"。這種解釋雖然忽略了劉勰論緯書"有益文章"的一面,但指出其社會現實針對性,還是有一定的意義的。

（原載李建中主編之《龍學檔案》,武漢大學出版社2012年版）

---

① 《文心雕龍研究史》,北京大學出版社2001年版,第171頁。

大師的風範
——劉永濟先生的學術與人格

吳志達

武漢大學中文系有"五老",國學大師劉永濟先生是"五老"之首。

一、廣博精專、厚積薄發的治學之道

國學大師之稱,當然首先體現在對祖國傳統文化的學養、識見上,達到其生活的時代所能達到的制高點,其學説爲海内外同行專家所首肯,具有權威性、創造性。千帆師就曾稱道弘老"治學之廣,讀書之多,是驚人的。他在群經、諸子、小學及古史方面,在目録、校勘、版本方面,在沿革地理、名物制度方面,修養都很濃厚。所以研治古籍,就能左右逢源,多所創獲"。劉先生出生於一個書香門第、仕宦之家,從小受家學熏陶,博覽群書。在國學方面打下厚實的根基,又受過近代科學教育,曾在北京清華留美預備學校學習,這對培養他創造性的思維方式和理論意識大有好處。他不僅學兼文史,而且善於融匯中西;不僅在學術研究方面取得豐碩的成果,而且在詩詞創作方面自成一家。

劉先生的學術著作,在生前出版的,數量不算很多,但就質量而言,都是一流的。他早年的著作《文學論》,可以説是我國具有開創性的《文學概論》專書,"貫通中西,要言不煩",由商務印書館出版重印多次。學術界常以"十年磨一劍"來形容治學用功之精,這種精品意識,在劉先生的學術生涯中得到充分體現。他在文學理論研究方面,用功最深的是《〈文心雕龍〉校釋》(以下簡稱《校釋》),此書在20世紀40年代初就完成了。同類著作,此前爲學術界所推崇的,有黄侃(季剛)著的《〈文心雕龍〉札記》。據先師千帆先生記述,劉先生曾在閒談時對他説

"季剛的《札記》,《章句篇》寫得最詳;我的《校釋》,《論說篇》寫得最詳。"正好道出了黃先生精於小學,而劉先生自己長於持論的特色。該書解放前曾正中書局出版,但他不斷地加以修訂,精益求精,直到1962年才由中華書局出版。劉先生治學的風格在於求真、精要。《校釋》不附《文心雕龍》原文,故省略大量篇幅,其書體例,除簡要的《前言》可謂對《文心雕龍》的總論,指出優缺點,並說明他作校釋的用意和經過;"校"即校正《文心》原文的訛誤,可見其目錄、校勘、版本之功;最精彩的是"釋義",對原著50篇逐篇予以分析、論述,以極簡練的文字,剖析其內涵,并聯繫近人類似術語,辨訛析誤,得其精髓,從中體現出對儒、道、釋諸家思想與文學關係的理解,涉及經、史、子、集諸部書,博大精深,觸類旁通,既"力求不背原書之意",又多有創見,發前人之所未發。豐富精闢的内容,却能要言不煩,全書不到13萬字,大匠運斤之功,由此可見一斑。誠如千帆師所云:劉先生"畢生致力於屈原研究",其代表作《屈賦通箋》初稿,1932年就完成了,經反復修訂,於1953年寫定,為對有關全書總義,作進一步深入研究,又另撰《箋屈餘義》19篇。人民文學出版社將這兩種著作合為一部,於1961年出版。從完成初稿到正式出版,經歷了近30年的磨礪,其嚴謹、求真的治學態度,可嘆為觀止。

劉先生青年時代,曾師事近代詞學名家況周頤、朱祖謀,深受兩位詞壇巨匠的賞識。其實在他少年時,就"得古今詞集於姑丈松琴龍先生家,久之,亦稍習為之",有此良好基礎,故經老輩名家點撥,遂走上研究詞學的道路,在詞的理論和創作上,都取得輝煌的成就。他治詞也是由博返約,早年講詞選課,編有《誦帚庵詞選》四卷,選篇較多。60歲後,擷取唐宋詞之英華,編撰《唐五代兩宋詞簡析》,卷首有一篇"總論"性的文章,篇幅不長,却將唐五代兩宋詞的主要流派,溯源窮流,作了系統、精當的論述。對每篇所作的注釋,亦極其精要,富有特色。《微睇室説詞》,原是劉先生於1961年為中青年教師講授婉約派詞而撰寫的講義,以吳文英為中心,上連周邦彦、姜夔、史達祖,下掛王沂孫、周密、張炎,婉約派的源流畢具。我有幸聽課,先生坐在躺椅上講，語言平和簡約，分析縝密透徹，結合具體作家作品，講授作詞和鑒賞詞的方法。我們爲了筆記完整無誤，向他借閲講稿，他毫無保留地把用活頁紙寫的講稿借給我們，端正而有靈秀之氣的蠅頭小楷，寫得非常清爽，講稿實際上就是高檔次的論著，是一部佳作。

自宋代以來，關於詞學理論，往往以詞話的形式出現，種類繁多，衆說紛紜，不免金子泥沙俱存。劉先生有鑒於此，編撰《詞論》一書，對以往詞話，作了嚴謹的去粗存精，上卷爲《通論》，分列名誼、緣起、宫調、聲韻、風會五個專題；下卷《作法》，分總術、取徑、賦情、體物、結構、聲采、餘論七個專題。列引諸家對某一專題之論述，劉先生則於其前後，或加敘論、闡述，或加按語論其要義，辨誤正訛，闡明己見，新意迭出，多所發明，而文字極其簡約。劉先生曾對千帆師説："這事實上是一部詞話選，前人的精論要語，都在其中。"而不張揚自己的創見精意，如何超越前人，其實精彩處亦正在其新加之論釋、按語。例如《通論》末篇《風會》，即通常所指流派，先生則在其篇首敘論云：

> 文藝之事，言派别不如言風會。派别近私，風會則公也。言派别，則主於一二人，易生門户之爭；言風會，則國運之隆替、人才之高下、體制之因革，皆於有關焉。蓋風會之成，常因緣此三事，故其變也，亦非一二人偶爾所能爲。自來論者未能通明，故多偏主，或依時序爲分别，或以地域爲區畫，或據作家爲權衡。

"風會"之論，似比"流派"之説，更勝一籌，也更切合實際，内涵更嚴謹、完整，盡管難以取代習慣已久的舊説，畢竟是具有創新意義、有膽識之舉。又如《作法》首篇《總術》，對詞學家習用的諸如清空、襟抱、胸次、風度、氣象、氣格、詞境、意境、境界、寄託等術語，關係到作詞或品賞詞的方法和尺度，但詞學家之論，時或失於抽象玄虚，不易準確領會把握。劉先生對每一術語，在列舉諸家之説後，加上按語，將衆説融會貫通，以曉暢精警、言簡意賅之語，闡明要義，斷以己見，有繼承，又有創新，多有精闢獨到之處，非一般缺乏理論素養和作詞經驗者所能望其項背。

　　劉先生的著作還有多種，例如《十四朝文學要略》，就是一部"在結構和見解上都有特點的文學史"，他對當時同類著作"雜撮陳篇，補苴瑣屑"，或"稗販異國之作，絕無心得之言"頗爲不滿，故其書獨辟蹊徑，着意創新，重在立綱論史，以持論爲經，行文練要而多卓見；以注釋方式徵引前修之説或加按語予以闡發幽微爲緯。相輔相成，渾然一體。對自先秦至隋各體文學之流變、升降盛衰之勢、代表作家之同異得失，知人論世，獨具匠心，切中肯綮。雖時逾70餘年，猶有別開生面之感。《唐樂府史綱要》，則是"迄今爲止，我國研究唐代樂府歷史的唯一專著"，《唐人絕句精華》、《宋代歌舞劇曲錄要》及《元人散曲選》，在其序論和選篇、注釋中，都有其獨創性的見解。如對唐人絕句的源流正變之論，宋代歌舞劇曲在結構上有縱排橫列之分，元人散曲有陰剛陽柔不同的審美趨向，都頗具卓見。

　　在劉先生諸多著作中，最具有代表性，在同時代學人類似著作中居領先水平的，是屈賦、《文心雕龍》及唐宋詞三大領域的研究成果。從中可以體會到什麼是精品意識，發人深思，頗受啟迪。

二、文獻考據與理論批評相結合，"知"與"能"相統一的學術思想

　　文獻考據與理論批評相結合的學術思想，是劉弘老作爲一代國學大師的又一特色。這種治學觀念，劉先生主要體現在《文學論》、《十四朝文學論略》、《屈賦通箋》、《文心雕龍校釋》、唐宋詞研究等具體的學術成果中，其特色就是既長於考據，又長於持論。主張"知"與"能"的統一，意即從事文學理論研究者，也應從事創作實踐。自身有創作實踐的經驗，對品評作家作品和文學史上的某些現象，就不至於隔靴搔癢，説一些不着邊際的外行話。因此，從事古典文學的研究，最好自己也能寫作古體詩、詞和文言文。劉先生的白話文，其實也是寫得很漂亮的，特別是專爲一般讀者寫的、帶有普及性的讀物，例如解放初期發表在《長江文藝》上的一篇鑒賞元人散曲《漢高祖還鄉》的文章，或者幾種選

注本的《前言》，就是流暢簡練的白話文。但是絕大多數學術專著，都是用文言寫的，簡約而不晦澀，內涵豐富，遒勁中顯其豁達明暢，頗具先唐散文的風格韻味。劉先生擅長詩、詞創作，尤其是詞，《誦帚庵詞》不失爲一代詞壇名家。如前所述，他的《詞論》，融匯諸家詞學之長，出以己見，獨樹一幟。所以他的詞作風格，兼有婉約、豪放特色。首次以所作《浣溪沙》"幾日東風上柳枝"就正於晚清詞壇宗匠況周頤，就受到贊賞；另一首即席詠之作，更得到當時詞壇領袖朱祖謀的重視，認爲"此能用方筆者"，方筆者，剛正遒勁之謂也。於婉約陰柔之美中，寓有豪放陽剛之美的氣質，這也正是劉詞的特色。"歷世既久，更事既多，人間憂患，紛紜交午，有不得不受，受之而鬱結於中，有不得不吐者，輒於詞發之。"此種寓豪放於婉約之中，具有剛柔兼濟之美的風格特徵，更爲突出。縱覽其詞集，自1931年在沈陽東北大學始，至1960年參加武漢市政協會議止，分《語寒》、《驚燕》、《知秋》、《翠尾》四集，抒發從九·一八事變日寇侵佔東北，流寓北京，到武昌武漢大學任教，西遷樂山，直到中華人民共和國誕生十周年，感情變化，心路歷程，一個具有正義感和愛國的知識分子，抗日救亡、憂國憂民之情，諷刺國民黨政府腐敗無能，"竊祿者闒茸淫昏，絕無準備，國勢危於累卵，中情激蕩"的憤激情懷，歷歷在目。其《滿江紅》曾譜曲作爲東北抗日義勇軍軍歌。對湘戰的勝利，感到歡欣鼓舞，爲衡陽守軍奮戰47晝夜、全軍傷亡而無援軍深感悲憤。也有傾訴親情、友情的。前三集寫在舊時代，悲多歡少；最後一集，爲解放後之作，歌頌黨和社會主義成爲主旋律。長江大橋建成通車典禮，國慶十周年，學習新理論，乃至友邦蘇聯衛星上天、宇宙飛船首航太空，參加市政協會議，都曾寫下華章，熱情洋溢，放聲高歌，歡快之情有如孔雀開屏，故名其集爲《翠尾》。稱之爲史詞，恐非溢美。"文革"初始，有人奉命審查先生詞集，竟被視爲"毒草"。在那特殊的年代，出現此類怪現象，固無需深責。似宋人張蕓叟詩句"若使風光解流轉，莫將桃李等閒栽"的慨嘆，亦當引以爲誡。

三、忠誠祖國的教育事業，尊師重教，獎掖後進

忠誠於祖國的教育事業，是自孔子以來，我國教育工作者的優良傳統，這種精神，在劉永濟老師從事的實際工作中，有着突出的體現。劉先生於1917年，應老師長沙明德中學校長胡元琰之約，任教該校。因胡校長參與孫中山領導的革命，被軍閥張敬堯追捕，胡校長倉皇逃離，學校瀕臨癱瘓。劉先生慷慨解囊，將多年積蓄準備出國留學的3000銀元，全數作爲學校經費。他以身作則，仍留校教授國文，和其他教職員一樣，每月領八元生活費，終於使學校支撑下去。後來，劉先生寧可放棄出國留學的宿願，也不向他的老師胡校長索回3000元應急墊付款。可以毫不夸張地說：劉先生是尊師重教的楷模。

他在仜武漢大學文學院院長期間，文學院有衆多著名教授，盡管在學術思想上有較開明的胡適派學者、有較保守的學衡派或較持重的章黃學派傳人，劉先生與不同學派的教授都能平等相處、和衷共濟。他還曾數次禮聘困居桂林的陳寅恪先生，陳先生亦極願應邀，只因爲當時健康狀況不佳，且有家屬拖累，不宜跋涉萬水千山，未能赴四川樂山武大任教。劉先生非常愛惜人才，他看了程千帆先生發表在西南聯大由余冠英主編的《國文月刊》上的幾篇文章，並在交往中深知這位才28歲的青年，富於學養才情，就請當時在樂山藝技專科學校教國文的程先生，到武大講授《文學發凡》（即稍後出版的《文論十箋》）。劉先生擔心他初到大學授課能否勝任，就在程先生的課堂隔壁，旁聽了一個星期11節課，才放了心，這也是重視教育、獎掖才俊的佳話。程先生也沒有辜負老一輩的期望，以其勤奮和才能，屢創佳績，從1940年到1947年七年間，由助教晉升到教授，周鯁生校長遴選他爲中文系系主任，與金克木、吳于廑、唐長孺、周煦良，同爲文學院少壯派五大俊杰之一。千里馬也需要有伯樂才能展現絕塵之才，信不謬也。

劉先生直到耄耋之年，不僅爲研究生和青年教師上課，批改詞作和讀書筆記，傳授治學方法，還爲本科生講授唐五代兩宋詞課。誠如關門弟子馬昌松、劉慶雲所說："爲了培養接班人，先生真是嘔心瀝血，生

死以之。"

　　像劉先生這樣杰出的國學大師，在"文革"之初竟被迫害至死，是繼中共創造人之一、敢於批評"頂峰論"的馬克思主義理論家李達校長之死的又一大冤案。在劉先生逝世45周年，也正是"文革"結束45周年之際，開這次學術會議，意義重大，發人深省。在那迷信盛行、無法無天、真理與謬誤顛倒、人妖錯位的年代，推行的是愚民政策，把善於獨立思考的知識分子踩倒在地甚至被整死，文明古國的燦爛文化遭毀壞，是真正的大悲劇，把這種大悲劇定位爲"史無前例的大浩劫"，非常準確。灾難終於過去，歷史翻開了新的篇章。包括李達校長、劉弘老在內的所有英靈，亦當含笑九泉。

　　（原載武漢大學、《文學遺産》編輯部、吉首大學合編《劉永濟著述整理與研究學術研討會論文集》，2011年11月，第4~9頁。）

後　　記

　　劉永濟先生研究《文心雕龍》的代表作，自爲《〈文心雕龍〉校釋》（以下簡稱《校釋》）。要全面系統瞭解先生關於"龍學"的學術思想、深入探索先生研究"龍學"的方法，若舍《校釋》則無以言。關於《校釋》的特點，程千帆先生説過一段話：

　　（劉）先生在文學理論研究方面，集中於《文心雕龍》一書。先師黄季剛先生所著《〈文心雕龍〉札記》，久爲學林推重，先生此書乃繼《札記》之後，又一力作。諸所詮釋，能得劉勰原意。在樂山時，先生曾在閒談時對我説："季剛的《札記》，《章句》篇寫得最詳；我的《校釋》，《論説》篇寫得最詳。"以精於小學推黄師，以長於持論自許，可以説是平情之論。（程千帆述、張伯偉編《桑榆憶往·憶劉永濟先生》）

　　黄先生《〈文心雕龍〉札記》共32篇，其中《隱秀》篇，"並非《隱秀》篇之札記，而是補今本之闕"；《物色》篇雖然列入《〈文心雕龍〉札記》，實乃先生"弟子駱鴻凱紹賓所撰"，故黄先生所作《〈文心雕龍〉札記》僅有30篇。而各篇札記寫法，大多是先揭示"此篇大旨"，然後再"順釋舍人之文"，少數篇章僅僅闡述"此篇指歸"或僅有"順釋舍人之文"者。《章句》篇"札記"，長達二萬五千餘字。有謂"今釋舍人之文，加以己意，期於夷易易遵，分爲九章説之"。黄先生闡釋《章句》，實就劉勰之文，"加以己意"，以成自家文章章句之説。劉先生《校釋》，《論説》篇《釋義》長一萬二千餘字，除言及論之"體""用"特徵外，主要是鑒於"往撰《文學通史》（即《十四朝文學要略》）""所舉六代論文篇目，略而不備，今詳著之於此，或可補舍人之遺"。其分類列舉論文作者、篇目，大類即有十二項之多，而大類又有細分小類者（如介紹"研討佛學"類，即分"四端"列舉篇目）。劉先生能如此詳言六朝論文篇目，足見先生對六朝論說文興盛狀況及其種種特點瞭然於心。而其所說"季剛《札記》，《章句》篇寫得最詳；我的《校釋》，《論說》篇寫得最詳"，似乎只是客觀述說二家著述哪篇"寫得最詳"而已。即使黃先生九章所言依託小學者多，劉先生列舉論文作者、篇目，有涉及文章"論旨"或"持論"所在者，其說亦無"以精於小學推黃師，以長於持論自許"之意。也許有人會說，這是程先生對劉先生言外之意的揣摩；實則未必，可能性最大的，是程先生在聽到劉先生"閒談"時，自己對兩位先生著述特色看法的無意識流露。雖然意自程出，但說劉著《校釋》有"長於持論"的特色，却符合事實。詹鍈先生《〈文心雕龍義證〉·序例》亦言："（《校釋》）在釋義方面每有卓見。"當然，《〈文心雕龍〉札記》推闡《文心雕龍》大義、"加以己意"，也不乏"長於持論"者；《校釋》"釋義"，立論嚴謹，亦可見論者"精於小學"處。兩位先生的小學功底和文學見解都有過人之處，而體察《校釋》對《〈文心雕龍〉札記》相關意見的評判，和立論小心求證的行文方式，却很難使人感覺到劉先生有"以精於小學推黃師，以長於持論自許"的思想傾向。

　　劉先生作《校釋》，參看資料似以黃叔琳《〈文心雕龍〉輯注》、紀昀《〈文心雕龍〉評》、李祥《〈文心雕龍〉黃注補正》、黃侃《〈文心雕龍〉札記》以及范文瀾《〈文心雕龍〉注》爲主，於諸家注、釋有取有舍，亦有訂正或存疑者。其中《校字》部分，明確肯定《〈文心雕龍〉札記》正確的有四處（見《議對》、《比興》、《練字》、《總術》校字），加以糾正或補充其說的有一處（見《定勢》校字），贊成其說而以他字校改的有一處（見《總術》校字），置疑的有一處（見《附會》校字），明確否定的有一處（見《聲律》校字）。《釋義》明確以《〈文心雕龍〉札記》所言爲誤或不當的，則有三處。一是《通變》釋義謂"紀評謂劉氏'復古而名通變者'……黃侃《札記》即申是說。證以舍人他篇，每論一理，鑒周識圓，不爲偏頗，知紀、黃所論，尚未的當"。二是《定勢》釋義謂"黃氏《札記》引《考工記》……引《上林賦》……說'勢'爲法度，雖合雅詁，非舍人之意也"。

三是《總術》釋義謂"黃氏《札記》謂'此篇乃總會《神思》以至《附會》之旨，而丁寧鄭重以言之，非別有所謂總術'。説猶未瑩。紀評更無所見"。此外，《隱秀》釋義，言今存文字爲贋品，於紀《〈文心雕龍〉評》、黃氏《〈文心雕龍〉札記》舉證之外，説文中有"彭澤之□□"句，謂"此則紀、黃二氏所未舉者也"。比對二書持論異同，實在看不出劉先生有所謂推崇、自許之意。

和托劉先生"閒談"而説《校釋》"長於持論"不同，程先生對劉先生《校釋》所附《徵引文錄》價值的肯定則直白得多，明説："其（《校釋》）附錄二種，遠較范文瀾《〈文心雕龍〉注》所附錄的爲詳備。《徵引文錄》所訂《凡例》若干條，尤其精審。以後出版社重印《校釋》時，即使因爲篇幅關係，難以將附錄二種全部付印，也應當將其《小引》、《凡例》、篇目附印正文之後，以供讀者之參考。"程先生重視《校釋》所附《徵引文錄》，人們多以爲是因爲所引文章多而全，大大有助於讀者感悟、理解《文心雕龍》要義，實則遠不止於此。重要的是，還在於"《小引》、《凡例》"體現了劉先生重要的"龍學"思想。如其《小引》有云：

> 昔摯虞撰《文章流別志》、《論》而外，復有《集》四十一卷。雖其書弗傳，大氐《志》以傳人，《論》以詮理，《集》者，所撰錄之篇章也。竊嘗歎其立體之精，包舉之大，而恨其散佚之早也。後有作者，類多偏主。今所存昭明《文選》，撰錄之類也；《文心雕龍》，詮品之流也。然彦和《序志》自述論文叙筆，約以四綱：一曰"原始以表末"，二曰"釋名以章義"，三曰"選文以定篇"，四曰"敷理以舉統"。今觀其書，《明詩》以下二十篇，每論一體，輒標舉篇章，用相衡鑒。則撰錄雖無專書，苟就其所論列之文，撮錄爲一編，亦猶《流別》之有《集》也。因以暇日，次錄其目。凡所徵引，泛濫四部。篇章繁複，什倍蕭《選》。然後知古人之宏博，爲不可及，蓋非讀破萬卷者，未容輕易揚抑前修也。

《小引》除指明西晉摯虞《文章流別志》、《論》、《集》之内容、性質，及對劉勰學識"宏博,爲不可及","蓋非讀破萬卷者,未容輕易揚抑前修也"的欽佩外,重要的是對《文心雕龍》部分篇章的論述方法及其潛在價值有獨到的看法。認爲劉勰《文心雕龍》研究文學原理,亦如摯虞論理,既顧及作者其人,又以大量作品爲立論基礎。所謂"《明詩》以下二十篇,每論一體,輒標舉篇章,用相衡鑒","苟就其所論列之文撮錄爲一編,亦猶《流別》之有《集》也"。如此看待《文心雕龍》徵引衆多作品的意義和價值,自爲先生"龍學"研究之獨見。這番話雖意在説明他撮錄《徵引文錄》的緣起,言語間却流露出先生研究文學理論十分重視從作品出發的思維導向。事實上,先生從第一本文學理論專著《文學論》成書,到《十四朝文學史要略》成書,到《文心雕龍校釋》(含《徵引文錄》)成書,都非常重視對漢魏六朝文的研究。正因研究有得,所以從1933年9月到1942年8月,先生在校,每兩年總給武大中文系三四年級學生講一年的必修課漢魏六朝文(先是每周三學時,後爲兩學時)。其課"詳述漢魏六朝文體之流變,詮品當時作家之異同,論理以《文心雕龍》爲主,而參以他家之評隲;選文以彦和所標舉者爲本,而補以《文心》所未及,俾諸生得欣賞其藝術,而抉擇其高下。其有待研求者,隨時指示,以爲自學之助"(引自徐正榜《劉永濟先生年譜》)。請注意,這門課不但講述文風流變,品評作家,理論分析自有特點,而且"選文以彦和所標舉者爲本",大大超出蕭《選》範圍。一般學者認爲,劉先生研究"龍學",對《文選》下過很深的工夫,其實,出於結合作品研究"龍學"的需要,先生研習漢魏六朝之文,豈僅限於蕭《選》所選!所接觸者,恐怕也有"什倍蕭《選》"之數,精讀深究者則不勝枚舉,其《徵引文錄》和所講漢魏六朝文課程即可爲證。劉先生這一研治"龍學"的經驗,確實值得研究古代文學的學者們認真學習。

又《凡例》雖以交代《徵引文錄》選錄原則、方法爲主,但也涉及劉先生的"龍學"學術觀念。如謂"彦和全書分上下二篇,上篇論述體制,下篇詮品才藝。述體制,故選文以定篇;品才藝,故稱美而指瑕"。即反映出先生對《文心雕龍》基本內容、表述方法的總體看法。再如謂"上篇選文,亦有六例:一曰辨章正變,如《頌贊》篇舉咸黑、公旦之頌以示正始,述《晉興頌》《魯謗頌》以明流變是也;二曰衡論名篇,如《明詩》篇之詮叙八氏,《詮賦》篇之論列十家是也;三曰附論雜體,如《明詩》篇兼及道原回文、柏梁聯句是也;四曰舉人而不選文,如《詮賦》篇舉仲宣以下八家是也;五曰論體而未定篇,如《奏啓》篇略論啓體而未舉篇章是也;六曰序述而不指實,如《明詩》篇之'憐風月、狎池苑、述恩榮、叙酣宴'是也"。先生所説《文心》上篇選文論述文章體制的六種情形,則屬於對《文心雕龍》書寫方式的總結和歸納。又如謂"彦和自述,論文叙筆雖分四綱,而二、三兩綱,每以行文之便,合而不分。然細審文意,往往側重'表末',蓋寓'選文'於'表末'之中也。例如《頌贊》篇後論贊體一段,即'古之遺語'以上,'原始'也;至如'相如屬筆'以下,'表末'也。而論列相如、遷、固、景純之作,則又'選文''定篇'之事也"。此説《文心》自《明詩》至《書記》"論文(有韻之文)叙筆(無韻之文)"之二十篇文章,如何體現其行文的四大"綱領"。黄侃《〈文心雕龍〉札記》釋"原始以表末"四句,有云:"謂《明詩》以下至《書記》篇每篇叙述之次序。兹舉《頌贊》篇以示例。自'昔帝嚳之世'起,至'相繼於時'止,此'原始以表末'也。'頌者,容也'二句,'釋名以章義'也。'若夫子云之表充國'以下,此'選文以定篇'也。'原夫頌惟典雅'以下,此'敷理以舉統也'。"黄先生以"叙述次序"釋"四綱",且僅舉一單純例證言之,似言之過簡。劉先生則以行文方式釋"四綱",而言及劉勰靈活運用"四綱"的特點,學者於黄説外,復得劉説爲用,對《文心雕龍》之認知,當會更深一層。至於《凡例》所説《徵引文録》"隨文標明"的七類情况,其實也傳達出劉先生從目録學角度研究《文心雕龍》徵引之文所得到的學術信息,對後學研究"龍學"亦大有助益。也許,上述淺言未能道出《小引》《凡例》學術真諦之萬一,但程先生對其高度重視的主要原因,在於它們含有劉永濟先生豐富深刻的"龍學"思想,却是無疑的。

  出於某種機緣,我們幾個人退休後對劉先生著述、藏書關注比較多。像徐正榜領銜編撰《劉永濟先生年譜》,李中華領銜標點整理《文心雕龍徵引文録》,熊禮匯草擬先生小傳及相關論文,工作中都接觸到先生散佚的學術文章和文學作品，看到不少先生的讀書筆記（包括多種手批讀本），發現這些材料有較高的學術價值。受程先生回憶錄的啟發，我們有了整理出版《劉永濟手批〈文心雕龍〉》的想法。這一想法得到了先生次女茂新女史及其夫婿曾君祖勤先生的大力支持，又由於武漢大學出版社的重視，因而該書得以在較短的時間內問世。在此，我們要向所有助成該書出版的朋友們表示謝意，同時希望有更多的人來研究和傳播劉永濟先生的學術思想。

徐正榜　李中華　熊禮匯（執筆）
二零一九年十月十一日